Ada Mea

Sehnsucht:Grenzenlos

Erotischer Roman

Die Autorin

Ada Mea ist das Pseudonym einer in Wien geborenen Schriftstellerin.
Die in ihrer Kindheit erweckte Leidenschaft fürs Lesen und Schreiben konnte sie während des Germanistik und Journalistik Studiums und während der Ausübung ihres Berufs als Redakteurin und Lektorin weiter verfeinern und fortführen.
Vor einigen Jahren verließ die Autorin Österreich, um sich in ihrer Wahlheimat Deutschland in ländlicher Idylle ganz ihrer Familie und ihrer Kunst zu widmen.

Kontakt:
ada.mea@gmx.de
www.ada-mea.com
Facebook: Ada Mea bzw. Sehnsucht:Grenzenlos

Werke:
Sehnsucht:Schwerelos (2015)
Sehnsucht:Grenzenlos (2016)
Sehnsucht:Endlos (erscheint 2017)

Ada Mea

Sehnsucht:Grenzenlos

Erotischer Roman

FSC
www.fsc.org
MIX
Papier aus verantwortungsvollen Quellen
Paper from responsible sources
FSC® C105338

Impressum

Deutsche Erstausgabe Juli 2016

Betaleserinnen: Nadine E., Stephanie B., Elisabeth G., Sabine B.
Lektorat: Agentur Spread & Read – Sabrina Uhlirsch
Korrektorat: KoLibri Lektorat – Sabine Wagner
Covergestaltung: Art for your book – Sabrina Dahlenburg
Coverfoto: © shutterstock.com

Herstellung und Verlag: BoD – Books on Demand,
In de Tarpen 42, 22848 Norderstedt

ISBN: 978-3-7412-2616-8

Ich widme dieses Buch
allen Frauen, die bereit sind,
das Wilde & Ungezähmte
in ihrem Innersten
zu entfesseln und zu leben.

»Um frei zu sein, ihn nochmals dir zu geben.
Und doch, ich wünsche nur, was ich schon habe:
Denn meine Lieb' ist endlos wie die See
Und tief: Je mehr ich dir davon gesteh,
Je mehr hab ich, denn grenzenlos sind beide!«

William Shakespeare, Romeo und Julia

KAPITEL 1 – SARAH

Mit hektischen Handgriffen kontrollierte ich Lennox' Koffer. Hatte ich seine Medikamente eingepackt?
Und seinen Lieblingsteddy, ohne den er abends nicht einschlafen konnte? *Ja, es ist alles da. Beruhige dich, Sarah. Beruhige dich.*

Mit dem Handrücken strich ich den Schweiß von meiner Stirn. Es war erst neun Uhr morgens, aber die Hitze brachte mich schon jetzt um den Verstand. In meinem Bauch rumorte es. Der Abschied von meinen Kindern stresste mich mehr, als ich das im Vorfeld angenommen hatte. Dabei hatte ich mich seit Wochen auf diesen Tag vorbereitet. Warum machte ich mir so viele Gedanken? Bestimmt würde alles gut gehen. Sie fuhren ja nicht mit einem Fremden in den Urlaub, sondern mit ihrem Vater und ihren Großeltern. *Alles ist gut, Sarah! Alles!*

Als ich die Sachen meines Sohnes durchgesehen hatte, knöpfte ich mir den Koffer meiner Tochter vor. Ich zippte ihn auf, schlug den Deckel zur Seite und wühlte mich durch Lindas Kleidung. Hatte ich an ihren Lieblingsschlafanzug und die neue Puppe gedacht? Ja, hatte ich. Alles war an seinem Platz. Wie gestern schon. Ich seufzte und band meine langen Haare zu einem losen Knoten hoch. Sam würde in Kürze eintreffen. Wie aufs Stichwort klingelte es an der Tür. Ich blickte auf die Uhr an meinem Handgelenk. Sam war pünktlich, auf die Minute. Ein Charakterzug, den ich stets an ihm geschätzt hatte. Atemlos riss ich die Haustür auf und blickte meinem Noch-Ehemann ins Gesicht. Schwere Steine schoben sich durch meinen Magen. Wann immer wir uns seit unserer Trennung begegneten, gab es an ihm etwas zu entdecken, das ich noch nicht kannte.

»Hallo«, sagte er mit einem kühlen Blick auf mich.

Hinter meinem Rücken jubelten die Kinder. »Papa! Papa! Papa ist da!«

Sie stürmten an mir vorbei und fielen Sam, der in die Knie gegangen war, in die Arme. Sie hatten ihn seit fünf Tagen nicht gesehen und es berührte mich tief, wie sehr sie ihn vermisst hatten. Ich starrte auf Sams Haar und auf die Stelle an seinem Hinterkopf, die langsam schütter wurde.

»Du hast deine Haare gefärbt«, bemerkte ich trocken.

Er erhob sich und streichelte versonnen über die Köpfe seiner aufgekratzten Kinder.

»Es war Zeit für eine Veränderung«, erwiderte er kühl.

»Es steht dir«, würgte ich hervor, obwohl ich genau das Gegenteil fand.

Die dunkle Farbe ließ seine Haut grau erscheinen. Er hatte sogar seine Koteletten eingefärbt. Das sah lächerlich aus. Als würde er eine Perücke tragen.

»Danke,« erwiderte er und wandte sich an Linda und Lennox. »Na, meine Süßen, seid ihr bereit für Italien? Oma und Opa sind schon losgefahren. Wenn wir uns beeilen, dann kommen wir vor ihnen auf dem Campingplatz an.«

»Jaaaaa!«, brüllten die beiden im Chor und sprangen über die Treppe in die Hofeinfahrt hinab. Sie konnten es kaum erwarten. Sam entriegelte den Wagen, damit sie einsteigen und auf ihre Sitze klettern konnten. Vor Vorfreude glühten ihre Wangen. Ich rollte umständlich die beiden Koffer über die Schwelle und schluckte tapfer den Kloß in meinem Hals hinunter.

»Lennox' Asthmaspray ist in seinem Kulturbeutel ...«, setzte ich zu einer langen Liste an Erklärungen an.

Sams Hand sauste nach oben. »Stopp!«, unterbrach er mich rüde. »Ich brauche keine Instruktionen, wenn ich mit meinen Kindern in den Urlaub fahre. Wir kommen schon allein zurecht.«

Ich biss mir auf die Zunge.

»Okay«, murmelte ich. »Wenn was ist, du kannst mich jederzeit anrufen. Ich habe in den nächsten zwei Wochen nichts Großes geplant und werde mich in Arbeit verkriechen. Frau Calvari hat einen neuen Bildhauer aufgetrieben, der ziemlich extraordinär ist, also bin ich bestimmt damit beschäftigt, ihn ...«

»Wir kommen zurecht«, unterbrach Sam meinen Redeschwall und wirbelte herum.

Gut, dann eben keine Konversation über meine Arbeit.

Energisch packte er die beiden Koffer und trug sie zu seinem Wagen hinüber. Mit Schwung hievte er sie in den Kofferraum, stapfte zur Fahrertür und warf mir einen ungeduldigen Blick zu.

Ich sah Bitterkeit in seinen Augen und etwas, das tiefer ging. Viel tiefer. Eine Nuance an Verachtung, die immer mächtiger zu werden schien. Plötzlich fühlte ich meine Beine nicht mehr.

»Willst du dich nicht verabschieden?«, fragte er mürrisch.

Ich nickte apathisch. »Äh ... sicher will ich mich verabschieden.«

Mit vielen Küssen, langen Umarmungen und zärtlichen Worten sagte ich Tschüss zu meinen Kindern und wünschte ihnen eine tolle Zeit in Italien. Mit einem sanften Ruck überprüfte ich ihre Sicherheitsgurte und wuschelte ein letztes Mal in ihren Haaren. Mit einem aufgesetzten Lächeln schloss ich die Autotür.

Gott, sie werden mir so fehlen, meine zwei Süßen.

Tränen standen in meinen Augen.

»Schönen Urlaub«, krächzte ich in Sams Richtung.

Der Knoten in meinem Hals wuchs und wuchs. Noch nie war ich zwei Wochen ohne meine Kinder gewesen. Das waren ganze vierzehn Tage und vierzehn Nächte ohne sie. Eine lange Zeit. Ich schluckte gegen die aufsteigende Panik an. Um nichts in der Welt wollte ich vor Sam in einen Heulkrampf ausbrechen. Die Zeiten, in denen er mich mit einer sanften Umarmung getröstet hatte, waren unwiderruflich vorbei. Wir lebten seit vier Monaten getrennt und seit einer Woche war ein Anwalt mit dem Aufsetzen der Scheidungsunterlagen betraut. Sam hatte mir und den Kindern das Haus überlassen und war in mein ehemaliges Atelier in der Stadt gezogen. Wir hatten uns, was unsere materiellen Güter anging, friedlich geeinigt. In einem weiteren Schritt ging es nun darum, die Zeit mit den Kindern einer sinnvollen Einteilung zu unterziehen und vertraglich festzuhalten.

Sam öffnete die Fahrertür. Bevor er einstieg, drehte er sich noch einmal zu mir um.

»Ach übrigens«, sagte er in einem gekünstelten Plauderton. »Ich habe jemanden kennengelernt.«

»Du hast jemanden kennengelernt«, wiederholte ich matt.

Mein Blick senkte sich auf seine Füße. Er trug nagelneue Sneakers, die überhaupt nicht zum Rest seines langweiligen Outfits passten. Noch so eine neue Sache an ihm.

»Ja, ich habe eine interessante Frau kennengelernt. Sie wird höchstwahrscheinlich ein paar Tage in den Urlaub nachkommen.

Nur damit du es vorab weißt. Die Kinder werden bestimmt von ihr erzählen. Ich wollte aber, dass du es von mir erfährst.«

In meinem Kopf explodierte ein lautloser Schrei.

Nach außen hin gelassen betrachtete ich ihn. Was erwartete er jetzt von mir? Sollte ich ihn beglückwünschen? Ihn aushorchen? Interesse heucheln? Ein unnachgiebiges Brennen setzte in meinem Hals ein. Ich konnte kaum noch schlucken, geschweige denn sprechen.

»Ihr Name ist Evelina«, sagte er.

»Wie?«, krächzte ich.

»Evelina.«

Ein ungewöhnlicher Name, dachte ich. *Noch nie gehört, aber er klingt schön. Ob sie Italienerin ist? Mit Sicherheit ist sie eine elegante und kultivierte Frau. Sam liebte Frauen mit Klasse.*

Sein Lächeln war eine Spur traurig, als er sich mit einem letzten Blick auf mich in den Fahrersitz fallen ließ. Mit aufheulendem Motor brauste er davon. Ich stierte dem davonfahrenden Wagen hinterher und versuchte meine Gefühle einzusammeln. Hatte Sam mir diesen ohnehin schon harten Tag mit dieser Neuigkeit erschweren müssen?

Ich habe jemanden kennengelernt.

Waren er und diese ominöse Evelina nun ein richtiges Paar? Oder war diese Frau nur eine harmlose Bettgeschichte? Ich konnte mir Sam gar nicht in einer intimen Umarmung mit einer anderen Frau vorstellen. War sie etwa eine Arbeitskollegin? Eher nicht, sonst hätte ich ihren Namen schon einmal gehört. Sie musste ihm eine Menge bedeuten, wenn er sie seinen Kindern und seinen Eltern vorstellen wollte. Himmel, diese Frau fuhr mit *meiner* Familie in den Urlaub. Wo hatte er sie überhaupt aufgetrieben? Sam ging nicht aus. Niemals. Er lebte sehr zurückgezogen in seinem Loft und frönte seinem neuen Hobby, dem Schreiben eines Fachbuches über virales Marketing. Aber gut, was wusste ich schon über ihn? Unsere Gespräche beschränkten sich auf die Kinder und auf die Scheidung. Er vermied es, sich mit mir über Privates zu unterhalten.

Ich wankte verwirrt ins Haus und trat die Eingangstür mit dem Fuß ins Schloss. Der Knall hallte durch den einsamen Flur. Eine

Weile verharrte ich und starrte ins Leere. Trotz unserer bevorstehenden Scheidung tat der Gedanke weh, dass Sam nach achtzehn Jahren an meiner Seite eine neue Frau gefunden hatte. Mit dem Auftauchen von Evelina starb der letzte Funke Hoffnung, dass wir irgendwann mal wieder eine glückliche und intakte Familie werden würden. Aber es war gut, dass dieser letzte Funke starb. Es war gut. Denn ich spürte in diesem Moment ganz klar, dass er irgendwie der Startschuss für meinen neuen Lebensabschnitt war.

*

Es war schon verrückt. Da hatte ich mich so viele Jahre als Gefangene meiner Ehe, meiner Kinder, meiner Rolle als Mutter und Hausfrau gesehen und jetzt, in diesem Moment, der zäh und träge von den aufgeheizten Wänden fiel, in diesem Augenblick, in dem es nichts mehr gab – nur mich –, saß ich in einer Ecke meines einsamen Hauses und wusste nichts mit mir anzufangen. Die Stille war beklemmend. Vor den Fenstern flirrte die Hitze des Jahrhundertsommers. Seine Gnadenlosigkeit brachte mich zum Verzweifeln. Mir klebte jetzt schon das T-Shirt am Rücken fest. An der Spüle schenkte ich mir ein Glas eiskaltes Wasser ein und trank es in gierigen Schlucken leer.

Um mich von der schmerzlichen Leere und der gleichzeitigen Fülle unangebrachter Gefühle in meinem Innersten abzulenken, ging ich in mein Atelier. Das Malen war zu meiner schönsten Erfüllung geworden. In meiner Kunst konnte ich mich frei entfalten, mich spüren, mit mir selbst ins Reine kommen und in meine Mitte fallen. Ich fühlte mich stark, wenn meine Farben dem Nichts einer Leinwand neues Leben einhauchten.

Entschlossen legte ich eine leere Leinwand auf die Staffelei und betrachtete sie nachdenklich. Welche Gefühle wollte ich auf das Weiß bringen? Was fühlte ich? War ich wütend? Ja, ich war es. Ich war wütend auf Sam. Ich war schon so lange wütend auf ihn. So lange. Warum war ich wütend auf ihn? Ich hatte kein Recht darauf. Warum freute ich mich nicht für ihn? Unsere Trennung war ihm so nahegegangen, dass sie ihn fast in eine Depression

getrieben hatte. Es würde ihm bestimmt besser gehen, wenn er sich auf eine neue Frau konzentrieren konnte.
Komm, Sarah. Gib dir einen Ruck und freu dich für Sam.
Entschlossen griff ich nach der Tube mit dem Zinnoberrot, drückte einen Klecks auf meine Palette und mischte sie mit einem kräftigen Terrakotta-Farbton. Entgegen meiner normalen rituellen Handlungen wählte ich einen breiten Pinsel und verstrich die Farben in weiten und großflächigen Bewegungen auf der Leinwand. Normalerweise beruhigte mich das Malen, es erdete mich und blendete die Realitäten aus. Diesmal war das nicht so. Ein undurchsichtiges Feuer brannte in mir. Und es war nicht mehr zu löschen. Meine Bewegungen wurden fahriger, wilder, mutloser. Tränen strömten über meine Wangen und tropften von meinem Kinn. Ich hielt inne.

Es war zu wenig. Ich wollte mehr.

Mehr wovon?

Mehr Farbe.

Und eine größere Leinwand.

Ungeduldig durchquerte ich den Raum. Ich zerrte die größte Leinwand, die ich besaß, aus einem Stapel hervor. Dabei rutschte eines meiner alten Gemälde auf den Parkettboden und schlitterte vor meine Füße. Mein Atem stockte, als ich es ansah.

Oh Gott, nicht dieses Bild. Nicht dieses. Wo kommt das so plötzlich her? Warum ist es nicht bei den anderen, die ich im Schrank im Dachboden weggesperrt habe? Was macht es hier in meinem Atelier?

Langsam ging ich in die Knie und tastete mit meinen Fingerspitzen über die Konturen des Gesichtes, das darauf abgebildet war. *Roman.* Wie oft ich ihn gemalt hatte, in dem Bemühen, ihn festzuhalten. Und dennoch hatte ich ihn verloren. Er war fort und ich hatte keine Ahnung, wo er nun lebte. Er war eine zärtliche Spur in meiner Erinnerung. Mehr nicht. Nur Erinnerung. Energisch packte ich das Gemälde und stellte es mit der Frontseite gegen die Wand. Ich konnte es mir nicht weiter ansehen. Es riss die alten Wunden auf. Wunden, die ich in vielen Gesprächen mit meiner Therapeutin mühsam und mit letzter Kraft geschlossen hatte. Rasch wandte ich mich ab, griff nach der leeren Leinwand und legte sie auf dem Boden ab. Unschuldig und rein thronte sie vor mir, bereit, meine widersprüchlichen Gefühle aufzufangen. Ich kniete nieder und zog mit roter Farbe einen Kreis mit meinem Pinsel. Der Kreis formte sich zu einer Spirale, die sich in die Tiefe schraubte.

»Nein, nein, nein!«, stieß ich frustriert hervor.

Es war zu wenig.

Nichts hier brachte mich zum Ausdruck.

Gar nichts!

Eine Mauer aus Stein ragte zwischen mir und meiner Kunst auf. Und in ihrem Gestein war nur sein Gesicht eingemeißelt. Mit Gewalt stürmten die Erinnerungen auf mich ein. Ich sah Roman vor mir. Sein Lächeln, seine blauen Augen, seine starken Arme, das Muttermal in seinem Mundwinkel. Ich hörte seine Stimme, sein tiefes Lachen. Der Blick auf das Gemälde hatte ihn mir zurückgebracht.

Verzweifelt raufte ich mir die Haare.

Atme durch, redete ich mir zu. *Begib dich in die tröstlichen Hände deiner Kunst. Atme!*

Ich starrte auf die leere Leinwand. Nichts. Was war los mit mir? Ich hatte nie ein Problem, mich auf ein neues Kunstwerk einzulassen, doch gerade heute, wo ich so nach dem Vergessen gierte, schien meine kreative Ader blockiert zu sein. Ich packte die Tube Brillantrot und quetschte eine beachtliche Menge auf die Palette. Ich tauchte den Pinsel ein und positionierte einen roten Punkt in der Mitte des Bildes. Und nun? Wie sollte es nun weitergehen?

Es war zu wenig, zu wenig, zu wenig.

Dieser rote Fleck drückte nichts von dem aus, das in mir kurz vorm Ausbruch stand.

Ich stöhnte und wischte mit dem Unterarm über meine Augen. Eine erschreckende Einsamkeit durchzog mich. Sie war kalt und leer. Mein Blick fiel in den Spiegel zu meiner Rechten. Ich erstarrte angesichts der tödlichen Reflexion. Wie blass und schmal ich in den letzten Monaten geworden war. Wir hatten dreißig Grad im Schatten und ich sah aus, als ob ich innerlich erfroren wäre. Die Trennung von Sam hatte mir alles abverlangt. Ich erkannte mich kaum wieder. Und die konsequente Frage quälte mich Tag für Tag: War es das wert gewesen? Alles niederzureißen, um mich wiederzufinden? Was hatte mir die Trennung von Sam letztendlich gebracht? Außer Einsamkeit und Schmerz und zwei Kinder, die völlig neben der Spur liefen?

Sie hat alles gebracht, flüsterte mein Herz. *Du bist frei und bei dir. Greif nun nach deinem Leben und genieße es in vollen Zügen.*

Ich dachte an Roman. Seit vielen Monaten war er nicht mehr der Protagonist meiner Kunst, sondern nur noch der meiner Träume. Manchmal schien es mir, als hätte es ihn nie wirklich gegeben. Stand ich etwa kurz davor, ihn zu vergessen?

Nein! Nein! Nein! Niemals!

Ungeduldig riss ich mir Shirt und Leggins vom Körper und schleuderte beides in eine Ecke. Früher oder später würde mich diese Hitzewelle umbringen. Splitterfasernackt kniete ich mich vor mein unfertiges Kunstwerk und fokussierte die Farben. Ich formte meine Hände zu einer Mudra und versuchte zu meditieren, wie es mir meine Yogalehrerin gezeigt hatte.

Lass alles fließen, leere dein Gehirn, lass alles los.

Mit neuer Energie packte ich die geöffnete Tube Brillantrot und presste den gesamten Inhalt auf meine rechte Handfläche. Mit zusammengebissenen Zähnen rieb ich meine Hände aneinander und verteilte die Farbe dazwischen.

Ein verzweifeltes Schluchzen drang aus meinem Mund, als ich mit beiden Händen über das Weiß der Leinwand wischte. Meine Finger zogen rote Schlieren über das Leinen. Tränen vermischten sich mit den Spuren der Farbe.

Die Zeit verlor sich.

Die Zeit verlor mich.

Trotz dem Schweiß auf meiner Haut arbeitete ich unermüdlich weiter. Die Minuten verflogen. Die Uhren drehten sich zurück, drehten sich um sich selbst und einmal um die Zeit herum. Ich versank im *Flow* meiner Kunst, fluchte, schrie. Ich brüllte so lang, bis mir die Stimme versagte. Nichts schien mir in diesem Augenblick wichtiger zu sein, als meine unterdrückten Emotionen in das Kunstwerk zu feuern. Als schließlich kein Fleckchen Weiß mehr zu sehen war, ließ ich mich erschöpft und schwer atmend zur Seite fallen. Endlich! Die Wut war fort. Ruhe flutete mich wie eine Meereswelle und ihrer Mitte entstieg Roman, nackt und sexy, nass und voller Verlangen. Der kreative Prozess hatte ihn nicht aus meinem Gedächtnis gelöscht. Im Gegenteil ... er hatte sich noch tiefer darin festgegraben. Auf allen vieren kroch ich über den Boden und zu dem Gemälde hinüber. Ich drehte es herum und legte mich davor auf den kühlen Holzboden. Mit Tränen in den Augen betrachtete ich Romans schlafendes Gesicht. *Erwachen. Nur einmal. Mit dir.*

Was würde ich dafür geben, ihn wiederzusehen. Nur eine Begegnung. Ein einziges Treffen. Ihn einmal noch sehen, damit ich ihm sagen konnte, wie bedeutend er für mein Vorankommen gewesen war, wie sehr er mich aufgeweckt hatte aus einem Leben, das mir nicht mehr gepasst hatte. Seufzend schloss ich die Augen und ergab mich meinen Tagträumen. Ich visualisierte Romans breite Schultern, seine muskulösen, sehnigen Arme, seine Lippen, seine Küsse, seine Zunge auf mir, in mir. Ich dachte daran, wie er mich genommen hatte. Hart, die Faust in meinen Haaren, meinen Kopf grob in den Nacken gerissen. Meine Finger wanderten über meine Brüste, ich streichelte sie, zwirbelte die Brustwarzen, kniff fest zu. Oh, wie sehr sehnte ich mich nach der Hingabe, nach der Berührung eines Mannes, nach Liebe, nach Zärtlichkeit. Seit acht Monaten vergnügte ich mich ausschließlich mit mir selbst und davor hatte es nur die verkrampften Bemühungen meines Ehemannes gegeben.

Es war so lange her.

Zu lange. So lange.

Ich legte die Fingerspitzen auf meine Klitoris und massierte die geschwollene Knospe. Sekunden später kamen meine Säfte ins Fließen. Sie flossen ins Unendliche. Ich tauchte zwei Finger in mich, drückte und rieb meine empfindlichen Punkte und stimulierte meine Klitoris ohne Unterlass. Ich trieb mich auf die Spitze, immer wieder und wieder und bescherte mir so viele Orgasmen, bis meine Schamlippen vollkommen berührungsempfindlich waren. Als ich nicht mehr konnte, streckte ich alle viere von mir und lag da, bis sich mein Herzschlag und meine Atmung wieder beruhigt hatten.

Der Blick auf meinen Venushügel, der über und über mit roter Farbe bedeckt war, verdeutlichte mir, wie verzehrend meine

Sehnsucht geworden war. Schwerfällig kam ich auf die Beine und begutachtete das Gemälde, das ich erschaffen hatte. Es war wild und animalisch, rot und wütend, aber es war nicht perfekt. Ich würde daraus in den Nachmittagsstunden ein ausdrucksstarkes Kunstwerk erschaffen.

In Lust verendete Wut ... das sollte der Titel sein.

Mit zitternden Knien wankte ich ins Badezimmer und stieg unter die Dusche. Mit einem Schwamm rubbelte ich die Farbe von meiner Haut. Ich beobachtete die rote Spur, die hinab in den Ausguss floss und fühlte, wie etwas Schweres in mir zerrann. Neue Wege malten sich auf den Horizont. Ich hatte es verdient, glücklich zu werden, verdient. Das war meine Zeit, mein Leben. Was war verkehrt, wenn ich das Beste aus diesen Tagen herausholen wollte?

In Panty und Bikini-Oberteil ging ich schließlich in die Küche. Während ich Zitronen auspresste und dazu mein Lieblingslied summte, machte ich Pläne für die kommenden zwei Wochen. Vor mir lagen vierzehn Tage, die ich frei nach meinen Wünschen gestalten konnte. Morgen Abend fand die große Vernissage in der *ARTZone* statt, auf die wir uns schon seit Wochen vorbereitet hatten. Bis dahin würde mein Fokus auf dem reibungslosen Ablauf der Veranstaltung liegen, aber nach diesem Event hatte ich die Nachmittage und Abende frei.

Was wollte ich mit dieser wertvollen Zeit anstellen? Sollte ich nach München fahren und mir ein paar Ausstellungen ansehen? Eine Runde im Museum drehen? Oder einfach ins Schwimmbad fahren und im Schatten eines Baumes ein Buch lesen? Die Möglichkeiten waren unbegrenzt. Eine Weite tat sich vor mir auf, die sich leicht und lebendig anfühlte. Und auch wenn meine Gedanken immer wieder zu Sam und seiner neuen Flamme zurückkehrten, so überwog dennoch die Freude in mir. Die ungezähmte Freude auf eine Zeit, die nur mir gehörte.

KAPITEL 2 – SARAH

»Du siehst heute Abend wirklich umwerfend aus«, raunte Tristan mir zu. »Du stellst jedes der ausgestellten Exponate in den Schatten.«

Wir standen rechts vom Podium, in der Nähe des Buffets, und lauschten der Eröffnungsrede des Künstlers. Ich schlug geschmeichelt die Augen nieder und strich mit beiden Händen über mein dunkelblaues Satinkleid.

»Danke, Tristan, du alter Charmeur.«

»Autsch«, erwiderte er mit einem Lächeln. »Das *alt* hättest du getrost aussparen können.«

Ich lächelte zurückhaltend. Tristans Blick wanderte unauffällig zu meinem großzügigen Dekolleté, in dem eine Kette mit einem blauen, funkelnden Herz als Eyecatcher hing. Ich hatte meinem Make-up mehr Zeit als sonst gewidmet und meine Augen mit besonderer Sorgfalt geschminkt. Passend zu meinem kurzen Kleid trug ich atemberaubend hohe High Heels und halterlose Strümpfe, die an der Hinterseite meiner Beine eine kunstvolle Verzierung aufwiesen. Mit Erstaunen registrierte ich die brennenden Blicke der Männer auf meinem Körper. Meine Pläne, das Leben nun in vollen Zügen zu genießen und meinen wiedergefundenen Selbstwert zu feiern, schienen mich wie eine Wolke aus Pheromonen zu umwandern.

Neugierig und zufrieden musterte ich die anwesenden Gäste im Saal. Die Besuchermenge hatte unsere Erwartungen bei Weitem übertroffen und das freute mich. Meine Arbeit war mir im letzten Jahr sehr wichtig geworden und machte mir so viel Spaß, dass die Stunden nur so dahinflogen und ich immer überrascht war, wenn es wieder Zeit war, die Kinder abzuholen. Ich liebte die Zeit in der Galerie, sie erfüllte mich.

Als der Künstler seine Eröffnungsrede beendet hatte und zur Begehung der Ausstellung einlud, verteilte sich die Menge. Die meisten Besucher strömten in den ersten Stock, in dem sich in einem Extrazimmer die atemberaubenden Akte befanden. Sie waren das Herzstück der Ausstellung und wir hatten sie im Vorfeld umfangreich beworben. Ich selbst hatte mir die Kunstwerke schon hunderte Male angesehen und war von der Erotik, die sie verkörperten, unglaublich fasziniert gewesen. Sie waren so ausdrucksstark und überwältigend, dass sie den Betrachter völlig in ihren Bann zogen. Und obwohl ich jeden Strich, jeden Farbschwung, jedes Detail kannte, wurde ich nicht müde, sie zu betrachten. Mit einem selbstbewussten Strahlen, das mich wie ein Lichtschein umgab, stieg ich die Treppe hoch. Ich traf auf bekannte Gesichter, schüttelte Hände und tauschte Höflichkeiten aus. Mein Netzwerk war im Laufe meines Arbeitsjahres stetig gewachsen. Endlich verkehrte ich wieder in Kreisen, in denen ich mich beheimatet fühlte.

Je näher ich dem Raum mit den Akten kam, umso dichter wurde die Menschentraube. Der Andrang war so groß, dass sich vor dem Raum eine lange Warteschlange gebildet hatte. Ich reihte mich geduldig ein und verwickelte einen mir bekannten Kunstkritiker in ein anregendes Gespräch.

Wir wurden von Frau Calvari unterbrochen, die am Arm eines attraktiven, jungen Mannes an uns vorüberschwebte.

»Marco, ich muss dir heute Abend die wunderbare Sarah Bremer vorstellen. Sie ist für die Organisation dieser aufsehenerregenden Veranstaltung verantwortlich. Ist sie nicht umwerfend? Sarah, das ist Marco Frentare, ein aufstrebender Maler aus Milano. Er ist einer dieser *jungen* Wilden, von denen ich Ihnen schon erzählt habe«, fügte sie mit einem Augenzwinkern und der Betonung auf *jungen* hinzu.

Ich warf ihr einen verschwörerischen Blick zu, mit dem ich ihr klarmachte, dass ich ihren Verkupplungsversuch gnadenlos durchschaut hatte. Frau Calvaris Antwort war ein geheimnisvolles Lächeln.

Frentare reichte mir die Hand und musterte mich von Kopf bis Fuß. Um seine Lippen spielte ein anzügliches Lächeln, das mir zeigte, dass er sich seiner Wirkung auf Frauen durchaus bewusst war. Ich tauschte ein paar Floskeln mit ihm aus und wir verabredeten uns zu späterer Stunde an der Bar.

Als er außer Hörweite war, begann Frau Calvari zu glucksen.

»Was erheitert Sie denn so, Frau Calvari?«

»Sind Sie zu neuem Leben erwacht, Frau Bremer oder wie darf

ich Ihre Erscheinung heute Abend interpretieren?«

»Zu neuem Leben?«

»Nun.« Sie machte eine wellenförmige Bewegung mit ihren Händen, um meine Silhouette zu betonen. »Wie ich sehe, haben Sie beschlossen, Ihre Weiblichkeit in etwas progressivere Bahnen zu lenken. Ich an Ihrer Stelle hätte schon viel früher damit begonnen. Worauf warten? Sie sind ungebunden und strotzen vor Sex-Appeal.«

Ich spürte, wie meine Wangen heiß wurden. »Habe ich es mit meinem Outfit übertrieben?«

Frau Calvari schüttelte energisch den Kopf. »Aber nein, das wollte ich damit nicht sagen. Ihr Auftreten ist mondän und stilvoll, wie immer, und trotzdem strahlen Sie heute eine gefährliche Bereitschaft aus, sich dem Feuer hinzugeben. Mich erfreut das, meine Liebe. Ich kann Ihnen versichern, dass ich im Alter von dreiundvierzig nicht mit Ihrer Zurückhaltung gesegnet war. Dabei hatte ich noch nicht einmal das Glück Ihrer neu gewonnenen Freiheit. Sie sind frisch geschieden und niemandem Rechenschaft schuldig. Ich war mein halbes Leben lang verheiratet.«

»Ich würde alles dafür geben, Ihre Memoiren aufschreiben zu dürfen«, scherzte ich. »Erzählen Sie mir einmal von Ihren amourösen Abenteuern, Frau Calvari?«

»Vielleicht. Aber wenn ich das tue, dann brauchen wir mehr als einen Abend lang Zeit.« Sie deutete auf den Kunstkritiker, mit dem ich mich zuvor unterhalten hatte und der seine Wartezeit damit versüßt hatte, auf meine Beine zu starren. »Gehen Sie und genießen Sie diesen wundervollen Abend und wenn möglich, tun Sie es nonchalant«, befahl sie, ehe sie würdevoll in der Menge verschwand.

Ich blickte ihr mit einem Kopfschütteln hinterher. Frau Calavari war in dem Jahr unserer Zusammenarbeit zu einem meiner großen Vorbilder geworden. Ich hatte die alte Dame ins Herz geschlossen und es war jedes Mal eine Bereicherung, wenn wir uns begegneten.

In die Warteschlange geriet Bewegung und ich nutzte den ersten Schwung und huschte in den Raum mit den Akten. Von den kräftigen Schweinwerfern bestrahlt, machten die Exponate noch viel mehr her als am Tag des Aufbaus. Stolz nahm ich mir Zeit, um von einem Bild zum anderen zu schlendern.

Eine penetrante Stimme lenkte meine Aufmerksamkeit zur Tür. Ich wirbelte herum und blieb wie schockgefroren stehen. Entsetzt starrte ich auf Kurt Feuerbach, der laut lachend über die Schwelle in den Raum drängte. Oh bitte nicht! Was trieb dieser Widerling auf meiner Veranstaltung? Meine eben noch gefühlte Euphorie verpuffte in Sekunden. Ich setzte an, um den Raum zu verlassen, als ich bemerkte, wer Feuerbachs Begleiter war. Nein! Das konnte nicht sein. Nein! Meine Welt stoppte in all ihren Bewegungen. Sie hörte einfach auf, sich zu drehen.

Da, neben Feuerbach, direkt an seiner Seite, stand Jens. War das möglich? Mein Atem setzte aus. Ich riss die Augen auf. Ja! Es war Jens! Er war es tatsächlich und er erspähte mich im selben Moment wie ich ihn. Mein Magen zog sich auf ein Minimum zusammen, während mein Puls sich dreimal überschlug.

Wenn Jens auf dieser Vernissage war, dann war sein bester Freund bestimmt nicht weit. Selten traf man einen ohne den anderen an. Mein Gehirn schickte Adrenalin wie wütendes Feuer durch meine Adern. Das Blut rauschte in meinen Ohren. Rund um mein Gesichtsfeld verflüssigte sich die Wirklichkeit zu einem Traum. Ich fixierte Jens, der mit großen Schritten auf mich zukam. Er hatte sich kaum verändert, nur sein Haar war anders. Er trug es nicht mehr als harten Bürstenschnitt, sondern sehr viel länger. Einige schwarze Strähnen hingen ihm vor die Augen und verliehen ihm das Aussehen eines verwegenen Südländers. Er strahlte so viel attraktive Dominanz aus, dass sich alle Frauen im Raum nach ihm umdrehten.

»Sarah, hallo, lange nicht gesehen«, sagte er rau, als er vor mir zum Stehen kam. Mit weit aufgerissenen Augen blickte ich zu ihm hoch. Der herbe Duft seines Eau de Toilettes umfing meine Sinne. Für seine Verhältnisse war er ungewöhnlich elegant gekleidet. Er trug ein rotes Hemd, das bis zu den Ellbogen hochgekrempelt war und eine schwarze Anzughose. Die neuen Tattoos auf seinen Armen stachen mir ins Auge. Ein Bartschatten umrahmte seine Lippen.

»Hallo«, presste ich hervor.

Es grenzte an ein Wunder, dass überhaupt ein Ton über meine Lippen kam. Mein Blick irrte über Jens' Schulter hinweg und flatterte wie verrückt geworden durch den Raum. Das Herz trommelte in meiner Brust. Ich hatte das Gefühl, kurz vor einer Ohnmacht zu stehen.

»Du kannst wieder atmen«, sagte Jens mit einem leisen Lachen. »Er ist nicht hier.«

»Er ist nicht hier?«, wiederholte ich.

»Nein. Er lebt jetzt in Spanien.«

Mein Gehirn benötigte gefühlte Stunden, um diese Information zu verdauen, aber als die Botschaft endlich angekommen war, überrollte mich eine maßlose Enttäuschung.

»Er ist nicht hier?«, fragte ich flüsternd nach.

»Nein«, antwortete Jens. »Er würde lieber sterben, als noch einmal einen Fuß nach Deutschland zu setzen.«

»Wo ist er?«

»In Spanien.«

»Wo genau in Spanien?«

»In Nerja.«

Mein Gott. Roman lebte immer noch in Nerja. Wer hätte das gedacht? Die Postkarte, die er mir vor einem Jahr aus dieser Kleinstadt geschrieben hatte, schwebte wie ein diffuser Schatten vor meinem Angesicht. Meine heißgeliebte Postkarte, die Sam in einem Anfall von Eifersucht zerrissen hatte. Das letzte Lebenszeichen von Roman, seine letzte Liebeserklärung an mich. Das Gedicht, das er mir geschrieben hatte. *Ohne dich ... Was ich jemals war, ist gestorben, als du gingst.* Ich wusste genau, wo Nerja lag. Ich hatte mich in diese Stadt hundert Mal hineingezoomt, in der traurigen Hoffnung, mich Roman dann ein wenig näher zu fühlen. Tagelang hatte ich nichts anderes getan, als im Web über die andalusische Küstenstadt nachzulesen. Und jetzt erfuhr ich, dass Roman immer noch dort lebte. Schwindel befiel mich. Mir wurde schwarz vor Augen. Jens griff nach meinem Ellbogen und bewahrte mich davor, in die Knie zu gehen.

»Hey, ist alles okay?«

Ich nickte mechanisch.

»Wollen wir an der Bar was trinken und quatschen?«

Verwirrt blinzelte ich zu ihm hoch.

Jens schien die Begegnung mit mir nicht im Geringsten aufzuwühlen. Warum sollte sie auch? Lässig, wie immer, stand er vor mir und deutete auf eines der Gemälde.

»Sind die Akte wirklich so bombastisch, wie alle sagen? Die Kritiker überschlagen sich ja vor Euphorie.«

»Sieh selbst«, erwiderte ich schwach und zeigte auf das Größte der Exponate.

Jens verschränkte die Arme vor der Brust und vertiefte sich in die Betrachtung des Meisterwerks, das die Hälfte der Wand für sich vereinnahmte. Eine Frau war darauf zu sehen, die mit gespreizten Beinen über einen Tisch gebeugt dastand und dem Betrachter einen intensiven Blick über die Schulter zuwarf. Das Gemälde wurde von ihrem wohlgeformten Hintern dominiert, der makellos und unbefleckt im Fokus stand. Ihre Handgelenke waren mit Seilen auf ihrem Rücken gefesselt.

»Zweifellos einer der faszinierendsten Akte, die ich jemals gesehen habe«, sagte ich leise. »Eine unglaubliche Technik, mit Liebe zum Detail.«

Um uns drängten immer mehr Besucher. Die meisten hatten sich diesem Exponat zugewandt und murmelten Worte der Anerkennung.

»Oh ja, es ist faszinierend,«, stimmte Jens mir zu. »Wenn ich daran denke, was man mit diesem Arsch alles anstellen könnte, werde ich geil. Ist dieses Bild zu kaufen oder behält es der Künstler für seine eigene Sammlung?«

Er sprach so laut, dass ihn einige der Versammelten neugierig musterten. Eine Frau neben mir kicherte pikiert. Jens warf ihr ein überhebliches Grinsen zu. Ich schüttelte den Kopf. Jens' Sprache war wie er selbst, ohne Umschweife und sehr explizit. Ich warf ihm einen langen Blick zu. Es tat so gut, ihn zu sehen, neben ihm zu stehen, zu wissen, dass er Kontakt zu Roman hatte.

»Was würdest du denn mit ihrem Arsch anstellen wollen?«, fragte ich neugierig.

Er neigte den Kopf. »Das weißt du ganz genau«, flüsterte er und imitierte eine eindeutige Schlagbewegung mit seiner Hand. Er sagte es mit diesem sexy Unterton, der wie ein Blitz in meinen

Unterleib schoss und mich augenblicklich unter Strom setzte. In meinem Körper entstand ein verdächtiges Surren, das ich gar nicht zuordnen konnte. Erschrocken stolperte ich zur Seite, um Abstand zwischen uns zu bringen.

»Ich muss mich um die Gäste kümmern«, murmelte ich. »Lass uns später weiterreden, okay?«

»Ist gut. Ich will dich nicht von deiner Arbeit abhalten. Viel Spaß noch.«

Als er sich wegdrehte und davonging, hatte ich plötzlich die Befürchtung, dass er aus meinem Leben verschwinden würde, ohne dass ich etwas über Roman erfahren hatte.

»Jens!«, rief ich ihm nach. Meine Stimme zitterte.

Er drehte sich zu mir um. »Ich lauf schon nicht weg, ohne dir Romans Adresse und Telefonnummer zu verraten«, meinte er augenzwinkernd und verließ den Raum.

*

Ich brachte den restlichen Abend mit der für mich typischen Perfektion und Professionalität hinter mich. Als ich gegen vier Uhr morgens die *ARTZone* verließ, wartete Jens an ein silbernes Cabrio gelehnt auf dem Parkplatz auf mich.

Ich atmete erleichtert auf. Ich hatte ihn auf der Vernissage aus den Augen verloren und war in Panik geraten, dass er einfach gegangen war, ohne sich von mir zu verabschieden.

»Danke, dass du auf mich gewartet hast«, sagte ich aufseufzend.

»Klar doch. Ich muss mit dir reden.«

Er umrundete das Cabrio und öffnete mir die Beifahrertür. Ich sank erschöpft auf den Sitz. Jens schloss die Tür und schlüpfte wenig später auf den Fahrersitz.

»Ich fahre nach Spanien«, sagte er und legte die Hände auf dem Lenkrad ab.

»Du fährst nach Spanien?«, wiederholte ich irritiert.

»Ja. Und zwar morgen Abend.«

Ich hatte plötzlich Mühe meinen Atem zu finden. Alles drehte sich. »Fährst du zu ... ihm?«, flüsterte ich.

»Wenn du mit *ihm* Roman meinst, dann lautet die Antwort Ja.«

»Besuchst du ihn?«

Jens nickte. »Am Montag ist die Eröffnungsparty seines neuen Beachclubs, zu der ich eingeladen bin. Danach wollen wir ein paar Tage zum Kitesurfen nach Tarifa fahren.«

Mein Herz trommelte gegen meinen Brustkorb. Roman war plötzlich wieder zum Greifen nahe, auch wenn er tausende Kilometer von mir entfernt war.

»Du fährst also morgen Abend nach Spanien?«, wiederholte ich, als wäre ich schwer von Begriff. »Du fährst zu Roman?«

»Jaaaa«, erwiderte Jens gedehnt. »Das sagte ich bereits.«

Meine offensichtliche Verwirrung amüsierte ihn. Er grinste, während sich seine dunklen Augen prüfend auf mich richteten. Jens war ein guter Beobachter und sehr intuitiv. Man machte ihm nichts vor. Er hatte meinen Gemütszustand in wenigen Sekunden in seiner ganzen Tragweite erfasst.

»Du hängst noch an ihm«, stellte er fest.

Ich schluckte. »Vielleicht. Ein bisschen.«

»Ein bisschen?«, echote er lachend. »Sarah, du hättest deinen Gesichtsausdruck sehen sollen.«

Ich verknotete meine Finger ineinander. »Gibst du mir seine Telefonnummer?«, fragte ich zögerlich. »Bitte.«

»Ich hab eine bessere Idee«, entgegnete er. »Komm doch mit nach Spanien, dann kannst du ihn persönlich treffen und mit ihm reden.«

Er startete den Motor und lenkte den Wagen über den leeren Parkplatz. Ich starrte auf die Stelle, auf der ich vor über einem Jahr mit Roman gestanden und diskutiert hatte. Es war unser erster richtiger Streit gewesen. Wohin war nur die Zeit verflogen? Das alles schien mir in einem anderen Leben passiert zu sein. Es war so weit weg. So weit.

»Meinst du, dass er sich freuen würde, mich wiederzusehen?«, hakte ich vorsichtig nach.

»Er würde sich freuen. Er liebt dich immer noch.«

Jens' Worte rasten in mein Herz und explodierten dort in einem Feuerwerk aus Farben und Gefühlen.

»Was?«, keuchte ich. »Woher weißt du das?«

»Ich weiß es einfach.«

»Hat er ... hat er dir das gesagt?«

»Er spricht nicht über dich, niemals, aber ich weiß es.«

Ich presste die Hände auf meinen Bauch. Mein Puls überschlug sich, stoppte, überschlug sich wieder. Meine Gedanken schraubten sich wie eine Spirale in die Tiefe, nach unten, weiter ... ich verlor mich, ich fand mich. Roman. Er liebte mich noch. War das möglich? Konnte ich Jens' Urteil vertrauen?

»Kommst du mit nach Spanien?«, fragte er.

Mir klappte der Mund auf, ohne dass ein Wort meine Lippen verließ. Mein Gott, diese Idee war so absurd und so berauschend zugleich. Schweigend starrte ich durch die Windschutzscheibe auf die nächtlichen Straßen. Jens lenkte das Cabrio durch die Stadt. Die warme Nachtluft verfing sich in meinen Haaren. Ich legte den Kopf in den Nacken und verlor mich in der vorgegaukelten Kühle des sommerlichen Fahrtwinds. In meinem Kopf schrien die Möglichkeiten durcheinander, wollten sich Gehör verschaffen.

»Es ist ein völlig abstruser Vorschlag, ich weiß«, sagte Jens in unser langes Schweigen hinein.

»Du sagst es. Abstrus«, murmelte ich.

Aber es ist alles, was ich will. Alles, alles, alles.

»Sarah, um ehrlich zu sein, es war kein Zufall, dass ich heute Abend auf deiner Veranstaltung war.«

Ich blickte zu ihm hinüber. »Natürlich war es kein Zufall. Wie naiv von mir, dass ich angenommen hatte, es war einer.«

»Ich wollte herausfinden, ob dir Roman noch etwas bedeutet. Feuerbach hat mir beim Mittagessen verraten, dass du dich von deinem Mann getrennt hast. Da kam ich auf die Idee, ihn zu deiner Vernissage zu begleiten.«

»Warum weiß Feuerbach über mein Privatleben Bescheid?«, entrüstete ich mich.

Jens zuckte mit den Schultern. »Die Kunstszene ist klein und die Leute reden eben.«

»Ich muss arbeiten«, entgegnete ich schwach.

Es klang wie die lächerlichste aller Ausreden.

»Roman ist nicht mehr derselbe, seit du ihn verlassen hast«, sagte Jens. Die empathische Ernsthaftigkeit in seiner Stimmlage erstaunte mich. »Er hat zwar in Spanien ein neues Leben begonnen, aber in Wahrheit lebt er an sich vorbei. Ich kenne ihn, kenne ihn besser als er sich selbst und ich weiß, dass er sich einer Verblendung hingibt. Er verkauft seine Seele an die Stupidität eines sinnentleerten Alltags, um nicht über dich nachdenken zu müssen. Früher oder später bringt ihn das um.« Die Dringlichkeit in seiner Stimme verriet mir, wie sehr ihm das Glück seines besten Freundes am Herzen lag. »Komm mit mir nach Spanien«, bat er nachdrücklich. »Rede mit ihm. Lerne ihn neu kennen. Du könntest ihn vielleicht dazu bewegen, wieder nach Deutschland zurückzukehren. Du bist die Einzige, die das schaffen kann.«

»Du vermisst ihn wohl?«, fragte ich.

»Und du, vermisst du ihn nicht?«, wich er einer Antwort aus.

Ich schloss die Augen. »Wenn ich dir sage, dass ich ihn vermisse, dann beschreibt das nicht annähernd meine Gefühle. Ich habe keine Worte für die Intensität meiner Liebe und ich werde niemals Worte finden, die ihr gerecht werden. Und auch, wenn ich nie wusste, wo Roman in dieser gottverlassenen Welt gestrandet ist, so habe ich immer gewusst, dass der Tag kommen wird, an dem mich die Sehnsucht ein letztes Mal auffordert, die Grenzen, die zwischen uns liegen, zu überwinden.«

»Dann kommst du also mit?«, fragte Jens.

»Ich muss noch mit meiner Chefin sprechen und einige Dinge regeln, aber wenn beruflich nichts gegen diese Reise spricht, dann komme ich mit.«

Jens lächelte. »Gut«, erwiderte er. »Ich geb dir meine Nummer. Ruf mich morgen an, sobald du Bescheid weißt.«

Erst als ich allein in meinem dunklen Vorgarten stand und Jens' Wagen hinterher sah, wurde mir bewusst, dass gerade etwas in meinem Leben geschehen war, von dem ich nicht mehr zu träumen gewagt hatte. Ich war meiner verlorenen Liebe ein Stück näher gekommen.

Roman. Ich wusste, wo er war.

Endlich.

KAPITEL 3 – SARAH

Jens fuhr am liebsten nachts. Er war ein nachtaktiver Mensch, der sich in der Dunkelheit am besten konzentrieren konnte. Es passte zu ihm. Auch die Geschwindigkeit, die er aus dem Cabrio herausholte, wurde seinem wilden Typus gerecht.

Wir hatten erst zweihundert Kilometer zurückgelegt und ich war schon kurz davor, verrückt zu werden. Ich hasste den Fahrtwind, der mir unentwegt die Haare ins Gesicht fächelte. Was die Menschen nur am Fahren mit offenem Verdeck fanden? Ich empfand es als extrem unangenehm. Der Staub, der dank der wochenlangen Hitzewelle auf den Straßen lag, setzte sich in meiner Lunge fest. Ich trank einen Liter Wasser, um gegen das Kratzen in meinem Hals anzukämpfen, aber das führte wiederum dazu, dass ich permanent auf die Toilette musste.

Nach dem zweiten Stopp auf einem Parkplatz schlug Jens' Stimmung um. Die lockeren Gespräche, die wir bis dahin geführt hatten, kamen zum Erliegen und er drehte die Musik auf höchste Lautstärke auf. Zusammen mit dem Autobahngetöse wurde diese Geräuschkulisse zu einem toxischen Cocktail, der gefährlich an meinem Nervenkostüm zerrte. Ich konnte kaum noch einen klaren Gedanken fassen. Alles verzerrte sich mit der lauten Trancemusik, deren Bässe hart gegen meinen Körper wummerten. Angestrengt schloss ich die Augen und dachte an Roman. Nur noch wenige Stunden ... dann würde ich ihn wiedersehen. Wie würde er reagieren, wenn wir uns wiederbegegneten? Würde er sich freuen? Oder würde er mich verfluchen? Waren seine Wunden längst verheilt? Hatte er mich in sich begraben, vergessen, verdrängt? Und wenn er längst ein neues Leben führte, ein glückliches? Alles, was ich hatte, waren Jens' Erzählungen und die beriefen sich auf einen Gemütszustand, in dem Roman vor einem Jahr gewesen war. Ein Jahr war eine lange Zeit, in der eine Menge passieren konnte. Jens hatte Roman seit sechs Monaten nicht getroffen. Sie hatten sich E-Mails geschrieben und ein paar Mal miteinander telefoniert. Das war alles. Warum Roman in Nerja zurückgeblieben war und Jens nicht auf seine Reise nach Australien und Indonesien begleitet hatte, das hatte ich noch nicht herausfinden können. Jens hielt sich, was dieses Thema anging, bedeckt.

Du kennst doch Roman, er setzt sich gern in gemachte Nester, war seine kryptische Antwort auf meine Frage gewesen.

Aber wer hatte Roman ein Nest gemacht? Was hatte ihn bewogen, in Nerja zu bleiben?

Zweifel befielen mich. War dieser Spontantrip ein Fehler gewesen? In gewisser Weise glaubte ich nicht an Zufälle, sondern an Schicksal. An diesen unerwarteten Ereignissen stimmte einfach zu viel, um sie nicht als schicksalhafte Fügung zu erkennen.
Meine Kinder waren mit Sam unterwegs, Frau Calvari hatte mir Urlaub genehmigt, ich war frei und ungebunden und mein Herz schlug immer noch für den Mann, den ich vor einem Jahr verlassen hatte. Ich wollte herausfinden, ob uns in diesem Leben eine zweite Chance bestimmt war, aber vor allem wollte ich dem Ruf meiner Seele folgen. Sie trieb mich unaufhörlich an, über mich selbst hinauszuwachsen.

Auf der Höhe von Lausanne übermannte mich die Erschöpfung. Ich streckte meine Hand aus und drehte das Radio kommentarlos ab. Jens warf mir einen empörten Blick zu.

»Sicher nicht, Eure Hoheit«, fauchte er.

»Ich kann dieses Gejaule nicht länger ertragen. Lass uns eine Weile ohne Musik fahren. Ich bitte dich.«

Jens' tätowierte Arme, die eben noch locker vom Lenkrad gehangen hatten, streckten sich pfeilgerade durch. Er schnaubte entrüstet. »Ich fahre nicht ohne Musik«, knurrte er. »Es sind noch beschissene 500 Kilometer bis Marseille.«

»Du hast mir immer noch nicht verraten, warum wir den Umweg über Marseille nehmen müssen. Wir verlieren Stunden auf dem Weg zur Küste. Wen triffst du dort?«

»Eine Chatbekanntschaft.«

»Aha. Du hast also ein Sex-Date.«

»Ist keine große Sache.«

»Und dafür nimmst du diesen Umweg in Kauf?«

Jens gab ein unwirsches Brummen von sich.

»Meine Reise, meine Route. Ich nehme *dich* in *meinem* Wagen mit, schon vergessen?«

Unter normalen Umständen hätte ich ihm recht gegeben. Es waren tatsächlich seine Pläne und ich war nur eine Mitreisende, die sich ihm spontan angeschlossen hatte. Aber was an diesem Road Trip war schon normal?

Er drehte die Musik wieder auf, ich drehte sie ab. Er murrte. Ich atmete tief durch. Bestimmt würde ich mit einer vernünftigen Argumentation mehr erreichen, als mit hysterischen Gefühlsausbrüchen. Jens konnte mit Emotionen nicht umgehen, er war ein verkorkster Intellektueller mit einer sadistischen Ader.

»Wir machen einen Deal«, sagte ich hastig und fing seine Faust ab, damit er nicht wieder an dem Regler drehen konnte.

»Einen Deal?«

»Wir fahren in absoluter Stille bis nach Marseille und ich übernehme dafür die Kosten für die beiden Hotelzimmer.«

Jens zog seine Hand zurück. »Das ist kein guter Deal«, erwiderte er. »Da muss dir schon was Besseres einfallen.«

Sein Blick wanderte zu meinem Jeansrock, der im Sitzen ziemlich weit nach oben gerutscht war.

Schnell legte ich beide Handflächen auf meine nackten Oberschenkel, um die Haut zu bedecken.

»Na gut, was willst du? Mach einen Vorschlag.«

»Einen Blowjob«, sagte er und grinste verschlagen.

»Du spinnst doch. Vergiss es!«

»Nicht? Schade. Ich würde meine Erinnerung an unsere Begegnung in Kurts Atelier nur zu gerne auffrischen. Du bist meine unübertroffene Nummer Eins.«

»Ach ja?« Ich konnte nicht verhindern, dass ein Schmunzeln über meine Lippen huschte. »Die Antwort ist trotzdem Nein, mein Lieber.«

»Gut, dann läuft die Musik eben weiter.«

»Sag mal, wie alt bist du? Fünfzehn? Wir können uns ja zivilisiert unterhalten, wie Erwachsene das so tun, wenn sie auf Reisen sind. Die Zeit vergeht auch viel schneller, wenn wir gute Gespräche führen.«

»Mir ist aber nicht nach Reden zumute.«

Ich verdrehte die Augen. »Mit deiner Misanthropie machst du dir nicht gerade viele Freunde.«

»Na und? Ich bin ein Menschenverächter. *In der Einsamkeit frisst sich der Einsame selbst auf, in der Vielsamkeit fressen ihn die Vielen. Nun wähle.**«

»Aber du hast jahrelang mit Roman zusammengewohnt.«

»Er ist der einzige Mensch, den ich in meiner Nähe ertragen kann.«

Stille senkte sich zwischen uns herab.

»Es muss schön gewesen sein, mit ihm zusammenzuleben«, sagte ich leise.

»Ja, das war es. Bis du ihn zerstört hast.«

Sein Vorwurf raste wie ein Schuss in mein Herz. Ein Kloß bildete sich in meinem Hals. Ich krampfte die Hände in meinem Schoß zusammen.

»Das ist nicht fair«, stieß ich hervor. »Roman und ich, wir haben uns ineinander verliebt, so etwas passiert einfach. Das sucht man sich nicht aus.«

»In meiner Welt passiert Liebe nicht einfach so«, erwiderte er abfällig. »Und es war auch nicht deine Liebe, die ihn zerstört hat, sondern deine Wahl. Roman hatte nie den Hauch einer Chance gegen deinen ...«

»Ich habe es für meine Kinder getan!«, schrie ich dazwischen. »Für meine Kinder! Ich wollte nichts unversucht lassen, um meine Familie zu retten!«

Meine Stimme kippte. Dieses Thema rieb mich trotz unzähliger Therapiestunden immer noch wahnsinnig auf.

Jens sah ein, dass er zu weit gegangen war. »Schon gut, beruhige dich«, brummte er. Ich massierte mit den Fingern meine Schläfen und seufzte laut. »Diese Frau ist vielleicht eine Herausforderung«, murmelte er.

»Ich bin eben keines deiner devoten Püppchen, die sich deinen unausgegorenen Launen unterordnet. Ich bin eine Frau, die ihre Meinung vertritt. Das muss dir schon bewusst sein. Im Umgang mit mir gelten andere Regeln.«

»Du brauchst einen Fick«, sagte er hart. »Das ist alles.«

Die Wut in mir erreichte eine gefährliche Spitze. Ich musste sämtliche Beherrschungen auffahren, um nicht wie eine Furie zu explodieren. Mit zusammengepressten Lippen starrte ich aus dem Fenster. Leider hatte Jens mit seiner Aussage recht. Der fehlende Sex hatte meine Toleranzen verschoben und meine andauernde Gereiztheit auf eine gefährliche Spitze getrieben. Meine Kinder konnten ein Lied von meiner schlechten Laune singen. Die Armen mussten tagtäglich meine Angespanntheit ausbaden.

Jens lachte hämisch auf. »Wie lange ist es her, dass es dir ein Typ so richtig besorgt hat?«

Ich erwiderte nichts darauf.

»Darf ich raten? Drei Monate?«

Ich schwieg beharrlich.

»Uhhh«, summte er. »Etwa noch länger? Lady, das ist nicht gut für dich. Alles an deinem Verhalten verrät mir, dass du die angestaute sexuelle Energie entladen musst.«

Angestaute sexuelle Energie? Besser hätte ich meinen Zustand auch nicht beschreiben können, aber ich würde den Teufel tun und Jens zustimmen. Ich neigte mich vor und drehte die Musik wieder auf. Zu ekstatischen Beats rasten wir durch die Nacht. Nachdem wir die französische Grenze überquert hatten, schlief ich an die Fensterscheibe gelehnt ein, was an ein Wunder grenzte. Als wir gegen sechs Uhr morgens in Marseille ankamen, begrüßte uns die altbekannte Hitze eines neuen Sommertages. Ich blinzelte mit angehenden Kopfschmerzen in den grellen Sonnenschein und starrte an der Fassade des Hotels hoch.

Endlich angekommen!

Ich lechzte danach, für ein paar Stunden aus Jens' Nähe zu kommen. Außerdem sehnte ich mich nach einer Toilette, einer erfrischenden Dusche und einem Bett. In dieser Reihenfolge.

Jens schien es nicht anders zu gehen.

»Endlich da«, grummelte er verdrossen. »Ich dachte schon, wir kommen nie an. Wir fahren heute Abend weiter. Nach meinem Sex-Date, wie du es so treffend ausgedrückt hast.«

Ich warf ihm einen skeptischen Blick zu. Tiefe Schatten lagen unter seinen Augen. Er sah total erledigt aus und hievte mit einem grimmigen Ausdruck mein Gepäck aus dem Kofferraum.

»Gut, das ist okay für mich«, sagte ich mit trockenem Mund.

Ich griff nach meinem Koffer und zog ihn über die Straße. Auf meinen Lippen konnte ich den Atem des Meeres spüren.

KAPITEL 4 – JENS

Ich blickte Sarah hinterher, die hoch erhobenen Hauptes in ihrem Zimmer verschwand. Diese Frau trieb mich in den Wahnsinn. Am liebsten hätte ich ihr hinterhergebrüllt. Kopfschüttelnd knallte ich die Zugangskarte auf den Sensor meines Zimmers. Die Tür öffnete sich mit einem leisen Klacken und ich trat ein. Meine Schuhe versanken in dem weichen Teppichboden. Der Geruch nach Möbelpolitur schlug mir entgegen. Durch das geöffnete Fenster drangen die Geräusche der Strandpromenade zu mir herauf. Wie viel lieber hätte ich mich in eines der Cafés gesetzt und mich in aller Stille der Beobachtung des Meeres und schöner Frauen im Bikini hingegeben. Aber ich musste mich ausruhen.

Das, was vor mir lag, bedurfte einiges an Kraft. Mit Schwung schleuderte ich meine Sporttasche auf das Doppelbett und schälte mich aus meinen Klamotten. Mein Nacken schmerzte von der langen Autofahrt, also kreiste ich meinen Kopf, um die angespannten Muskeln aufzulockern. Ich betrat das Bad, duschte heiß, putzte meine Zähne und legte mich aufs Bett, um zu schlafen. Aber egal, wie sehr ich mich hin und her wälzte, ich fand keine Ruhe. Meine Gedanken kreisten unentwegt um Sarah.

Sie reizte mich auf eine Art und Weise, die ich noch bei keiner Frau erlebt hatte. Kein Wunder, dass Roman so auf sie abgefahren war. Sie hatte alles, was ich mir an einer Frau wünschte.

Sie war schön, intelligent, kreativ, kultiviert und sie versprühte eine charismatische Eleganz und Verletzbarkeit. Die Hälfte der tausend Kilometer hatte ich damit verbracht, auf ihre langen Beine zu starren, die andere Hälfte damit, mir vorzustellen, wie es sein würde, sie gegen ihren Willen auf der Motorhaube meines Wagens zu ficken. Denn dass sie sich nicht wehren und mir gefügig sein würde, davon konnte ich mit hundertprozentiger Sicherheit ausgehen. Ich erkannte eine devote Frau auf hundert Meter Entfernung. Als dominanter Mann, der schon seit vielen Jahren in der Szene unterwegs war, reichte mir oft ein einziger Blick, um die verborgenen Sehnsüchte einer Frau zu durchleuchten.

Sarahs Neigungen lagen klar auf der Hand. Sie würde eine unglaubliche Sub abgeben.

Ich stöhnte verzweifelt auf. Es war unfassbar, wie sehr sie mich durcheinanderbrachte. Schon auf der Vernissage war ich von ihrer Erscheinung wie geblendet gewesen. Sie hatte sich verändert, war selbstsicherer geworden, schöner, schlanker. Sie leuchtete regelrecht, ohne selbst von ihrem Zauber zu wissen. In ihrem Designerkleid und den heißen Strümpfen war sie der Blickfang des ganzen Abends gewesen. Viel schöner, als eines der heißen Akte an den Wänden. Die Männer hatten sie mit ihren Augen verschlungen und abwechselnd um ihre Gunst gebuhlt. Feuerbach und ich hatten von einer Ecke aus beobachtet, wie sich die Bewunderer um sie gescharrt hatten. Sie würde nicht lange Single bleiben, darin waren Kurt und ich uns einig. Mich bestärkten die Erkenntnisse des Abends nur in meinem Vorhaben, Roman und Sarah wieder zusammenzubringen. Seit ich erfahren hatte, dass sie geschieden war, schien es mir noch dringlicher, eine Begegnung der beiden herbeizuführen.

Wenn es noch nicht zu spät war.

Seufzend rieb ich mir mit den Fingern über die Augen. Mein Körper war todmüde, aber mein Geist lechzte danach, seine wütende und wilde Libido zu befriedigen.

Mein Date mit Lilou war erst in den frühen Abendstunden. Wobei das Wort *Date* in diesem Zusammenhang viel zu romantisch klang. Lilou war eine Prostituierte, die ich in einem Chat kennengelernt hatte. Sie brüstete sich damit, ohne Hard Limits zu vögeln und sich voll und ganz den Wünschen eines Kunden hinzugeben. Allen Wünschen! Keine Hard Limits! Der helle Wahnsinn! Ein Blick auf die Fotos, die sie online gestellt hatte und ich war mir sicher gewesen, dass ich diese Schlampe haben musste. Sie kostete ein halbes Vermögen, aber wie immer, wenn es um die Bezahlung meiner Vergnügungen ging, hatte ich nur meinen Vater vor Augen. Den mächtigen Business-Mogul im schwarzen Anzug, dessen Liebe sich darin zeigte, mich windelweich zu prügeln und hinterher sein schlechtes Gewissen damit zu beruhigen, mir Geldscheine auf mein Bett zu legen, damit ich mir ein neues Spielzeug kaufen konnte. Ich wollte mich heute Abend ein letztes Mal von seinem Konto bedienen und dann für immer damit aufhören und von meinem eigenen Ersparten leben. Autonomie war meine neue Mission. Meine Reise durch die halbe Welt hatte mit eines aufgezeigt ... ich musste endlich mit meiner düsteren Vergangenheit abschließen, wenn ich glücklich werden wollte.

*

Das Taxi brachte mich zur angegebenen Adresse. Schon beim Aussteigen beschlich mich Unbehagen. Wie ein Nobelbezirk von Marseille sah dieser Stadtteil ja nicht gerade aus. Ich schulterte meine Sporttasche, in der sich meine Toys befanden und trat vor das doppelflügelige Tor. Wie sollte ich unter diesen vielen Schildern die richtige Klingel finden? Mit einem Summen machte die Tür auf sich aufmerksam. Aha! Mein Eintreffen war also von einem der Fenster aus beobachtet worden. Mit der Schulter drückte ich das Tor auf und schlüpfte in den düsteren Flur hinein. Es roch nach Küchenabfällen und Hundepisse. In der Ferne schrie ein Kind. Meine Skepsis wuchs, als ich den Dreck auf dem Boden betrachtete. Hier war schon lange nicht mehr sauber gemacht worden. Unbewusst griff ich an die Gesäßtasche meiner Jeans, in der das Kuvert mit dem Geld verstaut war. Selbstverständlich hatte Lilou um Barzahlung gebeten. Was sonst!

Und wohin nun? In welches Stockwerk?

Die Entscheidung wurde mir von einem vollbärtigen, gedrungenen Mann abgenommen, der in diesem Moment vor mir auftauchte. Mit einem Kopfnicken gab er mir zu verstehen, dass ich ihm folgen sollte. Spätestens jetzt war mir klar, dass es besser gewesen wäre, niemals hier aufzutauchen, aber meine eigene Dunkelheit trieb mich dazu an, dem zwielichtigen Kerl durch den langen Flur ins Treppenhaus zu folgen. Wir stiegen in die dritte Etage hoch, ohne miteinander zu sprechen.

Mit einem Stirnrunzeln musterte ich die Graffitis an den Wänden. Wie es aussah, war ich in einem französischen Film Noir gelandet. Jeder Nerv in meinem Körper kribbelte vor Aufregung. Was anderen Angst machte, erregte mich. Das war eine der kranken Wahrheiten über mein Wesen.

Der Typ stieß eine Wohnungstür auf und sagte etwas auf Französisch. Ich trat ein und blickte mich prüfend um. Alles hier sah furchtbar gewöhnlich aus. Die Falle schnappte zu, als die Tür mit einem lauten Knall hinter mir zuschlug. Jetzt gab es kein Zurück mehr. Ich ballte die Hände zu Fäusten, bis meine Knöchel knackten. An meinem Nacken wanderte eine Gänsehaut hoch. Der Bärtige stand so dicht hinter mir, dass ich mir einbildete, seinen stinkenden Atem zu riechen. Im Grunde war ich nicht überrascht, als ich das Schlafzimmer betrat und dort eine verbrauchte Fünfzigjährige in Strapsen und mit ausladenden Kurven vorfand.

Reingefallen, dachte ich enttäuscht, aber nicht überrascht.

»Lilou?«, fragte ich und die Frau nickte.

Ich schüttelte den Kopf und drehte mich schwungvoll zu ihrem männlichen Bewacher um. Bestimmt war der ihr Arbeitslosengeld beziehender Ehemann.

»Non«, sagte ich klar und deutlich zu ihm.

Er grinste. »Oui«, erwiderte er.

Noch ehe er handgreiflich werden oder eine Waffe ziehen konnte, fischte ich das Kuvert mit dem Geld aus meiner Jeanstasche. Ich drückte es ihm wortlos in die Hand. Irritiert sah er erst mich und dann die hardlimitfreie Lilou an. So leicht hatte es ihm bestimmt noch keiner der Freier gemacht an die ergaunerte Kohle zu gelangen. Mit fahrigen Bewegungen öffnete er den Umschlag und begann die Hundert-Euro-Scheine nachzuzählen. Ich verließ mit selbstbewussten Schritten das Zimmer. Er kam mir hinterhergelaufen. Auf seinem Gesicht lag der Ausdruck von Unglauben. Er sagte etwas auf Französisch, das ich nicht verstehen konnte.

»*Die größte Almosenspenderin ist die Feigheit**«, zitierte ich Friedrich Nietzsche.

Keine Ahnung, ob er meine Sprache verstand, eigentlich war es mir auch egal. Er machte keine Anstalten, mich aufzuhalten, als ich die Wohnung verließ.

*

Im Hotel steuerte ich zielstrebig Sarahs Zimmertür an. Wie ein Irrer donnerte ich mit meiner Faust dagegen. Wo zum Teufel war sie bitte schön? Ich hatte sie schon drei Mal auf ihrem Handy angerufen und ihr ein herrisches *»in 10 minuten ist abfahrt«* als Nachricht hinterhergejagt. Ich wollte den Rausch meines Adrenalinspiegels nutzen und so schnell wie möglich nach Spanien weiterfahren, ehe mich die Erschöpfung übermannte. Die Erleichterung über den glimpflichen Ausgang der Angelegenheit und die Wut darüber, dass ich von diesen Arschlöchern hereingelegt worden war, paarten sich zu einem gefährlichen Cocktail, den ich nicht mehr unter Kontrolle hatte.

Ich hasste es, die Kontrolle zu verlieren.

Endlich schwang die Tür auf.

Sarah stand in einem weißen Hotelbademantel, fertig geschminkt, im Türrahmen.

»Hallo«, sagte sie mit einem Lächeln, das sofort erstarb, als sie mein zornverzerrtes Gesicht bemerkte. »Hattest du nicht neun Uhr gesagt? Es ist erst sieben.«

»Ich hab dich angerufen«, presste ich zwischen den Zähnen hervor. »Wieso hast du nicht abgehoben?«

Sie trat einen Schritt zur Seite, um mich ins Zimmer zu lassen. »Ich war unter der Dusche. Mein Gott Jens, wie siehst du überhaupt aus? Was ist denn passiert?«

Ich schloss die Augen und suchte nach Worten. Wollte ich ihr wirklich von meinem frustrierenden Erlebnis mit Lilou berichten? Sicher nicht! Sarahs konservative Ansichten waren das Letzte, das ich in dieser Situation gebrauchen konnte.

»Wie schnell kannst du fertig sein?«, zischte ich.

Sie zögerte und blickte an sich herab. »Äh, ich wollte eigentlich noch was essen gehen. Unten am Strand. Da ist so ein nettes Fischrestaurant. Ich sterbe vor Hunger. Du könntest ja mitkommen. Hast du Lust?«

Fragend blickte sie mich an. Ich musterte den Bademantel, der nur lose zugebunden war und mir Einblick auf ein paar Zentimeter ihrer nackten Haut gewährte. Feuer schoss in mein Gehirn und triggerte meine dunklen Instinkte. Meine Synapsen gingen in Flammen auf.

»Essen?«, fragte ich.

Nach Essen stand mir nun wirklich nicht der Sinn.

Sie runzelte die Stirn. »Irgendetwas ist doch los mit dir, das sehe ich dir an. Komm rein und rede mit mir. Lief es nicht gut bei deinem Sex-Date?«

»Nein, es lief beschissen.«

Sie packte meinen Ellbogen und zog mich entschlossen in ihr Zimmer hinein. Die Berührung ihrer Finger mit meiner nackten Haut war wie ein Stromstoß.

Ich verlor mich in meinem eigenen obsessiven Labyrinth, aus dem es – wie ich wusste – nur einen Ausweg gab. Sex.

Mein Blick wanderte von meiner Tasche, die ich auf dem Boden abgestellt hatte, zu Sarah und wieder zurück. Wir standen an der Garderobe und hielten Augenkontakt. Ziemlich lange. Ich atmete schwer, stand vor ihr mit angespannten Armen und geballten Fäusten.

Vielleicht hätte ich mich zurückhalten können.

Vielleicht.

Aber ich wollte nicht.

»Jens?« Sie wirkte plötzlich eingeschüchtert und wich vor mir zurück.

Schlaues Mädchen, dachte ich.

Sarah war intuitiv. Sie war Künstlerin. Sie hatte sofort begriffen, was in mir vorging, vielleicht spürte sie aber auch meine obszöne Schwingung, die sie gierig umwanderte. Rückwärtsgehend entfernte sie sich von mir, bis sie mit dem Rücken gegen den Sekretär am Fenster stieß. Ihre Hände krallten sich an der Tischkante fest. Der Bademantel klaffte noch weiter auseinander. Ich erhaschte einen Blick auf die Rundung ihrer vollen Brüste. Die Hitze, die daraufhin in meinen Schritt schoss, überwältigte mich. Ich hatte ihre Titten schon immer gemocht. Mit wenigen Schritten war ich bei ihr. Sie legte den Kopf in den Nacken und sah zu mir hoch. Ihre Lider flatterten. Sie hatte ungewöhnlich viel Mascara und dunklen Lidschatten aufgetragen. Das gefiel mir. Obwohl ich wusste, dass sie sich nicht für mich, sondern für Roman hübsch gemacht hatte. Umso mehr wollte ich sie zum Schreien bringen.

Ich hob meine rechte Hand und ließ sie in Zeitlupe unter ihr Haar wandern.

»Jens«, hauchte sie verunsichert. »Was machst du?«

»Dir geben, was du brauchst«, murmelte ich.

Ich packte ihre Haare und zerrte ihren Kopf weit in den Nacken. Ihr schlanker Hals präsentierte sich mir, nackt und schutzlos. Ich zog sie an mich und leckte über die Haut, unter der die Halsschlagader pochte.

Sofort stemmte Sarah ihre Handflächen gegen meine Brust, um mich wegzudrücken. »Jens, hör auf damit«, keuchte sie.

In ihrer Stimme schwang Überraschung mit, aber auch etwas anderes. War sie angeturnt?

Ich warf einen prüfenden Blick auf ihr Gesicht. Der lustvolle Glanz in ihren Augen verriet sie.

Es machte sie an.

Ich ließ ihre Haare los und schlang einen Arm um ihre Taille. Mit Schwung riss ich sie wieder an mich. Sie prallte gegen meinen Brustkorb.

»Jens, lass mich los«, versuchte sie noch einmal an meine Vernunft zu appellieren. Ihre Stimme zitterte.

Ich neigte mein Gesicht und presste meine Lippen auf ihren Hals. Genussvoll saugte ich ihre Haut in meinen Mund ein. Ihr Widerstand zerbrach. Seufzend rieb sie ihr Becken an meinem Schritt. *Oh, wow! Sehr schön.* Ich stieß sie mit Schwung von mir, sodass sie der Länge nach auf dem Bett landete.

»Du rührst dich nicht vom Fleck«, sagte ich hart.

Ihre Augen weiteten sich, aber sie protestierte nicht.

Ich beeilte mich zur Garderobe und holte meine Sporttasche. Mit einem prüfenden Blick auf Sarah schleuderte ich sie aufs Bett. Sie stützte sich auf ihre Ellbogen und starrte mich an. Ich stieg aufs Bett und kniete mich über sie.

»Hör zu«, sagte ich rau und von oben herab. »Ich liebe es zu dominieren. Und ich bevorzuge eine raue Gangart beim Sex. Das ist dir sicher nicht neu. Du kennst mich ja lange genug. Eines ist aber wichtig für dich zu wissen. Ich zwinge keine Frau mit mir zu schlafen. Du kannst entscheiden, ob du jetzt liegen bleibst oder ob du aufstehst und gehst. Ich werde deine Entscheidung respektieren und sofort dein Zimmer verlassen, wenn du das möchtest. Wenn du dich aber entscheidest, dich auf mich einzulassen ...« Ich machte eine Pause, um ihren Gesichtsausdruck zu studieren, »... dann übernehme ich ab jetzt das Kommando. Du hast dann keinen Einfluss mehr auf das, was in diesem Bett passiert. Ich entscheide allein, worauf ich Lust habe. Verstanden?« Sie atmete schwer. Hinter ihrer Stirn arbeitete es. »Hast du verstanden?«

Sie nickte.

»Okay.«

Ich wartete, was sie tun würde. Sie tat gar nichts. Starrte mich nur an. Ihr Blick verlor sich in meinen Augen. Der devote Ausdruck darin machte mich fuchsteufelswild. Ich ertrank förmlich darin. Rettungslos. Meine Oberschenkel spannten sich wie ein Schraubstock um ihre Beine. Ich machte sie ein wenig breiter, damit sie sich bewegen und aufstehen konnte, wenn sie das wollte. Sie sah mich unverwandt an, tat nichts, sagte nichts. Es war ziemlich intensiv, was zwischen uns geschah. Mein Puls erhöhte sich mit jeder Sekunde, die verstrich. Ich wartete. Sie sagte nichts. Ich schloss die Augen und fühlte mich in ihre Schwingung ein. Sie schien sich gut zu fühlen. Ein wenig aufgeregt vielleicht, aber sie wollte weitergehen, traute sich aber nicht. Sie konnte ihren Verstand nicht ausschalten.

Nun, das würde ich ändern.

»Ich werte das als ein Ja«, sagte ich rau.

In meinem Innersten legte sich ein Schalter um. Als ich die Augen wieder aufschlug, begann das Spiel.

»Arme über den Kopf«, befahl ich ihr barsch.

Einige Sekunden verstrichen. In ihre Augen schlich sich Amüsement. Das mochte ich nun gar nicht, wenn sie mich nicht ernst nahm. Wollte sie mich provozieren?

»Du sollst die Arme über deinen Kopf legen«, herrschte ich sie an. »Los! Mach schon. Halt dich an den Bettstangen fest.«

Mein Schwanz wurde hart, als sie ihre Lider niederschlug, folgsam ihre Arme nach oben führte und mit beiden Händen die Metallstangen umklammerte. Ich war mir bis zuletzt nicht sicher gewesen, ob sie mich nicht doch aus ihrem Zimmer werfen würde. Rasch griff ich nach meiner Tasche, öffnete sie und suchte nach den Ledermanschetten. Sie waren nicht gerade meine Lieblinge, aber für ein Seil fehlte es mir an Geduld und Zeit. Was, wenn sie einen Rückzieher machte?

Mit geübten Griffen legte ich die Manschetten um ihre Handge-

lenke und verband diese mit einer Kette, die ich um die Stangen des Bettes fädelte. Sarah hatte so genügend Bewegungsspielraum für ihre Arme und ich konnte sie mühelos in alle Positionen drehen. Ich suchte in der Tasche nach dem Knebel, entschied mich dann aber für das schwarze Tuch, das normalerweise als Augenbinde diente. Der Ball war zu hart für Sarah. Sie war eine Königin, die ich unterwerfen wollte, und nicht meine Sklavin.
Als ich das Tuch in ihren Mund gelegt und um ihren Kopf festgezogen hatte, stieg ich vom Bett und betrachtete sie zufrieden. Ich kontrollierte ihren Blick, ihre Atmung, ihre Bewegungen. Mit ein paar tiefen Atemzügen versuchte ich, meine übersteigerte Erregung in den Griff zu bekommen. Ich durfte Sarah in dieser Session auf keinen Fall überfordern. Sie war keine der Frauen, mit denen ich sonst verkehrte und die ich hart rannehmen konnte, so wie ich das wollte. In dieser Situation waren Fingerspitzengefühl und Zurückhaltung meinerseits gefragt, damit das Spiel gelang.

Mit einer bedächtigen Bewegung schlug ich ihren Bademantel auseinander. Was ich sah, gefiel mir ausnehmend gut.
Sie sah umwerfend aus. Zwischen ihren glatt rasierten Schamlippen glänzte es feucht. Ich lächelte zufrieden, ließ mich auf der Bettkante nieder und streichelte über ihren Venushügel. Ihre Brust hob und senkte sich unter hektischen Atemzügen. Sie hatte so schöne Brüste. Groß und natürlich, mit aufreizenden Nippeln, die sich unter meinen Berührungen aufrichteten.
Ich ließ meine Handfläche über ihren Bauch kreisen, neckte mit der anderen Hand ihre Brustwarzen. Ich wanderte tiefer, tauchte vorsichtig einen Finger in ihre nasse Möse und freute mich über ihr gedämpftes Seufzen unter dem Knebel.

»Wenn ich mit dir fertig bin, wird dein ganzer Körper vor Zufriedenheit summen. Das verspreche ich dir«, raunte ich ihr zu.
Mit den Fingerspitzen fuhr ich an ihrem Bein entlang, die Innenseite ihrer Oberschenkel hoch und umrundete ihren Bauchnabel. Ich strich mit dem Handrücken über ihre Brustwarzen, senkte den Kopf und verwöhnte ihre Nippel mit leichten Zungenschlägen, zuerst den einen, dann den anderen. Ihre Haut duftete nach Duschcreme, irgendetwas mit Rosen. Sie schmeckte so verdammt

gut, dass ich nicht aufhören konnte, an ihr zu saugen. Sarah hielt ihre Augen geschlossen. Sie war so beherrscht. So ganz schien sie nicht einordnen zu können, was da gerade zwischen uns abging. In mir manifestierte sich der Wunsch, sie zu schlagen. Von Roman wusste ich, dass sie es geil gefunden hatte, wenn er ihr den Arsch versohlt hatte, aber sie war noch ungeübt in meinen Sphären. Ich durfte es nicht übertreiben, wenn ich ihr das Spiel nicht für immer verderben wollte. Energisch packte ich sie an der Taille und rollte sie auf den Bauch. Ihr Hintern präsentierte sich mir weiß und makellos. Ich klatschte zweimal auf jede ihrer Arschbacken. Nicht fest, nur ganz leicht, um ihre Reaktion zu testen.

Sie stöhnte verhalten. *Geil!*

Ich schlug fester zu. *Sehr geil!*

Ich hörte sie lauter stöhnen und hielt einen Augenblick inne, um ihre Stimmung zu erfühlen.

Sie mochte es. Das sagte mir ihre Körpersprache und meine Erfahrung. Mit den Händen hob ich ihr Becken an und schob meine Knie darunter. Die perfekte Position für mich.

Ein runder Frauenarsch auf meinem Schoß, der nur darauf wartete, bestraft zu werden. Eine Weile malträtierte ich Sarahs Pobacken mit gezielten Schlägen, die sich an Festigkeit abwechselten. Um den Schmerz abzuschwächen, strich ich nach jedem Schlag zärtlich über ihre Haut und setzte immer wieder gezielte Impulse mit meinen Fingern, um ihre Erregung zu steigern. Mittlerweile wimmerte sie in ihren Knebel. Ihre Haut reagierte erstaunlich schnell auf die Penetration und je verfärbter die Stellen wurden, umso härter wurde meine Erektion. Es war kaum noch auszuhalten. Prüfend ließ ich einen Finger durch ihre Spalte wandern. Sie lief regelrecht aus. *Göttlich!*

Ich umkreiste ihre Klitoris, neckte ihre Schamlippen und tauchte zwei Finger in ihre Möse. Gekonnt erforschte ich sie, stimulierte ihre Punkte, bis sie kurz vor ihrem ersten Orgasmus stand. Ich ließ sie jedoch nicht kommen, sondern zog meine Beine unter ihrem Becken hervor und griff nach meiner Tasche. Ich kramte nach der Gerte. Andächtig ließ ich sie durch meine Hände gleiten. Ich wollte sie nur einmal an Sarah ausprobieren. Nur ein einziges Mal mit meiner Gerte auf ihren wohlgeformten Hintern schlagen. Mit einem raschen Griff unter ihre Taille hievte ich sie in den Kniestand hoch. Die Ketten der Manschetten klapperten gegen das Bettgestell, als sie mir über die Schulter einen verunsicherten Blick zuwarf. Ihre Hände umklammerten die Metallstangen. Ich neigte mich zu ihrem Ohr und hauchte einen Kuss auf ihre Wange.

»Vertrau mir«, flüsterte ich. »Ich weiß, was ich tue.«

Ganz langsam strich ich mit dem Ende der Gerte über ihre Wange. Sarah stöhnte auf. In Zeitlupe ließ ich das Leder an ihrem Rückgrat entlangwandern, hinauf und hinunter, als hätte ich alle Zeit der Welt. Ich machte das so lange, bis sie sich endlich entspannte, ihren Kopf hängen ließ und mit ihrem Rücken in ein erwartungsvolles Hohlkreuz ging. Als sie mir ihren Hintern entgegenstreckte, bereit meine Schläge zu empfangen, umfloss mich eine satte Befriedigung.

Ich liebte den Moment, wenn sie aufgaben. Wenn sie sich fallen ließen und sich mir zur Verfügung stellten, bereit, den Schmerz auszuhalten. Nur für mich.

Ich schlug mit der Gerte auf ihre rechte Pobacke. Sie wimmerte. Aus einem Schlag wurden fünf Schläge, weil ich nicht aufhören konnte. Das Blut kochte in meinem Unterleib. Mir zuckte die Hand, weil ich mich gehen lassen wollte. Ein prüfender Blick auf Sarahs Gesicht zeigte mir, dass es ihr gefiel. Sie reckte mir ihren Arsch entgegen und bettelte wortlos um mehr.

Kannst du haben, Süße.

Ich verfiel in einen Rausch, erhöhte die Intensität der Schläge, holte weit aus, schlug zu. Der Schweiß lief meinen Rücken hinab. Sarahs Stöhnen wurde heftiger.

Ihre Weiblichkeit überschwemmte mich.

Wir harmonierten so perfekt miteinander, dass mir das ein wenig Angst machte. Ich war plötzlich so in meiner männlichen Kraft, dass ich kaum noch klar denken konnte. Das Verschmelzen mit Sarah war besser als jeder Drogenrausch. Sie war eine unglaubliche Frau, eine Göttin. Sinnlich, würdevoll, elegant, wunderschön. Stolz reckte sie mir ihren Arsch entgegen, den Kopf auf dem Kissen abgelegt. Sie hatte endlich auf die Konventionen und die Moralvorstellungen der Gesellschaft gepfiffen und sich mit ihrer wilden, weiblichen Natur verbunden. Um sie vibrierte die pure weibliche Kraft in warmen Wellen und ich ertrank fasziniert darin. Sie war meine Anima. Während sie immer nachgiebiger und sanfter, immer weicher und devoter in ihre Verwandlung glitt, wurde ich immer härter und mächtiger. Darum ging es im Grunde bei jedem Liebesspiel in der Welt aus Dominanz und Unterwerfung. Um die Symmetrie, die entstand, wenn die Polaritäten der Geschlechter in völligem Einklang miteinander zu schwingen begannen.

In ihrer absoluten Hingabe war Sarah eine Offenbarung für mich. Die Erkenntnis flashte mich total. Wie hatte ich das konstruierte Spiel einer Prostituierten oder eines zwanzigjährigen Püppchens für wahrhaftige Demut halten können?

Schwer atmend und mit der letzten Willenskraft, die ich in dieser Situation aufbringen konnte, warf ich die Gerte zur Seite und schlüpfte aus meinen Klamotten. Vorsichtig rollte ich Sarah zurück in die Rückenlage. Die Schminke um ihre Augen war verwischt. Sie hatte geweint. Das rührte mich. Ich verschmierte das Schwarz des Mascaras mit dem Daumen auf ihren nassgeweinten Wangen. Sollte ich den Knebel entfernen? Nein. Noch nicht. Mit einer ruckartigen Bewegung spreizte ich ihre Beine und kroch dazwischen. Ich wollte sie so gerne schmecken, wollte meine Zunge in sie tauchen. Lustvoll leckte ich über ihre Schamlippen, ihren Kitzler, ihre vor Feuchtigkeit überfließende Spalte. Ich leckte sie so lange, bis sie mir ihr Becken in den Mund presste und um mehr bettelte.

Mit einem Grinsen ließ ich von ihr ab und zog das schwarze Tuch aus ihrem Mund. Sie benetzte ihre trockenen Lippen mit der Zunge.

»Was willst du, Sarah, hm?«

»Hör nicht auf. Ich flehe dich an. Hör nicht auf.«

Ihr Blick war so verschleiert, dass mich das noch mehr antörnte.

»Was willst du?«

»Deinen Schwanz.«

»Hatte ich recht? Brauchst du einen Fick?«

»Ja, verdammt«, fluchte sie.

»Wie lange ist es her? Sag es mir.«

Sie schwieg.

»Wie lange?«

»Acht Monate.« Ihre Stimme war ein beschämtes Flüstern.

Ich stieß die Luft aus meinen Lungen aus. »Was? Acht Monate? Okay, unter diesen Umständen quäle ich dich nicht länger, sondern erlöse dich.«

Ich brachte mich vor ihrem Becken in Position. Mit meinen Händen umfasste ich ihre Fußgelenke und spreizte ihre ausgestreckten Beine weit auseinander. Als ich mit einem langsamen Stoß meinen Schwanz in sie schraubte, raubte mir das für einen Moment alle Sinne. Ihre feuchte Enge umschloss mich warm und fest. Es war fantastisch. Sie war fantastisch. Sie war unglaublich. Ich vögelte sie mit bedächtigen Stößen, die immer härter und tiefer wurden. Kurz bevor meine Erregung gefährlich anstieg, stoppte ich, ließ ihre Beine los und legte mich auf sie. Ich vergrub mein Gesicht an ihrem Hals. Ihre Lippen suchten meinen Mund. Sie wollte mich küssen. Ich zögerte, hielt inne, das Herz wummerte in meiner Brust. Ich verabscheute es, während einer Session zu küssen. Ich küsste Frauen sowieso nur dann, wenn ich mit ihnen in einer längeren Sexbeziehung steckte oder wenn ich betrunken war. Ein Kuss erschuf Nähe. Und ich hasste Nähe. Sie machte mir Angst. Sarah spürte mein Zögern, registrierte das Wegdrehen meines Kopfes, ließ aber trotzdem nicht locker. Sie streifte mit ihren Lippen meinen Mund und neckte ihn so lange, bis ich ihn zögerlich für sie öffnete. Dann küsste sie mich hungrig. Ihre Zunge tanzte wild um meine. In meinem Innersten löste sich ein gordischer Knoten. Plötzlich durchströmte mich ein intensives Gefühl, für das ich keine Worte fand. Wärme stieg in mir auf. In meinen Armen lag eine verfluchte Göttin.

Sarah küsste selbstvergessen, mit unglaublich viel Zärtlichkeit und Raffinesse. Sie berührte mit ihrem Kuss einen verborgenen Teil in mir, den ich lieber nicht entdeckt hätte. Wir küssten uns so lange, bis das Blut in meinen Ohren rauschte und sich in meinem Kopf alles drehte.

Erst als sich der Nebel langsam lichtete, wurde mir bewusst, dass mein Schwanz noch immer in ihr steckte.

»Fester«, hauchte Sarah an meinem Ohr. »Bitte. Fester. Nimm

mich härter, Jens.«

Dass sie meinen Namen seufzte, machte mich zusätzlich heiß. Für mich gab es nun kein Halten mehr. Ich stemmte mich mit den Armen hoch und nagelte sie in die Matratze hinein. Ich fickte sie hart und schnell, jagte meinen Schwanz in sie, vögelte sie durch. Ich besorgte es ihr richtig und bescherte ihr einen Orgasmus nach dem anderen. Ihre Schreie wurden lauter und lauter.

Ja, schrei für mich, Baby.

Sie ließ alles los. Ihre Möse zuckte unkontrolliert um meinen Schwanz, immer wieder und wieder kontrahierten ihre Muskeln. Es brauchte meine ganze Konzentration und Selbstbeherrschung, um mich nicht in ihrem Sturm zu verlieren. Dreimal stand ich kurz davor, abzuspritzen, aber ich beherrschte mich jedes Mal in allerletzter Sekunde.

Als sie schließlich nicht mehr auf meine Berührungen reagierte und in sich zusammensackte, zog ich meinen Schwanz heraus und nahm ihr die Ledermanschetten ab. Stöhnend strich sie über ihre Handgelenke. An manchen Stellen zeigten sich Male. Ich musterte sie prüfend. Es waren nur Kratzer, keine ernstzunehmenden Verletzungen.

Ich legte mich neben sie, zog sie an mich und hielt sie an meine Brust gedrückt fest. Sie begann zu weinen. Vorsichtig streichelte ich über ihren Rücken und über ihr Haar, während der Druck und der Stress vieler Monate tosend aus hier herausbrachen.

»Hey, alles ist gut«, flüsterte ich. »Lass es raus. Ich halt dich zusammen. Ich fang dich auf. Ich lass dich nicht los.«

Sie schluchzte bei meinen Worten noch lauter auf.

Ich hielt sie fest und wartete, bis sie sich beruhigt hatte.

»Na, ist es nun besser?«, fragte ich, als sie ganz leise geworden war. Ihr Atem fächelte gleichmäßig über meine Haut. Sie verbarg ihr Gesicht an meiner Halsbeuge.

»Ja, ist es«, murmelte sie.

»Bist du okay? Fühlst du dich gut?«

Sie nickte.

»Und du? Äh ... willst du nicht auch ... also ... soll ich ... dir?«, stotterte sie.

Ich grinste. »Du weißt doch, worauf ich scharf bin.«

Sie nahm Abstand und suchte meinen Blick.

»Aber ich will meine Hände benutzen«, forderte sie mit einem schwachen Lächeln.

Diese Ausnahme ließ ich nur ungern zu, aber Sarah hatte etwas in mir berührt, das mich nachgiebig machte. Ich rollte mich auf den Rücken und beobachtete, wie sie sich mit ihrem Mund über meinen Schwanz hermachte. Gekonnt verwöhnte sie ihn, leckte mit der Zunge über meine Eichel, saugte mich ein und wichste mich hart. Zwischendurch ließ sie mich immer wieder tief in ihren Rachen stoßen. Sie schluckte mich bis zum Anschlag, während ihre Finger meine Eier und meinen Damm massierten. In mir brach das reinste Inferno aus. Oh fuck, sie war die unübertroffene Nummer Eins. Ohne Zweifel. Bei ihrem Geschick dauerte es nicht lange, bis ich zu pumpen begann. Als sie mit ihren rehbraunen Augen und der verschmierten Schminke verführerisch zu mir hochsah, gab mir das den letzten Kick. Mit einem langgezogenen Stöhnen spritzte ich in ihren geilen Mund.

KAPITEL 5 – SARAH

Ich begegnete Jens' Blick, nachdem wir unser Essen bestellt und die Speisekarten zur Seite gelegt hatten. Um seine Mundwinkel tanzte ein amüsiertes Schmunzeln. Seine Augen blitzten gefährlich, aber es lag auch der Hauch einer Frage darin. Er schien aus meinem Verhalten nicht ganz schlau zu werden und musterte mich zwischen zwei Schlucken über sein Glas hinweg so prüfend, als wollte er in meinen Schädel eindringen und meine Gedanken lesen. Wahrscheinlich hatte er mit Vorwürfen oder einem ernsten Gespräch gerechnet, aber sicherlich war er nicht auf meine satte Zufriedenheit vorbereitet gewesen, die ich mit einem glücklichen Lächeln vor mir hertrug. Dabei hatte er mir genau diese Zufriedenheit versprochen. Er hatte nicht gelogen. Ich fühlte mich wunderbar. Von den Finger- bis zu den Zehenspitzen befriedigt. Gleich einem Nachbeben liefen immer noch süße Schauer über meine Haut und elektrisierten mich. Mein Po brannte bittersüß bei jeder Bewegung. Jens hatte mir genau das gegeben, was ich gebraucht hatte und er hatte es mir so gegeben, wie ich es gebraucht hatte. Er hatte das richtige Maß getroffen, den Balanceakt zwischen Dominanz und Zärtlichkeit wunderbar gehalten. Aber sollte mich das wundern? Jens war ein Profi auf seinem Gebiet, das hatte Roman schon immer behauptet. Er hatte bereits viele Damen in die Welt des BDSM eingeführt. Manche waren ihm sogar hörig geworden und hatten ihn auf Schritt und Tritt verfolgt. Mich hatte das immer gewundert, aber jetzt kannte ich Jens' Geheimnis.

Er war ein unglaublicher Liebhaber.

Ich blickte auf die Tischdecke und drapierte das Besteck neu. Mit ihm die Grenzen meiner Erträglichkeit zu erkunden, weiterzugehen, mich ganz auf seine Dunkelheit einzulassen, wie das wohl wäre? Denn, dass er sich zurückgehalten hatte, war mir nicht entgangen. Nachdem wir das Bett verlassen hatten, hatte es nicht viel Überredungskunst gebraucht, um ihn von einem Abendessen in dem lauschigen Strandrestaurant zu überzeugen. Wir waren uns in einer Sache ähnlich. Nach dem Sex packte uns unglaublicher Hunger. Wir hatten uns also rasch fertig gemacht, im Hotel ausgecheckt und unser Gepäck in den Kofferraum seines Wagens verfrachtet. Jetzt saßen wir auf der offenen Terrasse des Fischlokals und genossen die leichte Brise, die über den Sandstrand zu uns herüberwehte. Der Duft von Gebratenem zog durch die Luft. Mein Magen knurrte. Wie viel schöner war der Sommer an der Küste, weit weg von der stickigen Enge meines Hauses? Hier war die Hitze auszuhalten, die seit Wochen über Europa schwebte.

Ich beobachtete einige Kinder am Strand, die fröhlich lachend einem Ball hinterherjagten und dachte wehmütig an meine eigenen Kinder, die heute an einem italienischen Strand ihre Sandburgen gebaut hatten. Ohne mich.

»Du hast manchmal diesen traurigen Blick. Ich frage mich, woran du gerade denkst«, sagte Jens.

»Den Psychologen in dir kannst du aber auch nicht abstreiten.«

Er lachte rau. »Es ist eine meiner Süchte, andere Menschen zu lesen, ihr Wesen zu zerpflücken, sie zu analysieren. Also, an was oder wen hast du gedacht?«

»An meine Kinder. Sie sind mit ihrem Vater und ihren Großeltern in Italien. Es ist das erste Mal, dass ich nicht mit ihnen in den Urlaub gefahren bin, nicht Teil von dem bin, was sie gerade erleben. Das stimmt mich melancholisch.«

Er schmunzelte. »Sie waren auch nicht Teil von dem, was du gerade erlebt hast.«

Ich lachte auf. »Das stimmt. Und gewiss hätte ich es nie erlebt, wenn ich bei ihnen geblieben wäre.«

»Bereust du es?«

»Was meinst du? Den Sex mit dir oder dass ich meinen Mann verlassen habe und nicht Teil des Familienurlaubs bin?«

Jens beugte sich über den Tisch. »Hast du ihn verlassen oder er dich? Die Meinungen gehen da auseinander.«

»Ich habe ihn verlassen. Er konnte mir meine Affäre mit Roman nicht verzeihen und ich konnte mir seine Vorwürfe nicht länger anhören.«

»Interessant. Wie hast du ihn verlassen?«, fragte er.

»Du fragst nach dem Wie? Nicht nach dem Warum?«

»Ich kenne dein Warum.«

»Das stimmt nicht. Du glaubst mein Warum zu kennen.«

»Ich wiederhole meine Frage: Wie hast du ihn verlassen?«

Ich rief mir den hässlichsten und zugleich befreiendsten Moment meines Lebens wieder in Erinnerung.

»Es war einer der ersten Frühlingstage«, sagte ich, »der Apfelbaum im Garten trug schon erste Blüten. Es war ein Montagmorgen, das weiß ich noch genau. Ich schlug die Augen auf und wusste plötzlich mit einer nie da gewesenen Klarheit, dass ich niemals mit mir in Kontakt kommen würde, so lange es Sam an meiner Seite gab. Ich rollte mich zu ihm herum, sah ihm in die Augen und sagte ihm das. Eine Woche später zog er aus.«

»Und jetzt? Bist du jetzt in Kontakt mir dir?«

»Ich bin näher an mir dran als vorher.«

»Das merkt man.«

»Wieso?«, hakte ich interessiert nach. »Woran merkst du das?«

»Ich merke es eben«, wich er aus.

Unser Essen wurde gebracht und wir machten uns schweigend darüber her.

»Willst du mal probieren?«, fragte ich ihn nach ein paar Bissen.

Jens legte verblüfft sein Besteck am Tellerrand ab. »Ich soll von deinem Essen probieren?«

Ich lachte über seinen entsetzten Blick. »Ist dir das zu viel an Intimität?«, neckte ich ihn. »Essen dominante Männer nicht vom Teller einer Frau, die sie gerade verführt haben?«

Jens grinste und leckte sich über die Lippen. »Verführt nennst du das also? Okay«, sagte er. »Du solltest eines über mich wissen: Ich hasse es zu teilen.«

»Das hab ich aber anders in Erinnerung, wenn ich daran denke, was du mit Roman alles geteilt hast«, widersprach ich ihm.

Seine Augen bohrten sich in meine. »Ich präzisiere, ich hasse es, mein Essen mit einem anderen Menschen zu teilen. Eine Frau mit einem anderen Mann zu teilen macht mich jedoch an. Sehr sogar. Neben einer harten Session ist es meine bevorzugte Art zu ficken.«

Ein Schauer rieselte über meine Haut, als ich an den Dreier mit ihm und Roman dachte. Blitzschnell, um mich davon abzulenken, sauste meine Gabel über den Tisch und ich spießte einen der

Calamari von seinem Teller auf.

»Köstlich«, murmelte ich kauend. »Wie ich vermutet hatte.«

Jens funkelte mich über den Tisch hinweg an.

»Wenn du das noch mal machst, dann leg ich dich übers Knie«, sagte er bedrohlich leise. »Hier im Restaurant.« Er sah tatsächlich verärgert aus.

»Das traust du dich nie«, entgegnete ich herausfordernd, obwohl mir bei seinem rauen Timbre eine Gänsehaut über beide Arme jagte. Mein Gott, er war der Teufel höchstpersönlich. Ein sehr attraktiver noch dazu. Wieso war mir das bisher nicht aufgefallen? Jens' Kiefer mahlte. Er blickte über die Schulter zurück und musterte die anderen Gäste im vollbesetzten Restaurant. Mir rutschte das Herz in die Hose, als er mich kurz darauf wieder fixierte. Das hier war ein gefährliches Spiel. Warum wollte ich es spielen? Jens kannte keine Skrupel. Er würde mich vor allen Leuten auf seinen Schoß zerren, mir das Kleid hochschieben und mir den Hintern versohlen. Das sagte mir sein Blick. Sein Antrieb war die Provokation, nicht die Wahrung irgendwelcher Konventionen. Im Zeitraffer wischte er sich den Mund mit der Stoffserviette ab und schob quietschend seinen Stuhl zurück. Ich hob beschwichtigend beide Hände und senkte ergeben den Blick.

»Okay, ich glaube dir ja«, hauchte ich. »Du kannst dich wieder setzen. Setz dich, Jens.«

Mit einem diabolischen Grinsen ließ er sich auf seinen Stuhl sinken und griff seelenruhig nach Messer und Gabel.

»Gut«, sagte er. »Hätten wir das auch geklärt.«

Ein nervöses Kribbeln erfasste meine Arme, in meinem Bauch wirbelte die Aufregung durcheinander. Jens zu provozieren machte eindeutig mehr Spaß, als gut für mich war. Ich würde damit aufhören. Sofort! Was war überhaupt in mich gefahren, mit ihm zu schlafen?

Mein Gott, was hab ich getan, dachte ich. *Was haben wir getan?*

Was sollten wir Roman sagen, wenn wir in Nerja auf ihn trafen? Was sollte ich ihm erklären? Dass ich zu schwach und zu ausgehungert gewesen war, um seinem besten Freund zu widerstehen? Dass sich mir in meinem Alter nicht mehr viele Gelegenheiten auf ein erotisches Abenteuer boten und ich diese hatte ergreifen wollen? Würde er das, nach allem, was zwischen uns gewesen war, als Erklärung akzeptieren? Was hatte mich wirklich zu diesem hemmungslosen Schritt bewogen? War es Jens' starke Anziehungskraft? Seine Macht als dominanter Mann? Hatte ich nach den schrecklichen Monaten, den endlosen Streitgesprächen mit Sam, den ermüdenden Diskussionen über die Kinder und die Scheidung einfach einen Kick gebraucht und das Gefühl, die Kontrolle abgeben zu können?

Ich mustere Jens unauffällig. Es war so berauschend gewesen von ihm unterworfen zu werden. Berauschend! Und er sah so gut aus, dieser dunkle Look und die heißen Tattoos. Er war dieser wilde und verwegene Bad Boy, vor dem mich meine Mutter immer gewarnt hatte und von denen ich als ordentliche Katholikin, als die ich erzogen worden war, stets die Finger gelassen hatte. Bis jetzt! Was hatte sich verändert?

Ich! Ich hab mich verändert, schrie eine Stimme in meinem Innersten. *Ich bin aus meinen alten Rollen ausgestiegen. Sie haben mir einfach nicht mehr gepasst. Sie sind mir zu eng geworden und ich habe sie wie alte Kleidung von mir gestreift und entsorgt. Es ist nicht verwerflich, als Frau zu einem neuen Selbstverständnis und einer Weite im Denken zu finden. Ich habe Lust auf das Mehr! Lust auf das Leben! Lust auf die Lust! Was ist schlecht daran? Aber wird Roman das als Entschuldigung akzeptieren? Wird ihn meine Sehnsucht nach einem sexuellen Abenteuer überzeugen können? Wird er die Ausbruchsgedanken einer dreiundvierzigjährigen Frau, die fast zwei Jahrzehnte an denselben Mann gebunden war, nachvollziehen können? Konnte ein junger Mann diesen Wunsch nach Entfesselung überhaupt verstehen? Musste ich mich bei ihm entschuldigen? Wir hatten uns über ein Jahr nicht gesehen und waren nicht in einer festen Beziehung. War ich ihm denn Rechenschaft schuldig?*

Schuld, Schuld, Schuld.

Scham, Scham, Scham.

Diese Worte begegneten mir immer wieder, wenn ich an mein Leben zurückdachte. Das schlechte Gewissen war mein ständiger Begleiter. Schon immer. Ich musste mich davon freimachen und endlich gut finden, wohin das Leben mich trieb und was es mir schenkte.

Hinter mir und meinen Taten stehen ... das war meine Lernaufgabe. Unruhig begann ich meine Hände zu kneten. Ich fühlte mich gut und schlecht zugleich, ein Gefühl, das ich leider nur zu gut kannte. Ich versuchte mich zu erinnern, was mir meine Psychologin in den wöchentlichen Sitzungen eingebläut hatte. Ich dachte an die wilden Reden, die sie geschwungen hatte, wenn sie sich für eine befreite Sexualität der Frau eingesetzt hatte. Ihrer Meinung nach wurden Frauen in ihrer Sinnlichkeit und Weiblichkeit beschnitten, weil sie sich immer wieder in ihrer an alten Werten angepassten Moral verzettelten, die ihnen nicht einmal von der Männerwelt, sondern von anderen Frauen, Übermüttern, Moralistinnen und dem eigenen inneren Inquisitor wie ein Brandmal aufgedrückt wurde.

Befreien Sie sich, Frau Bremer! Befreien Sie sich! Das waren die bevorzugten Sätze meiner Therapeutin gewesen, wenn sie in unseren Gesprächen bemerkte, wie ich an mir selbst zerbrach und mir mit meinen Selbstzweifeln die Luft zum Atmen raubte. *Was soll ich tun,* hatte ich sie verzweifelt gefragt. *Was nur? Seit meiner Affäre mit Roman habe ich diese speziellen sexuellen Bedürfnisse, dieses Verlangen nach Hingabe, nach Unterwerfung, nach hartem Sex. Roman hat die Büchse der Pandora geöffnet und ich finde den Deckel nicht mehr, um sie zu schließen. Ich will Sex und weiß nicht, wie ich ihn kriegen kann.*

Ihre Antwort war leicht und doch so schwer in ihrer Umsetzung gewesen.

Befreien Sie sich endlich von diesen selbstgemachten Glaubenssätzen, die Ihr Leben unnötig erschweren. Die Lust auf Sinnlichkeit, auf Hingabe und körperliche Liebe, sie ist etwas unglaublich Schönes und nichts, wofür Sie sich schämen müssen. Die Zeit ist reif, diese Schicht an altertümlichen Moralvorstellungen abzutragen. Stück für Stück. Die Liebe kennt Klassifikationen, aber sie kennt keine Grenzen.

Hitze stieg in meine Wangen und ich fächelte mir mit der Speisekarte Luft zu. Ich beäugte Jens, der stirnrunzelnd auf sein Handy starrte und eine Nachricht eintippte. Der Sex mit ihm war unglaublich gewesen. Meine Orgasmen hatten mich regelrecht in der Luft zerrissen. Ich hatte das Gefühl gehabt, in den Sphären des Himmels zu schweben, weit über den Wolken, weit über mir.

Mein Gott, ich muss darauf achten, dass es nicht wieder passiert. Mein Herz ist immer noch zu sehr verwundet, um an einem dominanten Mann wie Jens nicht zu zerbrechen.

Es war ein Kick gewesen. Mehr nicht. Das redete ich mir zumindest ein. *Er ist Romans bester Freund. Wie konntest du nur?* Wieder schickte sich mein schlechtes Gewissen an, mich zu zerfleischen. Nicht schon wieder. Ich hatte nichts Verwerfliches getan. Nur meiner Lust auf Sex nachgegeben. Ich war niemandem verpflichtet und doch fühlte es sich falsch an.

Rasch lenkte ich meine Gedanken zu Frau Calvari. Wenn diese wüsste, was mir eben passiert war. Gewiss würde sie vor Begeisterung eine Flasche Champagner köpfen und mir zu meinem Abenteuer gratulieren. Sie hatte auf meine spontane Bitte nach Urlaub mit unverhohlener Neugier reagiert und mich so lange prüfend angestarrt, bis ich ihr gestanden hatte, dass ich mit dem jungen Mann, den sie bei der gestrigen Vernissage kennengelernt hatte, nach Spanien aufbrechen wollte, um dem anderen jungen Mann, den sie letztes Jahr bei einer Vernissage kennengelernt hatte, meine Liebe zu gestehen.

Verstehe ich Sie richtig, Frau Bremer?, hatte sie nachgebohrt. *Sie wollen also mit diesem betörenden und ganz gewiss nicht harmlosen Filou in einem Cabrio nach Spanien fahren, um seinem besten Freund zu gestehen, dass sie immer noch in ihn verliebt sind? Das Ganze völlig überstürzt, ohne Plan und ohne noch einmal in aller Ruhe darüber nachgedacht zu haben?*

Ja, Frau Calvari.

Sie hatte gelacht und in die Hände geklatscht.

Wunderbar! Wo ist der Urlaubsantrag? Ich werde ihn sofort unterschreiben. Wie lange wollen Sie wegbleiben? Vierzehn Tage? In Ordnung, Tristan wird das in der Zwischenzeit schon regeln. Es bleibt ihm ja nichts anderes übrig. Aber bevor Sie verschwinden und Ihre Koffer packen, habe ich noch eine Bedingung.

Welche, Frau Calvari?

Ihr eindringlicher Blick und der erhobene Zeigefinger hatten mich an meine Großmutter erinnert, wenn sie meinem Vater eine ihrer berüchtigten Standpauken gehalten hatte.

Sie werden in den nächsten Tagen keine, und ich meine wirklich

KEINE, Gelegenheit verstreichen lassen, die Sie daran erinnert, dass Sie eine schöne Frau in den besten Jahren sind, die frei und ungebunden die Möglichkeit hat, fern Ihrer beruflichen und mütterlichen Verpflichtungen ein paar heiße, sommerliche Tage zu genießen. Sie werden in das Meer des Lebens eintauchen und mit beiden Händen aus dem Vollen schöpfen und sollte Ihnen nur der geringste Zweifel an der Richtigkeit einer Ihrer Taten kommen, dann werden Sie diesen mit einem oder zwei oder drei Gläschen Rioja hinwegspülen und sich aufs Neue in ein Abenteuer stürzen, geradewegs so, als wäre jedes Fünkchen Moral in Ihnen für immer erloschen. Versprechen Sie mir das?

Ja, Frau Calvari, ich verspreche es, hatte ich mit einem Grinsen geantwortet.

Gut, und jetzt gehen Sie. Ich erwarte Sie in zwei Wochen zurück, pünktlich um 9 Uhr in der Galerie und bis dahin benehmen Sie sich gefälligst wie eine Frau, die nichts zu verlieren hat.

»Hör mal, Sarah«, sagte Jens in unser langes Schweigen hinein. »Ich hatte das nicht geplant, falls dir das Sorgen macht. Es geschah aus einem Impuls heraus. Ich bin ... äh ... ziemlich triebgesteuert und irgendwie ... nun ja ... egozentriert. Du denkst bestimmt an Roman und wie er das eben Geschehene aufnehmen wird. Ich denke auch daran, aber ich versuche diese Thematik nicht zu einem Problem aufzubauschen. Was passiert ist, ist passiert und ich werde dafür geradestehen.«

»Kannst du Gedanken lesen?«

Er zuckte mit den Schultern. »Nein, ich hab nur angenommen, dass es dich genauso stark beschäftigt wie mich. Vorhin im Hotelzimmer, da hab ich die Kontrolle verloren. Ich wollte dich erobern, dich unterwerfen. Roman war mir in diesem Moment egal. Ich habe nicht eine Sekunde lang an ihn gedacht und was das mit ihm machen könnte. Leider.«

»In Wahrheit hast du die Kontrolle nicht verloren«, unterbrach ich ihn. »Mach dir nichts vor, Jens. Es gab diesen Zenit, an dem wir beide es wollten und an nichts anderes gedacht haben, als dass wir es wollten.«

»Ich weiß.«

»Es hat mir gefallen«, sagte ich. »Das ist es doch, was dich brennend interessiert, oder?«

»Ich weiß, dass es dir gefallen hat«, entgegnete er arrogant. »Das war ja nicht zu überhören. Aber sei unbesorgt: Was immer zwischen uns geschehen ist, bleibt auch zwischen uns. Von mir wird Roman nichts über diese Nacht in Marseille erfahren. Ist das in deinem Sinne?«

War es in meinem Sinne? Ich überlegte.

»Aus heutiger Sicht kann ich dazu noch nichts sagen«, erwiderte ich. »Was aber sicher ist: Sollte Roman einen neuen Anlauf mit mir wagen, dann möchte ich diesen nicht mit Geheimnissen beginnen. Keine Lügen mehr, das hab ich mir fest vorgenommen. Aber jetzt darüber nachzudenken, macht wenig Sinn, ich weiß noch nicht, wie er zu mir steht. Was, wenn er mich längst vergessen hat? Dann waren all unsere Sorgen umsonst.«

»Er hat dich nicht vergessen.«

»Wie kannst du da so sicher sein?«

»Hast du ihn vergessen?«

»Nein.«

»Liebst du ihn denn noch?«

Ich enthielt mich einer Antwort und blickte auf den Strand hinaus. Die angenehme jazzige Hintergrundmusik verstärkte meine sentimentale Stimmung. Die Freiheit blähte sich in mir auf wie ein Segel im Wind. Ich nahm Fahrt auf, durchsegelte mich, entdeckte Spuren, die mich an den Kern meines Wesens führten. Die Gewissheit, die Wahrheit, die Antwort ... ich liebte Roman. Ich würde ihn immer lieben. Immer. Ich hatte mir im letzten Jahr zu oft vorgemacht, dass es möglich war, ihn zu vergessen. Damit aufzuhören, war wie ein Befreiungsschlag für meine Seele gewesen. Meinen wahren Gefühlen ins Gesicht zu sehen, ließ mich ein stückweit authentischer und leichter werden, auch wenn es schwer war, ohne ihn zu leben.

Als ich Jens wieder in die Augen blickte, überraschte mich die Verlorenheit, die ich darin erkennen konnte.

Eine Millisekunde später war der Ausdruck wieder verschwunden. Seine Iriden glühten wie schwarze Kohlen.

Er versteckte sich hinter seinem Schatten, keiner durfte in seine Seele sehen.

Ich blickte dennoch hinein.

Er machte mir nichts vor.

Er war weicher, als er dachte.

»Warum gibst du mir nicht Romans Telefonnummer, damit ich mit ihm sprechen kann?«, fragte ich.

»Das hab ich dir doch schon erklärt. Ich will ihn überraschen. Er soll nicht wissen, dass du mit mir kommst.«

»Aber warum? Mich würden deine Gründe interessieren.«

»Ich werde dich früh genug über meine Gründe aufklären.«

Grübelnd betrachtete ich ihn. Was meinte er damit? Und plötzlich dämmerte es mir. Er wusste etwas über Roman, dass er mir verheimlichte. Was war es? Ging es Roman gar nicht so schlecht, wie er behauptet hatte?

Mir wurde plötzlich übel bei dem Gedanken, dass wir Roman überraschen und er sich nicht darüber freuen würde. Was hatte ich mir nur dabei gedacht, auf diesen Zug aufzuspringen? Eine reichlich infantile Idee. Wie hatte ich mir das vorgestellt? Sollte ich auf Roman zulaufen und ihm die Augen zuhalten. Kuckuck, rate mal, wer da ist? Nach fünfzehn Monaten absoluter Funkstille. Bestimmt gab es neue Frauen in Romans Leben. Er war nie ein Kind von Traurigkeit gewesen und brauchte Sex wie die Luft zum Atmen.

Mit einem Kloß im Magen erinnerte ich mich an den Morgen, als ich ihn in flagranti mit diesem jungen Mädchen in seiner Wohnung erwischt hatte. Es war die Hölle gewesen. Ich hatte das Gefühl gehabt, daran zu zerbrechen. Aber ich war es nicht. Zerbrochen. Ich war stärker als je zuvor.

»Mir wäre wohler, wenn ich vorher mit ihm telefonieren könnte, bevor wir in Nerja eintreffen«, sagte ich bestimmt.

Jens musterte mich mit hochgezogenen Augenbrauen.

»Okay, Sarah. Wir rufen Roman an, kurz bevor wir unser Ziel erreicht haben. Ist das in Ordnung für dich?«

»Lieber wäre mir jetzt sofort, aber kurz vor Ankunft ist auch okay«, erwiderte ich.

Ich bückte mich nach meiner Handtasche und zog einen Stapel zusammengefalteter Papiere heraus. Langsam schob ich sie über den Tisch zu Jens hinüber. Es wurde Zeit, mit ihm über andere Themen zu sprechen. Brisante Themen.

»Was ist das?«, fragte er mit einem Stirnrunzeln.

»Mein Mann hat mich letztes Jahr beschatten lassen. In der Zeit, als Roman und ich uns heimlich trafen. Er engagierte einen Privatdetektiv, der mich überwacht hat. Dieser Typ, Walter Renner, er hat auch Informationen zu deiner Person zusammengetragen. Er hatte eine Zeit lang eure Wohnung im Fokus.«

Jens legte seine Stirn noch mehr in Falten. Misstrauisch starrte er mich an. Dann griff er nach den Unterlagen und faltete die Zettel auseinander. Er beugte sich darüber und begann zu lesen. Ich beobachtete seine Mimik, während er die Inhalte überflog. Seine Miene verdüsterte sich. Als er fertig gelesen hatte, pfiff er leise durch die Zähne. »Dieser Detektiv versteht seinen Job«, murmelte er. »Er hat sogar das Business meines Vaters auseinandergenommen. Und er hat Kontaktmänner in der Ukraine. Welchen Background hat der Typ? Einer vom BND?«

»Ich weiß nur, dass er ein ehemaliger Fremdenlegionär ist, der eine Detektei in München eröffnet hat.«

Jens massierte seine Stirn mit den Fingerspitzen. »Krass«, murmelte er. »Richtig krass.«

»Was sagst du zu der Sache mit Romans Vater?«

Er lehnte sich in seinem Stuhl zurück und fuhr mit beiden Händen durch sein Haar. »Das wird Roman eiskalt erwischen.«

»Dann bist du der Meinung, dass er davon erfahren muss?«

»Was soll die Frage?«, entrüstete er sich. »Natürlich muss Roman erfahren, wer sein leiblicher Vater ist. Er ist nicht länger der Sohn eines namenlosen Vergewaltigers. Diese Information ändert alles für ihn. Es verschafft ihm eine verdammte Identität.«

Jens nahm das Foto von Iwan Loschkin zur Hand und musterte es eingehend. »Roman ist seinem Vater wie aus dem Gesicht geschnitten. Mann, ist das krass. Wenn er will, kann er dieses Schwein zu Fall bringen. Er kann die Vergewaltigung an seiner Mutter rächen. Er kann ihn auffliegen lassen, seine Karriere ruinieren, ihn sogar ins Gefängnis bringen, wenn er das möchte.«

»Ja«, erwiderte ich leise. »Es liegt nun in Romans Hand, wie er mit dem Wissen um seine Vergangenheit umgeht und seine Zukunft gestaltet.«

Hoffentlich gestaltet er sie mit mir, dachte ich, aber ich sprach diesen Gedanken nicht laut aus. *Hoffentlich haben wir noch eine Chance. Nur eine. Mehr will ich nicht. Nur eine Chance, um zu sehen, ob wir nicht doch ein Leben haben können, in dem wir einander nicht vermissen.*

KAPITEL 6 – JENS

Ich bekam die Sache nicht mehr aus meinem Kopf. Seit Stunden kreisten meine Gedanken um Romans leiblichen Vater. Was dieser Privatdetektiv an Informationen zusammengetragen hatte, hatte mich geschockt. Renner wusste alles. Über Roman. Über mich. Über unsere Familien. Beeindruckend, aber auch mächtig beunruhigend.

Das Grübeln über Romans Vergangenheit hatte auch sein Gutes. Es war eine willkommene Abwechslung zu der anderen Gedankenflut, die mein Gehirn ohne Unterlass überschwemmte ... ich hatte Sarah gefickt. *Sarah. Sarah. Sarah. Romans Sarah.*

Was für eine Misere. Da war ich losgezogen, um die beiden zusammenzubringen und dann das. Ich hatte schon viele üble Taten in meinem Leben begangen, auf die ich nicht stolz war, aber das schlug dem Fass den Boden aus. Die große Liebe meines besten Freundes flachzulegen. Das war wirklich das Letzte. Aber Sarah ... diese Frau ... sie hatte mich mit ihrer Stärke um den Finger gewickelt. Was war es, das sie so besonders machte? Ich kam nicht dahinter. War es ihr Alter? Ihre Eleganz? Ihre Abgeklärtheit? Ihre Reife? Sie hatte irgendetwas mit mir gemacht. Irgendetwas Schönes.

Ich beschleunigte und raste der aufgehenden Sonne entgegen. Das tiefstehende Licht blendete mich. Der Verkehr wurde dichter. Spanien erwachte zu neuem Leben. Ich setzte den Blinker und wechselte die Spur, um etwas langsamer weiterzufahren. Meine Augen schmerzten von der Anstrengung der nächtlichen Fahrt. Von den drei Energydrinks, die ich mir reingezogen hatte, raste mein Puls. Für das hohe Fahrtempo reichte meine Konzentration kaum noch aus. Ich musste es ruhiger angehen lassen, wenn ich keinen Unfall riskieren wollte.

Wir hatten die französisch-spanische Grenze schon vor Stunden überquert und befanden uns nun auf der Höhe von Murcia. Nur etwa drei Stunden Fahrtzeit trennten uns noch von Roman. Die wollte ich auf jeden Fall durchfahren, um Nerja so schnell wie möglich zu erreichen. Sarah war irgendwann nach unserer zweiten Pause eingeschlafen und lehnte in einer reichlich unbequemen Position auf dem Beifahrersitz. Sie murmelte ab und zu im Schlaf und ruckelte auf der Suche nach mehr Bequemlichkeit hin und her. Immer wieder ließ ich meinen Blick über sie gleiten und versuchte, das ungezähmte Verlangen in meinem Schritt zu ignorieren. Sie trug ein schwarzes Kleid, das im Nacken hochgebunden war und sah darin so scharf aus, dass ich immer wieder zu ihr hinübersehen musste.

Keine Ahnung, was diese Frau mit mir angestellt hatte, aber es juckte mich in den Händen, sie noch einmal richtig ranzunehmen.

Verdammt, dachte ich. *Ich hätte sie so gern an ihre Grenzen gebracht. Wie weit ist sie bereit zu gehen? Für mich? Wo liegen ihre Grenzen?*

Der Verdacht drängte sich mir auf, dass es kaum welche gab. Sie war bereit, den Schmerz auszuhalten. Sie war bereit.
Die Erinnerungen an ihre spitzen Lustschreie beim Orgasmus ließen Schauer über meine Arme wandern. Wir fuhren mit geschlossenem Verdeck und Sarahs Duft vereinnahmte den Innenraum des Wagens. Er anästhesierte meinen Verstand. Früher oder später würde ich durchdrehen. Ich fühlte, wie mein Schwanz härter wurde und unangenehm gegen den Stoff meiner Jeans drückte. Na wunderbar, ich saß schlichtweg in der Falle. Ich spürte es in meinen Knochen. Das hier würde kein gutes Ende nehmen. Dabei hatte ich das längst fällige Gespräch mit Sarah noch gar nicht geführt. Wir waren schon tausende Kilometer gereist und ich hatte ihr noch immer nicht gestanden, dass Roman mit einer Frau zusammenlebte. Ja, Roman war liiert und das seit über einem Jahr. Bestimmt würde Sarah umkehren wollen, wenn sie die Wahrheit über Romans Beziehungsstatus erfuhr. Niemals würde sie einer anderen Frau den Mann ausspannen wollen. Aber vielleicht irrte ich mich auch. Vielleicht galten in Bezug auf Roman ihre moralischen Prinzipien nicht mehr. Vielleicht würde ihre Liebe alle Barrieren außer Kraft setzen. Meine mephistophelische Ader schwoll weiter an. Und nicht nur sie. Meine Erektion pochte mittlerweile so unnachgiebig in der Hose, dass ich kaum noch sitzen konnte. Ich hatte schon lange nicht mehr so ein unwillkürliches Begehren für eine Frau gespürt.

Sarahs Gegenwart machte mich mehr an, als ich das für möglich gehalten hätte. Aufseufzend träumte ich vor mich hin, während ich mich in den Verkehr einfädelte. Ich stellte sie mir in meinen Seilen vor. Gefesselt, verschnürt, auf Knien, ausgeliefert. Mir brach der Schweiß aus. Ich kaute auf meiner Unterlippe, während meine Hände das Lenkrad umklammert hielten. Als ein Parkplatz in Sicht kam, riss ich den Wagen abrupt nach rechts und hielt vor einer kleinen Imbissbude.

Beim Abstellen des Motors erwachte sie.

»Sind wir schon da?«, murmelte sie verschlafen.

»Nein«, knurrte ich. »Ich brauch eine Pause. Und ich muss mit dir reden. Ich bin, was Roman anbelangt, nicht ganz ehrlich zu dir gewesen.«

*

»Es gibt jemanden in Romans Leben, nicht wahr?«, fragte Sarah, als die Bedienung der Imbissbude unseren Toast auf dem Tisch abstellte. Sie sagte es ruhig, mit dem für sie typischen diplomatischen Ausdruck in den Augen. Ich stellte das Rühren in meiner Kaffeetasse ein und starrte sie an.

»Äh, ja, gibt es«, gab ich ohne Umschweife zu.

»Das dachte ich mir schon. Warum hast du nichts gesagt?«

»Wärst du denn mitgekommen, wenn du es gewusst hättest?«

»Eine gute Frage. Vermutlich nicht. Sind Sie schon lange zusammen?«

»Ein Jahr«, sagte ich. »Das ist lange, ich weiß.«

Ich blickte aus dem Fenster, biss von meinem Toast ab und beobachtete zwei Männer, die auf dem Parkplatz eine Diskussion begonnen hatten. Es ging um ein umgestürztes Motorrad, das auf dem Wegrand lag und ganz offensichtlich von einem rückwärtsfahrenden LKW beschädigt worden war.

»Ist er glücklich?«, fragte Sarah.

»Was ist schon Glück?«, fragte ich kauend, ohne den Blick von den beiden Typen abzuwenden. Deren Körpersprache verriet mir, dass sie kurz davorstanden, sich gegenseitig in die Fresse zu schlagen. »Bei unseren letzten Telefonaten hat er ganz zufrieden gewirkt«, sprach ich weiter, »aber das heißt noch gar nichts. Ich kenne Roman. Er macht sich was vor.«

»Wer ist sie?«, fragte Sarah mit belegter Stimme.

»Die Tochter einer deutschen Auswandererfamilie, die sich in Nerja niedergelassen hat und dort ein Strandcafé betreibt. Ihr Name ist Julia.«

Ein Seufzen kam über Sarahs Lippen. Draußen begann die Schlägerei. Der Motorradfahrer hatte den ersten Schlag gesetzt, wie ich richtig vermutet hatte. Ich wandte mich von der Szene ab und Sarah wieder zu.

»War ja klar, dass er eine neue Freundin hat«, murmelte sie frustriert und legte ihre Stirn in den Handflächen ab. »Romeo und Julia.«

Ich verkniff mir ein Grinsen. »Romeo und Julia. Das passt ganz gut zu den beiden.«

»Wieso?« Sarahs Kopf schnellte nach oben. Ich setzte an, um zu antworten, aber sie winkte hektisch ab. »Will ich das überhaupt hören, Jens?«

»Das musst du entscheiden.«

»Ich rate mal ins Blaue hinein. Sie ist jung, wunderschön, intelligent, freundlich. Sie ist die absolute Traumfrau und sieht umwerfend an seiner Seite aus. Sie sind das perfekte Paar.«

»Hm, ja, das beschreibt es ganz gut«, murmelte ich.

Sarahs Hände zitterten, als sie ihre Kaffeetasse an den Mund führte. Über ihr Gesicht huschte der Hauch von Resignation.

Was sollte ich ihr nun sagen? Sie musste sich selbst ein Bild von Julia machen. Die Kleine war ein Engel, viel zu gut für diese Welt. Sie war das einzige Mädchen, das einen Bad Boy wie Roman verzaubern konnte. Gegen ihr ehrliches Strahlen war selbst ich nicht immun gewesen. Mein Wunsch, sie für mich zu erobern, sie zu besitzen und zu unterwerfen, hatte beinahe zum Bruch zwischen Roman und mir geführt. Ich war ziemlich sauer gewesen, als er mir damals gestanden hatte, dass er sie flachgelegt hatte. Ja, Julia war schon eine Klasse für sich. Hübsch wie ein Model, aber dabei so unschuldig wie eine Jungfrau. Ein wenig naiv, aber unkompliziert im Umgang und mit spritzigem Humor ausgestattet. Gefügig und bedürftig. Sie weckte die Beschützerinstinkte eines Mannes. Zumindest hatte sie meine geweckt.

Im Nachhinein war ich froh gewesen, dass sie es vorgezogen hatte, meinen besten Freund zu daten und nicht mich. Ich hätte sie zerstört. Irgendwann. Bestimmt. Ich hatte noch jede Frau an den Rand des Abgrunds getrieben.

Sarah begann ihren Toast zu essen und starrte angestrengt auf ihren Teller. Zwischen den Bissen schloss sie kauend die Augen. Mir war klar, dass sie ihre Optionen im Kopf durchging, um eine Entscheidung zu treffen. Ihre Abgeklärtheit irritierte mich.
Sie war so anders, als alle Frauen, die ich bisher getroffen hatte. Ihre Eleganz und ihre Intelligenz verloren sich nie, auch nicht in komplizierten, unvorhergesehen Situationen. Sie war so stark, dass man neben ihr schwach wurde.

In mir reifte die Idee heran, wieder nach Hause zu fahren.

Niemals ankommen. Umkehren.

Wenn Roman und Sarah nie wieder aufeinanderträfen, dann hätte ich vielleicht die Chance, sie besser kennenzulernen. Wollte ich das etwa? Sarah wiedertreffen. Fuck, ja. Ich wollte. Sie musste unglaublich aussehen, wenn sie wehrlos von der Decke hing.
Der Gedanke war falsch, also verdrängte ich ihn schnell.

»Warum?«, fragte sie und schob ihren leeren Teller zur Seite. »Ich will deinen Beweggrund verstehen. Warum hast du mich mitgenommen, obwohl du wusstest, dass Roman in einer festen Beziehung steckt?«

Wir fixierten uns über den Tisch hinweg. Meine Beine konnten kaum noch ruhig stehen. Ich hatte den unbändigen Drang, mich zu bewegen, fortzurennen. Mich von dieser Frau zu entfernen, die mich so verwirrte, wie es noch keine getan hatte. Ich räusperte mich.

»So genau kann ich dir das nicht beantworten. Es war eine impulsive Entscheidung. Ich traf Feuerbach, er hat mir erzählt, dass du geschieden bist und er deine Veranstaltung besuchen will, um dich anzumachen. Ich hab mich ihm spontan angeschlossen. Ich dachte dabei an Roman. Dass es ihm bestimmt helfen würde, wenn er dich noch einmal wiedersehen könnte, um sich mit dir auszusprechen. Er konnte lange Zeit nicht damit aufhören, sich zu fragen, ob es nicht besser gewesen wäre, um dich zu kämpfen. Er hat sich diese Frage unablässig gestellt, das kannst du mir

glauben. Letztes Jahr auf unserer Reise. Ich habe noch nie jemanden so leiden gesehen wie ihn. Noch nie. Er hat dich abgöttisch geliebt, Sarah und es hat ihn schwer getroffen, dass du dich damals für deinen Mann und nicht für ihn entschieden hast.«
Sarah sprang überstürzt auf.

»Ich brauch frische Luft«, keuchte sie und wedelte mit der Hand vor ihrem Gesicht herum. »Dieser Geruch nach altem Fett setzt mir zu, mir ist regelrecht schlecht davon.«

Schweigend gingen wir zum Wagen zurück und blieben davor stehen. Sarah legte den Kopf in den Nacken und atmete tief durch.

»Willst du umkehren?«, fragte ich. »Ich fahr dich nach Deutschland zurück, wenn du das möchtest.«

Überrascht blickte sie mich an.

Wir fixierten einander. Wortlos.

Die Hitze flirrte über unsere Köpfe hinweg. Sie lag auf allem. Auf uns. Sie versengte uns.

Hinter unseren Rücken donnerte der Verkehr über die aufgeplatzten Autobahnen. Ich trat näher an Sarah heran und legte eine Hand auf ihrer Wange ab. Mit dem Daumen fuhr ich sachte die Konturen ihrer Lippen nach. Ihr Atem beschleunigte sich. Ihre Zunge tupfte gegen meine Fingerkuppe.

Plötzlich standen wir im Brennpunkt einer Möglichkeit, an die wir beide nicht im Traum gedacht hatten. Wir konnten unsere Blicke nicht mehr voneinander lösen. Ich sah die wilde Lust in ihren Tiefen tanzen. Meine Gegenwart ließ sie nicht kalt und das freute den Teufel in mir. Ich spürte dieser unglaublichen Macht nach und sie erregte mich. Maßlos. Ein fester Griff in ihr Haar, ein harter zwischen ihre Beine und Sarah würde wieder mir gehören. Sie mochte es, von mir unterworfen zu werden.

»Lass mich los«, sagte sie und trat einen Schritt zurück.

Meine Hand sank nach unten. Wir starrten uns an.

»Mein Gott, Jens. Was geschieht mit uns?«, fragte sie leise.

»Ich weiß es nicht, aber was immer es ist, es ist nicht gut.«

»Ich muss die ganze Zeit an Roman denken. Meine Idee, ihn zu besuchen, erscheint mir plötzlich so absurd. Das ergibt doch keinen Sinn. Das alles hier. Dieser verrückte Trip und dann noch

Marseille. Was hab ich mir nur dabei gedacht? Was hast *du* dir dabei gedacht?«

»Ich hab gar nichts gedacht, gar nichts.«

»Ich weiß nicht, was ich jetzt machen soll.«

»Willst du umkehren?«, fragte ich, denn es war die einzige Frage, die sich mir aufdrängte.

Sie schloss die Augen, atmete tief durch, schwieg.

»Sarah, willst du umkehren. Sollen wir zurückfahren? Zusammen?«

Sie öffnete die Augen und die Entschlossenheit, die darin glitzerte, warf mich um.

»Ich werde bestimmt nicht umkehren«, sagte sie entschieden. »Nicht jetzt, wo ich ihm so nahe gekommen bin. Ich muss ihn wiedersehen und meine Gefühle für ihn offenlegen. Ich muss mit ihm sprechen, muss erfahren, was er denkt. Über mich. Über uns. Was er fühlt. Ich kann jetzt nicht umkehren. Es ist meine letzte Chance, zu erfahren, ob wir nicht doch ein Leben haben können. Lass uns weiterfahren.«

Ich war enttäuscht, ließ es mir aber nicht anmerken.

Mein Gott, was sind das für Gefühle? Wieso bin ich enttäuscht?

»Okay, kein Problem. Dann lass uns weiterfahren«, erwiderte ich betont lässig und umrundete den Wagen.

In meinen Kopf rauschte das Blut. In meinem Schritt explodierte die Lust. Und irgendwo dazwischen lauerte leiser Schmerz.

KAPITEL 7 – ROMAN

Mit einem rasenden Puls schreckte ich aus dem Schlaf hoch. Ich bekam meine Augen kaum auf. Der Traum, aus dem ich gerade erwacht war, hielt mich eisern umklammert, wie im Netz einer Spinne war ich gefangen, zappelte, kam nicht mehr los.
Ich hatte schon lange nicht mehr von ihr geträumt. Schon lange nicht mehr. Irgendwann hatten die quälenden Träume aufgehört, die Sehnsucht, das Begehren. Ich hatte schon lange nicht mehr an sie gedacht. Aber jetzt. Es war, als wäre sie zurückgekehrt. Sie war plötzlich so nahe, als würde sie leibhaftig vor mir stehen. Verrückt! Die Lust brannte in mir. Mein Schwanz war steinhart, mein Körper schweißbedeckt. Ich war nackt und trotzdem war da überall diese Hitze auf meiner Haut.

Die unerbittliche Dürre hatte Spanien fest im Griff. Und mich auch. Ich hatte vergessen, wie sich Kälte anfühlte. Und wie es sich anfühlte, von Sarah zu träumen, sie zu berühren, sie zu lieben. Das hatte ich auch vergessen. Bis eben, als sie mich geküsst hatte ... im Traum.

Dem Rauschen des Meeres lauschend, versuchte ich mich zu beruhigen. Gleich Nebelschwaden umschmeichelten mich die Sequenzen meiner nächtlichen Reise. Erotik lag in der Luft.
Ich legte eine Hand auf meinen Brustkorb und atmete tief in meine Lungen hinein. Durch die geöffnete Balkontür fiel das Mondlicht ins Zimmer. Die Vorhänge tanzten in der leichten Brise, die vom Meer hochkam. Ich schloss die Augen und versuchte zu fallen, zurück in den Traum zu sinken, aus dem ich eben erwacht war. Keine Chance. Ich verlor sie zum tausendsten Mal. Und zum tausendsten Mal tat mir das so weh, dass ich es kaum ertragen konnte.

Neben mir bewegte sich Julia im Schlaf. Sie murmelte Unverständliches und warf sich zur Seite. Ich hob meinen Arm und legte meine Hand auf ihrer Taille ab. Meine Finger streichelten zärtlich über ihre warme Haut. Wie gern hätte ich jetzt mit ihr geschlafen, sie geweckt und mich in ihr versenkt, meiner Lust Erleichterung verschafft. Aber es ging nicht. Julia wollte aktuell keinen Sex mit mir haben. Für sie musste die Welt in Ordnung

sein, damit sie sich in meinen Armen fallen lassen konnte. Zwischen uns war es kompliziert geworden. Die Leichtigkeit unserer Beziehung hatte sich davongemacht, schneller als wir das je für möglich gehalten hätten. Im Augenblick konnte ich nicht über uns als Paar nachdenken, ohne an diesem Bild zu verzweifeln. Es machte mir eine Scheißangst, wenn ich an unsere Zukunft dachte. Hastig zog ich meine Hand zurück, schlug das dünne Laken zur Seite und schwang meine Beine aus dem Bett. Die Mutlosigkeit, im Spiegel meiner Realität betrachtet, zersetzte den schönen Traum, den ich eben noch so intensiv gefühlt hatte.
Ich trat an die geöffnete Balkontür und blickte auf den Strand hinunter. Mein Herz fühlte sich schwer wie Blei an, unerträglich schwer. Es gab nur eine Sache, die mir jetzt helfen würde. Schwimmen!

Ich tastete mich durch den Kleiderstapel auf dem Lehnstuhl und streifte meine Badehose über. Mein großes Handtuch warf ich mir über die Schultern und schlüpfte in meine Flip-Flops. Leise, um Julia nicht zu wecken, zog ich die Eingangstür ins Schloss.

Als ich über den Strand lief, konnte ich am Horizont einen schmalen Streifen orangenfarbenen Lichts erkennen. Der Morgen rollte über Gischten balancierend heran. Es tröstete mich, dass ein neuer Tag begann. Es würde ein guter Tag werden. Heute Abend fand die große Eröffnungsfeier unseres neuen Beachclubs statt, auf die sich unser Team schon seit Wochen vorbereitet hatte. Wir hatten einen grandiosen DJ engagiert, der extra aus Ibiza eingeflogen wurde und den besten Koch Madrids gebucht, der seine ausgezeichneten Tapas servieren wollte. Wir erwarteten Massen an Menschen, die tanzend die Nacht zum Tage machen würden. *Burriana Beach* würde brennen! Dafür wollten wir vom Beachclub Sorge tragen. Aber nicht nur die Aussicht auf eine sensationelle Partynacht ließ mich zuversichtlich auf diesen Tag blicken. Es war auch Jens' Besuch, der mich glücklich stimmte. Diesmal hatte er genug Zeit eingeplant und würde nicht nur ein Wochenende lang bleiben. Wir wollten morgen aufbrechen und zusammen nach Tarifa fahren. Endlich wieder Kitesurfen! Nur Jens und ich. Ich freute mich darauf, einmal abschalten zu können und lechzte danach, mich mit jemandem auf intellektueller Ebene auszutauschen. Ich sehnte mich nach einem Menschen, dem ich blind vertrauen und von dem Scheiß erzählen konnte, den ich mir hier in Nerja eingebrockt hatte. Ich vermisste meinen besten Freund so unglaublich. In den letzten Wochen war es besonders schlimm gewesen und ich hasste es, dass wir nicht mehr zusammenwohnten. Bei Jens fühlte ich noch einen letzten Hauch von dem, der ich einst gewesen war.

Ich warf das Handtuch auf eines der Baldachinbetten, die zu unserem Club gehörten, und stapfte zügig zum Meer hinunter. Ich ging ins Wasser hinein, bis es mir zur Hüfte reichte, dann blieb ich stehen und verschränkte die Arme auf dem Hinterkopf. Die Abkühlung tat unglaublich gut.

Ich veratmete mich, schloss die Augen, genoss die salzige Konsistenz, in der ich mich auflöste und zersetzte. Als ich mit einem Sprung in die Wellen abtauchte und mich dem kalten Ozean ergab, waren sie verschwunden, meine Probleme. Ich schwamm und träumte vom Ertrinken.

*

Als ich zurück in unser Appartement kam, war Julia schon wach. Sie trug eines meiner T-Shirts und saß mit einem Glas Orangensaft auf unserem Balkon. Die Beine hielt sie an ihre Brust gedrückt und den Stoff des Shirts hatte sie wie ein Zelt über ihre Knie gespannt. Der Wind spielte mit ihren blonden, langen Haaren und verwirbelte sie um ihr Gesicht. Sie war so schön, dass es fast kitschig wirkte, wie sie so dasaß, im Gegenlicht der Morgensonne. Ihre Schönheit war etwas absolut Einzigartiges auf dieser Welt und ich war immer wieder aufs Neue erstaunt, dass sie dies nie zu ihrem Vorteil ausnutzte. Andere Frauen hätten längst als Model zu arbeiten begonnen oder sich sonst irgendwie die Karriereleiter hochgeschlafen. Sie hatte es vorgezogen, im Café ihrer Eltern mitzuarbeiten und auf die große Liebe zu warten.

»Roman, du warst wieder im Dunkeln schwimmen«, sagte sie mit einem beleidigten Schmollmund.

»Ich konnte nicht schlafen«, murmelte ich und beugte mich

hinab, um ihr einen Kuss auf den Scheitel zu drücken. »Guten Morgen, du siehst heute wieder umwerfend aus.«

Sie lächelte glücklich. Ich grinste ihr entschuldigend entgegen. Julia war so leicht mit Komplimenten einzukochen. Ich konnte unangenehme Fragen oder ihre Besorgnis sofort damit zerstreuen, wenn ich ihr schmeichelte. Heute jedoch funktionierte das nicht so gut wie sonst.

»Du weißt, ich mag es nicht, wenn du nachts schwimmen gehst. Es ist zu gefährlich. José hat dich schon so oft vor den Unterströmungen am Riff gewarnt. Muss erst etwas passieren, damit du vernünftig wirst?«

»Deine Sorge ist unbegründet. Mir passiert nichts. Ich hab genug Kraft, um gegen die Strömung anzuschwimmen.«

Ihr Blick wanderte prüfend über meinen Oberkörper, als suchte sie dort Bestätigung für meine Stärke.

»Seit wann schwimmst du wieder im Dunkeln? Das hast du früher nur gemacht, wenn es besonders schlimm war. Immer dann, wenn du an ... *sie* gedacht hast.«

Ich wich ihren Augen aus. »Ich bin nervös vor heute Abend«, log ich, ohne mit der Wimper zu zucken. »Die Organisation der Party liegt zum Großteil in meinen Händen. Ich hoffe, dass alles klappt und wir halten können, was wir den Leuten im Vorfeld versprochen haben.«

Julia von meinem intensiven Traum zu erzählen, kam mir nicht in den Sinn. Sarah war keines ihrer Lieblingsthemen. Sie wusste, wie sehr ich diese Frau vergöttert hatte und dass sie meine erste große Liebe gewesen war. Sie selbst hatte mich monatelang bei meinem innerlichen Verabschiedungsprozess begleitet und mich mit viel Geduld und Zärtlichkeit aus meiner Depression herausgeholt. Obwohl wir nicht viel über Sarah gesprochen hatten, war sie wie ein Schatten über unserer Beziehung geschwebt. Bis ich es endlich geschafft hatte, mit Sarah abzuschließen, waren Monate vergangen. Monate! Aber irgendwann – ich hatte selbst nicht mehr daran geglaubt – war ich über sie hinweg gewesen und hatte mich auf mein neues Leben und auf Julia konzentrieren können.

Julia sprang auf und fixierte mich mit großen Augen.

»Lüg mich nicht an«, stieß sie hervor. »Wir beide wissen doch, was dich in Wahrheit vom Schlafen abhält.«

»Wenn du es weißt, warum fragst du dann?«, fuhr ich sie an.

Schwungvoll drehte ich mich weg und stapfte durch unser Schlafzimmer in die Küche. Nach meinem frühmorgendlichen Kraftakt brauchte ich unbedingt ein üppiges Frühstück und einen Eiweiß-Shake. Ich schnitt gerade eine Scheibe vom Weißbrot ab, als Julia in die Küche geschlichen kam und mich von hinten umarmte.

»Es tut mir leid«, flüsterte sie an meinen Rücken gepresst und drückte zärtliche Küsse auf meine Haut. »Bitte, sei nicht böse. Ich ertrage es nicht, mich mit dir zu streiten. Nicht heute. Bitte, Roman. Sag mir, dass wir diese Krise überstehen. Bitte, sag es mir. Ich wünsche es mir so sehr, wieder glücklich zu sein. Es soll werden, wie es früher einmal war.«

Ich schloss die Augen und legte den Kopf in den Nacken. Wenn sie nur aufhören würde, sich für alles zu entschuldigen.

»Jules, ich bin nicht böse auf dich.«

»Sicher nicht?«

»Nein ... es ist nur so schwer ... der Gedanke ... ach, vergiss es. Ich kann nicht darüber reden. Ich kann es nicht. Ich brauch Zeit zum Nachdenken.«

»Wir müssen aber irgendwann mal darüber reden.«

»Ich kann nicht. Noch nicht, okay? Lass mich zuerst mit Jens zum Kiten fahren. Ich muss in Ruhe nachdenken, aber dazu brauch ich etwas Abstand von all dem hier.«

Ich legte das Messer zur Seite, drehte mich um und zog sie in meine Arme. Sie schmiegte sich mit einem erleichterten Aufseufzen an meine Brust. Wir standen eine Weile so da und lauschten unseren Atemzügen und dem Schlagen unserer Herzen. In den letzten Wochen hatte sich das Blatt unserer Beziehung gewendet. Wir steuerten auf eine Katastrophe zu und wenn ich ehrlich zu mir selbst war, dann wäre ich am liebsten davongelaufen und hätte irgendwo ein neues Leben begonnen. Aber das konnte ich nicht. Ich konnte Julia nicht verlassen. Sie hatte mich vor einem Jahr am tiefsten Punkt meines Lebens aufgefangen, jetzt war ich an der Reihe, dasselbe für sie zu tun. Es fiel mir nur so schwer, an eine Zukunft mit ihr zu denken. Ich war nicht der Mann, für den sie mich hielt. Ich war niemand, den sie verdiente. Sie war ein Engel und ich war ... nun ... ich war einfach ich.

»Lass uns heute Abend die Party genießen«, flehte ich flüsternd in ihr Haar. »Ich habe so hart für diesen Event gearbeitet. Ich will da meine ganze Kraft hineinstecken. Außerdem wird Jens da sein. Ich möchte so gern eine Weile abschalten und an nichts denken. Verstehst du das, Jules? Ich will Party machen, feiern, trinken, essen, quatschen, abtanzen.«

Ficken, fügte ich in Gedanken hinzu.

»Okay«, wisperte sie.

Ich legte meinen Zeigefinger unter ihr Kinn und zwang sie, mir in die Augen zu sehen. Dann küsste ich sie zärtlich auf den Mund. Julia erwiderte meinen Kuss und drückte sich eng an mich. Ihre Hände legten sich um meinen Hals und kraulten mein Haar im Nacken. Als ich mehr Leidenschaft in unseren Kuss legen wollte, blockte sie mich wie gewohnt ab. Mir entschlüpfte ein frustriertes Schnauben, als sie mich losließ. Beschämt blickte sie auf ihre Füße hinab, die in rosa Flip-Flops steckten.

»Ich weiß, dass du dringend Sex brauchst«, murmelte sie. »Ich kann aber nicht mit dir schlafen. Nicht, wenn wir uns nicht einig sind, wie es weitergehen wird.«

Ich stöhnte auf.

»Soll ich ... du weißt schon ... stattdessen ...«

»... mir einen blasen«, vervollständigte ich ihren Satz.

Sie nickte mit hochroten Wangen.

»Nein, danke«, erwiderte ich düster.

Das kriegst du sowieso nicht hin, ohne dass ich selber nachhelfen muss.

Gott sei Dank klingelte in diesem Moment mein Telefon, sodass ich das Gespräch beenden konnte. Ein Blick aufs Display verriet mir, dass es Julias Vater war, der mich zu erreichen versuchte.

»Guten Morgen«, bellte ich in mein Handy.

Ohne Julia noch eines Blickes zu würdigen, verließ ich die Küche und ging in den Flur hinaus.

»Es gibt Probleme mit der Getränkelieferung«, kam Walter gleich zur Sache. »Kannst du kurz rüberkommen und mit uns die Liste durchgehen?«

»Klar, kein Problem. Ich muss nur schnell was essen. In einer Viertelstunde bin ich da.«

Ich legte auf und ging zurück in die Küche. Julia stand immer noch so da, wie ich sie zurückgelassen hatte. Tränen liefen über ihre Wangen. Ich seufzte und zog sie in meine Arme. Und dann sagte ich ihr einfach, was sie hören wollte.

»Wir schaffen das schon, Jules. Keine Sorge. Wir schaffen das. Wir stehen diese Krise zusammen durch.«

*

Walter, Javier und Elena standen mit gebeugten Köpfen an der Bar, als ich eintraf.

»Zeigt mal«, sagte ich und zog das Klemmbrett unter ihnen hervor. Mit gerunzelter Stirn studierte ich die Liste der angelieferten Getränke.

»Das ist genau die Hälfte von dem, was wir bestellt haben«, sagte Javier, unser Barmann und Cocktailmixer. »Wie kann das sein, Roman? Wir haben das zigmal überprüft.«

»Keine Ahnung«, murmelte ich frustriert. »Ich ruf mal dort an und bohr nach, wo die andere Hälfte unserer Lieferung geblieben ist.«

»Das hab ich schon gemacht«, sagte Walter. »Die behaupten, dass es von ihrer Seite keinen Fehler gab. Sie wollen uns die Mail noch mal schicken.«

»Scheiße«, fluchte Elena.

Ich warf ihr einen flüchtigen Blick zu. Sie zwinkerte mir verstohlen zu und lächelte. Ich ignorierte es.

Meine Gedanken überschlugen sich auf der Suche nach einer Lösung. Ohne genügend Getränke würde die Party heute Abend unter keinem guten Stern stehen.

»Kannst du mit Pepe vom *La Marinera* reden und ihn um Unterstützung bitten?«, fragte ich Elena, die sofort nickte und nach ihrem Handy griff.

»Und du«, wandte ich mich an Javier, »du fragst bei Manuel nach, ob er uns aushelfen kann.«

»Okay, mach ich.«

Die beiden schwirrten ab, um zu telefonieren.
Julias Vater und ich blieben zurück und starrten an die Wand, an der sich die Flaschen in gläsernen Regalen reihten.

»Das ist nicht das erste Mal, dass mir so etwas passiert«, sagte er. »Bisher habe ich immer eine Lösung gefunden.«

Ich nickte ihm zu. »Klar. Ich bin zuversichtlich, dass wir das hinkriegen. Der Tag hat erst begonnen und du hast genügend Freunde in Nerja, die dich unterstützen.«

»Du aber auch«, erwiderte Walter. »Komm, wir gehen mal runter und zählen nach, was wir an altem Zeug dahaben.«

Ich folgte Walter in den Keller des Clubs hinunter. Wir durchforsteten unsere Vorratsräume und stellten fest, dass wir besser ausgerüstet waren, als wir gedacht hatten. Auf jeden Fall hatten wir genug Wodka und Gin da.

»Zur Not streichen wir ein paar Cocktails von der Karte«, sagte Walter mit einem Achselzucken. »Oder wir ändern das Angebot. Ich geh die Karte noch mal mit Javier durch.«

»Und ich stell dir inzwischen zusammen, was wir im Keller haben und bau dir eine Übersicht.«

»Danke, Roman. Ich bin wirklich froh, dich an meiner Seite zu haben. Du machst einen wirklich guten Job.«

»Äh ... danke.«

Verlegen fuhr ich mir mit einer Hand den Nacken hoch. Ein Lob von Julias Vater war ein seltenes Geschenk.

Walter setzte an, um die Treppe hochzugehen, blieb dann jedoch stehen und drehte sich noch einmal zu mir um.

»Roman, ich muss dir noch was sagen. Ich weiß, es ist jetzt nicht der richtige Zeitpunkt für traurige Hiobsbotschaften, aber wir haben gestern die Befunde von Maries MRT bekommen.«

Eisige Kälte kroch an meinem Nacken hoch. »Und?«, fragte ich.

In Walters Zügen zeichnete sich tiefe Trauer und Verzweiflung ab. Es dauerte ein paar Sekunden, bis er sich unter Kontrolle hatte und weitersprechen konnte. »Es sieht nicht gut aus«, sagte er mit brüchiger Stimme.

Mir wich das Blut aus dem Gesicht.

»Nein«, murmelte ich. »Sag nicht? Ach du Scheiße ...«

»Ja, ach du Scheiße. Du sagst es. Diesmal hat sich der Krebs in der Lunge festgesetzt. Keine Metastasen, aber Marie muss dringend operiert werden. Wir wollen die Operation in Deutschland durchführen lassen. Ein Freund hat uns einen guten Onkologen in Hamburg empfohlen.«

»Scheiße«, wiederholte ich wieder. Was hätte ich auch sonst sagen sollen? »Das tut mir echt leid, Walter.«

»Ja. Es ist ein Schock. Aber wir versuchen positiv in die Zukunft zu blicken. Marie hat den Krebs schon einmal besiegt. Sie wird ihn ein zweites Mal besiegen.«

»Hast du es Julia schon gesagt?«

Walter schüttelte den Kopf. »Marie möchte erst mit einem Spezialisten in Málaga reden und dann, wenn sie eine zweite Meinung eingeholt hat, dann erst möchte sie es Julia sagen. Sie will sie im Moment nicht mit diesen schrecklichen Themen belasten. Außerdem ... nun ja ... du bist ab morgen mit Jens unterwegs. Nun ... wir dachten, es wäre bestimmt besser, wenn ... na ja ... wenn du hier bist, wenn wir Julia von den Befunden erzählen. Du kennst sie ja. Es wird sie schwer treffen und sie wird deine Unterstützung brauchen. Wir alle brauchen dich in den nächsten Wochen verstärkt an unserer Seite. Ich werde eine Weile nicht in Spanien sein können, um den Club zu führen.«

Ich schluckte laut. Eine unsichtbare Faust legte sich um meinen Hals und drückte zu. Kalter Schweiß sammelte sich unter meinen Achseln. Ich ballte meine Hände zu Fäusten und biss die Zähne zusammen.

»Okay«, krächzte ich. »Ich werde schweigen wie ein Grab.«

»Wir reden mit Julia, wenn du wieder aus Tarifa zurück bist. Ist das okay für dich?«

»Ja, ist es«, würgte ich hervor.

Nachdem Walter gegangen war, sank ich auf eine der Bierkisten und stützte den Kopf in meinen Händen ab. Konnte dieser Tag noch schlimmer werden? Ich saß eine Weile in der Dunkelheit und brütete vor mich hin. Schritte auf der Treppe lösten mich aus meiner Versunkenheit.

Es war Elena. Sie tänzelte auf mich zu, ging vor mir in die Hocke und stützte ihre Ellbogen auf meinen Knien ab. »Also, ich hab Folgendes erreicht«, sagte sie mit ihrer rauchigen Stimme, die vom spanischen Akzent gefärbt war. »Pepe hilft uns mit Getränken aus seinem Lager aus. Er hat so viel Bier, dass du halb Nerja damit ersäufen kannst.«

»Gut«, antwortete ich. »Wenigstens einer hier, der gute Nachrichten für mich hat.«

Sie lächelte verführerisch und entblößte dabei ihre schönen weißen Zähne.

»Süßer, du siehst gestresst aus«, gurrte sie und begann meine Oberschenkel zu streicheln. »Soll ich dir beim Entspannen helfen? Das hat doch letztes Mal ganz prima geklappt, findest du nicht?«

Ich erhob mich und zog sie mit mir in den Stand hoch. Sie reichte mir gerade mal bis zum Kinn. Ihre schwarzen Locken streiften meine Stirn, als ich den Kopf neigte und ihren zarten Hals küsste. Meine Hand wanderte auf ihren hübschen Hintern, die andere legte sich auf ihre vollen Brüste. Wie immer trug Elena keinen BH und ihre Nippel drückten sich aufreizend durch den Stoff des ärmellosen Tops. Ich kniff in eine ihrer Brustwarzen und genoss das erregte Stöhnen, das durch ihren Körper vibrierte.

Ja, das gefällt dir, du kleines Luder, ich weiß.

Dass Elena vor zwei Monaten bei uns zu arbeiten begonnen hatte, war ein echter Segen für mich gewesen. Seither hatte ich jeden unbeobachteten Moment genutzt, um sie im Keller des Clubs zu vögeln.

»Glaub mir«, raunte ich ihr ins Ohr. »Ich würde nichts lieber tun, als dich wieder in deinen herrlichen Arsch zu ficken, aber ich muss mich um diese Scheißgetränke kümmern.«

Sie schürzte ihre sinnlichen Lippen. »Schade, *mi corazón,*« säuselte sie und griff mir in den Schritt. »Vielleicht später. Es liegt noch eine lange und heiße Partynacht vor uns.«

KAPITEL 8 – SARAH

Je näher wir Nerja kamen, umso nervöser wurde ich. Ich konnte kaum noch ruhig sitzen und zappelte auf dem Sitz hin und her. Die spanische Sonne brannte ungnädig auf unsere Köpfe. Die Luft war trocken und schwer. Am Himmel war nicht der Hauch eines Wölkchens zu sehen. Es war fast schon kitschig, dieses tiefe Blau. Schweiß sammelte sich zwischen meinen Brüsten. Diese elende Hitze! Ich würde Roman in einem fleckigen Kleid gegenübertreten müssen, wenn das so weiterging. Wir fuhren wieder mit offenem Verdeck und ich hatte mir einen meiner Loops um den Kopf geschlungen, um meine Frisur vor dem ungnädigen Wind zu schützen. Einzelne Haarsträhnen hatten sich aus meiner Kopfbedeckung gelöst und peitschten um meinen Mund. Ich kämpfte gegen den Druck in meinem Magen an. Das Gefühl, mich übergeben zu müssen, wurde mit jedem Kilometer, den wir hinter uns brachten, stärker. Meine Blase meldete sich zu Wort und das, obwohl wir erst vor fünfzehn Minuten an einer Tankstelle angehalten hatten.

Ich hab Angst, dachte ich. *Unglaubliche Angst vor diesem Wiedersehen. Wie wird Roman auf mich reagieren? Was mache ich, wenn er kein Interesse an mir zeigt, wenn es ihm gleichgültig ist, mich wiederzusehen? Ob er es Jens und mir ansehen wird, dass wir miteinander geschlafen haben? Er kennt uns beide so gut. Bestimmt wird er merken, dass sich die Stimmung zwischen uns verändert hat. Aber vielleicht ist es ihm auch egal. Er hat längst neue Wege eingeschlagen. Ich hätte umkehren sollen, umkehren, umkehren, umkehren ...*

Jens nahm sein Handy aus der Konsole, tippte etwas darauf ein und hielt es sich ans linke Ohr. »Hi«, sagte er. »Ich bin in zwanzig Minuten da. Wo finde ich dich?«

Er lauschte und legte mit einem »bis dann« auf.

»War das Roman am anderen Ende?«

»Yep.«

»Du hast ihm nichts von mir gesagt. Warum? Eigentlich hattest du mir versprochen, dass ich mit ihm telefonieren darf, um mich anzukündigen.«

Er zuckte mit den Schultern. »Ich hab mich für die ursprüngliche Variante entschieden und werde dich als Überraschungsgast präsentieren.«

Ich stöhnte auf. »Ich hab kein gutes Gefühl dabei«, protestierte ich. »Jens, ich weiß nicht ... mir ist schlecht.«

Seine Augen weiteten sich in Panik. »Du kotzt mir aber nicht in meinen neuen Wagen, oder?«

Ich schlug eine Hand vor den Mund.

Jens hielt mit quietschenden Reifen am Straßenrand an. Ich riss die Beifahrertür auf und beugte mich hinaus. Mein Kopf dröhnte und das Flimmern vor meinen Augen intensivierte sich. Die Panikattacke hatte mich eiskalt erwischt.

Ich kann es nicht ... ich kann nicht weiterfahren ... ich muss umkehren.

Ja, warum kehrte ich nicht um? Es war noch nicht zu spät für einen Richtungswechsel. Ich hatte mir mit meiner Scheidung einen neuen Weg erkämpft, hatte mir mein Leben so eingerichtet, dass ich mich darin wohlfühlen konnte. Warum wollte ich mehr? Warum musste ich – jetzt, wo sich die Lage zu Hause beruhigt hatte – durch halb Europa hinter einem Mann herjagen? Einem Mann, der in festen Händen war.

Weil du sonst niemals mit ihm abschließen kannst, kam die Antwort aus meinem Innersten. *Trotz Therapiestunden, Yoga, deiner Kunst, deinem Job hast du das Kapitel Roman nie beendet. Es blieb immer offen. Nun braucht es noch diese letzte Begegnung, ein Gespräch mit ihm, die Konfrontation. Was auch immer. Roman ist der letzte unerforschte Weg auf deiner Reise zu dir selbst und du musst dich ihm stellen.*

Jens stapfte fluchend um den Wagen herum. Er reichte mir seine Hand und half mir beim Aussteigen.

Ich fiel in seine starken Arme. Einfach so.

Die Suche nach Halt, um gegen meine Panikattacke anzukämpfen, war in diesem Moment größer, als meine Furcht vor Jens' starker Anziehungskraft.

Er drückte mich an sich und streichelte beruhigend über meinen Rücken. Ich vergrub mein Gesicht in seinem T-Shirt und sog seinen herben, männlichen Geruch in meine Nase ein. Eine Weile standen wir so da, in einer festen Umarmung.

»Ich hab Panik«, flüsterte ich. »Was, wenn es ihm gleichgültig ist, mich wiederzusehen. Ich kann ihm nicht gegenübertreten. Es ist zu lange her. Ich ... kann ... es ... nicht.«

Jens strich fest über meine Arme. Mein Loop rutschte auf meine Schultern und der Wind verfing sich darin. Ehe er sich davonmachen konnte, hatte Jens ihn mit einer Hand eingefangen und gab ihn mir zurück.

»Sieh mich an, Sarah«, forderte er. Ich blickte in seine dunklen Augen. »Roman wird sich riesig freuen, dich wiederzusehen. Es wird ihn umhauen. Vertrau mir bitte, ich weiß es.«

Ich schloss die Augen und kämpfte gegen den Schwindel an.

»Mein Kreislauf gibt jeden Moment nach«, keuchte ich.

»Verflucht«, stieß er hervor. Er lehnte mich gegen die Motorhaube und beugte sich in den Wagen, um seine Wasserflasche von der Rückbank zu angeln. »Da, trink einen Schluck Wasser.«

Ich folgte seiner Anweisung. »Noch einen.«

»Ich krieg nichts runter«, jammerte ich.

»Schluck jetzt!«, befahl er barsch.

Ich trank folgsam die halbe Flasche leer. Mein Magen blähte sich schmerzhaft unter der Kohlensäure auf.

»Geht doch«, meinte Jens mit einem anzüglichen Grinsen.

»Schwein«, ächzte ich und presste einen Arm gegen meinen Bauch. »Du denkst immer nur an das eine.«

Er lachte. »Steig ein!«, sagte er. »Du leidest nur an einer kleinen phobischen Störung, die wir ganz leicht in den Griff kriegen, wenn ich dich vom eigentlichen Thema ablenke. Komm, ich erzähl dir dreckige Details aus meinem Leben. Dann vergisst du deine Ängste.«

»Das könnte funktionieren«, entgegnete ich mit einem schwachen Lächeln und ließ mich wieder auf den Sitz fallen.

*

Wir fuhren von der Autobahn und bogen auf eine schmale Landstraße ab. Das Gelände veränderte sich, wurde rauer und felsiger. In der Ferne sah ich das Meer. Vertrocknete Büsche und Bäume säumten den Wegrand und rundherum breitete sich die rissige und vertrocknete Erdoberfläche aus. Jedes Fleckchen Grün schien unter der sengenden Hitze gestorben zu sein.

Jens unterhielt mich mit seinen Frauengeschichten, aber ich nahm kein Wort von dem wahr, was er zu mir sagte. Meine Nervosität blendete alles aus. Ich konzentrierte mich ganz auf meine Atmung und auf das hysterische Fliehen meiner Gedanken, die allesamt um Roman kreisten.

Als wir Nerja erreichten, richtete sich mein Fokus wieder ins Außen. Ich staunte über die verträumte Schönheit des Städtchens, deren weiße Häuser sich über die spanischen Hügel schmiegten. Die Bilder im Web konnten mit der Realität nicht mithalten. Nerja war bezaubernd.

Jens manövrierte den Wagen geschickt durch die Straßen und nahm zielgerichtet einen Kreisverkehr nach dem anderen. Es war kurz nach Mittag und die Stadt platzte aus allen Nähten. Touristen strömten in ihren Strandklamotten und mit Taschen und Badeutensilien bewaffnet quer über die Gassen, ohne auf den Verkehr zu achten. In den Straßencafés saßen Menschen beim Mittagessen. Unser Vorankommen erschwerte sich immer mehr, je näher wir der Küste kamen. Der Lärm schwoll an. Lachen, Stimmen, Musik aus allen Ecken.

Einige Landsleute, die einen Blick auf unser deutsches Kennzeichen erhascht hatten, riefen uns Grüße zu und winkten uns fröhlich entgegen. Jens schenkte vor allem den Frauen ein arrogantes Grinsen. Er sah ziemlich verwegen aus in seinem schwarzen Shirt, auf dem das Logo einer Rockband prangte. Seine gebräunten, tätowierten Arme und die dunkle Sonnenbrille unterstrichen sein raues Image. Es waren vor allem die jungen Mädchen, die neidisch auf unser schickes Cabrio starrten und Jens mit ihren Blicken auffraßen.

Plötzlich war ich stolz, neben ihm sitzen zu dürfen und richtete mich in meinem Sitz zu voller Größe auf. Sorgfältig strich ich mein Kleid glatt, zog den Loop von meinem Kopf und richtete den Blick in den kleinen Spiegel der Sonnenblende, um meinen Lipgloss nachzuziehen.

»Keine Sorge, du siehst umwerfend aus«, sagte Jens mit einem raschen Seitenblick auf mich. »Wie immer.«

»Danke«, erwiderte ich und zupfte an meinen Haaren.

Jens deutete auf einen Pfeil, auf dem *Playa Burriana* stand.

»Wir sind da«, sagte er.

»Müssen wir dahin? *Playa Burriana*?«

»Exakt. Ich such mal einen Parkplatz. Roman ist bereits im Club und ich soll direkt dahin kommen und ihn dort treffen.«

Ein Kribbeln schoss in meine Glieder und mein linkes Auge begann nervös zu zucken. Oh Gott, jetzt waren es nur noch wenige Minuten, die mich von Roman trennten. Nur wenige Meter, nur wenige Atemzüge.

»Wird sie ... also, Romans Freundin, wird sie auch da sein?«, fragte ich, als wir das Auto hinter uns gelassen hatten und auf die lange Strandpromenade zusteuerten.

Jens strich mit der Handfläche über sein Kinn. »Keine Ahnung. Wahrscheinlich schon. Sie arbeiten zusammen. Rechne mal damit, dass wir Julia begegnen, okay?«

Ich atmete tief durch. »Na gut, dann los. Ich bin bereit.«

Natürlich war das gelogen. Wie hätte ich jemals für diese Begegnung bereit sein können? Wir schritten nebeneinander über die Promenade. Ein übergewichtiger Tourist rempelte mich im Vorbeigehen und entschuldigte sich mit einem »sorry« bei mir. Seine Hände betatschten meine Arme. Jens zog seine Sonnenbrille von der Nase und warf ihm einen vernichtenden Blick zu. Daraufhin ließ der Fremde mich los und hastete weiter. Ich knetete meine Finger, meine Handflächen schwitzten, mein Magen drehte sich um. Jens legte sanft seine Hand auf mein Kreuzbein und schob mich energisch durch die Menschenmassen. Ich musterte die vielen Restaurants und Lokale zu unserer linken Hand und die Strandliegen und Sonnenschirme zu unserer rechten. In meiner Nase sammelten sich die Düfte des Sommers.

»Der Club ist da hinten, es ist das letzte Lokal der Strandpromenade«, erklärte er und zeigte auf eine lange Reihe Lounge-Betten, die einer Zweierreihe schnurgerade zum Meer hinunterführten.

Die weißen Baldachine flatterten im Wind. Darunter saßen und lagen junge Menschen in Badeklamotten, in ihren Händen hielten sie Drinks, Zeitschriften, Bücher, Zigaretten. Ich ließ meinen Blick zum Restaurant des Beachclubs weiterwandern. Was ich sah, gefiel mir außerordentlich gut. Die lange holzgetäfelte Bar stach mir sofort ins Auge. Die davorstehenden Barhocker und Stehtische waren alle besetzt. Hinter der Bar mixten zwei Barkeeper Cocktails. Über ihnen prangte ein breites Schild, auf dem ein Buddha abgebildet war.

Café del Sol – Chillout Beach Club – Restaurant & Bar

»Wow«, schwärmte Jens und pfiff durch die Zähne. »Ist ziemlich beeindruckend, was Roman aus diesem alten Schuppen gemacht hat. Du hättest das Café noch vor ein paar Monaten sehen sollen. Wahnsinn!«

Aus den Boxen wummerte Lounge-Musik, die sich mit dem Rauschen des Meeres vermischte. Meine Augen erfassten jedes Fleckchen, jeden Zentimeter. Fast ängstlich huschte er über jedes einzelne Gesicht. In meiner Brust zog sich alles auf einen winzigen Punkt zusammen, in dem sich mein letzter Atemzug verlor und mein Herz zum Stillstand kam. Jens spürte mein Zögern, er packte mein Handgelenk und zog mich entschieden hinter sich her. Sein Blick irrte suchend über die Tische des Restaurants.

»Ah, da ist er ja«, sagte er plötzlich.

Mein Magen krampfte, mein Herz implodierte. Und dann sah ich ihn. Er stand an einem der Tische und sprach mit einem jungen Pärchen, das dort mit zwei Gläsern Wein saß. Eine Hand lässig in die Hüfte gestemmt, die andere in seinem Nacken, lachte er lauthals über etwas, das die Frau zu ihm gesagt hatte. Er sah atemberaubend aus. Sein Haar war länger, als ich es je an ihm gesehen hatte und von der Sonne aufgehellt. Er steckte in einer schwarzen knielangen Hose und einem engen weißen Shirt, das sich wie eine zweite Haut um seinen beeindruckenden Oberkörper schmiegte und jeden seiner harten Muskeln betonte. Sein Teint war gleichmäßig gebräunt und verlieh ihm das Aussehen eines Surfers, der gerade dem Meer entstiegen war und über den Strand stolzierte. Mein Herzschlag setzte aus. Auf Roman im Sommer war ich nicht vorbereitet gewesen. Wir hatten uns einen Winter lang lieben dürfen. Danach war alles zu Ende gewesen. Der Sommer stand ihm eindeutig besser. Er fügte sich in dieses perfekte Ambiente ein, als hätte er schon immer hierhergehört. Und er sah glücklich aus, attraktiv und frei und unglaublich lebendig. Ich hatte plötzlich keine Kontrolle mehr über meine Füße.

Sie gehorchten mir nicht mehr, sondern bohrten sich wie Pfeiler aus Stahl in die aufgeheizten Fliesen. Ich blieb wie angewurzelt stehen, während Jens weiterging.

»Warte!«, hauchte ich ihm hinterher. »Warte, Jens. Ich bin noch nicht bereit. Ich brauch noch einen Moment.«

Er hörte mich nicht, was bestimmt daran lag, dass ich meine Worte nur geflüstert hatte. Rundherum zerschmolz mir die Wirklichkeit in der sengenden Mittagsglut. Ich musste an ein Salvador Dalí Gemälde denken, das während meines Auslandssemesters in meiner Wohnung in Barcelona gehangen hatte.

Die Beständigkeit der Erinnerung.

Auf dem Bild waren eine Küstenlandschaft, das Meer und zerflossene Uhren zu sehen gewesen, die wahllos über knorrigen Ästen hingen. Abseits meines Tunnelblicks, der nur Roman im Visier hatte, verschwamm mein Leben wie Dalís surreale Uhren. Ich wollte die Zeit anhalten, aber ich konnte nicht. Der Moment zerriss unter meinen Fingernägeln und gleichzeitig legte die Vergangenheit ihre starken Arme um mich.

Ich wollte losstürmen und mich in Romans Arme werfen. Leider tat dies in diesem Augenblick eine andere Frau. Wobei Frau nicht ganz beschrieb, was sie war. Sie war ein Mädchen. Eine gottverdammte Prinzessin, mit einer hüftlangen blonden Mähne wie Rapunzel. Ihr schlanker Körper im weißen Bikini war ein Abbild junger Makellosigkeit. Kein Gramm Fett, keine Zellulitis, keine Spuren, die eine Frau sonst mit sich herumtrug, deren Leben an Tiefe gewonnen hatte. Sie war eines dieser bildhübschen jungen Dinger, die in Beauty-Shows um einen Platz auf dem Laufsteg kämpften. Leichtfüßig schwebte sie heran und drückte sich an Romans Seite. Er warf ihr einen zärtlichen Blick zu, schlang einen Arm um ihre Taille und drückte ihr einen keuschen Kuss auf die Nasenspitze. Das war zu viel für mein ohnehin schon angeschlagenes Nervenkostüm. Blitzschnell drehte ich mich weg und lief den Weg, den wir eben gekommen waren, wieder zurück. Ich dachte nicht nach, ich rannte nur und hoffte, dass mich die Menschenmenge verschlucken würde, bevor Jens mein Fehlen bemerken würde.

Am Ende der Strandpromenade entdeckte ich einen schmalen

Weg, der sich den Berg hinaufschlängelte, und ich schlug ihn ein, ohne zu wissen, wohin er führte. Atemlos kämpfte ich mich hoch und verlor mich in den engen Gassen der Stadt.

Über meine Wangen liefen Tränen, die ich nicht zurückhalten konnte. Die Erkenntnis steinigte mich, dass ich den weiten Weg völlig umsonst gefahren war. Vergeblich. Was hatte ich mir nur dabei gedacht? Diese ganze Aktion war total hirnrissig gewesen. Absurd. Als ich einen Wegweiser zum *Balcón de Europa* bemerkte, schlug ich diese Richtung ein. In meiner Tasche schrillte das Handy, aber ich ignorierte es. Ich eilte nur geradeaus, in der Hoffnung, einen Ort zu finden, an dem ich neue Kraft tanken konnte.

KAPITEL 9 – ROMAN

Ich hob den Blick und bemerkte Jens, der mit seinem Handy am Ohr ein paar Meter von mir entfernt stand und sich suchend um die eigene Achse drehte.

»Jens!«, brüllte ich hinüber, aber er hörte mich über die Musik hinweg nicht.

Julia folgte meinem Blick und versteifte sich. Ich nahm meinen Arm von ihrer Hüfte, entschuldigte mich bei den Gästen, mit denen ich gerade ein paar höfliche Worte gewechselt hatte, und sprang von der Holzterrasse auf die Promenade hinab. Mit wenigen Schritten war ich bei meinem besten Freund und klopfte ihm auf die Schulter. Er wirbelte zu mir herum und ließ gleichzeitig den Arm mit dem Telefon sinken.

»Mann, tut das gut dich zu sehen«, stieß ich hervor und umarmte ihn euphorisch. »Schön, dass du da bist.«

Jens löste sich von mir. »Geht's dir gut?«, fragte er mit einem kritischen Blick auf mich.

»Klar, und dir?«

Bevor er antworten konnte, tauchte Julia neben uns auf. Scheu streckte sie Jens ihre Hand entgegen und hielt dabei einen Meter Sicherheitsabstand. Mein Freund ließ sich davon nicht abhalten, zog sie energisch an seine breite Brust und drückte ihr einen feuchten Kuss auf die Wange. Dabei grinste er mich über ihre Schulter hinweg an. Ich musste zurückgrinsen, als ich sah, wie Julia stocksteif wurde und entsetzt einen Schritt zurück stolperte. Mit Abscheu beäugte sie die Tattoos auf Jens' Armen, die sich seit unserem letzten Treffen um ein Vielfaches vermehrt hatten. Seit ich ihr von den sexuellen Neigungen meines besten Freundes erzählt hatte, hatte sie Angst vor ihm. Sie konnte sich beim besten Willen nicht vorstellen, dass ein Mann es erregend fand, Frauen zu schlagen und zu unterwerfen. Und dass eine Frau dabei noch freiwillig mitmachen wollte, das fand sie sowieso krank und abscheulich.

»Geht's dir gut, Julia?«, fragte Jens höflich. »Du siehst hinreißend aus.«

Er musterte sie so unverhohlen von oben bis unten, dass sie sich unter seinen Blicken unbehaglich wand.

»Danke«, piepste sie und drückte sich hilfesuchend an mich.

Ich lachte leise vor mich hin. Es war ziemlich amüsant, wie Jens mit ihrer Antipathie spielte.

Er deutete auf den Beachclub. »Echt geil, was ihr aus dem Laden gemacht habt«, sagte er anerkennend. »Ich kann mir vorstellen, dass der Schuppen jetzt noch mehr Leute anzieht als vorher.«

»Ja, die Geschäfte laufen ganz gut«, erwiderte Julia distanziert. »Wir erwarten heute Abend doppelt so viele Besucher wie letztes Jahr.«

»Hoffentlich sind ein paar willige Frauen dabei«, entgegnete Jens mit einem anzüglichen Grinsen.

Julia zog eine Grimasse.

»Bestimmt sind ein paar dabei«, erwiderte ich und ignorierte Julias empörtes Schnauben. »Komm, ich zeig dir alles.«

Julia nutzte die Gelegenheit, um sich aus dem Staub zu machen. Sie wollte ins Haus ihrer Eltern spazieren und eine Runde in deren Pool springen. Mir war das nur recht, denn ich wollte Jens für mich allein haben. Begeistert zeigte ich ihm den neu überdachten Essbereich, die modernisierte Küche und die umgebauten sanitären Anlagen. Stolz führte ich ihn ins hintere Drittel des Lokals, wo wir einen Teil des Strandes zu einer Shisha-Lounge umgebaut hatten, in der die Gäste mit Blick auf einen großen Buddha-Brunnen bei einer Wasserpfeife entspannen konnten.

Jens sprudelte über vor Begeisterung und das freute mich. Er schien mächtig beeindruckt zu sein.

»Willst du ein Bier?«, fragte ich ihn und er nickte.

Aufseufzend ließ er sich in einen der Sitzsäcke fallen und rollte seinen Kopf im Nacken hin und her. Erst jetzt fiel mir auf, dass er ziemlich abgekämpft aussah.

»Wie war die Fahrt? Anstrengend?«

»Auf jeden Fall war sie anders«, antwortete er kryptisch. »Und genau darüber muss ich mit dir reden. Jetzt sofort!«

»Okay, warte, ich besorg uns was zu trinken.«

Ich beeilte mich zur Bar und bat Elena, uns zwei Biere zu bringen, dann ging ich zurück und setzte mich ihm gegenüber.

»Was ist los?«

Jens schwieg und wartete, bis Elena mit unseren Bierflaschen angetänzelt kam. Mit einem sexy Hüftschwung stellte sie die Getränke vor uns auf dem Glastisch ab.

»Brauchst du sonst noch was?«, flötete sie mit diesem zweideutigen Unterton, mit dem sie mich meistens ansprach.

»Im Moment nicht«, erwiderte ich lächelnd. »Danke, Elena.«

»Wenn du später Zeit hast, ich brauch dringend deine Hilfe im Keller. Eines der Regale ist eingebrochen.«

»Okay, ich sehe es mir an. *Später*«, betonte ich.

Jens und ich starrten ihr hinterher, bis sie außer Hörweite war.

»Geiler Arsch«, sagte Jens.

»Das stimmt.«

»Wie lange fickst du sie schon?«

»Zwei Monate.«

»Nett«, meinte er und grinste.

»Wenn du willst, kannst du uns heute Abend Gesellschaft leisten und mit uns zusammen nach den kaputten Regalen sehen.«

Jens hob eine Augenbraue. »Ach? So aufgeschlossen ist dein Personal also?«

»Elena ist nicht mein Personal, sondern eine Kollegin«, korrigierte ich ihn. »Schon vergessen: Das Lokal gehört mir nicht. Noch nicht.«

Jens hob die Bierflasche und wir prosteten einander zu. Er nahm einen großen Schluck und angelte dann das Handy aus seiner Hosentasche. Mit gerunzelter Stirn blickte er darauf.

»Bei dem, was ich dir gleich erzählen werde, bin ich mir sicher, dass du heute Nacht nicht mit Elena in den Keller gehen wirst.«

»Wieso? Was ist los?«

»Ich bin nicht allein nach Nerja gekommen. Ich habe jemanden mitgebracht.«

Bei seinem bedeutungsschweren Blick rutschten schwere Steine in meinen Magen. Ich umklammerte die Bierflasche.

»Wen?«, fragte ich.

»Sarah«, sagte er.

Ihr Name detonierte in meinem Körper wie eine Bombe. Mir wurde heiß und kalt zugleich, während die Emotionen in mir überschäumten. Plötzlich schien mir mein nächtlicher Traum das

schlimmste und schönste aller Omen gewesen zu sein.
Ich schüttelte den Kopf. Ich musste mich verhört haben.
Sarah war in Nerja?
Unmöglich.
Ich starrte Jens an, als ob er übergeschnappt wäre.

»Sarah«, wiederholte ich vorsichtig. »Sagtest du Sarah? Willst du etwa allen Ernstes behaupten, sie ist hier?«

Er nickte.

»In Nerja?«

Er nickte wieder.

»Jens, wenn das einer deiner kranken Scherze ist, dann ...«

»Es ist kein Scherz«, unterbrach er mich und seine Miene war todernst. »Ich habe sie am Freitag auf einer Vernissage getroffen und gefragt, ob sie mich nach Nerja begleiten möchte. Um ehrlich zu sein, war ich ziemlich überrascht, dass sie so schnell zugesagt hat. Ihre Kinder sind wohl gerade mit dem Vater auf irgendeiner Urlaubsreise. Daher hatte sie Zeit. Und sie wollte dich unbedingt wiedersehen.«

Er führte die Bierflasche an seine Lippen, trank einen großen Schluck und blickte mich erwartungsvoll an.

Mein Gehirn war immer noch mit der Verarbeitung von Sarahs Namen beschäftigt. Ich glotzte abwechselnd auf Jens und auf die kühle Flasche in meinen Händen.

»Das kann ... das kann nicht sein«, stammelte ich. »Sag mir, dass das nicht stimmt. Das ... das ... ist ... nicht möglich.«

Jens neigte sich über den Tisch.

Er sprach langsam und betonte jede Silbe. »Sarah ist hier in Nerja, *deine* Sarah! Sie will dich treffen und mit dir reden. Bis vor wenigen Minuten war sie an meiner Seite, aber dann hat sie dich mit Julia im Arm gesehen und ist abgehauen. Ich versuche sie zu erreichen, aber sie geht nicht ran.«

»Sie ist abgehauen?«, wiederholte ich wie jemand, der schwer von Begriff war.

Jens lehnte sich im Sitzsack zurück und betrachtete mich neugierig. Er analysierte jede meiner Gesten, jede Regung. Ich fühlte mich wie schockgefroren und gleichzeitig bäumte sich Hoffnung in mir auf, riesengroße Hoffnung. Wie ein Tsunami begrub sie mich unter sich.

»Okay«, sagte Jens. »Ich warte jetzt mal, bis du den ersten Schock überwunden hast und dann rufen wir sie gemeinsam an und finden heraus, wohin sie gegangen ist. Sie kann ja nicht weit sein. Ihr Zeug ist noch in meinem Kofferraum.«

Ich knallte die Bierflasche auf den Tisch und fuhr mir mehrmals mit den Händen durch mein Haar.

»Oh mein Gott ...«, murmelte ich. »Das haut mich gerade echt um. Ruf sie bitte noch mal an.«

Jens wählte und drückte das Telefon an sein Ohr.

Und ... er erreichte sie nicht.

Ich fühlte die alte Panik in mir hochkriechen.

Er erreichte sie nicht. *Ich* erreichte sie nicht. Niemals.

Voller Verzweiflung suchte ich nach einem Anker, an dem ich mich festhalten konnte, um nicht in den Abgrund zu stürzen, aus dem ich vor Monaten mühevoll herausgeklettert war. Ich suchte nach Versen, nach Worten, Gedichten.

Komm aus dem Traum, Geliebte, Halt mich, sing mir Verderben ins Haar, mach die Lichter aus, wenn die Welle uns erschlägt, soll es in deinen Armen sein.

Ich sprang auf und tigerte vor Jens auf und ab.

»Versuch es noch mal!«, herrschte ich ihn an.

Er rollte mit den Augen und klingelte noch einmal bei Sarah durch. Einmal, zweimal, dreimal. Nach jedem Auflegen forderte ihn mein flackernder Blick dazu auf, es noch einmal zu versuchen. Dann erhellten sich seine Züge.

»Sarah, na endlich. Wo zur Hölle bist du? Wo? Am *Balcón de Europa*? Okay, rühr dich nicht von der Stelle, ich komme und hol dich ...«

Jens nahm das Telefon von seinem Ohr. »Sie ist am *Balcón de Europa*«, raunte er mir zu.

Bevor er den Satz zu Ende gesprochen hatte, war ich schon losgestürmt. Ich lief zwischen den Tischen der Lounge hindurch, raste über die Promenade und steuerte den Fußgängerweg an, der über den Berg hinauf in die Altstadt führte. In meinem Kopf warf sich ein Echo von links nach rechts.

Sarah! Sarah! Sarah! Sarah!

Ich hatte keinen Blick für die Menschen und Gassen, durch die ich lief. Der Schweiß rann mir in Bächen den Rücken hinab. Meine Waden brannten von der enormen Steigung. In meinem Schädel kreisten die wirrsten Gedanken. Was, wenn sie nicht mehr dort war? Wenn ich zu spät kam? Wenn Jens mich verarschte? Bis zum *Balcón de Europa* waren es gute eineinhalb Kilometer. Ich steigerte das Tempo und lief kreuz und quer an den Touristen vorbei. Gott sei Dank kannte ich die Stadt wie meine eigene Westentasche und konnte einige Abkürzungen nehmen, in die sich weniger Menschen verirrten, da es dort keine Shops und Restaurants gab. Die fehlende Luft in meinen Lungen machte sich durch ein fieses Stechen bemerkbar. Ich ignorierte es. Als ich nach fünfzehn Minuten endlich an der von Palmen gesäumten Marmorpromenade des *Balcón de Europa* ankam, musste ich erst einmal anhalten und keuchend nach Luft schnappen. Diese Laufzeit war neuer Rekord und knapper Selbstmord obendrein, selbst für einen Sportler wie mich, war dieser Sprint kaum auszuhalten.

Die Touristen flanierten ungerührt an mir vorüber und schossen Fotos von den schönen Blumenarrangements und Palmen. Niemand beachtete mich in meinem desolaten Zustand. Ich stützte keuchend meine Hände auf den Knien ab und schnappte verzweifelt nach Luft. Suchend ließ ich meinen Blick über die Menschenmassen wandern. Ich stierte jeder Frau ins Angesicht, aber keine von ihnen war Sarah. Sie war nicht hier.

Bestimmt war sie ans Ende des Balkons spaziert, um dort den sensationellen Ausblick zu genießen. Das Herz hämmerte unaufhörlich in meiner Brust, als ich weiter taumelte. Die Angst schnürte mir die Kehle zu. Die Hitze knallte auf meinen Kopf. Ich bekam kaum Luft. Mein T-Shirt war mittlerweile völlig von Schweiß durchtränkt und klebte an meinem Oberkörper fest. Ich griff nach dem noch halbwegs trockenen Ende und wischte damit über meine nasse Stirn. Mit einem Sprung hüpfte ich über die zwei Stufen auf den zehnzackigen Stern, der im Rondo des Balkons in den Marmor eingelassen worden war und suchte systematisch die Balustrade ab. Ich fixierte jede Person, die dort stand, bis mein Blick an einer schlanken Frau im schwarzen Kleid hängen blieb. Sie hatte ihre Sandalen ausgezogen und neben sich abgestellt und hielt sich mit beiden Händen am hüfthohen Geländer fest. Ihr Gesicht war stur auf den Horizont ausgerichtet und ihr Oberkörper leicht nach vorne gebeugt. Es sah aus, als wollte sie sich in den Abgrund stürzen.

Mein Gott! Das musste sie sein. Das war sie. Sie war es.

Ich stolperte vorwärts, hielt an. Mein Herz setzte für gefühlte hundert Schläge aus, als ich laut ihren Namen rief.

»Sarah!«

Und dann wirbelte sie zu mir herum. Mein Gott, sie war es. Sie war es wirklich. Und sie hatte sich kaum verändert. Nein, doch ... sie war noch schöner geworden, als ich sie in Erinnerung hatte. Das Haar, in das der raue Wind fuhr, war viel länger geworden und peitschte um ihr Gesicht, ihre Figur war schlanker, das schwarze Kleid schmiegte sich um ihre Hüften wie eine zweite Haut. Mit offenem Mund zog sie die Sonnenbrille von ihrem Gesicht und starrte mich an. Ich ertrank in ihren Augen. Ihr Make-up war leicht verwischt und zeigte mir, dass sie geweint hatte. Wie in einem Film spulte sich alles, was wir taten, nur noch im Zeitraffer ab. Mein Leben verwischte, die Umgebung zerschmolz. Unter meinen Füßen bebte der Stern aus Marmor. Die vielen Monate, die wir uns weder gehört noch gesehen hatten, stürzten sich aufschreiend ins Meer, das sich hinter Sarahs Rücken an den Klippen brach. Mein Schmerz und die Sehnsucht, sie implodierten mit brachialer Urgewalt in meinem Herzen. Ich taumelte und fasste mir an die Brust. Meine Reaktion zeigte mir, was ich insgeheim immer vermutet hatte. Ich war nicht über sie hinweg. Ich würde niemals über sie hinweg sein. Meine Liebe zu ihr war wie der verdammte Ozean. Tief, wild, rau und unendlich. Grenzenlos.

Wie ferngesteuert nahm ich die zwei Treppen, ging auf sie zu und blieb dicht vor ihr stehen.

Sie blickte mit großen Augen zu mir hoch.

Tränen sammelten sich darin. Ihre Lippen öffneten sich, aber kein Ton drang heraus.

»Bitte«, flehte ich mit heiserer Stimme. »Sag doch was. Irgendetwas, damit ich weiß, dass du real bist und nicht aus irgendeinem meiner Träume.«

»Hallo, Roman«, hauchte sie.

»Hallo, Sarah«, sagte ich und dann gab es kein Halten mehr. Ich riss sie in meine Arme.

Sie presste ihr Gesicht an meine Brust und schluchzte los. Ich spürte, wie mir ebenfalls Tränen kamen und kämpfte dagegen an. Mein Hals verschnürte sich, ich schluckte hart. Dann vergrub ich mein Gesicht in ihrem Haar. Ihr Duft war überwältigend.

So vertraut, so vergessen.

Die Erinnerungen stürmten auf mich ein wie Soldaten in eine Schlacht. Ich spannte meine Arme an und hielt sie noch fester, wiegte uns beide ganz leicht hin und her.

»Nie hätte ich gedacht, dass wir uns eines Tages wiedersehen«, wisperte ich an ihrer Wange. »Dass du wirklich kommen würdest. Ich kann es nicht glauben. Bist du wirklich hier? Ich träume das alles doch nur. Es ist ein Traum, oder? Ich träume von dir, so wie heute Nacht.«

»Du träumst nicht«, flüsterte sie zurück. »Ich bin hier. Auch, wenn es sich nicht nach Realität anfühlt ... hier zu stehen. Mit dir. Roman, ich ...«

Ich ließ sie los und nahm ihr Gesicht zwischen meine Hände. Prüfend betrachtete ich ihre Züge. Mit dem Daumen wischte ich eine ihrer Tränen fort.

»Du siehst erschöpft aus.«

»Es war eine anstrengende Reise.«

»Willst du was trinken gehen?«

Sie lächelte ein zartes Lächeln, bei dem sich mein Herz ausdehnte und mit purem Leben füllte.

»Hast du denn Zeit?«, fragte sie.

»Nein, aber die Zeit nehme ich mir. Wir haben uns, denke ich, eine Menge zu erzählen.«

Entschieden griff ich nach ihrer Hand und verschränkte ihre Finger mit meinen. »Komm mit.«

Ich zog sie hinter mir her und drehte mich beim Gehen immer wieder nach ihr um. Ich musste mich vergewissern, dass sie es war, die hier an meiner Hand ging. Wirklich sie. Sarah.

An den Stellen, an denen sich unsere Finger berührten, prickelte meine Haut. Es fühlte sich so verdammt vertraut an, sie wieder an meiner Hand zu führen. Die erotische Spannung zwischen uns baute sich verwirrend schnell auf. Meine Beine zitterten. Sarahs Gegenwart derangierte mein Innerstes so sehr, dass ich eine der Steinbänke übersah und der Länge nach darüberstürzte. Mühsam konnte ich mich mit den Händen am Boden auffangen, aber mein Schienbein hatte einen derben Kratzer abbekommen.

Ich fluchte und hüpfte auf einem Bein.

»Scheiße!«, schimpfte ich.

»Hoppla«, sagte sie lächelnd, während sie mich mit geneigtem Kopf betrachtete.

Ich fror mitten in meinem Sprung fest und starrte sie an.

Sie war echt. Das war sie.

Plötzlich schien mir nichts anderes mehr wichtig zu sein. Der Beachclub, die große Eröffnungsfeier, auf die ich schon so lange hinfieberte, Maries Krebserkrankung, Elena und der blöde Keller, Julia und der Heiratsantrag, den sie mir gemacht hatte. Es gab so viel, das ich Sarah erzählen musste.

»Wollen wir da drüben in das Café gehen?«, fragte ich.

»Warum nicht. Du kennst dich hier besser aus als ich. Ich folge dir überallhin.«

»Mein Gott, sag das nicht so bedeutungsschwer. Du siehst doch, dass ich hier kurz vorm Durchdrehen bin.«

Stöhnend rieb ich über mein Schienbein.

»Tröste dich, ich kann auch gerade keinen klaren Gedanken fassen«, gab sie zu. »Ich würde am liebsten lachen und gleichzeitig in Tränen ausbrechen.«

Die Verwirrung stand ihr wirklich ins Gesicht geschrieben. Ihre Wangen glühten und ich war mir sicher, dass es nicht nur die Mittagshitze war, die ihr die Röte ins Gesicht trieb.

Mein Puls beruhigte sich erst wieder, als wir uns in dem Straßencafé gegenübersaßen und ich einen halben Liter Wasser in mich hineingeschüttet hatte. Sarah beobachtete mich verträumt und nippte an ihrem Cappuccino.

»Du siehst gut aus«, sagte sie. »Der Sommer steht dir.«

Ich massierte mir verlegen mit einer Hand den Nacken. »Findest du, ja?«

»Ja, finde ich. Du hast dich verändert. Du bist erwachsen geworden und ich ...«

Sie unterbrach sich und blickte auf den Tisch. Ihre Hände zitterten leicht. Sie war nervös. Warum sollte es ihr anders gehen als mir? Langsam blickte sie wieder auf und in meine Augen. Sie öffnete den Mund und schloss ihn wieder. Ich spürte mein Herz bis in den Hals hinaufschlagen. Meine Augen hielten die ihren fest. Die ehrlichen Gefühle, die sich darin widerspiegelten, warfen mich um. Himmel, war diese Szene irreal. Das alles konnte nicht wahr sein. Mein Gott. Ich musste meine Augen abwenden. Es war mir zu intensiv, in ihrem Goldbraun zu versinken. Für ein paar Sekunden ließ ich den Blick durch das Café schweifen. Als ich Sarah kurz darauf wieder ansah, lächelte sie mir schüchtern zu. Ich hielt den Atem an. Sie hatte sich so verändert. Ihr langes Haar glänzte im Sonnenlicht, als sie es mit einer Hand über ihre Schulter zurückstrich. Sie fuhr mit der Zunge über ihre Lippen, schlug die Augen nieder. Ich hielt mich an ihren langen Wimpern fest, musterte ihren sinnlichen Mund, der dezent geschminkt war. Als sie wieder aufblickte, lächelte sie so offen, dass ich ihre weißen Zähne sah. Ich erwiderte ihr Lächeln. Sarah blickte auf ihre Hände, sah mich wieder an und dann lachten wir beide befreit auf. Der Moment verlor ein wenig an Spannung.

»Du bist noch schöner geworden, seit ich dich das letzte Mal gesehen habe«, sagte ich heiser. »Irgendwie wirkst du so ... verändert, so stark. Ich weiß auch nicht.«

»Es war die Trennung von Sam, die mich verändert hat«, sagte sie geradeheraus. »Ich habe eine Menge geopfert, aber letztendlich viel gewonnen.«

»Dann seid ihr geschieden?«, platzte es aus mir heraus.

»Wir haben uns im Frühling getrennt und nach Sams Urlaub wollen wir es offiziell machen. Ich bin dann wieder Single, auf dem Papier und in der Wirklichkeit.«

Ja, dachte ich mit aufkeimender Bitterkeit. *Was für eine Ironie des Schicksals. Du bist wieder Single und ich bin es nicht mehr.*

Sarah erahnte meine Gedanken. Sie war schon immer wahnsinnig intuitiv gewesen. Man machte ihr nicht so schnell etwas vor.

»Willst du mir von deiner Freundin erzählen?«, fragte sie.

»Nein«, kam mir viel zu schnell über die Lippen. »Ich will über alles reden, nur nicht über Julia.«

»Bist du denn glücklich mit ihr?«

»Ich weiß nicht. Sagen wir so, ich war es annähernd, bis du eben meine Welt zum Einsturz gebracht hast.«

»Oh, das tut mir leid. Das war nicht meine Absicht, dich in deinem Glück zu stören. Daran ist eigentlich Jens schuld. Er hat mich unter falschen Tatsachen nach Nerja gelockt. Hätte ich gewusst, dass du ...«

»Es ist schön, dass du hier bist«, unterbrach ich sie mitten im Satz. »Unglaublich schön. Lass uns das jetzt nicht zerreden.«

»Wie fühlt es sich an, in einer Beziehung zu sein?«, fragte sie neugierig.

Ich musterte sie schweigend. Der Schmerz in ihren Augen verriet mir, dass sie im Grunde nichts darüber hören wollte, aber wie immer ignorierte sie ihre Gefühle und rettete sich in die Welt ihres Verstandes. Sie wollte verstehen, warum ausgerechnet Julia es geschafft hatte, mich an sich zu binden.

»Es fühlt sich normal an«, sagte ich.

»Normal«, echote sie. »Nur normal also.«

»Sarah, du hast keine Ahnung, wie dreckig es mir letztes Jahr ging. Ich hab gerade noch die Kurve gekratzt.« Mit den Fingern zeigte ich ihr einen schmalen Spalt an. »Ich stand so kurz davor, mich vom *Balcón de Europa* ins Meer zu stürzen. Es war verdammt knapp und ich hatte in dieser Zeit nur den Wunsch, mich irgendwann mal wieder normal fühlen zu dürfen. Normal, nicht glücklich. Wie du siehst, hab ich meine Ansprüche nach unten geschraubt. So wie 95 Prozent der Menschheit das tut. So, wie du das immer getan hast.«

Sarah rührte versonnen in ihrem Kaffee. Ich wusste, sie dachte gründlich über ihre Antwort nach.

»Ich verstehe dich«, sagte sie schließlich ganz ruhig. »Ich werde dich diesbezüglich immer verstehen. Es interessiert dich vielleicht, dass ich neuerdings zu den fünf Prozent der Menschheit gehöre.«

»Du Glückliche«, erwiderte ich.

»Ja, ich Glückliche«, sagte sie mit einem Lächeln. »Ich hab endlich verstanden, dass die Barrieren ... nun ... sie waren nur in meinem Kopf. In Wahrheit war ich freier, als ich dachte. Und genau deshalb bin ich nach Nerja gekommen. Weil ich dir sagen wollte, dass ich immer noch Gefühle für dich habe. Ich kann dich nicht vergessen und ich bin hier ... weil ... nun ja ... ich will herausfinden, ob es dir genauso geht.«

Ich schluckte vernehmlich. Dann schloss ich gequält die Augen und sank in meinem Stuhl zurück.

Das durfte nicht wahr sein. Nicht jetzt. Nicht jetzt.

Mit den Fingerspitzen massierte ich meine Nasenwurzel.

»Entschuldige«, flüsterte sie. »Jetzt hab ich dich damit überfallen. Das wollte ich gar nicht. So damit herausplatzen.«

»Ist schon gut«, erwiderte ich matt, während sich mein Herz aufmachte, um aus allen Wolken zu fallen. Sarah hatte noch Gefühle für mich. Sie hatte mich nicht vergessen. Das änderte einfach alles. Die Entscheidung, die ich heute morgen beim Schwimmen in Bezug auf Julia und mich getroffen hatte, flog wie eine Feder im Wind davon, ohne dass ich etwas dagegen tun konnte. Ich presste die Handballen gegen meine Schläfen und räusperte mich, um gegen die Trockenheit in meiner Kehle anzukämpfen.

»Immer noch Probleme, über deine Gefühle zu sprechen?«, fragte sie. Es klang nicht zynisch, sondern zärtlich.

»Ja, immer noch«, murmelte ich.

»Lass dir Zeit.«

»Wie viel Zeit habe ich diesmal, bis du wieder zu deinen Kindern musst?«

»Ein paar Tage werde ich schon bleiben.«

Ich ließ die Luft aus meinen Lungen entweichen. Das war mehr Zeit, als ich erwartet hatte.

»*Was ich jemals war, ist gestorben, als du gingst*«, sagte ich leise.

Traurigkeit flackerte über ihr Gesicht. »Ich weiß, Roman. Ich weiß«, sagte sie.

Ein Telefonanruf riss uns aus dem Moment. Es war der sechste Anruf in Folge, seit ich den Beachclub so überstürzt verlassen hatte. Diesmal war es Jens und keiner meiner Kollegen aus dem Club. Ich hob ab und erklärte ihm, wo wir waren. Wenig später ließ er sich neben uns in einen der Korbstühle fallen.

»Na, habt ihr euch endlich gefunden, ihr zwei?«, fragte er mit einem schiefen Grinsen. »Ihr seht ziemlich konfus aus. Alle beide. Aber das war zu erwarten. Sarah, wir brauchen noch ein Hotelzimmer für heute Nacht.«

Sarahs Gesicht schnellte zu Jens herum. Der Blick, den sie ihm zuwarf, war eigenartig. Irgendwie schockiert. Ich musterte die beiden. Die Stimmung zwischen ihnen kam mir angespannt vor.

»Wieso wir?«, richtete ich das Wort an Jens. »Ich dachte, du schläfst bei uns.«

Jens schüttelte den Kopf. »Diesmal ziehe ich ein Hotelzimmer deinem Appartement vor. Die bösen Blicke deiner Prinzessin sind mir zu enervierend. Außerdem kann ich ihr das nicht noch einmal antun und wieder eine heiße Braut in eurem Wohnzimmer vernaschen.«

Wir lachten bei der Erinnerung an diese legendäre Nacht vor sechs Monaten. Julia war ausgerastet, nachdem sie Jens in flagranti mit einer Blondine in unserem Wohnzimmer erwischt hatte. Er hatte sie mit einem Seil an unseren Esstisch gefesselt und von hinten gevögelt.

»Ich kann ja mal bei Jorge nachfragen, ob er Zimmer für euch frei hat. Ist nur ein Anruf.«

Während ich telefonierte, behielt ich Sarah fest im Blick. Sie beugte sich zu Jens hinüber und flüsterte ihm etwas ins Ohr. Er zuckte mit den Schultern und sah dann mich an.

»Ihr habt Glück. Jorge hat trotz Hochsaison noch Einzelzimmer frei. Ihr wollt doch zwei Einzelzimmer, oder?«, wandte ich mich an die beiden.

»Ja klar, zwei Zimmer«, beeilte Sarah sich zu sagen.

Sie wirkte ein wenig atemlos. Ich tippte Jens die genaue Adresse des Hotels in sein Handy und ließ mir dann von Sarah ihre Telefonnummer diktieren. Als ich auf *speichern* drückte und sie anrief, damit sie meine Nummer auch speichern konnte, fühlte sich das schwer nach Glück an. Wir waren wieder miteinander verbunden. Dieses Mal würden wir es auch bleiben. Das nahm ich mir fest vor. Niemals wieder würde ich ihre Nummer aus einem Impuls heraus löschen, wenn es im Grunde noch so viel zu sagen gab.

»Ich muss gehen«, sagte ich mit Bedauern in der Stimme und erhob mich. Mittlerweile läutete mein Handy Sturm. Alle Welt versuchte mich zu erreichen und ich musste noch das Problem mit den fehlenden Getränken klären und einen der DJs vom Flughafen abholen.

»Wann kommt ihr denn zur Party?«, fragte ich und schob meinen Stuhl zurück an seinen Platz.

»Wenn wir fertig sind«, erwiderte Jens.

»Beeilt euch«, sagte ich.

»Das werden wir«, sagte Sarah.

Ich warf ihr einen letzten langen Blick zu. Es war unglaublich, dass sie hier war. Unfassbar. Im Vorbeigehen krallte ich meine Finger in die Lehne ihres Stuhls, beugte mich hinab und hauchte einen keuschen Kuss auf ihre Wange. Meine Gefühle stürmten mit solcher Wucht auf mich ein, dass ich wie elektrisiert stehen blieb. Pure Liebe überzog meine Haut mit einer dicken Schicht Sehnsucht und setzte jeden Millimeter meiner Zellen in Brand. Mein Verlangen nach ihrer Nähe schickte wilde Stromstöße in mein Herz. Den Rückweg zum Beachclub nahm ich kaum wahr. Ich war viel zu ertrunken in dem euphorischen Gedanken, dass die Liebe meines Lebens nach Nerja gekommen war, um mich in ihre Arme zurückzuholen.

KAPITEL 10 – SARAH

Ich versuchte zu schlafen, aber der ungestüme Rhythmus meines Herzens machte es mir unmöglich, Entspannung zu finden. Die Begegnung mit Roman hatte mich viel zu sehr aufgewühlt. Jede Faser meines Körpers sehnte sich nach ihm. Jeder meiner Gedanken gehörte ihm und mit jeder Minute, die ich von ihm getrennt war, wurde das Gefühl intensiver. Die Klimaanlage surrte und blies kalte Luft in den abgedunkelten Raum. Vor den maroden Fenstern lärmte der Sommer. Ich lag mit offenen Augen auf meinem Hotelbett und träumte vor mich hin. In meinen Armen und Beinen kribbelte die Ungeduld und ich zählte die Stunden bis zur Eröffnung des Beachclubs. Ich konnte kaum ruhig liegen, kaum atmen oder denken. Jedes meiner Sinnesorgane bewegte sich in Romans Richtung. Ich wollte ihm nahe sein. Es war unglaublich gewesen, wieder von ihm gehalten zu werden. Unwirklich, aber wunderschön. Mit welcher Inbrunst er mich in seine Arme gerissen hatte. All meine Ängste und Befürchtungen, dass er mich vergessen haben mochte, waren in dem Moment verschwunden gewesen, in dem sich seine starken Arme um meine Mitte geschlungen hatten. Meine Welt hatte sich augenblicklich richtig angefühlt. Es gab keinen Ausdruck für das Glück, das sich in mir ausbreitete wie eine Welle. Auch wenn Roman nun in einer Beziehung steckte, so fühlte ich trotzdem, dass ich ihn nie verloren hatte. Er hatte noch Gefühle für mich. Das hatte ich so deutlich gespürt, als wir uns im Zentrum des Sterns am *Balcón de Europa* umarmt hatten. Jetzt konnte ich nur darauf hoffen, dass sie stark genug waren, um unserer Liebe eine zweite Chance zu geben.

Mein Handy am Nachttisch vibrierte und ich griff so hastig danach, dass es mir beinahe aus der Hand gerutscht wäre. Mein Herz pochte. Die Nachricht war von ihm.

»*Und plötzlich trägt der Wind wieder deinen Duft übers Land und die Welle schreibt deinen Namen in den Sand und ich lebe.*«

Ich schrieb zurück: »*Wann kann ich dich wiedersehen?*«

»*Jetzt, wenn du willst. Ich bin wieder im Club und es geht in Kürze los mit meiner Party.*«

Ich sprang aus dem Bett und eilte ins angrenzende Badezimmer. Mit besonderer Sorgfalt duschte, rasierte und schminkte ich mich und stieg in ein farbenfrohes Sommerkleid, dessen weit auseinanderklaffende Ärmel meine Schultern und Arme freilegten. In flachen Sandalen huschte ich über den Flur und zu Jens' Zimmer, das auf derselben Etage lag.

Er öffnete nach dem ersten Klopfen. Bei seinem Anblick stolperte mein Herz, ohne dass ich etwas dagegen tun konnte. Er trug ausgewaschene Bluejeans, die tief auf seinen Hüften saßen. Nichts sonst. Seine Bauchmuskeln stachen mir ins Auge. Ich starrte auf die Spur seine Haare, die als schmaler Streifen in seinem Schritt verschwanden, wo, wie ich wusste, eine Männlichkeit von beeindruckender Größe lauerte. Aus seinem Haar perlten Wassertropfen, er war offensichtlich gerade aus der Dusche gesprungen. Ich schluckte gegen die Trockenheit in meiner Kehle an.

»Ich bin gleich fertig«, sagte er. »Komm rein.«

Ich stand an der Schwelle zu seinem Zimmer und bewegte mich nicht. *Reinkommen? Ich weiß nicht, ob das so gut ist.*

Neugierig studierte ich die Tattoos, die fast die Hälfte seines Rückens vereinnahmten.

Verdammt, muss dieser Teufel so verwegen gut aussehen?

Er öffnete den Schrank und zog ein schwarzes Stück Stoff heraus. Mein Blick fiel auf die Sporttasche, die neben seinem Bett stand. Ich fixierte sie und spürte eine undurchdringliche, dunkle Sehnsucht, die mich magisch zu dieser Tasche zog. Es juckte mich in den Fingern, sie auszuleeren, um zu sehen, was er eigentlich für Sexspielzeug durch die Gegend schleppte.

Jens warf das Shirt aufs Bett und kam auf mich zu. Ich erschrak und wich einen Schritt zurück.

»Reinkommen und zumachen!«, herrschte er mich im Befehlston an. Mit weichen Knien gehorchte ich und lehnte mich gegen die geschlossene Zimmertür.

Plötzlich lag eine magnetische Spannung in der Luft, die mich unsicher machte. Jens hypnotisierte mich mit diesem wölfischen Blick, bei dem seine Augen ganz schmal wurden. Die Sekunden verstrichen. Jedes Leben, alles Blut schien zwischen meine Beine zu fließen. Es war unglaublich, wie groß seine Anziehung auf mich geworden war. Wie konnte das sein? Ich hatte ihn doch früher kaum wahrgenommen. Daran war nur Marseille schuld. Unser leidenschaftliches Intermezzo hatte alles verändert.

Jens musterte mich. »Interessant«, sagte er rau und dann malte sich das typisch schmutzige Grinsen auf sein Gesicht, bei dem ein Mundwinkel höher hing als der andere. »Es liegt also an mir, ob es eine zweite Runde geben wird oder nicht.«

»Wovon sprichst du? Was für eine zweite Runde?«, fragte ich kühl.

Bestimmt würde ich ihn nicht merken lassen, wie sehr er mich durcheinanderbrachte.

»Ich dachte eigentlich, wenn du ihn wiedersiehst, wird alles andere ausgelöscht sein.«

»Das ist es«, behauptete ich felsenfest.

Mittlerweile raste eine Hitzewelle nach der anderen durch meinen Körper und jede entlud sich in meinem Schoß, in dem ein unnachgiebiges Ziehen entstand. Schockiert stellte ich fest, dass mein Körper nicht mehr meinem Verstand gehorchte. Dieser üble Verräter sehnte sich vielmehr nach Jens' flacher Hand und ... nach seiner Gerte. War ich denn verrückt geworden? Ich atmete bewusst ruhig in meinen Bauch hinein und versuchte seinem wilden Blick standzuhalten.

Bleib cool. Jens spielt nur mit seiner betörenden Anziehungskraft, betete ich mir selbst vor. *Er ist sich seiner Wirkung auf Frauen bewusst und setzt sein Domgehabe ganz automatisch ein. Du kennst ihn doch. Das hat nichts mit dir zu tun. Bleib cool. Roman ist der Einzige, der jetzt noch für dich zählt.*

»Ganz ruhig«, raunte Jens mir zu.

Hatte er meine Gedanken gelesen? Er neigte sich zu meinem Ohr hinab. Sein Oberschenkel streifte mein Bein. Eine unabsichtlich wirkende Geste, die er bewusst einsetzte. Er war so berechnend, so ein gottverdammter Spieler.

»Das muss dich nicht erschrecken. Es ist wie ein Sog. Einmal eingetaucht in die Welt aus Schmerz und Unterwerfung und es gibt kein Zurück mehr in die Normalität. Mach dir das bewusst, Sarah. Es gibt kein Zurück.«

Ich schloss die Augen. Ein Zittern jagte über meine Haut.

Das war doch lächerlich. Ich war doch stärker als diese dunkle Macht. Stärker.

Die fehlende Wärme um mich herum wiegte mich in der Sicherheit, dass Jens zurückgetreten war. Als ich meine Lider wieder aufschlug, war er gerade damit beschäftigt, das T-Shirt über seinen Kopf zu ziehen.

»Wie sehr er dich noch liebt, hat selbst mich überrascht«, murmelte er, während er sich aufs Bett setzte und in seine Schuhe schlüpfte. »Aber im Grunde hatte ich damit gerechnet. Das ist übrigens auch die Erklärung, warum ich dich nicht bei ihm angekündigt habe. Roman ist ein Meister der Verdrängung. Er schwimmt lieber in seine Fluchten, anstatt sich mit seinen Themen zu konfrontieren. Hätte ich ihm vor zwei Tagen gesagt, dass ich dich nach Nerja mitbringe, dann hätte sein Verstand aus seinen Gefühlen eine zurechtgebogene Wahrheit geformt, aber so ... nun ... so muss er sich dem Schock ergeben und kann seinen echten Emotionen nicht davonlaufen. Das wird etwas in ihm bewegen. Und es wird Zeit, dass er sich vorwärtsbewegt.«

»Du bist ganz schön berechnend«, krächzte ich heiser.

Jens erhob sich und kam näher.

Nicht schon wieder! Bleib weg von mir, du Teufel.

Ich atmete durch den Mund, um seinem betörenden Körperduft zu entkommen.

»Ich bin nicht berechnend«, korrigierte er mich. »Ich kenne nur meinen besten Freund. Außerdem weißt du sehr gut, dass ich ein impulsiver Mann bin. Ich bin sprunghaft, Sarah. Und weit düsterer als du denkst.«

Ach ja? Hab ich gar nicht gemerkt. Und du hast Gott sei Dank keine Ahnung, wie sehr ich diesen düsteren Teil näher kennenlernen will.

»Komm, lass uns an den Strand gehen und dort alles durcheinanderbringen.«

»Okay«, sagte ich scheinbar gelassen.

Er griff an mir vorbei und öffnete die Tür. »Nach dir. Dieses Kleid steht dir übrigens ausgezeichnet. Viel zu gut, um beim Anblick deines Hinterns nicht geil zu werden.« Zur Unterstreichung seiner Worte griff er sich an den Schritt und ruckelte daran herum. »Kaum noch Platz in der Hose«, murmelte er.

»Können wir bitte übers Wetter reden«, flehte ich aufseufzend.

Er lachte. »Wir könnten über Roman reden«, schlug er vor. »Ich denke, seine Prinzessin hat ihn mehr im Griff, als er mir das zeigen will. Lass uns herausfinden, warum das so ist.«

*

Als wir beim Beachclub eintrafen, war dieser bereits rappelvoll. Auf der Holzterrasse waren sämtliche Tische und Stühle des Restaurants zur Seite geschafft worden, um Platz für ein DJ-Pult und eine Tanzfläche zu schaffen. Ein heißer, dunkler Kerl mit Kopfhörern stand an den Turntables und beschallte den Strand mit Musik. Der Sound war eine Spur rauer geworden als am Nachmittag. Die Stimmung war so aufgeheizt und spritzig, dass Jens und ich sofort davon aufgesaugt wurden. Ich musterte die Menschen, die mit Getränken in den Händen ihre Hüften bewegten, sich unterhielten, lachten, tanzten. Ich wollte am liebsten mitmachen. Es war lange her, dass ich zu Clubmusik getanzt hatte.

»Wollen wir uns zur Bar durchschlagen?«, fragte Jens und ich nickte ihm zu.

Er machte den Weg für mich frei, während ich mich dicht hinter ihm hielt und ihm durch die Menge folgte. Pure Leichtigkeit floss durch meine Adern. Mein Leben in Deutschland schien mir plötzlich weit weg zu sein. Warum Trübsal blasen? Das, was passiert war, war unveränderlich. Es war geschehen, aber ich konnte mir hier und jetzt eine schöne Zeit machen. Im Augenblick leben. Jetzt!

Jens und ich quetschten uns nebeneinander an den Tresen, um unsere Getränke zu bestellen. Er nahm ein Bier und ich einen Cocktail. Immer wieder wurde er freundlich begrüßt. Er schien in Nerja kein Unbekannter zu sein.

»Roman und ich haben eine Zeit lang hier gewohnt«, erklärte er mir auf meine Frage hin und zeigte auf eine Appartementanlage, die oberhalb des Strandes in den Hügel hineingebaut worden war. »Sechs Wochen, um genau zu sein ... bis ich weiter nach Australien gereist bin. Roman ist nach meiner Abreise bei Julia eingezogen. Ihr Appartement ist auch da oben.«

»Aha«, erwiderte ich nur.

Der Gedanke tat weh, dass Roman mit seiner Freundin da oben lebte. Wie aufs Stichwort tauchte Julia hinter dem Tresen auf. In einem Traumkleid aus weißem Satin, dessen goldene Träger mit Strass-Steinchen besetzt waren, schwebte sie von einem Ende der Bar zum anderen und grüßte fröhlich in die Menge. Als ihr Blick Jens streifte, erlosch ihr Lächeln. Ich beobachtete sie unauffällig. Ihre Schönheit war wirklich außergewöhnlich. Ich war wie geblendet. Und das ging nicht nur mir so. Alle Menschen an der Bar, Männer und Frauen gleichermaßen, starrten sie an. Eine tödliche Eifersucht wühlte sich durch meinen Magen. Wenn ich mir dieses Püppchen so ansah, fühlte ich mich ... alt.

Na gut, ich war es auch. Im Vergleich zu Julia war ich steinalt.

»Wie alt ist sie eigentlich?«, zischte ich Jens ins Ohr.

»Vierundzwanzig. Wieso?«

»Weil sie meinem Ego ganz schön zusetzt.«

Er hob mahnend einen Zeigefinger. »Sarah, jetzt lass doch die destruktiven Gedanken mal hinter dir. Sie kann nicht mit dir mithalten. Sie ist ein Mädchen, du bist eine Frau. Du darfst dir deiner erotischen Ausstrahlung ruhig in aller Klarheit bewusst werden.« Sein Blick wanderte zu meinem Busen.

»Sprach der Psychologe«, sagte ich.

Aufgeregtes Klatschen und Gejohle lenkte unsere Aufmerksamkeit auf die Tanzfläche. Ein charismatischer Mann hatte am DJ-Pult Stellung bezogen.

»Das ist Walter, Julias Vater«, klärte Jens mich auf. »Ihm gehört das Café seit dreizehn Jahren. Er kam mit nichts aus Berlin und hat sich hier ein neues Leben aufgebaut.«

Neugierig musterte ich Julias Vater. Er hielt ein Mikrofon in den Händen und klopfte darauf, um die Lautstärke zu überprüfen. Die Musik verstummte. In perfektem Englisch begrüßte Walter seine Gäste. Er stellte eine Liste an DJs vor, bedankte sich bei den Organisatoren und Sponsoren und bei allen Freunden, die tatkräftig ausgeholfen hatten. Am Ende seiner langen Rede drehte er sich mit einem rührseligen Gesichtsausdruck zu seiner Familie um, die an der Bar auf ihren Einsatz wartete.

»Mein größter Dank gilt natürlich meiner Frau Marie und meiner Tochter Julia. Ohne sie hätte ich es nie so weit gebracht. Sie sind mein sicherer Hafen, mein Anker, mein Ein und Alles. Na los, ihr Süßen, wo seid ihr denn? Kommt zu mir auf die Bühne.«

Julia und ihre Mutter machten sich auf den Weg zur Tanzfläche und flankierten Walters rechte und linke Seite. Er drückte jeder einen Kuss auf die Wange und umarmte sie. Ich beäugte Marie, von der Julia ihre umwerfende Schönheit geerbt hatte. Im Gegensatz zum Rest der Familie wirkte sie verloren und wenig euphorisch. Sie war blass und sah aus, als ob sie gesundheitlich angeschlagen wäre.

»Aber mein größter Dank gilt in diesem Jahr einem ganz besonderen Menschen, den wir nicht mehr in unserem Leben missen möchten, weil er es schlichtweg komplettiert hat«, sprach Walter weiter. »Mit seinem unermüdlichen Einsatz hat er dafür gesorgt, dass mein Café in neuem Glanz erstrahlt. Er hat es tatsächlich geschafft, dass aus einer alten Imbissbude ein neuer, hipper Beachclub entstanden ist, den wir heute für euch mit einer fulminanten Feier eröffnen werden.«

Applaus brandete auf.

Walters Worte verklangen in weiter Ferne, weil das Bild, das sich daraufhin in mein Gehirn brannte, alles überlagerte.

Natürlich sprach er von Roman und als dieser die provisorische Bühne betrat, hielten nicht nur ich, sondern auch alle anderen Gäste den Atem an.

Er sah umwerfend aus, absolut atemberaubend.

Er trug zerrissene Jeans und ein enges weißes V-Shirt, auf dem das Logo des Beachclubs prangte. Wie immer passten ihm die Klamotten wie angegossen und unterstrichen seine ohnehin schon attraktive Erscheinung. Mit einer Faust um mein Herz beobachtete ich, wie er Walter und Marie umarmte und dann Julia vor aller Welt küsste. Die Menschen klatschten und pfiffen und forderten johlend eine Rede von ihm ein. Walter reichte Roman das Mikrofon und deutete ihm, dass er mit dem Publikum sprechen sollte. Roman kletterte geschmeidig auf das Pult des DJs hinauf. Ich stieß mich vom Tresen ab und drängte durch die Menge auf den Strand hinaus. Ich musste einen direkteren Blick auf ihn haben. Es ging nicht anders.

Ich musste ihn sehen, ihn bewundern, zu ihm aufblicken.
Wie er dastand, hoch erhoben über allen, herabblickend auf die Menge, so jung, so schön, so unfassbar selbstbewusst und sexy ... ich verliebte mich ein zweites Mal in ihn. Unsterblich.
Mein Fokus war nur noch auf ihn gerichtet, während meine Gefühle singend in mir durcheinanderwirbelten. Ich wollte ihn so sehr. Er sollte mir gehören. Mir allein.

Mein Herzschlag raste höher und höher, als Roman auf Englisch zu sprechen begann. Er erzählte von den Umbauarbeiten des Clubs, von den vielen Stunden unermüdlichen Einsatzes und bedankte sich bei einer langen Liste an Helfern und Unterstützern. Ich hing an seinen Lippen, mir entging keine seiner Bewegungen, keine Regung, kein Lächeln. Er stellte das Team hinter dem Tresen vor und danach den DJ zu seinen Füßen. Die Gäste pfiffen begeistert und feuerten ihn weiter an. Der DJ ließ im Hintergrund langsam die Musik anlaufen. Roman begann mit den Hüften zu kreisen und schlug über seinem Kopf die geballten Fäuste zusammen. Seine Augen suchten unablässig die Menge ab und schweiften so lange umher, bis er mich fand. Sein Blick fesselte mich, hielt mich fest. Ich rieselte wie Sand in einer Uhr nach unten, zerfiel unter seinen eisblauen Augen. Sein Blick verließ mich wieder, irrte weiter über die zahlreichen Menschen, die gekommen waren. Er feuerte das Publikum an und beschwor sie, richtig Gas zu geben, alles zu vergessen, Party zu machen, diese Nacht sollte unvergesslich werden. Sie würde es werden. Zumindest für mich.

Ein Raunen ging durch die Menschenmassen, die Musik wurde lauter. Rund um mich zuckten die Körper, während ich wie versteinert dastand und Roman anstarrte. Alle ergaben sich der erotischen Schwingung, die von ihm ausstrahlte und den Strand überschwemmte wie eine Welle der Lust.

Roman legte den Kopf in den Nacken und lächelte. Er genoss die Atmosphäre, saugte die Euphorie der Menge in sich auf. In diesem Moment strahlte er so viel Sexappeal aus, dass ich glaubte, es nicht länger aushalten zu können. Seine Arme bewegten sich zum Rhythmus der Musik und der DJ passte, auf sein Zeichen hin, die Lautstärke weiter an. Er sprach wieder ins Mikro:

»Ich wünsche euch eine sensationelle Nacht, Leute! Tanzt bis zum Morgengrauen! Trinkt unsere Vorräte aus! Esst die weltbesten Tapas! Aber vor allem: Habt Spaß! *Burriana Beach* gehört heute Nacht nur euch. Und er soll brennen! Brennen! Brennen!«

Die Menschen pfiffen und klatschten. Ich fixierte sein Gesicht und plötzlich ruhten seine Augen wieder auf mir. Wir sahen uns an. Unsere Blicke waren tief und verheißungsvoll.

Wir sagten uns alles, ohne Worte, nur mit unseren Augen.

Er lächelte mir zu und ich antwortete ihm mit einem strahlenden Lächeln. Dann legte er das Mikrofon wieder an seine Lippen. Völlig überraschend wechselte er die Sprache.

»Es gibt kein größeres Geschenk für mich, als dass *du* heute Abend hier bist«, sagte er auf Deutsch.

Ich stellte jeden Atemzug ein. Jeden. Zwischen uns knüpfte sich das unzertrennbare Band unserer Liebe neu. Es war mir egal, ob irgendjemand bemerkt hatte, dass er diesen Satz nur zu mir gesprochen hatte. Denn das hatte er. Er gehörte mir. Mir.

Die Partygäste jedenfalls bekamen nichts davon mit, zumindest war ihnen egal, was Roman gesagt hatte. Sie schwelgten sowieso schon in einem anderen Fieber. Roman gab dem DJ zu verstehen, dass er loslegen sollte. Der schob mit einem breiten Grinsen die Regler hoch, sodass die Bässe hart und wild über den Strand hämmerten. Die Menge tobte.

Roman sprang vom Pult und gesellte sich zu seiner ... ja ... und genau da lag mein neues Problem ... er gesellte sich zu seiner Familie. Plötzlich fühlte ich mich fehl am Platz. Das hier war nicht die Feier meines freudigen Wiedersehens mit ihm, sondern die Party einer Auswandererfamilie, die nach vielen Monaten harter Arbeit ihren neuen Club eröffnete. Und leider gehörte der Mann, den ich liebte, in ihren Kreis.

Ich nagte an meiner Unterlippe und überlegte, was ich in weiterer Folge tun sollte. Ins Hotel zurückgehen? Mit Roman sprechen? Aber war es nicht besser, mich im Hintergrund aufzuhalten, um Julia nicht auf den Plan zu rufen? Er war ja nicht so, dass ich das Spiel der Geheimniskrämerei nicht aus der Sicht des Betrügers kannte.

Gott sei Dank tauchte in diesem Moment Jens an meiner Seite

auf und erlöste mich aus meinem Gewissenskonflikt.

»Pure Gänsehaut«, sagte er und zeigte auf seine Arme. »Wenn das mal keine Probleme im rosaroten Königreich gibt.«

»Du findest das alles natürlich wieder witzig«, erwiderte ich forsch.

»Klar«, antwortet er lakonisch. »Und bevor du jetzt wieder abhaust, weil deine Zweifel dein wahres Wollen übertünchen, würde ich vorschlagen, dass du dich richtig schön betrinkst und dir dann die Füße wund tanzt. Was meinst du dazu?«

Ich dachte an Frau Calvari und sah sie im Geiste eine Flasche Rioja köpfen. Ich grinste.

»Gute Idee. Betrinken wir uns schamlos und stürmen wir danach das heilige Königreich. Ich bin nicht so weit gereist, um jetzt in einem Hotelzimmer in mein Kissen zu flennen.«

Jens zeigte mir seinen Daumen hoch. »So gefällt mir das schon besser. Vergiss nicht ... kein Mann will die schöne Prinzessin küssen, wenn er die Königin dreckig ficken darf.«

*

Jens hatte mich ganz schön abgefüllt. Ich hatte es versäumt, die Cocktails zu zählen, die er für mich angeschleppt hatte. Das bereute ich jetzt. Aber immerhin hatte mich der Alkohol gelöster werden lassen. Leider hatte ich ihn im Laufe des Abends aus den Augen verloren. Er war losgezogen, um die Barkeeperin aufzureißen. Auch gut, sollte mir nur recht sein, ich kam allein zurecht. Ich hatte es mir im Loungebereich gemütlich gemacht und neben mir lümmelte ein Spanier, der ohne Unterlass auf mich einredete. Ich bemühte mein Gehirn um die richtigen Vokabeln für eine niveauvolle Konversation, aber so richtig wollten mir die Worte nicht mehr über die Lippen kommen. Alles drehte sich vor meinen Augen. Ich hatte Spanisch mit großer Leidenschaft studiert und konnte es fließend sprechen. Warum fiel mir jetzt kein Wort mehr ein? War ich so aus der Übung oder hatte ich den Grad meiner Trunkenheit unterschätzt?

In der unbequemen Sitzposition, in der ich auf dem Sitzsack lehnte, war mein Kleid bedenklich weit nach oben gerutscht. Das störte mich bei der nächtlichen Hitze wenig. Was mich mehr störte, waren die aufdringlichen Blicke meines Gesprächspartners. Ich konnte gar nicht schnell genug reagieren, hatte er schon seine Hand besitzergreifend auf meinem Oberschenkel abgelegt. Sofort sprang ich auf und machte mich auf den Weg zur Damentoilette. Die spanischen Männer waren nicht leicht im Umgang und ich wollte mir diese Portion Chauvinismus getrost ersparen.

Die lange Warteschlange vor den Kabinen schreckte mich nicht sonderlich ab. Wenigstens eine kleine Verschnaufpause. Ich lehnte mich gegen die Wand und fischte mein Handy heraus. Keine neuen Nachrichten. Okay, war vielleicht besser so. Ich dachte an meine Kinder in Italien. Dass Sam sich überhaupt nicht bei mir meldete, um mir Fotos zu schicken oder mir von ihren Erlebnissen zu berichten, enttäuschte mich. Bestimmt war er viel zu sehr mit seiner neuen Flamme Evelina beschäftigt oder damit, mich zu hassen und den Tiraden seiner Mutter recht zu geben.

Seltsam, wie fern mir meine Familie in diesem Augenblick vorkam. Die Betrunkenheit verstärkte mein Gefühl, dass ich zum ersten Mal seit vielen Jahren richtig frei war. Ich war bei mir. Es war fantastisch. Ich konnte kommen und gehen, wann ich wollte, feiern und danach ausschlafen, niemand weckte mich, niemand ermahnte mich, weil ich zu viele Cocktails getrunken hatte. Ich war frei. Im Schneckentempo bewegten sich die Frauen in Richtung Toiletten und ich rückte auf.

Romans aggressive Stimme erschallte am Ende des Flurs und erschreckte mich.

»Julia!«, brüllte er. »Hör auf damit!«

Neugierig lugte ich an der Warteschlange vorbei. Roman und Julia standen in einer dämmrigen Ecke und ihr Gespräch sah eindeutig nach einer hitzigen Diskussion aus.

»Was soll das heißen, du hast deine Meinung geändert?«, fauchte sie und schlug die Hände vor ihrem Gesicht zusammen. »Du hast doch noch nicht einmal Ja gesagt, wie kann sich deine Meinung dann ändern?«

Roman ballte sichtlich genervt seine Hände zu Fäusten.

»Ich hab dir gesagt, dass ich mehr Zeit brauche«, dröhnte er.

»Mehr Zeit? Ich kann dir nicht mehr Zeit geben. Merkst du

denn nicht, wie unfair das ist, was du mit mir machst? Wie du mich in der Warteschleife hängen lässt ...«

»Hey Julie, Süße, brauchst du vielleicht Hilfe mit deinem Kerl?«, rief ein Mädchen links von mir auf Englisch zu den beiden hinüber.

Roman und Julia fuhren auseinander und starrten in unsere Richtung. Auf Romans Gesicht lag ein unergründlicher Ausdruck, als er mich unter den wartenden Frauen erkannte.

»Ich diskutiere das auf keinen Fall hier vor allen Leuten und schon gar nicht heute bei der Eröffnungsfeier«, sagte er hart, drehte sich um die eigene Achse und stürmte davon.

Da Julia keine Anstalten machte, ihm zu folgen, tat ich es. Ich eilte ihm durch den langen Flur hinterher und erwischte ihn, als er gerade wieder hinter der Theke verschwinden wollte.

Energisch packte ich ihn am Arm. Der Stress, der von ihm ausstrahlte, prallte auf mich wie eine Wand. Als er mich erkannte, verrauchte die Wut in seinem Blick.

»Sarah«, hauchte er.

Entschlossen griff ich nach seiner Hand und zog ihn in eine der Nischen, in der eine von Scheinwerfern angestrahlte Buddha-Statue thronte.

»Ich verrenke mir schon seit Stunden den Hals, um dich in der Menge auszumachen. Ich dachte, dass du längst zurück ins Hotel gegangen bist,« raunte er mir zu.

»Ich wollte dich nicht von deiner Arbeit ablenken«, erwiderte ich. »Deshalb hab ich mich im Hintergrund gehalten. Du hast ja heute genug um die Ohren, denk ich mal.«

»Ja, leider«, murmelte er aufseufzend.

Wir wechselten einen Blick.

»Ich hasse es«, wisperte er. »Ich hasse den Gedanken, dass du so nahe bist und ich nicht mit dir reden darf, geschweige denn dich berühren.«

Unauffällig ließ er seinen Zeigefinger von meiner nackten Schulter nach unten bis zu meinem Handgelenk gleiten.

Ich erschauerte.

»Roman ...«, stöhnte ich auf.

» Ein wirklich heißes Kleid, das du da trägst.«

»Roman, bitte ...«

»Bist du betrunken?«, fragte er rau.

»Ja, bin ich.«

»Hm, du weißt, ich mochte es immer, wenn du getrunken hattest. Du warst dann immer so hemmungslos und vor allem wolltest du dann immer, dass ich schmutzige Dinge mit dir mache.«

»Das beschreibt ganz gut meine aktuelle Stimmung.«

Zischend sog er die Luft zwischen seinen Zähnen ein. In seinen Augen loderten Flammen auf.

»Was würde ich für ein bisschen Zeit mit dir geben. Aber es geht nicht.«

»Das weiß ich doch.«

Er blickte nervös über die Schulter zurück. Leute drängten an uns vorbei. Julia war jedoch nicht unter ihnen.

»Kannst du wenigstens mit mir tanzen?«

»Tanzen?«

»Nur ein Song«, flehte ich.

»Sie macht mir die Hölle heiß, wenn ich mit einer anderen Frau tanze.«

»Die Stimmung zwischen euch steht doch sowieso nicht zum Besten. Zumindest sah euer Gespräch nicht sehr freundlich aus.«

»Es ist kompliziert«, sagte er und blickte zu Boden.

»Das sind Beziehungen immer. Komm, tanz mit mir.«

Er zögerte. »Wenn ich jetzt mit dir tanze, dann gibt mir das den Rest. Meine Selbstbeherrschung wird in sich zusammenbrechen. Dabei muss ich später noch den Hauptact ansagen. Wie soll ich das schaffen?«

Ich griff nach seiner Hand. »Das schaffst du schon. Komm, uns bleibt nicht viel Zeit.«

Er löste seine Finger aus meinen und folgte mir mit Sicherheitsabstand ins Freie hinaus. Wir drängten durch die Menschenmenge, wobei wir immer stoppen mussten, weil er von Freunden aufgehalten und angesprochen wurde. Es dauerte eine Zeit, bis wir es endlich in die Mitte der Tanzfläche geschafft hatten. Ich gab mich sofort den Klängen der Musik hin und drehte mich beschwingt im Kreis herum. Die Stimmung war fantastisch, der Rhythmus mitreißend. Roman ließ seinen Blick rundum schweifen und kontrollierte die Gesichter, die uns umgaben. Dann kam er näher und gab sich ebenfalls den Klängen der Musik hin. Es war ein magischer Tanz, den wir tanzten, voller Erotik und ungestillter Leidenschaft. Und er lebte von unseren Blicken und unseren wilden Gedanken. Ab und zu berührten wir uns. Flüchtig nur und wie zufällig. Es reichte, um meinen ganzen Körper zu entzünden. Ich warf die Arme in die Luft und legte den Kopf in den Nacken. Über meinem Antlitz breitete sich ein unglaublicher Sternenhimmel aus. Der Mond glitzerte auf uns herab. Es war überwältigend.

Das Lied glitt mit einem fließenden Übergang ins nächste über. Roman zeigte mir mit einem Nicken an, dass er gehen musste. Zum Abschied schlang er einen Arm um meinen Bauch und zog mich dicht an seinen Körper heran. Ich konnte durch den Stoff der Jeans seine Erektion an meinem Hintern spüren.

»Du machst mich so an«, raunte er mir ins Ohr. »In meinem ganzen Leben wollte ich keine Frau so sehr, wie ich dich will. In Gedanken ficke ich dich schon, seit ich dich das erste Mal gesehen habe. Du kannst dir sicher sein, dass ich die erstbeste Gelegenheit nutzen werde, um jeden einzelnen meiner Gedanken wahrzumachen. Jeden einzelnen.«

Er ließ mich los und verschwand in der tanzenden Menge. Ich blickte ihm sehnsüchtig hinterher. Er war alles, was ich wollte, aber ich konnte warten. Im Gegensatz zu ihm hatte ich Zeit und ich war nicht mehr an jemanden gebunden. Ich tanzte weiter, bis meine Beine und mein Rücken schmerzten und ich vor Müdigkeit kaum noch stehen konnte. Dann erst machte ich mich auf den Weg zurück ins Hotel. In meinem Zimmer angekommen, fiel ich mit ausgebreiteten Armen rücklings auf mein Bett. Und ich fühlte mich so weit und leicht, dass ich lachte und gleichzeitig Tränen der Ergriffenheit über meine Wangen flossen.

KAPITEL 11 – SARAH

Ich erwachte mit verklebten Augen und einem schalen Geschmack im Mund. Mein Kopf schmerzte und ich hatte das Gefühl zu verdursten. Der Alkohol des gestrigen Abends forderte seinen Tribut. Trotz meines leichten Katers, und das war das Groteske daran, fühlte ich mich lebendig wie nie zuvor. Ein Blick auf die Uhr zeigte mir, dass es schon weit nach Mittag war. Die Hitze des Jahrhundertsommers drückte von außen gegen die großen Hotelfenster. Trotz der Klimaanlage war es unerträglich stickig im Zimmer.

Ich lag eine Weile mit geschlossenen Augen da und spürte der Freiheit in mir nach. Herrlich! Ich war im Urlaub. Endlich konnte ich mich im süßen Nichtstun verlieren. Die Verantwortlichkeiten, die sonst meinen Tag einläuteten, existierten hier nicht. Ich durfte in diesen Tag hineinleben und mit offenen Armen entgegennehmen, was er mir brachte. Niemand hatte mich geweckt, ich musste nicht meckern, niemanden ermahnen, nicht reden, kein Frühstück zubereiten, keine Kinder zur Eile antreiben, ich musste nicht in den Kindergarten hetzen, nicht zur Arbeit, nicht einkaufen, nicht mein Haus aufräumen und nicht über den Schmerz meiner gescheiterten Ehe nachdenken.

Hier in Spanien gab es keine Ex-Ehemänner, keine lästigen Kunden, keine unerfüllte Sehnsucht.

Es gab nur ... MICH.

Und Roman.

Ich schwang die Beine aus dem Bett und ging ins Badezimmer, um mich frisch zu machen. Nachdem ich geduscht und mich geschminkt hatte, schlüpfte ich in ein dunkelblaues Kleid, schnappte meine Handtasche und machte mich auf den Weg, um die Stadt zu erkunden. Ich verspürte großen Hunger und es reizte mich, in eines der netten Straßencafés zu gehen, um dort ausgiebig zu frühstücken. Mein Handy zeigte mir keine Anrufe und Nachrichten an. Ein paar Mails von Tristan waren eingegangen, der Fragen zu bevorstehenden Veranstaltungen hatte, aber darum wollte ich mich zu einem späteren Zeitpunkt kümmern.

Meine Gedanken wanderten zu meinen Kindern. Ob es ihnen gut

ging? Bestimmt. Sie waren in guten Händen. Und sie waren am Meer, das sie beide so liebten. Sollte ich Sam eine Nachricht schreiben und mich nach ihnen erkundigen? Warum nicht? Ich schrieb ein knappes »Wie geht es euch?« und schickte es ab. Dann verließ ich das Hotel und steuerte das Zentrum an. Schon nach wenigen Metern stülpte mir die ungnädige Schwüle ihren Mantel über und ich begann unter der prallen Sonne zu zerfließen. Nerjas Gassen kannten keine Ebene, es ging bergauf und bergab. Während ich durch die Stadt schlenderte, kreisten meine Gedanken um Sam.

Würde er auf meine Nachricht antworten?

Unsere Kommunikation war seit unserer Trennung so verfahren, so minimiert, unser Umgang miteinander so erfüllt von Bitterkeit, ich hatte mich in Deutschland nie gefragt, wie wir einen Weg aus dieser Misere finden wollten. Ich hatte die prekäre Lage einfach so hingenommen und nichts daran geändert. Mit der räumlichen Distanz und dem Abstand zu meinem Alltag gelang es mir plötzlich, die Situation aus der Vogelperspektive zu betrachten. Dieser Streit war so kräftezehrend und sinnlos. Wie waren meine Gefühle für Sam? Außer, dass ich so schrecklich wütend auf ihn war. Und warum war ich eigentlich so wütend auf ihn? Ärgerten mich seine Vorwürfe, mit denen er mich immer noch bombardierte? Oder ärgerte mich, dass er mich in unserem Bekanntenkreis diffamierte und unsere sogenannten Freunde nach und nach den Kontakt zu mir abbrachen? Warum war die Gesellschaft bereit, einem Mann eine leidenschaftliche Affäre zu verzeihen, aber eine Frau wurde als Schlampe abgestempelt und fallen gelassen? Einige Mütter im Kindergarten hatten sogar aufgehört, mich zu grüßen, wenn sie mir im Flur begegneten. Wenigstens hatte es sich nicht herumgesprochen, dass mein Liebhaber der Sohn der Kindergartenleiterin gewesen war. Diese engstirnigen und prüden Muttis wussten nur, dass es ein weitaus jüngerer Mann gewesen war, mit dem ich mich eingelassen hatte und dass die Affäre ein halbes Jahr lang gedauert hatte, mehr nicht. Beim Sommerfest war hinter vorgehaltener Hand über mich getuschelt worden. Ich hatte es bemerkt, mir aber nicht anmerken lassen, wie sehr mich die Spitzen dieser Hyänen verletzten. Eine der boshaften Ziegen aus dem Elternbeirat hatte sich sogar erdreistet und mich direkt gefragt, wie ich so ein liederliches Benehmen vor meiner Familie und vor allem vor Gott rechtfertigen wollte. Ich hatte sie sprachlos angestarrt und kein Wort zu erwidern gewusst. Wie sollte ich gegen so viel Borniertheit ankämpfen? Und warum waren es vor allem die Frauen, die mich so anfeindeten? Wo war der matriarchalische Zusammenhalt geblieben? Hatte es ihn je gegeben? In unserem von Katholizismus geprägtem Kulturkreis war er jedenfalls verschwindend gering. Die Familienväter hingegen grüßten mich viel freundlicher als früher, was sich auch nicht gerade angenehmer anfühlte. Ich war eine Geächtete in den Kreisen, in denen ich bisher verkehrt hatte. Man hatte mich abgestempelt, ohne meine wahren Beweggründe zu kennen. Das war hart und ohne die professionelle Hilfe meiner Psychologin hätte ich es niemals geschafft, mich aus dem Strudel der Denunziation zu befreien. Sie hatte mich Schritt für Schritt in eine neue Sarah-Welt begleitet und mir geholfen, in den vielen Gesprächen rund ums Frausein, Muttersein und um meine Wünsche, Sehnsüchte und Begierden, ein neues Selbstbewusstsein aufzubauen.

Wir Frauen neigen dazu, uns selbst zu verachten und uns mit unseren Selbstzweifeln das Leben schwer zu machen, hatte sie gesagt. *Sie müssen in Wahrheit Ihre beste Freundin werden, Frau Bremer, nicht gegen den Ruf Ihres Herzens ankämpfen, weil Sie meinen, anderen einen Gefallen damit zu tun. Selbstachtung ist das Wort, das ich Ihnen mit auf den Weg gebe. Es soll Sie von nun an begleiten.*

SELBSTACHTUNG!

Ihren Worten hatte ich Taten folgen lassen. Ich besuchte seither einen Yoga-Kurs, in dem ich mich wohlfühlte, weil nicht mit dem Finger auf mich gezeigt wurde und unterrichtete einmal in der Woche eine Gruppe Rentner in Aquarellmalerei. Und ich hatte meine Arbeit noch mehr zu lieben und schätzen gelernt. Die Strukturen der Künstlerszene waren viel freier, weil niemand sie mit veraltetem, längst überholtem und misogynem Denken einzementierte.

Meine Gedanken kehrten wieder zu Sam zurück. Plötzlich spürte ich, dass ich bereit war, die alten Gefühle, den Ballast und die Wut loszulassen. Hier in Nerja wollte ich sie symbolisch ins Meer werfen und mich für einen neuen Weg des Friedens entscheiden. Aber wie konnte ich Sams Freundschaft zurückerlangen? Es war das, was ich im Grunde meines Herzens wollte. Eine Freundschaft mit ihm. Ich vermisste ihn ... als Vertrauten, als Berater, als geduldigen Gesprächspartner für Diskussionen auf Augenhöhe. Der Konflikt, der zwischen uns schwelte, war für niemanden gut ... am wenigsten für die Kinder. Wir mussten ihn lösen. Sollte ich den Anfang machen? Ich fühlte mich endlich bereit für diesen ersten Schritt. Entschlossen griff ich nach meinem Handy, um ihm eine weitere Nachricht zu tippen, aber dann zögerte ich. Was sollte ich ihm schreiben? Keines meiner Worte war dazu gemacht, Sams Weg der Vergebung zu verkürzen. Ich musste ihm die Zeit geben, die er brauchte, um auf mich zuzugehen. Mein Herz hatte sich aufgemacht, um neue Wege zu beschreiten. Seines jedoch war immer noch gebrochen.

Nach einem Fußmarsch von einer halben Stunde rebellierte plötzlich mein Kreislauf. Ich beeilte mich ins nächstbeste Café, wo ich mich im Schatten niederließ und Milchkaffee und eine Variation Tapas bestellte. Ich genoss jeden Bissen, jeden Schluck, jede Sekunde dieses herrlichen Augenblicks, der nur mir gehörte. Wenn ich eines immer gut gekonnt hatte, dann, allein in aller Stille in einem Lokal mein Essen zu genießen. Als ich mein Frühstück beendet hatte, schnappte ich mir eine Tageszeitung vom Nachbartisch und studierte die spanischen Nachrichten.

Roman rief an, als ich gerade den ersten Artikel zu Ende gelesen hatte.

»Wo bist du?«, fragte er ohne Gruß.

Ich nannte ihm den Namen des Cafés, in dem ich saß, und er legte auf, ohne noch ein weiteres Wort an mich zu richten.

Mit rasendem Herzschlag wartete ich auf sein Eintreffen. Ich konnte mich kaum auf meine Umgebung konzentrieren und zerfledderte nervös die Serviette auf meinem Teller.

Zehn Minuten später ragte er vor mir auf. Atemlos. Das Haar zerzaust. Er sah so abgekämpft aus, dass ich unter dem Schatten der Markise hinwegschmolz wie Butter in der Sonne. Seine Augen glänzten fiebrig und er trug noch die Klamotten vom Vorabend. Das weiße Club-Shirt, das sich um seine Muskeln schmiegte, hatte einige Flecken abbekommen. Sein zerstörtes Aussehen nahm ihm jedoch nichts von seiner Attraktivität. Im Gegenteil. Er sah älter aus, verwegener. Er strahlte puren Sex aus.

»Hast du bis jetzt gefeiert?«, fragte ich ungläubig.

Sein tiefgründiges Lächeln warf mich völlig aus der Spur.

»War nicht anders zu regeln«, sagte er. »Als Gastgeber hat man da keine große Wahl.«

»Wie du das aushältst?«, murmelte ich.

Er neigte sich zu mir hinab und hauchte einen flüchtigen Kuss auf meine Wange. Ein heißer Schauer jagte über meine Haut.

»*Sie ist nah und des Schlafes süßer Tod wird niemals mich erreichen*«, raunte er mir ins Ohr. Er ließ sich auf den Stuhl neben meinem fallen. »Ich hab mit Jens ein paar Lines gezogen«, fügte er weniger poetisch hinzu.

Ich seufzte. »Ach Roman. Muss das immer sein? Ihr zwei und eure Drogen.«

»Du bist schlimmer als jede Droge«, sagte er rau und der intensive Blick, den er mir zuwarf, fuhr mir durch Mark und Bein. Das Blau seiner Augen leuchtete im Gegenlicht der Sonne auf. Er war tief wie das Meer. Und genauso unberechenbar. Jede Strömung zog mich tiefer in den Abgrund hinab.

»Ich habe Monate gebraucht, um von dir loszukommen und jetzt, ein Jahr später, tauchst du plötzlich wie aus dem Nichts auf und ein Blick von dir genügt, um mich wieder abhängig zu machen.«

»Im Gegensatz zu mir hattest du wenigstens einen erfolgreichen Entzug.«

»Dann hast du mich also vermisst?«

»Jeden Tag, Roman. Jeden.«

»Ich musste irgendwann aufhören, dich zu vermissen und neu beginnen. Es hätte mich sonst zerstört.«

Ich dachte an Julia. Ob sie sich fragte, wohin Roman nach der Opening-Party verschwunden war? Bestimmt hatte er Jens als Alibi benutzt, um seinem Zuhause noch eine Weile fern zu bleiben. Ich wusste, wie die Lügen in einer Beziehung ihre Flügel spannten und dass sie anfangs leicht waren und einen zum Fliegen brachten, aber mit der Zeit viel zu schwer wogen und irgendwann zum Absturz führten.

»Wo ist Jens denn nun?«, fragte ich.

»Er ist ins Hotel, um runterzukommen. Er will heute noch nach Gibraltar fahren. Wir sind uns einig, dass du mitkommen musst. Du begleitest uns doch in unseren Männerurlaub, oder?«

»Wenn ihr mich dabeihaben wollt.«

»Oh ja, das wollen wir«, sagte er bedeutungsschwer.

Ich musterte ihn, während er die klebrige Speisekarte zur Hand nahm und mit gerunzelter Stirn überflog. Ein paar Strähnen seines Haares hingen vor seine Augen, die er gedankenverloren mit dem Handrücken aus seinem Gesicht streifte. Hatte Jens mit ihm über Marseille gesprochen? Gewiss nicht, sonst hätte Roman das Thema längst zur Sprache gebracht.

»Es gibt so viel, worüber wir dringend sprechen müssen«, sagte ich, als ich wieder seine volle Aufmerksamkeit hatte.

Er wich meinen Augen aus und winkte die Bedienung herbei. »Ja, das müssen wir wirklich«, murmelte er. »Aber ich möchte die ernsten Themen noch eine Weile außen vor lassen. Geht das?«

»Das geht«, erwiderte ich.

Er bestellte Kaffee und ein Sandwich.

»Warum grinst du?«, fragte er.

»Es klingt süß, wenn du spanisch sprichst.«

Sein Blick nagelte mich fest. »Süß also, ja? Ich kann dir versichern, meine Gedanken sind seit unserem Tanz alles andere als süß.«

Ein erwartungsvoller Schauer jagte über meine Haut. Die Lust schoss in Wellen in meinen Körper hinab, um sich in meinem Schoß auszubreiten. Hungrig legte sich mein Blick auf seine schönen, vollen Lippen. Ein Grinsen malte sich auf sein Gesicht. Er zwinkerte mir zu.

»Du brauchst mich«, stellte er mit Genugtuung fest. »Immer noch.«

»Ich will dich«, korrigierte ich ihn. »Die Abhängigkeiten sind aus meinem Leben verschwunden, seit ich es führe, wie es sich für mich am stimmigsten anfühlt. Das ist manchmal hart, aber im

Gegenzug bleibe ich authentisch und vor allem bei mir.«

»Es hat ihn schwer getroffen, oder?«, fragte er.

Verwirrt zog ich die Augenbrauen zusammen. »Sprichst du von Sam?« Er nickte. »Es hat uns alle schwer getroffen. Eine Scheidung ist nicht angenehm, für niemanden. Am wenigsten für die Kinder.«

Ein Schatten schob sich über seine Züge. »Entschuldige, ich hab in all der Aufregung kein einziges Mal nach deinen Kindern gefragt. Wie geht es ihnen denn mit eurer Trennung?«

»Besser«, sagte ich knapp und blickte auf meine Hände. »Es wird besser.«

»Tut noch weh, hm?«

»Ja, tut es. Die Nachwehen sind hartnäckiger, als ich mir das vorgestellt habe. Der Schmerz sitzt tief. Bei uns allen. Er war so vermeidlich und gleichzeitig so unaufhaltbar. Dennoch sehe ich mein Leben am Ende des Horizonts warten. Es wartet auf mich.«

»Welcher Schmerz?«, fragte Roman.

»Ich verstehe die Intention deiner Frage nicht.«

»Nun ...« Er zögerte. »Ich will verstehen, warum es schmerzhafter war, Sam zu verlassen als mich.«

»Unsere Affäre zu beenden, ist mir nicht leichtgefallen.«

»Das glaub ich dir. Aber es ist dir *leichter* gefallen.«

»Roman, ich weiß nicht, ob es sinnvoll ist, wenn wir uns in Analogien verlieren und die Vergangenheit Stück für Stück auseinandernehmen.«

»Es ist sinnvoll«, widersprach er. »Wir haben nie darüber geredet, wie alles zu Ende ging.«

»Nein, haben wir nicht. Willst du darüber reden?«

»Irgendwann schon, aber nicht jetzt«, sagte er.

Wir schwiegen, während die Bedienung seinen Kaffee und sein Sandwich servierte. Ich beobachtete ihn beim Essen. Mein Herz schlug einen Salto nach dem anderen. Es fühlte sich so perfekt an, bei ihm zu sein, mit ihm hier zu sitzen, im Schatten eines kleinen spanischen Cafés. Die Hitze kribbelte auf meiner Haut. Und dann verwischte die Klarheit des Moments durch einen Schauer meiner Glut. Ich war immer noch wahnsinnig in ihn verliebt. Wie tief diese Liebe ging, hatte ich schlichtweg unterschätzt.

Als Roman fertig gegessen hatte, lächelte er mich über den Tisch hinweg an. Sein Mundwinkel mit dem Muttermal zuckte höher. Er legte den Kopf schief.

»Sarah«, sagte er rau. »Wie schön das ist, bei dir zu sein. Ich hatte es vergessen. In deiner Nähe hat alles seine Richtigkeit.«

»Ich weiß, was du meinst.«

Mit unseren Blicken hielten wir einander fest, während Salvador Dalís surreale Uhren über irgendeinem Strand zerflossen und all die schönen Erinnerungen zurückbrachten. Jede Einzelne. Wieder lächelten wir uns zu. Stumm und ergriffen.

Das Klingeln seines Telefons riss uns aus unserer sprachlosen Symbiose. Roman zog das Handy aus der Hosentasche und starrte darauf. Mit schmalen Augen und ernster Miene drückte er den Anruf weg.

»Ich weiß, wie du dich gerade fühlst«, sagte ich.

Roman steckte das Smartphone zurück in die Tasche.

»Ja«, murmelte er. »Wer sollte das besser wissen als du. Und du verstehst sicher, dass ich jetzt nicht über sie sprechen will. Ich blende aus, dass es sie gibt.«

»Das ist ganz schön schizoid«, sagte ich zynisch. »Das hast du immer gesagt. Erinnerst du dich noch daran?«

»Ja, ich erinnere mich daran. Und wie schizoid das Ganze wirklich ist, das weiß ich nicht erst seit heute«, entgegnete er mit einem Schulterzucken. »Deine Parallelwelten, ich verstehe nun, was sie bedeuten. Ich bin ein treuloser Grenzgänger geworden, dem die eigene Abscheu aus allen Spiegeln ins Gesicht lacht und dennoch kann ich nicht damit aufhören. Es ist wie ein Sog, eine Sucht.«

»Was?«, hauchte ich. »Was meinst du damit?«

»Ich habe Sex mit einer anderen«, sagte er lässig. »Was hast du denn gedacht? Oder sehe ich wie ein treu ergebener Ehemann aus?«

Ich starrte ihn an. Er lehnte in typischer Bad Boy-Manier mit vor der Brust verschränkten Armen auf seinem Stuhl und sein Bizeps sprengte beinahe das Shirt. Ich hätte seine Frage durchaus mit einem klaren *Nein* beantworten können. Wie ein treu liebender Freund sah er wirklich nicht aus. Eifersucht wallte in mir auf.

Es war grotesk, aber seine Affäre machte mich zorniger als seine engelsgleiche Freundin. Er lachte leise, während er meine Mimik studierte. Er konnte in mir lesen wie in einem Buch. Das war schon immer so gewesen.

»Du musst nicht eifersüchtig sein «, sagte er mit einem betörenden Lächeln. »*In meinen Armen hab ich sie alle verloren. Du nur, du wirst immer wieder geboren.**«

KAPITEL 12 – SARAH

Nachdem wir das Café verlassen hatten und die Straße hoch spaziert waren, hielt Roman plötzlich ein Taxi auf. Er öffnete die Tür, drängte mich auf die Rückbank, setzte sich neben mich und nannte dem Fahrer eine Adresse in Nerja. Während der Fahrt hielt er unablässig meine Hand und streichelte mit seinem Daumen über meinen Handrücken. Dabei starrte er mich an, als könnte er nicht glauben, dass ich leibhaftig neben ihm saß.

Mir ging es nicht anders. Alle meine Sinne spielten verrückt. Ohne Unterlass fixierte ich seinen schönen Mund, versank in seinen blauen Augen, musterte seine sehnigen Arme, seine langen Finger. Ich konzentrierte mich ganz auf das Gefühl, ihm nahe zu sein.

Als das Taxi zehn Minuten später an unserem Zielort anhielt, fühlte ich mich wie berauscht.

Wo waren wir gelandet? Ah ... *Cueva de Nerja*.

Mein Herz hüpfte, als ich aus dem Wagen kletterte.

Wollte Roman mit mir in die berühmten Tropfsteinhöhlen gehen? Als ich ihn danach fragte, lächelte er nur geheimnisvoll. Ich fasste nach seiner Hand, die er mir entgegenstreckte, und folgte ihm über den mit spanischen Fliesen gepflasterten Weg zu einem Platz, auf dem sich ein Souvenirshop, ein Restaurant und der Eingang zu den Tropfsteinhöhlen befanden.

Zielstrebig steuerte Roman den Kassenbereich an, ging daran vorbei und klopfte an eine Tür, auf der *en privado* stand.

Eine mürrisch aussehende Frau steckte ihren Kopf zur Tür heraus. Als sie Roman erkannte, malte sich ein herzliches Lächeln auf ihr Gesicht. Euphorisch umarmte sie ihn und bestürmte ihn mit Küssen auf beide Wangen.

»Dass du dich wieder mal hier blicken lässt!«, rief sie auf Spanisch aus.

Sie hielt Romans Arm fest und brüllte über die Schulter zurück: »Alfredo, sieh mal, wer uns mit seinem Besuch beehrt.«

Kurz darauf erschien ein runzeliger, gedrungener Mann mit einem freundlichen Lächeln, der Roman energisch an seine Brust drückte.

Ich beobachtete die Szene mit einem entrückten Lächeln. Roman hatte nichts von seinem gewinnenden Wesen eingebüßt. Die Menschen liebten ihn immer noch und er liebte sie. Ob er nun in Spanien oder Deutschland unterwegs war, es machte keinen Unterschied.

Mit Neugier lauschte ich der freundlichen Unterhaltung, die Roman mit den beiden führte. Alfredos Englisch war kaum zu verstehen, aber das schien Roman nichts auszumachen. Höflich erkundigte er sich nach Alfredos Frau, seinen Kindern und dem neugeborenen Enkelkind. Als er mich vorstellte, pfiff Alfredo anerkennend durch die Zähne und überhäufte mich mit Komplimenten. Er musterte mich sehr eingehend und sah dann neugierig zwischen Roman und mir hin und her. Mit einem wissenden Grinsen bedeutete er uns, dass wir ihm folgen sollten. Im Vorbeigehen griff er nach einem schwarzen Poncho, der an einem Haken hing, und legte ihn behutsam über meine nackten Schultern. Ich bedankte mich auf Spanisch und schenkte ihm ein weites Lächeln, das er freundlich erwiderte. Wir folgten ihm durch einen langen Gang und schlüpften durch einen der Notausgänge ins Innere des Hauptgebäudes. Mit einem Schlüssel entsperrte Alfredo eine Schranke und winkte uns durch.

»Viel Spaß in den *Cuevas de Nerja*«, sagte er mit einem Augenzwinkern zu mir.

Ich sah zu Roman. Sein Blick ruhte auf mir. So weich und warm. In seinem Gesicht spiegelten sich Milliarden Gefühle wider. Ich hatte ihn selten so bewegt gesehen. Mit einem Lächeln griff er nach meiner Hand und zog mich weiter.

Im Vorbeigehen neigte ich mich zu Alfredos Ohr und flüsterte auf Spanisch: »Wie viele Frauen hat er schon hierhergebracht?« Der Alte legte eine Hand auf sein Herz und hob die andere zum Schwur.

»Keine Einzige, *Signora*«, raunte er mir verschwörerisch zu. »Sie sind die Erste. Er kommt immer allein hierher.«

*

Wir stiegen über eine schmale Treppe in die Tiefe hinab. Mit jedem Schritt veränderte sich die Luftfeuchtigkeit. Es wurde kühler und kühler. Ich verstand nun, warum Alfredo mir den Poncho um die Schultern gelegt hatte. In der Höhle herrschten zwanzig Grad Unterschied zur Außenwelt. Ohne den leichten Stoff hätte ich bestimmt gefroren. Beeindruckt musterte ich die Wände aus Stein. Unter den Treppenstufen befanden sich Spots, die mit ihrem orangenfarbenen Schein die Höhle eindrucksvoll in Szene setzten. Ein Schauer lief über meine Haut. Die Temperatur, die hier unten herrschte, ließ mich die unfassbare Sommerhitze vergessen. Ich raffte den Poncho um meinen Hals und drückte Romans Finger. Er warf mir über die Schulter hinweg einen intensiven Blick zu. Der Ausdruck in seinen Augen überwältigte mich. Es lag so viel Schmerz darin, so viel Liebe.

Wortlos folgte ich ihm auf dem schmalen Weg, der tiefer in den Berg hineinführte und gerade mal schulterbreit war.

Die Beleuchtung wechselte von orange zu rot. Die Luft wurde dünner, stickiger. Feuchtigkeit legte sich wie ein zarter Film über meine Haut. Wir betraten die erste *Cueva* und wichen einer Touristengruppe aus, die an uns vorüberdrängte. Dabei berührten wir uns unabsichtlich an den Armen. Sofort sprühten Funken über mich hinweg. Roman musste das Knistern ebenso gefühlt haben, denn er hielt inne und starrte mich mit sinnlich geöffneten Lippen an.

»Mein Gott ...«, murmelte er. »Welche Wirkung du noch immer auf mich hast. Es ist unglaublich.«

Wir froren mitten in unseren Bewegungen fest und unsere Blicke verschränkten sich ineinander.

Ich wollte ihm so viel sagen und hatte keine Worte.

Wo beginnen und wo aufhören?

Mit großer Willenskraft löste ich meine Augen von ihm, um die Tropfsteinhöhle zu bewundern. Mein Mund klappte vor Staunen weit auf. Ich legte den Kopf in den Nacken und blickte nach oben. Ich hatte mit allem gerechnet, aber nicht mit dieser beeindruckenden Pracht. Meterhoch öffnete sich der Raum nach oben hin und gab den Blick auf gigantische Stalaktiten frei, die von der Decke herabhingen. Mir stockte angesichts ihrer Größe und Erhabenheit der Atem. Die Felsenwände wurden von Scheinwerfern bestrahlt und warfen lange Schatten an die Höhlenwände. Ich ließ meinen Blick über die rauen Felsformationen schweifen. Niemals in meinem Leben hatte ich ein vergleichbar eindrucksvolles Naturschauspiel gesehen. Die tiefe Mystik, die der Berg ausstrahlte, ließ meine Realität verschwinden.

»Oh wow«, wisperte ich ehrfürchtig. »Das ist unglaublich, Roman. Mir fehlen die Worte.«

Er trat hinter mich und schlang behutsam seine Arme um meine Mitte. Ich lehnte mich an ihn, sank gegen seine breite Brust, spürte seinen Atem in meinem Haar, fühlte seinen Herzschlag. Selbst durch den Stoff meiner Kleidung konnte ich jeden einzelnen seiner harten Muskeln ausmachen. Romans tiefes Seufzen vibrierte über mich hinweg. Er legte sein Gesicht an meines und atmete an meinem Ohr vorbei. Seine Bartstoppeln kratzten über meine Wange. Sein männlicher Geruch fing mich ein. Ich schloss die Augen und ließ mich in den Augenblick fallen, auf den ich fünfzehn Monate mit tiefer Sehnsucht gewartet hatte.

»Diese Höhle wird auch der *Saal des Wasserfalls* genannt«, flüsterte er.

Ich starrte auf die Stalaktiten, die tatsächlich wie ein riesengroßer von der Decke stürzender Wasserfall aussahen. »Du weißt, wie sehr ich Wasser liebe«, sprach er weiter. »Wie es mich stark macht und mich vergessen lässt, mich reinigt und trägt. In den *Cuevas* siehst du ganz klar, wie mächtig es in Wahrheit ist. Kleine stetige Tropfen verformten in Millionen von Jahren dieses harte Gestein. Ist das nicht faszinierend?«

»Ja, ist es«, hauchte ich.

»Die *Cuevas* waren lange Zeit der einzige Ort, an dem ich mich spüren konnte«, gestand er mir. »Sie waren der einzige Ort, an dem ich mir erlaubt habe, an dich zu denken und meinem Schmerz nachzugeben. Ich habe sehr viel Zeit hier unten verbracht. Dank Alfredo wusste ich, wo jene Höhlen sind, zu denen die Touristen keinen Zutritt haben. In ihnen konnte ich mich verstecken. Niemand wusste, wo ich war. In den verborgenen Höhlen konnte ich mir eine Stunde des Tages herausnehmen, nachdenken, dichten und ... äh ... weinen.« Er strauchelte. »Du musst wissen, ich war lange nicht mehr hier unten. Irgendwann musste ich aufhören, in die Tiefe zu gehen und an der Oberfläche ein neues Leben beginnen. Es ist mir so unendlich schwergefallen, dich loszulassen, aber eines Tages war der Moment gekommen. Es war hier im *Saal des Wasserfalls*. Ich spürte an diesem Tag, dass ich über dich hinweg war. Seitdem ist alles besser geworden. Ich bin stärker geworden, vielleicht erwachsen. Klingt abstrakt, nicht wahr? Wer ist man denn schon, wenn man erwachsen ist? Jedenfalls war mein Leben ganz okay, bis du es wieder zum Einsturz gebracht hast. Das gestern ... die Begegnung mit dir ... das war wie ein Erdbeben für mich. Ich glaube nicht, dass du die ganze Tragweite dessen erfassen kannst, wie sehr du meine Welt erschütterst. Und jetzt stehe ich wieder hier unten und suche nach dem Tropfen, der mir hilft, mich zu verwandeln.«

Seine Worte schnürten mir den Hals zu.

»Wäre es dir lieber gewesen, wenn ich nicht gekommen wäre?«, fragte ich heiser.

»Ja und Nein.«

»Ich verstehe.«

An seinem beherrschten Schlucken konnte ich erkennen, dass er kurz davorstand, die Fassung zu verlieren. Mein Blick glitt an die Decke, verfing sich in den wilden Schraffierungen, dem harten Gestein, das sich selbst Halt gab. Fast wünschte ich mir, die Höhle würde einbrechen und uns für immer unter ihrer Schönheit begraben. Hier war die Welt minimiert, strukturiert im Wesentlichen. Ohne Tag und Nacht. Gefangen und doch seltsam frei.

Nichts existierte. Nur wir.

Vereinnahmt von der Naturgewalt, die wir selbst waren.

Wir kamen uns nahe.

Wir berührten uns in einer anderen Dimension.

Es war eine Annäherung, die außerhalb der profanen körperlichen Lust passierte, außerhalb des Greifbaren. Dieser aus Wasser geformte Stein mauerte uns ein. Er untermauerte, dass wir miteinander und ohne einander nicht sein konnten. Nicht in diesem Leben. Und auch nicht in allen anderen.

Romans Blick driftete ab ins Verletzte. Dass wir hier zusammen waren, schien ihn innerlich zu zerreißen.

Wie sehr sein Schmerz dem meinen ähnelte, es war unerträglich. Wie viel Kraft wir beide aufgewendet hatten, um einander zu vergessen. Es zeigte sich mir unter der Erde, in diesen Höhlen. Während ich hunderte Bilder gemalt, tausende Pinselstriche über das Weiß meiner Leinwand gezogen und dabei Millionen Tränen vergossen hatte, war Roman in die *Cuevas* gegangen, um dort mit seinen Erinnerungen einen selbstzerstörerischen Ringkampf zu führen. Hatten wir aufgegeben oder etwas gewonnen, in diesem Kampf auf der Suche nach Vergessen?

Warum waren wir an diesem Ort? Was wollte uns das Schicksal zeigen? Was war die Botschaft hinter all dem, die wir immer noch nicht entschlüsselt hatten?

»Ich zeige dir die restlichen Höhlen«, sagte er rau, nahm meine Hand und führte mich weiter.

Verschlungene Pfade schraubten sich durch ein bunt beleuchtetes Felsen-Potpourri. Es ging mal bergauf und dann wieder bergab. Immer mehr Menschen kamen uns entgegen und strebten in Richtung Ausgang, während wir schweigsam in die entgegengesetzte Richtung schlenderten. Interessiert hielt ich vor den Formationen inne und betrachtete die Details. Romans Nähe war so intensiv. Ich sah ihn an. Er sah mich an. Seine offengelegte Seele zeigte mir, was ich wissen wollte.

Er hatte nie aufgehört, mir zu gehören. Niemals.

An einer Weggabelung drehte er sich plötzlich um und blickte prüfend in alle Richtungen. Er wartete, bis ein Paar an uns vorübergegangen war und zerrte mich dann in einen schmalen Spalt, der gerade mal schulterbreit war. Nie hätte ich vermutet, dass sich dahinter ein weiterer Raum verbergen könnte. Wir quetschten uns durch einen finsteren Gang in eine angrenzende Tropfsteinhöhle, in der absolute Dunkelheit herrschte. Beklemmung legte sich auf meine Brust. Klaustrophobie verengte meine Kehle. Roman tastete nach seinem Handy, machte Licht und legte es auf eines der Gebilde, das in der Mitte des Raumes gleich einem phallischen Objekt aus dem Boden ragte. Die Stille, die um uns einsetzte, flirrte vor Magie. Der erdige Geruch füllte den hohen Raum bis zur Gänze aus. Ich schöpfte nach Luft und fühlte, es gab keinen Ausweg mehr aus diesem Berg. Kein Weg führte in die Oberflächlichkeit meines Lebens zurück. Ich war eine Gefangene in Romans deformiertem Herzen. Ein bedeutungsvolles Rauschen senkte sich zwischen den Wänden herab, als wir uns ansahen. Die Steine rückten näher. Romans Blick lag so eindringlich auf mir, dass er mich versengte. Und das, was er ohne Worte sagte, raste wie der größte aller Stalagmiten von unten kommend in mein Herz hinein.

»Sarah«, flüsterte er. Seine Stimme war ganz rauchig. Jeder Hauch mutierte zu einem Echo. »Wenn du mich finden willst, musst du tiefer gehen. Du musst tiefer in den Berg hineingehen, als deine Angst es dir erlaubt.«

»Das werde ich. Ich werde tiefer in den Berg hineingehen.«

»Ich will alles von dir. Das wollte ich immer. Nichts hat sich geändert. Ich will alles.«

»Ich gebe dir alles. Ich bin bereit.«

»Tatsächlich? Warum glaube ich dir nicht? Warum nur?«

Er hob eine Hand und strich mit seinem Zeigefinger eine Haarsträhne hinter mein Ohr. Seine Fingerspitzen fuhren über meine Lippen. Ehrfürchtig malte er die Konturen meines Gesichtes nach. Wie ein Bildhauer, der einem nackten Felsblock die Form seiner Träume gibt.

Seine Hand wanderte unter mein Haar.

Küss mich, dachte ich nur. *Küss mich. Küss mich. Küss mich.*

Sein Körper ragte vor mir auf, nahm mir den letzten Raum. Er drängte mich gegen die Wand aus nacktem Gestein. Sein Kopf neigte sich zu mir herab, seine Zunge streifte meinen Mund. Er atmete mich ein. Seine Lippen legten sich in Zeitlupe auf meine. Es war der ehrfürchtigste Moment meines Lebens. Sein Zögern hing sekundenlang über uns. Er fürchtete sich. Er wusste, so wie ich, dass dieser Kuss die Vergangenheit zurückbringen würde. Alles würde von Neuem beginnen, mit diesem Kuss. Seine Lippen prickelten auf meinen. Er legte mehr Druck auf seinen Mund und saugte mich ein, er brach mich auf. Seufzend öffnete ich mich für ihn. Er küsste mich, wie er es immer getan hatte. Mit unglaublich viel Gefühl und Raffinesse.

Und sein Kuss brachte alles zurück. Plötzlich war alles wieder da. Die Erinnerung an jede unserer schönen Stunden, jeden unserer Küsse, jede Umarmung. Ich hatte nicht vergessen, wie sich seine Zunge auf meiner anfühlte.

Nie. Unvergessen. Es war alles wieder da.

Mein erlöstes Stöhnen rauschte über die Stalaktiten.

Roman stemmte seine Hände gegen die Felswand neben meinem Kopf. Sein Becken rammte mich gegen die Steine, seine Zunge eroberte meinen Mund, wild und rau. Seine verzweifelte Leidenschaft raubte mir das letzte Fünkchen Verstand. Ungeduldig fuhren seine Hände unter mein Kleid und umfassten meine Pobacken. Er knetete sie hart.

»Ich will dich«, stöhnte er in unseren Kuss hinein. »So sehr. Ich will dich, Sarah. Ich will dich.«

Der Poncho rutschte von meinen Schultern. Romans Hände wanderten über meinen Körper. Sie waren überall. Ungeduldig zerrte er am Ausschnitt meines Kleides und schob es samt BH über meine Brüste hinab. Seine Lippen umschlossen eine der freigelegten Brustwarzen und er saugte so fest daran, dass mich süßer Schmerz durchzuckte, der direkt in meine Klitoris jagte. Seine Zunge fuhr über meine Haut, höher, zu meinem Hals, zu meinem Mund. Er biss in meine Schulter. Gleichzeitig schob er mein Kleid an den Oberschenkeln nach oben. Sein Mund suchte meinen. Er küsste mich wieder. So ungestüm, so gut, so unglaublich intensiv. Er erhöhte den Druck und hämmerte meinen Hinterkopf gegen die Höhlenwand. Ich zuckte instinktiv zusammen. Mein Schmerz war wie ein Weckruf für ihn. Er stieß sich von der Wand ab und taumelte zurück.

»Hab ich dir wehgetan?«, keuchte er.

»Ja, aber das macht nichts.«

»Tut mir leid. Ich bin nur so ... überwältigt. Du machst mich verrückt. Ich verlier hier den Verstand.«

Er trat vor, riss mich wieder in seine Arme und vergrub das Gesicht an meinem Hals. Ich spürte Nässe auf meiner Haut. Weinte er etwa?

»Roman ... was ist mit dir?«

Er ließ mich abrupt los und wandte sich ab. Hektisch fuhr er mit dem Unterarm über seine Augen, um die Spuren seiner Tränen zu verwischen.

»Das alles ist ... zu viel ... für mich«, murmelte er. »Ich ertrage es nicht. Es bringt mich um. Ich kann ... das nicht ... nicht noch einmal. Der Schmerz ist plötzlich wieder so nah. Ich habe so lange gebraucht, um über dich hinwegzukommen und jetzt ... es ist alles wieder da.«

»Komm her«, flüsterte ich zärtlich. »Mir geht es doch genauso. Komm her.«

Ich hakte meine Finger in seinen Hosenbund und zog ihn wieder an mich heran. Wir umarmten uns. Die Minuten verstrichen, während wir uns festhielten.

»*Wie kann die Nacht noch im Schatten sein und der Tag noch im Licht*«, flüsterte er. »*In deinem Kuss verliert sich die Zeit und ich sehe mich nicht.*«

»Roman, wie lange hast du nicht mehr geschlafen?«

»Ich weiß nicht, fühlt sich wie Wochen an.«

»Du musst schlafen.«

»Muss ich?«

»Ja.«

»Alles, was ich will, ist, mit dir zu schlafen.«

»Hm ...«

»Ich will nicht nach Hause gehen«, murmelte er.

»Dann geh nicht.«

»Sie wartet auf mich.«

»Ich sage nicht *lass sie warten,* weil ich weiß, dass es keinen Sinn macht, dergleichen Sätze zu jemandem zu sagen, auf den gewartet wird.«

»Warum diese Verdrehung zwischen uns? Muss ich es erst am eigenen Leib erfahren, um es zu begreifen?«

»Es sieht ganz danach aus.«

»Gehen wir«, sagte er. »Bitte. Mein Schmerz ist zu groß hier unten. Ich habe es unterschätzt.«

»Das ist okay, lass uns gehen.«

Wir machten uns schweigend auf den Rückweg. Bevor wir die letzte Höhle verließen, hielt ich ihn am Arm zurück. Ich hatte plötzlich Angst, ihn nicht mehr wiederzusehen. Der Zwiespalt, in dem Roman steckte, forderte Entscheidungen. Und diese Entscheidungen konnten gegen mich ausfallen. Jederzeit.

Der Moment war gekommen, um es ihm zu sagen. Warum ich soweit gereist war. Ich musste es ihm sagen. Klar und deutlich.

»Roman, ich will eine zweite Chance. Ich will mit dir zusammen sein. Ich möchte, dass wir ein richtiges Paar werden.«

Sein Blick nagelte mich fest, hart und kompromisslos. Er hatte seine Emotionen wieder vollends im Griff.

»Wie viele Stunden, Tage und Monate ich mir ausgemalt habe, diese Worte aus deinem Mund zu hören«, sagte er und seine Stimme klang bitter. »Es grenzt an Ironie, sie jetzt zu hören, jetzt, wo mein Leben eine Richtung eingenommen hat, die ich nicht mehr beeinflussen kann.«

Das Lächeln, das er mir zuwarf, war wehmütig und müde.

In meiner Brust heulte die Enttäuschung auf.

Seine Antwort war nicht die gewesen, die ich mir erhofft hatte.

KAPITEL 13 – ROMAN

Mein Kopf dröhnte, als ich über den Strand auf den Beachclub zusteuerte. Mein Verstand ähnelte einem schwarzen Loch, in das jeder Gedanke eingesaugt wurde, um für immer in der Unendlichkeit des Universums zu verschwinden. Außerhalb meines Gesichtsfeldes verschwand die Welt in diffusen Schatten. Die Stimmen und das Gejohle der Touristen waberten an meinen Ohren vorbei und verzerrten sich zu einer nebulösen Wolke. Das Schreien in meinen Synapsen verstärkte sich. Mein ganzes Sein sehnte sich nach Sarahs Armen. Nach ihren Küssen, ihrem Duft. Obwohl ich sie längst nicht mehr spüren konnte, spürte ich sie noch. Meine Hoffnung nährte sich an der Wahrhaftigkeit, die ihr Dasein über den Ozean zu mir herübertrug.

Was in den *Cuevas* zwischen uns geschehen war, hatte dermaßen den Rahmen meiner Erträglichkeiten gesprengt, dass ich keinen Sinn mehr für meine Realitäten fand.

Alles verlor sich in der unendlichen Konfusion, die Sarahs Kuss in mir ausgelöst hatte.

Ein prüfender Blick zur Bar verriet mir, dass im Club alles entspannt und am Laufen war. Die vier Aushilfskräfte schoben Dienst, damit sich das Kernteam von den Anstrengungen der Partynacht erholen konnte.

Die Hitze prallte mir auf den Schädel, als ich den asphaltierten Weg zu unserer Appartementanlage hochstapfte. Jeder Schritt fühlte sich an, als würde ich tonnenschwere Gewichte mit mir herumtragen. Als ich die Tür zu unserer Wohnung aufstieß und in die muffige Dunkelheit trat, wartete Julia im Flur auf mich.

Ich hatte es geahnt, deshalb überraschte es mich nicht.

»Wo bist du gewesen?«, schrie sie.

Die geschlossenen Rollos malten Lichtpünktchen auf ihre Haut und ließen ihr Gesicht fremd und verzerrt wirken. Ihre schrille Stimmlage verriet mir, dass sie mit ihren Nerven am Ende war.

Ich fiel in mich zusammen wie ein Kartenhaus, in das ein Windzug gefahren war.

Die Lüge kam viel zu leicht über meine Lippen.

»Ich war mit Jens unterwegs«, murmelte ich, während ich die

Tür mit einem lauten Knall ins Schloss fallen ließ.

»Warum hebst du nicht ab, wenn ich dich anrufe?«

»Soll ich ehrlich sein? Ich hatte keine Lust mit dir zu reden.«

Sie schnappte empört nach Luft und hämmerte mit der Faust auf den Lichtschalter. Ich blinzelte in den grellen Lichtschein und schirmte schützend die Augen mit meiner Hand ab.

»Jules, mach das Licht aus!«

»Du hast was genommen«, sagte sie mit bebenden Lippen. »Ich kann es in deinen Augen sehen. Du hast dir mit Jens irgendwelche Drogen eingeworfen.«

»Und wenn schon«, erwiderte ich mit schwerer Zunge. »Es war eine harte Nacht. Wie hätte ich die ohne das Zeug überstehen sollen?«

Ich schlüpfte aus meinen Schuhen und schleuderte sie achtlos in die Ecke des Flurs. Als ich mich an Julia vorbeidrängen wollte, packte sie meinen Arm.

»Roman, bitte, rede mit mir.«

»Ich muss mich hinlegen, ich bin erledigt.«

Ich schüttelte ihren Arm ab und wankte ins Schlafzimmer. Mir war schlecht. Alles drehte sich. Ächzend ließ ich mich aufs Bett fallen und vergrub mein Gesicht in den Kissen.

»Du benimmst dich eigenartig. Ich spüre es. Du verheimlichst mir etwas.«

Ach ja, Süße? Das mache ich nicht erst seit heute.

Ich rollte mich herum und hievte stöhnend einen Arm über meine Augen.

»Können wir später reden? Ich muss wirklich ein paar Stunden schlafen. Ich bin seit gefühlten Tagen auf den Beinen.«

Julias lautes Aufschluchzen raste in mein Herz. Erschrocken blickte ich auf. Sie warf in einer dramatischen Geste die Hände vor ihr Gesicht und rutschte an der Wand entlang zu Boden. Das blonde Haar fiel wie ein Vorhang vor ihr Gesicht und ihre Schultern zuckten unter der Flut ihrer Tränen.

Ich rappelte mich auf und stolperte zu ihr hinüber. Distanziert blickte ich auf sie herab. Ihr Schmerz berührte mich kaum noch. Wann im vergangenen Jahr waren meine Gefühle für sie verloren gegangen? Hatte ich je welche gehabt? Mitleid schnürte mir den

Brustkorb zusammen, sodass ich kaum noch Luft holen konnte. Ich war so ein Arschloch. Was hatte ich ihr nur angetan?

Sukzessive hatte ich aus diesem wunderschönen, sorgenfreien Mädchen, mit dem Herzen eines Engels, ein nervliches Wrack gemacht. Ein Jahr lang hatte ich mich von ihrem Licht, ihrer Unbeschwertheit, ihrer Fröhlichkeit genährt, hatte mich in ihrer Liebe gesuhlt, mich an ihrer Hand aus dem Dreck gezogen. Ich hatte mich in die Arme ihrer Familie fallenlassen, mit beiden Händen genommen, was sie mir angeboten hatte, jede Chance ergriffen, um mich besser zu fühlen. Und jetzt kauerte Julia zu meinen Füßen wie ein Häufchen Elend und blickte in eine Zukunft, deren Perspektiven ich verwischt hatte. Noch mehr Mitleid überschwemmte mich und ein schlechtes Gewissen, das sich wie bittere Galle anfühlte.

Wie engagiert und strahlend Julia vor einem Jahr noch gewesen war, wie sehr sie sich vorgenommen hatte, den Teufel in mir zu bekehren, mich zu einem besseren Menschen zu formen.

Das hatte sie nun davon.

Ich hatte sie hinab in die Hölle gezogen.

»Es tut mir leid«, flüsterte ich.

Sie weinte weiter, also ging ich in die Knie und umfasste ihr Gesicht mit beiden Händen. Ich zwang sie, mich anzusehen.

»Es tut mir so unendlich leid, Jules.«

»Was denn?«, heulte sie auf. »Was genau tut dir leid? Was von den vielen Demütigungen? Alle reden über mich. Glaubst du, ich merke es nicht. Denkst du, ich bin so naiv? Sie sagen, du hast was mit einer anderen am Laufen.«

»Es tut mir leid, dass meine Dunkelheit dir dein Leuchten genommen hat«, sagte ich, ihre subtile Frage bewusst ignorierend. Keiner wusste von meiner Affäre mit Elena. Es waren lediglich ihre weiblichen Instinkte, die warnend anschlugen. Ein weiterer Heulkrampf packte sie, der ihren ganzen Körper durchschüttelte.

»Roman ... bitte, ich kann so nicht mehr weitermachen«, schluchzte sie. »Bitte entscheide dich. Entscheide dich für mich. Heirate mich ... bitte ...«

Ich hob sie auf meine Arme und legte sie ganz sanft auf dem Bett ab.

Dann kroch ich neben sie und zog sie in eine feste Umarmung.

»Ich wünschte, ich könnte aufhören, dich so unendlich zu lieben«, nuschelte sie an meiner Schulter.

Das wünschte ich auch, dachte ich. *Denn ich werde dich nie so lieben können, wie du das verdienst.*

»Ich weiß, unsere Situation ist gerade ziemlich beschissen«, murmelte ich in ihr Haar. »Aber du hast mir doch immer gesagt, dass das Leben im Grunde schön ist und es nur darauf ankommt, was man daraus macht.«

»Ich will mein Leben mit dir verbringen«, wisperte sie heiser. »Ich will dich heiraten und mit dir eine Familie haben. Du hast gesagt, dass du darüber nachdenkst. Du denkst schon seit zwei Wochen darüber nach.«

Ich schluckte laut. »Ich weiß«, krächzte ich. »Gib mir noch eine weitere Woche Zeit. Ich will mit Jens zum Kiten fahren und wenn wir zurückkommen, dann kann ich dir sagen, wie es mit uns weitergeht.«

»So lange kann ich nicht warten. Bitte, Roman, sag mir einfach, was du willst. Sag es endlich, wie du dich entschieden hast. Was willst du? Was?«

SIE, dachte ich. *Ich will SIE. Ich will sie so sehr, dass ich bereit bin, ein Menschenleben zu opfern.*

Sarahs Worte ließen mich nicht mehr los. *Roman, ich will mit dir zusammen sein.*

Das hatte sie gesagt. Und sie hatte mich damit völlig überrumpelt. Meine Reaktion war dementsprechend reserviert ausgefallen. Von einem Tag auf den anderen war mein Leben aus dem Gleichgewicht geraten. Das war nichts, was ich einfach so wegstecken konnte. Was sollte ich nun tun?

Meine Zelte in Spanien abbrechen und Sarah und Jens nach Deutschland folgen?

Aber was erwartete mich dort?

Sarahs Kinder, ihr Ex-Mann, meine Mutter, die dem Alkohol mehr zugeneigt war als mir. Und Jens. Der Gedanke, mit Jens und Sarah meinen Alltag zu verbringen, brachte das Glück zurück in mein verknotetes Herz. Schnell verdrängte ich den Gedanken. Dass mich meine Vergangenheit so brutal einholte, war mehr, als ich ertragen konnte. War die Zeit gekommen, mich mit ihr zu konfrontieren? Konnte ich Jules einfach so in Spanien zurücklassen? Nach allem, was sie für mich getan hatte? Und ihre Familie? Ich hatte Walter versprochen, mich um den Beachclub zu kümmern, so lange er mit Marie in Hamburg war. Gottverdammt, Julias Mutter war so schwer krank, sie starb vielleicht in wenigen Monaten. Ich musste der Familie, die im letzten Jahr so viel für mich getan hatte, so gut ich konnte, beistehen. Das war ich ihnen schuldig.

Julia beruhigte sich langsam in meinen Armen. Ich schaukelte sie hin und her und streichelte über ihr Haar.

»Es wird schon alles gut werden«, murmelte ich die sinnlose Floskel, an die ich selbst nicht glaubte.

»Das Leben ist unfair«, wimmerte sie.

»Ja, das ist es.«

In diesem Moment kam sie mir wie ein kleines Kind vor.

Ein süßer Sonnenschein, der plötzlich erfahren hatte, dass es am Himmel auch noch Gewitterwolken gab. Vielleicht war das der Grund, warum ich sie nicht aus vollstem Herzen lieben konnte. Sie war ein Mädchen, aber ich ... ich wollte eine Frau.

Julia und ich lagen eine Weile auf unserem Bett und küssten uns. Ihre Traurigkeit und ihre Ängste lagen wie ein schweres Gewicht über dem Raum. Sie mischten sich mit meinen.

Ich versuchte, ihre Sorgen mit Worten zu zerstreuen und sagte ihr immer wieder, dass alles gut werden würde und ich in wenigen Tagen wieder zurück wäre. Dabei fühlte ich mich wie der hinterhältige Bastard, der ich in Wirklichkeit war.

Wie konnte ich ihr etwas versprechen, an das ich selbst nicht mehr glaubte?

Als sie sich an mich presste und mich anflehte, meinen Urlaub mit Jens abzusagen, kippte meine Stimmung ins Mürrische. Mühsam unterdrückte ich meinen Zorn.

Ich war ein Gefangener in Julias heiler Welt. Sie ließ mir keinen Freiraum. Seit ich begonnen hatte, mich von ihr zu entfernen, klammerte sie sich an mich wie eine Irre. Mein Brustkorb wurde eng. Ich hatte das Empfinden, in der nächsten Sekunde qualvoll

ersticken zu müssen.
Ich löste unsere Umarmung, rollte mich herum und fischte das Handy aus meiner Hosentasche.
Kurzentschlossen schrieb ich Jens eine SMS.

»Können wir früher als geplant losfahren? Ich hab Stress mit J.«

»Okay. Wann?«, kam zurück.

»Jetzt?«

»Von mir aus. Wo soll ich dich abholen?«

»Am Kiosk?«

»Ok.«

Ich brauchte Abstand von Julia, um in Ruhe nachdenken zu können. Aber vor allem brauchte ich sie. Ich brauchte Sarah. Wo sie war, hatte nichts anderes Gewicht. Sie hielt mich zusammen.
Hastig neigte ich mich über Julia und drückte ihre einen Kuss auf die Stirn.

»Jens will los«, flüsterte ich.

Sie schnaubte verächtlich. »Erzähl mir nichts. Du hast ihm doch geschrieben, dass du fahren willst. Hab ich recht?«

»Nein, er will los.«

Sie sagte nichts, presste nur ihre Lippen aufeinander und nickte mit geschlossenen Augen.

»Na gut, dann fahr doch.«

Im Eiltempo sprang ich aus dem Bett, schleuderte einige Klamotten in meine Sporttasche und stürmte ins Badezimmer, um zu duschen. Ich schlüpfte in frische Klamotten und verstaute in einem extra Beutel mein Surf-Equipment.

Julia wankte an mir vorbei und verschwand im Badezimmer. Als sie wieder herauskam, sah sie ein wenig gefasster aus.

»Wir waren noch nie so lange getrennt voneinander«, sagte sie und kaute nervös auf ihrer Unterlippe.

»Ich weiß. Aber es sind doch nur ein paar Tage.«

»Du wirst mir fehlen.«

»Du mir auch«, bemühte ich mich zu sagen. Es klang hölzern.

»Sieh mir in die Augen«, forderte sie.

Ich presste die Zähne zusammen und fixierte sie. Mein Kiefer fühlte sich an, als ob er zerspringen würde.

»So, und jetzt sagst du es noch mal.«

Ich schwieg.

»Du kannst es nicht.«

»Jules, jetzt lass doch mal locker. Ich brauch Abstand. Vor allem brauch ich Zeit für mich. Ich muss nachdenken und das kann ich nicht, wenn du die ganze Zeit um mich herumschwirrst.«

»Ach, leck mich doch«, fluchte sie.

Ich kam ihrem Gesicht ganz nahe. »Das würde ich gern, aber du lässt mich nicht.«

»Liebst du mich?«, fragte sie.

Ich verdrehte die Augen. Wieder diese Frage. Sie hatte sie lange nicht mehr gebracht.

»Du weißt, dass ich diese Worte nicht aussprechen kann«, presste ich zwischen den Zähnen hervor.

»Ja, das weiß ich, aber ich glaube, es ist eine Lüge, dass du sie noch nie ausgesprochen hast. Du hast *ihr* gesagt, dass du sie liebst. Oder? Hast du es *ihr* gesagt? Deiner großen unsterblichen Liebe.«

Ich starrte sie perplex an.

Frauen und ihre untrüglichen Instinkte. Es war bestimmt kein Zufall, dass Julia jetzt, nachdem wir fast ein halbes Jahr nicht mehr über Sarah gesprochen hatten, damit anfing. Sie spürte die drohende Gefahr, ohne zu ahnen, wie nahe Sarah uns in Wahrheit gekommen war. Sarah war zurückgekehrt. Sie beherrschte jeden meiner Gedanken, jeden Atemzug. Alle meine Systeme waren ausgehebelt, seit ich sie vor Stunden wiedergesehen hatte. Es gab nun keinen Ort mehr, an dem sich meine Welt nicht um Sarah drehte.

Mühsam beherrschte ich mich, um Julia nicht noch mehr wehzutun und grub in meinem dehydrierten Gehirn nach einer Antwort, die sie zufriedenstellen würde.

»Ich hab Angst, wenn es um das Aussprechen meiner Gefühle geht und das war schon immer so,« sagte ich ernst. »Und du weißt das. Was soll das also jetzt?«

Julia wand sich unter meinem vernichtenden Blick und dann gab sie endlich nach, wie immer.

»Tut mir leid. Ich weiß ja, dass du da ein Problem hast, trotzdem wäre es mal schön, wenn du mir sagen könntest, dass du mich magst. Vor allem, jetzt, wo du in den Urlaub fährst. Es würde mich beruhigen.«

Ich zog sie an mich und umarmte sie.

»Du weißt doch, dass ich dich mag.«

»Wirklich?«

»Aber ja. Ich bin froh, dass es dich gibt. Du hast mich damals gerettet, als ich keine Hoffnung mehr hatte.«

Sie lächelte. Im selben Atemzug meinte sie: »Wo holt Jens dich ab? Ich begleite dich. Ich kann ja dein Board tragen.«

Eisige Kälte kroch an meinem Rückgrat nach oben.

»Ich freue mich, wenn du mitkommst«, sagte ich äußerlich gefasst, während mein Atem zu einem Keuchen mutierte.

Sie griff nach meinem Kiteboard. »Okay, gehen wir.«

Der Schweiß rann mir den Nacken hinunter, während wir mit meinem Gepäck die Promenade überquerten. Als wir über die Straße gingen, hatte ich das Gefühl mich jeden Moment übergeben zu müssen. Jens wartete am Zeitschriftenkiosk auf uns. Er grinste mir entgegen und zeigte auf seinen nagelneuen Mercedes, der frech im Halteverbot parkte. Der Wagen war leer.

Bei diesem Anblick hätte ich am liebsten vor Erleichterung aufgelacht. Jens war ein Mitdenker. Auf ihn war Verlass. Mit einem Zwinkern nahm er mir die Tasche und den Beutel ab und quetschte beides in den Kofferraum.

»Wird ein bisschen eng werden«, murmelte er und runzelte skeptisch die Stirn.

»Wieso?«, fragte Julia. »Ihr habt doch auf der Rückbank noch Platz.«

»Auf die Rückbank kommt noch eine wertvolle Fracht, die ich im Hotel vergessen habe«, sagte er trocken, klopfte auf mein Board und hievte es mit Schwung in den Wagen.

Julia, die annahm, dass er von seinem Surfboard sprach, zog eine Grimasse, ohne weiter nachzubohren.

»Du bringst ihn mir aber wieder«, sagte sie halb im Scherz und bohrte Jens einen Zeigefinger in die Brust.

»Das, Prinzessin, kann ich dir wirklich nicht versprechen«, erwiderte er mit einem diabolischen Grinsen und drückte ihr einen überfallartigen Kuss auf die Wange. »Mach's gut, Julia.«

Ob ich wollte oder nicht, ich musste bei ihrem entsetzten Blick losprusten. Julia tat Jens' Bemerkung mit einem abfälligen Winken ab und wandte sich mir zu, um mich dramatisch gefühlvoll zu verabschieden. Als wir endlich losfuhren und meine Freundin in der Ferne als zarte, winkende Silhouette verschwand, sank mein Hinterkopf gegen die Nackenstütze.

Ich atmete laut aus.

Endlich Urlaub. Endlich.

KAPITEL 14 – JENS

Roman schlief schon, bevor wir Nerja hinter uns gelassen hatten. Im Rückspiegel konnte ich sehen, wie seine Lider schwerer und schwerer wurden und sein Kopf in Zeitlupe gegen das Kiteboard sank. Ich grinste. Der war hinüber.

Sarah warf einen Blick über ihre Schulter zurück.

»Och, er ist eingeschlafen«, hauchte sie zärtlich.

»Der ist kaputt«, sagte ich.

»Ja, das hab ich bemerkt.«

»Ein paar Stunden Schlaf und er ist wieder okay.«

»Ich glaube nicht, dass ihm ein paar Stunden Schlaf reichen werden.«

»Weißt du etwas, das ich nicht weiß?«

Sarah verstaute ihre Handtasche im Fußraum des Wagens. »Er hat eine schwere Zeit hinter sich«, raunte sie mir verschwörerisch zu, »ich denke nicht, dass ich ihm mit meinem überraschenden Auftauchen einen Gefallen getan habe.« Sie zögerte, weiterzusprechen. »Wenigstens verstehe ich nun deine Beweggründe. Und sie erstaunen mich. Wie sehr dir das Glück deines besten Freundes am Herzen liegt, das rührt mich. Und es ist ja auch mein Glück,« fügte sie hinzu. »Auch mein Glück, dem du hier Raum gibst, indem du mich zu Roman gebracht hast.«

»Ja, es hat den Anschein, als ob ich ein netter Mensch wäre«, erwiderte ich sarkastisch.

Schwungvoll steuerte ich den Wagen in einen Kreisverkehr. Auf der Schnellstraße angekommen beschleunigte ich so wild, dass der Motor aufheulte und der Wagen davonschoss.

»Er verbirgt etwas vor mir«, sinnierte ich vor mich hin. »Ich kann es nicht genau greifen. Ich kenne Roman schon lange und kann ihn ziemlich gut lesen. Er verheimlicht etwas vor uns und es hat mit Julia und ihren Eltern zu tun. Die haben ihn in der Hand. Klingt grotesk, oder? Aber ich denke, sie erpressen ihn. Vielleicht fühlt er sich auch verpflichtet oder schuldig. Ich weiß nicht, was es ist, aber ich bekomme es schon noch aus ihm raus. Zur Not werde ich ihn ausquetschen, wenn er stoned ist.«

»Du übersiehst das Naheliegendste«, sagte Sarah, während sie versuchte ihre vom Wind verwehten Haare zu bändigen. »Vielleicht liebt er Julia wirklich. Und ihre Eltern. Sie haben ihm durch eine schwere Zeit geholfen. Er hat sich in Nerja ein neues Leben aufgebaut, hat endlich eine Familie gefunden und ist zur Ruhe gekommen. Niemand gibt das so leicht auf. Hast du nicht gesehen, wie er gestern bei seiner Eröffnungsrede geleuchtet hat? Der Beachclub erfüllt ihn mit Stolz. Endlich hat er aus eigener Kraft etwas erschaffen. Er hat einer seiner Visionen Leben eingehaucht. Und dazu hat er diesmal nicht das Geld deines reichen Vaters zur Hand genommen, sondern ...«

»Nein, stimmt. Dieses Mal war es das Geld von Julias Vater«, unterbrach ich sie spöttisch.

Sie erwiderte nichts. Wozu auch? Sie wusste, dass ich recht hatte.

»Sarah, du hast ein verklärtes Bild von Roman. Hätte Musil eine Vorlage für den *Mann ohne Eigenschaften** gebraucht, er hätte ihn gewählt. Wenn niemand hinsieht, vögelt er die Barfrau im Keller. Hat das für dich was mit Respekt oder Liebe zu tun? Oder damit, dass er bei sich selbst und seiner neuen Familie angekommen ist?«

Sarah sog hörbar die Luft durch ihre Nase ein. Ich warf ihr einen Seitenblick zu und grinste.

»Jemand anderen zu begehren heißt nicht zwingend für seinen Partner keinen Respekt und keine Liebe zu empfinden«, entgegnete sie beherrscht.

»Entschuldigung, ich vergaß. Du bist ja die Expertin im Seitenspringen«, provozierte ich sie.

»Jens, lass das«, zischte sie. »Ich bin nicht in der Stimmung für diese Kontroverse.« Sie klang tatsächlich verärgert. Ihre Augen funkelten mir entgegen. Oh, wie ich es liebte, sie aus der Reserve zu locken. Dabei war ich der Letzte, der Monogamie für gesund und natürlich hielt. Ich vertrat eher den Ansatz, dass alle Welt miteinander vögeln und Spaß haben sollte.

Ich lachte leise.

Sarah stieß mir ihre Faust in die Seite. Wahrscheinlich hatte sie nicht beabsichtigt mir wehzutun, aber sie traf eine empfindliche Stelle und ein heftiger Schmerzimpuls raste über meine Nervenbahnen. Das konnte ich nun gar nicht leiden, wenn mich jemand körperlich attackierte.

Niemand schlug mich. Nie wieder.

Ich spürte die Dunkelheit in mir aufsteigen.

»Hast du mir gerade in die Rippen geboxt?«, knurrte ich.

Überfallsartig klatschte meine Hand auf ihren nackten Oberschenkel. Sarah zuckte unter meinem harten Schlag zusammen. Ihre Muskeln spannten sich an. Meine Finger krallten sich in ihre Haut. Ich drückte zu. Fester und fester. Sie biss sich auf die Unterlippe. In ihrer Mimik materialisierte sich der Schmerz. Wie aus dem Nichts stand plötzlich dieses Energiefeld zwischen uns. Ich war der Magnet, der auf seinen gegensätzlichen Pol zusteuerte, dem Unvermeidlichen ausgeliefert, den Gesetzmäßigkeiten der Anziehung unterworfen. Die sexuelle Kraft zwischen uns war unglaublich. Sie warf mich um. Sarah bewegte sich nicht. Sie atmete nicht. Sie machte keine Anstalten, meine Hand wegzunehmen und ich machte keine Anstalten, meine Hand wegzunehmen. Keiner von uns beiden tat etwas. Mein Puls beschleunigte sich. Ich fühlte, wie mich die Situation erregte. In letzter Sekunde riss ich das Steuer herum und nahm den Fuß vom Gaspedal, um nicht die Kontrolle über den Wagen zu verlieren. Meine Hand auf Sarahs nackter Haut brannte wie Feuer. Fieberhaft flehte ich meinen Verstand um einen Richtungswechsel an. Aber er gehorchte mir nicht mehr. Er hatte mir noch nie gehorcht, wenn es um das Spiel mit der sexuellen Macht ging.

Ich drehte den Kopf zu ihr hinüber. Unsere Augen trafen sich für einen flüchtigen Moment. Sarahs Blick bat mich inständig, aufzuhören, aber er bat mich auch um etwas anderes. Warum protestierte sie nicht? Warum sagte sie nichts? Genoss sie das Gefühl, dass ich sie so hart anfasste? Ich konnte nicht anders. Ich wollte es nicht, aber ich konnte nicht anders. Die Bestie in mir übernahm das Kommando.

»Spreiz die Beine«, raunte ich.

Ihre Augen weiteten sich vor Schreck.

»Na los! Tu, was ich dir sage«, befahl ich heiser.

Sie warf einen hastigen Blick auf Roman, dann einen verzweifelten auf mich. Sie schüttelte den Kopf, aber meine Fingerknöchel drückten unnachgiebig gegen ihren Oberschenkel. Die Sekunden verstrichen. Sarahs Brust hob und senkte sich schneller. Sie kämpfte gegen ihr Verlangen an, so wie ich. Die Macht, die ich über sie hatte, durchströmte mich heiß und schwer. Diese Macht, sie feuerte mich an, mir zu holen, was ich haben wollte. Mein Mund wurde trocken. Das Herz hämmerte durch meine Arterien. Mein Schwanz wurde steinhart. Meine Ratio zersetzte sich und verlor sich im Nichts. Sarah packte mein Handgelenk.

»Nimm deine verfluchten Finger von mir«, zischte sie wütend.

Ein Geräusch auf der Rückbank ließ mich zusammenzucken. Rasch zog ich meine Hand weg und legte sie auf dem Lenkrad ab. Ein Blick in den Rückspiegel verriet mir, dass Roman seine Position verändert hatte, aber immer noch tief und fest schlief. Hatte ich den Verstand verloren, mich so aufzuführen? Ich war doch kein Teenager mehr. Ich wagte nicht, zu Sarah hinüberzusehen. Sie hatte auf der Suche nach einer Ersatzhandlung nach ihrer Tasche gegriffen und einen Seidenschal aus einem der Seitenfächer gezogen. Mit fahrigen Fingern begann sie ihre langen Haare zu einem Zopf zu flechten. Als sie damit fertig war, wickelte sie das Tuch um ihren Kopf und stopfte ein paar lose Strähnen darunter. Der Spitze des Zopfes lugte ein wenig unter dem Stoff hervor. Auch das noch. Ich liebte geflochtene Zöpfe. Mit ihren Händen hielt sie die Tasche auf ihrem Schoß umklammert und räusperte sich.

»Das war völlig inakzeptabel«, sagte sie leise und beherrscht, um Roman nicht zu wecken. Ihr Zorn waberte um mich herum. »Was ist denn bloß los mir dir? Hast du keinen Respekt vor den Grenzen eines Menschen? Ich bin doch nicht dein Spielzeug, an dem du einfach so rumfingern kannst. Ich will, dass du auf Abstand gehst. Hast du das verstanden?«

»Ja«, sagte ich, ohne sie anzusehen. Mehr nicht.

Dass sie mich so in meine Schranken verwies, war etwas, an dem ich mir nun die Zähne ausbeißen konnte. Keine Frau hatte ich mich je abgewiesen. Ich fühlte mich neben ihr wie ein zurechtgestutzter Schuljunge. Es war Jahrzehnte her, dass ich mich so gefühlt hatte.

Eine Stunde verstrich, ohne dass wir miteinander sprachen.

Ich drehte die Musik lauter. Während wir über die spanischen Straßen bretterten, verlor sich meine Lust im heißen Sommerwind und in der hügeligen, verdorrten Landschaft. Nachdenklich blickte ich zu Sarah hinüber. Sie saß etwas von mir abgewandt und blickte aus dem Fenster. Ich betrachtete Roman im Rückspiegel. Plötzlich wurde mir bewusst, wie ernst diese Angelegenheit war. Das hier war keine Bühne für eines meiner Spielchen. Hier ging es um das Glück meines besten Freundes. Dem einzigen Menschen, der mir im Leben je etwas bedeutet hatte. Ich durfte ihm nicht die Frau wegnehmen, in die er so schwer verliebt war. Was war nur los mit mir? Sarah und Roman liebten sich. Und sie hatten jetzt endlich die Chance, über einen gemeinsamen Weg nachzudenken. Ich würde in Zukunft meine Finger von ihr lassen.

*

Gibraltar. Ich hatte es mir anders vorgestellt. Größer und beeindruckender, aber was ich hier sah, hatte Ähnlichkeit mit der Kulisse eines schlechten Horrorfilms. Im Stau darauf wartend, dass wir die Grenze von Spanien in das britische Überseegebiet passieren durften, starrten Sarah und ich wie hypnotisiert auf den abgeflachten Berg vor unseren Augen. Sie sprach aus, was ich mir insgeheim gedacht hatte.

»Ist das hässlich. Wie die Wolken an der Spitze des Berges festhängen, das sieht beinahe futuristisch aus. Gruselig.«

»Oft ziehen die Wolken über die Stadt und bedecken sie mit Nebel. Vor allem nachts«, erklärte ich ihr.

»Dann warst du schon mal hier?«

Ich schüttelte den Kopf. »Ich weiß das nur aus Erzählungen. Roman und ich hatten nie Zeit, um einmal herüberzufahren.«

»Ich glaube nicht, dass ich hier über Nacht bleiben möchte«, murmelte Sarah. »Wäre es für dich okay, wenn wir nach der Schlüsselübergabe gleich ins Strandhaus fahren?«

Sie rieb über ihre Arme, als ob sie fröstelte.

»Völlig okay«, erwiderte ich.

Nachdem wir die Passkontrolle hinter uns gebracht hatten,

steuerte ich die Adresse an, die Roman mir gegeben hatte. Wir hielten vor einer Tankstelle.

»Hier muss es sein. Wir sollten ihn wecken.«

Sarah nickte. Einen Moment saßen wir schweigend nebeneinander und starrten auf den mächtigen Felsen, der vor uns aufragte.

»Diese Stadt macht mir Angst«, sagte sie.

»Lass uns sehen, dass wir schnell wieder abhauen«, erwiderte ich.

Sie drehte sich zu Roman um und rüttelte vorsichtig an seinem Oberschenkel.

»Da wird es ein wenig mehr brauchen, um den zu wecken«, ätzte ich. »Wenn der mal schläft, schläft er.« Ich hievte mich im Fahrersitz hoch und schlug mit einer Hand auf Romans Hinterkopf, sodass sein Kinn auf seine Brust knallte. Er protestierte schläfrig.

Sarah verdrehte die Augen. »Musste das sein?«, rügte sie mich. »Was kommt als nächstes? Holst du deine Peitschensammlung aus dem Kofferraum?«

»Wenn's sein muss, ja. Warum nicht?«

Hastig senkte sie den Blick und verschränkte ihre Finger ineinander. Dabei presste sie ihre Oberschenkel fest aneinander. Ich seufzte. Das, was vorhin im Wagen passiert war, hing zwischen uns fest wie die Wolken über dem Felsen von Gibraltar.

Roman vergrub das Gesicht in seinen Händen. »Oh Gott«, stöhnte er. »Ich muss während der Fahrt eingeschlafen sein. Mir platzt gleich der Schädel.«

»Wir sind in Gibraltar«, sagte ich ruhig.

»Ah, okay, gib mir ne Minute. Ich muss erst wach werden.«

Seine Augen waren rotgeädert. Sarah warf ihm ein umwerfendes Lächeln zu, das er müde erwiderte.

»Tut mir leid. Ich bin gleich wieder fit«, murmelte er.

»Das macht doch nichts«, hauchte sie. »Lass dir Zeit.«

Als Roman sich einigermaßen gefangen hatte, verließen wir den Wagen und steuerten den Kiosk der Tankstelle an.

»Wem gehört das Strandhaus, zu dem wir fahren?«, hakte Sarah interessiert nach.

»Alfredos Sohn«, murmelte Roman müde. »Er stellt es uns für ein paar Tage zur Verfügung. Wartet ihr draußen? Ich komm gleich wieder.«

Sarah und ich nickten und blieben im Schatten der Tankstelle stehen. Wir sprachen nicht, sahen uns nicht an, aber ich war mir ihrer Nähe bewusst wie nie zuvor. Die Minuten zogen sich in die Länge. Sollte ich mich bei ihr entschuldigen? Ihr versichern, dass es nie wieder geschehen würde? Denn ich war mir sicher, dass es nie wieder geschehen würde.

»Sarah.« Sie hob den Kopf und blickte mich aus großen Augen an. »Es tut mir leid. Ich weiß nicht, was vorhin in mich gefahren ist, aber es wird nicht wieder vorkommen. Ich verspreche es, okay?«

An ihrer Mimik konnte ich ablesen, dass sie mir nicht recht glaubte. In diesem Augenblick trat Roman aus dem Kiosk und ließ einen Schlüsselbund an einer Schnur vor seinem Gesicht hin und her baumeln.

»Unser Zugang ins Paradies«, rief er uns zu.

Seine Müdigkeit schien weitgehend verpufft zu sein. Er war wieder ganz der strahlende Sonnyboy.

»Okay, dann nichts wie weg hier«, murmelte ich.

»Du willst schon weiterfahren?«, fragte er erstaunt. »Ich wollte mir doch den Felsen ansehen und danach noch was essen gehen. Wir reden schon ewig davon, mal eine Nacht in Gibraltar zu verbringen.«

»Die Königin soll entscheiden, was wir machen«, erwiderte ich und zeigte auf Sarah.

»Willst du denn nicht auf den berühmten Affenberg hochfahren?«, wandte sich Roman an sie.

Sie schlang die Arme um ihre Mitte, als ob ihr kalt wäre. »Ich weiß nicht, Roman. Mir gefällt Gibraltar nicht besonders, aber andererseits, wenn ich schon mal hier bin.«

»Hm.«

Er neigte den Kopf und betrachtete sie prüfend. Dann trat er auf sie zu und blieb dicht vor ihr stehen. Er legte seinen Handrücken unter ihr Kinn und hob es langsam an. Die beiden verschlangen einander mit ihren Blicken. Ewigkeiten vergingen.

Ich trat von einem Bein aufs andere und glotzte auf den Felsen hoch. Das war vielleicht eine Scheißstadt.
Mein Blick fiel wieder auf die beiden.
Roman schien sich jedes Detail von Sarahs Gesicht einprägen zu wollen. Langsam malte er mit dem Finger den Schwung ihrer Lippen nach. Sie seufzte wohlig. Er beugte sich vor und legte seinen Mund auf ihren. Zärtlich saugte er an ihrer Unterlippe. Sie schmiegte sich in seine Arme und erwiderte seinen Kuss. Sie küssten sich zuerst verhalten und vorsichtig, aber mit der Zeit wurde ihr Kuss leidenschaftlicher und wilder. Sie klammerten sich aneinander fest, berührten sich, wühlten mit allen Fingern in den Haaren des anderen. Einige Leute an der Tankstelle blieben stehen, um ihnen neugierig zuzusehen. Mich wunderte das nicht. Sie sahen unglaublich heiß zusammen aus. Es war so offensichtlich, wie sehr sie danach hungerten, endlich miteinander vögeln zu dürfen. Ohne zu blinzeln, verfolgte ich jede ihrer Gesten, saugte alles in mich auf. Meine eigene Erregung überzog meine Haut mit heißen Schauern. Mein Blick brannte Löcher in Sarahs Arsch. Wie der wohl aussah, wenn Roman in ihm steckte? Ich stöhnte gequält auf. Der Voyeur in mir wollte mehr davon. Viel mehr. Mehr. Mehr. Mehr. Hingebungsvoll räkelte Sarah sich in Romans Armen, ihr Becken rieb ungeduldig an seinem Schritt. Ich konnte nicht wegsehen, nicht atmen, nicht denken. Und dann stieg ein Gefühl in mir hoch, das ich noch nie gefühlt hatte. Und ich tötete es ab, ehe es mich töten konnte.

*

Roman hatte sich durchgesetzt und wir waren mit der Seilbahn auf den Felsen hochgefahren. Jetzt standen wir umgeben von einer Traube grenzdebiler Touristen vor einer Felsformation und starrten auf ein paar schwanzlose Berberaffen, die sich gegenseitig die Flöhe aus dem Fell zupften und beim kleinsten Geraschel über die Person, die das Geräusch verursacht hatte, herfielen. *Camus* würde das Absurde in all dem erkennen*.
Ich erkannte es auch.
»Die sind so süß«, rief Sarah begeistert aus.

Ich zog verächtlich eine Augenbraue hoch. »Ernsthaft?«, fragte ich. »Ich hätte dich nicht als Frau eingeschätzt, die beim Anblick stinkender Affen, die sich gegenseitig die Eier kraulen, in Entzücken gerät.«

Sie legte den Kopf schief und funkelte mir entgegen. »Vielleicht hab ich ja eine Schwäche für Primaten, die nichts anderes als ihre Eier im Sinn haben«, konterte sie.

Ich lachte laut auf.

Miststück, dachte ich. *Sie ist wirklich nicht auf den Mund gefallen. Ich sollte ihr das freche Stück an Ort und Stelle mit meinem Schwanz stopfen.*

Roman ließ seinen Blick zwischen Sarah und mir hin und her wandern. Er war nicht dumm, ihm war etwas aufgefallen. Er ließ es sich aber nicht anmerken.

»In jeder Frau steckt eine Primatologin«, sagte er. »Ihr Frauen verbringt doch euer Leben gern damit, uns Herrentiere zu erforschen.«

»Tut mir leid, wenn ich dich da enttäuschen muss «, entgegnete Sarah und lachte fröhlich. »Der Sinn meines Lebens erstreckt sich nicht mehr auf die Erforschung primitiver, männlicher Verhaltensweisen. Damit habe ich aufgehört. Lange schon.«

»Jetzt bist du ungerecht, meine Schöne. Von primitiv war nie die Rede«, scherzte Roman und griff nach ihrer Hand.

Er drückte einen zärtlichen Kuss auf ihre Finger und warf ihr einen seiner Casanova-Blicke zu. Mit Schwung zog er sie auf den Weg weiter, der durch das Naturschutzgebiet führte. Ich trottete hinter ihnen her und meine Laune krachte zunehmend ins Bodenlose. Die Wolkendecke senkte sich mit jedem Schritt, den wir taten, auf den Berg herab. Wir spazierten durch feuchten Nebel, der unseren Sichtradius weitgehend eingrenzte. Die Schwüle legte sich feucht auf meine Haut. Ich schwitzte bei jedem Schritt und verfluchte Roman, der sich in den Kopf gesetzt hatte, zur Aussichtsplattform zu spazieren, um auf den afrikanischen Kontinent hinüberzuschauen.

Die Atmosphäre auf dem Berg war noch beklemmender als unten in der Stadt. Das Naturschutzgebiet strahlte dank der freilebenden Affen und der künstlich angelegten Vegetation eine bizarre und konstruierte Exotik aus. Der ganze Ort stank nach illegalen Machenschaften. Nicht umsonst nannten die Spanier ihn *Fels der Verbrecher* und gaben der Drogenschleuse Gibraltar die Schuld an der hohen Zahl Abhängiger im Gebiet rund um die Meerenge. Die vielen Firmen, die hier angesiedelt waren, aber kaum Personal vorzuweisen hatten, entlarvten den Stadtstaat zusätzlich als Steuerversteck. Alles hier strotzte vor Kriminalität und Verblendung.

Wir spazierten weiter, ohne miteinander zu sprechen und kämpften gegen die feuchtschwere Hitze an, die jeden Atemzug erschwerte.

Der höchste Punkt des Felsens lag 426 Meter über dem Meer und wir erreichten ihn nach einem Fußmarsch von einigen Minuten. Die Wolkendecke lichtete sich und wir konnten bis nach Marokko hinübersehen. Der herrliche Ausblick entschädigte mich für den mühsamen Aufstieg.

Sarahs Gesicht leuchtete auf, als sie an der Balustrade entlangging und den Rundumblick genoss, der wirklich sensationell war. Roman und ich standen an das Geländer gelehnt da und starrten anstatt in die Ferne auf Sarahs Arsch, der in dem Kleid, das sie trug, unfassbar sexy aussah. Die Nähte ihres Höschens zeichneten sich durch den dünnen Stoff ab. Bei diesem Anblick wurde mir heiß.

Wie ein Spanner beobachtete ich, wie sie eines der mächtigen Kanonenrohre bewunderte und ihre Finger über die glatte Oberfläche gleiten ließ. Sie kramte in ihrer Handtasche nach dem Handy und schoss ein paar Fotos von dem Ausstellungsstück. Ich konnte meinen Blick nicht von ihr abwenden, es ging einfach nicht, es war ein verdammter Fluch. Ihre natürliche Schönheit und Eleganz raubten mir den Atem. Ich wollte sie. Mit Haut und Haar. Ich wollte sie besitzen. Wie sehr, das überstieg die Grenze des Erträglichen.

»Danke«, sagte Roman plötzlich.

»Wofür?«

»Dass du sie zu mir gebracht hast.«

Ich räusperte mich. »Äh ... gern geschehen.«

»Es hat mein Leben nicht gerade vereinfacht. Aber trotzdem

danke. Ich weiß, welche Gedanken dich zu diesem Schritt bewogen haben.«

»Leider steckte vor allem die Absicht dahinter, dein Leben zu verkomplizieren.«

»Als eine Art Denkanstoß?«

»Mehr ein Anstoß, dich deinen Zukunftsperspektiven zu stellen und mit deiner Vergangenheit aufzuräumen.«

»Die Zukunft«, sagte Roman verächtlich. »Sie ist nur ein Nichts im Feld entscheidungsloser Materie.«

»Das ist sie. Aber Sarah ist wieder Single. Die Gelegenheit schien mir günstig. Was hätte ich deiner Meinung nach tun sollen, als ich davon erfuhr?« *Außer sie zu vögeln.*

»Sie bringt alles durcheinander«, sagte er.

»Im Chaos stellen sich die Weichen neu.«

»Warum, Jens? Warum hast du mir das angetan?«

»Weil du sie in Wahrheit noch liebst. Weil du sie immer geliebt hast und immer nur sie lieben wirst. Da kannst du machen, was du willst. Ficken, wen du willst. Du kannst heiraten, wen du willst, und mit irgendeiner heißen Braut eine Schar voll Kinder kriegen, du wirst trotzdem immer nur sie lieben und dich ewig fragen, was geworden wäre, wenn sie sich für dich entschieden hätte.«

Roman starrte mich so entgeistert an, als ob ich gerade rechtspopulistisches Gedankengut von mir gegeben hätte.

»Seit wann sprichst du in diesem lyrischen Ausmaß von Liebe? Wenn es nicht so paradox gewesen wäre, würde ich dich bitten, diese Sätze zu wiederholen, damit ich sie aufschreiben kann.«

Ich drehte ihm den Rücken zu und stützte beide Ellbogen auf dem Geländer ab. Meine Zähne knirschten, während ich wortlos auf die Schiffe im Meer blickte. Es waren hunderte und sie steuerten alle in verschiedene Richtungen. Es grenzte an ein Wunder, dass sie nicht zusammenstießen. Der Schein der Abendsonne tat mir in den Augen weh. »Nur weil ich von Liebe spreche, heißt es nicht, dass ich sie verstehe oder billige«, murmelte ich. »Ich halte nichts von der Exklusivität, die sie einfordert und würde mich niemals freiwillig in diese Abhängigkeit begeben. Das ist nichts für mich, das weißt du.«

»Ja«, erwidert er. »Ich weiß, Jens. In den ganzen zehn Jahren, die wir nun schon befreundet sind, bist du nie müde geworden, mir zu beteuern, dass du zu krank für die Liebe bist.«

Lachend schlang er mir einen Arm um den Hals und zog mich dicht an sich heran. Mit der Faust rubbelte er über meine Haare.

Ich hasste es, dass er mich derart überfiel.

Aber ein kleiner Teil von mir liebte es auch.

»Du hast mir ganz schön gefehlt «, sagte er leise.

Meine Kehle wurde eng. Ich riss den Ellbogen zurück und rammte ihn in Romans Bauch. Er hatte damit gerechnet und sprang flink zurück. Ich streifte ihn nur.

»Nichts hat sich geändert«, meinte er lachend. »Ich weiß, dass du mich auch vermisst hast, auch wenn du mir das nie sagen wirst.«

»Ja, ja«, murmelte ich zerknirscht.

Sarah kam wieder zu uns zurück. »Jungs«, rief sie fröhlich. »Ich finde es traumhaft hier. Es sieht wie im Dschungel aus. Wollen wir uns noch *St. Michaels Cave* ansehen, die Tropfsteinhöhle?« Sie blickte Roman mit Nachdruck an und schenkte ihm ein geheimnisvolles Lächeln. »Du gehst doch noch einmal mit mir in eine dunkle Tropfsteinhöhle, oder?«, raunte sie ihm verführerisch zu.

»Wenn ich dich dort wieder überfallen darf«, entgegnete er.

Sie lächelte und zog ihren geflochtenen Zopf über die Schulter nach vorne. »Diesmal wird das schwierig. Wir sind nicht allein«, hauchte sie und sah mich an.

Ich bohrte meinen Blick in sie. Ihre Pupillen weiteten sich und sie legte eine Warnung in ihren Blick. Ich gab ihr mit meinen Augen zu verstehen, dass ich sie durchschaut hatte. Sie hatte in diesem Moment nicht an Romans Küsse in irgendeiner Höhle gedacht, sondern an meine Hand an ihrem Höschen.

*

Die Touristenschwärme in der Tropfsteinhöhle zehrten an meinen Nerven. Alle paar Sekunden stieß mir jemand einen Arm in die Seite. Das Gefühl der Enge schnürte mir die Atemluft ab. Meine Brust zog sich enger zusammen, je tiefer wir in den Berg hineingingen. Ich verabscheute es, wenn mir fremde Menschen zu nahe kamen. Es machte mich aggressiv. Roman und Sarah schienen das Gedränge nicht zu registrieren. Auch der modrigfeuchte Geruch war ihnen egal. Sie hielten sich an den Händen und fachsimpelten über die Unterschiede zu den *Cuevas de Nerja*, die sie am Nachmittag besucht hatten, während ich meinen Rausch ausgeschlafen hatte.

Gelangweilt musterte ich die Höhlenwände, die in grellen Blinklichter-Modulationen beschienen wurden. Aus den Lautsprechern plärrte klassische Musik. Natur vermochte mich zu berühren, aber nur, wenn sie sich in ihrer Ursprünglichkeit zeigte. Diese für Touristen konstruierte Groteske ödete mich an. Wir bewegten uns im Schritttempo vorwärts.

Roman blickte über die Schulter zurück und lachte über meine düstere Miene. »Für Jens ist das, glaub ich, nicht das richtige Programm«, sagte er zu Sarah, die sich ebenfalls umdrehte.

»Leider müssen wir den Rundgang zu Ende gehen«, meinte sie mit einem mitleidigen Lächeln auf mich und deutete auf die *One-Way*-Schilder.

Ich brummte nur und vergrub die Hände in den Taschen meiner Jeans. Als wir die Hauptattraktion, die größte der Höhlen, erreicht hatten und sich die Besucherschwärme weitgehend verloren, nutzte ich den Moment, um mich in einer der uneinsichtigen Ecken zu verbergen.

Ich lehnte mich gegen die kühle Felsenwand und massierte mit geschlossenen Lidern meine Nasenwurzel.

»Jens, ist alles okay mit dir?«, flüsterte Sarah.

Ich schlug die Augen auf. Sie war mir in die Nische gefolgt und stand nun direkt vor mir. Orangefarbenes Schattenlicht lag auf unseren Gesichtern.

»Ein leichter Anfall von Nyctophobie«, erwiderte ich rau. »Mein Vater hat mich als Kind in den finsteren Heizungskeller gesperrt, wenn ich ein böser, böser Junge war.«

»Wie schrecklich«, wisperte sie. »Und warum stehst du dann in dieser dunklen Ecke und gehst nicht da rüber, wo es heller ist?«

»Ich stelle mich meiner Angst und geh durch sie hindurch. Es ist der einzige Weg, um sie zu besiegen.«

»Hm ... okay.«

»Du kannst mich ja ablenken«, schlug ich vor. Mein Dämon wollte Sarah ein wenig aus der Raison bringen. Ihm war langweilig. »Erzähl mir von deinem Höhlenabenteuer mit Roman. Hat er dich unter der Erde gevögelt?«

Sarahs Lächeln verlor sich. Das orangene Licht konnte nicht verbergen, dass sie blass geworden war. »Was soll das nun wieder?«, zischte sie.

»Entschuldige. Ist nur ein weiterer meiner vielen Zwänge. Ich liebe es, zu provozieren.«

Sie setzte an, um zu gehen, aber ich packte sie am Ellbogen und wirbelte sie zu mir herum.

»Ich krieg den Gedanken nicht mehr aus meinem Kopf«, raunte ich ihr ins Ohr. »Wie sehr es dich angemacht hat. Es hat dich angetörnt, was zwischen uns im Auto geschehen ist, nicht wahr?«

»Du hast sie doch nicht alle«, brauste sie auf und schlug meine Hand zur Seite.

»Ihr zwei verheimlicht mir doch etwas«, sagte Roman hinter unserem Rücken. »Was ist es?«

Bei seiner ernsten Stimme setzte mein Herzschlag aus. Sarahs Augen weiteten sich geschockt. Ich hatte mich sofort wieder im Griff, während sie gegen meine Schulter taumelte und ein leises Japsen von sich gab.

»Du hast recht, wir verheimlichen dir etwas«, sagte ich betont gelassen. Ich hörte Sarah schlucken.

Roman stand dicht vor uns. Sein Blick lag prüfend auf Sarahs Gesicht. Er verschränkte die Arme vor der Brust.

»Wir wissen, wer dein Vater ist«, sagte ich ruhig. »Sarahs Ex-Mann hat einen Detektiv beauftragt, der es herausgefunden hat. Wir wollten mit dir darüber sprechen, aber erst wenn wir im Strandhaus angekommen sind.«

»Ihr wisst was?«, entfuhr es Roman.

Sarah legte ihre Hand auf seinem Unterarm ab. Sie hatte ihre Fassung erstaunlich schnell wiedergefunden.

»Ich wollte es dir sagen, aber erst, wenn der Moment passt. Du musst dich erst einmal ausschlafen und zur Ruhe kommen und dann ...«

»Wenn der Moment passt?«, wiederholte Roman fassungslos. »Wie lange wolltest du damit warten, bis der Moment passt?«

»Bitte, reg dich nicht auf«, versuchte sie ihn zu beschwichtigen. »Die Brisanz dieser Sache wird dir verdeutlichen, warum ich so gehandelt habe. Glaub mir, die letzten Stunden waren denkbar ungeeignet, um mit dir über deinen Vater zu sprechen.«

Roman fuhr mit beiden Händen durch sein Haar und stieß laut prustend seinen Atem aus.

»Also, ich glaub das jetzt nicht!«, rief er. Vorwurfsvoll sah er mich an. »Und *du* hast darüber Bescheid gewusst? Wir saßen gestern stundenlang am Strand, haben geredet und du hast nichts davon gesagt.« Seine Stimme klang frustriert.

Mir wurde schlecht bei dem Gedanken, dass es noch mehr gab, das ich ihm hätte gestehen müssen, aber nicht getan hatte.

Ich zuckte mit den Schultern. »Sorry, Roman, aber das ist Sarahs Angelegenheit. Sie wollte mit dir in aller Ruhe darüber sprechen. Sie hat auch die Unterlagen dabei, die ...«

»Welche Unterlagen, bitte?«, unterbrach Roman mich hart.

Sarah wand sich unter seinem unnachgiebigen Blick. »Die des Privatdetektivs. Ich habe sie in meiner Tasche, aber können wir bitte die Höhle verlassen und draußen weiterreden?«

»Ich will diese Unterlagen sehen.«

»Denkst du wirklich ...?«

»Sofort!«, blaffte er.

Sarah zuckte unter der Schärfe in seiner Stimme zusammen, kramte in ihrer Handtasche und drückte ihm den Stapel mit den losen Zetteln in die Hand.

Roman fischte das Handy aus seiner Hosentasche und machte das Licht seiner Taschenlampe an. Er winkelte ein Bein an und stützte sich damit an der Höhlenwand ab. Mit gerunzelter Stirn begann er die Unterlagen zu überfliegen. Sarah und ich versuchten anhand seiner Mimik abzulesen, was in ihm vorging. Schatten verdunkelten seine Züge. Er blätterte Blatt für Blatt um und schließlich wieder zurück. Mit zwei Fingern nahm er das Foto von Iwan Loschkin zur Hand und studierte es.

»Mein Gott, ich bin ihm wie aus dem Gesicht geschnitten«, murmelte er betroffen. »Ich fasse es nicht. Er hat Karriere gemacht, während meine Mutter und ich von der Hand im Mund lebten.«

Er ließ die Unterlagen sinken und starrte ins Leere. Mir war sofort klar, dass er mit diesen Enthüllungen restlos überfordert war. Sein Zusammenbruch war nur noch eine Frage der Zeit.

Sarah legte ihm den Arm um die Schultern, aber er schüttelte sie ab. Endlose Qual lag in seinem Blick.

»Ich kann nicht glauben, dass sie die ganze Zeit in deiner Tasche waren und du kein einziges Wort zu mir gesagt hast. Ich bin so maßlos enttäuscht von dir,« sagte er zu ihr. Dann wirbelte er herum und stapfte davon.

Sarah legte eine Hand auf ihre Stirn. »Oh Mist«, murmelte sie zerknirscht. »Das wollte ich nicht.«

»In der Geschichte von Romans Tagen scheinen mir die letzten vierundzwanzig Stunden seine nervenaufreibendsten gewesen zu sein«, meinte ich spöttisch.

Sarah fixierte mich aus schmalen Augen. »Findest du das etwa witzig? Wie konntest du ihn gerade jetzt damit konfrontieren?«

»War eine Kurzschlussreaktion«, erwiderte ich achselzuckend. »Aber mach dir keine Sorgen, ich kenne Roman. Der kriegt sich wieder ein. Spätestens morgen früh hat er sich beruhigt und ihr könnt weiter auf Wolke sieben schweben.«

»Kannst du mir einen Gefallen tun?«, fragte sie kühl.

»Jeden.«

»Kannst du für ein paar Stunden die Klappe halten und mich nicht ansprechen?«

»Meine leichteste Übung«, erwiderte ich.

»Gut.«

Kopfschüttelnd entfernte sie sich von mir. Das rote Licht der Scheinwerfer ließ sie wie einen Racheengel aussehen, der direkt aus der Hölle gekommen war, um dem Teufel die Stirn zu bieten.

KAPITEL 15 – SARAH

Aufgewühlt drängte ich mit der Masse an Touristen aus der Höhle ins Freie hinaus. Von Roman fehlte jede Spur. Wie hatte er so schnell davonlaufen können? Ich war doch nur wenige Meter hinter ihm gewesen. Mit großen Schritten folgte ich dem asphaltierten Weg, der hinauf zur Seilbahn führte. Hoffentlich war er wirklich zurück zur *Cable Car* gegangen und nicht im Naturschutzgebiet untergetaucht. In diesem wilden Dschungel würde ich ihn nicht mehr wiederfinden. Über meinem Kopf kreischten die Möwen. Ich blickte nach oben. Es waren hunderte, die um den Felsen von Gibraltar kreisten. Ich spürte Jens' Anwesenheit in meinem Rücken. Seine Blicke erdolchten mich, aber ich blieb stur und drehte mich kein einziges Mal nach ihm um. Mein Ärger auf ihn war immer noch riesengroß. Ich konnte ihn nicht einmal ansehen, ohne wütend zu werden.

Was bildete der sich ein? Die Sache mit Romans Vater war meine Angelegenheit. Meine! Ich wollte mit Roman darüber sprechen. Ich! Aber der tolle Dom traf ständig seine eigenen Entscheidungen, ohne sich mit mir abzusprechen. *Idiot!*

Meine Gedanken wanderten zu der Szene in seinem Wagen zurück, die mich leider ziemlich angetörnt hatte. Welches Recht nahm er sich heraus, einfach so mit mir zu spielen, wann immer es ihm passte?

Jens und ich? Nein! Niemals wieder, piepste die Stimme meines Gewissens, die reichlich verhalten klang. Ich spürte, wie mein Vorrat an Verleugnungen langsam zur Neige ging. Und dann? Was, wenn ich mir eingestehen musste, wie sehr ich mich in Wahrheit nach ihm verzehrte?

Lieber nicht daran denken. Sarah, konzentrier dich auf Roman und ignorier Jens.

Ich wischte über meine Stirn. Der Schweiß klebte auf meiner Haut fest. Am liebsten hätte ich sie mir mit den Fingernägeln abgezogen und mir eine neue übergestülpt. Von dem steilen Aufstieg brannten meine Waden.

Wo bin ich da nur hineingeraten? Was für ein Chaos. Wo ist Roman? Ich muss ihn finden.

Fieberhaft überlegte ich, welche Worte angebracht wären, um Roman zu beschwichtigen. Vielleicht sollte ich nichts zu ihm sagen und ihm Zeit geben, die Informationen zu verarbeiten. Er musste völlig unter Schock stehen. Nach siebenundzwanzig Jahren zu erfahren, wer der Mann war, der einst seine Mutter vergewaltigt hatte, stellte ich mir nicht nur als Erlösung, sondern auch als unerträgliche Last vor. Für mich selbst waren diese Enthüllungen auch schockierend gewesen, als ich vor vier Monaten davon erfahren hatte. Die Unterlagen des Privatdetektivs waren mir bei Sams Auszug durch Zufall in die Hände gefallen. Nachdem ich sie gelesen hatte, war ich völlig ausgetickt, hatte Sam beschimpft und die Papiere in einem hysterischen Anfall durch die Luft gewirbelt. Dass mein Ehemann mich heimlich beschatten hatte lassen, das war etwas gewesen, dass ich Sam niemals zugetraut hätte. Niemals. Wären wir zu diesem Zeitpunkt nicht schon getrennt gewesen, ich hätte ihn auf der Stelle verlassen.

Ich erreichte die Station der Seilbahn und hastete die Treppe zur Einstiegsstelle hoch. Erleichtert stellte ich fest, dass Roman auf der Steinmauer saß und auf uns wartete. Neben ihm lagen eine Affenmutter und ihr zuckersüßes Baby, aber Roman beachtete die Tiere nicht, obwohl sie ihm so nahe waren. Er hielt beide Handflächen gegen seinen Mund gepresst und starrte mich düster an. Im Näherkommen suchte ich seinen Blick. Das Weiß seiner Augäpfel war mit roten Adern durchzogen. Seine ungeweinten Tränen schienen ins Außen drängen zu wollen, aber er hielt sie tapfer zurück.

Als ich vor ihm stand, schloss er angestrengt die Lider.

»Gibst du mir die Unterlagen?«, fragte er. »Bitte, ich will sie haben.«

Ich nickte und wühlte in meiner Handtasche. Als ich ihm die Papiere überreichte, schlug er seine Augen wieder auf. Die blaue Verlorenheit in seinen Pupillen tat mir in der Seele weh.

»Es tut mir leid«, flüsterte ich. »Ich hätte sofort mit dir darüber sprechen sollen. Du kannst die Unterlagen selbstverständlich behalten. Sie gehören dir.«

»Okay«, murmelte er.

Er blätterte, bis er an jene Stelle kam, an der seine Personalien notiert waren.

»Sollte ich jemals einen Privatdetektiv benötigen, dann werde ich diesen engagieren«, murmelte er mit einem Kopfschütteln. Mit zusammengepressten Lippen hielt er mir die Kopie seiner Geburtsurkunde unter die Nase.

»Lagst du richtig?«, fragte er.

»Du meinst mit der Schätzung deines Alters?« Er nickte. »Wenn ich mich damals im Schwimmbad, bei unserem ersten Treffen, festlegen hätte müssen, dann hätte ich dich auf fünfundzwanzig geschätzt. Also ja, ich lag richtig.«

»Es hat so viel Spaß gemacht, dich damit in die Irre zu führen.«

Ich lächelte. »Das hab ich gemerkt. Für mich ist es aber viel schöner, endlich deinen Geburtstag zu kennen. Sternzeichen Fisch, das passt zu dir.«

»Zwischen uns liegen siebzehn Jahre. Erschreckt dich das nicht?«

Mir lag auf der Zunge, dass nicht die vielen Jahre, die zwischen uns lagen, unser Problem waren, sondern die vielen anderen Dinge, denen sich jeder von uns verpflichtet hatte.

»Mich erschrecken nicht die Jahre, sondern wie stark meine Gefühle für dich sind. Immer noch. Obwohl ich alles getan habe, um dich zu vergessen.«

Roman lächelte ein trauriges Lächeln und deutete mit einem Kopfnicken hinter meinen Rücken. Ich drehte mich um. Jens lehnte an der Wand gegenüber und starrte finster und mit verschränkten Armen zu uns herüber.

»Hast du es gewagt, ihn zu kritisieren, oder warum sieht er so aus, als ob er uns umbringen wollte?«

Ich zuckte mit den Schultern. »Ich hab ihm Redeverbot erteilt.«

»Tatsächlich? Na, da bin ich mal gespannt, ob er sich daran hält. Jens lässt sich von keinem befehligen, niemals.«

»Von mir schon«, erwiderte ich.

»Er verändert sich«, sagte Roman. »Irgendwie ist er mir fremd geworden. Keine Ahnung, woran das liegt.«

»Es sind die unausgesprochenen Dinge, die zwischen euch stehen.«

Romans Blick hielt meinen fest. »Du fühlst dich auch fremd an.

Und gleichzeitig so verdammt vertraut. Zwischen uns gibt es auch zu viele unausgesprochene Dinge.«

Ich senkte den Kopf. »Ich weiß, Roman. Ich weiß.«

»Wir reden ein anderes Mal«, sagte er und sprang von der Mauer auf den Boden. »Heute habe ich keine Kraft für die Schwere dieser Themen. Es reicht mir, der Sohn eines gewalttätigen, extremistischen Politikers zu sein.«

Während er zu Jens hinüberging, um mit ihm zu reden, besorgte ich die Tickets für unsere Fahrt in die Stadt hinunter. Mit einer Traube Touristen drängten wir in die klapperige, alte Kabine der Seilbahn hinein. Im Inneren stank es penetrant nach menschlichen Ausdünstungen. Hastig neigte ich mein Gesicht zu einem der geöffneten Fenster, um an ein wenig frische Luft zu kommen. Als sich die Seilbahn ruckelnd in Bewegung setzte, klingelte das Handy in meiner Tasche. Ich fischte es heraus und erstarrte beim Blick auf das Display. Es war Sam.

Oh mein Gott, etwas stimmte nicht mit meinen Kindern. Das musste es sein. Warum sollte er sonst anrufen? Oh mein Gott. Meine Hände zitterten, als ich die Tastensperre entriegelte.

»Hallo? Sam?«

Ich konnte kein Wort verstehen, also presste ich einen Finger auf mein freies Ohr, um die Stimmen im Hintergrund auszublenden.

»Hallo, Sarah. Entschuldige, wenn ich dich störe. Bist du gerade bei einer Veranstaltung?«

»Was ist denn los?«, würgte ich hervor.

Mein Herz schlug wie verrückt.

»Nichts ist los. Was soll los sein?«

»Ich erkenne an deiner Stimme, dass etwas nicht in Ordnung ist. Ist was passiert? Geht es den Kindern gut?«

Ich hob den Kopf und begegnete Romans Blick, der starr auf mich gerichtet war.

»Ja, es ist alles okay. So weit. Es ist nur ...«

Rede endlich, blaffte ich in Gedanken.

»Geht es den Kindern gut?«, wiederholte ich nachdrücklich.

Langsam schlich sich Hysterie in meine Stimme.

»Ja, ja, die Kinder sind glücklich. Sie spielen den ganzen Tag am Strand, schwimmen im Meer und fallen abends todmüde und zufrieden in ihre Betten. Sie lieben die Atmosphäre auf dem Campingplatz. Das Schlafen im Wohnwagen begeistert sie total. Lennox ist so aus dem Häuschen. Ich habe ihn noch nie so erlebt. Er hat noch kein einziges Mal gehustet. Die Meeresluft tut ihm unglaublich gut. Sie fragen nicht mal nach dir, was mich sehr gewundert hat.«

Ich atmete erleichtert auf. Obwohl es ein bisschen wehtat, dass die Kinder mich nicht vermissten.

»Was ist dann der Grund für deinen Anruf?«

»Ich überlege, unseren Urlaub vorzeitig abzubrechen«, sagte er düster. »Würde es dich stören, wenn ich dir die Kinder ein paar Tage früher als vereinbart zurückbringe?«

Mein Magen sackte gleichzeitig mit der Seilbahn von einem der Stahlträger nach unten. »Warum?«

»Es geht mir nicht gut.«

»Wieso? Was ist los mit dir?«

Stille.

»Sam?«

»Es ist so ... die ganze Situation hier auf dem Campingplatz. Sie überfordert mich ... emotional gesehen. Es ist so nervtötend, mit meinen Eltern im Urlaub zu sein. Anstrengend und irgendwie ... nun ja ... ich weiß nicht, wie ich sagen soll ... demütigend. Ohne Ehefrau im Familienurlaub, auf einem Campingplatz, mit meinen Eltern. Ich fühle mich wie der letzte Versager. Es ist fürchterlich. Du fehlst mir schrecklich, Sarah. Seit achtzehn Jahren war ich nicht mehr ohne dich im Urlaub. Ich muss andauernd an unsere gemeinsame Vergangenheit denken und da bin ich sentimental geworden.« *Nein, nein, nein ... bitte nicht.*

Ich schwieg betroffen.

»Sag doch was, Sarah.«

»Ich weiß wirklich nicht, was ich darauf sagen soll.«

»Lass uns noch einmal über die Scheidung nachdenken. Gibt es denn keine Möglichkeit, dich umzustimmen?«

»Bitte, Sam, tu das nicht«, hauchte ich kraftlos in den Hörer. »Mach jetzt keinen Rückzieher. Der Termin mit unseren Anwälten steht. Lass es uns zu einem Ende bringen.«

»Zu einem Ende«, echote er frustriert. Ich konnte an seiner

Stimme erkennen, wie schlecht es ihm ging. Er stand kurz davor zu weinen.

»Leg dich einen Augenblick hin und ruh dich aus. Versuch zu schlafen. Vielleicht geht es dir danach besser«, sagte ich beschwichtigend. *Zeit für die Wahrheit. Aber wie viel Wahrheit konnte sein geschundenes Herz ertragen*? »Hör zu, Sam, ich ... äh ... ich bin nicht zu Hause. Ich kann die Kinder nicht früher als geplant entgegennehmen. Ich bin in Spanien im ... Urlaub. Ich komme erst nächste Woche wieder nach Deutschland zurück.«

»Was?«, brüllte Sam in den Hörer. »Du bist nach Spanien gereist, ohne mir Bescheid zu geben?«

»Ich muss dir über meine Freizeitgestaltung keine Rechenschaft ablegen. Außerdem sagte ich dir bereits, es war eine spontane Idee.«

»Wer ist es?«, donnerte Sam in den Hörer. »Mit wem bist du gefahren? Hast du einen neuen Kerl?«

Äh ... na ja ... im Grunde sind es zwei.

Mein Blick fiel auf Roman, dann auf Jens, die sich zusammen auf die kleine Sitzbank gequetscht hatten und mich anstarrten. Auf Jens' Lippen lag dieses zynische Grinsen, das ich ihm eigenhändig aus dem Gesicht trommeln wollte, weil es mich so ärgerte.

»Nein, es ist kein neuer Kerl. Ich bin allein gefahren«, log ich. »Ich brauchte ein wenig Zeit für mich, ein bisschen Ruhe und Erholung. Die letzten Monate haben mich ausgelaugt und Frau Calvari hat mich netterweise beurlaubt.«

Roman wandte den Blick ab und stierte aus dem Fenster. Er sah enttäuscht aus. »Siehst du, nichts hat sich geändert«, sagte er zu Jens.

»Das könnte man meinen, ja«, erwiderte dieser.

Mein Magen zog sich schmerzhaft zusammen. Was hätte ich Sam denn sagen sollen? Es ging ihm schlecht und ich wollte ihn nicht noch tiefer verletzen. So lange die Scheidung nicht durch war, würde ich ihm kein Wort von Roman erzählen. Zu guter Letzt kam er noch auf die Idee, seinen Privatdetektiv auf uns alle anzusetzen. Und Roman? Hatte ich ihm nicht demonstrieren wollen, dass ich mich verändert hatte. Dass ich stärker geworden und bereit war, ohne Lügen zu leben. An seiner Seite.

Ich seufzte und senkte den Blick. Unter diesen Umständen würde er mir niemals eine zweite Chance geben.

»Was ist aus Evelina geworden?«, fragte ich.

»Die hat ihr Kommen kurzfristig abgesagt. Letztendlich war es ihr zu früh, um auf meine Eltern und meine Kinder zu treffen. Wir verabreden uns wieder, wenn ich zurück in Deutschland bin. Aber warum fragst du überhaupt? Es kümmert dich ja ohnehin nicht.«

Plötzlich war die Verbindung unterbrochen. Hatte Sam ohne Verabschiedung aufgelegt? Ich rief ihn zurück, landete aber nur auf seiner Mailbox. Er hatte sein Handy ausgemacht.

»Mist!«, fluchte ich laut.

Sam will einen Rückzieher machen. Er will die Scheidung noch einmal überdenken. Was nun?

Jens holte Luft, um etwas zu sagen, aber ich riss meinen Arm mit dem Telefon hoch. »Kein Wort«, sagte ich mit zittriger Stimme. »Kein einziges.«

Er zuckte mit den Achseln und tat so, als würde er mit einem fiktiven Schlüssel seine Lippen versperren.

Roman sagte auch nichts. Er vermied es, mich anzusehen.

Er sagte auch nichts, als wir zu Jens' Wagen gingen, einstiegen und Gibraltar verließen. Und er schwieg während der ganzen Fahrt nach Tarifa, die eine knappe Stunde dauerte. Er starrte nur aus dem Fenster und brütete dumpf vor sich hin.

Erst, als wir an der angegebenen Adresse angekommen waren und über einen Holzsteg auf den Strand zuliefen, malte sich ein kleines Lächeln auf sein Gesicht, das bis dahin wie versteinert gewesen war.

»Es ist viel schöner als auf den Fotos, die Alfredo mir gezeigt hat «, schwärmte er.

Mein Blick folgte seinem ausgestreckten Arm und fiel auf ein entzückendes, hellblaues Häuschen, das auf Holzpfeilern errichtet am Fuße einer Sanddüne stand.

Es war das einzige Haus weit und breit und thronte ganz allein auf einem weißen Strand, der sich kilometerlang in die Ferne erstreckte.

»Das ist es«, sagte Roman andächtig. »In dieser wundervollen Bleibe werden wir die nächsten Tage verbringen.«

Ich atmete auf. Und mit jedem Schritt, den wir auf das Strandhaus zugingen, wurde ich leichter und leichter.

KAPITEL 16 – SARAH

Wir betraten das dunkle Haus und schwärmten in alle Richtungen aus. Neugierig lugte ich in jedes der Zimmer hinein. Die Luft im Inneren des Hauses roch abgestanden, so als wäre es seit Wochen nicht betreten worden, was ich mir angesichts der sensationellen Strandlage nicht vorstellen konnte.

Es gab drei Schlafzimmer mit jeweils einem großen Doppelbett und einem Schrank, aber leider nur ein gemeinsames Bad, das wir uns zu dritt teilen mussten. Die Einrichtung war spartanisch, aber geschmackvoll. Die Bettwäsche und die Vorhänge waren in Blau und Weiß gehalten und passten hervorragend zum restlichen Interieur. Die Gemälde an den Wänden zeigten Küstenlandschaften und Meereswellen. Ich blieb vor jedem einzelnen stehen, um es eingehend zu betrachten. Alle Werke trugen dieselbe Signatur. *Eric Rabida*. Der Besitzer dieses Domizils war offenbar ein Bewunderer von *Rabidas* Gemälden.

Roman betrat jedes Zimmer, öffnete die Fenster und hakte die dunklen Fensterläden an der Außenmauer fest. Licht und Hitze strömten in die Räume und erhellten sie. Staub tanzte im Sonnenlicht. Ich betrat die Wohnküche und blickte an der Küchenzeile stehend auf Jens, der an der großen Glasfront die Rollos hochzog und die breite Glastür zur Seite schob.

»Oh wow«, entfuhr es mir entzückt, als sich vor mir ein herrlicher Ausblick auf den Strand und das Meer auftat. »Das ist unglaublich. Mein Gott, ist das wundervoll.«

Ich durchquerte den Wohnzimmerbereich, der aus einer großen weißen Couch und zwei Holzkommoden bestand, und trat auf die Terrasse hinaus, auf der sich eine Sitzgruppe aus Rattan, ein runder Glastisch und zwei Liegen befanden. Etwa zwanzig Meter von mir entfernt rauschte das Meer an Land. Über eine Holztreppe konnte man von der erhöhten Terrasse auf den Sandstrand gelangen. Mein Herz machte Luftsprünge bei dieser Aussicht. Dieses Strandhaus war wirklich entzückend und so abgeschieden und einsam.

Bis auf ein paar Spaziergänger war der Strand weitgehend leer. Die Menschen hatten sich bereits zum Abendessen zurückgezogen. In der Ferne tanzten ein paar bunte Kiteschirme über den wolkenlosen Abendhimmel. Der Wind verwirbelte meine Haare, als ich an das Geländer trat und meinen Arm um den Pfosten aus Holz schlang. Obwohl ich mich in Tarifa leichter fühlte als in Gibraltar, lechzte ich nach ein wenig Zeit für mich allein, um in Ruhe über das nachdenken zu können, was in den letzten Tagen geschehen war.

Jens warf sich auf eine der beiden Liegen, die verdächtig unter seinem Gewicht quietschte, streckte seine langen Beine aus und verschränkte die Arme hinter dem Kopf.

»Endlich in Tarifa«, seufzte er. »Das ist meine Stadt. Sie war es schon immer.«

»Dann seid ihr schon oft hier gewesen?«

»Wir sind ab und zu zum Surfen hergekommen«, beantwortete Roman meine gestellte Frage. »Es ist schön hier, oder? Was meinst du?«

»Es ist traumhaft«, bestätigte ich ihm. »Unglaublich schön.«

Endlich lächelte er wieder. »Es freut mich, wenn es dir gefällt«, sagte er. »Du darfst dir eines der Zimmer aussuchen. Welches möchtest du haben?«

»Oh schön, jeder kriegt ein eigenes Zimmer.«

»So hatte ich mir das gedacht.«

»Dann will ich das Zimmer mit dem Fenster zur Meerseite haben, das mit dem großen Himmelbett.«

»War ja klar, es ist das Schönste«, ätzte Jens im Hintergrund.

»Ich denke nicht, dass wir viel Zeit im Zimmer verbringen werden«, meinte Roman und schmunzelte.

»Darauf würde ich nicht wetten«, erwiderte Jens. Er schnalzte mit der Zunge und rappelte sich auf. »Wisst ihr was, ich hole unsere Taschen und kaufe in dem Laden an der Ecke ein paar Lebensmittel ein. Irgendwelche Wünsche?« Er sah mich an.

»Wasser und Kaffee«, sagte ich. »Und Obst und Gemüse. Mehr brauch ich nicht zum Glücklichsein.«

»Und du?«, wandte er sich an Roman.

»Bier«, sagte der und die beiden lachten.

»Wird Zeit, unser altes Rituale wiederzubeleben«, meinte Jens augenzwinkernd und verschwand im Haus.

»Welches Ritual?«, wollte ich von Roman wissen.

»In der Nacht am Strand sitzen, Bier trinken, einen Joint ziehen und übers Leben philosophieren.«

»Klingt nett.«

»Es ist mehr als nett«, erwiderte Roman, ehe er sich umdrehte und zurück ins Haus ging.

Nachdem Jens meinen Koffer gebracht hatte, machte ich mich ans Auspacken. Ich drapierte gerade das letzte meiner Sommerkleider auf einem Kleiderbügel, als Roman im Türrahmen erschien. Um seine Schultern war ein Handtuch geschlungen und er hielt sein Telefon in der einen und die Unterlagen des Privatdetektivs in der anderen Hand.

»Hör mal, Sarah«, sagte er. »Ich brauch ein wenig Zeit zum Nachdenken. Außerdem muss ich mit Julia telefonieren.«

Ich schluckte. Beim Anblick seiner distanzierten Haltung wurde mein Herz schwer. Ich wusste nicht, was ich mir von ihm erwartet hatte, aber dass er sich jetzt zurückzog, tat mir unglaublich weh. Andererseits konnte ich seine Reaktion verstehen. Mir machten die Ereignisse der letzten Stunden ebenso zu schaffen und ich hatte den Wunsch, mich auszuruhen.

»Gehst du schwimmen?«

»Das hab ich vor, ja.«

»Im Meer?« Er nickte.

Ich wollte ihn fragen, ob er das in Anbetracht seines Schlafmangels nicht für gefährlich hielt, biss mir jedoch auf die Zunge. Er war alt genug, er musste selbst einschätzen können, was er tat. Dennoch machte ich mir Sorgen. Als er gegangen war, legte ich mich aufs Bett und starrte an die Zimmerdecke. Nach einiger Zeit fielen mir die Augen zu und ich schlief ein.

*

Ich erwachte von einem energischen Klopfen an meiner Tür. Meine Lider ließen sich kaum öffnen. Die Muskeln meiner Waden krampften, als ich die Beine durchstreckte. Erschlagen blinzelte ich in die Dunkelheit des Zimmers hinein.

»Sarah, bist du wach?«, rief Jens von draußen.

Da ich nicht antwortete, öffnete er die Tür einen Spalt und steckte seinen Kopf herein. »Sag mal, ist alles okay bei dir?«, fragte er.

»Ich bin nur eingeschlafen«, krächzte ich. »Wie spät ist es?«

»Kurz vor zehn«, sagte er »Kommst du mit auf die Terrasse? Ich hab für uns gekocht.«

Ich strich mir die Haare aus dem Gesicht und starrte ihn an.

»Ich weiß nicht, ob ich in der Stimmung bin, mit dir zu essen.«

»Sieh es doch als Wiedergutmachung an.«

»Ich weiß nicht, Jens.«

»Bitte.«

Ich zögerte. *Sieh an, sieh an,* dachte ich bei mir. *Man musste einem Dom also nur die Stirn bieten und bekam eine warme Mahlzeit und ein flehentliches Bitte präsentiert.*

»Gib mir ein paar Minuten, okay.«

Er schloss die Tür.

Ich erhob mich schwerfällig, schlüpfte in ein frisches Kleid aus weichem Jersey und tapste ins Badezimmer, um mich frisch zu machen. Warum hatte Jens mich überhaupt geweckt? Lieber hätte ich bis zum Morgengrauen durchgeschlafen, anstatt jetzt noch einmal aufzustehen. Meine Wirbelsäule schmerzte, als ich mich bückte, um das Handtuch aufzuheben. Die lange Autofahrt hatte meinem Rücken nicht gerade gutgetan. Meine lädierten Bandscheiben machten sich bemerkbar.

Aus der Küche zog der Geruch von Kräutern und Knoblauch durch das ganze Haus. Ich legte eine Hand auf meinen Bauch, der hungrig knurrte. Vor lauter Aufregung hatte ich das Essen völlig vergessen. Ich trat auf die Terrasse und erstarrte angesichts des festlich gedeckten Tisches. Jens hatte die Kerzen in den Laternen entzündet und die Lichterkette, die um das Geländer geschlungen war, angemacht. Der warme Schein der kleinen Lämpchen verlieh der Terrasse eine mediterrane, romantische Note. Staunend legte ich die Finger über meinen Mund. Jens hatte geblümte Servietten unter jedes Gedeck gelegt, zwei Gläser mit Weißwein gefüllt und Oliven, Kapern und getrocknete Tomaten in kleine Schalen gefüllt.

Mit in die Hüften gestemmten Armen stand er vor mir.

In seinen dunkelbraunen Augen glitzerten die Lichter, als er mich eindringlich musterte. Was hatte er denn nun wieder vor? Wollte er mich mit Romantik um den Finger wickeln?

»Äh ... ich bin sprachlos«, stammelte ich.

»Ich bin ein Ästhet. Wusstest du das nicht?«

»Äh ... nein ... das wusste ich nicht. Und ich hätte es dir auch nicht zugetraut.«

»Was? Einen Tisch zu decken?«

Ich hob verlegen meine Schultern an. »Nun ja, irgendwie passt es nicht zu dir.«

»Wieso? Weil mein Körper voller Tattoos ist und ich einer Frau gerne zeige, wo es lang geht, wenn mein Schwanz in ihr steckt?«

Ich seufzte und verdrehte für ihn ersichtlich die Augen. Jens und sein sexuelles Gerede. Das war wie eine Sucht bei ihm. Und leider erzeugte jedes seiner Worte einen Wirbelsturm in meinen Gedanken. Seine Anspielungen malten Bilder auf meine innere Leinwand, die ich lieber verdrängen wollte.

Unauffällig beäugte ich ihn. Er hatte geduscht und sich umgezogen und trug jetzt ein ärmelloses, weißes Shirt, in dem seine tätowierten und muskulösen Arme besonders eindrucksvoll zur Geltung kamen.

»Hast du Hunger?«, fragte er so sinnlich, dass es irgendwie zweideutig klang. Sein erotischer Blick hielt mich so gnadenlos fest, dass ich davon wie benommen war.

»Ja«, erwiderte ich heiser. »Ich bin wirklich sehr hungrig.«

»Dann setz dich.«

Er nahm die leeren Teller an sich und verschwand damit im Haus. Ich ließ mich auf einem der Stühle nieder und lauschte dem Wind, der die Glockenspiele über meinem Kopf zum Klingen brachte. Das Rauschen des Meeres lullte mich ein. Meine Schultern entspannten sich und ich streckte zufrieden meine Beine unter dem Tisch aus. Endlich begann sich mein verrückter Trip nach einem richtigen Urlaub anzufühlen.

»Bitte, Eure Hoheit«, sagte Jens süffisant und stellte einen vollen Teller vor mir ab.

Verblüfft starrte ich auf das Arrangement. Er hatte frischen Fisch und Gemüse gegrillt und das Ganze mit einigen Zitronenscheiben und frischen Kräutern appetitlich angerichtet.

»Ich bin beeindruckt«, rutschte es mir heraus.

Er ließ sich mir gegenüber nieder und hob das Weinglas an. »Zum Wohl«, sagte er rau.

Ich griff nach Messer und Gabel und kostete von dem Fisch und danach von der gegrillten Paprika. Alles schmeckte fantastisch. Ich überhäufte Jens mit Lob und an seinem Lächeln konnte ich sehen, dass er sich ehrlich darüber freute.

Sein Lächeln wurde immer weiter und offener, je länger der Abend andauerte. Sogar der Zynismus verschwand für eine Weile aus seinen Worten. Wir unterhielten uns ganz locker und zwanglos über alles Mögliche ... das Haus, das Kitesurfen und die gemeinsame Zeit, die Jens mit Roman in Spanien verbracht hatte. Er war ein angenehmer Gesprächspartner, der sehr viel Humor in seine Erzählungen legte. Ich fand es schön, ihm zuzuhören und entspannte mich zunehmend, was bestimmt auch am Wein lag, der mir langsam alle Sinne vernebelte.

Als Jens den Tisch wieder abgeräumt und noch mal nachgeschenkt hatte, wurde seine Miene plötzlich ernst.

»Ich will nicht, dass er es erfährt,« sagte er, während er nachdenklich das Glas in seinen Händen drehte. »Ich habe lange darüber nachgedacht und es scheint mir das Beste zu sein, wenn er es nie erfährt. Niemals.«

Ich musste nicht nachfragen, um zu wissen, wovon er sprach.

»Jens, das ist ein Fehler. Wir müssen ehrlich zu ihm sein. Eine Lüge würde ihn zutiefst verletzen. Er vertraut uns. Wir müssen es ihm sagen. *Ich* werde es ihm sagen.«

Jens gab ein unbestimmtes Brummen von sich. »Im Grunde ist es zu spät, es ihm zu erzählen«, murrte er. »Wir hätten es ihm gleich sagen müssen. Gleich oder nie. Verstehst du? Alles andere ist untragbar.«

»Ich verstehe nicht, warum du das tun willst? Seit wann hast du Geheimnisse vor ihm? Willst du ihn schützen? Ist es das?«

»Natürlich will ich ihn schützen. Was denn sonst? Du warst bisher die einzige Frau, die er exklusiv für sich allein haben wollte. Ohne meine Einmischung. Weiß du noch, der Abend in Feuerbachs Atelier? Erinnerst du dich daran?«

Wie sollte ich nicht. Es war mein erster Dreier, dachte ich. *So etwas vergisst man nicht.*

»Klar, erinnere ich mich daran.«

»Als Roman und ich uns danach in unserer Wohnung trafen, ist er völlig ausgerastet. Er ist regelrecht auf mich losgegangen. Ich habe ihn noch nie so erlebt. Ihm ist an diesem Abend bewusst geworden, dass er sich in dich verliebt hat. Er hat mir in dieser Nacht das Versprechen abgerungen, dass ich für alle Zeiten die Finger von dir lassen soll. Ich musste es auf die gesammelte Werkausgabe von Hermann Hesse schwören.«

»Hältst du dich immer so gut an deine Schwüre?«, fragte ich spöttisch.

Jens grinste. »Jetzt schieb nicht mir die Schuld in die Schuhe. Du hättest gehen können.«

»Hätte ich, ja.«

»Aber du wolltest nicht gehen.«

»Nein, wollte ich nicht.«

»Hm.«

Ich warf ihm einen warnenden Blick zu. Die Richtung des Gesprächs gefiel mir nicht. Die erotische Spannung zwischen uns erhöhte sich. Es war nicht das erste Mal, dass wir in diese knisternde Energie kippten und wie jedes Mal, wenn Jens und ich von diesem dunklen Sog gepackt wurden, setzte ein sehnsuchtsvolles Flackern in meinem Unterleib ein. Die Stärke meiner Begierde raubte mir den nächsten Atemzug. Und dann noch einen.

Jens räusperte sich und trank mit einem hastigen Schluck sein Glas aus.

»Hat Roman dir je erzählt, dass er dich getäuscht hat? An dem Tag, an dem ihr Schluss gemacht habt«, lenkte er geschickt vom Thema ab.

»Bitte erinnere mich nicht an diesen schrecklichen Abschied.«

Roman in flagranti mit einer anderen im Bett zu erwischen war ein Schmerz, den ich bis heute nicht überwunden hatte. Dass er mich so leicht durch eine andere ersetzt hatte, war fürchterlich gewesen. Die Bilder dieses nackten Mädchens waren Monate in meinem Kopf herumgespukt. Ich hatte mir das Hirn zermartert, wer sie war und wo er sie kennengelernt hatte.

»Er hat sie gar nicht gefickt«, sagte Jens. »Jessica war zum damaligen Zeitpunkt meine Sub. Roman hat sie an dem Morgen aus meinem Zimmer in sein Bett geholt, um dich zu täuschen. Er wollte dir vormachen, er hätte dich mit ihr betrogen.«

»Was?«, hauchte ich. »Und du hast da mitgespielt?«

»Hey, ich hab geschlafen, ich hab nichts mitbekommen.«

Ich warf den Kopf in meine Hände und atmete ein paar Mal tief durch. Wie viele qualvolle Stunden ich damit zugebracht hatte, mich zu fragen, warum Roman mich ersetzt hatte. Warum es ihm so leichtgefallen war, mich auszutauschen, gegen eine aufgeblasene Blondine mit falschen Brüsten. Die Eifersucht und die Demütigung hatten mich innerlich zerrissen. Und jetzt erfuhr ich, dass dieses Mädchen nie die seine gewesen war, sondern eigentlich zu Jens gehört hatte.

»Habt ihr eine Ahnung, wie weh mir das getan hat«, keuchte ich. »Wie unfassbar grausam das war, ihn so vorzufinden.«

»Hey. Noch mal. *Ich* wusste nichts davon. Ich hätte ihm diese infantile Aktion bestimmt ausgeredet, wenn ich wach gewesen wäre, das kann ich dir versichern.«

Ich blickte ihn skeptisch an. »Warum hat er das gemacht?«

»Er wollte, dass du zu deiner Familie zurückkehrst. Es schien ihm in diesem Moment das Richtige zu sein. Er wollte dir die Entscheidung erleichtern. Er dachte an deine Kinder und dass sie einen Vater und eine Mutter brauchen. Roman hatte nie eine glückliche Kindheit und wollte nicht der Zerstörer einer werden. Diese unüberlegte Aktion, die er da mit Jessy abgezogen hat, die war seine einzige Chance, die innige Verbindung zwischen euch zu durchtrennen. Du bist nie wiedergekommen und hast dich nie wieder bei ihm gemeldet. Er hatte dich in deinem Stolz verletzt und damit sein Ziel erreicht.«

»Mein Gott«, murmelte ich und sprang von meinem Stuhl auf. »Ich hätte es wissen müssen. Dieses Gefühl, dass er mir etwas vormacht. Warum hab ich damals nicht auf mein Herz gehört. Warum nur? Warum bin ich gegangen? Warum hab ich ihn nicht wenigstens einmal angerufen, um mit ihm über alles zu reden? Warum hab ich ihm das überhaupt zugetraut? Warum hab ich mich für Sam entschieden? Warum?«

Die alten Emotionen überwältigten mich. Das lag zum Teil an meiner leichten Betrunkenheit, aber auch an diesem langen Tag, der nicht enden wollte. Tränen schossen in meine Augen. Ich taumelte gegen das Terrassengeländer und legte die Stirn an einem der Holzpfeiler ab. Ein lautes Schluchzen befreite sich aus meiner Brust. Jens schob knarzend seinen Stuhl zurück und kam zu mir herüber. Er legte mir einen Arm um die Schultern. Sein männlicher Geruch umfing mich wie eine tröstende Wolke.

»Hey, fang jetzt bloß nicht wieder an, deine Entscheidungen zu hinterfragen.«

Ich war erstaunt, wie einfühlsam seine Stimme klingen konnte. War das der Psychologenmodus, in den er auf Knopfdruck umschalten konnte? Sein Trost brach die alten Wunden nur weiter auf. In mir stürzten ganze Dämme ein.

Ich konnte es nicht aufhalten, dass mich die Vergangenheit zerfleischte. An seinen Hals gepresst, begann ich bitterlich zu weinen. Jens drückte mich an sich.

»Es ist sinnlos, Entscheidungen aus der Vergangenheit zu hinterfragen«, murmelte er. Seine Stimme vibrierte in seinem Brustkorb und von dort tiefer in mich hinein. »Und die Frage nach dem Warum ist noch sinnloser, wenn sie sich an Unveränderliches richtet. Die Trennung von Roman, die war damals so und du kannst sie nicht rückgängig machen. Du verschwendest Zeit und Energie mit dem Denken an Fragen, die keine Antworten liefern. Konzentriere dich auf das Jetzt und frag dich, was du willst. Was willst du, Sarah?«

»Ihn«, schluchzte ich. »Ich will ihn. Ich wollte immer nur ihn. Ich will Roman. Ich will ihn so sehr, dass es wehtut. Aber ich habe das dumpfe Gefühl, dass es für uns zu spät ist.«

»Wie kommst du darauf, dass es zu spät ist?«

»Ich weiß nicht, nenn es Vorahnung oder Intuition. Er ist so distanziert, so anders geworden, als ich ihn kenne. Wir sind uns richtig fremd geworden. Ich hab ihn verloren.«

Jens streichelte über mein Haar. »Hast du nicht«, sagte er. »Du hast ihn nicht verloren. Wieso denkst du das?«

Ich löste mich aus unserer Umarmung. Mit dem Handrücken wischte ich über meine laufende Nase.

»Weil er nicht hier ist«, sagte ich schniefend. »Wir haben nicht viel Zeit, bis ich wieder nach Deutschland zurück muss und er haut ab. Seit Stunden ist er unterwegs, um mit Julia zu telefonieren und zu schwimmen. Er geht mir aus dem Weg. Du weißt das und ich weiß es auch.«

Jens beugte sich über den Tisch und angelte nach einer Serviette. Er reichte sie mir.

»Danke«, murmelte ich und wischte meine Nase damit ab.

Unsere Arme berührten sich, als wir uns nebeneinander über das Geländer lehnten und in den Sternenhimmel hinaufsahen. Das Rauschen des Meeres schuf einen hypnotischen Gleichklang, der mich langsam wieder beruhigte.

»Ich leugne es ja nicht«, sagte Jens. »Roman geht dir aus dem Weg. Aber du musst verstehen, warum er es tut. Er hat Angst. Angst vor dem schwarzen Loch, in das er nach eurer Trennung gefallen ist. Gib ihm mehr Zeit. Er muss das alles, was passiert ist, erst einmal verarbeiten. Bestimmt ist er da draußen und schwimmt, um den Blick für seine Gefühle freizubekommen.«

»In der Dunkelheit?«, fragte ich entsetzt. »Machst du dir keine Sorgen um ihn?«

Jens schüttelte den Kopf. »Sorgen sind genauso sinnlos, wie Fragen, die sich an die Vergangenheit richten. Ich halte mich nicht mit Eventualitäten auf. Ich schau mir die Fakten an und richte meine Aufmerksamkeit immer auf die Gegenwart.«

»Schön, wenn man das so gut kann«, murmelte ich.

Jens lachte. »Jetzt komm schon, Sarah, du bist doch kein junges Mädchen mehr, sondern eine Frau, die Ahnung von der Welt hat. Sehen wir uns die Fakten gemeinsam an. Roman hatte wenig Schlaf in den letzten Tagen, dein Auftauchen war ein großer Schock für ihn, ein noch viel größerer war es, die wahre Identität seines Vaters herauszufinden. Und dann sind da noch Julia und ihre Familie, die ihn wahnsinnig gern haben und die er wahnsinnig gern hat und die er nicht verlassen will. Jeder Mensch hat eine andere Art, mit kräftezehrenden Situationen umzugehen. Roman sucht die Einsamkeit und geht schwimmen. Wenn er sich wieder beruhigt hat, dann kommt er zurück und wir verbringen eine schöne Zeit hier. Das Leben ist nur kompliziert, wenn wir mit zu vielen Emotionen aus zu vielen Richtungen darauf schauen. Es gibt aber nur eine Richtung, das Jetzt.«

Ich lächelte kopfschüttelnd. »Du wirst mal ein verdammt guter Psychologe«, sagte ich zu ihm.

»Ich *bin* ein verdammt guter Psychologe«, erwiderte er selbstgefällig.

»Ach, praktizierst du schon?«

»Noch unter Supervision, aber ich habe bereits erste Klienten in meinem neu gemieteten Praxisraum in München.«

»Das wird dir guttun, nicht länger vom Geld deines Vaters zu leben. Es war höchste Zeit, deine Rebellion zu beenden.«

»Ich weiß«, sagte er. »Es war tatsächlich höchste Zeit für diesen Schritt. Und endlich weiß ich auch, wie sich Freiheit anfühlt. Wahrhaftige Freiheit, die von Innen heraus kommt. Mein neues Cabrio ist übrigens geleast, es ist nicht vom Geld meines Vaters bezahlt. Nur, falls dich das interessiert.«

Meine Augen wurden groß. »Du überrascht mich so«, sagte ich leise. »Du überrascht mich jeden Tag aufs Neue.«

»Du mich nicht«, entgegnete er trocken.

Wir lachten und die schwermütige Stimmung löste sich endlich auf.

»Wollen wir noch was trinken?«, fragte ich, als wir uns wieder auf die Stühle gesetzt hatten. »Die Flasche ist schon leer und der Wein schmeckt so gut. Er war eine exzellente Wahl.«

»Ich öffne gern noch eine Flasche für dich«, meinte er. »Für mich ist aber an dieser Stelle Schluss. Zu viel Alkohol und ich, das verträgt sich nicht. Roman kann dir ein Lied davon singen.«

»Wieso?«, fragte ich neugierig. »Was passiert, wenn du zu viel Alkohol getrunken hast?«

»Das willst du nicht wissen«, schoss es aus ihm heraus. »Und du wirst es hoffentlich nie erfahren.«

Sein Blick wurde düster und verhangen. Ich musterte ihn über mein Glas hinweg und ein Schauer fuhr über meine Arme.

Wie sich Licht und Schatten in ihm abwechselten, das war etwas, das ich noch nie bei einem Menschen erlebt hatte. Jens war ein Grenzgänger, der blitzschnell die Seiten wechselte. Bei dem hungrigen Ausdruck, der plötzlich in seinen Augen lag, wurde mir eiskalt. Ich beschloss ins Bett zu gehen.

»Ich geh schlafen«, sagte ich und erhob mich.

»Überraschend, aber nachvollziehbar«, erwiderte er. »Gute Nacht, Sarah.«

»Gute Nacht«, flüsterte ich und ging.

Dann fiel mir ein, dass ich mich gar nicht für seinen Zuspruch bedankt hatte. Ich kehrte um, beugte mich über den Tisch und legte ihm meine Hand auf die Schulter.

»Danke für den netten Abend und deine tröstenden Worte. Es war schön, dich auch einmal von einer anderen Seite kennenzulernen.«

Ich hörte ihn schlucken. »Gern geschehen«, sagte er rau.

Er legte seine Hand auf meiner ab und drückte sie fest.

Das Kribbeln in meinem Bauch intensivierte sich. Die glosende Glut entfachte sich von neuem. Erste zögerliche Flammen züngelten von meinem Schoß nach oben und schlängelten sich heiß und fordernd um meine Wirbelsäule. Erschrocken über die plötzliche Hitze in meinen Gliedern, riss ich meinen Arm zurück und stolperte so schnell ich konnte ins Haus. In meinem Zimmer angekommen, lehnte ich mich atemlos gegen die geschlossene Tür.

Ich betete, dass Jens mir nicht folgen würde.

Er tat es nicht.

KAPITEL 17 – ROMAN

Der Atlantik war rau und unnachgiebig. Die Unterströmungen zerrten unangenehm an meinen Beinen. *Das Mittelmeer wäre eine bessere Wahl gewesen*, schoss mir durch den Kopf. *Zumindest eine Sichere.* Ich hatte Mühe einen passenden Atemrhythmus zu finden und musste mich hart konzentrieren, um nicht die Linie zu verlieren. Wasser strömte in meine Nase. Ich tauchte unter die Oberfläche und machte ein paar Tempi unter den Wellen hindurch. Die beruhigende Wirkung setzte sofort ein. Wenn ich versank, hörte die Welt zu existieren auf. Endlich. Die Sonne war bereits zur Gänze im Meer verschwunden. Das Diffuse an dieser Stimmung setzte meine Kreativität in Gang. Gedichte legten sich über meine Seele. Worte, zu viele, um sie in Reime zu verpacken. Die Nacht kroch über den Ozean, so dunkel, so schwer. Plötzlich waren unter mir nur diese unendlich gefährliche Tiefe und eine Welt jenseits meiner Vorstellungskraft.

Eine Weile schwamm ich im Schmetterling, aber bei der Höhe der Wellen wurden meine Arme schnell müde, also wechselte ich in einen langsamen Kraulstil, um mich nicht zu erschöpfen. Ich hielt mich parallel zum Strand, immer darauf bedacht, nicht zu weit ins offene Meer hinauszutreiben. Tapfer ignorierte ich das Brennen des Salzes in meiner Kehle. Meine Gedanken verloren sich im Nichts. Aber leider nicht für lange. Immer wieder kehrten sie zu meinem Vater zurück. Nach siebenundzwanzig Jahren hatte ich endlich einen Namen. *Iwan Loschkin.* Und ein Gesicht. Ich dachte an das Foto, an die Eckpunkte seiner Karriere, seinen Einfluss, seine Macht, seine politische Gesinnung und dann erinnerte ich mich an das, was er meiner Mutter angetan hatte. Um mich diesem Grauen nicht im Wasser stellen zu müssen, lenkte ich meine Gedanken zu meinem Telefonat mit Julia zurück.

Bei unserer Verabschiedung hatte ich ihr eine Entscheidung versprochen, was unsere gemeinsame Zukunft anging. Ich musste mir etwas überlegen. Was sollte ich nur tun? Ich fand keine Lösung. Bis vor wenigen Tagen hatte ich noch zu wissen geglaubt, was das Richtige für Julia und mich war.

Aber jetzt ... Sarah war zurückgekommen.
Und sie hatte alles durcheinandergebracht.
Sie war der unbezähmbare Atlantik, in dem ich gegen Kälte, hohe Wellen und wilde Strömungen ankämpfte, um nicht unterzugehen und Julia war das ruhige Mittelmeer, auf dem ein Boot trieb, das mich im Notfall aus dem Wasser ziehen konnte, um sicher und gemächlich mit mir über die Wellen zu schaukeln. Im Atlantik würde ich ertrinken, im Mittelmeer über Wasser bleiben.
So metaphorisch dieser Vergleich auch war, er half mir, die Unterschiede zwischen den Frauen auszumachen.

Vor einer Stunde noch war ich in dem kleinen Strandcafé am Hafen gesessen und hatte mit Julia telefoniert. Wir hatten über Belangloses gesprochen und die ernsten Themen vermieden. Der starke Wind hatte es beinahe unmöglich gemacht, ihre Worte klar und deutlich zu verstehen, also hatte ich mir ein Handtuch über den Kopf geworfen und mich darunter verborgen. Irgendwann wusste ich nicht mehr, was ich sagen sollte, aber sie wollte nicht auflegen. Eisern hielt sie mich fest. Sie ließ mich nicht los. Der Wind war so laut geworden, dass ich das Gespräch abbrechen musste. Sicherlich hätte ich auch auf einen der ruhigeren Strandabschnitte wechseln können, um dort weiter zu telefonieren, aber meine Sehnsucht, am Wasser zu sitzen, war größer gewesen. Gedankenversunken hatte ich den Weg zur Insel eingeschlagen und mich auf jene Bank gesetzt, auf der man das Aufeinandertreffen der zwei Meere beobachten konnte.

Dort, wo diese zwei mächtigen Ozeane aufeinanderprallten, ineinanderflossen, sich einander ergaben, endete meine eigene Zerrissenheit. Dort draußen fühlte ich mich komplettiert. Nachdem ich aufgelegt und mein Handy und die losen Zettel zwischen meinen Schuhen und meiner Kleidung versteckt hatte, war ich ans Ende des Wegs gegangen, bereit den Sprung ins kalte Wasser zu wagen. Ich hatte lange überlegt. Sollte ich nach rechts oder nach links springen? Wilder Atlantik oder sanftes Mittelmeer? Die Entscheidung war mir leichtgefallen. Ich hatte zu lange dumpf vor mich hingelebt. Mir fehlten die Herausforderungen. Furchtlos hatte ich mich in den Atlantik gestürzt und war losgeschwommen. Schon nach wenigen kräftigen Zügen war meine

Angst vor der Zukunft verschwunden gewesen. Von den Wellen aufgesaugt, ertrunken.

Ich war frei. Ich war es immer gewesen.

*

Nach dem Schwimmen überwältigte mich maßloser Hunger. Mit letzter Kraft schleppte ich mich in die Altstadt, um mir bei meiner Lieblingsbude zwei große Hamburger zu holen. Meine Arme und Beine zitterten, während ich mich zur Stadtmauer und zu einem der alten Burgtürme hochkämpfte, an dem es einige schöne Plätze gab, an denen man in Ruhe nachdenken konnte. Ich aß so gierig, dass mir das fette Essen schwer im Magen lag. Ächzend streckte ich mich auf der Parkbank aus und döste vor mich hin. In der Ferne tuteten Schiffe. Es roch nach Motoröl und Fisch. Über meinem Gesicht spannte der Himmel ein weites Feld aus Sternen. Ich sehnte mich nach dem Strandhaus, aber es war zu weit weg, um es ohne Anstrengung erreichen zu können. Warum war ich nicht an unserem Strandabschnitt geblieben und dort schwimmen gegangen? Wieso hatte ich so weit von ihr weggehen müssen, um wieder atmen zu können? Jetzt lag ich hier und konnte keinen Finger mehr rühren. Es war zu spät, alles zu spät. Ich würde nie wieder zurückgehen können. Nicht mit dieser Schwere in den Beinen.

Mit Augen, die schon auf Halbmast waren, schielte ich zur beleuchtenden Stadtmauer hoch. Hier war es so schön. So schön.
Ich erdichtete mir eine Zukunft, in der ich mit Sarah in dieser Stadt leben könnte. In unserem blauen Strandhaus. Jeder Tag würde ein Tag im Paradies sein. Aber war sie bereit mit mir zu leben? Konnte ich ihr vertrauen? Warum hatte sie Sam nicht gesagt, dass sie in Spanien war, um mich wiederzusehen? Warum war sein Herz immer noch wichtiger als meines. Sie verletzte lieber mich als ihn. Daran würde sich nichts ändern. Und warum lag ich eigentlich hier am Hafen, wo sie doch so nahe war? Wie närrisch das Ganze doch war. Ich träumte von Dingen, die in der Realität zum Greifen nahe waren. Sarah wartete auf mich. Sie war den weiten Weg gekommen und ich schmollte, weil sie ihrem Ex-

Mann nicht von mir erzählt hatte. Es war absurd und reichlich kindisch. Warum lief ich nicht endlich los, um seufzend in ihre Arme zu fallen? Ich war ein verdammter Idiot.

Ächzend kam ich auf die Beine und schleppte mich durch die engen und belebten Gassen der Stadt. Die ohrenbetäubende Musik, die aus den Bars und Cafés auf die Straße heraus wummerte, zauberte ein Lächeln auf mein Gesicht. Ich genoss die Lebendigkeit, das Leben, den Lärm. Eine Gruppe Mädchen in kurzen Röcken und knappen Shirts pfiff mir hinterher. Ich schenkte ihnen ein sexy, wenn auch müdes Grinsen und winkte ihnen zu. Sie wackelten daraufhin mit ihren Titten und deuteten mir, dass ich ihnen in die Kneipe folgen sollte. Ich schüttelte den Kopf und legte Bedauern in meinen Blick. Daraufhin zogen sie einen süßen Flunsch. Tarifa. Diese Stadt war so faszinierend. Spritzig, hipp und unmoralisch. Ich liebte es. Tarifa hatte mich schon immer magisch angezogen. Insbesondere die naturbelassenen, weiten, durch Pinienwälder abgegrenzten Sandstrände hatten es mir angetan. Hier gab es keine Promenaden mit hohen Hotelkomplexen, keine übervölkerten und durch Liegen und Sonnenschirme monetisierten Strandabschnitte, die für die Mittelmeerküste so typisch waren. Hier war noch alles in seiner Ursprünglichkeit belassen. Entspannung, Spaß und Sport überwogen. Und man musste sich dem rauen Wetter hingeben und es mit offenen Armen willkommen heißen. Wie gern hätte ich letztes Jahr in einem der Surf-Shops zu arbeiten begonnen. Ein Freund hatte mir den Job angeboten. Aber Julia hatte abgewiegelt. Sie hing zu sehr an ihren Eltern und an dem Café. Sie wollte keinen Tag von ihrer Familie getrennt leben und ich hatte mich ihren Wünschen gefügt. War das ein Fehler gewesen?

Julias Inflexibilität hatte mich im Laufe des letzten Jahres erstarren lassen, ihre bedingungslose Liebe mich festgehalten. Manchmal zu fest. Aber ich hatte viel zu lange nach dieser Liebe gesucht, um dieses Geschenk nicht annehmen zu können. Julia liebte mich genug, um ihr Leben mit mir verbringen zu wollen. Sie plante nicht, mich abzutreiben wie meine Mutter das getan hatte und sie plante auch nicht, sich für einen anderen Mann zu entscheiden. Julia hatte immer nur mich gewollt. Mich. Im Gegensatz zu Sarah, die sich niemals in dieser Klarheit zu mir bekannt hatte. Aber machte das ihre Liebe zu mir weniger stark? Mein Gott, ich musste zu ihr. Meine Sehnsucht nach Sarah wurde immer größer. Und ich verlor Zeit.

Ich stapfte barfuß über den Strand auf unser Häuschen zu und wunderte mich über die zauberhafte Beleuchtung. Kerzen und Lichterketten hatten die Terrasse in einen Schauplatz aus einem kitschigen Liebesfilm verwandelt. Jens fläzte in Unterhosen auf einer Liege und zog genüsslich an einem dicken Joint. Sein Anblick zerstörte die Romantik auf einen Schlag. Ich musste von einem Ohr zum anderen grinsen. Gott, wie sehr hatte ich meinen besten Freund vermisst. Der süßliche Geruch des Marihuanas zog mir in die Nase. Schwerfällig hievte ich mich die Treppe hoch. Das Geländer wackelte verdächtig, während ich mich Stufe für Stufe hochzog. Meine Muskeln brannten bei jedem Schritt.

Jens prustete los, als ich wie ein gebrechlicher Rentner in sein Sichtfeld humpelte. Seine Augen glänzten fiebrig. Er hatte sich eindeutig von dieser Erde gebeamt und schwebte schon jenseits der Hemisphäre.

»Mann, dass du es immer so übertreiben musst. Irgendwann wirst du absaufen, du Trottel.«

»Das liegt an Pepes Burgern, die mir im Magen liegen«, entgegnete ich und ließ mich neben ihm auf die zweite Sonnenliege fallen.

»Ach, du warst bei Pepe? Wie geil.«

»Wo ist Sarah?«

»Die Königin ist zu Bett gegangen«, lallte er.

»Die Königin ... äußerst passend.«

Jens reichte den Spliff an mich weiter. »Da. Den kannst du fertig rauchen, ist mein Zweiter.« Ein Hustenanfall schüttelte ihn durch. »Ich verdurste«, krächzte er und angelte nach seinem Glas. Wenigstens trank er Wasser und keinen Alkohol. Die friedliche Stimmung war also nicht gefährdet.

Ich nahm den Joint zwischen Zeigefinger und Daumen und rauchte ihn zu Ende. Das THC kroch in meine Lungen, bahnte sich einen Weg durch meine Blutbahn und infiltrierte mein Gehirn. Alle meine Synapsen weiteten sich. Ich entspannte mich, während neue Erkenntnisse lieblich meine Erinnerungen umschmeichelten. Ideen sammelten sich in meinem Kopf, verschwanden wieder. Gefühle stiegen in mir auf ... Klarheiten ... sie verschwanden wieder.

Jens und ich chillten nebeneinander, ohne zu sprechen. Wie oft wir das in den letzten Jahren getan hatten, und wie sehr es mir gefehlt hatte, wurde mir in diesem Augenblick schmerzlich bewusst. Es tat gut, bei ihm zu sein. Es fühlte sich vertraut und beruhigend an.

»Was machen wir mit deinem Arschlocherzeuger?«, fragte Jens und durchbrach unser vertrautes Schweigen. »Ermorden wir ihn oder lassen wir ihn bloß hochgehen?«

Ich lachte laut auf. »Wir ermorden ihn«, antwortete ich.

»Gute Entscheidung. Und wie stellen wir es an?«

»Keine Ahnung.«

»Wir könnten es nach Selbstmord aussehen lassen.«

»Gift böte sich da an.«

Jens lachte, aber dann wurde seine Miene wieder ernst. »Spaß beiseite«, sagte er. »Wenn du über die Sache mit deinem Vater reden willst, ich bin jederzeit für dich da. Es muss dich ganz schön belasten, nun seine wahre Identität zu kennen.«

Ich winkte ab. »Lass uns ein anderes Mal darüber reden, wenn wir beide klar im Kopf sind. Ich weiß noch nicht, was diese Wahrheit mit mir macht ... wie ich mich fühlen soll. In mir herrscht so viel Chaos.«

»Das kann ich mir vorstellen.«

»Was machst du überhaupt noch hier?«, lenkte ich von meinem Vater ab. »Warum bist du nicht losgezogen, um dir ein paar willige Engländerinnen aufzureißen? Hey, wir sind in Tarifa. Das ist deine Stadt. Hast du keine Lust auf eine schnelle Nummer?«

Jens massierte seine Schläfen. »Lust hätte ich schon«, murmelte er. »Aber ich wollte Sarah nicht allein lassen. Sie ist ziemlich durch den Wind. Es hat sie gekränkt, dass du einfach so gegangen bist.«

»Ich hab es ihr erklärt.«

»Sie hat geweint.«

»Geweint?«

»Ja, ziemlich heftig, aber keine Sorge, ich hab sie getröstet.«

Etwas an seiner Stimmlage beunruhigte mich. Ich warf ihm einen kritischen Blick zu. Ein Feuer flackerte in seinen benebelten Augen, das ich nur all zu gut kannte.

War er etwa scharf auf Sarah? Gut vorstellbar. Er hatte sie immer attraktiv gefunden und nie einen Hehl daraus gemacht, dass er unseren Fick zu dritt in Feuerbachs Atelier unfassbar heiß gefunden hatte. Sarah hatte ihn an diesem Abend völlig überrascht. Plötzlich hatte ich ein Bild der beiden vor Augen. Wie sie sich berührten, sich küssten. Schnell verdrängte ich es. Nein, das war doch völlig aus der Luft gegriffen. War es das?

»Getröstet?«, hakte ich vorsichtig nach. »Wie meinst du das? Du hast sie getröstet.«

Jens grinste vor sich hin. »Na, ich hab sie in den Arm genommen und mit ihr geredet. Du weißt, ich bin da ganz gut darin. Was mich allerdings wundert, ist, dass du noch immer hier liegst und nicht längst in ihrem Zimmer bist, um sie flachzulegen.«

»Das liegt daran, dass ich sie nicht flachlegen will.«

Jens verschluckte sich an seinem Wasser und hustete. »Was willst du dann?«

»Ich will neben ihr einschlafen und neben ihr aufwachen. Und der Grund, warum ich hier liege, ist der, dass ich Angst davor habe. Es erschreckt mich, wie sehr ich es immer noch will ... neben ihr einschlafen und neben ihr aufwachen.«

»Okaaaay«, brummte Jens.

Ich wusste, das entzog sich seinem Verständnis.

Wir lagen weiterhin still da.

»Steh auf und geh«, sagte er plötzlich. »Geh zu ihr. Deine Sorge ist unbegründet. Sie liebt dich.«

Ich warf ihm einen irritierten Blick zu, erhob mich und torkelte auf wackeligen Beinen ins Haus hinein. Zielstrebig steuerte ich das Badezimmer an und stellte mich unter die heiße Dusche, um das Salzwasser abzuwaschen. Nachdem ich meine Zähne geputzt hatte und in frische Shorts gestiegen war, ging ich zu Sarahs Zimmer und blieb zögerlich davor stehen. Ich drückte meine Stirn gegen das harte Holz des Türrahmens und suchte nach meinem Mut. Mein Herz zog sich zusammen, weitete sich wieder, mein Atem setzte aus, setzte wieder ein, ich spürte dem aufgeregten Hämmern meines Pulses nach. Ich hatte mich nie weniger bereit gefühlt, meinen großen Traum wahrzumachen.

Vorsichtig drückte ich die Klinke hinunter und schob mich in das dunkle Zimmer hinein. Sarahs Geruch hing im Raum und verwirrte meine Sinne. Ein Kloß formte sich in meiner Kehle. »Sarah?«, wisperte ich. Ich hörte sie leise atmen. »Bist du wach?« Sie antwortete nicht. Ihr gleichmäßiger Atem verriet mir, dass sie tief und fest schlief. Ich tapste zu ihrem Bett und setzte mich auf die Kante. Es dauerte eine Weile, bis sich meine Augen an die Dunkelheit gewöhnt hatten.

Meine Gefühle überwältigten mich, während ich ihren sanften Atemzügen lauschte. Sie lag mit dem Rücken zu mir und hatte das dünne Laken über ihre Beine gebreitet. Ich hob den Stoff an und schlüpfte vorsichtig darunter. Die Matratze senkte sich unter meinem Gewicht. Ich hielt den Atem an. Sarah bewegte sich und stöhnte im Schlaf. Sie trug nur ein schlichtes Trägertop und einen Slip aus feiner Spitze.

Vorsichtig robbte ich näher an sie heran und legte einen Arm um ihre Taille. Ich schmiegte mich an sie und vergrub mein Gesicht an ihrem Nacken. Ihr Haar kitzelte meine Nase. Ich schnupperte an ihr, atmete sie ein. Ich presste mich enger an sie, zog sie an mich. Es war ein ergreifender Moment, auf den ich gefühlte Jahrhunderte gewartet hatte. Niemals hätte ich zu träumen gewagt, sie noch einmal in meinen Armen halten zu dürfen. Mit ihr zusammen einzuschlafen. Niemals.

»Roman«, murmelte sie.

Ich hielt sie fest. Fester. Näher. Ich drückte Küsse in ihr Haar.

Sie war alles, was ich je gewollt hatte.

Sie war alles.

Ihr zarter Duft, die Wärme ihrer Haut, ihr Po in meinem Schritt, meine Arme auf ihren Brüsten, alles fügte sich zu einer perfekten Einheit. Ich ließ mich in den Moment fallen. Und es fühlte sich wie der erlöste Sinkflug an, den ich aus meinen Träumen kannte. Doch diesmal war es kein Traum, das hier war echt.

Sie war echt. Sarah!

Als ich langsam hinwegdämmerte, war es das erste Mal in meinem Leben, dass ich mich angenommen fühlte. Ich war angekommen. Ich war am richtigen Ort. Ich war da, wo alles gut war, wo ich hingehörte, wo mein Platz in dieser Welt war.
Ich hielt Sarah fest in meinen Armen, während der süße Tod mich zu sich holte.

Sie war alles.

Alles.

Alles.

Alles.

Sie war alles.

Für mich.

KAPITEL 18 – SARAH

Ich war lange vor Roman wach geworden und schon im Bad gewesen, um mich frisch zu machen. Der Schlafrhythmus meiner Kinder hatte mich, obwohl ich im Urlaub war, fest im Griff. Frisch duftend und nackt war ich wieder zu ihm ins Bett gekrochen. Durch die Ritzen der Fensterläden drängte der Sonnenschein ins Zimmer und malte Streifen auf die hellblauen Wände. Die Klimaanlage surrte gleichmäßig vor sich hin. In der Ferne rauschte das Meer. Ich lag auf der Seite und betrachtete Roman beim Schlafen.

Wenn das Glück ist, dachte ich, *dann ist es leise und andächtig und zu vergänglich, als dass ich es fassen könnte.*

Roman war gestern Nacht zu mir gekommen. Er hatte mich in den Arm genommen und war neben mir eingeschlafen. Aus dem Schlaf gerissen, hatte ich erst nicht gewusst, ob ich in einem Traum oder in meinem Leben war. Umso ergreifender war meine Erkenntnis gewesen, dass das die Realität war.

Ich hatte Roman atmen gehört.

Ihn gespürt

So nahe.

Er war hier.

Bei mir.

Ich wollte, dass er für immer blieb.

Während ich nun diesem realen Glück nachspürte, betrachtete ich ihn genauer. Er lag mir zugewandt, das weiße Laken ein Knäuel zwischen seinen Beinen. Meine Augen tasteten über sein Gesicht, streiften sein markantes Kinn, den leichten Bartschatten, seine weichen Lippen, seine dichten Wimpern. Ich prägte mir seine Züge ein, das kleine Muttermal, den Schwung seines Mundes, die winzige Narbe unter seinem Ohr. Ich malte ihn ohne Pinsel, nur mit der Kraft meiner Gedanken. Sein Bild setzte sich unwiderruflich in mir fest. Zurück in Deutschland würde ich diesen einzigartigen Moment auf einer großen Leinwand festhalten. Und ich würde jedes Detail abrufen können. Jedes.

Dieser Augenblick würde mir niemals wieder verloren gehen.

Die Beständigkeit der Erinnerung.

Ich atmete tief ein, um Romans Geruch einzusaugen. Wie gut er roch, wie frisch, wie männlich. Seine muskulöse Brust bewegte sich auf und ab beim Atmen. Ich hob die Hand und fuhr mit meinem Zeigefinger ganz vorsichtig die Kontur seiner Lippen nach. Romans Mund zuckte unter meinen Berührungen. Ich ließ meine Hand nach unten wandern und legte sie auf seine Brust. Ich spürte seinem kräftigen Herzschlag nach, fühlte seine warme Haut. Ich wollte ihn so gerne wecken, in seine blauen Augen sehen und ihn küssen. Meine Finger begannen über seinen flachen Bauch zu streicheln. Sie rutschten wie von selbst unter den Bund seiner Shorts, wo sie kleine Kreise an seiner Hüfte zogen. Romans Atmung vertiefte sich. Seine Lider flatterten und dann schlug er sie langsam auf. Sein verschlafener Blick fuhr in mich hinein wie der Blitz in einen wehrlosen Baum. Er zerschmetterte mich. Mein Herzschlag stoppte und die wilden Wellen meiner Gefühle rauschten durch mich hindurch.

Roman blickte auf den Grund meiner Seele. Wir fixierten einander ohne Worte und schenkten uns ein schüchternes Lächeln. Die Liebe im Zimmer dehnte sich bis zur Unendlichkeit aus.

»Guten Morgen, Sarah«, sagte er mit kratziger Stimme.

»Guten Morgen, Roman.«

Wir lagen einander zugewandt und genossen diesen wundervollen Moment, nach dem wir uns so lange verzehrt hatten. Die Wirklichkeit zerschmolz, ihrer unverrückbaren Intensität zum Trotz. Nichts hatte je so uns gehört wie dieser Augenblick des Miteinandererwachens.

Roman hob eine Hand. Seine Fingerspitzen streichelten über mein Kinn, meinen Hals und fuhren bedächtig unter mein Haar. Ich spürte ein Kribbeln auf meiner Kopfhaut. Ganz langsam neigte er sein Gesicht und hauchte einen zarten Kuss auf meine Lippen. Ich seufzte und rutschte näher an ihn heran. Meine Hand schob sich auf sein Kreuzbein, glitt unter seine Shorts und streichelte seinen festen Hintern. Er grinste, während seine Hand über meine Schulter an meinem Rückgrat bis zu meinem Po hinabwanderte. Seine Berührungen waren sanft und andächtig. Ich presste meine Hüfte gegen seine. Meine Zähne knabberten an seiner Unterlippe. Er gab ein zufriedenes Brummen von sich und zog mich noch enger an sich. Mit einem männlichen Stöhnen vertiefte er unseren Kuss. Seine Zunge stieß in meinen Mund und suchte nach meiner. Ich schlang meine Arme um seinen Hals, während er sich auf mich rollte und mich in die weiche Matratze drückte. Unsere Küsse wurden rauer, ungeduldiger. In meinem Schoß setzte ein wildes Sehnen ein, als ich seine wachsende Erektion an meiner Scham spürte.

Noch trennte uns der Stoff seiner Shorts voneinander. Noch.

Plötzlich hielt er inne und blickte auf mich herab. Seine Hände hielten mein Gesicht fest.

»Ich will dich lieben«, flüsterte er. »Ich will jeden Zentimeter deines Körpers spüren. Unser erstes Mal soll etwas Besonderes werden und kein seelenloser Fick. Von denen hatte ich im letzten Jahr wahrlich genug. Ich will endlich wieder fühlen, wenn ich eine Frau berühre.«

»Schade eigentlich«, scherzte ich.

Er schmunzelte. »Keine Angst, zuerst liebe ich dich und später vögle ich dich gegen die Wand.«

»Soll mir recht sein.«

»Du wirst dieses Bett heute auf allen vieren verlassen.«

»Okay. Ich hab nichts ...«

Er erstickte meine Worte mit einem leidenschaftlichen Kuss und küsste mich, bis ich nicht mehr wusste, wer und wo ich war. Meine Finger zerrten ungeduldig an seiner Hose, aber er packte mein Handgelenk, sodass ich sie nicht über seinen Hintern streifen konnte.

»Langsam«, murmelte er an meinen Lippen. »Ich will dich mit allen Sinnen genießen. Bitte, Sarah. Es ist mir wichtig, es langsam zu tun.«

Mein Gott, er meinte es wirklich ernst. Mit Nachdruck rollte er mich auf den Bauch und kniete sich über mich. Minutenlang liebkoste er meinen Nacken, der – wie er wusste – eine meiner erogenen Zonen war. Er strich mein Haar zur Seite, biss zärtlich in meine Schulter, leckte über meine Haut, saugte an meinem Hals. Ich zerrann wie eine Spur aus Sand unter der ersten Welle der Flut. Romans Lippen wanderten tiefer. Er küsste sich an meinen Wirbeln entlang, bis er meine Pospalte erreichte.

Dann züngelte er wieder zu meinem Hals hinauf. Ich wand mich unter ihm und zappelte mit den Beinen. Sehnsüchtig reckte ich meinen Po in die Luft und presste ihn gegen seinen Schritt. Romans Finger gruben sich in eine der Backen.

»Wirst du wohl damit aufhören. Ich kann mich nicht zurückhalten, wenn du deinen Arsch so an meinem Schwanz reibst«, beschwerte er sich.

»Ach wirklich?«, neckte ich ihn.

Ich hatte nicht vor, mich zurückzuhalten und er wusste das.
Er gab mir einen Klaps auf den Hintern und griff in meine Haare. Mit einem Ruck riss er meinen Kopf in den Nacken und neigte sich zu meinem Ohr.

»Ich sagte, du sollst aufhören«, warnte er mich rau. »Ich will, dass du nachher explodierst. Du sollst richtig geil kommen und zwar in meinem Mund. Aber dafür muss ich dich noch eine Weile quälen.«

Ich wimmerte. Romans Hände legten sich auf meine Taille und er drehte mich wieder auf den Rücken.

»Streck deine Arme nach oben«, befahl er.

Ich biss mir genüsslich auf die Unterlippe und folgte seiner Anweisung. Meine Hände wanderten zum Kopfende des Bettes und krallten sich dort unter der Kante des Holzrahmens fest.

Roman streichelte über die Rückseite meiner ausgestreckten Arme bis zu meinen Brüsten. Verzehrend langsam umkreiste er jeden meiner Nippel mit seinem Zeigefinger. Er zwirbelte die Brustwarzen, ließ wieder etwas locker und tippte sie nur an. Schließlich neigte er seinen Kopf und machte mit seinem Mund weiter. Er neckte mich sanft mit seiner Zunge und erhöhte dann die Intensität mit seinen Zähnen, bis der Schmerz kam. Mein Stöhnen wurde immer lauter, während er es meinen Brüsten heißkalt gab. Die abwechselnde Stimulation schickte Irrlichter über meine Nervenbahnen direkt zu meiner Klitoris hinab. Die Feuchtigkeit lief an meiner Beininnenseite nach unten und landete auf dem Laken. Es dauerte gefühlte Ewigkeiten bis Romans Hand endlich tiefer wanderte. Er legte seine Finger auf meine Schamlippen und spreizte sie bedächtig auseinander. Sein Handballen drückte gegen meine geschwollene Perle. Ich stöhnte.

Er ließ einen Finger in mich gleiten.

»Hm, genau so wollte ich das«, brummte er zufrieden. »Heiß und nass.«

Seine Fingerkuppe suchte nach meinem verborgenen Punkt. Er massierte ihn eine Weile, während er mich unverwandt im Blick behielt. Ich öffnete ab und zu meine Augen, um ihn anzusehen. Als sich die ersten Vibrationen aufmachten, um meinen Orgasmus herbeizuholen, spannte ich meinen Beckenboden um seinen Finger. Ich spürte das vertraute Rauschen in meinen Ohren, der Schalter in meinem Gehirn legte sich um, die wohlige Schwärze hinter meinen Augen verdichtete sich. Mein Becken wippte im Rhythmus gegen seine Hand. Ich stieg hoch wie ein verlorener Drache aus Papier im Herbstwind.

Roman lachte leise und zog seinen Finger zurück.

Dieser Mistkerl.

»Nein, nicht«, bettelte ich. »Bitte, hör nicht auf.«

»Spreiz die Beine für mich«, flüsterte er, während er seine Position veränderte. »Weiter.«

Ich öffnete mich so weit ich konnte. Nur für ihn.

Seine Handflächen drückten gegen meine Oberschenkel. Er warf meine Beine noch weiter auseinander. Sein heißer Atem traf auf meine Schamlippen. Ich zuckte zusammen. Er blies gegen meinen Eingang. Ungeduldig drückte ich mein Becken höher. Worauf wartete er noch? Wieso zögerte er so lange? Bestimmt weidete er sich an meinem Anblick.

»Du bist so schön«, hörte ich ihn sagen. »Ich hab dich wahnsinnig vermisst. Wie sehr, das wird mir erst jetzt bewusst, wo du so aufgeblättert vor mir liegst. Ich will dich schmecken.«

Sein erster Zungenschlag auf meinem Kitzler trieb die Flammen wie bei einer Explosion hoch. Er erforschte jeden Zentimeter meines Geschlechts, jede Falte, leckte jedes Fleckchen Haut, das er finden konnte. Ich zerfiel zu Asche und löste mich auf. Ich hatte vergessen, wie unfassbar gut er war.

Wie gerne er es tat. Mit welcher Leidenschaft.

Er versenkte seinen Mund in meiner Scham und saugte, küsste und leckte mich. Ich konnte meine Arme nicht länger über meinem Kopf lassen und vergrub alle zehn Finger in seinem Haar.

Mit Nachdruck presste ich sein Gesicht zwischen meine Beine. Roman machte das nichts aus. Das hatte es noch nie. Er brummte zufrieden und seine Zunge umkreiste schnell und wendig meine Knospe. Ich stöhnte, bettelte und schrie. Er steigerte den Druck, änderte die Richtung und ich kam so heftig, dass ich das Gefühl hatte, in seinen Mund zu fließen. Roman wartete mein erstes Beben ab, dann stieß er seine Zunge tief in mich hinein, während sein Daumen meinen Anus bearbeitete. Ich raste ein zweites Mal in den Himmel. Diesmal war es weit explosiver. Es war richtig heftig und ich kam in Romans Mund.

So wie er sich das gewünscht hatte.

Ich lag auf dem Rücken und war irgendwo jenseits aller Universen. Roman betrachtete mich zufrieden und lächelte glücklich. Er streichelte meinen Bauch, dann meine Brüste. Seine Hände waren gefühlt auf jedem Millimeter meines Körpers. Am liebsten hätte ich vor Wonne geschnurrt. Im Augenwinkel nahm ich wahr, wie er sich endlich die störende Unterhose über die Hüften zog und von sich schleuderte. Na endlich! Gierig wanderte mein Blick zu seiner Erektion.

Er war so perfekt. Muskulös und athletisch, groß und hart. Meine Hand machte sich von selbst auf den Weg, um ihn zu berühren, aber er fing meinen Arm ab.

»Nichts da«, sagte er mit einem sexy Lächeln und rollte sich auf mich. Mit einer Hand fixierte er meine Arme über dem Kopf, mit der anderen bugsierte er seinen Schwanz an meine geschwollenen Schamlippen. Er drang vorsichtig und langsam in mich ein, aber es tat trotzdem weh. Ich verzog das Gesicht. Roman hielt inne und küsste mich. Erst als ich mich wieder entspannt hatte, wagte er sich weiter vor.

»Nach einem Orgasmus bist du immer so schön eng«, raunte er kehlig. »Göttlich. Deine Pussy hat mir so gefehlt. Ich liebe es, in dir zu sein, wenn du ein paar Mal gekommen bist.«

Und ich liebe dich, dachte ich. Aber ich sagte es ihm nicht.

Als er bis zum Anschlag in mir drin steckte, ließ er meine Arme los und küsste mich. Er tat nichts anderes als mich zu küssen, während sein Schwanz ungeduldig in mir zuckte.

Immer wieder nahm er Abstand, um mir tief in die Augen zu blicken. Ich vergrub meine Finger in seinem Haar. Er streichelte über meine Wange und neckte meine Mundwinkel mit seiner Zunge. Ich zog meine Scheidenmuskulatur um ihn zusammen und genoss sein erregtes Seufzen.

»Ah, nicht ...«, stöhnte er.

»Ich will dich«, flüsterte ich. »Ich will dich, Roman. Bitte, gib mir noch eine Chance.«

»Wie kann ich darauf vertrauen, dass es dir diesmal ernst ist?«

»Es war mir immer ernst.«

»Was hat sich verändert?«

»Ich bin frei.«

»Aber ich bin es nicht«, sagte er.

Sein Blick bohrte sich in mich. Plötzlich sprangen mich die alten Verletzungen darin an. Mein Gott, da war ein Teil in ihm, der mir nicht vergeben hatte. Er gehörte mir nicht mehr. Er gehörte einer anderen. Wie hatte ich das vergessen können? Ich verkrampfte mich unter ihm.

»Bleib hier«, flüsterte er an meinem Ohr. »Ich hätte das nicht sagen sollen. Tut mir leid. Das war total unpassend. Tut mir leid, Sarah.« Er küsste mich.

»Aber es ist die Wahrheit.«

»Nein, ist es nicht. Die Wahrheit ist eine andere. Ich verrate sie dir später.«

Tränen stiegen in mir hoch. Er küsste mich wieder.

»Bleib hier«, wisperte er. »Bleib hier, bleib bei mir.«

Er küsste mir die traurigen Worte aus dem Mund. Gleichzeitig begann er in mich zu stoßen. Sein Penis füllte mich aus, dehnte mich. Er schlief mit mir, ohne mich aus den Augen zu lassen.

»Ich will dich oben haben«, keuchte er nach einer Weile.

Wir drehten uns herum, sodass ich auf ihm zum Sitzen kam. Er streichelte meine Brüste, zog meinen Oberkörper zu sich herab und saugte an den Brustwarzen. Ich kreiste mein Becken und ritt ihn. Immer schneller.

»Keine ist so schön wie du«, murmelte er.

Seine Hände legten sich auf meine Taille. Er packte mich an den Hüften und zwang mir seinen Rhythmus auf.

Immer wieder touchierte seine Spitze meinen empfindlichen Punkt. Ich warf den Kopf in den Nacken und ergab mich meinem Beben. Als sich mein Höhepunkt verlor, sank ich über ihm zusammen. Seine Arme schlangen sich um meinen Oberkörper, während ich an seinem Hals nach meinem Atem suchte. Mein Puls beruhigte sich nur zögerlich. Zärtlich spielten Romans Finger mit meinen Haaren. Ich veränderte meine Position, um ihn anzusehen. Er lächelte. Mein Gott, er lächelte so euphorisch, dass ich es nicht aushalten konnte. Sein Glück weitete mein Herz. Wir schwebten in einer Wolke aus wiedergefundenem Glück. Und plötzlich war alles zwischen uns so nah und vertraut wie damals. Mit Schwung rollte er mich schließlich auf den Rücken. Sein Gegengewicht gab mir Geborgenheit. Er stützte die Arme neben meinem Kopf ab und ich wickelte meine Beine um seine Hüften. Ich schloss die Augen.

»Sieh mich an. Sarah, sieh mir in die Augen.«

Ich schlug die Lider wieder auf. Er veränderte den Winkel und stieß schneller in mich ... und tiefer. Durch seinen Blick zogen wilde Schleier seiner Lust. Ein Zittern rauschte durch seine Muskeln. Sein Gesicht verzerrte sich wie unter Schmerzen. Während sein Samen in mich strömte, hielten mich seine Augen fest und ich konnte in seine offengelegte Seele blicken.

Wir waren miteinander verbunden. Ein Leben lang.

Roman sackte über mir zusammen und meine schöne Erkenntnis verlor sich wieder mit seinem schweren Atem, der über meinen Hals fächelte.

»Du bist eine Göttin«, murmelte er. »Aber das weißt du. Ich habe es dir oft genug gesagt.«

»Was ist die Wahrheit? Verrätst du sie mir? Roman, was ist deine Wahrheit?«

Er drückte mir einen Kuss auf die Wange.

»Die Wahrheit ist, dass ich dir gehöre«, sagte er atemlos. »Ich habe immer dir gehört und werde immer nur dir gehören. Ob ich nun frei bin oder nicht. Es macht keinen Unterschied.«

Das Warten
auf ein Uns
nimmt kein Ende

Während die Wahrheit
als Schriftzug
sich dem Himmel zeigt
und die Lüge
einsam
an irgendeiner
Klippen zerschellt
raubt mir
der Sommer
den letzten Atem

die Hitze
dein Mund
das süße Vergessen
unser Schmerz
darin
zerreißt sich
mit der letzten Flut
die an Land treibt

Bis die Ebbe kommt
sind wir
unzerstörbar

KAPITEL 19 – JENS

Mir war schon klar gewesen, dass Roman keine Zeit verlieren würde, um über Sarah herzufallen, aber als ich um acht Uhr morgens von Sarahs Lustschreien geweckt wurde, war das eine Erfahrung, auf die ich liebend gern verzichten hätte können.

Ein diffuses Unwohlsein breitete sich wie schimmerndes Plasma in meinem Körper aus. Ich schloss die Augen. Was war das für ein Shit, den ich hier fühlte? Irritiert presste ich die Fäuste auf meine Lider und konzentrierte mich auf meine Atmung. Das hier fühlte sich schwer nach Kontrollverlust an. Das durfte ich auf keinen Fall zulassen.

Mit geschlossenen Augen lag ich da und lauschte auf die Geräusche aus Sarahs Zimmer. Roman musste sie ganz schön rannehmen, wenn sie so laut schrie. Zwischen unseren Zimmern lag die Wohnküche und ich konnte sie trotzdem bis hierher hören. Ich wusste nicht einmal, ob ich von ihrem Gestöhne geil oder wütend werden sollte. Mein Puls beschleunigte sich, während mein Schwanz entschied, dass Geilheit einem unbegründeten Gefühl des Zorns vorzuziehen sei. Ich wurde hart. Wenn das den Rest des Urlaubs so weiterging, war ich geliefert. Ich stülpte mir ein Kissen über den Schädel und versuchte wieder einzuschlafen. Es gelang mir nicht.

Obwohl ich wusste, dass es eine denkbar schlechte Idee war, schwang ich meine Beine aus dem Bett und verließ mein Zimmer. Mit langen Schritten ging ich in die Küche, um Kaffee zu machen. Ich öffnete die Packung mit den Filtertüten und stopfte eine davon in den dafür vorgesehenen Plastikbehälter der Kaffeemaschine. Sarahs Stöhnen wurde lauter und lauter. Die Töne, die sie von sich gab, rasten ungefiltert in mich hinein. Wie ein Raubtier, das sich an seine Beute heranschlich, näherte ich mich ihrer Zimmertür. Atemlos.

Mit zusammengepressten Lippen stemmte ich die Arme links und rechts gegen den Türstock und horchte auf die Geräusche aus ihrem Zimmer. Ich war von Natur aus ein Voyeur und es machte mich an, andere beim Sex zu beobachten.

Ein Wunsch wuchs in mir heran. Ein Wunsch, von dem ich

wusste, dass ich ihn so schnell wie möglich wieder loswerden musste. Roman hatte nie einen Hehl daraus gemacht, dass Sarah ihm allein gehören sollte. Er liebte sie und sie ihn. Die beiden waren füreinander bestimmt. In diesem Gefüge war kein Platz für einen Dritten, und schon gar nicht für meine Dunkelheit. Um nichts in der Welt wollte ich die Freundschaft zwischen Roman und mir gefährden. Ich hatte schon zu viele Fehler gemacht.

Durch die morgendliche Stille des Sommertages und die Nähe zu Sarahs Zimmertür konnte ich jedes Wort verstehen, dass die beiden miteinander sprachen. Roman war nicht gerade leise und ich hörte ihn stöhnen. Kam er etwa gerade in ihr?

Fuck. Das war nicht auszuhalten.

Ich stieß mich vom Türrahmen ab und steuerte das Badezimmer an. Rasch schälte ich mich aus meiner Hose und hüpfte unter die Dusche. Das eiskalte Wasser trommelte auf meine Schultern. Meine Haut zog sich zusammen. Meiner steinharten Erektion war diese krasse Maßnahme jedoch scheißegal. Ich fluchte mit zusammengebissenen Zähnen. Okay, dann eben anders.

Meine Faust schloss sich um meinen harten Schwanz und ich wichste mir den ganzen verworrenen Scheiß aus meinem Körper. Danach ging es mir besser.

Nachdem ich auf der Terrasse gefrühstückt hatte, entschied ich mich für eine Runde Surfen. Wir waren immerhin zum Kiten gekommen. Oder etwa nicht? Von Sarah und Roman war nichts zu hören und nichts zu sehen. Bestimmt waren sie wieder eingeschlafen. Ich gönnte ihnen die Zweisamkeit. Sie hatten sich so schmerzlich vermisst und so lange auf ein Wiedersehen gewartet. Es war gut, wenn sie die wenige Zeit, die sie nun miteinander verbringen durften, in vollen Zügen auskosteten.

Bevor ich das Strandhaus verließ, warf ich einen Blick auf Romans Handy, das auf der Kommode im Flur lag. Es war auf lautlos gestellt. Neun Anrufe in Abwesenheit. Bestimmt von Julia. Wenn er seine Prinzessin nicht bald zurückrief, würde sie hier anrücken und nach dem Rechten sehen. Aber was kümmerte mich das? Das war nicht mein Problem und Roman würde es früher oder später lösen. Ich wettete darauf, dass er Julia nach unserem Trip den Laufpass gab. Was sollte er noch mit ihr? Er hatte Sarah. Sie war die Beste von allen.

Ich schüttelte den Gedanken ab. Mann, was war los mit mir? Diese Frau hatte mir wirklich den Kopf verdreht. Die Beste von allen? Aber gut. Sie hatte etwas in mir berührt und drückte nun irgendwo auf einen meiner schwachen Punkte. Mit dieser Erkenntnis musste ich arbeiten. Beziehungsweise gegen sie arbeiten. Romantik, Eifersucht, Zuneigung, das war nichts, was ich in meinem Leben haben wollte. Es verkomplizierte mein Dasein und schwächte mich in meinem Vorankommen. Ich war ein Individualist und wollte vor allem eines bleiben ... unabhängig. Die Strapazen meiner Kindheit hatten dazu geführt, dass ich mich nicht mehr konfrontieren wollte. Ich hasste die emotionale Nähe zu anderen Menschen. Roman war meine einzige Ausnahme.

Mit einem Handtuch um den Hals und meinen Schuhen in der Hand joggte ich am Strand entlang, der sich langsam mit Menschen füllte. Hin und wieder erwischte mich eine der Wellen und rollte über meine Füße. Das Wasser spritzte an meinen Beinen hoch und ich wurde leichter und leichter, während ich in diesen unbeschwerten Sommertag hineinlief. Die von Menschenhand unberührte und raue Landschaft Tarifas entsprach vollkommen meinem Wesen. Hier konnte ich frei durchatmen und dem Ruf des Wolfes in mir folgen.

Ich betrat den Shop der Kiteschool und stellte überrascht fest, dass Rosie immer noch hier arbeitete. Roman und ich hatten sie letztes Jahr bei unserem Kurs kennengelernt. Sie hatte in der Kiteschule als Lehrerin und Verkäuferin gejobbt, um sich ihr Medizinstudium in London finanzieren zu können. Eigentlich hatte sie nur einen Sommer lang bleiben wollen. Wie es aussah, hatte sie ihre Pläne über Bord geworfen.

Als Rosie mich erkannte, brach sie in ein ungestümes Geheule aus, stürmte hinter dem Kassenbereich hervor und auf mich zu. Schwungvoll fiel sie mir um den Hals.

»Jens, wie cool ist das denn? Schön dich zu sehen.«

Halleluja! Rosie ist in Tarifa. Mein Urlaub ist gerettet, dachte ich.

Ich drückte ihr einen Kuss auf die Wange und legte einen Arm um ihre Schultern. Ihr Haar war nun nicht mehr blond, sondern feuerrot und kurz geschnitten. Der neue Look stand ihr.

»Du bist immer noch in Tarifa?«, fragte ich sie auf Englisch. »Wieso das? Was ist aus deinen Plänen geworden?« Sie zuckte mit den Schultern und lachte ihr herzliches und weites Rosie-Lachen, das mich schlagartig für sich vereinnahmte.

»Das Medizinstudium war nichts für mich«, erwiderte sie leichthin. »Waren nur Spießer dort. Nach drei Monaten war ich wieder hier. Hab Tarifa zu sehr vermisst. Es ist mein Zuhause geworden.«

Das kann ich verstehen, dachte ich bei mir. Ich hatte auf meinen Reisen schon viele Orte gesehen, mich aber an keinem so wohl gefühlt wie hier. Eine stille Sehnsucht packte mich. Wie es sich anfühlen musste, ein richtiges Zuhause zu finden? An einem Ort, den man liebte, mit Menschen, die man liebte.

Ich dachte an Roman und wie gern ich mit ihm zusammengewohnt hatte. Er war mein Zuhause gewesen. Schon immer.

Das Herz in meiner Brust fiel plötzlich in sich zusammen. Ich hatte mich nie richtig mit dem Schmerz auseinandergesetzt, dass ich ihn letztes Jahr auf unserer Weltreise verloren hatte. Warum war ich ohne ihn nach Australien gereist? Ich hatte doch gewusst, dass er mitten in einer Depression steckte. Als Psychologe hatte ich schon viel früher erkannt, wie schlecht es ihm ging und dass er allein nicht mehr aus diesem Zustand herausfinden würde. Und dennoch war ich gefahren. Aus verletztem Stolz. Weil er Julia gevögelt hatte. Mein Gott, wie krank war ich eigentlich? Die richtige Reaktion eines Freundes wäre gewesen, mich zu freuen. Anzuerkennen, dass eine neue Liebe ihm helfen könnte, über Sarah hinwegzukommen. Stattdessen hatte ich ihn im Stich gelassen. Und als wäre das nicht schlimm genug, hatte ich ihm genau jetzt, da es ihm endlich wieder besser ging, Sarah vor die Nase gesetzt. Aber nicht, ohne seine Traumfrau noch einmal durch mein Bett zu schleifen. Die Abscheu vor mir selbst wurde so groß, dass mein Magen revoltierte. Kalter Schweiß brach mir aus. Ich war plötzlich wieder ein kleiner Junge, der sich die Seele aus dem Leib kotzte, weil er sich selbst zum Erbrechen fand. Ich würde Roman verlieren. Diese Erkenntnis jagte durch mich hin-

durch wie ein Fegefeuer und machte mir eine Angst, die größer war als das Meer. Wenn die Sache mit Marseille herauskam, würde Roman das Band durchtrennen, das uns verband.
Endgültig. Und was sollte ich dann machen? Und warum, verdammt, hatte ich mir das nicht vorher überlegt? Warum?

Weil du ein Sadist bist, raunte die Bestie in mir. *Und du wirst immer einer bleiben. Niemand hat dich je genug geliebt, damit du lernst, was Liebe ist.*

»Jens? Hallo? Ich hab dich was gefragt?«

»Äh, was?«

»Wie lange bleibst du in Tarifa?«

»Nur ein paar Tage.«

»Hey, ich muss dir was zeigen«, sagte Rosie, die von meinen inneren Konflikten nichts mitbekommen hatte. Sie zog ihr Shirt hoch, sodass ich ihren Bauch und ihren schwarzen BH sehen konnte. Ich verdrängte die schweren Grübeleien, pfiff anerkennend durch die Zähne und musterte ihr neues Tattoo. Ein riesiger Drache bedeckte einen Großteil ihrer Haut und seine Krallen schlug er, wenn ich es richtig interpretieren konnte, direkt in ihre Brüste.

»Gefällt es dir?« Rosie öffnete ohne Umschweife ihren BH, um mir den Rest ihres Kunstwerkes zu zeigen.

»Krass«, sagte ich auf Deutsch.

Rosie wiederholte das Wort und kicherte in Erinnerung an unseren gemeinsamen Deutschunterricht, der sich vorwiegend im Bett abgespielt hatte.

Sie griff nach meinen Handgelenken und begutachtete meine Arme von allen Seiten. »Hast du sie endlich vollgekriegt?«

»Eine kleine Erinnerung an Australien«, erklärte ich ihr.

Sie tippte auf eines der Tattoos. »Ist das ein Salamander?«

»Nein, ein Gecko.«

»Aha. Sieht super aus. Ich hab übrigens noch was Neues, das du noch nicht kennst.« Sie streckte mir ihre Zunge heraus.

Ich brummte zustimmend. Zungengepiercte Frauen zu küssen war geil. Jetzt konnte ich nur noch beten und hoffen, dass Rosie nicht in festen Händen war und Lust hatte, sich mit mir zu verabreden.

Wir plauderten entspannt über das vergangene Jahr, während sie mir meine Ausrüstung zusammenstellte. Sie selbst war eine gute Kitesurferin und ich vertraute ihrer kompetenten Beratung. Das Board, das sie mir empfahl, sah sensationell aus und war eines aus der diesigen Saison. Damit würde ich abheben und übers Wasser fliegen. Als sie mir einen Helm reichen wollte, winkte ich jedoch ab.

»Keinen Helm.«

Sie schüttelte den Kopf. »Immer noch so eitel?«, fragte sie. »Wir haben seit einer Woche einen mörderischen Wind. Ich sag's dir nur, um dich vorzuwarnen. Eigentlich darf ich niemanden ohne Helm rauslassen.«

»Ich nehme keinen Helm«, sagte ich bestimmt.

Rosie blickte mich mit schiefem Kopf nachdenklich an. »Du wirst dich nie ändern, oder?«, fragte sie ernst.

Ich musterte sie eindringlich. Dass letztes Jahr nichts Ernstes aus uns beiden geworden war, schien ihr nachzuhängen.

»Süße, ich bin Narzisst«, erwiderte ich und streckte ihr meine Kreditkarte entgegen. »Und daran wird sich in diesem Leben nichts mehr ändern. Ich nehme an im Shop gilt immer noch Zahlung im Voraus.« Sie nickte. »Da siehst du's, die grundlegenden Dinge ändern sich nie«, sagte ich zu ihr und gab ihr einen Klaps auf den Hintern.

Sie wirbelte herum und setzte an, um lautstark zu protestieren. Bis sie meinem harten Blick begegnete. Sofort schloss sie ihren Mund, senkte die Lider und saugte ihre Unterlippe zwischen die Zähne ein. Ich näherte mich ihrem Gesicht.

»Good girl«, raunte ich ihr zu, während ich ihr eine rote Haarsträhne hinters Ohr strich. Sie erinnerte sich an unser Spiel und mit Befriedigung stellte ich fest, dass sie bei meiner Berührung wohlig erschauerte. Ihre Atmung vertiefte sich.

»Treffen wir uns heute Abend?«, fragte ich.

Sie nickte. Etwas anderes hätte ich auch nicht akzeptiert.

»Hast du noch deine Wohnung in der Altstadt?«

Sie nickte wieder.

»Dann komm ich da heute Abend vorbei. Wann, das weiß ich noch nicht genau. Du wartest auf mich. Verstanden?«

Rosies Wangen röteten sich, während sie nervös über ihre Arme strich. »Jens, ich hab jetzt eine Mitbewohnerin«, piepste sie. »Wir können nicht bei mir rummachen.«

»Umso besser«, raunte ich. »Sorg dafür, dass sie zu Hause ist, wenn ich komme.«

KAPITEL 20 – SARAH

Roman und ich waren noch einmal eingeschlafen. Als wir nun erwachten, stand die Sonne tiefer und leuchtete strahlend und warm durchs Fenster in unsere verträumten Gesichter. Ich löste mich aus Romans Armen, streckte meine Beine durch und gähnte zufrieden. Selten hatte ich mich so wohl und befriedigt gefühlt. Meine Seele und mein Körper waren über Nacht um zwanzig Jahre jünger geworden. So fühlte es sich zumindest an.

»Ah, tut das gut«, schnurrte ich. »Ich kann mich nicht erinnern, wann ich das letzte Mal so viel geschlafen habe. Es muss Jahrzehnte her sein. Ich fühle mich herrlich. Und das verdanke ich nur dir.«

Ich beugte mich über ihn und küsste ihn. Er lächelte und steckte eine verirrte Haarsträhne hinter mein Ohr.

»Zweimal an einem Tag neben dir zu erwachen«, murmelte er träge. »Das ist mehr, als ich mir jemals erträumt habe.«

»Dann haben sich deine Träume nicht verändert, seit du in Spanien lebst?«

»Doch, sie haben sich verändert. In dem Maß, in dem ich mich verändert habe.«

»Was ist anders geworden?«

Er seufzte und schlang sein Bein über meines. Wir blickten uns lange in die Augen und lachten schließlich befreit auf. Ich legte ihm eine Hand aufs Herz und er legte seine darüber und verschränkte seine Finger mit meinen.

»Du beantwortest meine Frage nicht. Warum?«, fragte ich.

»Sei nicht so ungeduldig. Ich suche nach Worten, die keine Verse sind«, erwiderte er schmunzelnd. »Du willst doch, dass ich in meiner Kommunikation greifbarer und offener werde, also versuche ich das nun.«

Ich musterte sein hübsches Gesicht.

Seine Augen sahen im Gegenlicht viel heller aus als sonst. Kleine graue Sprenkel, die mir bisher noch nie aufgefallen waren, tanzten in seinem tiefen Blau. Meine Handfläche legte sich wie von selbst auf seine raue Wange. Ich liebte sein markantes Kinn, den Schwung seines Kiefers, die weichen Lippen, mit denen er umzugehen wusste wie kein anderer.

»Seit ich in Spanien lebe, träume ich davon, endlich eine Heimat zu finden«, sagte er mit einem schwermütigen Seufzen und drückte einen Kuss in meine Handfläche hinein. »Meine Kindheit war geprägt von der Sehnsucht nach einem Ort, an dem ich mich endlich zu Hause fühlen konnte. Als meine Mutter und ich die Ukraine verließen, war das wie ein Befreiungsschlag für mich. Die Einsamkeit unseres Waldgrundstücks zu verlassen, endlich unter Gleichaltrige zu kommen. Ich sehnte mich so sehr nach einer Stadt, nach Leben, nach dem Verständnis eines Gegenübers für meine Tiefe. Ich wollte, dass die Leere in meinem Inneren verschwindet. Als wir uns in Deutschland ein Leben aufgebaut hatten, ging es mir besser, aber ein richtiges Heimatgefühl hat sich auch dort nicht eingestellt. Erst, als ich Jens kennenlernte, brachte das eine Wende in mein Leben. Er war der erste Mensch, dem ich mich richtig öffnen konnte, für den ich tiefe Gefühle entwickelte. Unsere Freundschaft ist sehr innig, aber das weißt du ja. Später begegnete ich dann dir und ...« Er brach ab und suchte meinen Blick. Der Ausdruck seiner Augen sagte ... *du kennst die lange Geschichte unserer Begegnung, ich muss sie nicht von Neuem erzählen.*

»Und hier in Spanien?«, fragte ich »Hast du hier ein Zuhause gefunden?«

Roman streichelte über meine Wange. »Die Frage aller Fragen«, sagte er leise, »und ich finde keine Antwort darauf. Manchmal fühle ich mich so deplatziert, dass es mich zerreißt und dann wiederum gibt mir mein Dasein Geborgenheit. Erstmals in meinem Leben führe ich eine Beziehung mit einem netten Mädchen, bin Teil eines Familienalltags, gehe einem richtigen Job nach, der Verantwortung mit sich bringt, und trotzdem ist ein Teil von mir immer auf Abwegen, todunglücklich auf der Suche, weinend unter Wasser ... nenn es wie du willst.«

»Das Gefühl der Heimatlosigkeit wird dich an jedem Ort der Welt einholen, wenn du die Heimat nicht in dir findest«, gab ich zu bedenken.

»Ja? Meinst du? Aber wie finde ich Heimat in mir?«

»Indem du hinter deine Masken blickst und ausfindig machst,

wer du bist und was du willst.«

»Das ist mir zu abstrakt, Sarah.«

»Es ist viel einfacher, als du denkst. Sich selbst zu finden, ist keine unmögliche Kunst. Danach zu leben ist die Schwierigkeit.«

»Ach, da spricht also jetzt die Expertin aus dir«, spottete er und drückte einen Kuss auf meine Wange.

Meine Finger wanderten über seinen sehnigen Arm. Ich genoss die Berührung seiner warmen Haut und streichelte ihn gedankenverloren.

»Ich mag die Richtung, die mein Leben eingeschlagen hat«, murmelte ich. »Ich konnte nicht länger nur Ehefrau sein. Daran ist nichts Schlimmes oder Verwerfliches. Sam und ich haben uns auseinandergelebt, ich hatte genug von diesem Alltagstrott mit ihm an meiner Seite, es war mir unerträglich. Ich musste mich daraus befreien, um wieder frei durchatmen zu können. Der endgültige Schritt war schwierig, aber letztendlich wichtig für mein Vorankommen als Frau, als Künstlerin, als eine Sarah, die ich immer sein wollte.«

»Wer ist Sarah, wenn sie ist, wie sie immer sein wollte?«, fragte er interessiert nach. Sein Mundwinkel zuckte belustigt, weil er ein Schmunzeln unterdrückte.

»Sie ist glücklich«, sagte ich mit einem leisen Lachen.

»Eine simple Antwort mit so viel Sinngewalt. Dann bist du also glücklich ohne Sam?«

»Ohne ihn als Ehemann an meiner Seite. Ja. Ich freue mich auf das Leben, das vor mir liegt, und blicke positiv in die Zukunft. Ich habe zwei süße, gesunde Kinder, meinen Traumjob in einer Galerie und ich habe meine Kreativität neu entdeckt. Es gibt keinen Grund für mich, zu klagen. Das Leben hat mich reich beschenkt.«

»Tja, dann bist du also endlich glücklich geworden«, resümierte er lächelnd. »Und das ohne mich.«

»Ich musste es allein da raus schaffen. Hätte ich Sam für dich und nicht für mich verlassen, dann wäre alles im Chaos versunken. Dessen bin ich mir sicher. Es war wichtig und gut, wie sich alles entwickelt hat. Der Zeitpunkt stimmte. Und ich brauchte diese langsame Abnabelung von Sam, ohne dass du in meiner

Nähe warst, um mich von mir abzulenken.«

»Finde dich nicht in mir, finde dich in dir, nicht wahr?«

»Genau. Das hast du mal zu mir gesagt.«

»Ich erinnere mich daran.«

Ich tippte ihm auf die Brust. »Roman, jetzt bist du am Zug. Finde dich in dir«, wisperte ich. »Und dann finden wir uns zusammen in einem Uns. Was meinst du?«

Sein Blick trübte sich. »Meinst du, es unterstützt meine Suche, wenn ich jetzt die wahre Identität meines Vaters kenne?«

»Für die Suche nach dir selbst?« Er nickte. »Ich weiß nicht. Vielleicht. Macht es denn für dein Leben wirklich einen Unterschied seinen Namen zu kennen?«

»Das muss ich herausfinden. In meinem Kopf spukt plötzlich die Idee herum, in die Ukraine zu reisen.«

»Willst du Iwan Loschkin persönlich treffen?«

»Ich weiß es nicht, Sarah. Ich weiß es nicht. Irgendwie würde ich gerne meine Großeltern besuchen und den Mann wiedersehen, der für meine ersten sechs Lebensjahre so prägend war.« Ich schaute ihn fragend an. »Ich hab dir von ihm erzählt, du weißt schon, der alte Professor, der mir deutsche Gedichte vorgelesen hat.«

»Lebt der denn noch?«

»Ich hab von niemandem gehört, dass er gestorben wäre.« Seine Hand ruhte auf meiner Taille. Er liebkoste mit seinen Fingerspitzen meine Haut.

»Würdest du mich begleiten?«, fragte er plötzlich.

Die Überraschung stand mir bestimmt ins Gesicht geschrieben. »Ich soll dich in die Ukraine begleiten?«, fragte ich verblüfft.

»Ein bizarrer Vorschlag, ich weiß.«

»Nicht so bizarr wie mit Jens in einem Cabrio nach Spanien zu reisen.«

Roman beugte sich über mich und küsste zärtlich meine Nasenspitze. »Du musst mir nicht sofort antworten«, wisperte er. »Denk einfach darüber nach. Und jetzt lass uns aufstehen. Ich hab schrecklichen Hunger. Wir können uns nicht länger von Luft und Liebe ernähren, auch wenn ich das liebend gern täte.«

*

Wir genossen unsere Mahlzeit auf der Terrasse und dehnten sie bewusst in die Länge. Ich trug bereits meinen Bikini und freute mich auf das Schwimmen im Meer. Und danach wollte ich am Strand liegen und ein Buch lesen. Mein Gott, wie lange hatte ich das nicht mehr gemacht?

Roman fläzte mit ausgestreckten Beinen im Stuhl gegenüber und lächelte mir entspannt entgegen. Er trug nur schwarze Badeshorts, nichts sonst und ich verschlang ihn mit meinen Augen. Gebräunte Haut, fein definierte Muskeln, wirres Haar, blaue Augen. Das verrückte Ziehen in meinem Bauch wurde stärker. Ich musste es ihm sagen ... wie sehr ich ihn immer noch liebte. Und dass ich ein Leben an seiner Seite wollte.

Der Tisch zwischen uns bog sich vor Köstlichkeiten, die wir aus der Küche angeschleppt hatten, um zusammen zu essen. Wir hatten Obst aufgeschnitten und uns einen Salat mit Tomaten, Gurken, Oliven und Schafkäse zubereitet. Dazu tranken wir Kaffee und frisch gepressten Orangensaft. Roman hatte auch die angebrochene Weißweinflasche aus dem Kühlschrank geholt und auf dem Tisch abgestellt. Der warme Sommerwind strich über unsere Gesichter. Die Markise über unseren Köpfen flatterte, die Windspiele klingelten und aus dem Inneren des Hauses schwebten die Klänge von Loungemusik heraus. In der Luft lag der Geruch nach Sonnencreme und Hitze. Wir hatten Zeit, keine Termine, keinen Druck und keine Verpflichtungen. Für mich waren dies paradiesische Zustände und ich genoss jede Sekunde davon. Jede einzelne.

Während Roman eine Brotscheibe mit Butter beschmierte und sie mir reichte, warf ich ihm verliebte Blicke zu.

»Seit dreißig Jahren hat mir keiner mehr ein Brot geschmiert«, sagte ich seufzend.

»Ach wirklich? Ich mach das gern für dich.«

»Daran könnte ich mich gewöhnen.«

»Ich mich auch. Es ist schön, mit dir zu frühstücken ... in diesem Ambiente. Schöner hätte ich es mir in meinen Träumen nicht ausmalen können.«

Das Rauschen des Meeres umschmeichelte seine Worte, während er auf den Horizont deutete. »Es ist perfekt«, seufzte er. »Einfach perfekt.« Sein Blick schweifte in die Ferne und wirkte plötzlich seltsam entrückt.

Er verbarg etwas vor mir. Ich spürte es.

»Eigentlich ist es ja ein spätes Mittagessen«, erwiderte ich mit Leichtigkeit in der Stimme. »Ein sehr, sehr spätes.«

»Es ist, was es ist«, meinte er und die Schwermut in seinen Zügen verflüchtigte sich wieder.

Sein Lächeln vertiefte sich, während er mit einer Hand ein paar Haarsträhnen aus seiner Stirn wischte. Das sah unglaublich heiß aus. Ich saß da und starrte ihn ehrfürchtig an. Wo er war, begann ein Glück, das jenseits meiner Träume lag.

»Du bist so sexy«, stieß ich hervor. »Ich muss dich heute noch ein paar Mal vernaschen.«

»Das wird wohl umgekehrt laufen«, neckte er mich. »Ich werde dich vernaschen und zwar immer dann, wenn *mir* danach ist.«

»Das werden wir ja sehen.«

Er zwinkerte mir zu.

Wir tranken Kaffee und unterhielten uns locker dabei. Ich stelle amüsiert fest, wie Romans Blicke immer wieder zu meinem Bikinioberteil wanderten.

»Gefällt dir die Aussicht?«

»Ich mag deine Brüste«, erwiderte er rau. »Sie fühlen sich wundervoll in meinen Händen an. Ich will dich ficken. Jetzt, hier auf der Terrasse.«

Seine Worte rasten in mein Gehirn und von dort weiter zwischen meine Beine. Wortlos stellte ich meine Kaffeetasse ab, die ich gerade zum Mund hatte führen wollen. Unsicher ließ ich meinen Blick über den Strand wandern. Ich musterte die Menschengruppen, die in einiger Entfernung auf ihren Handtüchern saßen. Da die Terrasse erhöht lag, war sie nicht wirklich einsichtig, aber was, wenn Jens in der Zwischenzeit zurückkam? Wir hatten keine Ahnung, wohin er gegangen war und wie lange er ausbleiben wollte.

»Was ist, wenn Jens zurückkommt?«

»Der kommt so schnell nicht wieder. Bestimmt ist er auf dem

Wasser. Er liebt das Kiten«, sagte Roman während er den Weißwein in ein Glas schenkte und es über den Tisch zu mir herüberschob. »Trinken wir ein Gläschen. Das macht dich lockerer. Du denkst schon wieder zu viel nach, anstatt die Dinge einfach nur geschehen zu lassen.«

»Stimmt. Mein altes Muster.« Ich grinste und nahm ihm das Glas ab.

Wir prosteten einander zu und tranken einen Schluck. Der Wein schoss in meine Blutbahn und ließ meine Muskeln erschlaffen. Alkohol und Sommerhitze, das vertrug sich nicht gerade gut, aber es war eine Kombination, die mich entspannte. Warum dachte ich überhaupt so viel nach?

»Jens ist ein guter Surfer«, wechselte Roman das Thema. »Du musst ihm unbedingt zusehen. Seine Jumps sind sensationell. Im Gegensatz zu anderen Kitern kontrolliert *er* das Board und nicht das Board ihn.«

Ich nickte. Ja, das klang ganz nach Jens.

»Und du? Willst du nicht auch aufs Wasser?«, fragte ich ihn. »Immerhin ist es euer gemeinsamer Männerurlaub. Ich will dich nicht vom Surfen abhalten und ich möchte dir wahnsinnig gern dabei zusehen. Außerdem hab ich Sorge, dass Jens mir das übel nimmt, wenn ich dich so okkupiere.«

Roman schüttelte den Kopf. »Heute nicht, meine Schöne, vielleicht morgen. Ich will lieber Zeit mit dir verbringen. Und Jens kommt ganz gut allein zurecht. Der macht sein Ding. Außerdem war er derjenige, der dich mitgenommen hat. Jetzt muss er mit den Konsequenzen leben.«

Er zog die Beine von der Liege und erhob sich. »Ich brauch noch Kaffee«, sagte er. »Damit ich klar im Kopf bleibe. Du kriegst aber keinen mehr, der Alkohol soll dich hemmungslos machen.«

Im Vorbeigehen drückte er mir einen Kuss auf den Scheitel. Seine Hand schlüpfte frech unter mein Bikinioberteil und massierte meinen Busen. Mit den Fingern zwirbelte er eine der Brustwarzen. Aufseufzend ließ ich den Kopf gegen seine Schulter sinken.

»Magst du das, hm?«, raunte er an meinem Ohr. »Warte, bis ich wieder zurück bin.«

Wenig später kam er mit seinem Handy wieder. Er sah besorgt aus.

»Was ist los?«, fragte ich alarmiert.

»Ach nichts«, sagte er mit gerunzelter Stirn. »Julia und Walter haben angerufen. Viermal hintereinander. Das kann nichts Gutes bedeuten.«

Er sank auf seinen Stuhl und presste das Telefon gegen sein Kinn. »Verdammt«, murmelte er. »Aber vielleicht hat es nur mit dem Club zu tun. Was könnten sie sonst so Dringendes von mir wollen? Ich hab ihnen gesagt, dass ich meine Ruhe brauche.«

»Willst du mir mal verraten, was es mit Julia und dir auf sich hat? Liebst du sie?«

Er warf mir einen panischen Blick zu. »Dieses Thema muss warten. Der Moment ist viel zu schön.«

»Wann willst du dann mit mir über alles reden?«

»Nie?«, schlug er vor.

»Das ist keine Option.«

»Ich weiß.«

Er zögerte, presste die Lippen aufeinander und schwieg.

»Was ist los, Roman?«

»Stört es dich, wenn ich sie kurz zurückrufe?«

Ich seufzte. *Wenn es sein muss,* wollte ich sagen, verkniff es mir aber. Aus eigener Erfahrung wusste ich, dass es sein musste.

Da führte kein Weg daran vorbei. Wie oft hatte ich im Laufe unserer Affäre meinen Ehemann anrufen müssen, um den Schein zu wahren.

»Sarah, bitte, sieh mich nicht so finster an. Ich muss kurz nachfragen, was zu Hause los ist und ob bei Julia alles okay ist.«

Ich schluckte. *Zu Hause*. Das tat ganz schön weh. Ob ihm bewusst war, dass seine Heimatlosigkeit gar nicht so schwerwiegend war, wie er sie darstellte? *Zu Hause.* Die Wahrheit knallte mir wie eine schallende Ohrfeige ins Gesicht. Mein junger Romeo hatte gar nicht vor, seine Julia zu verlassen. Mit diesem Gedanken musste ich mich anfreunden. Die beiden führten seit über einem Jahr eine Beziehung. Warum sollte er die von heute auf morgen für mich aufgeben? Welche Perspektiven konnte ich ihm überhaupt bieten? Mein Herz sackte in sich zusammen. Ich versuchte mich in die Welt meines Verstandes zu retten. Wenn Roman bei Julia blieb, dann würde ich das überleben. Ich hatte mir in Deutschland ein schönes, neues Leben aufgebaut und ich war stärker als noch vor einem Jahr. Mich konnte nichts aus der Bahn werfen. Ich war bei mir.

Roman wand sich unter meinem Blick. Plötzlich sprang er auf. »*Zerstörst du den Moment um der Zerstörung Willen? Oder wollte dein Herz mir im Tode begegnen?*«, zitierte er irgendwelche Verse. Ich ärgerte mich über ihn, wusste aber nicht recht, warum.

»Lass die Ausflüchte«, ermahnte ich ihn. »Über das Zitieren irgendwelcher Gedichte waren wir doch längst hinaus. Sag einfach geradeheraus, was dich beunruhigt. Ich bin nicht blind. Und auch nicht dumm. Du verheimlichst mir doch etwas. In Bezug auf Julia und dich.«

Er wollte an mir vorbeigehen, aber ich hielt ihn am Handgelenk zurück. »Herrgott, jetzt sag mir endlich, was los ist!«

»Ihre Mutter stirbt«, sprudelte es aus ihm heraus.

Ich ließ ihn erschrocken los. »Was?«

»Julias Mutter hat Krebs und dieses Mal sieht es so aus, als könnte sie ihn nicht so leicht besiegen.«

Ich schlug eine Hand vor den Mund. »Wie schrecklich. Das tut mir furchtbar leid.«

»Zufrieden?«, fragte er und stürmte ins Haus.

Ich hüpfte auf und folgte ihm. »Warte!«

Er blieb stehen und sprach mit mir, ohne sich umzudrehen. »Julia weiß noch nicht, dass die Krankheit ihrer Mutter zurückgekehrt ist. Walter wollte es ihr erst sagen, wenn ich wieder aus meinem Urlaub zurück bin. Aber vielleicht hat er es sich anders überlegt. Vielleicht hat sich Maries Gesundheitszustand verschlechtert. Keine Ahnung. Ich muss auf jeden Fall mit Julia reden und nachsehen, ob sie okay ist.«

»Ruf sie bitte an«, sagte ich kleinlaut. »Dagegen sagt ja keiner was.« Ich schluckte. Da war plötzlich diese Blockade in meinem Hals, die jedes Wort bremste.

Roman drehte sich zu mir um. »Hey«, sagte er zärtlich, aber seine Augen sahen verzweifelt aus. »Du verstehst das doch besser als jeder andere Mensch auf der Welt. Julia ist meine Freundin und auch wenn ich gerade im Glücksrausch bin, weil ich endlich mit dir zusammen sein kann, so mach ich mir dennoch Sorgen um sie.«

»Aber du betrügst sie auch mit mir.«

»Das versuche ich auszuklammern.«

»Das geht nur für eine Weile gut. Glaub mir, wenn ich dir das sage. Ich spreche aus Erfahrung. Irgendwann zerreißt es dich. Es zerfetzt dich. Das schlechte Gewissen, es holt dich ein und dann musst du durch die Hölle gehen. Besser, du entscheidest dich schnell für die Wahrheit und machst reinen Tisch. Ich würde mich nie wieder für diesen Weg der Unwahrheit und Heimlichtuerei entscheiden. Nicht mit meinem Wissen von heute. Mach es richtig, Roman. Mach nicht dieselben Fehler wie ich.«

Er schüttelte den Kopf. »Ich mach doch nicht mit ihr Schluss, wenn die Gefahr besteht, dass ihre Mutter in wenigen Wochen stirbt«, sagte er entsetzt. »Außerdem, nur zur Erinnerung für dich. Ich bin schon durch die Hölle gegangen. Weil *du* mich verlassen hast. Schon vergessen?«

Ich wich vor ihm zurück. Was war denn nun auf einmal mit ihm los? Die Stimmung war von einer Minute auf die andere gekippt. Obwohl ich verständnisvoll und erwachsen reagieren wollte, gewann die eifersüchtige und verletzte Frau in mir die Oberhand.

»Hättest du mir nicht diese dämliche Ich-hab-eine-andere-gefickt-Show vorgespielt, nur um mich zu vertreiben, dann hätte ich dich niemals verlassen«, erhob ich meine Stimme. »Du weißt das. Ich hätte dich niemals verlassen. Ich hätte es nie geschafft, von dir loszukommen. Ich hab es ja bis heute nicht geschafft. Ich hänge immer noch so verflucht an dir.«

Roman starrte mich entsetzt an. »Jens hat es dir erzählt«, sagte er. »Das hätte er nicht tun sollen, ohne mich zu fragen.«

Ja, dachte ich und fühlte mich augenblicklich unbehaglich. *Das ist nicht das Einzige, was dein bester Freund getan hat, ohne deine Erlaubnis einzuholen.*

»Es war gut, dass Jens es mir erzählt hat«, sagte ich mit trockenem Mund. »Hast du eine Ahnung, wie weh du mir mit dieser idiotischen Aktion getan hast?«

An Romans Kinn zuckte ein Muskel. »Hast du eine Ahnung, wie viel Schmerz du mir zugefügt hast?«, donnerte er und fuchtelte mit seinem Arm an meinem Gesicht vorbei. »Und dass du nur eine Sekunde geglaubt hast, dass ich überhaupt fähig wäre, dich zu betrügen. Weißt du, was das mit mir gemacht hat? Ich dachte, du würdest meine Liebe ernst nehmen. Aber nein, du hast dich davongemacht, ohne dich ein einziges Mal bei mir zu melden. Für dich war so klar, dass ich diese Tussi gefickt habe. Wie konntest du mich für so ein Arschloch halten? Wusstest du denn nicht, wie sehr ich dich geliebt habe?«

Geliebt habe ... die Vergangenheitsform. Autsch!

»Und überhaupt. Kannst du dir annähernd vorstellen, wie es für mich war? Diese ganze beschissene Affäre. Du bist jedes Mal aus meinen Armen gefallen und jedes Mal zu ihm zurückgekrochen und jetzt, wo er dich verlassen hat, stehst du plötzlich hier in Spanien und verlangst, dass ich alles aufgebe, was ich mir neu aufgebaut habe und mit dir nach Deutschland zurückfahre. Und dann? Soll ich dann mit dir und deinen Kindern zusammenleben oder wie hast du dir das vorgestellt?«

»Ich hab mir gar nichts vorgestellt!«, schrie ich zurück. »Und nur fürs Protokoll: *Ich* habe Sam verlassen. *Ich.* Und zwar, als mir bewusst wurde, dass ich dich nicht vergessen kann, dass ich dich immer noch liebe. Kapierst du das denn nicht? Ich liebe dich, Roman. Ich liebe dich. Darum bin ich hier. Um es dir zu sagen. Was du mit dieser Information machst, das liegt allein in deiner Hand. Ich wollte nur, dass du es weißt. Sonst nichts.«

Mein Körper bebte. Tränen drängten aus meinen Augen. Roman stürzte auf mich zu und umrahmte mein Gesicht mit seinen Händen.

»Bitte, wein nicht. Das kann ich nicht sehen.«

Er umarmte mich.

»Ich komme zu spät, nicht wahr?«, wisperte ich an seiner Brust. »Komme ich zu spät?«

Er drückte mich noch enger an sich und streichelte über meinen Rücken. »Ich weiß es nicht«, flüsterte er. »Du kommst spät, aber ich glaube nicht, dass es zu spät ist. Ich weiß es nicht.«

»Ich liebe dich«, hauchte ich. »Ich liebe dich mehr, als du dir vorstellen kannst.«

Roman nahm Abstand und forschte in meinen Augen.

Glaubte er meinen Beteuerungen etwa nicht? Wieso sagte er mir nicht, dass er mich ebenso liebte? Waren seine Gefühle in dem Jahr unserer Trennung verflogen? Es sah ganz danach aus.

»Was willst du, Sarah?«, fragte er hart. »Was willst du wirklich?«

Ich kam nicht dazu, ihm zu antworten, denn er presste seine Lippen auf meinen Mund. Sein wütender Kuss, in dem sich seine aufgeplatzten Wunden widerspiegelten, raubte mir den Atem. Er küsste mich minutenlang, ohne dass sich seine Leidenschaft zügelte. Im Gegenteil, sie wurde immer ungezähmter. Die Vergangenheit hatte uns eingeholt und die Zukunft zeigte uns die kalte Schulter. Wir waren der Gegenwart ergeben. Mehr gab es nicht für uns. Nur diese Zeitschleife eines Sommers am Meer. Küssend sanken wir auf die Couch hinab. Die Gewissheit trieb uns an, dass dieses Hier und Jetzt vielleicht die letzte Chance war, uns nahe zu sein.

Roman nestelte so lange an den Schnüren meiner Bikinihose, bis sich der Knoten löste und er den Stoff von meinem Körper reißen konnte. Ohne Vorspiel positionierte er seinen Schwanz an meiner Spalte und versenkte ihn mit einem einzigen Stoß. Ich hielt erschrocken die Luft an. Romans harte Länge dehnte mich zum Zerbersten. Ich spürte jeden Zentimeter von ihm. Jeden. Die Verletzungen der Vergangenheit tanzten hämisch um unsere Körper, während Roman mich mit harten Stößen nahm. Sein Gewicht erdrückte mich fast. Ich wickelte meine Beine um seine Taille.

»Warum bist du damals gegangen?«, keuchte er an meinem Ohr. »Warum, verdammt noch mal, bist du nicht geblieben? Immer hast du dich für ihn entschieden. Du hast es dir so leicht gemacht.«

Mein Kopf kippte zur Seite und ich schloss die Augen. Romans Vorwürfe schmerzten mich. Ich hatte es mir nicht leicht gemacht, und er wusste das. Eine Welle der Erregung trug mich davon. Dann noch eine. Süß und schwer. Durch halbgeschlossene Lider erblickte ich plötzlich einen Schatten an der Terrassentür.

Ich riss bestürzt die Augen auf. Es war Jens. Er lehnte mit verschränkten Armen am Türrahmen und starrte uns an. Mein Gott, wie lange stand er schon dort? Mein Orgasmus verlor sich vor Schreck. Ich rüttelte an Romans Schulter, um ihm ein Zeichen zu geben, aber er reagierte nicht. Sein hektischer Atem und der animalische Rhythmus, mit dem er mich fickte, zeigten mir, dass er in Kürze kommen würde.

Jens' Augen bohrten sich in meine wie glühende Kohlen. Ich verbrannte in seinem Blick, ich verbrannte. Er hypnotisierte mich, fesselte mich, ließ mich nicht mehr los. Niemals würde ich mich aus seinem Bann befreien können, wenn er es nicht wollte. Seine Dominanz tränkte den Raum mit Macht. Es war faszinierend, aber er unterwarf mich nur mit seinen Augen, allein mit seinem Blick. Meine Erregung stieg an. Jens' Pupillen wurden schwärzer, während er mich unnachgiebig fixierte. Die heiße Begierde, die darin kochte, ließ die Hitze in mir explodieren. Das Wissen, dass es ihn erregte, uns zuzusehen, trieb die Flammen in meinem Schoß an die Spitze. Auf seine Lippen malte sich das typische Grinsen, dreckig und überheblich. Er leckte sich über die Zähne und fasste sich provokant an die Badehose, in der seine Erektion unübersehbar gegen den Stoff spannte. Roman erstarrte mitten in seiner Bewegung und stöhnte meinen Namen. Während sein Samen in mich jagte, hing ich gnadenlos in Jens' Blick fest. Und die Vorstellung, dass er mich gerade in Gedanken vögelte, ließ die Wellen der Lust erneut über mir zusammenschlagen. Ich schloss die Augen, krallte meine Fingernägel in Romans Rücken und kam mit einem leisen Aufschrei.

Als ich wieder zu mir kam, war Jens verschwunden.

Sollte ich Roman davon erzählen? Warum auch nicht? Ich hatte keine Lust mehr auf weitere Geheimnisse, die zwischen uns standen.

»Jens war eben hier«, flüsterte ich ihm zu.

Roman stützte sich an den Ellbogen hoch und sah mir ins Gesicht. »Ach ja?«, fragte er atemlos.

»Ja, er stand dort drüben an der Tür und hat uns beim Sex beobachtet.«

Roman lachte leise. »Das hat ihn bestimmt scharfgemacht, den alten Voyeur.« Er drehte sich zur Terrassentür um. »Wo ist er denn jetzt?«

»Keine Ahnung, er ist wieder verschwunden.«

Roman rollte sich von mir herunter und wir saßen nebeneinander auf der Couch. Sein Blick war fragend.

»Geh telefonieren«, sagte ich kühl, angelte nach dem Bikinihöschen und stolzierte davon.

»Okay«, murmelte er mir hinterher. »Wir reden später weiter.«

Ich wankte ins Badezimmer und versperrte hastig die Tür. Als ich mich gewaschen und meinen ganzen Körper mit Sonnenschutz eingecremt hatte, kam ich wieder ins Wohnzimmer zurück. Es war leer. Auch auf der Terrasse war keiner der Jungs zu sehen. Ich schirmte die Augen mit der Hand ab und ließ meinen Blick suchend über den Strand wandern.

»Er ist telefonieren gegangen.«

Ich drehte den Kopf in die Richtung, aus der die Stimme gekommen war und entdeckte Jens am unteren Ende der Treppe sitzen. Er hatte seine Füße im Sand vergraben und die Ellbogen auf eine der Stufen abgestützt. Als sich unsere Blicke begegneten, wurden meine Wangen heiß. Rasch wandte ich mich ab und ging in mein Zimmer. Ich nahm ein großes Badetuch aus dem Schrank und warf es mir um die Schultern. Dann klemmte ich mir ein Buch unter den Arm, schlüpfte in meine Sandalen und verließ den Raum. Ich würde mein Leben nicht unnötig verkomplizieren. Nie wieder. Das hatte ich mir geschworen. Dieser Urlaub war einmalig und ich würde ihn genießen.

Entschlossen stapfte ich ins Freie. Jens erhob sich, als ich über die Treppe nach unten wankte. Er trat zur Seite, um mich vorbeizulassen. Als ich weitergehen wollte, rammte er seinen Arm gegen das Geländer und hielt mich auf. Die Berührung mit seiner warmen Haut elektrisierte mich. Mit flatternden Lidern sah ich zu ihm hoch.

»Und?«, fragte er mit rauchiger Stimme. »Hat er dir gefallen?«

»Er?«

»Na, unser kleiner Mindfuck.«

»Nein«, sagte ich.

Er lachte. »Lügnerin. Du siehst übrigens heiß aus, wenn du kommst. Aber das wusste ich vorher schon.«

»Lässt du mich vorbei, Jens? Bitte.«

Er nahm Abstand und ließ mich mit einer angedeuteten Verbeugung vorüberhuschen. Ich tat zwei Schritte und blieb dann stehen, um aus meinen Sandalen zu schlüpfen.

»Magst du mit mir schwimmen gehen?«, fragte ich.

Irgendwie war es mir plötzlich ein Anliegen, die sexuelle Komponente aus unseren Begegnungen zu schieben. Bei unserem gestrigen Abendessen hatte das ja auch ganz wunderbar funktioniert. Seither wusste ich, dass Jens auch ohne sein Domgehabe existieren konnte und dass er ohne diese Attitüde ein ganz wundervoller und interessanter Gesprächspartner war.

Für den Bruchteil einer Sekunde sah er überrascht aus, dann lächelte er. Mein Blick huschte über seinen Oberkörper. In seiner knielangen Surferhose sah er wirklich umwerfend aus. Sportlich und verwegen. Seine gebräunte Haut ließ die Tattoos noch stärker hervortreten. Sie leuchteten in der Sonne. Warme Schauer flossen über meine Haut. Unter meinen Fußsohlen prickelte die Hitze des Sandes. Er kam näher. Ich musste bei seinem Anblick an eine Raubkatze denken.

»Ich soll mit dir schwimmen gehen?«, fragte er, als er direkt vor mir stand. »*Nur* schwimmen?«

Ich verdrehte die Augen. »Ja, Jens. Einfach nur schwimmen. Wasser. Meer. Wellen. Du verstehst schon.«

»Es hat mich angetörnt, dich mit ihm zu sehen«, sagte er. »Am liebsten hätte ich dich hinterher auch noch gefickt.«

Ich erschauerte.

»Lass es«, krächzte ich. »Ich will das nicht hören.«

Unter seinem glühenden Blick zerfiel etwas in mir zu Asche und der Wind trug es mit sich fort, hinaus aufs offene Meer.

KAPITEL 21 – SARAH

Der Atlantik war furchtbar kalt, aber da Jens neben mir durch die Wellen stapfte, ohne mit der Wimper zu zucken, gab ich mir keine Blöße und tat es ihm gleich. Er sollte mich als unabhängige und selbstbewusste Frau erleben und nichts als quiekendes Mädchen. Dass er sein Domgehabe auch außerhalb von Marseille ausspielte, wann immer es ihm passte, schmeckte mir gar nicht. Auch wenn ein kleiner Teil von mir von seiner Unberechenbarkeit hingerissen war, der vernünftige Part meiner Seele wollte weiter konsequente Grenzen ziehen und dafür sorgen, dass diese auch eingehalten wurden. Wenn ich von Jens ernst genommen werden wollte, dann musste ich mich von meiner intellektuellen und starken Seite zeigen.

Nur so konnte ich seinen Respekt erlangen.

Ich biss also die Zähne zusammen und watete stolz durchs Wasser, bis es mir bis zur Hälfte meines Bauches reichte. Jens warf mir spöttische Blicke zu, aber ich quittierte sie mit einem Lächeln, tauchte tapfer bis zum Hals unter und schwamm ein paar Tempi. Als ich mich einigermaßen an die Kälte gewöhnt hatte, drehte ich mich auf den Rücken und tauchte meine Haare ins Wasser. Mit ausgestreckten Armen und Beinen ließ ich mich von den Wellen hin und her schaukeln. Die Freiheit dehnte sich aus in mir, wurde weiter und weiter. Ich war in allen Elementen und sie waren alle in mir. Feuer, Erde, Wasser, Luft. Ich war eins mit mir und dem Universum. Die Strapazen der letzten Monate schienen weit weg zu sein. So schwer sie auch zu ertragen gewesen waren, sie hatten mich enorm weitergebracht. Das letzte Jahr war eines der schwierigsten meines Lebens gewesen, aber es hatte mich zugleich in meine Mitte geführt. Die Aufarbeitung meiner alten Themen und das Entdecken meiner längst vergessenen Kreativität hatten mich an den Kern meines Wesens zurückgeführt. Ich wusste wieder, wer Sarah war, was sie wollte und wofür sie einstand. Ich war so sehr bei mir, dass kein Erdbeben von außen mich erschüttern könnte. Gelöst schwamm ich vor mich hin, mal auf dem Bauch, mal auf dem Rücken.

Als mein Körper langsam auskühlte, kämpfte ich mich durch

die Wellen zurück an den Strand. Nah am Wasser breitete ich mein Badetuch aus und ließ mich darauf fallen. Mit einem Seufzen genoss ich das Gefühl der Sonne, die das Salz auf meiner Haut trocknete. Jens watete aus dem Meer und an mir vorbei, ohne ein Wort an mich zu richten. Er ging zielgerichtet zum Strandhaus zurück. Enttäuscht blickte ich ihm hinterher. Immer dann, wenn ich Nähe zu ihm aufgebaut hatte, handelte er entgegen meiner Erwartungen und zog sich zurück. Ich hatte mich gefreut, ein wenig Zeit mit ihm zu verbringen, aber der einsame Wolf machte mir einen Strich durch die Rechnung. Ach, was kümmerte es mich. Ich konnte auch ohne die Jungs entspannen, wahrscheinlich besser als mit ihnen.

Ich schloss die Augen und leerte mein Gehirn. Die Geräusche des Sommers waren meine beruhigende Hintergrundmusik. Das Windsausen, das Meeresrauschen, fröhliches Gelächter, Gitarrenklänge aus einem Radio. Wohlig streckte ich mich, dehnte meine Arme und Beine. Wie herrlich das Leben sein konnte. Ich hatte keine Verpflichtungen, keine Termine, keine Kinder. Ich war nur für mich selbst verantwortlich und konnte in den Tag hineinleben. Wie eine entspannte Katze aalte ich mich in der Nachmittagssonne und dachte an nichts. Ich musste eingeschlummert sein, denn als mich jemand am Arm berührte, schreckte ich verwirrt hoch.

Träge blinzelte ich in das Licht der Sonne.

»Magst du was trinken?«, fragte Jens.

Ich rappelte mich auf und musterte das arrangierte Picknick, das er zu meiner Rechten aufgebaut hatte.

»Was zum ...?«

»Nur am Strand liegen kann jeder«, erwiderte er lässig.

Neugierig musterte ich die große Picknickdecke, die er neben meinem Handtuch ausgebreitet hatte. Darauf hatte er seine tragbaren Boxen platziert, über die sein Handy chillige Klänge verbreitete. Kleine Schälchen mit Köstlichkeiten zierten die Decke und in einem gelben Kindereimer, der mit Eis gefüllt war, steckte eine Flasche des guten Weißweins. Er hatte sogar an Weingläser, kleine Gäbelchen und Servietten gedacht.

»Gar kein Blumenarrangement?«, fragte ich spöttisch.

»Der Florist arbeitet noch daran.«

Ich lachte.

»Willst du Wein?«, fragte er.

»Gibt es auch Wasser?«

»Gibt es auch.« Er reichte mir eine Flasche Mineralwasser.

»Danke, Jens.«

Er griff ebenso nach einer Flasche und trank sie in großen Schlucken leer. Ich glotzte ihn dabei an wie ein verliebter Teenager. Ich konnte schlichtweg nicht wegsehen. Ein paar Tropfen liefen aus seinem Mundwinkel und an seinem bartstoppeligen Hals hinunter. Sein Adamsapfel hüpfte, als er schluckte. Ein Kribbeln flatterte durch meinen Magen und sandte bittersüße Impulse in meinen Schoß hinab. Jens setzte die Flasche ab und warf mir einen wissenden Blick zu. Augenblicklich fühlte ich mich wie auf frischer Tat ertappt. Er schraubte die Flasche zu und schleuderte sie über seine Schulter zurück in den Sand. Danach streckte er sich der Länge nach neben mir aus. Grinsend zog er die Sonnenbrille über seine Augen, verschränkte die Arme hinter seinem Kopf und gab ein entspanntes Stöhnen von sich. Um mich von seinem heißen Anblick loszureißen, inspizierte ich den Inhalt der kleinen Schälchen, in denen sich Nüsse, Oliven und Brotchips befanden.

»Greif ruhig zu«, sagte er träge. »Alles auf dieser Decke gehört dir.«

Da! Schon wieder dieser frivole Unterton, von dem ich ganz schummerig im Kopf wurde. Konnte er nicht eine Sekunde lang seine sexuellen Anspielungen sein lassen? Ich starrte auf seine verspiegelte Sonnenbrille, hinter denen er seine Augen versteckte. Was meinte er damit? Alles gehörte mir, was auf dieser Decke lag? Er eingeschlossen? Konnte ein Mann wie Jens überhaupt jemandem gehören? War das nicht ein völliges Unding in Anbetracht seiner sexuellen Gesinnung? Und was kümmerte es mich eigentlich? Jens hatte einen Hang zu Psychospielchen. Er wollte mich nur durcheinanderbringen, um wieder einen Blick auf meine Psyche erhaschen zu können.

Na, diesen Gefallen würde ich ihm nicht tun.

Um die Situation zu umschiffen, schnappte ich mir die Schale mit den Nüssen und schüttete ein paar in meine Handfläche.

Ich entschied mich, seine Bemerkung einfach unter den Tisch fallen zu lassen und mit einem ernsten Thema aufzufahren. So konnte ich die Gesprächsrichtung in meine Richtung drehen.

»Julias Mutter hat Krebs«, sagte ich. »Ihre Überlebenschancen stehen nicht sehr gut.«

Jens schnellte mit einer einzigen geschmeidigen Bewegung ins Sitzen hoch und zog die Brille von seinem Gesicht.

»Was? Wirklich? Marie hat Krebs?« Ich nickte. »Scheiße«, murmelte er. »Das wusste ich nicht, dass sie wieder krank geworden ist. Das tut mir echt leid.«

»Roman hat es mir erzählt. Ich musste ihn ziemlich bedrängen, damit er es mir verrät.«

»Deshalb läuft er mit dieser Schwere im Blick herum«, sagte Jens. »Das erklärt eine Menge.«

»Julias Vater will erst nach Romans Rückkehr mit Julia darüber sprechen. Er braucht Roman als Stütze für seine Tochter.«

»Mist«, sagte Jens. »Du weißt, was das bedeutet, Sarah. Das ist dir doch klar, oder?«

Ich starrte auf ein Segelboot in der Ferne. »Ja, das weiß ich.«

»Und wie geht es dir damit?«

»Ich bin ein großes Mädchen. Ich kann damit umgehen.«

»Wenn du es sagst.«

»Ich mag den Gedanken, dass Roman sich seinen Verantwortungen stellt. Er wächst über sich hinaus. Das gefällt mir.«

Jens nickte zustimmend. »Das stimmt schon. Romans Handlungsweisen haben sich verändert. Er hat im letzten halben Jahr einiges an Substanz gewonnen.«

»Er ist eben erwachsen geworden«, sagte ich aufseufzend. »Und irgendwie freut es mich, zu hören, dass Verantwortung nicht länger nur ein Wort für ihn ist. Zugehörigkeit, Familie, Verpflichtungen. Das sind Dinge, die er bisher nicht kannte. Julia und ihre Eltern liegen ihm sehr am Herzen. Sie haben ihm ein richtiges Zuhause gegeben. Und ehrlich, Jens, was wäre er denn für ein Mensch, wenn er sie ohne Skrupel zurücklassen könnte? Ohne die Spur eines Zweifels. Wir dürfen ihn auf keinen Fall bedrängen, dass er mit uns nach Deutschland zurückkommt. Das macht ihm alles nur noch schwerer. Wir müssen ihn in seinen Entscheidungen unterstützen.«

Jens massierte seine Schläfen mit den Fingern. Er sah plötzlich am Boden zerstört aus.

»Okay, du hast recht«, murmelte er. »Wir müssen ihm helfen und dürfen es ihm nicht unnötig schwer machen.«

Er legte die Wange auf seinem aufgestellten Knie ab und starrte düster aufs Meer hinaus.

»Warum sagst du ihm nicht, dass er dir so sehr fehlt?«

»Warum nimmst du an, dass ich ihm das nicht längst gesagt habe?«, stellte er eine Gegenfrage.

»Hast du?«

Er schüttelte den Kopf.

»Jens, sieh mich an.« Er hob den Kopf. »Ein Mensch ist erst frei, wenn er keine Angst mehr vor seinen Gefühlen hat und auch zu ihnen steht«, philosophierte ich vor mich hin. »Du musst zu deinen Gefühlen stehen. Zu allen. Auch zu den unangenehmen, die eventuell zu Problemen führen können.«

»Oh oh, vorsichtig, Sarah«, warnte er mich und veränderte seine Position. Er rückte näher an mich heran. »Wenn du diese Diskussion beginnst, dann musst du sie auch zu einem Ende führen. Kannst du das, ohne dass dir die Argumente ausgehen? Ich beschäftige mich schon seit vielen Jahren mit dem Begriff der Freiheit, aus philosophischer und psychologischer Sicht. Ich habe eine Menge dazu gelesen und daher ein breites Wissen zu diesem Thema.«

Ich zog die Stirn kraus. »Okay, dann erhelle mich mit deinen Weisheiten«, sagte ich leichthin. »Ich bin mir ziemlich sicher, dass du in der Theorie über Freiheit Bescheid weißt, aber ich besitze die praktische Lebenserfahrung, die dir fehlt.«

»Meinst du, hm?« Um seine Lippen zuckte ein Schmunzeln, das mich herausforderte. »Du siehst Freiheit nicht als das an, was sie wirklich ist«, sagte er. »Ich weiß, dass du dich im Augenblick frei fühlst, weil es dir für ein paar Tage vergönnt ist, deinen Verpflichtungen zu entfliehen. Aber du liegst falsch, wenn du dieses Freisein als wahr und recht identifizierst. Freiheit ist mehr als ein zeitlich begrenzter Ausweg. Freiheit ist *nicht* die Abwesenheit alles Hindernden und Hemmenden. Sie ist *nicht* die Abwesenheit von Notwendigkeiten.«

»So? Was ist sie dann?«, unterbrach ich ihn.

»Sie ist die Abwesenheit von Themen.«

»Hm«, machte ich.

»Wahre Freiheit zeigt sich erst am Ende all deiner Themen aus deiner Vergangenheit und am Ende all der Erwartungen, die du an andere Menschen stellst. Ein Leben, gegenwärtig und im Moment gelebt, ist ein freies Leben. Indem du dich lossagst von den eigenen Grenzen und jenen des Kollektivs, bist du frei.«

»Die Grenzen des Kollektivs«, wiederholte ich. »Darüber muss ich erst mal nachdenken.«

»Bitte, ich schenke dir inzwischen Wein ein.«

»Und wenn ich keinen Wein will?«

»Dann hast du die Freiheit, dies zu äußern.«

»Ich will keinen Wein. Danke. Er verträgt sich nicht mit der Hitze und ich möchte in deiner Gegenwart lieber klar im Kopf bleiben«, entgegnete ich würdevoll.

Jens lachte lauthals auf. Er tat dies sehr selten und ich war erstaunt, wie herzlich und rau sein Lachen klang.

»Da ich die Frage ohne Erwartungen gestellt habe, erzeugt dein Nein keine Gefühle in mir. Ich lasse dir einfach deinen Willen. Ich bleibe frei und du auch.« Ich nagte konzentriert an meiner Lippe und grübelte über seine kleine Rede nach. »Das Gute an meiner Theorie ist: Wenn du wieder zu Hause angekommen bist, wirst du dich sogar in deinem Hamsterrad frei fühlen. Du wirst keine Erwartungen haben, nicht der Vergangenheit nachtrauern, nicht vor der Zukunft Angst haben. Du wirst jeden Moment erwartungsfrei leben und annehmen, was er dir bringt. Freiheit passiert immer im Innen, nie im Außen.«

»Das ist reine Theorie«, stieß ich hervor. »Freiheit existiert nur in Verbindung mit Verantwortlichkeit. Du kannst diese beiden Begriffe nicht voneinander trennen. Das geht nicht. Zumindest nicht in unserer Welt. Du bist ein Freiheitstheoretiker, so wie ich das vermutet hatte. Aus dir spricht ein Junggeselle, der durch die Welt jettet, Frauen flachlegt und in den Tag hineinlebt. Bis vor kurzem hast du sogar das Geld deines Vaters verwendet. Wie frei bist du wirklich? Deine Gefühlswelt ist von dir abgetrennt, du drehst dich nur um dich selbst und um die Befriedigung deiner sexuellen Bedürfnisse. Überhaupt dreht sich bei dir alles nur um Sex. Wir können diese Diskussion nicht führen, weil wir nicht auf einem Erfahrungslevel sind, um sie auf Augenhöhe zu vollenden. In dieser Hinsicht ist Roman sogar ein wenig weiter als du. Er hat sich emotional auf eine Beziehung eingelassen und schlägt sich nun mit den Hindernissen herum, die Liebe und Verantwortungsgefühl entstehen lassen. Er ist freier als du. Du bist ein Gefangener deiner unterdrückten Emotionen. Und jetzt sieh mich bitte nicht so finster an, ich bin um sechszehn Jahre älter als du und hab ein bisschen mehr Lebenserfahrung vorzuweisen.«

Jens Augen verengten sich. Er knirschte mit den Zähnen, was seine Züge verhärtete.

»Du willst Gefühle«, murrte er. »Denkst du wirklich, ich habe Angst, sie zu äußern?«

»Hast du denn überhaupt welche?«, fragte ich herausfordernd. Ich spürte, wie ihn das auf die Palme trieb. »Wann hast du denn zuletzt jemandem gesagt, dass du ihn magst? Wann hast du eine Frau zärtlich geliebt, anstatt wütend auf sie einzudreschen, bis ihr Arsch voller Striemen war?«

»Sarah, das geht mir zu weit«, sagte er erstickt. »Hör auf damit.« Mittlerweile ballten sich seine Hände zu Fäusten und jeder seiner Muskeln spannte sich zum Zerreißen an. Ich konnte jedoch nicht aufhören, auf ihn einzuhacken.

»Du bist gefangen in dir selbst«, setzte ich nach. »Und wenn du nicht aus deinem geschützten Raum trittst, da hinaus, wo das reale Leben ist, wirst du niemals richtig frei sein können.«

Er schluckte ein paar Mal so laut, dass ich es hören konnte.

»Es ist vermessen von dir, Mutmaßungen über mich anzustellen, als wüsstest du etwas über mich, das in die Tiefe geht«, sagte er so heiser, dass ich seine Wut zwischen den Zeilen vibrieren hörte. »Du hast keine Ahnung von meiner Welt. Sie ist gefühlvoll und tiefgründig und mein Wesen ist weit davon entfernt, wütend auf eine Frau einzudreschen. Ich bringe Frauen Respekt entgegen und sehe es als Geschenk an, was sie mir geben, wenn sie sich mit Vertrauen in meine Hände fallen lassen. Ich würdige ihre Hingabe und ihre Bereitschaft, den Schmerz für mich auszuhalten, denn dadurch erlösen sie den Teil in mir, der in seiner Kindheit so viel Schmerz und Pein aushalten musste, dass er beinahe daran zugrunde gegangen wäre.« Jens kam meinem Gesicht so nahe, dass seine Lippen nur eine Atemlänge von meinen entfernt waren. »Du hast keine Ahnung, wer ich wirklich bin«, flüsterte er, »und du kennst auch nicht die Szene, in der ich mich bewege. Ich habe sehr viel Sinn für Zuneigung, Vertrauen und Zärtlichkeit und in einer Session bin ich völlig im Einklang mit meinen Gefühlen, die mitunter sehr intensiv sein können. Ich würde mich dir gerne zeigen, wie ich wirklich bin, dir mehr über meine Welt verraten, aber ich weiß, dass du damit nicht umgehen kannst. In Wahrheit bist du viel zu konservativ und weit davon entfernt, frei zu sein. Und das ist mein letztes Wort in dieser Diskussion.«

Er sank in die Rückenlage, griff nach seiner Sonnenbrille und setzte sie sich auf. Ich öffnete den Mund, um zu protestieren. Jens irrte sich. Es gab nichts, womit ich nicht umgehen konnte. Nicht mehr. Ich war vielleicht konservativ gepolt, aber dieses Ich hatte ich hinter mir gelassen. Entschlossen neigte ich mich über ihn. Mein Gesicht und der blaue Himmel spiegelten sich in seinen Brillengläsern wider.

»Erzähl mir mehr«, hauchte ich. »Ich will mehr über dich erfahren. Wie sieht so eine Session aus, von der du gesprochen hast?«

»Nicht jetzt«, murmelte er.

»Warum nicht?«

Er deutete hinter meinen Rücken.

»Weil Roman gerade auf uns zukommt.«

KAPITEL 22 – ROMAN

Ich hatte Sarah und Jens schon von Weitem gesehen und wunderte mich, dass sie zusammen an den Strand gegangen waren. Als ich ihren Platz erreichte, sprang Sarah auf und stürzte sich in meine Arme. Sie sah wunderschön aus. Ihr schwarzer Bikini war schlicht, aber stilvoll und saß perfekt auf ihrem Körper. Sie duftete herrlich nach Sonnencreme. Ihr Teint, der etwas Farbe gewonnen hatte, ließ sie um zehn Jahre jünger aussehen. Der viele Sport, den sie neuerdings machte, war ihr anzusehen. Ihr Körper war weit definierter als noch vor einem Jahr. Das Salzwasser hatte in ihren langen Haaren ein zerwühltes Durcheinander hinterlassen, in das ich meine Finger graben wollte. Ich warf das Handy achtlos auf die Decke, zog sie an mich und küsste sie. Sie schlang ihre Arme um meine Taille und presste sich eng an mich. Ihre Brüste rieben über meinen Oberkörper. Ich küsste sie härter. Meine Zunge stieß in ihren Mund. Sie stöhnte leise. Dieser Laut fuhr mir bis in den Schritt. Was hatte diese Frau nur an sich, dass ich ihr so verfallen war? Ich hatte sie in den letzten zehn Stunden in allen erdenklichen Stellungen gevögelt, aber dennoch bekam mein Schwanz nie genug von ihr. Während meine Hände an Sarahs Rücken hinab und unter ihr Bikinihöschen wanderten, wuchs der Ständer in meiner Hose, bis diese unangenehm spannte. Hm, sie war so geil zu küssen, so anschmiegsam, so willig. Ungeduldig krallten sich meine Finger in ihren Hintern und mit einem Ruck presste ich ihr Becken gegen meinen Schritt. Binnen Sekunden hatte mich die Erregung fest im Griff und Sarah schien es genauso zu gehen. Ihr Blick war verklärt.

»Gehst du mit mir ins Wasser«, murmelte ich an ihren Lippen.

Sie nickte mit einem entrückten Lächeln. »Gern. Es ist lange her, dass wir zusammen schwimmen waren.«

Ich zog das Shirt über meinen Kopf, warf es zu Boden und hob sie schwungvoll auf meine Arme. Mit einem Lächeln trug ich sie über den Strand zum Meer hinab. Nichts schien mir in diesem Moment wichtiger zu sein, als mit ihr im Ozean zu versinken. Die Wellen klatschten gegen meine Beine. Als das Wasser Sarahs Körper erreichte, ließ ich sie los. Sie japste, als die Kälte auf ihre

Haut traf und versuchte sich schneller zu bewegen. Ich streckte meinen Arm aus und schnappte nach ihr.

»Hier geblieben. Nicht, dass du mir zu weit in den Atlantik hinaustreibst.«

Wir küssten uns, während die Wellen uns gleichmäßig auf und ab schaukelten. Meine Finger rutschten wie von selbst unter die Schalen ihres Bikinis und ich zwirbelte ihre harten Brustwarzen.

»Ich würde dich am liebsten im Wasser vögeln«, raunte ich ihr zu. »Das hab ich noch nie getan.«

»Nimm mich, wo und wann du willst«, erwiderte sie atemlos. »Ich gehöre dir, Roman. Für immer, wenn du das willst.«

Es machte mich glücklich, wenn sie das sagte. Je mehr Zeit ich mit ihr verbrachte, umso klarer wurde für mich: Sie war es. Die Frau an meiner Seite. Sie war es immer gewesen. Leider hatten sich die Hindernisse zwischen uns nicht verabschiedet, sondern nur verschoben, aber daran wollte ich in diesem schönen Moment nicht denken. In diesem Augenblick zählte nur die Gegenwart. Sarah war hier. In meinen Armen. In Tarifa.

Aus Sarahs nassen Haaren tropfte das Wasser. Wenn ich sie küsste, schmeckte ich das Salz der See. Sie wickelte ihre Arme und Beine um mich und hing wie ein Äffchen auf mir drauf. Ich hatte festen Boden unter den Füßen und nutzte die Position, um ihren Hintern zu massieren. Den würde ich mir heute auch noch vorknöpfen, ganz bestimmt. Herausfordernd schob ich den Stoff ihres Höschens zur Seite und neckte mit dem Finger ihre Rosette.

»Ich nehme an, dass ich der Einzige geblieben bin, der da hineindurfte, oder?«

Sie lachte frech an meinem Ohr, sagte aber nichts.

»Du willst es mir nicht verraten?« Sie schüttelte den Kopf. »Okay, du hast es so gewollt.«

Mit Schwung tauchte ich uns beide unter Wasser. Prustend kamen wir wieder an die Oberfläche.

Sarah wischte über ihre Augen. »Och, das brennt so unglaublich«, schimpfte sie lachend. »Das ist ein blödes Spiel. Ich konnte es noch nie leiden.«

Ich tauchte sie wieder unter. Sarah stieß sich von mir ab und schwamm davon. Ohne Mühe holte ich sie ein. Dazu musste ich mich nicht einmal anstrengen. Mittlerweile hatte uns die Strömung an den Strand zurückgespült. Ich rollte mich auf den Rücken und zog Sarah auf meinen Bauch. Wir küssten uns, während die auslaufenden Wellen uns aufschäumend umspülten.

»Spürst du, was du mit mir machst«, seufzte ich unter ihr.

»Ich spüre es. Und wie.« Sie rieb sich an mir.

Ich stöhnte. Sie stöhnte. Wir waren so in unserer Lust verloren, dass wir das Rundherum vergaßen.

Der Wind fegte über unsere Körper hinweg und Sarah fröstelte. Irgendwann zitterte sie so sehr, dass ich es nicht mehr ignorieren konnte. Ich löste meine Lippen von ihren und lachte, weil ihre Zähne aufeinander klapperten.

»Komm, wir wärmen uns in der Sonne auf«, schlug ich vor.

Wir rappelten uns auf und hielten uns an den Händen fest. Sarah warf einen amüsierten Blick auf meine Erektion, die in der engen Badehose nicht zu übersehen war. Im Umkreis von einigen Metern starrten uns die Leute an. Wir hatten wohl einiges an Aufmerksamkeit auf uns gezogen.

Übermütig liefen wir zu unserem Platz zurück und ließen uns lachend auf die Decke fallen. Jens lag auf dem Rücken und hatte seine Arme und Beine weit von sich gestreckt. Er sah wie ein Toter aus. Erst als sich Sarah in ein Handtuch gewickelt und ich Wein in zwei Gläser eingeschenkt hatte, regte er sich.

»Während ihr zwei hier einen auf die *Rückkehr zur blauen Lagune** gemacht habt, hat deine Freundin angerufen«, sagte er bissig. Er betonte *Freundin* so scharf, dass ich hellhörig wurde.

Was war los mit ihm? War er etwa sauer auf mich? Hatte er am Ende doch ein Problem damit, wenn unser Urlaub nicht ganz im Zeichen unserer Freundschaft stand? Er hielt mir das Telefon unter die Nase. »Ich hab abgehoben und ihr gesagt, dass du schwimmen gegangen bist. War ja nicht gelogen.«

»Ja, danke«, murmelte ich und riss ihm das Telefon aus der Hand.

»Ich soll dir ausrichten, dass Walter die Unterlagen gefunden hat, die er so verzweifelt gesucht hat. Sie wünscht dir weiterhin viel Spaß.«

»Was hast du ihr gesagt?«, fragte ich lauernd.

Jens kam in den Schneidersitz hoch und schob die Sonnenbrille an seiner Nasenspitze nach unten. Er zwinkerte mir zu. »Was wohl? Dass es dir an Spaß bestimmt nicht mangeln wird.«

Ich rollte mit den Augen. Jens war in einer eigenartigen Stimmung. Das war mir nicht neu, ich konnte damit umgehen. Wenigstens war er nicht sauer. Eigentlich hätte mich das gewundert. Jens war der flexibelste Mensch, den ich kannte. Er konnte sich blitzschnell auf eine neue Situation einstellen. Gepaart mit seinem messerscharfen Verstand und seinem Gespür für andere Menschen, machte ihn das zu einem sehr umgänglichen, aber manchmal auch gefährlichen Weggefährten. Ich wollte ihn lieber als Freund und niemals zum Feind haben.

Er neigte sich vor und angelte die Flasche Wein aus dem Eimer, in dem das Eis längst zu Wasser geschmolzen war.

Ich deutete auf das Teil, auf dem eine Disney-Figur abgebildet war. »Was ist das überhaupt für ein Spielzeugeimer, den du da angeschleppt hast?«

»Was anderes hab ich nicht gefunden«, meinte er achselzuckend.

»So ändern sich die Zeiten«, zog ich ihn auf. »Statt Veuve, Kaviar und Koks auf dem Arsch einer Nutte, kredenzt du uns Wein in einem Kindereimer, Nüsse aus dem Plastikbeutel und guckst uns beim Vögeln im Strandhaus zu.«

»Ich finde es besser so«, stieß Sarah hervor.

»Ich auch«, sagte Jens.

Ich warf Sarah einen erstaunten Blick zu. Sie senkte die Augen und errötete. Das verriet mir so einiges, ohne dass sie es zugeben musste. Das war ja interessant.

»Ich glaube, es hat ihr gefallen, dass du uns heute bei unserem kleinen Nachmittagsquickie beobachtet hast«, wandte ich mich mit einem Lachen an Jens.

Sarah veränderte ihre Sitzposition und rutschte ein Stück von mir weg. Sie fühlte sich unbehaglich, weil ich sie durchschaut hatte.

»Ach? Ist das so?«, fragte Jens belustigt. »Mir hat die werte Dame etwas anderes erzählt.«

»Dann hat sie gelogen. Sie ist ziemlich nass geworden, das habe ich eindeutig gespürt. Ich hab mich schon gewundert, was sie so erregt hat.«

Sarah wand sich unter unseren Blicken wie ein Fisch, der uns ins Netz gegangen war. In Wahrheit foppte ich sie nur. Ich hatte vorhin meinen Schwanz in ihre Pussy gehämmert, auf einen geilen Orgasmus hingearbeitet und von meinem Umfeld rein gar nichts mitbekommen.

Jens sprang auf das Thema auf. Es war nach seinem Geschmack. »Dann hat es dir also doch gefallen, dass ich euch zugesehen habe?«, fragte er Sarah ganz direkt, wie es seine Art war.

»Das hast du mich schon einmal gefragt«, entgegnete sie würdevoll, »und ich habe deine Frage mit einem klaren Nein beantwortet. Ich distanziere mich hier ausdrücklich von dem Wunsch nach einer Wiederholung der Feuerbachschen Spiele.«

Ihre Stimme zitterte in winzigen, feinen Nuancen. Sie zwirbelte das Haar um ihren Zeigefinger. Heilige Scheiße, sie log. Aber warum? Das war doch kein schlimmes Thema, es sein denn, ihre Gefühle spielten in dieser Angelegenheit verrückt.

Konnte das sein?

»Du lügst«, sagte Jens amüsiert. Ihm war ihre Reaktion auch nicht entgangen und er konnte die Körpersprache seines Gegenübers noch besser entziffern als ich. »Ich frage mich nur, warum du lügst. Fehlt es dir an der Freiheit zu deinen Gefühlen und Wünschen zu stehen? Oder was hindert dich daran, jetzt und hier die Wahrheit zu sagen?« Er lachte spöttisch und wandte sich dann an mich. »Sie will es«, sagte er. »Sie will es sogar sehr, aber sie wird es niemals zugeben. Sie will, dass ich sie ficke und du uns dabei zusiehst.«

Mir blieb das Herz stehen. Es dauerte eine Weile, bis die Information in mein Gehirn sickerte. Sarah wollte von Jens flachgelegt werden? Und sie wollte, dass ich dabei zusah?

Jens starrte mich schweigend an. Wir verständigten uns ohne Worte. Das hatten wir schon immer tadellos beherrscht. Wenn wir früher eine Frau erobert hatten, hatte die Kommunikation zwischen uns nur mit unseren Blicken stattgefunden. Ich hatte gewusst, was Jens tun wollte und Jens hatte gewusst, was ich tun wollte. Wir hatten jeden unserer Dreier wundervoll in Szene gesetzt und waren ein perfekt eingespieltes Team gewesen.

Zusammen hatten wir jede Frau rumgekriegt und in den siebten Himmel gevögelt. Es hatte uns so viel Spaß gemacht, dass wir niemals wieder damit aufhören wollten. Bis Sarah in mein Leben trat. Sie veränderte meine Welt und rückte sie gerade.
Ich nahm mir Zeit, um in Jens' Innerstes zu blicken. Was ich dort sah, gefiel mir nicht. Gefiel mir gar nicht. Im letzten Winkel seiner Dunkelheit loderte ein Feuer, in dem Sarah verbrennen sollte. Ich kannte ihn zu gut. Wenn es eine Frau gab, die er unterwerfen wollte, dann verfiel er in diesen eigenartigen Habitus. Er ähnelte dann einem Raubtier auf der Jagd.

Die Angst schloss ihre kalte Faust um mein Herz und drückte fest zu. Mein Brustkorb schrumpfte in sich zusammen. Ich kam in Atemnot. Sollte es je zu einer Buhlschaft zwischen Jens und mir kommen, in der nur einer als Gewinner aussteigen könnte, dann hätte ich keine Chance, gegen ihn zu bestehen. Ich würde immer den Kürzeren ziehen. Jens war zu mächtig und zu stark. Die Frauen liebten mich, aber sie verfielen ihm mit Haut und Haar. Er hatte diese Macht auf sie, die mir fehlte.
Jens starrte mich an. Ich starrte zurück und dann legte ich eine Bitte in meinen Blick.

Nicht sie. Ich bitte dich. Nicht sie.

Jens' Lider senkten sich und er deutete mit einem kaum sichtbaren Nicken an, dass er mich verstanden hatte.

»Ich hab heute Abend ein Date mit Rosie«, sagte er unvermittelt. Für ihn war das Thema erledigt und ich dankte ihm mit einem erleichterten Seufzen.

»Wer ist Rosie?«, stieß Sarah hervor.

Mein Blick schnellte zu ihr hinüber. Wieso klang sie so aufgebracht?

»Rosie ist eine heiße Braut aus dem Surfshop«, antwortete Jens gelangweilt.

»Wieso ist sie immer noch in Tarifa?«, fragte ich erstaunt. »Wollte sie nicht zum Studieren nach London?«

»Wollte sie, aber es war ihr dann doch zu bieder dort. Ich treffe sie heute Abend in ihrer Wohnung. Sie hat neuerdings eine Mitbewohnerin, die hoffentlich genauso versaut ist wie sie.«

Sein Grinsen wirkte bemüht. Skeptisch musterte ich ihn.

Sein Blick wanderte zwischen Sarah und mir hin und her.

»Ich geh einkaufen und koch uns was Gutes«, meinte er. »Ihr könnt euch inzwischen am Strand vergnügen und gegen acht zum Essen hochkommen. Was meint ihr dazu?«

»Das klingt toll«, hauchte Sarah. »Danke.«

Jens schenkte ihr ein Lächeln. Sie lächelte zurück. Als er davonstapfte, blickte sie ihm nach, bis er im Strandhaus verschwunden war. Das Schlagen meines Pulses hallte in meinen Ohren wider. Ein Geheimnis lag in der Luft, aber welches?

*

»Würdest du es gerne mit Jens und mir aufnehmen?«, fragte ich sie, als wir über den Strand in Richtung Westen spazierten.

Ich hielt ihre Hand so eisern fest, dass ich fast Angst hatte, ihre Finger zu zerquetschen. Ich wollte sie nie wieder loslassen.

»Ich denke, dass es ein Fehler wäre«, wich sie aus.

»Warum denkst du das?«

»Es macht unser Leben komplizierter, als es ohnehin schon ist.« Ich lachte und hob unsere Hände an, um einen Kuss auf ihren Handrücken zu drücken.

»Über einen Mangel an Komplikationen können wir uns wirklich nicht beschweren«, sagte ich leise.

Wir spazierten barfuß durch die heranrollenden Wellen und hinterließen Spuren im Sand, die von der Flut wieder gelöscht wurden. Ein paar Kiter kamen uns entgegen und grüßten uns auf Englisch. Laut grölend positionierten sie ihre Boards im Wasser und prüften die Gurte und Seile. Der Wind war perfekt, um noch einmal aufs Meer hinauszugehen. Sehnsüchtig blickte ich in den Himmel hinauf. Über unseren Köpfen kreisten ein paar Möwen. Die Sonne näherte sich dem Horizont, aber die unerträgliche Hitze wollte nicht weichen.

»Liebst du sie?«, fragte Sarah unvermittelt.

Ich zögerte meine Antwort hinaus. »Ich weiß nicht. Vielleicht. Ich mag sie. Vom ersten Moment an. Sie ist im letzten Jahr zu meiner besten Freundin geworden. Das trifft wohl am ehesten mein Empfinden.«

»Wie ist sie denn so als Mensch?«

»Du willst über Julia sprechen? In diesem romantischen Moment, der nur uns beiden gehört?«

Sarah nickte. »Erzähl mir ein bisschen von ihr.«

Schwungvoll zog ich sie an mich und küsste sie auf den Mund. Sie öffnete bereitwillig ihre Lippen und ihre Zunge stürzte sich auf meine. Wir küssten uns leidenschaftlich, bis uns die Begierde von Neuem übermannte. Wild tasteten unsere Hände über unsere Körper. Wir berührten uns, fühlten uns. Wir waren einander so nahe, wie nie zuvor. Ich stöhnte in ihren Mund, während ich hart wurde. Die Ablenkung kam mir gelegen. Ich wollte nicht über Julia sprechen. Es tat weh, an sie zu denken und an dass, was ich ihr antat, indem ich meine Entscheidung aufschob und mich nicht aus tiefstem Herzen zu ihr bekannte. Sie war nicht die Richtige für mich, aber trotzdem konnte ich sie in der kommenden schweren Zeit nicht allein lassen. Das war eine Tatsache und ich hatte mich damit abgefunden. Julia brauchte mich. Und ihre Eltern brauchten mich auch. Ich konnte sie nicht verlassen.

Sarah strich mit ihren Fingern durch mein Haar und zerwühlte es. »Ich verstehe, dass du nicht über sie sprechen magst. Es tut weh, nicht wahr?«

»Und Sam und du?«, lenkte ich ab. »Wie ist die Stimmung zwischen euch, jetzt, wo ihr getrennt seid?«

»Die Stimmung ist sehr angespannt«, antwortete sie. »Wir reden nur das Notwendigste miteinander. Es wird wohl noch einige Zeit dauern, bis wir einen freundschaftlichen Umgang miteinander pflegen können. Er kann mir einfach nicht verzeihen und ich verstehe das. Ich hätte ihm auch nicht verziehen, wenn er eine Familie zerstört hätte, in der ich glücklich war.«

»Hast du dir selbst verziehen?«

Sarah lächelte. »Langsam aber sicher tue ich das. Ich verzeihe mir. Es war Schicksal, wie sich die Dinge zwischen uns entwickelt haben. Meine Psychologin hat mir mal gesagt, dass ein Schicksal erst dann Kraft in ein Leben bringt, wenn es angenommen wird und man nicht weiter gegen die Veränderungen ankämpft, die es mit sich bringt. Man muss dem Fluss des Lebens folgen. Um frei zu werden. Du hast mich damals aus einem langen Winterschlaf erweckt und mir gezeigt, dass ich eine Tiefe besitze, die mich leben lässt und glücklich macht. Dafür werde ich dir ewig dankbar sein. Ich habe dich gebraucht, um mich selbst zu finden.«

»Und deine Kinder?«

»Sie werden damit aufwachsen, dass ihre Eltern nicht mehr zusammen sind, aber dass die Liebe trotzdem niemals aufhört. Eltern lieben ihre Kinder bis in alle Ewigkeit.«

»Ist das so?«, fragte ich mit einem Kloß im Hals.

Sie blickte mich prüfend an.

»Das ist so«, sagte sie klar und deutlich.

Der Schmerz kam aus dem Nichts, er fuhr in mich hinein und zerschmetterte mein Herz. Sarah und ich, wir würden niemals Kinder zusammen haben. Wir würden niemals eine Familie werden. Niemals. Tränen schossen in meine Augen. Ich wandte mich ab und ging mit zügigen Schritten über den Strand. Sarah musste laufen, um mit mir Schritt halten zu können.

»Was ist los?«, fragte sie. »Holt dich deine Vergangenheit wieder ein?«

»Sie holt mich ein, obwohl ich weglaufe.«

»Geht es um deinen Vater?«, fragte sie. »Roman, bitte bleib stehen. Musstest du eben an deinen Vater denken? Oder geht es um deine Mutter? Roman, jetzt renn doch bitte nicht so.«

Ich wirbelte zu ihr herum. »Ja, an meinen Vater und an mich als Vater und an all das, was ich niemals mit dir haben kann.«

Sarah schluckte, dann runzelte sie die Stirn. Sie konnte es nicht verstehen. Wie denn auch?

»Lauf nicht länger weg«, murmelte sie. »Das führt doch zu nichts. Deiner Mutter geht es übrigens gar nicht gut. Sie zerfällt äußerlich und innerlich. Du bist fortgegangen und hast sie nie wieder besucht. Das bringt eine Mutter um.«

»Was weißt du über meine Mutter?«, fragte ich, aber im selben Moment fiel mir ein, dass Sarah jeden Tag im Kindergarten auf sie traf. »Geht es ihr nicht gut?«

»Sie sieht furchtbar aus.«

Ich umklammerte meinen Kopf mit beiden Händen. »Ich kann sie nicht besuchen«, stieß ich hervor. »Und willst du wissen warum? Ich kann sie nicht besuchen, weil *du* in ihrer Stadt lebst. *Du!* Immer nur Du! Es geht immer nur um dich, Sarah. Um dich. Nicht um sie. Die Gefahr war zu groß, meine alten Wunden aufzureißen. Dir zu begegnen, das hätte alles in mir zum Einsturz gebracht.«

Sarah senkte den Blick. Sie sah traurig aus.

»Verdammt«, fluchte ich. »Meine Mutter ist Alkoholikerin. *Das* bringt sie um und nicht wenn ich irgendwo auf dieser Welt mein Leben lebe. Willst du mir ein schlechtes Gewissen einreden?«

Sarahs Kopf schnellte nach oben. Entsetzt riss sie die Augen auf und schüttelte den Kopf. »Nein, Roman, das war überhaupt nicht meine Intention. Ich wollte dir nur zeigen, dass deine Mutter dich liebt und vermisst und dass es nicht sinnvoll ist, wenn du deine Herkunft negierst. Du musst dein Schicksal annehmen und damit Frieden schließen.«

Ich kaute auf meiner Unterlippe und starrte aufs Meer hinaus.

»Soll ich sie anrufen und ihr sagen, dass es mir gut geht? Ich habe mich seit drei Wochen nicht mehr bei ihr gemeldet.«

»Das hat Jens schon gemacht. Er hat sie gestern angerufen und ihr erzählt, dass es dir gut geht.«

»Was?«, fauchte ich.

Wieder eine Sache, die Jens vor mir geheim gehalten hatte. Er pflegte Kontakt zu meiner Mutter, ohne mir das zu sagen? Wie gut kannte ich meinen besten Freund überhaupt? Wieso vertraute er Sarah Dinge an, über die ich nicht Bescheid wusste?

»Bitte ärgere dich nicht über Jens«, sagte Sarah. »Deine Mutter ruft ihn immer wieder mal an, weil sie so verzweifelt wissen will, wie es dir geht. Wir alle wollen doch nur dein Bestes, weil wir dich lieben. Wir sehen, wie du ruderst, um nicht unterzugehen, wie du kämpfst. Wir sind auf deiner Seite, Roman.«

»Wir?«, fragte ich hart. »Was soll das heißen? Wir? Was ist da zwischen Jens und dir?«

Sie umarmte mich und drückte sich eng an meine Brust. Mit den Fingern streichelte sie über meinen nackten Rücken. Ihre zärtlichen und gleichmäßigen Berührungen besänftigten mich.

Sie wollte mir nicht antworten? Auch gut. Unsere Angst davor, die wirklich wichtigen Dinge endlich anzusprechen, erstreckte sich auf beide Seiten. Ich konnte nicht sagen, was mir wirklich auf der Seele brannte, und sie offensichtlich auch nicht. Wie lange wollten wir noch warten? Die Zeit war so knapp.

»Schließe Frieden mit deiner Vergangenheit«, wisperte sie. Ich nickte nur flüchtig.

Sie nahm meine Hand und wir gingen schweigend weiter. In meinem Kopf fuhren die Gedanken auf einem imaginären Karussell im Kreis herum. Immer schneller und schneller, bis mein Gleichgewichtssinn den Kampf aufgab und ich mich im Schwindel meiner Zweifel verlor. Es gab so viel, das ich entscheiden und über das ich mir klar werden musste.

Es gab so viel. Es war zu viel.

Ich führte Sarah an dem Strandcafé vorbei, das Jens und ich so liebten, um ihr die Stelle zu zeigen, wo Mittelmeer und Atlantik aufeinandertrafen. Der Sturm verwirbelte unsere Haare, als wir ein Stück ins Wasser wateten und auf eine Ansammlung Steine kletterten. Schweigend blickten wir auf den Horizont hinaus.

»Das Besondere an Tarifa ist, dass nicht nur zwei Meere, sondern auch zwei Winde aufeinandertreffen«, erklärte ich ihr. »Poniente, der vom Meer kommt, wechselt sich mit Levante aus dem Osten ab. Immer, wenn ich hier stehe, kann ich spüren, wie die Gegensätze aufeinanderprallen. Ich falle dann in meine Mitte und entdecke einen Teil von mir, den ich nur spüre, wenn mich die Naturgewalten fest im Griff haben. Ähnlich wie in den Höhlen von Nerja.«

»Was ist das für ein Teil in dir, den du dann spürst?«, fragte sie.

Ich blickte auf sie herab, nahm ihr Gesicht zwischen meine Hände und unterdrückte die Furcht, die aus meinem Innersten an die Oberfläche drängte und mich zur Flucht antrieb. Warum stellte sie mir diese Frage? Wusste sie nicht längst, dass es der Teil in mir war, der sie liebte?

»Hinter meinem Rücken ist das ruhige und warme Mittelmeer«, sagte ich. »Es ist voller Geborgenheit und Sanftmut. Es ist sicher und du wirst getragen. Und hinter deinem Rücken wütet der raue und eiskalte Atlantik. Seine Strömungen reißen dich in dunkle Tiefen. Du musst gegen die Kälte ankämpfen, gegen Strudel und hohe Wellen, gegen das Unwegsame und den

Schmerz. Im Atlantik musst du immer bei Kräften bleiben, schwimmen, kraulen, kämpfen, nie kannst du auf ihm treiben und dich sorglos entspannen. Niemals schwerelos sein.« Ich warf ihr einen tiefen Blick zu. Ihre Augen glänzten wachsam. Das Gold ihrer Wärme spiegelte sich darin. »In welches Meer wirfst du dich, wenn du dich heute entscheiden musst?«

Wir standen uns gegenüber, die Sehnsucht im Blick, den rauen Wind in den Haaren und hielten uns an den Händen, wie ein Liebespaar, das sich gerade vor einem Priester das Ja-Wort gegeben hatte. Der Moment fiel in sich zusammen, prallte wie die zwei Meere aufeinander, um sich in völliger Perfektion in wilden Wellen zu vereinen.

»Sarah, welches Meer wählst du?«

»Ich wähle das Meer, in dem du schwimmst«, antwortete sie mit Liebe im Blick.

Und da wusste ich, dass es ihr diesmal ernst war, dass sie mich nicht mehr fallen lassen würde, nie wieder. Sie liebte mich.

Mein Herz ging in Flammen auf. Feuer und Glück schossen in mich hinein und versengten meine letzten Zweifel.

»Ich liebe dich«, flüsterte ich. »Sarah, ich liebe dich.«

Eine vereinzelte Träne, die sich einen Weg ins Freie erkämpft hatte, rollte über meine Wange hinab. Hektisch wischte ich sie fort. Es war die Wahrheit.

»Roman«, seufzte sie und schmiegte sich an mich.

Ich hielt sie so fest in meinen Armen, dass weder Levante noch Poniente den Raum zwischen uns durchdringen konnten. Genau an dem Ort, an dem zwei Ozeane zusammentrafen, um sich zu begegnen, hatte ich ihr gesagt, was mein Herz in seiner bewegten Tiefe fühlte.

Was es immer gefühlt hatte.

Die reine Wahrheit. Ich liebte sie.

Ich hatte sie immer geliebt.

Und ich würde sie immer lieben.

Gleichgültig, wie mein Leben in Zukunft weiterging.

Egal, was in den nächsten Wochen, Monaten, Jahren geschah.

Ich liebte sie.

Endlos.

KAPITEL 23 – SARAH

In einer Wolke aus Glück schwebte ich über den Sandstrand zu unserem Haus zurück. Der Fokus meiner Gedanken lag einzig und allein auf Romans Liebesgeständnis. Er liebte mich. Liebte *mich*. Wie lange hatte ich mich danach gesehnt, diese drei Worte aus seinem Mund zu hören. Viel zu lange.

Dieser Augenblick zwischen den beiden wilden Meeren, im Kreuzfeuer der Stürme, dieser Moment war einzigartig gewesen und würde bis in alle Ewigkeit in mein Gedächtnis eingebrannt sein. Noch nie hatte ich etwas vergleichbar Romantisches und Ergreifendes erlebt, wie Romans Liebesgeständnis. Wieder zurück in Deutschland würde ich diese Szene malen. Im Geiste skizzierte ich die Konturen und die Stimmung, wählte die Farben aus. Ich hatte es schon vor Augen ... das große Gemälde, Roman und ich, Auge in Auge, um uns die vier Elemente und in uns die Liebe, die unser Schicksal besiegelte.

Als wir zurück an unseren Platz kamen, schnappte Roman mein Handtuch und warf es sich um die Schultern. Er zog mich über den Strand zu einer entfernten Sanddüne weiter, die von hohem Gras umgeben war und uns vor neugierigen Blicken schützte. Der Strand war bis auf ein paar Surfer und Spaziergänger menschenleer. Roman schien das nicht zu kümmern, dass noch jemand da draußen war. Er breitete das Handtuch aus und deutete mir näher zu kommen.

»Leg dich hin«, sagte er lächelnd.

Ich blickte über die Schulter. »Hier?«

»Du wirst es lieben.«

Ich setzte mich auf das Handtuch und sank in die Rückenlage.

Romans Blick war weich, als er mich betrachtete. »Wie schön du bist«, murmelte er. »Und wie verwegen. Was musste ich dich früher zu deinem Glück überreden.«

»Hier kennt mich ja keiner«, erwiderte ich lachend.

Seine Finger zogen Kreise über meinen Bauch. Er legte seine Handflächen auf meinen Hüften ab und streifte langsam das Bikinihöschen über meine Beine. Mein Atem ging flacher, als ich seine Fingerspitzen an meinen Oberschenkeln spürte.

Ich schloss die Augen. Meine Arme fielen zur Seite und versanken im warmen Sand. Das Dünengras raschelte im Wind, in der Ferne rauschte das Meer an Land. Die sommerliche Hitze bedeckte meine Haut mit Lust.

Roman küsste die Innenseite meiner Oberschenkel. Seine Lippen wanderten bis zu meiner Scham. Sein Atem fächelte über meinen glattrasierten Venushügel. In meinem Unterleib zogen sich alle Nerven zusammen, als sich seine Zunge warm und fest auf meine Klitoris legte. Er umkreiste die kleine Knospe, saugte sie ein und neckte sie zärtlich mit seinen Zähnen. Er verwöhnte mich bedächtig, nahm sich Zeit. Er hatte keine Eile. Ungeduldig wippte ich mein Becken gegen seinen Mund und seufzte seinen Namen. Der Gedanke erregte mich, dass uns hier jederzeit jemand entdecken konnte. Die Düne lag abgelegen, aber sie war nicht uneinsichtig. Ich dachte an Jens, der nur wenige Meter von uns entfernt im Strandhaus war. Würde er uns auf der Terrasse stehend sehen können? Roman tauchte seine Zunge in mich.

»Oh ja, so«, stöhnte ich und presste meinen Hinterkopf in den widerstandslosen Sand.

Ein Zittern erfasste meine Beine. Roman leckte mich, wie er es immer tat, sinnlich und mit purer Leidenschaft. Ich verlor alle Gedanken und dann, als ich am wenigsten damit gerechnet hatte, kam ein Gedanke wieder zu mir zurück. Ein Einziger. Ich dachte an Jens. Ich stellte mir vor, wie er auf der Terrasse stand und zu uns herübersah. Und dann stellte ich mir vor, dass er unaufgefordert zu uns kam, neben mir in die Knie ging, seine sexy Surferhose über seinen Hintern zog, die Hände in mein Haar krallte und mir seinen prallen Schwanz in den geöffneten Mund schob. Der Gedanke trieb meine Erregung auf die Spitze.

»Schneller«, feuerte ich Roman an. »Schneller.«

Romans Mund löste sich von mir. Ich stöhnte frustriert auf. Warum machte er immer das Gegenteil von dem, was ich von ihm haben wollte? Hatte er andere Pläne? Ja, die hatte er. Anstatt seiner Zunge schob er nun zwei Finger in mich. Ich bäumte mich auf. Der Druck auf meinen G-Punkt brachte mich sofort dorthin zurück, wo ich vor einigen Sekunden noch gewesen war. Wie ein Surfer schoss ich auf einer Welle nach oben.

Mein Unterleib zuckte. Ich würde in Kürze kommen und zwar heftig. Das spürte ich. Ich steckte mir einen Finger in den Mund und lutschte daran. Dabei dachte ich an Jens. Ich wollte ihn. Ich wollte sie beide. Sie sollten mir gehören. Alle beide. Romans Zunge in meiner Pussy und Jens' Schwanz in meinem Mund. Das war alles, woran ich noch denken konnte. Die Vibrationen in meinem Schoß nahmen unglaubliche Ausmaße an. Roman ließ von mir ab.

»Nicht«, protestierte ich, »weitermachen. Nicht, bitte. Ich war kurz davor.« Wie sehr ich es hasste, wenn er mich kurz vor dem Aufstieg fallen ließ. Er machte das jedes Mal. Nur um zu sehen, wie es mich verrückt machte.

Mit einem Schmunzeln kroch er über mich und verschob mein Bikinioberteil so weit, dass meine Nippel freilagen. Er saugte erst an der einen, dann an der anderen Brust. Seine Lippen wanderten über mein Dekolleté nach oben und suchten meinen Mund. Er küsste mich mit gierigen Zungenschlägen, mein Gott, er küsste so gut. Ich schmeckte mich auf seiner Zunge. Seine Erektion, die noch in der Badehose gefangen war, scheuerte über meinen Schamhügel.

»Dreh dich auf den Bauch«, befahl er rau und ich rollte mich herum. Ich spürte seine Hände an meinen Pobacken und schnappte nach Luft. Sein harter Schwanz, den er endlich aus der Hose befreit hatte, rieb sich zwischen meinen Beinen. Seine Hand fasste in mein Haar und drückte meinen Kopf nach unten. Er rieb immer wieder mit seinem Schaft über meine Klitoris und lachte leise über meine sehnsüchtigen Zuckungen. Als er in mich eindrang, schrie ich heiser auf. Er bewegte sich quälend langsam. Jeder seiner Stöße war tief. Und ich genoss jeden einzelnen. In den Pausen, die er bewusst setzte, vereinigte sich unsere Lust.

Oh, das war ... ja, das war ... das war ... unfassbar anregend.

Romans Spiel setzte Energien in mir frei, die durch meinen ganzen Körper fegten. Das Blut rauschte in meinen Ohren. Vor meinen Augen senkte sich eine schwarze Wand herab.

Oh Gott. Ein Stoß. Die Welle. Ja. Ein Stoß, tiefer als der vorherige. Die Welle.

Roman reizte mich, er überreizte mich und es machte ihm einen höllischen Spaß mich durch sein Feld der Begierde zu treiben. Meine Gedanken wanderten zu Jens. Ich konnte es nicht verhindern. Mein verdorbener Geist hatte seine eigenen Pläne, er malte sich aus, dass mich die Jungs abwechselnd so nahmen. Von hinten. Zuerst der eine, dann der andere. In meiner Phantasie fickten sie mich hier in dieser Sanddüne. Da, wo uns alle sehen konnten. Die Vorstellung katapultierte mich über den Abgrund. Im Fallen zerriss mich ein Orgasmus und er verteilte meine Fragmente weit über den Strand, das Meer, den Himmel.
Ich schrie meine Lust hinaus und wurde dabei unendlich weit.

»Oh ja, lauter«, keuchte Roman. »Ich will dich hören.«

Zwei Stöße später spürte ich ihn in mir zucken.

»Du bist so unglaublich«, seufzte er. »Unglaublich. Ich werde dich nie wieder gehen lassen. Bleib bei mir in Spanien. Ich flehe dich an. Bleib in meiner Nähe.«

Mein Gesicht sank in das Handtuch. Ich atmete schwer. Es war das erste und letzte Mal, dass ich darüber nachdachte, bei ihm zu bleiben. Hier in Spanien. Für immer.

Zurück an unserem Platz ließen wir uns auf der Picknickdecke nieder und tranken den Wein aus, der inzwischen warm geworden war. Ich legte meinen Kopf auf Romans Oberschenkeln ab und balancierte das halb volle Glas auf meinem Bauch. Er fütterte mich mit Oliven und Nüssen und streichelte zärtlich über meine Haare.

»Was liest du denn?«, fragte er und deutete auf das Buch, das mit der Frontseite nach unten achtlos im Sand lag. Ich fischte danach und reichte es ihm.

»Die Schachnovelle«, sagte er anerkennend. »Sehr gute Wahl.«

»Ich wollte es schon immer mal lesen und ... na ja, um ganz ehrlich zu sein ... wollte ich dich beeindrucken, wenn wir uns wiedersehen.«

Er lachte. »Das ist dir gelungen.«

»Liest du mir daraus vor? So wie früher.«

»Wenn du magst. Gerne.«

Er griff nach dem Buch und schlug es auf. »Den Anfang oder

wahllos eine Stelle?«

»Wahllos eine Stelle. Und dann interpretieren wir, was uns die Textpassage über unsere gemeinsame Zukunft verraten möchte. Das habe ich als junges Mädchen immer gemacht. Wenn ich in einer Situation einen Rat brauchte, hab ich ein Buch aufgeschlagen und die Textpassage gedeutet. Das Ergebnis war meistens sehr zufriedenstellend, wenn auch ungemein spekulativ.«

»Ich bin mir nicht sicher, ob die Schachnovelle als Orakel für unsere Zukunft geeignet ist«, erwiderte Roman zweifelnd.

»Warum nicht?«

»Weil sie den Wahnsinn aufzeigt, der im Inneren eines Menschen entsteht, wenn er sich zwei gegensätzlichen Polen, Weiß und Schwarz, gleichermaßen zugeneigt fühlt, sich für keine der beiden Seiten entscheiden kann und letztendlich mit beiden spielt.«

»Klingt aufregend. Los, schlag eine Seite auf und lies mir ein paar Sätze vor.«

Roman schüttelte amüsiert den Kopf und schlug das Buch auf. Er blätterte, ohne auf die Seiten zu sehen. Stattdessen blickte er mir in die Augen. Seine Lippen formten ein lautloses *Ich liebe dich.* In meinem Bauch setzte ein wildes Sehnen und Kribbeln ein. Ein Schwarm Schmetterlinge erhob sich und flatterte willenlos durch meinen Körper.

»Ich liebe dich auch«, flüsterte ich.

Er lächelte. »Bereit für das Orakel?«, fragte er.

Ich nickte.

»*Und plötzlich blieb mein Blick starr an etwas haften*«, las er. Ich seufzte und schloss meine Augen. Seine rauchige Stimme war so schön, so perfekt, so gestochen scharf. Ich hatte sie unglaublich vermisst. »*Ich hatte entdeckt, daß an einem der Mäntel die Seitentasche etwas aufgebauscht war. Ich trat näher heran und glaubte an der rechteckigen Form der Ausbuchtung zu erkennen, was diese etwas geschwellte Tasche in sich barg: ein Buch! Mir begannen die Knie zu zittern: ein BUCH! Vier Monate lang hatte ich kein Buch in der Hand gehabt, und schon die bloße Vorstellung eines Buches, in dem man aneinandergereihte Worte sehen konnte, Zeilen, Seiten und Blätter, eines Buches, aus dem man andere, neue, fremde, ablenkende Gedanken lesen, verfolgen,* *sich ins Hirn nehmen könnte, hatte etwas Berauschendes und gleichzeitig Betäubendes.**«

Ein plötzliches Räuspern ließ uns beide nach oben blicken.

Roman verstummte.

»*Und wie ein Schuß durchzuckte mich der Gedanke: stiehl dir das Buch!**«, sagte Jens laut, der unbemerkt an uns herangetreten war. Sein Anblick ließ mich erschauern. Er trug eine knielange Hose mit Seitentaschen im Militärlock, die tief auf seinen Hüften saß. Sein Oberkörper war nackt und er war barfuß. Mein Blick huschte über seine Tattoos, seine muskulöse Brust, seinen Bizeps. Er war offensichtlich gerade aus der Dusche gehüpft, denn sein Haar war noch feucht und ein männlicher Duft zog sich betörend in meine Nase hinunter. Ich holte tief Luft.

»Ich wollte euch nicht stören, nur Bescheid geben, dass das Essen gleich fertig ist,« sagte er.

Roman legte die Schachnovelle zur Seite. »Das kommt wie gerufen. Ich sterbe vor Hunger.«

»Was gibt's denn?«, fragte ich neugierig.

Roman kam in den Stand hoch und streckte mir seine Hand entgegen, um mir beim Aufstehen zu helfen.

»Lass dich überraschen«, erwiderte Jens, bückte sich und griff nach dem Spielzeugeimer.

Gemeinsam schleppten wir unsere Sachen zum Strandhaus hoch. Auf der Treppe schlug mir der Geruch von gebratenem Essen entgegen. Mein Magen knurrte vernehmlich. Wie am Vorabend hatte Jens den Tisch festlich gedeckt. Diesmal für drei Personen. Auch, wenn die Sonne noch nicht untergegangen war, hatte er die Kerzen in den Laternen entzündet und die Lichterkette angemacht.

»Kann ich noch schnell duschen?«, fragte ich, während ich mein Handtuch über das Holzgeländer warf.

Jens zuckte mit den Schultern. »Klar, warum nicht, ich muss sowieso noch Nudeln kochen.«

Oh, es gab Pasta. Ich lächelte glücklich. Die Vorfreude auf einen schönen Abend wärmte mein Herz.

*

Jens musterte mich von Kopf bis Fuß, als ich mich wenig später zu ihm in die Küche gesellte. Er trug immer noch nicht mehr am Körper als seine Hose. Leider. Denn sein Anblick verwirrte mich mehr, als mir lieb war. Seine Augen blieben an meinen Brüsten hängen. Er schmunzelte. Ich trug keine Unterwäsche, was ihm nicht entgangen war. Aber was entging Jens schon?

»Soll ich dir helfen?«, fragte ich höflich, um die Stille zu durchbrechen.

»Du kannst das Brot aus dem Ofen nehmen und aufschneiden«, sagte er, während er weiter in einer gusseisernen Pfanne rührte, in der eine schmackhaft duftende Soße vor sich hin blubberte

Ich beugte mich über den Herd und schnupperte. »Riecht lecker und sieht auch lecker aus.«

»Eine Eigenkreation. Willst du probieren?«

Ich nickte und er tauchte den Kochlöffel in die Pfanne und hielt ihn mir unter die Nase. Ich pustete und kostete mit spitzen Lippen. Meine Geschmacksknospen jubilierten. Die Soße schmeckte fantastisch.

»Oh wow, ist das köstlich«, rief ich begeistert aus.

Er lächelte zufrieden und legte den Löffel auf einen bereitgestellten Teller ab.

Ich drehte mich einmal um die eigene Achse und durchsuchte die Schubladen nach einem Topfhandschuh.

»Du musst die nehmen«, sagte Jens und reichte mir ein paar Geschirrtücher. »Was anderes haben wir nicht da.«

Ich griff nach den Tüchern und er trat einen Schritt zur Seite, damit ich den Backofen öffnen konnte. Die Hitze des Ofens schlug mir unangenehm ins Gesicht. Ich fächelte mir Luft zu. Vorsichtig zog ich den Rost heraus und legte ihn auf der Arbeitsplatte ab.

»Gibt es ein Brotmesser?«

Jens neigte sich zum Messerblock vor und zückte eines der Messer aus der Halterung. Er reichte es mir. Ich legte ein Tuch über das heiße Brot, um mich nicht zu verbrennen, und setzte die Schneide an.

»Breitere Stücke«, sagte er. »Ich mag es nicht, wenn das Brot zu dünn ist.«

»So?«

»Breiter. Warte, ich zeig's dir.«

Er stellte sich hinter mich und griff nach meiner Hand mit dem Messer. Ich erstarrte unter seiner Berührung.

»So«, sagte er und zeigte mir den Abstand, den er bevorzugte. Für einen winzigen Moment streifte sein warmer Atem meinen Nacken. Von dem Stromstoß, der mich durchzuckte, wurden meine Knie weggerissen und ich sackte gegen seinen nackten Oberkörper. Als mein Rücken seine Brust berührte, spürte ich ihn zusammenzucken. Seine Finger drückten meine Hand so fest, dass sich der Messergriff schmerzhaft in meine Handfläche bohrte. Jedes Molekül verbrannte unter der Hitze, die augenblicklich den Raum beherrschte. Wie in einem Hochspannungswerk knisterte die Luft zwischen uns.

»Das ist aber schon sehr dick«, krächzte ich heiser. »Da kann ich ja nicht abbeißen.«

»Dein Mund schafft das schon«, raunte er an meinem Ohr. »Das weiß ich.«

Seine Andeutung verheizte meine Sinne. Ich bekam kaum noch Luft. Irgendwo tickte eine Uhr. Auf der Terrasse dudelte Musik. Mein Puls raste. Warum tat er nichts? Warum stand er nur da und bewegte sich nicht? Warum ließ er mich nicht los? Die Sekunden verstrichen. Seine Hand lag fest über meiner. Mein Rücken presste sich an seine Brust. Ich hörte, wie er hörbar die Luft in seine Nase einsaugte. Und dann legten sich plötzlich seine weichen Lippen auf meinen Hals. Er drückte einen hauchzarten Kuss auf meine Haut, sein Mund wanderte weiter. Er küsste mich wieder und wieder. In Zeitlupe kreiste seine Zunge über die sensible Stelle an meinem Nacken. Milliarden Schauer wanderten über meine Arme. Meine Brustwarzen wurden hart. Ich verlor buchstäblich den Verstand.

Romans Stimme riss mich aus meiner ekstatischen Ohnmacht.

»Hat jemand von euch mein Ladekabel gesehen?«, rief er aus dem Flur.

Jens taumelte zurück, als ob er sich an mir verbrannt hätte.

Ich wirbelte zu ihm herum und starrte ihn vorwurfsvoll an.

In meiner Hand hielt ich immer noch das Messer.

»Fuck,« murmelte er.

Er räusperte sich trocken. »Das Ladekabel liegt auf meinem Bett!«, brüllte er zurück.

Das Messer rutschte aus meiner Hand und knallte scheppernd auf den Boden. Keiner von uns machte Anstalten, es wieder aufzuheben. Wir fixierten uns schwer atmend.

»Entschuldige«, flüsterte er. »Das wollte ich nicht.«

»Ach ja? Was wolltest du dann?«, zischte ich aufgebracht. »Das ist doch nicht normal, dass du dich nicht im Griff hast. Was ist denn los mit dir?«

Meine eigene Erregung blendete ich rasch aus. Sie hätte nur zur Frage geführt, was zur Hölle mit mir los war. Warum reagierte ich so intensiv auf Jens? Was war das zwischen uns?

Begierde, schoss mir durch den Kopf. *Das ist nichts anderes als deine Lust auf eine weitere Session.*

»Fuck«, sagte er wieder und fuhr sich mit beiden Händen durchs Haar.

Roman erschien im Türrahmen. Er trug verwaschene Bluejeans. Nichts sonst. Mein ohnehin auf Sparflamme funktionierendes Gehirn löste sich endgültig im Nichts auf.

Wie sollte ich mit so viel Nacktheit und Testosteron im Haus noch klar denken können?

Jens schnappte nach der Flasche Wein, die in Griffweite stand und ging damit an mir vorbei und auf die Terrasse hinaus.
Roman kam näher und neigte sich über die Pfanne.

»Riecht lecker«, sagte er.

Ich deutete mit einem schwachen Lächeln auf den Herd. »Schmeckt auch lecker«, hauchte ich.

Ein Zittern hing in meinen Gliedern fest, das ich mühevoll unterdrückte. Ich blickte Roman hinterher, der ebenfalls auf die Terrasse ging. Das Gespräch, das ich mit ihm führen wollte, wurde immer dringlicher. Ich hatte mir geschworen, mein Leben in Zukunft frei von Heimlichkeiten und Lügen zu halten. Dass mir das nicht wirklich gelang, sprach nicht gerade für mich.

*

Trotz der prickelnden Szene in der Küche verlief unser gemeinsames Abendessen entspannt. Wir genossen das leckere Essen und lobten Jens' Kochkünste, was ihn sehr zu freuen schien. Während wir Pasta aßen, Wein tranken und uns locker unterhielten, entspannten sich Jens' Züge zunehmend. Er lachte ein paar Mal laut über Romans Bemerkungen und plauderte mit mir, als ob nichts gewesen wäre. Das wiederum verschaffte mir ein Gefühl der Erleichterung. Vielleicht sollten wir das Geschehene einfach vergessen. Aber würde uns das so leicht gelingen?

Ich musterte Roman, der neben mir saß und vertraut seinen Oberschenkel gegen meinen lehnte. Zwischendurch wanderte seine Hand verstohlen unter mein Kleid und er streichelte über meine nackte Haut. Jens tat so, als ob er diese Annäherungen nicht bemerkte. Sein übliches Pokerface gab keinen Aufschluss darüber, was in ihm vorging. Dachte er an das, was in der Küche zwischen uns geschehen war? Ich für meinen Teil musste immer wieder daran denken. Ich hätte gern mit ihm darüber geredet. Würde sich heute noch ein günstiger Moment dafür ergeben?

Als wir fertig gegessen hatten, sammelte Roman die Teller ein und trug sie in die Küche.

»Sarah, willst du noch Wein?«, rief er zu uns heraus.

»Ja, bitte!«

Ich begegnete Jens' Blick.

»Sieh mich bitte nicht so an«, raunte der mir zu und griff nach dem Wasserglas. Er führte es an die Lippen und trank es gierig aus.

»Wie denn?«

»Du weißt, was ich meine«, sagte er und stellte das Glas wieder ab.

»Ich kann dir versichern, dass ich dich nicht anders ansehe als sonst.«

Er seufzte und legte die Unterarme auf dem Tisch ab. Dann beugte er sich zu mir herüber.

»Untersteh dich, es ihm zu sagen«, flüsterte er.

»Warum weißt du, dass ich das tun wollte?«

»Die Schuldgefühle sind dir ins Gesicht geschrieben.«

»Ich halt es nicht länger aus. Bin ich denn auf ewig verdammt, mich wie eine Frau zwischen zwei Männern zu fühlen? Ich mag keine Geheimnisse vor ihm haben.«

Jens' Augen wurden groß, dann schüttelte er ungläubig den Kopf. »In diesem speziellen Fall ziehst du deine Erfahrungen und Gefühle aus der Vergangenheit in deine gegenwärtige Situation. Ich denke, du hast das Auseinanderbrechen deiner Ehe noch nicht wirklich verarbeitet. Da steckt noch so viel Schmerz in dir drin, so viel verdrängter Ballast. Wenn du den nicht loswirst, dann wirst du jede neue Situation mit der Misere vergleichen, in der du letztes Jahr gefangen warst.«

»Hör auf mich zu analysieren«, zischte ich.

Er grinste. »Sarah, denk vernünftig. In Wahrheit stehst du nicht zwischen zwei Männern. Wie kommst du überhaupt zu dieser Conclusio? Weder bist du mit Roman in einer Beziehung, noch mit mir. Lass vor allem mich aus diesem Spiel raus. Ich hab nicht das geringste emotionale Interesse an dir. Ich mag mich vielleicht irren, aber du solltest dir dein schönes Köpfchen lieber darüber zerbrechen, dass Roman zwischen zwei Frauen steht. Das ist nämlich dein eigentliches Problem.«

Er lehnte sich mit einem satten Lächeln in seinem Stuhl zurück und legte die Fingerspitzen aneinander. Dieser arrogante Idiot! Am liebsten hätte ich ihm den Krug Wasser ins Gesicht geschüttet, damit er endlich die Klappe hielt. Ich funkelte ihn über den Tisch hinweg an. Seine Worte hatten einen Nerv getroffen. Ich drehte den Kopf und blickte aufs Meer hinaus. Roman kam mit der Flasche Wein zurück und schenkte in unsere Gläser nach.
Er warf einen Blick auf mein Gesicht und runzelte verwirrt die Stirn. »Was hab ich verpasst?«

»Frag Jens«, erwiderte ich kühl.

Jens lachte. »Es schmeckt ihr nicht, dass ich ihr Problem identifiziert habe.«

Roman grinste. »Was ist ihr Problem?«

»Du bist ihr Problem.«

»War ich das nicht immer?«, entgegnete er leichthin.

»Ihr beide seid mein Problem«, warf ich schnippisch ein.

Die Jungs warfen sich einen verschwörerischen Blick zu.

Na super, jetzt verbündeten sie sich auch noch gegen mich. Wie sollte ich das überstehen?

»Wieso sind wir dein Problem?«, fragte Roman und setzte sich wieder. »Das musst du mir schon näher erklären.«

Ich presste meine Lippen zusammen. Was zum Teufel sollte ich ihnen sagen? Ich wollte nicht die Stimmung des Abends verderben. Um ein wenig Zeit zu gewinnen, trank ich von meinem Wein und befingerte den Stapel Servietten, der vor mir lag.

»Plötzlich so wortlos, meine Schöne?«, neckte Roman mich.

»Ich will nur gründlich über eine Antwort nachdenken.«

»Sie sagt nichts, weil sie sich nicht öffnen möchte«, entgegnete Jens, während er sein kleines Holzkistchen vom Fenstersims angelte. Ich warf ihm einen tödlichen Blick zu.

»SIE möchte sich vielleicht gern öffnen, wird aber dabei von diversen Mitreisenden in ihrer Ehrlichkeit blockiert«, feuerte ich ihm entgegen.

»Du blockierst dich selbst. Das hast du immer getan.«

»Was weißt du schon über mich?«, fauchte ich.

»Genug, um zu sehen, dass du dich in deinem Vorankommen blockierst.«

»Jens hat schon recht«, warf Roman leise dazwischen. »Du stehst dir meistens selbst im Weg, wenn es um dein Glück geht.« Verwundert blickte ich ihn an. Er lächelte entschuldigend und zuckte mit den Achseln. »Es ist nun mal so. Deine Grenzen sind ziemlich starr, deine Konventionen kaum zu überbrücken. Von deinen Moralvorstellungen will ich gar nicht anfangen. Ich bin mehr als einmal an deinen Barrikaden gescheitert.«

»Du solltest dir vielleicht die Mühe machen und mich neu kennenlernen. Ich habe mich verändert.«

»In welchen Punkten?«

»Es ist mir gleichgültig, was andere über mich denken. Ich folge meinem Herzen.«

»Und wohin führt dich dein Herz?«

Auf diese Frage hatte ich gewartet. »Zu mir«, sagte ich fest. »Zu dem, was *ich* gut für *mich* finde. Und sollte dir das zu moralisch, verwerflich, dreckig, hinterhältig, konventionell oder zu sehr auf meine Kinder ausgerichtet sein, dann wird mir das in Zukunft gleichgültig sein. Ich habe mich von den Zuschreibungen des Lebens und der anderen gelöst und lebe in dem Bestreben, mir nahe zu kommen.«

Jens lachte leise und deutete auf Roman. »Das war nicht das, was er hören wollte«, ätzte er über den Tisch. »Aber ich finde die Antwort gut. Sehr gut sogar. Du kommst dir näher und das ist immer der Weg zur Wahrheit.«

Roman lehnte sich in seinem Stuhl zurück und streckte seine Beine aus. »Sprach der selbsternannte Guru und Gefühlsphobiker, der nach eigenen Angaben keine Liebe zulassen kann, weil sie ihm Angst macht«, spottete er in Jens' Richtung.

»*Die Forderung, geliebt zu werden, ist die größte der Anmaßungen**«, philosophierte Jens über den Tisch hinweg und leckte mit der Zunge über das Papier des Joints, um ihn zu fixieren.

»Warst du denn schon einmal verliebt?«, fragte ich neugierig.

Ich wollte den Spieß umdrehen und von meiner Person ablenken. Jens sah auf. Sein tiefer Blick erwischte mich so eiskalt, dass ich mich augenblicklich davon gefesselt fühlte. Er sagte etwas ohne Worte, das nur für mich bestimmt war. Ich erbebte innerlich und wandte schnell meine Augen ab.

»Nein«, sagte er rau und steckte sich den Joint zwischen die Lippen. Die Flamme des Feuerzeugs erhellte für eine Sekunde sein Gesicht.

»Er lügt«, meinte Roman und trank einen Schluck von seinem Wein. Seine Hand wanderte unter mein Kleid und blieb warm und fest auf meinem Oberschenkel liegen.

»Das dachte ich mir schon«, sagte ich schmunzelnd. »In wen war er verliebt?«

»In viele Frauen«, sagte Roman.

Jens stieß lautstark den Rauch aus seinen Lungen aus. »Da hätte ich jetzt gerne ein Exempel«, sagte er gepresst und hustete.

»Lady Marmelade«, schlug Roman vor.

»Ich war in ihr Arschloch verliebt, nicht in sie als Person.«

»Ja, der Arsch war toll.«

»Weitere Beispiele?«

»Die kleine Pritsche aus dem Tabakladen.«

»Ich liebte ihre Art, zu schreien, mehr aber auch nicht.«

»Mir war sie eine Spur zu inszeniert.«

»Eben, warum sollte ich mich dann in sie verlieben?«

Ich blickte fassungslos zwischen den Jungs hin und her.

Mein Gott, wenn sie nun die Liste der Frauen auspackten, die sie zusammen gevögelt hatten, dann würden wir die ganze Nacht hier sitzen.

»Jessy«, sagte Roman.

Jens stützte das Kinn auf seine Hand mit dem Joint und blinzelte grübelnd in den Rauch.

»Jessy«, wiederholte er. »Hm, Jessy war schon etwas Besonderes. Sie war meine bisher längste Spielbeziehung. Leider konnte sie mir intellektuell gesehen nicht das Wasser reichen.«

»Ist das die tolle Schauspielerin, deren Dienste du in Anspruch genommen hast, um mir vorzugaukeln, du hättest mich betrogen?«, richtete ich das Wort an Roman. Ich hatte dabei sofort die billige Blondine mit den operierten Brüsten vor Augen.

»Ich gebe es nur ungern zu, aber ja«, sagte Roman. »Das war Jessy.« Er neigte sich vor und küsste mich. »Verzeih mir«, wisperte er. »Es war der größte Fehler meines Lebens, dass ich dir das angetan habe.«

»Ich hab dir längst verziehen.«

»*Die Liebe vergibt dem Geliebten sogar die Begierde**«, unterbrach Jens unser Geplänkel von gegenüber. Der Sarkasmus in seiner Stimme war nichts, das wir überhören sollten.

Ich warf ihm einen warnenden Blick zu.

»Du hast es nicht anders gewollt«, sagte Roman zu Jens. »Ich muss sie als Beispiel anführen, nur um das Thema zu einem Ende zu bringen.«

Jens grinste. »Jetzt bin ich aber gespannt.«

»Julia«, sagte Roman.

»Daraus wurde ja nichts, wie wir beide wissen«, erwiderte Jens, dessen Grinsen plötzlich wie weggewischt war. Er reichte Roman den Joint über den Tisch.

Ich spürte meinen Magen nach unten sacken.

Jens verliebt in Julia?

»Du warst in Julia verliebt?«, fragte ich leise.

Jens drehte sein Lederarmband ein paar Mal um sein Handgelenk herum. Das machte er immer, wenn seine Gefühle an die Oberfläche drängten. Er griff nach dem Krug und schenkte bedächtig Wasser in sein Glas nach.

»Ja, er war in sie verliebt«, sagte Roman, nachdem er den Rauch in seine Lungen inhaliert hatte. »Er gibt es nur nicht zu.«

Roman hielt mir den Joint unter die Nase, aber ich schüttelte entschieden den Kopf, also reichte er ihn an Jens zurück.

»An Julia hat mich nur gereizt, dass sie mich nicht haben wollte«, erklärte Jens mit rauer Stimme. »Dieses Gefühl mit Liebe gleichzusetzen, ist aber nicht richtig. Ich war auf der Jagd nach einem hübschen, unschuldigen Mädchen, mehr nicht. Und letztendlich hab ich gegen dich verloren, wie wir beide wissen. Ich werde immer gegen dich verlieren, wenn es um die Liebe der Frauen geht.«

Roman stöhnte auf. »Ich hasse es, wenn du das so darstellst, und das weißt du ganz genau. Ich hätte mich dir niemals in den Weg gestellt, du allein hast entschieden, nach Australien weiterzureisen. Du hast mir nicht einmal Zeit gegeben, mir zu überlegen, ob ich dich begleiten will. Du warst so schnell über alle Berge. Du hast mich absichtlich in Nerja zurückgelassen. Du wolltest deine Weltreise ohne mich fortsetzen.«

Ich spitzte die Ohren. Das war aber interessant. Es gab also ungelöste Konflikte in der tiefen Freundschaft der beiden.

»Meine überstürzte Abreise war ein Akt meiner Impulsivität. Nichts sonst. Du hättest ja jederzeit nachfliegen können, ich hab dir von Sidney aus geschrieben, dass du nachkommen sollst, aber du hast es ja vorgezogen, dir ein neues Leben in Nerja aufzubauen. Mit Julia.«

»Ein neues Leben, ja«, grummelte Roman vor sich hin. »Aus heutiger Sicht wäre es mir lieber gewesen, du hättest mich mit nach Australien genommen.«

»Es war deine Entscheidung«, erwiderte Jens hart. »Das musst du jetzt ausbaden. Was immer dich in diesem Leben hält.«

Die Freunde taxierten sich über den Tisch hinweg.

»Hab ich mich je bei dir entschuldigt?«, fragte Roman.

»Ich bitte dich. Du musst dich nicht entschuldigen«, erwiderte Jens wie aus der Pistole geschossen. »Julia wollte dich, sie hat dich gekriegt. Ende der Geschichte. Wir sind quitt,« fügte er hinzu und sein Blick blieb für eine Millisekunde an mir hängen.

Okay, der Moment war nie günstiger gewesen, um Roman reinen Wein einzuschenken.

Sollte ich? Sollte ich nicht?

Jens fixierte mich mit seinem Killerblick und schüttelt unmerklich den Kopf. Sekunden vergingen, die mir wie Stunden vorkamen.

Ich seufzte. »Jungs, können wir bitte das Thema wechseln?«, flehte ich. Das Gerede über die schöne Julia, die Grund für das erste Zerwürfnis der beiden war, ging mir gehörig gegen den Strich.

»Worüber willst du denn reden?«, fragte Roman, dem der Themenwechsel ebenfalls sehr gelegen kam. Er sprach nicht gern über Julia, so viel hatte ich schon mitbekommen und ich verstand ihn besser, als er es sich vorstellen konnte.

»Etwas, das nicht so ... nun ja ... nicht so emotional belastet ist. Lassen wir die Vergangenheit doch für die Zeit unseres Urlaubs hinter uns. Fangen wir von vorne an.«

»Nichts lieber als das«, stimmte Jens mir zu.

Er drückte den rauchenden Stummel im Aschenbecher aus und warf mir ein dankbares Lächeln zu.

Romans Hand näherte sich meinem Schritt. Er vergrub sein Gesicht an meinem Hals. »Oh ja«, murmelte er aufseufzend. »Lasst uns alles vergessen, was bisher war. Wir können die Uhr nicht mehr zurückdrehen. Aber dieser Urlaub, der gehört uns. Diese wenigen Tage. Es ist unsere Zeit. Hier hat die Vergangenheit keine Macht über uns.«

Ich schlang die Arme um seinen Hals und suchte seine Lippen mit meinem Mund. Wir küssten uns. Er hatte so recht, es war unser Urlaub, unsere Zeit, wahrscheinlich die einzige, die uns blieb. Tapfer schob ich den Gedanken an die Zukunft beiseite. Ich spürte Romans Finger zwischen meinen Beinen, seine Zunge in meinem Mund. Die Lust übermannte mich. Ich musste die Gunst der Stunde nutzen und mir nehmen, was ich bekam und damit glücklich sein.

Nur am Rande bekam ich mit, wie Jens aufstand und lautlos an uns vorüberschlich.

»Wo gehst du hin?«, rief Roman ihm nach.

»Ich hab noch ein Date mit Rosie und ihrer Freundin.«

Mit diesen Worten verschwand er im Inneren des Strandhauses. Wir kümmerten uns nicht weiter um ihn. Roman sprang auf, zerrte mich zur Liege hinüber, warf sich darauf und zog mich schwungvoll auf seinen Schoß. Die Erektion in seiner Hose feuerte meine Lust an. Mit Genuss erkundete ich seine glatte und feste Haut, kreiste mit meinen Fingern über sein Sixpack. Ich ließ meine Hände über seine Muskeln wandern und betrachtete ihn bewundernd. Er war so unfassbar heiß und er gehörte mir. Roman zog mein Gesicht zu sich heran und küsste mich. Seine Zunge spielte mit meiner, neckte sie. Er knabberte an meiner Lippe. Seine Finger fuhren unter mein Haar und er saugte an meinem Ohrläppchen. Ich stöhnte und vergrub mein Gesicht an seinem Hals. Seine Hände schoben mein Kleid nach oben und er entblößte meinen nackten Po. Der warme Sommerwind strich darüber. Ich erschauerte. Er lag eine Weile so da und tat nichts. Ich spürte sein Herz schlagen, seinen heftigen Atem. Dann krallte er plötzlich seine Hände in meine Arschbacken und zog sie weit auseinander.

»Heute werde ich dich ein wenig härter rannehmen. Das gefällt dir doch, oder?«

»Hm, ja, das ... gefällt ... mir.«

»Was willst du? Sag es mir. Soll ich dir deinen hübschen Arsch versohlen.«

»Ja«, hauchte ich an seinem Ohr.

Die Hitze in meinem Inneren versengte mich.

Roman ließ seine Handflächen so fest auf meine Haut niedersausen, dass es laut klatschte. »Soll ich dir deinen hübschen Arsch versohlen und dich dann ficken, wie es mir gefällt.«

»Ja.«

»Soll ich dich fesseln?«

»Ja.«

»Brauchst du das, hm? Los, Sarah, sag es mir, ich will es hören.«

Ja, ja, ja, genau das brauche ich. Von dir. Dir. Dir. Dir.

Er drückte mein Gesicht noch fester gegen seinen Hals. So konnte ich ihm unmöglich antworten. Ich bekam ja kaum Luft

zum Atmen. Mein Körper surrte vor Verlangen.
Abrupt riss er meinen Kopf an den Haaren in die Luft und bohrte seinen Blick in mich. Ich erschrak über die Dunkelheit, die in ihnen lauerte. Er sah richtig zornig aus. Was war geschehen?

»Du gehörst mir«, sagte er. Bei seiner eisigen Stimme bekam ich eine Gänsehaut. »Sag, dass du mir gehörst.«

»Ich gehör dir, Roman.«

Der Ausdruck seiner Augen war unergründlich. Ich senkte ergeben den Blick. Was immer in den letzten Minuten mit ihm geschehen war, Roman hatte seine dunkle Seite ausgegraben. Mir war das nur recht. Ich war bereit für das Spiel. Ich war niemals bereiter gewesen als jetzt.

KAPITEL 24 – ROMAN

Hielten die zwei mich eigentlich für einen kompletten Idioten? Selbst ein Blinder konnte erkennen, wie scharf Jens und Sarah aufeinander waren. Ich kannte Jens besser als er sich selbst und ich kannte Sarah. Die sexuelle Spannung, die zwischen ihnen loderte, fackelte beinahe das Strandhaus ab.

Während des Abendessens auf der Terrasse konzentrierte ich mich darauf, die beiden zu beobachten und das Unausgesprochene zwischen ihren Worten wahrzunehmen. Die Stimmung am Tisch war so entspannt und locker, dass ich schon versucht war, meine Hirngespinste als Auswuchs einer hausgemachten Paranoia abzutun, aber dann kam das Gespräch auf Julia und mir fiel die Wahrheit wie Schuppen von den Augen.

Die Emotionen, die sich in Jens' Gesicht und seinem Gehabe widerspiegelten, passten nicht zu unserem Disput aus der Vergangenheit. Wir hatten uns über die Sache mit Julia längst ausgesprochen und beschlossen, Gras über die Sache wachsen zu lassen. Das Thema war gegessen. Jens war niemand, der lange an der Vergangenheit festhielt.

Der Konflikt mit seinem sadistischen Vater war so ein großer Mühlstein um seinen Hals, dass er sich mit weiteren Geschichten nicht belasten konnte und wollte. Nein, in Wahrheit ging es um ein anderes Thema. Es ging um Sarah. Er wollte sie flachlegen und wenn ich ihre Körpersprache richtig deutete, dann war sie für seine dominanten Schwingungen sehr empfänglich.

Diese Erkenntnis machte mir Angst. Ich wusste, dass Sarah gerade dabei war, ihre devoten Neigungen zu entdecken. Sie war neugierig und bereit, einen Schritt weiterzugehen und Jens war ... nun ... er war der perfekte Dom. Er würde ihr geben können, wonach sie sich verzehrte. In dem Maß, dass sie beide davon profitieren konnten.

Als ich mir die beiden zusammen im Bett vorstellte, wurde mir schwindelig. Ich trank einen Schluck Wein und starrte Jens prüfend ins Gesicht. Warum sprach er nicht mit mir darüber? Wir redeten doch sonst über alles, offen und direkt. Es gab nur eine Erklärung, warum er mir seine Lust auf Sarah verschwieg ... er

hatte Gefühle für sie entwickelt.
Mein Gott, bei diesem Gedanken wurde mir ganz anders.
Nein, das war nicht möglich. Nicht Jens. Nein. Es musste eine andere Erklärung für sein Schweigen geben. Er hatte aus Respekt zu mir geschwiegen. Bestimmt.

Dieser Gedankengang beruhigte mich.

»Es war deine Entscheidung«, sagte Jens in diesem Moment. Und er sagte es ziemlich ruppig. »Das musst du jetzt ausbaden. Was immer dich in diesem Leben hält.«
Ein Kloß formte sich in meinem Hals und ich schluckte hart. Wieso urteilte ich über ihn? Ich hatte ebenso Geheimnisse vor ihm, die ich ihm nicht anvertrauen wollte. Wenn Jens wüsste, wie nah seine Worte an der Wahrheit schrammten. Ich musste ausbaden, was ich mir in Nerja eingebrockt hatte. Besser konnte man es nicht beschreiben. Noch nie in meinem Leben hatte ich mir so sehr gewünscht, die Vergangenheit verändern zu können. Warum war ich nicht in dieses Flugzeug gestiegen und Jens nach Australien gefolgt? Warum nicht? Die Depression hatte mich schon damals zu fest im Griff gehabt. Felsenfest. Ich hatte kaum einen Schritt vor den anderen machen können, geschweige denn auf einen Flughafen fahren. Dass war es auch, was ich meinem besten Freund lange nicht verzeihen hatte können. Er hatte mich zurückgelassen. In einem Moment, in dem ich ihn an meiner Seite gebraucht hätte. Und wenn ich schon dabei war, mir meine Gedanken über die Vergangenheit zu machen und meine Entscheidungen zu bereuen. Warum war ich überhaupt auf diese Reise aufgebrochen? Warum war ich nicht in Deutschland geblieben und hatte um Sarah gekämpft oder einfach geduldig gewartet? Hätte ich nur gewusst, dass sie ihren Mann Monate später verlässt. Gott, ich hätte einfach nur gewartet. Aber, was brachte das alles nun? Nichts. Es war zu spät.

»Hab ich mich je bei dir entschuldigt?«, fragte ich Jens.

Warum ich ihm diese Frage stellte, wusste ich selbst nicht. Natürlich hatte ich mich bei ihm entschuldigt. Tausendmal. Daher überraschte mich seine Reaktion umso mehr.

»Ich bitte dich. Du musst dich nicht entschuldigen«, blaffte er. »Julia wollte dich, sie hat dich gekriegt. Ende der Geschichte. Wir sind quitt.«

Er warf Sarah einen Blick zu, bei dem blankes Eis durch meine Venen schoss. Mein Herz zog sich in der Brust zusammen. Was war hier los? Schweigen senkte sich über den Tisch, bis Sarah mit leiser Stimme einen Themenwechsel vorschlug. Das war mir nur recht. Ich kochte innerlich. Für mich stand fest, dass Jens es auf Sarah abgesehen hatte. Aber reichte seine Macht auch aus, sie zu bekommen? Hatte er sie etwas schon bekommen? Es wurde Zeit, Grenzen aufzuzeigen. Höchste Zeit.

Ich streichelte Sarahs Oberschenkel, neigte mich hinüber und küsste sie. Sie war mir so zugetan, sie zögerte keine Sekunde und stieg sofort auf meine Liebkosungen ein. Jens stand auf und verließ die Terrasse. Sehr gut. Wir waren zwei Alphatiere und ich hatte ihm mit aller Deutlichkeit zu verstehen gegeben, dass er in meinem Revier nicht zu wildern hatte.

Meine Lust auf Sarah nahm überdimensionale Ausmaße an. Zu meinem Ärger und meiner Verunsicherung gesellte sich der Wunsch, sie zu unterwerfen. Wenn ich ihr geben konnte, wonach sie sich verzehrte, würde sich ihr Begehren dann wieder allein auf mich konzentrieren? Ich bugsierte sie zur Liege hinüber und sie kletterte auf meinen Schoß. Ihre Hände fuhren über meinen Oberkörper. Ihre Berührungen erregten mich. Ich badete in ihrem bewundernden Blick und genoss, wie sie mich streichelte und ihr Becken auf meinem rieb. Wir küssten uns. Im Augenwinkel nahm ich wahr, wie Jens fertig angekleidet auf die Terrasse trat. Sarah lag an meinem Hals, sie konnte ihn nicht sehen, aber ich hatte freie Sicht auf ihn. Er starrte uns an. Ich fixierte sein Gesicht. Langsam schob ich Sarah das Kleid über den Arsch. Jens atmete bei dem Anblick ihrer nackten Kehrseite zischend ein und ballte seine Hände zu Fäusten. Er stand an der Treppe und wartete. Während ich Sarah mit Worten antörnte, sah ich zu, wie Jens die Situation aufgeilte. Sein gieriger Blick ruhte auf ihrem Hintern. Ich spürte sein Verlangen und wie sehr er danach hungerte, herüberzukommen und mitzumischen. Er wartete auf ein Zeichen von mir, auf meine Erlaubnis. Es lag an mir, was nun geschehen würde. Als ich Sarah auf die Arschbacken schlug, verzerrte sich sein Gesicht. Es sah aus, als ob er an furchtbaren Schmerzen litt.

Unfassbar, wie sehr er sie wollte.
Er hielt es kaum aus.
Ich hatte ihn im nüchternen Zustand noch nie so gequält gesehen. Sarah ging ihm tief unter die Haut. So sehr er sich das ausredete, ich wusste es nun. Und ich wusste auch, dass er sie gefickt hatte und dass die beiden es mir verschwiegen hatten.

»Soll ich dich fesseln?«, raunte ich Sarah zu.

»Ja«, hauchte sie.

Pure Qual huschte über Jens' Züge, als ihm bewusst wurde, dass ich sie fesseln würde, sobald er das Haus verlassen hatte. Er presste die Lippen aufeinander, flehte mich mit seinen Augen an. Ich wandte mich ab und riss Sarahs Kopf in den Nacken. Ich zwang sie, mich anzusehen.

»Du gehörst mir. Sag, dass du mir gehörst.«

»Ich gehör dir, Roman.«

Jens wandte sich ab und verschwand über die Treppe in der Dunkelheit. Er hatte verstanden.

*

Ich fühlte mich unbesiegbar. Die Macht pulsierte wüst in meinem Körper und vermischte sich mit dem Rot meines Zorns.

Ich bin Wut.

Auch wenn mein Verstand keine Details kannte, mein Herz hatte die Wahrheit längst erraten. Mit energischen Handgriffen packte ich Sarahs Arme und riss sie in den Stand hoch. Ich zerrte sie ins Haus und drängte sie in der Küche angekommen gegen die Wand. Brutal riss ich ihre Arme nach oben und nagelte sie mit meinem Gewicht gegen die hässliche, braune Tapete. Ich küsste sie zornig, ich küsste sie hart. Meine Zunge erforschte ihren Mund, während mein Becken gegen ihres donnerte. Sie zerfloss unter meiner Wucht. Sie zerfiel unter meinen groben Händen, wurde weich und nachgiebig und gab zufriedene Laute von sich, die meine Lust höher trieben. Wie viel Schmerz wollte diese Frau mir noch zufügen? Wie viel Qual und Pein? Nicht nur, dass sie hier auftauchte, viel zu spät, viel zu unpassend, viel zu selbstbewusst, nein, sie hatte sich auch noch meinem besten

Freund hingegeben. Ich würde sie bestrafen. Nichts schien mir in diesem Moment dringlicher, als sie büßen zu lassen, für all das, was sie mir angetan hatte. Ein Entschluss schraubte sich in mein vernebeltes Gehirn. Ich würde sie in Jens' Zimmer vögeln. Und seine heilige Tasche verwenden, um sie zu fesseln. Damit konnte ich gleichzeitig ihm und ihr wehtun.

»Los, komm schon«, keuchte ich und trieb Sarah vor mir her durch den Flur.

An Jens' Zimmertür angekommen, warf sie mir einen irritierten Blick zu.

»Nicht in sein Zimmer«, hauchte sie.

»Warum denn nicht?«, fragte ich lauernd. »Verwirrt es dich zu sehr?« Ihre Augen weiteten sich.

»Rein da!«, stieß ich hervor und bugsierte sie hinein.

Wie immer strotzte Jens' Raum vor Sauberkeit und Ordnung. Der Duft seines Eau de Toilettes schwebte als sanfter Hauch in der Luft. Es lag kein einziges Kleidungsstück herum. Er hatte alles in seinem Schrank verstaut. Nur seine heilige Tasche stand neben dem Bett wie ein gehüteter Schatz.

»Aufs Bett«, befahl ich Sarah und gab ihr einen sanften Stoß, der sie auf die Matratze beförderte.

Mit verschränkten Armen sah ich zu, wie sie sich auf den Rücken legte und mich erwartungsvoll ansah.

»Roll dich auf den Bauch«, instruierte ich sie.

Sie biss sich auf die Unterlippe.

»Soll ich das Kleid ausziehen?«

»Nein, das Kleid bleibt an.«

In ihrem Blick verschoben sich Welten. Dass ihr unser Spiel so sehr gefiel, feuerte mich an, ihr zu zeigen, wie unnachgiebig ich sein konnte. Schluss mit poetischer Zärtlichkeit. Das war sowieso nicht das, was dieses Miststück wollte.

Ich beugte mich zum Nachttisch und betätigte den Schalter der kleinen Lampe. Im schwachen Schein kramte ich in Jens' Tasche und zog vier Manschetten heraus, die über zwei überkreuzte Ketten miteinander verbunden waren. Schwer atmend machte ich mich daran, Sarah die Manschetten anzulegen. Ich begann mit ihren Handgelenken und nahm mir danach ihre Fußgelenke vor.

Ich war nicht sehr geübt im Umgang, also brauchte ich ein wenig länger, aber das Endergebnis gefiel mir ausnehmend gut. Mit einem Arm schob ich sie zur Bettkante und zwang sie auf den Boden. Mit Händen, die hinter ihrem Rücken gefesselt und mit den Beinen über Ketten verbunden waren, kniete sie vor mir.

»Sieh mich an«, sagte ich bedrohlich leise.

Meine Brust stand kurz vorm Platzen. Mit zwei Fingern fixierte ich ihr Kinn und zwang sie, mir in die Augen zu sehen.

»Hast du mit ihm geschlafen?«

»Roman, ich ...«

»Ob du mit ihm geschlafen hast?«

»Ja«, sagte sie und senkte ihre Lider.

Wenigstens entschied sie sich für die Wahrheit. Eine weitere Lüge aus ihrem Mund hätte mich innerlich zerrissen.

»Wann?«, bellte ich.

Der Schmerz fuhr aus meinem Herzen heraus und jagte bis in meine Fingerspitzen. Ich hatte kein Recht auf diesen Schmerz, aber er war trotzdem da. Tief und unnachgiebig. Mittlerweile zerquetschte ich beinahe ihr Kinn mit meinen Fingern.

»Sieh mich an, Sarah und sag mir, wann du mit Jens geschlafen hast. Ich muss es wissen.«

Ihre Augen füllten sich mit Tränen. Sie schluckte.

»Auf der Fahrt nach Nerja.«

»Wann? Wo?«

»Bei unserem Stopp in Marseille. In einem Hotelzimmer.«

»War es das einzige Mal?«

»Ja.«

Ich ließ sie los und trat einen Schritt zurück. Mein Atem stockte in meiner Brust. Ich bekam kaum noch Luft.

»Hat er dich geschlagen?«, presste ich mühsam hervor.

Sie nickte mit gesenktem Kopf.

»Womit hat er dich geschlagen?«

»Mit der Hand.«

»Auf deinen Arsch?«

Sie nickte wieder.

»Womit noch?«

Sie presste die Lippen aufeinander und antwortete nicht.

Ich konnte es mir schon denken. Hastig beugte ich mich zur Tasche hinunter und wühlte darin. Kurz darauf hielt ihr ich Jens' Lieblingsspielzeug unter die Nase.

»Hat er dir mit seiner Gerte den Arsch versohlt?«

Sie nickte.

»Hat es dir gefallen?«

Sie hob den Kopf und blickte mir direkt in die Augen. Ihr Stolz schimmerte darin und so viel weibliche Kraft, dass ich davon wie geblendet war.

»Ja«, sagte sie ganz ruhig. »Es hat mir gefallen. Sehr sogar.«
Ich warf den Kopf in den Nacken.

Dieser Schmerz! Immer wieder dieser Schmerz!

Mit Jens mitzuhalten, war ein Ding der Unmöglichkeit, er war zu gut, in dem, was er tat.

»Er ist gut, nicht wahr?«
Sie senkte den Kopf.

»Sieh mich an!«, herrschte ich.

Sie biss sich auf die Unterlippe und blickte wieder hoch.

»Ich will die Wahrheit!«

»Ja, er ist unglaublich gut.«

»Macht er dich an.«

»Nein, er hält sich zurück.«

»Das meinte ich nicht. Ich will wissen, ob dich seine Anwesenheit antörnt. Willst du noch mal von ihm gefickt werden?«

»Roman«, protestierte sie. »Du bist der Einzige, den ich will, den ich liebe. Deshalb bin ich den weiten Weg gekommen, um mit dir einen neuen ...«

»Ich spreche nicht von Liebe«, unterbrach ich sie kalt. »Ich will wissen, ob du dich körperlich zu ihm hingezogen fühlst. Wünschst du dir, dass er dich noch mal fickt?«

»Nein«, sagte sie.

Das Flackern in ihren Augen verriet mir, dass sie mich angelogen hatte. Na gut, ich würde die Wahrheit schon noch aus ihr rauskriegen.

»Willst du, dass ich dasselbe mit dir mache?«, fragte ich rau. »Soll ich dich schlagen?«

»Ja.« Ihre Stimme war nur ein Flüstern. Ich konnte sie kaum

verstehen.

»Was hast du gesagt?«

»Ja, ich will es«, wisperte sie. »Du sollst mich schlagen.«

»Rauf aufs Bett«, knurrte ich. »Na los!«

Ich zog sie unsanft auf die Matratze und brachte sie in jene Position, die ich mir vorstellte. Ich schob ihr das Kleid weit über die Hüften hoch und nestelte so lange an den Ketten, bis ihr Arsch frei lag. Dabei fühlte ich mich mächtig unbeholfen. Jens hätte das bestimmt professioneller hinbekommen. Shit, ich musste den Gedanken an ihn loswerden. Wenn ich mich mit ihm verglich, dann schadete das nur meinem Ego. Ich kniete mich auf die Matratze und schlug mit der rechten Hand hart auf ihre Pobacke.

»Hat er es so gemacht?«

»Ja«, stöhnte sie.

»Oder war es fester?«

»Nein, leichter.«

»Wolltest du es gerne fester?«

»Ja.«

»Dann kriegst du das jetzt von mir«, knurrte ich. »Von mir, hörst du! Von *mir*!«

Die letzten zwei Worte hatte ich geschrien.

Die Wut und die Eifersucht, die gleichzeitig auf mich einhämmerten, überwältigten mich. Ich wusste, dass ich mich verlor und dass es nicht gut war, wenn ich mich verlor.

Das hier war Sarah, meine Sarah, die Liebe meines Lebens und ich hatte kein Recht, wütend auf sie zu sein. Ich steckte in einer festen Beziehung. Ich war der Letzte, der über andere urteilen durfte. Ich selbst war das größte Arschloch von allen, weil ich meine Freundin betrog. Und trotzdem, der Gedanke, dass mir die zwei Menschen, die mir auf dieser Erde am meisten bedeuteten, dass diese zwei mir die Wahrheit verschwiegen hatten, dieser Gedanke brachte mich um den Verstand.

Die Dunkelheit, die mich flutete, war schlimmer als ein Rausch auf Kokain. Ich tauchte in den Trip ein und bog an einer Kreuzung ab, ohne darüber nachzudenken, ob diese Richtung für uns beide zu ertragen war.

Ich schlug Sarah so fest, dass mich das im selben Moment schockierte. Ich schlug sie mit den Händen, mit der Gerte, mit dem Paddle, wieder mit den Händen. Sie schrie ziemlich laut und bat mich irgendwann unter heftigem Zittern aufzuhören. Vor meinen Augen verschwammen die Grenzen. Ich wollte Sarah für mich allein haben, sie besitzen, sie unterwerfen. Sie wollte es brutal, das konnte sie haben. Aber dann bitte von mir.

Mein Schwanz war so hart, dass es fast schon schmerzte. Ich vögelte Sarah in den verschiedensten Stellungen. Es war mir scheißegal, ob ich ihr damit Lust bereitete oder nicht. Ich nahm mir einfach, was ich wollte, hämmerte meinen Schwanz in ihre Pussy, in ihren Mund. Ich leckte jeden Quadratzentimeter ihres Körpers, küsste sie wie ein wildes Tier, dessen Instinkte jegliche Beherrschung ausgeblendet hatte. Ihr Stöhnen trieb mich weiter an, es ihr so richtig zu besorgen. Alles an mir war Sarah. Ich roch nach ihr, schmeckte nach ihr, sie war überall auf meiner Haut und ich war auf ihrer. Schweiß, Tränen und die Säfte unserer Lust flossen in Strömen aus und über unsere Körper. Wir wälzten uns über Jens' Bett, völlig ineinander vergraben, aufgelöst, für immer verbunden, zusammen ertrunken.

Als ich es nicht mehr aushalten konnte, hievte ich sie in den Kniestand, packte ihren Hintern, zog die Backen weit auseinander und versenkte mich mit einem harten Stoß in ihrem Arsch. Die geile Enge raubte mir den letzten Halt. Ich kam schon nach wenigen Stößen. Ich explodierte regelrecht in ihr. Die nicht enden wollenden Zuckungen ihrer Rosette verrieten mir, dass sie ebenfalls hart gekommen war. Atemlos brachen wir zusammen. Ich befreite sie von ihren Fesseln und hielt sie fest in meinen Armen. Ich hielt sie so fest, dass wir beide kaum atmen konnten. Mein Gott. Ich konnte mich nicht erinnern, jemals etwas vergleichbar Überwältigendes mit einer Frau erlebt zu haben.

Hätten die Wellen unserer Leidenschaft die Macht gehabt, diese Erde zu bewegen, wir hätten sie zum Einsturz gebracht.

Für immer.

KAPITEL 25 – JENS

Ich hatte keine Begriffe für den emotionalen Wirbelsturm, der mich im Inneren verwüstete. Keine Worte. Von allen Frauen auf dieser Welt hatte ich mir gerade die große Liebe meines besten Freundes aussuchen müssen, um ihr zu verfallen. Warum? Warum passierte ausgerechnet mir so etwas?

Ich begehrte Sarah so sehr, dass es in meinem Kopf kaum noch Platz für andere Gedanken gab.

Es war zermürbend und zerstörerisch und zum ersten Mal in meinem Leben quälte mich ein Gefühl der Eifersucht, wenn ich sie mit ihm zusammen sah.

Verdammt, verdammt, verdammt!

Wie hatte das nur passieren können? Hätte ich in Marseille nur nicht die Kontrolle verloren. Dann wäre es niemals so weit gekommen. Aber die Vergangenheit zu bedauern, half mir nun auch nicht weiter. Die verworrene Situation war allein auf meinem Mist gewachsen. Da musste ich mir nun selbst heraushelfen. Das Thema abschließen und mit neuer Kraft weitermachen. Das würde funktionieren. Es funktionierte immer.

Sarah hatte, ohne es zu wissen, in unserer Diskussion um den Begriff von Freiheit den Nagel auf den Kopf getroffen. Sie hatte tatsächlich einen wesentlichen Bestandteil meines Wesens durchleuchtet und meinen inneren Bunker gefunden.

Ich hatte einen *Panic Room*. Er war tief in mir vergraben. Und in ihm spielte sich der Großteil meines Lebens ab. In ihm war ich sicher vor der Realität. Ich konnte mich hineinflüchten und verstecken. Jederzeit. Dieser Raum war meine verletzungsfreie Zone und ich liebte und hasste ihn zugleich. Eines Tages, im Alter von zehn Jahren, die Schläge meines Vaters waren an diesem Tag besonders hart gewesen, war ich in mich hineingefallen und hatte diese Tür entdeckt. Ich war hineingegangen, so tief in mich hineingegangen, dass ich bis heute nicht herausgefunden hatte.

Sarah hatte nun diese verfluchte Tür gefunden und an ihr gerüttelt. Sie war einen Spalt aufgegangen und jetzt strömte pures Licht in meine Kammer und lockte mich mit allen Sinnen, einen Schritt herauszutreten. Aber ich wollte nicht, ich konnte nicht. Ich musste die Tür wieder schließen. Aber dafür war es längst zu spät. Das Licht hatte bereits jeden Winkel des Raumes erhellt. Es gab kein Zurück mehr.

Entschlossen, zu meiner alten Selbstsicherheit zurückzufinden, stapfte ich über den Strand, ohne etwas von meiner Umgebung wahrzunehmen. Am Surfshop angekommen, drehte ich eine Runde auf der Terrasse, auf der einige Kiter beisammensaßen und sich bei einem Bier unterhielten. Ich hielt Ausschau nach Rosie, konnte sie aber nirgendwo entdecken, also machte ich mich auf den Weg in die Altstadt zu ihrer Wohnung. In den Straßen von Tarifa tobte das Nachtleben und ich tauchte gierig darin unter. Aus jeder Bar dröhnte Musik auf die Straße und die Menschen tanzten lachend über das Kopfsteinpflaster. Es war herrlich. Das war meine Stadt! Ich entspannte mich.

Mit wiedergefundener Euphorie klingelte ich schließlich an Rosies Namensschild und war überrascht, als sie Minuten später am Tor auftauchte.

»Hi«, sagte sie.

Ihr Blick zeigte mir, dass sie nervös war.

»Hi. Was ist los?«

»Wir können nicht zu mir gehen«, sagte sie hastig.

»Warum nicht?«

Mein harter Blick nagelte sie fest.

»Meine Mitbewohnerin ist ... nun ja ... ich weiß nicht, wie ich es beschreiben soll. Jens, das ist jetzt nicht böse gemeint, aber ich will sie mit deinem Besuch nicht verstören.«

»Du denkst, ich würde sie verstören?«, fragte ich mit schmalen Augen. »Was ist das Problem an meinem Auftreten?«

Sie drückte sich vor einer Antwort und trat von einem Bein auf das andere.

»Sprich Klartext, Rosie.«

»Scarlett ist so eine Liebe und Nette und ich mag sie wirklich gern. Sie lebt in einer heilen Welt und die will ich nicht gefährden, indem ... nun ja ... indem ich sie mit dir bekannt mache.«

Ich runzelte die Stirn. »Es geht hier aber nicht um mein Äußeres, oder?«, fragte ich scharf. »Oder um meine sexuellen Vorlieben? Denn da müsste sie mit dir auch ein Problem haben.«

Rosie legte beschwichtigend ihre Hand auf meinen Arm.

»Nein, es geht nicht darum, wie du aussiehst. Oder vielleicht schon. Vielleicht siehst du einfach zu gut aus. Bitte, Jens, lass uns was trinken gehen und das Thema vergessen.«

Ich verschränkte die Arme vor der Brust und ragte wie ein Felsen vor ihr auf. Rosie kannte mich nicht gut, aber gut genug, um zu wissen, dass ich für Ausflüchte überhaupt kein Verständnis hatte. Ich würde nicht eher lockerlassen, bis ich die Wahrheit erfuhr. Sie spielte mit ihrem Zungenpiercing und starrte in den sternenübersäten Nachthimmel.

»Roooosie«, sagte ich gedehnt. »Ich warte.«

»Okay, du gibst ja sowieso keine Ruhe, bis ich es dir nicht gesagt habe. Scarlett ist noch Jungfrau. So, zufrieden?«

Ich grinste. »Das hört sich allerdings interessant an. Jetzt will ich sie erst recht kennenlernen.«

»Jens, ich bitte dich, lass uns gehen. Scarlett wartet auf den Richtigen und sucht einen lieben und zuvorkommenden Gentleman, der sie heiraten wird. Sie will sich ihre Jungfräulichkeit für die Hochzeitsnacht aufsparen.«

»Und da lebt sie in Tarifa?«, fragte ich laut lachend. »Am geilsten Ort der Welt. Das nenn ich verschärfte Bedingungen.«

Rosie verdrehte die Augen. »Das sag ich ihr auch immer wieder, das sie zurück nach London gehen soll, aber sie will nicht auf mich hören. Komm, wir gehen ins *Flyers*. Die haben heute einen fantastischen DJ da.«

Ich brummte vor mich hin und folgte ihr widerwillig. Die jungfräuliche Scarlett kennenzulernen, hätte mich in diesem Moment mehr gereizt, als mit Rosie auszugehen. Zwei Straßen weiter befand sich Rosies Lieblingsbar. Wir quetschten uns durch die Menschenmenge und bestellten am Tresen ein großes Bier. Rosie beäugte mich kritisch, als ich das Glas zu meinem Mund hob und einen großen Schluck nahm.

»Ich dachte eigentlich, du trinkst keinen Alkohol!«, brüllte sie mir ins Ohr, weil die Musik so laut war.

»Ich trinke ihn schon, aber nur in Maßen«, erwiderte ich.

»Hm, okay, ich mein ja nur, Roman hat mich im letzten Sommer gewarnt und mir eingetrichtert, dass ich unbedingt darauf achten muss, dass du nicht trinkst.«

»Ich kann auf mich selbst aufpassen«, erwiderte ich zornig. Dass Roman hinter meinem Rücken die Weiber vor mir warnte, ging mir gehörig gegen den Strich. Der alte Saubermann.

Und plötzlich regte mich alles in meiner Welt auf, nicht nur Romans heroisches Getue. Angewidert blickte ich auf Rosie in ihrem billigen Fummel, musterte ihre strohigen Haare, die unnatürlich rot im Stroboskoplicht leuchteten. Und ich hasste das warme Bier, das einen herben Geschmack in meinem Mund hinterließ. In Wahrheit wollte ich meine Zeit nicht sinnlos in einer Bar vergeuden, sondern bei Roman und Sarah auf der Terrasse sitzen und sinnvolle Gespräche führen. Wir hatten nur noch ein paar Tage, ehe sich unsere Wege wieder trennen würden. Was zur Hölle tat ich hier eigentlich?

Ich bestellte zwei Tequila und knallte einen davon vor Rosie auf den Tresen. Ich wusste, dass sie ihn nicht vertrug, also setzte ich ihn für meine Zwecke ein. Ein perfider Plan hatte in meinem Kopf Stellung bezogen. Ich würde Rosie dazu bringen, mir ihre Mitbewohnerin vorzustellen und dann wollte ich mir die Süße vorknöpfen und ihr zeigen, dass nette Prinzen eine Dumm-Mädchen-Phantasie waren und nichts mit der Realität gemein hatten.

*

Sieben Tequila später hatte ich Rosie soweit, dass sie ihre Mitbewohnerin anrief und diese betrunken anflehte, ins *Flyers* zu kommen.

»Ich muss dir jemanden vorstellen«, kicherte sie in den Hörer. »Einen alten Freund, der dir bestimmt gefallen wird.«

»Zufrieden?«, fragte sie, als sie aufgelegt hatte.

»Noch nicht.«

»Jens, bitte, versprich mir, dass du sie nicht anrührst.«

Ich zwinkerte ihr zu. »Jetzt beruhig dich mal, ich will sie mir ja nur ansehen. Ich bin neugierig, wie eine vierundzwanzigjährige Jungfrau aussieht.«

Während wir auf Scarlett warteten, tranken wir noch eine Runde Tequila. Rosie torkelte schon verdächtig, als sie zur Toilette wankte. Ich lehnte mich mit dem Rücken, beide Ellbogen auf den Tresen gestützt, an die Bar und ließ meinen Blick träge durch den Raum schweifen. Ich musterte die Frauen und prüfte, ob es eine gab, die mir gefiel und die ich abschleppen wollte. Es mangelte nicht an exquisitem Material. Einige Frauen sahen schon den ganzen Abend zu mir her und versuchten meine Aufmerksamkeit zu erregen. In dieser Bar waren bei Weitem genug zur Schau gestellte Reize vorhanden. Es wimmelte von zuckenden, tanzenden, halbnackten Leibern, aber dennoch gab es keine Frau, die mein Interesse weckte.

Keine? Keine einzige? Was war nur los mit mir?

Hinter meinen Schläfen pochte ein dumpfer Schmerz. Ich bestellte, das diffuse Verschwimmen meines Gesichtsfeldes ignorierend, noch eine weitere Runde Tequila und kippte das Gesöff in einem Schwung hinunter. Das Zeug brannte in meiner Kehle und ich schüttelte mich. Wurde Zeit, aufzuhören. Der Scheiß tat mir nicht gut und ich wusste das.

Als Rosie wieder von den Toiletten zurückkam, legte sie fordernd ihre Hand in meinen Schritt und krallte die andere um meinen Nacken. Sie zog mein Gesicht zu sich heran und küsste mich. Der Alkohol hatte sie weitgehend enthemmt und sie schien nun ziemlich scharf auf mich zu sein. Sie steckte mir ihre Zunge fordernd in den Mund, ihr Piercing streifte dabei unentwegt über meine Nervenenden. Obwohl ich küssen nicht leiden konnte, machte es mich geil. Wildes Verlangen schoss in meinen Schwanz. Unglücklicherweise war es eine düstere und schwere Lust und sie war mit roher Gewalt getränkt. Einer Gewalt, die sich völlig meiner Kontrolle entzog. Dass ich den Umschwung dieses Mal bemerkte, war ein großer Fortschritt und als der Barmann mir noch einen Tequila einschenken wollte, winkte ich rasch ab. Dennoch konnte das nichts mehr daran ändern, dass ich ohne Aussicht auf einen Ausweg in eine gefährliche Stimmung gerutscht war.

»Da ist Scarlett ja«, lallte Rosie in diesem Moment und zeigte auf eine unscheinbare Brünette, die sich durch die Menge drängte und suchend um sich blickte.

Rosie gab ihr ein Zeichen und wir warteten auf Scarletts Auftritt. Als die Kleine bei uns angekommen war, stellte Rosie uns einander vor. Ich reichte ihr meine Hand und musterte sie eindringlich. Sie war nicht gerade eine Schönheit. Ihre Nase war zu groß und die Augen standen zu weit auseinander. Die Figur war allerdings nicht schlecht, aber sie hatte diese für eine Engländerin typische blasse Haut mit vielen Sommersprossen. Mit etwas mehr Make-up würde sie vielleicht ganz passabel aussehen. Aber so. Was mir allerdings ausnehmend gut gefiel und meine Lust schürte, war der Umstand, wie sie unter meinem harten Blick errötete, verlegen die Lider senkte und nervös über ihr geblümtes, unschuldiges Sommerkleidchen strich. Der Gedanke, dass noch nie ein Schwanz in dieser kleinen Fotze gesteckt hatte, war etwas, das mich hammermäßig antörnte.

Ich würde der Kleinen das Warten auf den Prinzen schon noch austreiben. Bestimmt steckte eine wilde Drecksau in der lieblichen Scarlett, die nur darauf wartete, dass man sie aus ihrem tausendjährigen Schlaf erweckte. Was wusste die Kleine schon über guten Sex? Einmal in die verbotene Frucht gebissen, würde sie nicht mehr damit aufhören wollen und halb Tarifa besinnungslos vögeln. Am Ende würde sie mir noch dankbar sein.

»Hallo, Scarlett, willst du was trinken?«, fragte ich höflich und bohrte weiter meinen Blick in sie.

Ihre Augen huschten unsicher zwischen mir und Rosie hin und her. »Was trinkt ihr denn?«

»Tequila«, sagte ich.

»Oh, das ist mir zu stark«, piepste sie. »Das trink ich nicht.«

»Heute trinkst du einen«, sagte ich bestimmt und winkte den Barmann herbei. Sie traute sich nicht zu widersprechen.

Rosie zischte mir ein »Nicht, Jens« zu, das ich geflissentlich überhörte.

Drei Tequila später tanzten die beiden mit mir.

Fünf Tequila später küssten sie mich abwechselnd.

Einmal die eine, dann die andere.

Ich streichelte Scarletts Brüste, während meine Hand unter Rosies Rock schlüpfte.

Zehn Tequila später nahmen sie mich mit in ihre Wohnung.

*

Der Film riss, als die Wohnungstür hinter uns ins Schloss fiel. Da war plötzlich diese unglaubliche Dunkelheit, in der ich mich rettungslos verlor. Ich war wieder im Arbeitszimmer meines Vaters und hielt seine Schläge aus. Ab und zu kämpfte sich ein lichtes Fragment zurück in mein Bewusstsein und ich erhaschte einen Blick auf die Realität. Wo war ich? In Rosies Wohnung. Es waren nur kurze Momente, die ich einfangen konnte. Bilder. Eindrücke. Gerüche. In mir schrie der kleine Junge, der ich einmal gewesen war. Er hatte so große Angst. So große.

Rosie kniete vor mir. Mein Schwanz steckte tief in ihrem Mund. Ich hörte meine Stimme wie aus weiter Ferne. Sie befahl Scarlett, es ihr nachzumachen. Als die sich weigerte, zwang ich sie dazu. Ich packte sie, beförderte sie auf die Knie, krallte die Finger in ihr Haar und penetrierte ihren unschuldigen Mund.

Die Stimmung der Mädchen kippte. Panik und Abscheu verdichteten sich als düstere Wolke und erstickten jegliche erotische Stimmung im Raum. Schreie, Tränen, Flehen. Ich hätte aufhören müssen, aber ich konnte nicht. Wenn ich die Kontrolle verlor, dann war die Angst da. Diese Angst, der ich nur mit Gewalt entrinnen konnte. Mit Gewalt.

Als mich ein harter Gegenstand an der Schläfe traf, erwachte ich aus meinem Blackout. Ich rollte mich herum und rutschte vom Bett auf den Boden hinab. Meine Schulter knackte bei dem Aufprall. Höllischer Schmerz durchzuckte meinen Arm. Ich brüllte auf. Mein Schädel explodierte und vor meinem Gesicht blitzten helle Sterne auf.

»Spinnst du?«, stöhnte ich, während ich wackelig auf die Beine kam. »Niemand schlägt mich!«

Vor mir stand Rosie, nackt, ein dickes Buch in ihren Händen. Ironischerweise war es eine Bibel mit einem goldenen Kreuz am Einband vorne drauf.

»Ich sagte, runter von ihr!«, kreischte sie so laut, dass mein Kopf noch einmal explodierte.

Mein verschwommener Blick wanderte auf das Bett, auf dem

eine weinende und schockierte Scarlett in ihrem hochgeschobenen Sommerkleid lag. Sie trug kein Höschen mehr.

»Scheiße«, stöhnte ich.

»Hau ab!«, brüllte Rosie. »Hau sofort ab oder ich schwöre dir, ich bring dich um.«

Ich umfasste meinen Kopf mit beiden Händen und suchte nach meiner verfluchten Erinnerung. Was hatte ich getan?

»Hau ab!«, kreischte Rosie. »Raus hier! Hau ab! Ich schwöre dir, wenn du sie noch einmal anfasst, bring ich dich um, Jens.«

Ich machte einen Schritt nach vorne. Rosie wich vor mit zurück, reckte aber ihr Kinn nach oben, um ihre Entschlossenheit zu demonstrieren. Die Scheißbibel hielt sie hoch über ihrem Kopf erhoben. Ich baute mich vor ihr auf und zog im Zeitraffer meine Hose über meinen Arsch nach oben. Als ich die Knöpfe meiner Jeans geschlossen hatte, holte ich mit dem Arm aus und schleuderte das dicke Buch aus Rosies Händen. Es knallte klatschend in eine Ecke. Rosie schrie erschrocken auf und hob schützend die Arme vor ihr Gesicht.

»Um mich umzubringen, wirst du etwas Effizienteres als das Wort Gottes brauchen«, sagte ich kalt.

»Um dich umzubringen, braucht es eine Horde Exorzisten«, zischte sie wütend.

Ich drehte mich um und ging.

Grauen bombardierte meine Zellen. War es wieder passiert?

Wenn ja, dann war ich geliefert. Wo war Roman? Ich musste ihn finden. Er war der Einzige, der mir in diesem Moment helfen konnte.

KAPITEL 26 – SARAH

Ich war gerade glücklich und zufrieden in Romans Armen eingeschlafen, als mich ein lauter Krach weckte. Ich schreckte hoch und lauschte in die Dunkelheit. Es klang, als ob jemand die Küche des Strandhauses auseinandernahm. Etwas zerbrach. Ich hörte das Klirren von Scherben, dann Jens' laute Stimme. Er gab die derbsten Schimpfwörter von sich. Ein Poltern war zu hören. Trat er etwa gegen die Küchenschränke? Roman schnellte ins Sitzen hoch und schwang die Beine aus dem Bett.

»Scheiße«, murmelte er verschlafen.

In wenigen Sekunden war er an der Tür, öffnete sie und blickte hinaus. Ich streckte den Arm zur Nachttischlampe hinüber und machte Licht. Romans Gesichtsausdruck erschreckte mich. Blankes Entsetzen spiegelte sich darin. Er hatte die Tür wieder geschlossen und bückte sich, um in seine Jeans zu steigen.

»Was ist los?«, fragte ich leise.

»Sarah, ich will dass du in deinem Zimmer bleibst, okay? Egal, was da draußen los ist, ich will, dass du auf keinen Fall rauskommst. Bitte!«

»Wieso? Was ist da draußen los?«

»Jens ist betrunken.«

»Na und? Was bedeutet das?«

Ich sprang aus dem Bett.

Roman warf mir einen warnenden Blick zu. »Zieh dir was an und bleib so lange hier drinnen, bis ich dir Entwarnung gebe«, sagte er eindringlich. Seine Stimme zitterte.

»Roman, du machst mir Angst. Was ist los?«

»Tu einfach, was ich dir sage. Ich bitte dich.«

Ehe ich etwas erwidern konnte, war er schon in die Wohnküche hinausgeschlüpft. Ich starrte auf die geschlossene Tür.

Ich hörte, wie er Jens' Namen rief und dann beruhigend auf ihn einredete. Entschlossen riss ich die Schranktür auf und schlüpfte hastig in Leggins und ein T-Shirt. Bestimmt würde ich hier nicht in meinem Zimmer warten. Ich öffnete die Tür und steuerte entschlossen auf die beiden zu. Der Boden war mit Scherben übersät. Jens hatte wahllos nach dem Inventar gegriffen und es in

Stücke geschlagen. Eines der hübschen Gemälde lag zerfetzt auf dem Boden. Oh nein! Was würde Alfredos Sohn zu dieser mutwilligen Zerstörung sagen?

Roman wirbelte zu mir herum. »Sarah!«, rief er. »Ich hab gesagt, du sollst in deinem Zimmer bleiben.«

»Wieso?«, brüllte Jens. »Hast du Angst, dass ich sie mir vorknöpfe, oder was?«

Er ging mit erhobener Faust auf Roman los.

»Sarah, verschwinde!«, schrie Roman, aber es war schon zu spät. Jens schlug einen Haken, steuerte auf mich zu und blieb dicht vor mir stehen. Seine Wut war so stark, seine Verzweiflung so übermächtig, dass ich von seiner Schwingung beinahe umgekippt wäre. Er stank aus allen Poren nach Alkohol. Seine dunklen Haare fielen ihm wild vors Gesicht und seine Augen waren so schwarz, dass ich nicht einmal mehr seine Pupillen erkennen konnte. Er schubste mich nach hinten und rammte seine Hände links und rechts neben meinem Kopf in die Wand. Mein Puls schnellte in die Höhe.

Adrenalin pumpte durch meine Venen, aber ich hatte keine Angst vor ihm. Ich wusste, er würde mir nichts tun.

»Denkst du, es ist leicht für mich, dich jeden Tag mit ihm zu sehen«, zischte er. Seine Spucke traf auf mein Gesicht. »Zu sehen, wie er dich fickt, deine Schreie zu hören, zu wissen, dass du gerade kommst. Denkst du, dass ich das noch länger aushalten kann?«

In diesem Moment schlang Roman seine Arme um Jens' Mitte und wirbelte ihn mit Kraft um neunzig Grad von mir weg. Jens taumelte, verlor das Gleichgewicht und ging auf alle viere.

»Ich warne dich, wenn du sie anfasst, schlag ich dir die Fresse ein!«, brüllte Roman zornig. Und an mich gewandt schrie er: »Geh verdammt noch mal in dein Zimmer!«

Ich stand wie versteinert da und starrte auf Jens, der vergeblich versuchte, auf die Beine zu kommen, es aber nicht schaffte.

»Ich hab sie gefickt«, lallte er. »Ich hab sie gefickt. In Marseille. Es tut mir leid, ich wollte es dir sagen, ich konnte nicht anders, ich musste sie haben. Es tut mir so leid.«

Roman und ich warfen uns einen Blick zu.

»Heute jagt ja ein Geständnis das andere«, sagte Roman zynisch. Er ging in die Knie und brachte sein Gesicht mit Jens auf Augenhöhe. »Das weiß ich schon«, sagte er bedrohlich leise zu ihm. »Sarah hat es mir erzählt oder sagen wir so ... ich hab deine Spielsachen benutzt, sie gefesselt und die Wahrheit aus ihr rausgevögelt. In deinem Zimmer.«

Mit einem heiseren Aufschrei stürzte Jens sich auf Roman und warf ihn um. Die beiden rollten über den Boden und begannen wie zwei pubertierende Jungs miteinander zu rangeln.

»Das reicht jetzt!«, rief ich laut.

Diesem infantilen, hirnlosen Gebaren würde ich keine Sekunde länger zuschauen. Ich ging in die Hocke und versuchte die zwei voneinander zu trennen. Sobald ich Roman am Arm berührt hatte, kam er zur Vernunft. Er löste sich von Jens und kam blitzschnell auf die Beine.

»Bitte misch dich nicht ein, ich will nicht, dass du was abkriegst oder verletzt wirst«, keuchte er.

»Roman, könntest du bitte deinen Verstand einschalten? Und mit dieser Situation wie ein erwachsener Mann umgehen? Ich bitte dich. Ihr müsst euch doch nicht prügeln wie die Kinder.«

Er fuhr sich mit beiden Händen durchs Haar. »In Ordnung, Sarah, entschuldige. Ich hab mich hinreißen lassen.«

Ein Grollen lenkte unsere Aufmerksamkeit auf Jens, der langsam wieder auf die Beine gekommen war und uns aus wirren Augen anfunkelte. So wie es aussah, hatte er noch nicht genügend Aggressionen abgebaut.

»Ich muss ihn irgendwo fixieren«, raunte Roman mir zu. »Ehe er weiteren Schaden anrichten kann. Hilfst du mir, ihn in sein Zimmer zu schaffen?«

Ich nickte wie paralysiert.

Roman bewegte sich in Zeitlupe auf ihn zu und berührte ihn an der Schulter. Jens schlug seine Hand weg.

»Fass mich nicht an, Arschloch«, brüllte er.

Roman rollte mit den Augen. »Okay, es geht nicht anders«, murmelte er entschuldigend in meine Richtung.

Mit einer einzigen geschmeidigen Bewegung klemmte er sich Jens' Kopf zwischen die Arme und zerrte ihn den Flur entlang und in sein Zimmer hinein. Obwohl Jens sich wehrte, hatte er keine Chance aus dem Klammergriff zu entkommen. Mit Schwung schleuderte Roman ihn aufs Bett. Jens knallte mit dem Schädel gegen den Bettpfosten und blieb schwer atmend auf dem Rücken liegen. Während er leise fluchte, hielt er seinen Kopf mit den Händen fest.

»Ist das schon öfters passiert?«, flüsterte ich Roman zu.

»Ein paar Mal, ja.«

»Soll er deshalb keinen Alkohol trinken?«

»Ein Übermaß an Alkohol macht ihn aggressiv. Du siehst ja, was dann aus ihm wird.«

Er ging in die Knie und wühlte in der Sporttasche. Mit einem Seufzen fischte er die Handschellen heraus, stützte ein Knie auf die Bettkante ab und fixierte Jens' rechtes Handgelenk an der Messingstange des Bettes.

»Roman«, stöhnte Jens mit geschlossenen Augen. »Ich hab Scheiße gebaut.«

Als ich den Ausdruck der Panik auf Romans Gesicht bemerkte, wurde mir mulmig zumute.

»Was hast du getan?«

»Ich weiß ... ich weiß es nicht mehr ... nicht genau.«

»Mein Gott, Jens. Bitte sag mir, dass es nicht wieder passiert ist. Versuch dich zu erinnern. Wo warst du? Was hast du gemacht?«

»Ich weiß nicht mehr«, lallte er.

»Warst du bei Rosie?«

»Ja.«

»Was hast du gemacht?«

»Ich weiß es nicht. Bitte, Roman, hilf mir ...«

Es rührte mir ans Herz, Jens so zerstört zu sehen, gleichzeitig fühlte ich Romans Angst wie meine eigene immer größer werden. Meine Brust schnürte sich zusammen.

»Hast du Rosies Telefonnummer?«, herrschte Roman ihn an.

»Nein.«

»Wohnt sie noch an der alten Adresse?«

Jens nickte, zerrte an den Handschellen und bäumte sich wütend auf.

»Ich fass es nicht«, schrie er. »Hast du mich ans Bett gefesselt?

Mach mich sofort los. Sofort! Mach die ab, du Wichser. Du weißt, dass ich durch die Hölle gehe, wenn man mich fesselt.«

Roman beachtete ihn nicht weiter. Er sprintete los und verschwand in seinem Zimmer.

Ich stand da und wusste nicht recht, was ich tun sollte. Es war offensichtlich, dass in Jens verdrängte Kindheitserinnerungen hochkamen. Er flehte ohne Ende, dass Roman ihn befreien sollte. Die Panik in seinen Augen erregte mein Mitleid. Roman kam nach einer Minute wieder zurück. Er hatte zusätzlich zu seinen Jeans ein Shirt und Sneakers übergestreift. Mit ernstem Blick überreichte er mir den kleinen Schlüssel für die Handschellen.

»Kannst du auf ihn aufpassen, bis ich wieder da bin?«, bat er mich.

»Wo gehst du hin?«

»Ich muss nach Rosie sehen«, sagte er gepresst.

»Wieso musst du nach ihr sehen? Du willst doch nicht etwa behaupten, dass Jens ihr was angetan hat. Roman?«

»Ich bin gleich wieder da. Und mach ihm bloß die Handschellen nicht ab. Auf keinen Fall, hörst du?«

Er hauchte mir einen Kuss auf die Stirn und joggte los.

Ich wartete eine Weile und überlegte, was ich tun sollte. Das war doch wirklich lächerlich, Jens wie einen Schwerverbrecher ans Bett zu ketten. Es stand kurz vor einer Panikattacke.
Entschlossen griff ich nach Jens' Arm und setzte an, um den kleinen Schlüssel ins Schloss zu stecken. Er würde mir nichts tun, dessen war ich mir sicher.

»Das würde ich an deiner Stelle nicht machen«, lallte er mit geschlossenen Augen. Sein Atem ging schwer.

Ich ließ die Hände sinken. »Warum?«

»Hau ab, Sarah!«

»Nichts lieber als das, aber vorher befreie ich dich von dem Ding da. Dann kannst du zivilisiert unter die Dusche hüpfen und deine stinkenden Klamotten ausziehen und ... nun ja ... auf die Toilette gehen, wenn du musst.«

»Nein«, stöhnte er. »Hau ab, lass mich verrecken. Ich hab's verdient.«

Ich setzte mich auf die Bettkante.

Meine Finger umschlossen sein Handgelenk.
Jens reagierte blitzschnell. An dem Grad seiner Betrunkenheit gemessen, war das wirklich erstaunlich.
Er packte mich mit seinem freien Arm, zerrte mich an seine Brust und rollte mich so herum, dass er auf mir zum Liegen kam. Das Manöver hatte nicht einmal zwei Sekunden gedauert. Jetzt lag ich unter ihm eingequetscht, atemlos und vollgepumpt mit Adrenalin. Mein Geruchssinn rebellierte bei dem Alkoholdunst, den sein Atem verströmte. Sein Mund näherte sich meinem Ohr.

»Du willst wissen, warum es besser ist, mich anzuketten?«, knurrte er. »Ich kann dir sagen, warum es besser ist. Weil es nämlich dann kein Halten mehr für mich gibt. Sobald ich meine Hände frei habe, fessle ich dich mit meinen Seilen, bis du dich nicht mehr bewegen kannst und dann ficke ich dich besinnungslos. Ich ficke dich in alle deine Löcher und ich hör nicht auf dich zu ficken, bis du mich auf Knien anflehst, Gnade mit dir zu haben und selbst dann ficke ich dich noch weiter. Ich versohl dir deinen geilen Arsch und fick dich, bis ich genug von dir habe. So scharf wie ich seit Tagen auf dich bin, werde ich niemals genug von dir haben. Du wirst dir also wünschen, mich niemals von diesen Handschellen befreit zu haben.«

Ein Stöhnen entwich meinen Lippen. Jens' Worte berührten den verborgenen Teil meiner Seele, der sich genau die Dinge wünschte, die er mir eben im betrunkenen Zustand angedroht hatte. Es war grotesk, aber ich fühlte mich nicht in Gefahr, sondern begann unter ihm zu zerfließen. Meine Beine fielen auseinander, um ihn einzulassen. Sein hartes Glied sprengte beinahe seine Hose. Voller Verlangen presste ich mein Becken gegen seine steinharte Erektion. Die Feuchtigkeit sammelte sich in meinen Leggins. Die sexuelle Anziehung zwischen uns war unglaublich. In Jens' Armen war ich so schwach und so weiblich, dass ich schon wieder stark war.

Unerwartet rollte er von mir herunter und gab mich frei. Sein Brustkorb hob und senkte sich hektisch und sein Atem rasselte.

»Geh«, brummte er und drehte mir den Rücken zu. »Bitte geh, bevor etwas passiert, dass ich morgen bereue.«
Ich konnte mich nicht rühren.

»Geh«, wiederholte er und legte den Arm über seine Augen. Paralysiert rutschte ich über die Kante aus dem Bett und taumelte aus dem Zimmer. Bevor ich ging, warf ich den Schlüssel für die Handschellen neben ihn aufs Bett. So konnte er sich jederzeit befreien, wenn er das wollte.

Mit hastigen Schritten verließ ich das Strandhaus und ging so weit, bis meine Füße von den Wellen des Meeres benetzt wurden. Verwirrt starrte ich auf den tiefschwarzen Ozean hinaus. In der Ferne blinkten die Lichter der Schiffe. Der Wind trieb die leise Musik eines Nachtclubs an mein Ohr. Das Rauschen der Wellen zerstreute die Ordnung meiner Gedanken.

Was in Teufels Namen geschah mit mir? Was nur?

Als Roman eine Stunde später wieder zurückkam, fand er mich genauso vor. Ich stand am Meer und grübelte. Ohne zu einer zufriedenstellenden Lösung gekommen zu sein. Weder sah ich einen Ausweg aus der unglaublichen Anziehungskraft, die Jens und mich beherrschte, noch sah ich einen Weg in die Liebe, die Roman und mich verband. Ich war in einer Patt-Situation. Schon wieder.

»Und?«, fragte ich ihn, als er mich in die Arme nahm.

»Alles okay«, murmelte er an meinem Hals. »Jens hat wieder mal Mist gebaut, aber keinen Kollateralschaden angerichtet.«

»Hast du mit Rosie geredet?«

»Ja, hab ich. Auch mit ihrer Mitbewohnerin. Die Mädchen sind ziemlich durcheinander und aufgebracht. Ich hab sie einigermaßen besänftigen können. Jens wird sich aber bei den beiden entschuldigen müssen.«

»Erzählst du mir, was in der Vergangenheit passiert ist?«

Roman schüttelte den Kopf. »Er muss es dir selbst erzählen.«

»Hat er einem Mädchen Gewalt angetan?«

Roman seufzte. »Sarah, ich möchte sein Vertrauen nicht missbrauchen. Er muss es dir selbst erzählen. So viele Jahre sind seither vergangen. Es ist so lange her.«

»Aber nicht lange genug, dass du nicht trotzdem Angst hast, wenn er betrunken ist.«

Roman ließ mich los und deutete mir, dass er zum Haus zurückgehen wollte.

Ich folgte ihm. »Du hattest Angst, dass er auf mich losgeht. Stimmt's? Sollte ich deshalb in meinem Zimmer bleiben?«, rief ich ihm hinterher. »Hast du ihn deshalb gefesselt?«

Er wirbelte zu mir herum. »Ja, ich hatte Angst um dich. Zufrieden?«, blaffte er.

»Das ist noch lange kein Grund, mich so anzuschnauzen«, sagte ich scharf. »Ich wollte nur die Wahrheit wissen.«

»Du und die Wahrheit, dass ich nicht lache«, murrte er abfällig.

Genervt ging er an mir vorüber. Ich folgte ihm mit ein paar Metern Abstand zur Treppe. Er lief sie so hastig hoch, dass die Konstruktion unter seinem Gewicht zu schwanken begann.
Ich eilte ihm bis zu seinem Zimmer hinterher.

»Roman, jetzt warte doch. Lass uns über alles reden.«

»Ich will nicht reden.«

Mit einem Knall fiel die Tür ins Schloss.

Ich starrte darauf, atmete tief durch, sammelte mich. Auch gut. Ein wenig Abstand würde uns allen Dreien bestimmt guttun.
Das war bestimmt besser so.

Ich ging in mein Zimmer, schlüpfte in Shorts und ein Schlafshirt und legte mich in mein Bett. An Schlaf war jedoch nicht zu denken. Meine Gedanken kreisten um so viele Themen. Ich hatte plötzlich das Bedürfnis nach der Wahrheit. Ich wollte die Wahrheit hören und die Wahrheit sagen. Keine Geheimnisse mehr, keine Lügen. Das Verschweigen der Wahrheit konnte so viel zerstören. Die Geschehnisse der letzten Stunden waren das beste Beispiel dafür.

Um mich abzulenken, griff ich nach meinem Handy und klickte die Fotos meiner Kinder durch. Ich vermisste sie. Und ich vermisste mein ruhiges und beschauliches Familienleben.
Aus einem Impuls heraus schrieb ich Sam eine Nachricht.
»Hi Sam, ich möchte ehrlich zu dir sein, weil ich denke, dass du die Wahrheit verdient hast, um vollends mit uns abschließen zu können. Der Grund für meine überstürzte Reise nach Spanien war der, dass ich Roman wiedersehen wollte. Ich konnte ihn nie wirklich vergessen. Deshalb ist unsere Ehe letztendlich gescheitert. Meine Gefühle für ihn sind zu groß, als dass ich mit einem anderen Mann zusammenleben kann.

Wir sind gerade in Tarifa und machen hier Urlaub. Tut mir leid, falls ich dir damit wehtun muss, aber das sind die Tatsachen, mit denen du dich abfinden musst. Es wäre schön, wenn du und ich in Zukunft Freunde sein könnten. Allein schon wegen unserer Kinder. Sie leiden darunter, wenn wir uns bekriegen. Ich wünsche mir, dass wir das schaffen. Für sie. Für Linda und Lennox. Gib ihnen Küsse von mir und sag ihnen, dass ich an sie denke und sie vermisse. Sarah.«

Nachdem ich die Nachricht abgeschickt hatte, fühlte ich mich besser. Wenigstens ein Lebensbereich, in den ich die Wahrheit gebracht hatte. Als ich das Telefon wieder zur Seite gelegt und mich samt Bettlaken eingerollt hatte, ging plötzlich meine Zimmertür leise auf und wieder zu. Roman schlüpfte nackt zu mir ins Bett und umarmte mich von hinten.

»Ich kann nicht einschlafen ohne dich«, flüsterte er an meinem Nacken.

Ich seufzte erleichtert auf und spürte Romans sanften Küssen auf meinen Schultern nach. Seine Hände fuhren unter mein Top und streichelten meine Brüste.

Während ich mich in seinen Armen auflöste, verloren sich meine Zweifel wie feiner Sand, den der Sturm über die Weite einer Wüste verteilte. Meine Gefühle folgten nur noch der tiefen Liebe, die ich für Roman empfand und von der ich hoffte, dass sie die Grenzen überwinden würde, die zwischen uns lagen.

Wir würden zusammen sein.

Nicht heute.

Nicht morgen.

Aber irgendwann.

Vielleicht.

KAPITEL 27 – ROMAN

Sarah schlief noch, als ich erwachte. Ich drückte einen Kuss auf ihre Schulter, verließ das Bett und schlich leise aus ihrem Zimmer. Ein Blick auf mein Handy, das auf dem Wohnzimmertisch lag, verriet mir, dass es beinahe Mittag war. Ich rollte die Terrassentür auf und trat in den Tag hinaus. Die Sonne knallte unbarmherzig vom wolkenlosen Himmel. Die Luft war so heiß und trocken, dass ich kaum atmen konnte. Ich stellte mich ans Geländer und starrte eine Weile aufs Meer.

Erst als ich mich für ein Gespräch mit Jens bereit fühlte, ging ich zurück ins Haus und steuerte sein Zimmer an.

»Jens, bist du wach?«

Ein dumpfes Stöhnen war die Antwort. Ich konnte mir ausmalen, wie verkatert er sein musste. Er war bis auf seine Boxershorts nackt und hatte ein Kissen über seinen Kopf gestülpt. Offensichtlich hatte Sarah ihm die Schlüssel für die Handschellen gegeben, denn sie lagen neben ihm auf dem Nachttisch.

»Ich wollte nur nachsehen, ob du noch lebst.«

Ich setzte an, um wieder zu gehen.

»Roman!«

»Ja?«

Jens warf das Kissen zur Seite und legte stattdessen einen Arm über seine Augen.

»Wie schlimm war es? Auf einer Skala von eins bis zehn, wie schlimm war es?«, fragte er mit kratziger Stimme.

»Eine elf.«

»Fuck.«

»Woran erinnerst du dich?«

»An nichts. Da sind nur Fragmente.«

Ich schloss die Tür und ließ mich auf der Bettkante nieder.

»Was weißt du denn noch?«

»Ich war mit Rosie und ihrer Freundin im *Flyers*. Danach sind wir in ihre Wohnung weitergezogen.«

»Und weiter?«

»Wir haben zu dritt rumgemacht ... irgendwann wurde es den Mädels zu heftig, da hat mir Rosie ein Buch über den Schädel

gezogen.«
»Zu Recht, muss ich sagen.«
Jens nahm den Arm zur Seite und blickte mich aus rotgeäderten Augen an. »Hast du mit ihr geredet?«, fragte er.
»Ich war gestern Nacht noch dort, um wie üblich deinen Dreck wegzuräumen. Die Mädchen waren ganz schön abgefüllt. Es würde mich nicht wundern, wenn die einen Großteil des Abends schlichtweg vergessen haben.«
Er schwieg und kniff die Augen zusammen. »Weißt du zufällig, ob ... also ... ich hab ... hat Rosie was ... hat sie was erzählt?«
Ich hatte große Lust ihn in der Hölle schmoren zu lassen, entschied mich aber, bei der Wahrheit zu bleiben.
»Du hast die kleine Engländerin nicht entjungfert, falls du das wissen willst.«
Er stöhnte auf und schlug die Hände vors Gesicht.
»Wenigstens eine gute Nachricht«, murmelte er.
»Was weißt du über die Geschehnisse danach?«
»Nichts. Aber ich hab die Scherben im Wohnzimmer gesehen. Tut mir leid, ich werde das alles bezahlen und ...« Er stockte mitten im Satz, als er meinen eisigen Blick bemerkte.
Ich starrte ihn mit zusammengepresstem Kiefer an. Er kapierte sofort, was Sache war, setzte sich langsam auf und stützte einen Arm auf seinem Knie ab.
Wir saßen eine Weile in angespanntem Schweigen da.
Das Ungesagte peitschte zwischen uns hin und her. Ich wartete. Keines meiner Worte sollte ihm sein Geständnis erleichtern. Ich würde ihm das nicht abnehmen oder ihm entgegenkommen. Diesmal nicht.
»Ich werde dich nicht mit Floskeln abspeisen«, murmelte er.
»Das erwarte ich auch nicht.«
»Was soll ich sagen?«
»Wie wär's mit der Wahrheit.«
»Ich war scharf auf sie, ich hab sie mir genommen.«
»Und? War es das wert? War es gut?«
»Es war sensationell gut.«
Mein Magen krampfte sich zusammen. Ich wollte losschreien, heulen, ihn zusammenschlagen. Alles auf einmal. Mir tat plötz-

lich jeder Muskel, jeder Knochen weh. Mein Herz blutete.

»Du hast sie ganz schön beeindruckt«, sagte ich heiser.

»Hat sie das gesagt?«

»Nein, aber ich spüre es. Sie fühlt sich zu dir hingezogen. Aber das sollte mich nicht wundern, oder?«

»Scheiße«, fluchte Jens heiser. »Hör mal, Roman. Ich hab keinerlei Ambition, sie für mich zu gewinnen. Das war eine einmalige Sache. Ich würde mich niemals zwischen euch drängen. Für mich war das nur ein Fick. Es hat mir nichts bedeutet.«

Ich sprang auf und ballte die Hände zu Fäusten. Für diese Lüge würde ich ihm den Hals umdrehen. »Erzähl mir nichts«, fauchte ich. »Du beleidigst mich mit dieser Lüge. Denkst du, ich sehe nicht, was hier abgeht? Ich hab das Unaufhaltbare längst begriffen, also spar dir deine Ausflüchte und belüg mich und vor allem dich nicht länger.«

Jens ließ sich auf den Rücken fallen und presste die Handballen gegen seine Schläfen. »Es tut mir so leid, Roman. Ich hatte nicht geplant, dass das passiert. Ich weiß selbst nicht, wie ich damit umgehen soll. Was soll ich denn jetzt machen?«

Ich atmete ein paar Mal tief durch, um mich zu beruhigen. Meine Gedanken flirrten mit der Sommerhitze um die Wette. Gute Frage. Was sollten wir nun machen?

»Nichts«, stieß ich hervor. »Du wirst nichts machen. Gar nichts, hast du mich verstanden? Von nun an überlassen wir Sarah das Ruder. Wir lassen uns treiben und warten ab, was passiert. Warten ab, wohin sie ihr Boot steuert.«

Ich erhob mich und ging.

»Roman, warte.«

Aufstöhnend drückte ich die Stirn gegen das Holz der Tür. »Was ist denn noch?«

»Was ist ... was ist ... mit unserer Freundschaft?«, fragte er.

Ich drehte mich langsam wieder um. Und dann sah ich etwas, das ich noch nie gesehen hatte. Jens weinte. Er hatte seine Hände vors Gesicht geschlagen und seine Schultern zuckten. Ich starrte ihn verblüfft an. Ich hatte ihn noch nie weinen gesehen. Noch nie. Er weinte vollkommen lautlos, ohne ein einziges Geräusch.

»Roman, ich will dich nicht verlieren«, murmelte er erstickt.

»Das überlebe ich nicht.«

Ich holte tief Luft. Sollte ich zu ihm hinübergehen und ihn trösten? Mein verletztes Herz entschied sich dagegen. Dennoch sagte ich ihm, was ich tief in mir fühlte. »Nichts kann unsere Freundschaft zerstören. Und du weißt das.«

Ich stürmte aus dem Raum und knallte die Tür so heftig ins Schloss, dass die Wände davon wackelten.

Als ich den Blick hob, sah ich Sarah, die am Ende des Flurs stand und mich ansah. Ich mühte mir ein Lächeln ab und ging auf sie zu. Ihr Blick war fragend.

»Jens und ich haben die Sache wie Männer geklärt«, sagte ich zu ihr.

Sie hob skeptisch eine Augenbraue. »Wie Männer oder wie Jungs?«, fragte sie.

»Diesmal wie Männer, wir haben darüber geredet«, erwiderte ich. »Und jetzt verzeih mir, wenn ich mich kurz entschuldige und eine Runde im Meer schwimme. Und später würde ich gerne zum Kiten gehen. Immerhin bin ich zum Surfen in diesen Urlaub gefahren und nicht um weitere Beziehungsdramen zu durchleben.«

Sie lächelte. »Ich hab kein Problem damit«, sagte sie. »Darf ich dich später begleiten, wenn du surfen gehst? Ich würde dir gern dabei zusehen.«

Ich zog sie an mich und küsste sie auf ihren herrlich sinnlichen Mund. Genau das war das Wunderbare an Sarah. Sie war so unfassbar flexibel und verständnisvoll, wie es nur eine reife Frau ihres Alters sein konnte. Sie war eine echte Traumfrau. Leider war ich nicht der Einzige, der von ihr träumte.

*

Im Wasser vergaß ich, was passiert war. So sehr mich die Themen in der Realität beschäftigten, in den Wellen treibend, existierte nur ich, frei von Ängsten und Sorgen. Es war herrlich. Ich tauchte unter die Oberfläche und schwamm. Meine Haut spürte den rauen Strömungen nach. Jede Pore zog sich unter der Kälte zusammen und festigte mich. Ich konzentrierte mich ganz auf meine Atmung. Arm heben, eintauchen, Luft holen. Meine meditativen Bewegungen brachten mich wieder in meine Mitte zurück. Als ich ins Strandhaus zurückkam, saß Sarah allein auf der Terrasse. Sie hatte allerlei Leckereien ausgebreitet, den Tisch schön gedeckt und wirkte auf mich wie der zufriedenste Mensch auf diesem Planeten. Nach der dramatischen Nacht konnte ich mich über ihre entspannte Miene nur wundern. Ein Buch lag auf ihrem Schoß und sie trug einen roten Bikini und einen Sonnenhut, der ihr wirklich ausgezeichnet stand. Genussvoll nippte sie an ihrer großen Tasse Kaffee und biss in ein Croissant, das dick mit Marmelade bestrichen war.

»Dich bringt auch nichts aus der Ruhe«, scherzte ich.

»Ich habe Kinder«, erklärte sie mit einem Lächeln und zog die Sonnenbrille von ihrer Nase. »Mich regt nichts auf. Daher kann ich jede ruhige Sekunde in meinem Leben so genießen, als ob sie meine letzte wäre.«

Ich beugte mich vor, schnappte mir ein Handtuch von der Liege und trocknete meine Beine ab. Mit Genugtuung bemerkte ich ihre hungrigen Blicke auf meinem Körper. Ich spielte ein wenig mit ihrer Bewunderung, spannte meine Muskeln an, wischte über meine Arme, meinen Brustkorb, mein Sixpack. Als Zugabe stieg ich in Zeitlupe aus meiner nassen Badehose und schleuderte sie zu Boden. Ihr Blick heftete sich sofort auf meinen Schwanz. Sie leckte sich über die Lippen, griff nach einem Glas Wasser und trank es leer. Eigentlich hatte ich nach meiner morgendlichen Schwimmeinheit nur ans Essen und ausnahmsweise Mal nicht an Sex gedacht. Der Blick auf Sarah ließ mich jedoch alles vergessen. Scheiß aufs Essen. Wir hatten nicht mehr viel Zeit zusammen. Ich trat vor sie hin und blickte lustvoll auf sie herab.

»Kriegst du eigentlich nie genug?«

»Nein, nie«, erwiderte ich rau.

»Das liebe ich so an jungen Männern«, seufzte sie genüsslich. Mit einem Lächeln fixierte sie meinen Schaft, der sich vor ihrem Gesicht zu seiner vollen Größe aufgerichtet hatte. Ich verschränkte die Arme im Nacken und streckte mich durch. Sarah legte ihre Finger auf meine Brust und streifte in Wellenbewegungen über meine glatte Haut.

»Gott«, murmelte sie. »Du bist so unfassbar heiß.«

Ihre Hände wanderten weiter und krallten sich in meine Arschbacken.

»Los, blas mir einen«, befahl ich ihr rau.

Ihr Blick war lasziv, ihr Lächeln frivol. Ich hatte meine Worte kaum ausgesprochen, lagen ihre Lippen schon auf meiner Eichel. Sie saugte so fest an meiner Spitze, dass Stromstöße durch meinen Körper jagten. Mein Schwanz zuckte zwischen ihren Lippen. Ich stöhnte auf. Sie machte ihre Sache gut. Sogar unfassbar gut. Ihre Zunge verwöhnte mich so raffiniert, dass meine Erregung schneller anstieg, als ich das nach der körperlichen Anstrengung im Wasser für möglich gehalten hätte. Sie neckte mich mit ihren Zähnen, streichelte mich mit ihren Händen, sie leckte meinen Penis von der Wurzel bis zur Spitze ab. Und als sie genügend Speichel darauf verteilt hatte, schob sie sich die ganze Länge langsam und sinnlich in den Rachen. Bis zum Anschlag. Es kostete mich einiges an Anstrengung meine Hände nicht in ihr Haar zu krallen. Ich keuchte ihren Namen, stöhnte, meine Eier vibrierten. Sie ließ mich zur Gänze wieder aus sich herausgleiten, züngelte um den Kranz meiner Eichel und nahm mich dann wieder voll in ihren Mund auf. Ich wurde verrückt dabei. Wie sie mich dabei ansah, mit diesem devoten Blick. Es törnte sie an, mir Lust zu bereiten und dass wiederum entzündete mein eigenes Feuer. Während sie an Tempo zulegte und dabei meine Eier massierte, steuerte ich auf einen grandiosen Höhepunkt zu.

»Du stehst wohl drauf, meinen Schwanz mit deinem Mund zu ficken«, keuchte ich. Ihr zustimmendes Brummen kickte mich noch mal ins Meer zurück und hinauf auf eine Welle. Mit einem tiefen Stöhnen spritzte ich in ihrem Mund ab. Sie schluckte, saugte gierig weiter und leckte meinen Penis sauber, bis nicht mehr der kleineste Tropfen Sperma zu sehen war, dann erst ließ sie mich los.

Ich wankte zu einem der Stühle und ließ mich darauf fallen.

»Heirate mich«, stieß ich hervor.

Vor Erschöpfung fielen mir die Augen zu. Alle meine Muskeln zitterten. Ich wollte am liebsten alle viere von mir strecken und selig einschlafen.

»Nach Blowjobs nehme ich keine Heiratsanträge an,« sagte sie und lachte drauf los.

Ich liebte ihr Lachen. Es war hell und mitreißend. Sie zeigte dabei ihre schönen, weißen Zähne und ihre Augen strahlten in einem warmen Braunton.

»Warum nicht?«

»Wegen Unzurechnungsfähigkeit des Antragstellers.«

»Sarah, ich würde dich auch ohne Blowjob heiraten. Jederzeit.«

Sie erwiderte nichts darauf. Ich öffnete meine Augen und sah, dass ihr Gesichtsausdruck ernst geworden war. Unsere Blicke verflochten miteinander.

Es würde nie wieder einen günstigeren Zeitpunkt geben, um ihr von Julia und den Heiratsplänen, die sie für uns schmiedete, zu erzählen. Der Moment verstrich und ich schwieg. Irgendwann musste ich mit Sarah darüber reden. Am Ende unserer gemeinsamen Zeit hier in Spanien, spätestens. Am Ende unseres Urlaubs würde ich mit ihr über alles reden. Aber nicht heute. Ich wollte die verlogene Seifenblase, die wir uns geschaffen hatten, einfach nicht platzen lassen.

»Roman, ich werde nicht mehr heiraten«, sagte sie ruhig. »Wenn ich erst einmal geschieden bin, nehme ich wieder meinen Mädchennamen an. Der Bund der Ehe ist nichts mehr für mich.«

»Sicher?«

»Ja«, sagte sie. »Ich bin mir sicher, was diese Entscheidung angeht. Ich möchte in Zukunft bei mir bleiben, möchte Sarah Bachmann und nicht wieder die Ehefrau irgendeines Mannes sein.«

Hatte ich richtig gehört? Irgendeines Mannes? Aber ich war doch nicht irgendwer.

»Sarah Bachmann«, murmelte ich. »Klingt schön. Klingt nach einer echten Künstlerin. Mich würdest du aber trotz deiner guten Vorsätze heiraten. Ich würde dir sogar erlauben, deinen Namen zu behalten. Semenova steht dir sowieso nicht.«

»Soso«, sagte sie schmunzelnd. »Ich *darf* also meinen Namen behalten. Wie großzügig. Bestimmt würde dein Heiratsantrag so poetisch und romantisch ausfallen, dass ich gar nicht Nein sagen könnte.«

Ich beugte mich über den Tisch. »Darauf kannst du wetten.

Mein Antrag wird unglaublich sein, atemberaubend, an einem ausgefallenen, paradiesischen Ort. Ich werde meine Worte in selbstgedichtete Verse verpacken, die dich hinwegschmelzen lassen. Du wirst *Ja* schreien, ehe ich das letzte Wort gesprochen habe.«

Sie lachte, offen und herzlich. »Damit könntest du recht haben. Wann kann ich damit rechnen?«

Ich konnte nichts gegen den Knoten tun, der sich in meiner Brust bildete. Das Lächeln gefror mir auf den Lippen. Am liebsten hätte ich ihr den Antrag sofort gemacht. In dieser Sekunde.

»Nicht in nächster Zeit«, murmelte ich. »Wahrscheinlich heiratest du sowieso Jens. Frag mich nicht, wie ich darauf komme. Es kam mir gerade so in den Sinn. Ihr seid ein unglaubliches Paar.« Ich blickte hoch und in ihre Augen. Eine Falte grub sich zwischen ihre Brauen und verdeutlichte ihre Skepsis. »Sieh mich nicht so entsetzt an, Sarah. Ihr passt gut zusammen. Wer könnte das besser beurteilen als ich. Der düstere Dom und seine elegante Sub.« Ich warf ihr einen prüfenden Blick zu. In Wahrheit sollten meine Worte sie herausfordern. Ich wollte, dass sie auf die Barrikaden ging, es als Absurdität oder als groteske Idee meines eifersüchtigen Verstandes abtat. Sie protestierte aber nicht, sondern stellte besonnen die Tasse ab, die sie gerade an den Mund hatte führen wollen.

»Willst du darüber reden?«, fragte sie ruhig.

Ich schüttelte den Kopf. »Ich hab mich mit dem Gedanken abgefunden, dass du Sex mit ihm hattest. Es tut aber immer noch weh, dass ihr mir die Sache verschwiegen habt.«

»Das Letzte, was wir im Sinn hatten, war, dich zu verletzen. Was zwischen Jens und mir in Marseille passiert ist, war etwas, das sich jeglicher Logik entzieht. Ich möchte ihm nicht die Schuld an der Sache geben. Ich wollte ihn genauso wie er mich. In diesem Moment brauchte ich ihn. Er hat meinem ausgehungerten Körper gegeben, was er viele Monate lang entbehren musste.«

»Ich werde darüber hinwegkommen«, erwiderte ich gelassener, als ich mich fühlte. »Ist ja nicht so, dass ich Ansprüche auf dich geltend machen könnte. Außerdem stecke ich selbst in einer Beziehung, die ziemlich kompliziert ist und vögle die Barfrau, wenn niemand hinsieht.«

»Ja, das scheint mir auch so«, sagte sie vorsichtig.

Wir schwiegen wieder.

Ich holte tief Luft. »Jens ist ziemlich verkorkst. Ich weiß nicht, ob du dir dessen bewusst bist. Er hat ziemlich viel durchgemacht.«

»Er hat eine Menge an altem Ballast, den er mit sich herumschleppt. Das ist mir schon klar«, sagte sie, während sie gedankenversunken in ihrem Kaffee rührte. »Wenn er ein guter Psychologe werden will, sollte er langsam damit beginnen, seine Vergangenheit aufzuarbeiten. Es macht wenig Sinn, wenn er sich vom Alkohol fernhält. Die Aggressionen, die er in seinem Innersten mit sich herumträgt, sind doch trotz seiner Enthaltsamkeit vorhanden. Wenn er sich als Mann weiterentwickeln will, muss er den Schritt da raus machen. Er muss seinen inneren Kerker verlassen und zu dem stehen, wer er ist und was er fühlt.«

»Sag ihm das doch«, meinte ich. »Auf mich will er nicht hören. Ich predige ihm das schon seit so vielen Jahren.«

»Er weiß es längst«, erwiderte sie. »Jens ist nicht dumm. Er hat nur Angst, seine Gefühle für andere Menschen zu entdecken.«

»Für dich wird er es tun«, sagte ich düster. »Er wird aus sich herausgehen.«

»Ich weiß nicht, warum du das so felsenfest behauptest«, erwiderte sie und es klang verärgert. »Du misst Marseille zu viel Wichtigkeit bei. Das alles hatte nichts zu bedeuten. Nicht für mich. Du bist der Einzige, dem mein Interesse gilt.«

»Ach ja?«, fragte ich spöttisch.

Ich beobachtete sie scharf. Ihre Wangen hatten sich leicht gerötet. Sie spielte nervös mit ihren Haaren und blickte an mir vorbei auf den Strand hinaus.

Es war so ersichtlich.

Sie wollte ihn.

Sie kämpfte dagegen an.

Aber sie wollte ihn.

Fast so sehr wie er sie.

KAPITEL 28 – JENS

Ich kam erst aus meinem Zimmer, als Roman und Sarah das Strandhaus verlassen hatten. Für eine Begegnung mit ihnen fehlte es mir an Kraft. Mein Körper plagte sich mit dem Gift, den ich ihm in der Nacht so gewissenlos zugeführt hatte. Mein Schädel pochte ohne Unterlass. Mein Magen war so flau, dass ich mich zwingen musste, zwei Gläser Wasser in mich hineinzuschütten. Sarah und Roman hatten das Chaos im Strandhaus beseitigt.
Kein kaputter Gegenstand, keine Scherbe, rein gar nichts erinnerte daran, dass ich in der Nacht alles kurz und klein geschlagen hatte. Erschöpft schleppte ich mich auf die Terrasse und streckte mich auf der Sonnenliege aus. Ich versuchte zu dösen, aber die Hitze unter der Markise staute sich so sehr, dass ich kaum atmen konnte. Ich beschloss, etwas für mich völlig Untypisches zu tun. Ich ging am Strand spazieren.

Nach einer halben Stunde, die ich gegen den Wind nach Osten gelaufen war, wendete ich und schlenderte in Richtung Tarifa zurück. Meine Gedanken klärten sich mit jedem Schritt. Die Gischt der Wellen, die an meinen Beinen hochspritzte, zerstreute meine Schwermut. Ich fokussierte mich auf mich und den stillen Raum in mir. Das Leben war eine willkürliche Wirklichkeit, kein unlösbares Problem, mit dem ich kämpfen musste. Die Vergangenheit war nicht zu ändern, aber ich konnte die Gegenwart beeinflussen und damit in weiterer Folge meine Zukunft steuern. Meine Entschlossenheit kehrte mit aller Macht zurück. Ich hielt nicht viel davon, das Unvermeidliche hinauszögern. Ich musste mit Rosie reden. Und mit Scarlett. Ich musste mich bei den beiden Mädchen entschuldigen. Die Respektlosigkeit, die ich ihnen entgegengebracht hatte, entsprach nicht dem üblichen Umgang, den ich mit Frauen pflegte. Ich liebte und verehrte Frauen und war dankbar für das, was sie mir zu geben bereit waren. Ich war keine gewalttätige Bestie, nein, das war ich nicht. Ich hatte nur eine zur Untermiete.

Und die hatte meine gestrige Maßlosigkeit für ihre Zwecke ausgenutzt und sich befreit, um mit ihrer Wut Schaden anzurichten. Seit meiner Kindheit hielt ich dieses wütende Vieh in Gefangenschaft. Der Käfig, den ich ihr gebaut hatte, ähnelte einem verdammten Hochsicherheitsgefängnis. Dennoch brach dieses schattenhafte Wesen aus, wann immer ich für einen Augenblick nicht hinsah. Wie dick mussten die Ketten sein, die sie für immer im Zaum halten konnten? Welcher Mensch konnte sie zähmen? Denn, dass ich selbst sie je aus eigener Kraft verjagen konnte, diesen Gedanken hatte ich aufgegeben.

Als ich mich der Kitebase näherte, schlug mir das Herz plötzlich bis zum Hals. Ich sah Sarah, die mit den Füßen in den Wellen stand und die Surfer im Meer beobachtete. Bei ihrem Anblick zog sich alles in meiner Brust auf einen winzigen Punkt zusammen. Die Bestie jaulte lüstern auf und riss an ihren Ketten. Sie wollte mir etwas sagen, das ich nicht hören konnte.

Ich erinnerte mich nicht an die Geschehnisse der letzten Nacht und auch nicht an das, was im Strandhaus geschehen war. Ein erotischer Moment geisterte durch meine losen Gedanken. Aber ob es tatsächlich geschehen war oder mein verworrener Geist nur davon geträumt hatte, Sarah in meine Arme zu reißen, das konnte ich beim besten Willen nicht unterscheiden.

Ich stand eine Weile da und starrte sie an. Die blaue Tunika, die sie trug, flatterte im Wind und enthüllte ab und zu die Ansätze ihrer Pobacken. Je länger ich sie betrachtete, umso mehr zog sie mich in ihren Bann. Sie wirkte so aufgeräumt, so gefestigt, so wunderschön. Sie war die erste Frau, bei der mein Verstand verrückt spielte. Ich bekam sie nicht mehr aus meinem Kopf, egal, was ich versuchte. So sehr ich mich anstrengte, Sarah hatte nicht nur mein Hirn, sondern auch mein Herz gefickt. Ich näherte mich ihr langsam. Meine Augen tasteten hungrig ihren Körper ab. Kurz bevor ich sie erreichte, fuhr der Wind unter ihre Tunika und hob sie ein Stück weit an.

Er entblößte für den Bruchteil einer Sekunde die Striemen auf ihrem unteren Rücken, die in zarten Linien in ihrem Bikinihöschen verschwanden. Hitze schoss in mich. Dann Wut. Ich ballte die Hände zu Fäusten und presste die Zähne aufeinander. Alles, was ich mir vorgenommen hatte, zu sagen, verpuffte wieder.

Roman hatte sie so fest geschlagen, dass sie gezeichnet war. Das ärgerte mich gewaltig. Es machte mich rasend. Die Eifersucht wallte in mir hoch wie züngelnde Flammen einer Feuersbrunst. Roman hatte keine Ahnung vom richtigen Maß, mit dem Schläge im Rahmen einer Bestrafung ausgeführt werden mussten. Ihm fehlte die notwendige Erfahrung, um eine Frau in den Genuss einer Verschmelzung von Schmerz und Lust zu bringen.

»Tut es noch weh?«, fragte ich, als ich dicht neben ihr stand. »Er hat dich ziemlich fest geschlagen. Es war zu fest, um dir Lust zu bereiten, hab ich recht?«

Sarah wandte sich mir zu und musterte prüfend mein Gesicht. Mein Auftauchen erschreckte sie nicht. Sie war gelassen wie immer. Ihr Lächeln war wissend.

»Du siehst weit weniger desolat aus, als ich das erwartet hatte«, sagte sie. Ihre Augen fokussierten einen Punkt hinter meinem Rücken. »Erinnerst du dich an gestern Nacht? An die Szene zwischen uns in deinem Zimmer?«, fragte sie.

»Welche Szene?«

»Die Frage zeigt mir, dass du dich nicht erinnerst.«

»Ich erinnere mich an nichts, was uns beide betrifft, falls du darauf anspielst.«

Ihre Augen kehrten in meinen Blick zurück. Ich spürte ein Kribbeln in meinen Armen und meine Knie wurden weich. Die Luft zwischen uns knisterte gewaltig.

»Woran sollte ich mich erinnern? Gab es einen Vorfall? Zwischen uns?«, bohrte ich ungeduldig nach.

Sarah lächelte wieder. »Ja, gab es«, sagte sie. »Aber ich werde dich nicht damit konfrontieren. Das hilft dir heute auch nicht weiter. Ich vergesse es einfach.«

Ich schirmte meine Augen mit der Hand ab und sah aufs Meer hinaus. Es dauerte eine Weile, bis ich Roman unter den vielen Kitern ausmachen konnte.

»Er sieht umwerfend auf dem Wasser aus«, schwärmte Sarah. »Ich könnte ihm den ganzen Tag zusehen.«

Ich brummte zustimmend. Roman in der Surferkluft machte einiges her. Sein Oberkörper war weit muskulöser und feiner definiert als meiner. Das langärmelige, weiße Wetshirt ließ ihn noch breiter und aufgepumpter aussehen. Er trug keinen Helm und die nassen Haare klebten in seinem Gesicht. Seine Hände umklammerten das Trapez, während er in bahnbrechender Geschwindigkeit über das Meer bretterte. Sofort bekam ich Lust, mich auch auf mein Board zu schwingen und auf den Wellen zu reiten. Ich trat von einem Bein auf das andere. Die Bewegung würde mir bestimmt guttun. Das eiskalte Wasser könnte meine Nerven beruhigen. Zuerst musste ich jedoch die Sache mit Rosie und Scarlett geradebiegen, aber gleich danach würde ich mir mein Board krallen und mir die Wellen unterwerfen.

»Roman war gestern Nacht sehr besorgt um die Mädchen und um mich auch. Klärst du mich über den Grund auf?«, fragte Sarah. Mein Puls erhöhte sich schlagartig. Ich schluckte laut. »Was ist in der Vergangenheit passiert, dass er Angst haben muss, du könntest einer Frau Gewalt antun?«

Ich fluchte innerlich. Roman, dieser gottverdammte Hysteriker. Er hatte Sarahs Neugier geweckt. Aber ich würde den Teufel tun und ihr von meiner dunklen Vergangenheit erzählen. Die Erinnerungen an jene grauenvolle Nacht in Berlin drängten wieder in mir hoch. Ich hatte ewig nicht mehr an diesen Höllentrip gedacht.

»Das geht dich nichts an«, sagte ich kalt.

Sie zuckte mit den Schultern. »Okay. Dann erzählst du es mir eben ein anderes Mal.«

»Wie kommst du darauf, dass ich es dir überhaupt erzähle?«
Sie lachte leise und zwinkerte mir zu. »Ich kenne nun deinen Schwachpunkt, schon vergessen?«, neckte sie mich. »Ein Gläschen zu viel und du erzählst mir alles, was ich wissen will.«

Ich fuhr mir mit einer Hand durch die Haare.

»Ich wünschte, du hättest diese Seite niemals zu Gesicht bekommen«, sagte ich rau.

»Das hätte mich nicht darüber hinwegtäuschen können, dass es diese Seite an dir gibt.«

»Nicht?«

»Nein.«

»Vielleicht ist dieser Schatten in Wahrheit deine Stärke«, sagte sie. »Deine Faszination ergibt sich aus dieser Dunkelheit, die ein Teil von dir ist und dich so besonders macht.«

Ich neigte mich zu ihrem Ohr hinab. »Du hast nur den Bruchteil dessen gesehen, der ich wirklich bin«, raunte ich ihr zu.

Überrascht bemerkte ich, wie sie erschauerte.

»Was, wenn ich dir sage, dass ich alles sehen will?«

Ich trat einen Schritt zurück und atmete tief durch. *Nein! Nein! Nein!* Die Bestie in mir riss an ihren Ketten, brüllte, fauchte, streckte ihre Krallen zwischen den Stäben ihres Gefängnisses hindurch. Ich schloss die Augen und konzentrierte mich auf die Geräusche rundherum. Sarah wusste nicht, wovon sie sprach. Dieses Spiel war gefährlich und dunkel und ich würde am Ende das Wertvollste verlieren, das ich auf dieser Welt besaß. Meinen besten Freund.

»Du willst eine Session mit mir«, sagte ich. Ich fragte es nicht, ich stellte es fest.

Sie antwortete nicht. Aber ihr ganzer Körper stand unter Strom, ihre devote Schwingung lullte mich regelrecht ein. Ich schmunzelte bei dem Gedanken, sie nackt an ein Andreaskreuz zu fesseln und ihre Wehrlosigkeit auszunutzen. Die Bestie stieß ein Heulen aus und übernahm das Kommando.

»Zeig mir deinen Arsch«, raunte ich heiser.

»Was?«, hauchte sie entsetzt.

»Zeig mir deinen Arsch. Ich will einen prüfenden Blick auf die Striemen werfen.«

»Hier?«

»Jetzt mach schon. Ich hab dabei nur deine Gesundheit im Sinn, glaub mir.«

Sie hakte die Finger in ihr Bikinihöschen und zog es blitzschnell nach unten. Ich hob die Tunika an und begutachtete ihre gezeichnete Kehrseite.

»Der hat's dir ganz schön gegeben, aber das hattest du verdient«, sagte ich heiser. »Du hast keine Ahnung, wie gern ich mir auf diesen Anblick einen runterholen würde.«

Sie zog das Höschen wieder hoch.

»Du bist so ein Arsch«, zischte sie.

»Du stehst doch drauf«, meinte ich trocken.

Ich blickte aufs Meer hinaus und sah, dass Roman uns beobachtete, während er in eine Kurve driftete. Durch die Ablenkung verlor er die Kontrolle über den Schirm und stürzte kopfüber ins Wasser.

»Zeit für mich zu gehen«, sagte ich lässig. »Ich muss mich noch bei einer Jungfrau entschuldigen, die ich gestern Nacht zu Fellatio gezwungen habe.«

Sarah verdrehte die Augen. »Na dann, viel Erfolg«, schnaubte sie.

Ich nickte ihr zu und schlenderte weiter. Ohne mich umzudrehen wusste ich, dass sie mir hinterhersah.

*

Als sich der Abend näherte, kehrte endlich eine stille Zufriedenheit in meine Seele zurück. Ich hatte mit Rosie und Scarlett gesprochen, mich bei ihnen für mein unmögliches und respektloses Verhalten entschuldigt und sie so weit mit Worten um den Finger gewickelt, dass sie mir keine ihrer schlägernden Freunde an den Hals hetzen wollten. Beim Abschied hatten sie mir sogar ein zaghaftes Lächeln geschenkt. Den Nachmittag hatte ich auf dem Meer und am Strand verbracht. Beim Kiten waren meine Sorgen und Nöte, meine Beklemmungen und Selbstvorwürfe in den Wellen ertrunken.

Ich hatte mich ein wenig gelöster und freier gefühlt. Auf dem Rückweg zum Strandhaus hatte ich frischen Fisch besorgt, auf dessen Zubereitung ich mich nun stürzen wollte.

Sarah und Roman lagen auf der Couch, während ich am Küchenblock stehend das Gemüse in kleine Stücke schnitt. Wir streamten einen lokalen Radiosender, der chillige Loungemusik verbreitete. Die Atmosphäre im Haus war behaglich und fühlte sich familiär an. Von den Konflikten der Nacht waren nur noch lose Fetzen geblieben. Wahrscheinlich lag es an uns selbst, dass wir so schnell Frieden geschlossen hatten. Wir akzeptierten einander mit all unseren Fehlern und machten einfach weiter. Was hätten wir auch sonst tun sollen? Wir hatten wenig Zeit. Genau genommen hatten wir nur diese Zeit. Der Moment gehörte uns. Nur er. Mehr gab es nicht für uns. Nur diesen Urlaub.

Sarahs Kopf ruhte auf Romans Schoß, während er ihr aus einem Gedichtband vorlas, den er immer mit sich herumschleppte, egal wohin er reiste. Ich beobachtete die beiden und ertappte mich bei dem Gedanken, dass es mich glücklich machte, mit ihnen zusammenzuleben.

»Liest du mir ein Gedicht vor?«, murmelte Sarah schläfrig.

Sie streckte sich wie eine Katze auf dem Sofa aus und seufzte zufrieden. Sie sah erschöpft aus. Die Haut in ihrem Gesicht war stark gerötet. Sie hatte eindeutig zu viel Sonne abbekommen. Roman neigte sich zu ihr hinab, um sie auf den Mund zu küssen. Er blätterte vorsichtig in dem antiquarischen Buch, das so alt war, dass es ständig Seiten verlor, die er mit Klebeband im Inneren fixieren musste, um sie nicht für immer zu verlieren.

»Ich lese dir so viele Gedichte vor, wie du willst, meine Schöne. Ah, da ist eines, das perfekt zu uns passt.«

»*O Romeo, Romeo! Warum bist du Romeo?**«, ätzte ich lachend, während ich den Fisch filetierte.

Roman warf mir ein schiefes Grinsen zu und zeigte mir seinen Mittelfinger. Ich schüttelte den Kopf und setzte das Messer an.

»*Kein Mauerstein kann Liebe draußen halten. Liebe macht Mut zu dem, was Liebe tut**«, zitierte er aus Shakespeares *Romeo und Julia*. »*Liebte mein Herz bis heut? Nein, nein, noch nie**«, setzte er noch eines nach. »Wie geht's weiter?«, fragte er an mich gerichtet.

»Keine Ahnung«, log ich.

»Jens, du enttäuschst mich.«

Ich stöhnte genervt auf. Er wollte, dass ich Shakespeare zitierte, na bitte! »*Liebte mein Herz bis heut? Nein, nein, noch nie. Nie sah ich wahre Schönheit; jetzt erst: sie**«, erwiderte ich.

Er grinste mir zu und ich wusste sofort, was er mir auf subtile Art und Weise sagen wollte. Ja, ich hatte Gefühle für Sarah entwickelt. Na und? Meine Grimasse sah er leider nicht mehr, denn er wandte sich ab und begann aus dem Gedichtband vorzulesen.

»Dinge gescheh'n
Tage, Minuten, Sekunden vergeh'n
Ich träum von besseren Zeiten
von Zeiten mit dir
Doch Träume sind Schäume
Ich klammere mich fest an die Erinnerung
die Erinnerung an dich
Denn vergessen

vergessen
das kann ich nicht
Und es trifft mich jedes Mal
erneut mit voller Wucht
dieses Gefühl
dieses Dichvermissen
Es ist die Sehnsucht
*die dich sucht.**«

»Oh, das war schön«, murmelte Sarah. Die Erschöpfung stand ihr ins Gesicht geschrieben.

Der Wunsch, ihr etwas Gutes zu tun, überkam mich ganz unvorbereitet. Ich ertappte mich bei dem Gedanken, dass ich mich ebenfalls auf die Couch setzen wollte. Während Sarahs Kopf in Romans Schoß ruhte, wollte ich ihre Füße auf meine Oberschenkel legen und sie massieren. Wie gern hätte ich ihr nach den Ereignissen von letzter Nacht gezeigt, dass ich ein Mann war, der ebenso zu Achtsamkeit und Fürsorge fähig war.

Hastig konzentrierte ich meine Aufmerksamkeit wieder auf die Zubereitung des Abendessens. Ich ließ mir bewusst Zeit und steckte meine ganze Liebe in die Verfeinerung des Gerichtes. Das entspannte mich und es lenkte mich auch wunderbar ab.

Als ich fertig war und das ganze Haus nach Essen duftete, schlief Sarah tief und fest. Roman schälte sich unter ihrem Kopf hervor, verschwand in ihrem Zimmer und kam mit einer Decke wieder zurück. Mit einem verliebten Lächeln breitete er den dünnen Stoff über Sarahs Körper aus.

»Lassen wir sie schlafen«, flüsterte er an mich gewandt. »Sie hat nach letzter Nacht ein wenig Ruhe verdient.«

Beim Abendessen auf der Terrasse schwiegen wir uns an. Es war kein unangenehmes Schweigen, aber auch kein vertrautes wie sonst. Roman hatte etwas auf dem Herzen.

»Ich muss mit dir reden«, sagte er, als er aufgegessen und das Besteck auf seinem Teller abgelegt hatte.

»Das dachte ich mir schon. Ich bin ganz Ohr.«

Er zeigte mit dem Kinn ins Innere des Hauses. »Nicht hier. Es ist nicht für ihre Ohren bestimmt.«

»Okay, dann gehen wir an den Strand.«

Roman klemmte sich die Picknickdecke unter den Arm und nahm eine der Laternen in seine Hand. Ich trug zwei Wasserflaschen und meine Holzkiste mit dem Gras. Wir gingen bis zum Meer hinunter und breiteten uns dort im Sand aus. Es war wie in alten Zeiten, als wir uns die spanischen Nächte um die Ohren geschlagen hatten, um zu kiffen und zu reden.
Während Roman auf dem Rücken lag und schweigend in die Sterne starrte, rollte ich uns einen fetten Joint.

»Warte bitte noch mit dem Anzünden«, bat er mich, als ich mir das Teil zwischen die Lippen klemmte.

»Wieso?«, nuschelte ich.

»Weil ich dir zuerst etwas erzählen muss. Ich bin mir nicht sicher, ob ich zwischendrin nicht abdrifte und die Krise kriege.«

Ich nahm den Joint wieder aus meinem Mund. Das hörte sich nicht gut an. Ich hatte anscheinend den Ernst der Lage verkannt.

»So gravierend untragbar?«, fragte ich.

»Es ist schlimmer«, erwiderte er. »Es ist so gravierend untragbar, dass ich mir seit zwei Wochen nicht einmal einen Gedanken daran erlaube. Keinen einzigen. Dabei wäre es an der Zeit, über die Sache nachzudenken und eine Entscheidung zu treffen.«

Ich setzte mich in den Schneidersitz und blickte erwartungsvoll auf ihn herab. Das Licht der Laterne flackerte über sein gequältes Gesicht. Er atmete tief durch, öffnete den Mund und schloss ihn dann wieder. Ich hatte keinen blassen Schimmer, was jetzt kommen würde, vermutete aber, dass es um Sarah und mich und um Marseille ging.

»Ich hab Julia geschwängert«, sagte er.

Mir klappte die Kinnlade nach unten. Das war also das schwere Geheimnis, das er mit sich herumschleppte und das seit unserem Wiedersehen unausgesprochen im Raum stand.

»Fuck!«, rief ich aus.

Roman presste die Fingerspitzen gegen seine Nasenwurzel.

»Es ist eine Tragödie«, murmelte er.

»Ja, das ist es! Wie konnte das passieren?«

»Es war ein Versehen. Sie hat nur ein Mal die Pille vergessen. Nur ein einziges Mal.«

»Ein Versehen, klar«, warf ich zynisch ein.

»Denkst du etwa, sie hat es mir angehängt?«, entrüstete er sich.

»Unbewusst vielleicht.«

Er schüttelte den Kopf. »Das glaub ich nicht. So tickt Julia nicht. Sie weiß, dass ich niemals Kinder haben möchte.«

Ich schnalzte mit der Zunge. »Die Kleine ist in dich verschossen, seit sie dich das erste Mal gesehen hat. In ihrem von Feen und Schmetterlingen bevölkerten Prinzessinnengehirn gab es seit diesem Tag nur die fixe Idee, dich vor den Traualtar zu zerren und eines Tages hübsche Kinderchen mit dir zu zeugen. Sie hat es dir angehängt. Ganz sicher.«

»Du ziehst das Thema ins Lächerliche«, zischte Roman verärgert. »Bleib doch sachlich. Es hat schon seinen Grund, warum ich heute mit dir darüber rede. Ich brauche einen ernst gemeinten Rat von meinem besten Freund.«

Ich seufzte und ließ mich neben ihm in die Rückenlage fallen. Gemeinsam blickten wir in den Nachthimmel hoch.

»Bevor ich dir einen Rat gebe, will ich wissen, was *du* tun willst. Was willst *du*, Roman? *Du*.«

»Keine Ahnung. Ich habe mir mal eine Bedenkzeit bis nach unserem Urlaub herausgehandelt. Sie hat mir die Entscheidung überlassen, ob wir das Kind bekommen oder nicht.«

»Und Julia will das Kind bekommen?«, fragte ich.

»Ja, sie will es ... unbedingt.«

»Tja, dann sehe ich da keine Chance für einen Abbruch. Sie ist die Frau, es ist ihr Körper, sie hat das Sagen, sie wird es bekommen.« Roman gab einen erstickten Laut von sich, der wie ein unterdrückter Schluchzer klang. »Du willst Julia doch nicht allen Ernstes zu einer Abtreibung überreden?«, fragte ich entsetzt. »Das macht sie kaputt, das überlebt die nicht.«

»Ich weiß, Jens. Ich weiß. Aber ich will nicht Vater werden.«

»Diese Entscheidung liegt nicht mehr in deiner Hand.«

»Ich verabscheue den Gedanken, Vater zu werden. Ich will es nicht. Ich will es einfach nicht.«

»Was willst du dann?«

»Etwas, das fern allem Erreichbaren liegt.«

»Alles ist erreichbar«, erwiderte ich. »Alles.«

»Das nicht, Jens.«

»Ist es Sarah? Willst du sie?«

»Sie war alles, was ich je gewollt habe.«

»Dann nimm sie dir.«

»Und was ist mit Julia? Was ist mit dem ungeborenen Kind? Was passiert mit dem Club, wenn ich gehe? Und was ist, wenn Marie an Krebs stirbt? Was ist mit meinen Freunden hier, meiner Familie? Ich kann sie nicht von einem Tag auf den anderen zurücklassen. Ich brauche das hier. Die Wärme, die Gelöstheit, das Meer. Dieses Gefühl, sesshaft geworden zu sein. Ich kann es nicht zurücklassen.«

»Doch, du kannst, aber du willst nicht. Es ist wichtig, dass du den Unterschied kennst und daraus Kraft ziehst. Dräng dich nicht selbst in die Rolle eines Opfers, Roman. Du bist kein Opfer. Entscheide dich für einen Weg und steh zu deiner Entscheidung. Das ist die ganze Kunst.«

»Was würdest du tun? Wenn du an meiner Stelle wärst.«

Ich griff nach dem Joint, entzündete die Spitze, inhalierte den Rauch und stieß ihn in einer dichten Wolke wieder aus.

»Du fragst den Falschen um Rat«, murmelte ich. »Ich besitze nicht deine Rechtschaffenheit und deinen Anstand. Ich schere mich nicht um Konventionen oder darum, ob ich Menschen auf meinem Weg verletze. Meine Welt dreht sich nur um mich und meine Bedürfnisse.«

»Was würdest du tun, Jens? Beantworte die Frage. Bitte, es ist wichtig.«

Ich dachte eine Weile nach.»Ich würde alles liegen und stehen lassen, mit Sarah durchbrennen und zusammen mit ihr alt und grau werden.«

Das brachte Roman zum Lachen. Und es nahm dem Augenblick die düstere Schwere. Er suchte meinen Blick.

»Genau da liegt mein nächstes Problem«, sagte er. »*Du* wirst eines Tages alles liegen und stehen lassen, mit Sarah durchbrennen und zusammen mit ihr alt und grau werden. Und es gibt nichts, was ich dagegen tun kann.«

Ich zog an dem Spliff und schmunzelte bei dem durchaus netten Bild für meine Zukunft. »Wir könnten ja zusammen mit ihr durchbrennen«, schlug ich vor.

Roman kickte mir den Ellbogen in die Seite und entriss mir den Joint. Er nahm einen tiefen Zug.

»Keine schlechte Idee. Aber Sarah würde ablehnen«, sagte er gepresst, bevor er den Rauch laut pustend aus seinem Mund entweichen ließ. »Sarah brennt nicht mit uns durch. Sie hat Kinder.«

»Dann müssen wir sie eben von dieser Idee überzeugen«, meinte ich. »Auf unsere Art.«

»Das könnte schwierig werden.«

»Wir haben schon schwierigere Dinge geschafft.«

Roman seufzte und schloss die Augen. Ich war froh, dass er mich ins Vertrauen gezogen hatte. Dankbar und froh, endlich sein Geheimnis zu kennen. Wir rauchten und sprachen nicht mehr, aber in unseren Köpfen herrschte dieser Gleichklang, den es immer gab, wenn sich unsere Freundschaft vertiefte. Er musste seine Bürde nun nicht mehr allein mit sich herumtragen. Ich half ihm dabei. Wie in alten Zeiten. Ich war da.

»Sie darf es nicht erfahren«, sagte er leise. »Diese Sache muss unter uns bleiben.«

»Du musst es ihr erzählen«, warf ich ein.

»Nein.«

»Sie wird wissen wollen, warum du in Nerja bleibst.«

»Ich verliere sie, wenn sie erfährt, dass ich Vater werde.«

»Wieso denkst du das?«

»Ich kenne Sarah. Ich kann dir schon heute ihren Gesichtsausdruck beschreiben, wenn sie von der Sache erfährt. Das Entsetzen wird sich in ihren Augen widerspiegeln und ihre innere Trennwand wird in dem Augenblick hochfahren, in dem ich ihr davon erzähle. Ich kann dir ihre Reaktionen haargenau voraussagen. Sie wird ein paar Schritte zurückweichen, sich ans Herz fassen, ihre Augen werden sich mit Tränen füllen und dann wird sie mich zum zweiten Mal aus ihrem Leben drängen. Mit aller Kraft. Du schüttelst den Kopf? Du kennst Sarah nicht so gut, wie ich sie kenne. Sie ist Moralistin, mit einem Hang zu alten Werten. Eine intakte Familie ist ihr Credo. Sobald Kinder im Spiel sind, verschieben sich ihre Grenzen. Der Entschluss, mich zu vergessen und mir nicht im Weg zu stehen, wird noch in der selben Sekunde das Ruder an sich reißen, in der ich ihr gestehe, dass Julia und ich ein Kind erwarten. Sie wird sich sofort von mir lösen, um Julia den Vortritt zu lassen. Ich werde sie verlieren. Und es wird mir das Herz brechen. Zum hundertsten Mal. Ich werde sie verlieren.« Romans Stimme brach. Er hatte sich in Rage geredet.

Wenn er high war, passierte das schon mal des Öfteren. Er nahm dann die falsche Abzweigung und schlitterte in eine depressive Paranoia, mutierte zum traurigen Poeten.

»Jetzt beruhig dich mal«, sagte ich entspannt. »Beruhig dich, Roman. Alles wird gut.«

»Ich verliere sie.«

»Niemals.«

»Ich verliere sie. Wieder und wieder und wieder.«

»Sarah liebt dich, Roman. Du verlierst sie nicht, nur weil du mit einer anderen ein Kind kriegst.«

»Ich verliere mich.«

»Tja, das ist das eigentliche Problem, das ich hier sehe. Du verlierst dich und verzettelst dich in irgendwelchen Ängsten. Du brauchst lediglich ein paar ruhige Tage, um deine Gedanken zu ordnen und deine Gefühle neu zu erforschen. Danach wirst du klarer sehen.«

»Ich will Sarah nicht verlieren und mich nicht und dich nicht ...«, murmelte er und es klang müde.

»Wir finden eine Lösung«, versprach ich ihm. »Vertrau mir. Atme durch. Das alles ist halb so schlimm, wie es aussieht. Atme tief durch! Los, atme!«

Er atmete mit geschlossenen Augen.

»Lenk mich ab«, würgte er hervor. »Hol mich zurück.«

»Das mach ich. Ich hol dich zurück, aber du musst mitgehen.«

Während ich auf ihn einredete und seinen Gedanken mit Belanglosigkeiten eine neue Richtung gab, drehten sich meine um die vielen Themen, mit denen Roman zu kämpfen hatte. In den letzten Tagen war so viel auf ihn eingestürmt, ich machte mir ernsthafte Sorgen, wie er damit umgehen wollte. Julias Schwangerschaft, Maries Krebserkrankung, der neue Beachclub, die Wahrheit über seinen Vater, Sarahs plötzliches Auftauchen und nicht zuletzt die Sache in Marseille.

Im Inneren verfluchte ich meinen Mangel an Selbstbeherrschung. Hatte ich Roman mit Marseille noch zusätzlich belasten müssen? Ich konnte nur hoffen, dass mein völlig unangebrachtes Interesse an Sarah wieder verfliegen würde. Ich nahm mir fest vor, diese Frau aus meinem Hirn zu eliminieren. Meine Mission, Roman und Sarah wieder zusammenzubringen, sollte nicht wegen meiner Wenigkeit zum Scheitern verurteilt sein. Der kühle Nachtwind umschmeichelte mein Gesicht.

Die Milchstraße zog eine lichte Spur über den Himmel. Es waren Milliarden Sterne über unserem Haupt, die uns zeigen wollten, wie klein und unbedeutend wir waren. Als die ersten Sternschnuppen fielen, wünschte sich der helle Teil in mir einen Ausweg, der uns alle glücklich machen würde. Aber der dunkle Teil wünschte sich etwas anderes.

KAPITEL 29 – SARAH

Als ich am Morgen erwachte, lag ich in meinem Bett und Roman neben mir. Er musste mich abends vom Sofa in mein Zimmer getragen haben, ohne dass ich es bemerkt hatte.

Ich rollte mich herum und beobachtete ihn. Der Moment war so innig und friedlich. Vorsichtig rutschte ich näher an ihn heran und drückte meine Lippen auf seinen Mund. Sie zuckten im Schlaf, was mir ein Lächeln aufs Gesicht zauberte. Ich liebte ihn so unglaublich. Wie es wohl wäre, jeden Morgen neben ihm zu erwachen? Vorsichtig wagte ich mich an den Gedanken von Roman, mir und meinen Kindern heran und wie wir zusammen in meinem Haus lebten. Das Konstrukt gelang mir besser als früher, aber ein Rest an Zweifeln blieb bestehen. Roman und mein Alltag, das waren zwei Dinge, die in meinem Kopf einfach nicht zusammenpassten.

Da mein Hunger unermesslich groß war, sprang ich aus dem Bett und tapste ins Badezimmer, um zu duschen. Danach schlüpfte ich in meinen Bikini und in eines von Romans T-Shirts und machte mich daran, Frühstück zu machen.

Ich warf die Kaffeemaschine an und durchforstete den Kühlschrank nach Lebensmitteln. Ich schlug Eier auf, schnippelte Gemüse und Schinken und briet alles zusammen in einer großen Pfanne an. Bei dem herrlichen Geruch lief mir das Wasser im Mund zusammen. Ich hörte Jens nicht kommen und erschrak, als er mich mit einem tiefen »Guten Morgen« begrüßte.

Sein Anblick raubte mir den Atem. Mit zerzausten Haaren, nur in engen Boxershorts, stemmte er seine Arme gegen die Küchenzeile und legte den Kopf in den Nacken. Er rollte ihn hin und her, bis die Gelenke hörbar knackten. Mein Blick wanderte über seine Tattoos auf der Brust, dann weiter über seinen flachen Bauch und verlor sich an den Härchen, die in einem schmalen Streifen in seine Hose wanderten. Hitze schoss in meinen Schritt. Die riesige Beule in seinen Shorts deutete auf eine ansehnliche Morgenerektion hin.

»Machst du Frühstück für uns?«, fragte er mit einem verschlafenen Grinsen. »Daran könnte ich mich gewöhnen.«

Hastig wandte ich den Blick ab und rührte weiter in meiner Pfanne. Jens stieß sich vom Tresen ab, wanderte um den Küchenblock herum und stellte sich hinter mich. Ich wirbelte zu ihm herum, den Kochlöffel wie eine Waffe zwischen uns erhoben.

Er lachte rau. »Ich wollte nur Besteck holen und den Tisch decken. Ich komm dir schon nicht zu nahe, keine Sorge.«

»Äh ... ja ... super ... danke«, stotterte ich.

»Geht's dir gut?«, fragte er mit einem prüfenden Blick.

»Ich hab über zwölf Stunden geschlafen. Ich denke, dass es mir noch nie besser ging.«

»Du siehst auch richtig erholt aus. Im Gegensatz zu mir«, meinte er und zerwühlte seine Haare mit allen zehn Fingern. »Ich bin immer noch stoned.«

Ich starrte auf seine wirren Strähnen und dann auf seine vollen Lippen. Musste er so unglaublich heiß aussehen? Das war ja nicht zu ertragen. Energisch wandte ich mich ab und begann das Rührei auf die drei vorbereiteten Teller zu schaufeln. Jens klapperte mit dem Geschirr. Er trug Kaffeetassen, Unterteller und Besteck ins Freie hinaus und deckte den Tisch. Fasziniert sah ich ihm dabei zu. Er führte alle Bewegungen mit Sorgfalt und Bedacht aus und begutachtete immer wieder prüfend den Tisch. Kritisch verschob er die Gegenstände so lange, bis das Arrangement seiner Zufriedenheit entsprach. Ich schmunzelte. Seine Hände liebten die Präzision. So viel hatte ich schon mitbekommen und am eigenen Leib erfahren. Bestimmt wäre er ein guter Künstler geworden, hätte er sich nicht für die Psychologie entschieden. Jens' Ästhetizismus faszinierte mich. Er rundete seinen Charakter auf erstaunliche Art und Weise ab. Er war tiefgründiger, als ich das während meiner Affäre mit Roman jemals wahrgenommen hatte. Genau genommen hatte ich ihn in dieser Zeit gar nicht richtig registriert, weil ich so auf Roman fixiert gewesen war. Meine Zimmertür schwang auf und ich erblickte Roman, der mich verschlafen anlächelte.

»Guten Morgen!«, rief ich fröhlich.

Mit wenigen Schritten war er bei mir und küsste mich auf den Mund.

»Guten Morgen, Sarah. Es gefällt mir nicht, ohne dich aufzuwachen«, murmelte er liebevoll. »Das nächste Mal weckst du mich, bevor du das Zimmer verlässt.«

Seine Hand fuhr unter mein Haar. Er neigte meinen Kopf und küsste mich. Seine raue Zunge löste wohlige Schauer in mir aus.

»Hm«, brummte er. »Du bist gestern Abend um deinen Fick gekommen und Morgenfick gab's leider auch keinen. Vielleicht sollte ich dich über die Arbeitsplatte legen und dich von hinten nehmen, bevor ich frühstücke.«

»Gute Idee«, sagte Jens hinter uns. »Diese Idee ging mir heute Morgen auch schon durch den Kopf. Lasst ihr mich mal vorbei? Ich will nur an den Schrank da ran.«

In meinem Bauch tobte plötzlich ein Schwarm aufgeregter Schmetterlinge. Mein ganzer Körper summte vor Erregung.

Roman drückte mich an sich und Jens streifte meinen Rücken, als er sich an uns vorbeiquetschte, um im Küchenschrank nach einem Krug zu suchen. Ich spürte, wie meine Knie weich wurden und mein Atem aussetzte. Ein sehnsüchtiges Brennen breitete sich auf meiner Haut aus, die sich anfühlte, als wäre ich in einen Haufen Nesseln gefallen. Mein Mund wurde trocken, mein Herz schlug wie wild. So gut, wie die beiden mich lesen konnten, würde ihnen meine Stimmung bestimmt nicht verborgen bleiben.

Roman entschied, dass die Enge der Situation genau richtig war, um mich weiter zu küssen. Ich spürte Jens, der unabsichtlich meinen Arm streifte, als er eine Schublade öffnete. In diesem Augenblick wünschte ich mir, von beiden berührt zu werden. Wie sehr ich mich danach verzehrte, warf mich regelrecht um. Sollte ich die Initiative ergreifen? Oder das Thema mal offen ansprechen? Überhaupt war mir aufgefallen, dass zwischen uns viel zu viel unter der Oberfläche brodelte und keiner direkt sagte, was er fühlte. Enttäuscht stellte ich fest, dass sich Jens' Schritte wieder in Richtung Terrasse entfernten.

Romans Hand streifte meinen Oberschenkel. Sie wanderte unter mein Kleid und rieb über meinen Schritt in der Bikinihose.

»Heiß«, murmelte er. »Heute mach ich dich ganz kirre. Du wirst später so scharf sein, dass du auf Knien darum betteln wirst, dass ich dich erlöse.«

Ich seufzte. Dass es soweit kommen würde, daran hegte ich

nicht den geringsten Zweifel.

»Das Essen wird kalt«, sagte er grinsend und zog seine Hand wieder zurück. Er schnappte sich zwei der Teller und trug sie auf die Terrasse hinaus. Verwirrt blickte ich ihm hinterher. Durch die Glasfront beobachtete ich die zwei Freunde, die über etwas lachten, das Roman zu Jens gesagt hatte. Danach sahen beide zu mir her. Ich beäugte sie misstrauisch. Etwas war zwischen den beiden geschehen, seit ich gestern auf der Couch eingeschlafen war. Ich konnte es nicht in Worte fassen, aber sie wirkten inniger und vertrauter im Umgang miteinander. So als würden sie ein Geheimnis teilen, in das sie mich nicht eingeweiht hatten.

Was hatten sie gestern Abend bloß getrieben, nachdem ich eingeschlafen war?

Entschlossen, es herauszufinden, nahm ich meinen Teller und den Brotkorb und gesellte mich zu ihnen auf die Terrasse.

Wir frühstückten in aller Ruhe und unterhielten uns dabei über Gott und die Welt. Es herrschte so eine Harmonie zwischen uns, die alles umströmte und mich mit Glück erfüllte.

Irgendwann kamen wir auf Kurt Feuerbach und die Vernissage in seinem Haus zu sprechen. Die Jungs lachten bei der Erinnerung an den legendären Abend in Feuerbachs Atelier und zogen mich ein wenig damit auf. Die Geschehnisse lagen so weit zurück, dass ich mittlerweile darüber lachen konnte, ohne wütend oder beschämt zu werden.

»Wenn dieses perverse Schwein mich gemalt hätte, dann wäre er seines Lebens nicht mehr sicher gewesen«, sagte ich lachend. »Ich hätte ihn verklagt und dafür gesorgt, dass sein guter Ruf in der Kunstszene für immer zerstört wird.«

Roman und Jens wechselten einen schnellen Blick.

Mir blieb das Lachen im Hals stecken.

»Er hat mich gemalt, oder?«, fragte ich. »Los, raus mit der Sprache. Hat er mich trotz meines ausgesprochenen Verbots gemalt?« Jens sah zu Roman, Roman zu mir. Keiner sagte ein Wort. »Euer Schweigen ist Antwort genug«, schnaubte ich.

Roman räusperte sich. »Kurt hat die Videoaufzeichnungen nicht wie versprochen gelöscht«, sagte er.

»Eigentlich ganz gut«, warf Jens ein und grinste. »Ich hätte sie mir gern noch mal angesehen.«

Ich warf ihm einen vernichtenden Blick zu.

»Verstehe ich das richtig, es existiert also ein Video in Feuerbachs Privatbesitz, auf dem wir es zu dritt auf seiner Couch treiben?«

Roman rieb seinen Nacken und lächelte verlegen. »Ich denke, du kennst die Antwort auf diese Frage, Sarah.«

Ich vergrub den Kopf zwischen meinen Händen. »Dieses Arschloch«, fluchte ich. »Sobald ich zurück in Deutschland bin, hole ich mir das Material und wenn ich einen Anwalt bemühen muss.«

»Lass *mich* mit ihm reden«, sagte Jens hastig. »Ich hab was gut bei ihm. Mir händigt er das Video aus, wenn ich ihn darum bitte.«

»Machst du etwa wieder Geschäfte mit Kurt? Ich dachte, du bist fertig mit ihm.« Romans Stimme klang sauer.

»Wir haben da ein Projekt am Laufen«, wich Jens aus.

»Was für ein Projekt bitte?«, blaffte ich.

Jens wand sich wie ein Aal unter unseren scharfen Blicken, aber er verriet uns nicht, wie seine Projekte mit Feuerbach aussahen. Roman griff nach der Kanne und schenkte uns allen Kaffee nach. Seelenruhig sagte er: »Geschäfte mit Kurt, das kann nur eines bedeuten: Nutten oder Drogen oder beides zusammen.«

»Im Konkreten geht es um polnische Mädchen, die Kurt in seinem Club beschäftigt«, gab Jens zu.

Ich schüttelte mich angewidert. »Welcher Club denn?«

»Ein SM-Schuppen«, sagte Roman.

»Feuerbach betreibt einen SM-Club?«

»Ja, aber das ist *top secret*.«

»Jetzt nicht mehr«, sagte ich empört.

Wenn es hart auf hart kam, würde ich diese Information gegen Feuerbach verwenden. Ich hasste diesen Mann und seine zwielichtigen Methoden. Langsam streckte ich meine Hand über den Tisch und legte sie auf Jens' Unterarm ab.

»Ich will nicht, dass du Geschäfte mit ihm machst«, sagte ich. »Bitte, es ist mein voller Ernst. Keine Prostituierten in Feuerbachs Club und auch nicht in seinem Atelier. Ist dir die Würde dieser Frauen denn gar nichts wert? Feuerbach ist ein hinterhältiger

Opportunist.«

Jens' Augen verengten sich. »Um meine besonderen Bedürfnisse zu befriedigen, sind Wege wie dieser manchmal unumgänglich«, erwiderte er kryptisch. »Und es hat nichts damit zu tun, dass ich Frauen nicht würdige. Ich glaube, du hast zu wenig Ahnung von meiner Welt, um mitreden zu können.«

»Ich will doch nur, dass du dich von Feuerbach fernhältst.«

Jens nickte. »Gut, dann tue ich das ab sofort. Wenn es dich glücklich macht.«

»Ja, das macht es.«

»Vorher besorge ich dir allerdings noch dein Video.«

»Und die Gemälde«, streute ich ein. »Falls er mich gemalt hat.«

»Geht klar. Du kriegst alles, was er hat.«

Wieder warfen sich die Jungs einen Blick zu, der mehr sagte als tausend Worte. Wo immer das oder die Gemälde waren, die Feuerbach von mir gemalt hatte, sie waren nicht mehr im Besitz des Künstlers, so viel stand fest. Ich beschloss das Thema unter den Tisch fallen zu lassen. Der Tag hatte viel zu entspannt begonnen, um ihn jetzt mit mühevollen Themen zu beschweren.

»Wollen wir heute an den Strand gehen?«, fragte ich fröhlich. Die beiden nickten.

Gemeinsam räumten wir auf, packten unsere Badesachen zusammen und machten uns auf den Weg zur Kitebase.

*

Wenig später lagen wir zu dritt auf der Picknickdecke und ließen uns die Sonne auf den Bauch scheinen. Wie gern hätte ich uns aus der Vogelperspektive betrachtet. Zwei Bad Boys mit dunklen Sonnenbrillen und schwarzen Badehosen und in ihrer Mitte ... ich ... umkreist von meinen zügellosen Gedanken.

Ich rutschte nach links und näher an Roman heran, sodass sich unsere Arme berührten. Er griff nach meiner Hand und hielt sie fest. Ich rollte mich zur Seite und presste mein Gesicht gegen seine Schulter. Mit einem Seufzen schnupperte ich an ihm. Er roch so unglaublich gut, nach Meer, Mann und Sonnencreme. Ich schloss die Augen und genoss den Augenblick. Die heiße Sonne und den Wind auf meiner Haut, das meditative Rauschen des Meeres, die Stimmen der Touristen und Surfer. Ich fühlte mich so geborgen, dass ich vor mich hindöste und Raum und Zeit vergaß. Als ich wieder aus meiner entspannten Trance erwachte, lagen wir noch immer so da. An Romans tiefer Atmung konnte ich erkennen, dass er eingeschlafen war. Ich verteilte kleine Küsse auf seinem Oberarm und streckte mich ein wenig aus. Dabei stieß ich unabsichtlich mit meinem Po an Jens, der während meines Schläfchens näher an mich herangerückt war. Ich hielt den Atem an und erstarrte.

Wieso war Jens plötzlich so nahe an mir dran?

Sollte ich einen Blick über die Schulter wagen? Vielleicht schlief er ja und hatte es nicht absichtlich gemacht. Ehe ich den Kopf drehen konnte, legte er langsam einen Arm über meine Hüften, rutschte an mich heran und löffelte mich. Ich zuckte zusammen. Erotische Wellen durchflossen mich. Jens schmiegte sich an meinen Hintern, seine Arme fest um meine Mitte geschlungen. Während ich vor Begehren zerfließen wollte, schaltete sich mein Verstand ein. Himmel, was würden die Leute rund um uns denken? Wir waren nicht allein am Strand. Was, wenn uns jemand beobachtete? Was würden sie über mich denken? Ich wollte Jens wegstoßen, aber wie immer war ich in seinen Armen zu einer Feder geworden, bereit, mit dem Wind zu fliegen, leicht und frei, willenlos. Ich legte eine Hand an Romans Wange und begann ihn zu streicheln. Besser ich weckte ihn, bevor ich mich in diesem Strudel der Lust verlor.

Jens' Mund näherte sich meinem Hals. Sein Atem, der über meine sensible Stelle fächelte, sorgte dafür, dass sich jeder Quadratmillimeter meiner Haut mit Hitze überzog.

Das sehnsüchtige Ziehen in meinem Schoß intensivierte sich. Alle Aufmerksamkeit jagte in meine Körpermitte hinab. Wie von selbst reckte sich mein Po nach hinten und presste sich gegen Jens' beachtliche Erektion. Er lachte triumphierend.

»Siehst du, es braucht nicht viel und du gehörst mir«, raunte er.

Dann ließ er mich abrupt los und brachte Abstand zwischen unsere Körper. Ich atmete hörbar aus. Meine Beine zitterten. Ich krallte meine Finger in Romans Oberarm und zog mich näher an ihn heran. Roman drehte den Kopf in meine Richtung. Durch die gespiegelten Gläser seiner Brille konnte ich seine Augen nicht erkennen, aber die Vermutung lag nahe, dass er nicht geschlafen und alles mitbekommen hatte.

»Willst du ihn?«, flüsterte er, sodass nur ich ihn hören konnte.

Ich schluckte. »Roman, das ging nicht von mir ...«

»Willst du ihn?«

Ich sagte nichts und schloss die Augen.

»Es ist okay für mich, Sarah. Aber ich muss es von dir hören, damit ich sicher sein kann, dass du es willst.«

Es? Was meinte er mit *es*? Sprach er von einem Dreier?

Mein Herz raste, während ich mich an ihn presste. Die Zunge klebte an meinen Zähnen fest. Ich konnte nichts sagen.

»Willst du ihn?«

»Ja, ich will ihn«, hauchte ich.

»Du weißt, ich werde dir niemals einen Wunsch abschlagen, um dich glücklich zu sehen.«

Er lächelte und küsste mich. Seine gelassene Reaktion verblüffte mich. Damit hatte ich wirklich nicht gerechnet. Seine Hand zog sich zurück und platzierte sich auf meinem Hintern. Mit einem Ruck zog er mich dicht an sich heran.

»Jens«, wandte er sich plötzlich an seinen Freund. Mir blieb das Herz stehen. »Wollen wir eine Runde kiten gehen? Ich denke, der Wind ist jetzt besser als heute Morgen.«

Jens setzte sich auf. »Du hast recht«, meinte er. »Die Bedingungen sind gut.«

Roman löste sich von mir und kam ebenfalls ins Sitzen hoch.
Er kramte in der Badetasche und warf Jens die knielange Surferhose an die Brust. Er selbst schlüpfte ebenfalls in seine.
Das Wet-Shirt warf er sich locker über den Arm.

»Du kannst uns doch eine Stunde entbehren, oder?«, fragte er arglos.

»Äh ... ja ... klar. Ich weiß mich zu beschäftigen.«

Während ich verwirrt auf der Picknickdecke lag und mich nicht rühren konnte, sprangen die beiden auf und grinsten in ihren Surferhosen auf mich herab.

Der Verdacht erhärtete sich, dass sie sich gegen mich verschworen hatten. Sie wirkten so anders als gestern noch. Mit trockenem Mund starrte ich zu ihnen hoch. Braun gebrannt, muskulös und männlich ragten sie vor mir auf. Einer betörender als der andere. Ihre Blicke versengten mich. Sie waren fast so brennend wie die ungnädige Mittagshitze, die auf meinen Körper knallte.

»Viel Spaß, Jungs«, krächzte ich.

»Den werden wir haben. Danke,« erwiderte Roman.

Ich blickte ihnen nach, bis sie in der Surfbase verschwunden waren, um dort ihr Equipment abzuholen, dann griff ich nach meinem Buch und versuchte zu lesen. Ich konnte mich jedoch kaum auf den Inhalt konzentrieren. Die Buchstaben verschwammen vor meinen Augen. Meine Gedanken schweiften immer wieder zu Roman und Jens ab.

Als ich sie schließlich zwischen all den anderen Kitern auf dem Meer entdeckte, schlug ich das Buch zu und setzte mich auf, um sie besser beobachten zu können.

Der Himmel erstrahlte in dem tiefsten Blau, das ich je gesehen hatte, und war gespickt mit unzähligen bunten Kites. Ein wundervoller Anblick, der sich mitten in mein Herz brannte. Und Roman und Jens ... sie waren junge Götter auf ihren Boards, sportlich, furchtlos und atemberaubend sexy. Jens trug nur seine knielange Hose, nichts sonst. Um seinen muskulösen Bauch spannte sich der Gurt, in seinen Händen lag das Trapez, mit dem er den Schirm steuerte. Beeindruckt verfolgte ich jeden seiner Sprünge. Er stürzte nicht ein einziges Mal ins Wasser. Mit Präzision lenkte er seinen Kite in die Kurven, nahm jede Welle und schlug einen Salto nach dem anderen. Fasziniert verbrachte ich die nächste Stunde damit, ihnen zuzusehen. Ihre Symbiose, die ihre Freundschaft so einzigartig machte, erstreckte sich über so viele Bereiche ihres Lebens. Selbst auf dem Meer verständigten sie sich ohne Worte, nur mit Handzeichen oder Blicken. Ich hatte schnell herausgefunden, dass Jens der bessere Kiter war und Roman Instruktionen erteilte, die dieser sofort umsetzte, um seine Technik zu verbessern. Zusammen waren sie unschlagbar und ich spürte, wie ich mich in diesem Moment in das verliebte, was sie darstellten. Ich verliebte mich in sie.

*

Als sie sich schließlich klatschnass und vollgepumpt mit Endorphinen auf der Picknickdecke niederließen und über die einzelnen Sprünge und Drehungen fachsimpelten, konnte ich nicht anders, als sie wie ein verknallter Teenager anzuhimmeln. Die Augen aller Frauen und Mädchen, die rund um uns den Strandabschnitt bevölkerten, waren auf Jens und Roman gerichtet. Meine auch, und in meiner Brust hüpfte das Glück auf und nieder, denn sie gehörten zu mir.

Unser gemeinsamer Tag am Stand wurde mit jeder Stunde, die verstrich, schöner und idyllischer. Wir spazierten an den Hafen zu einer Eisdiele und genehmigten uns einen großen Eisbecher mit flüssiger Schokolade obendrauf. Danach schlenderten wir lachend und feixend über den feinen Sandstrand, flanierten über die Promenade und stöberten in der Altstadt in den kleinen Geschäften, in denen es Keramik, Kleidung und Souvenirs zu kaufen gab. Die Jungs zeigten mir ihre Lieblingsfressbude und ihr Lieblingscafé am Meer, in dem wir starken Kaffee tranken und leckeren Kuchen aßen. Erst am Abend kehrten wir in unser Strandhaus zurück, aber nur, um zu duschen und uns umzuziehen. Jens wollte nicht kochen, sondern lieber in der Altstadt in einem Restaurant zu Abend essen, das ihm die Einheimischen wärmstens empfohlen hatten.

Als ich in der Duschkabine stand und mein Haar shampoonierte, fiel mir plötzlich auf, dass Roman nicht gekommen war, um zu mir unter die Dusche zu hüpfen. Wenn er wach war, hatte er bisher jeden Moment genutzt, um mit mir zu duschen. Er liebte es, wenn wir beide nass waren und das Wasser auf unsere Körper prasselte. Was hatte sich geändert? Ging er mir bewusst aus dem Weg? Er hatte seit gestern nicht mehr mit mir geschlafen. Seit dem Blowjob auf der Terrasse war nichts mehr zwischen uns geschehen. War er sauer auf mich? Ich beschloss, ihn später darauf anzusprechen. Als ich meine Haare geföhnt und mich geschminkt hatte, stieg ich in schwarze Spitzenunterwäsche und mein schwarzes Etuikleid, das sich eng um meine Hüften schmiegte. Dazu kombinierte ich große orientalische Ohrringe und eine rote Kette, die mein Outfit aufpeppte. Zufrieden trat ich aus dem Badezimmer. Jens und Roman lehnten an der Wand im Flur und warteten auf mich. Sie hatten sich ebenfalls schick gemacht, und waren bereit, mit mir auszugehen. Himmel, bei ihrem Anblick vergaß ich zu atmen. Roman trug lange Jeans, die tief auf seinen Hüften saßen und ein dunkelblaues Shirt, das durch den breiten V-Ausschnitt seine muskulöse Brust sehr vorteilhaft in Szene setzte. Jens wiederum steckte in einer beigen knielangen Cargo-Hose und trug ein schwarzes Hemd, das er an den Armen bis über beide Ellbogen aufgekrempelt hatte. Beide dufteten so stark nach ihrem Parfum, dass ich meine Nase abwechselnd an ihre Hälse pressen wollte, um von dem betörenden Moschus-Geruch high zu werden.

Als ich Anstalten machte, in meine flachen Sandalen zu schlüpfen, schüttelte Roman entschieden den Kopf.

»Keine Sandalen?«, fragte ich.

»Nimm die Heels. Die gefallen uns besser.«

Uns also. Aha.

»Wird aber schwierig mit den zehn Zentimetern auf dem Kopfsteinpflaster zu gehen.«

»Wir helfen dir.«

Wir also. Aha.

»Na gut, dann eben die Heels. Wenn sie euch gefallen.«

Romans Augen blitzten, als er mich von oben bis unten musterte. »Du siehst heiß aus«, stieß er hervor. »Ich mag diesen eleganten Businesslook. Den hab ich immer gemocht.«

Die Lust vibrierte in seiner Kehle. Seine Stimmbänder waren leicht belegt und er räusperte sich.

Jens äußerte sich nicht zu meinem Outfit, aber seine Augen waren bei dem Anblick meiner Beine eine Spur dunkler geworden. Er öffnete die Eingangstür mit einer Verbeugung und deutete uns an, dass wir an ihm vorbeigehen sollten. Als wir im Freien standen, zog er die Tür ins Schloss, versperrte sie und steckte den Schlüssel in die Seitentasche seiner Hose.

Wir schlenderten die Promenade entlang und tauchten voller Vorfreude ins Getümmel der Altstadt ein. An jeder Ecke duftete es nach Speisen und Gewürzen und aus den Lokalen dröhnte

Musik und Gelächter zu uns heraus. Die Straßen waren voll mit jungen Menschen, die sich, so wie wir, herausgeputzt hatten, um die Nacht zum Tag zu machen. Ich ging zwischen Roman und Jens und hielt Romans Hand in meiner. Meine Schritte fielen etwas langsamer aus als sonst, aber ich wollte in meinen Schuhen so anmutig wie möglich wirken und sie nicht beschädigen. Sie hatten ein halbes Vermögen gekostet und ich trug sie wirklich nur zu besonderen Anlässen.

Die Jungs schien das nicht zu stören. Geduldig passten sie sich meinem Tempo an und gingen langsam neben mir her. Roman griff immer wieder nach meinem Ellbogen, wenn er dachte, dass ich ins Straucheln kommen könnte.

Wir ließen den lauten Teil der Stadt mit den Kneipen und Bars hinter uns und bogen in eine ruhige Seitengasse ein. Auf einem kleinen Platz entdeckten wir das spanische Restaurant, das als absoluter Geheimtipp galt, wie Jens uns erklärte. Es war nahezu unmöglich in der Hochsaison, kurzfristig einen Tisch für den Abend zu bekommen, aber Jens hatte einem der Surfer die Reservierung für heute Abend abgeknöpft. Lächelnd zwinkerte er mir zu, als sogar der Chef des Hauses erschien und uns persönlich begrüßte und an einen Tisch führte, der für drei Personen gedeckt war und sich direkt neben dem wundervollen Springbrunnen befand. Erst als ich mich gesetzt hatte, fiel mir auf, dass es auch Livemusik gab. Ein junger Spanier saß am Eingang zum Restaurant und zupfte auf seiner Akustikgitarre. Die sanften Klänge, die über den Platz wehten, passten perfekt zu dem romantischen Ambiente.

»Ich liebe es hier«, schwärmte ich, als ich mich gesetzt hatte. »Das ist genau nach meinem Geschmack.«

»Das dachten wir uns«, sagte Roman.

»Uns? Dann habt ihr diesen Abend gemeinsam geplant?«

»Wir wollten dich schick ausführen und dabei deinen Ansprüchen gerecht werden«, sagte Jens. »Wie wir sonst in Tarifa ausgehen, das passt nicht zu dir.«

»Wieso? Was habt ihr denn bisher gemacht?«

»Wir haben uns zugedröhnt, ein paar Mädchen aufgerissen, sie auf Getränke eingeladen, bis sie willig und betrunken waren und dann an den Strand gelockt, um über sie herzufallen.«

Ich warf Roman einen fragenden Blick zu. Er rollte mit den Augen und schüttelte den Kopf.

»Und warum macht ihr das nicht mit mir?«, fragte ich etwas beleidigt. Die Jungs wechselten einen geheimnisvollen Blick und grinsten. Ihr Schweigen war vielversprechend. »Bin ich zu alt für eine Kneipen- und Strandtour? Wollt ihr mir das damit sagen?«

Roman nahm meine Hand und drückte einen Kuss darauf.

»Dein Alter spielte bei unseren Überlegungen keine Rolle, meine Schöne, das kann ich dir versichern. Du bist eine elegante Frau mit Klasse und Stil und das wollten wir mit der Wahl des Restaurants und mit der Gestaltung des Abends würdigen. Du bedeutest uns mehr, als ein paar betrunkene Engländerinnen in irgendeiner Kneipe.«

»Ich hätte aber auch Spaß gehabt, wenn wir in einer Kneipe Fritten gegessen und Bier getrunken hätten.«

Jens beugte sich über den Tisch. »Sei bitte nicht so ungeduldig und warte, was der Abend noch bringt«, sagte er bedeutungsschwer. »Du wirst entzückt sein.«

Er hatte nicht gelogen. Ich war entzückt. An diesem Restaurant stimmte einfach alles. Der Champagner perlte gleich einer Versuchung in meinem Mund, der Wein schmeckte exquisit, die Muscheln mundeten grandios, die kalte Mandelsuppe war ein Gedicht, das Kalbfleisch zerfiel zart und fein gewürzt auf meiner Zunge. Ich kam aus dem Schwärmen nicht mehr heraus. Roman und Jens lächelten zufrieden vor sich hin und wirkten so gelöst und entspannt, wie ich es selten noch an ihnen gesehen hatte. Ich durfte von Romans Gerichten probieren, aber Jens blieb seinem Prinzip, sein Essen nicht zu teilen, eisern treu. Ich fütterte sie dafür großzügig und abwechselnd mit kleinen Bissen von meinen Tellern. Als ich das Gefühl hatte, jeden Moment platzen zu müssen, reichte uns der Kellner die Dessertkarte, auf der sich eine verführerische Kreation nach der anderen reihte. Wir entschieden uns alle drei für die spanischen Churros und bestellten dazu Espresso.

Als wir aufgegessen hatten, schwiegen wir satt und zufrieden. Die Klänge der spanischen Gitarre waren beschwingter gewor-

den und der lockere Rhythmus riss mich mit. Am liebsten hätte ich getanzt. Mit ausgebreiteten Armen, den Kopf in den Nacken gelegt. Über mir prangte ein unendlicher Sternenhimmel. Hinter meinem Rücken plätscherte der Springbrunnen und ich hörte das Zirpen der Grillen. Die Gerüche des Sommers umwehten mich. Sie streichelten meine Sinne.
Ich war frei ... so verliebt und so frei.
Frei.
Frei.
Frei.
Ich war frei.
Das hier war eine wundervolle Nacht und ich wusste jetzt schon, dass ich sie in meinem Herzen hüten würde, wie einen kostbaren Schatz, den mir niemand mehr rauben konnte. In diesem Moment fühlte ich eine unglaubliche Dankbarkeit für mein Leben. Ich war dankbar, dass mir das Schicksal erlaubt hatte, Roman noch einmal wiederzusehen. Es war ein Geschenk, an das ich mich immer erinnern würde. Auch wenn er es noch nicht in aller Deutlichkeit gesagt hatte, ich kannte ihn, ich wusste bereits, dass er nicht mit mir nach Deutschland zurückkehren würde. Aber mit dieser Tatsache würde ich mich zu Hause auseinandersetzen. Dann erst würde ich den Kampf mit meiner Sehnsucht von Neuem beginnen. Dann erst. Nicht heute. Heute gehörte dieses unglaublich schöne, andalusische Leuchten mir.
Jede Sekunde davon gehörte mir.
Und Roman ... er gehörte auch mir.
In dieser spanischen Nacht.
In der alles stimmte.
Vor allem ... ich.

KAPITEL 30 – SARAH

Auf dem Nachhauseweg bestand ich darauf, einen Abstecher in eine der vielen Bars zu machen. Ich wollte Roman und Jens beweisen, dass ich trotz meines Alters und meiner eleganten Erscheinung zu dröhnenden Beats tanzen und abfeiern konnte.

»Was willst du trinken?«, brüllte Roman mir ins Ohr, während er mich mit seinem Körper auf den letzten freien Barhocker schob, damit ich mich setzen konnte.

Ich beäugte die harten Getränke, die sich hinter dem Rücken des Barkeepers in einem verspiegelten Regal reihten und runzelte fragend die Stirn. Ich hatte keine Ahnung, was ich bestellen sollte und es schien mir unpassend, den gepiercten Glatzkopf nach der Weinkarte zu fragen.

»Was trinkst du?«

Roman zuckte mit den Schultern. »Ich hab für heute eigentlich genug«, meinte er. »Ich nehm ein Wasser.«

Ich kaute an meiner Lippe und überlegte. Der Champagner und der Wein hatten dafür gesorgt, dass ich weiche Knie hatte, aber die Nacht schien mir noch zu jung, um auf Mineralwasser umzusteigen. Ich warf einen prüfenden Blick auf die jungen Menschen, die sich ekstatisch auf der Tanzfläche bewegten. Wenn ich mit ihnen mithalten wollte, musste ich ein wenig lockerer werden.

Jens drängte an mir vorbei an den Tresen. Er winkte dem Barmann und brüllte ihm etwas ins Ohr. Eine Minute später standen drei brennende Schnäpse vor unserer Nase.

Roman hob eine Augenbraue. »Was soll das werden, Jens?«

»Ich will Sarah die einheimische Köstlichkeit vorstellen. Auf die sind noch alle Frauen willig geworden. Du erinnerst dich?«

»Köstlichkeit?«, fragte ich mit einem zweifelnden Blick auf die klare Flüssigkeit, auf der munter eine bläuliche Flamme flackerte.

»Trink!«, befahl Jens, griff seines der Gläser und hob es vor mein Gesicht. »Prost, Sarah!«

Ich warf Roman einen fragenden Blick zu, aber der zuckte nur mit den Schultern und nahm das Schnapsglas zwischen Daumen und Zeigefinger. Wir pusteten die Flammen aus.

»Was ist das?«, fragte ich.

»Jetzt frag nicht so viel, hau es runter«, sagte Jens und grinste.

Gott, wie ich dieses schiefe, teuflische Grinsen an ihm liebte.

Wir hoben die Gläser an, stießen sie zusammen und kippten den Schnaps hinunter. Die Schärfe bahnte sich einen Weg in meinen Magen. Ich schüttelte mich angewidert. Ich hatte Hochprozentiges noch nie leiden können.

Roman verzog keine Miene, als er das leere Glas auf die Bar knallte, Jens streckte angeekelt die Zunge raus und fasste sich mit gequälter Miene an den Kopf.

»Puh, das Zeug ist giftig«, stöhnte er. »Die Erinnerung an vorgestern ist leider noch viel zu frisch.«

Ich lehnte mich mit dem Rücken an Romans Brust und genoss das Gefühl seiner starken Arme, die sich um mich wickelten.

»Willst du tanzen?«, raunte er an meinem Ohr.

»Lieber will ich dich küssen«, hauchte ich.

Ich drehte mein Gesicht zu ihm herum und eine Sekunde später lagen seine Lippen schon auf meinem Mund. Wir küssten uns eine halbe Ewigkeit und als wir uns voneinander lösten, drehte sich alles um mich herum. Das Flackern der Discokugel und das wirre Stroboskoplicht verstärkten den Effekt einer gravitationslosen Welt.

»Ich hab euch in der Zwischenzeit noch einen Drink bestellt«, sagte Jens von rechts. Ich blinzelte ihm verwirrt entgegen. Er hielt mir das brennende Schnapsglas vor die Lippen. Seine schwarzen Augen blitzten amüsiert. Der Glanz darin verhieß nichts Gutes. Er sah wie der leibhaftige Teufel aus, in dessen Pupillen sich die Flämmchen spiegelten. Ich schluckte beunruhigt und dachte an seinen Ausraster von vor zwei Tagen. Mit einem intensiven Blick in meine Augen, pustete Jens die Flamme aus und stürzte den Schnaps hinunter.

»Sag ihm, er soll aufhören«, flüsterte ich Roman zu. »Auf dich hört er vielleicht.«

»Ich kann dir versichern, dass sich Jens von niemandem etwas sagen lässt. Am wenigsten von mir.«

Ich schüttelte den Kopf. Na gut, dann würde ich eben mein Glück versuchen. Ich hatte wirklich keine Lust, noch einmal das zersplitterte Inventar im Strandhaus aufzuräumen.

Entschlossen stemmte ich die Arme in die Hüften.

»Hör mit dem Trinken auf, bitte«, sagte ich eindringlich.

»Wieso?«, fragte Jens und lächelte süffisant. »Ich hab alles unter Kontrolle.«

»Hör trotzdem auf.«

»Hast du Angst?«

»Nein, ich denk dabei nur an dich.«

»In Wahrheit macht es dich an, oder? Weil du weißt, dass sich dann die schwarze Bestie in mir entfesselt.«

Seine Hände legten sich fest auf meine Hüften. Er quetschte seine Finger in mein Fleisch, bis es schmerzte. Ich japste nach Luft und ließ mich gegen Romans Brustkorb sinken. Er war meine sichere Oase. In seinen starken Armen würde mir nichts geschehen.Jens ließ mich los. Er deutete mit dem Kinn auf unsere Gläser. »Wollt ihr die trinken?«, fragte er.

Roman und ich verneinten kopfschüttelnd, was sich als Fehler herausstellte, denn Jens schnappte sich die Gläser und trank eines nach dem anderen auf Ex aus.

»Ich geh tanzen«, murmelte er und drängte durch die Menschen davon. Wenig später stolzierte er über die Tanzfläche, auf der sich die Menge für ihn teilte, wie für einen Rockstar.

»Wie betrunken ist er schon?«

»Keine Sorge, der verträgt schon was«, beruhigte Roman mich. »Er hatte beim Essen nur ein Glas Champagner und ein bisschen Wein.«

»Für mich sieht das aber anders aus. Er benimmt sich so eigenartig. Hast du den Glanz in seinen Augen gesehen?«

Roman legte sein Gesicht an meiner Wange ab. Ich spürte das Rumpeln in seiner Brust und wusste, dass er lachte.

»Jens spielt nur mit dir. Das macht ihm Spaß. Merkst du das denn nicht? Er ist weit davon entfernt, betrunken zu sein.«

»Denkst du?«

Wir verbrachten die nächsten Minuten damit, Jens beim Tanzen zuzusehen. Ich versuchte, es mir nicht anmerken zu lassen, aber wie er lasziv sein Becken kreiste, den Kopf andächtig in den Nacken legte, die Arme schwang und sich an fremden Frauenärschen rieb, setzte mich dermaßen in Brand, dass ich meinen Blick nicht von ihm abwenden konnte. Ich war wie in Trance.

Irgendwann erlöste Roman mich aus dem Bann, zog mich in seine Arme und küsste mich. Wir gebärdeten uns wie zwei verliebte Teenager, befummelten uns und heizten uns an die Bar gelehnt gegenseitig auf.

»Genug«, keuchte Roman schließlich an meinen Lippen. »Wir müssen gehen. Ich halt es keine Sekunde länger aus, ich muss dich endlich vögeln.«

»Ich hab nichts dagegen.«

Mein Körper fühlte sich mittlerweile wie aus Gummi an. Ich hatte ein Zittern in den Beinen und mein Spitzenhöschen war von der Erregung, die Roman in mir zum Fließen gebracht hatte, völlig durchnässt.

»Ich sag Jens Bescheid, dass wir gehen. Wartest du inzwischen vor der Tür?«

Ich nickte und drängte mich in Richtung Ausgang. Die frische Luft tat gut und klärte meinen Kopf. Neugierig ging ich auf das gegenüberliegende Schaufenster zu und inspizierte die ausgestellten Handtaschen. Ich war überrascht, als Jens und Roman wenig später zusammen auf der Straße erschienen. Überrascht, aber auch erleichtert, dass Jens nicht weiter feiern, sondern mit uns nach Hause gehen wollte. Kritisch beäugte ich ihn. Er torkelte ein wenig.

»Geht's dir gut?«

»Aber ja, meine Königin, es ist mir nie besser gegangen«, antwortete er spöttisch.

Wir spazierten durch die Stadt und den Weg zu unserem Haus zurück. Die Stimmung veränderte sich mit jedem Schritt, den wir taten. Wir sprachen nicht viel. Jens, der vorhin noch ganz aufgedreht gewirkt hatte, wurde immer ruhiger. Er strahlte eine geschmeidige Gefahr aus, die ich befremdlich, aber auch schrecklich anziehend fand. Mir wurde immer wärmer und wärmer, obwohl der Nachtwind erstaunlich kühl über meine Haut wehte.

Plötzlich hielt Roman mitten im Gehen inne. Anspannung lag auf seinem Gesicht. Sein Kiefer mahlte. Jens legte ihm eine Hand auf die Schulter und die beiden wechselten einen Blick, mit dem sie wortlos etwas besprachen, von dem ich keine Ahnung hatte.

»Was ist los?«, fragte ich.

»Nichts«, presste Roman zwischen den Zähnen hervor.

»Aber ich sehe doch, dass dich etwas beschäftigt.«

»Es ist nichts, wir bleiben beim ursprünglichen Plan,« grummelte er, nahm meine Hand und zerrte mich hinter sich her.

Ursprünglicher Plan? Welcher Plan denn bitte?

»Nicht so schnell ... die Schuhe«, protestierte ich.

Er drosselte das Tempo. »Entschuldige, Sarah.«

Wir gingen auf das Strandhaus zu.

Jens war hinter uns zurückgefallen. Da er den Schlüssel eingesteckt hatte, mussten wir an der Eingangstür auf ihn warten. Als er sich näherte, hielt er den Schlüsselbund bereits in seiner rechten Hand und schwenkte ihn vor unseren Gesichtern hin und her. »Ihr braucht den da«, sagte er grinsend.

Er steckte den Schlüssel ins Schlüsselloch, machte aber keine Anstalten, ihn herumzudrehen. In Zeitlupe wandte er sich zu mir um. Der Moment gefror gleich einem Standbild in sich fest. Die Jungs warfen sich einen geheimnisvollen Blick zu, mit dem sie sich tausend Dinge sagten, zu denen ich keinen Zugang hatte. Ihre wortlose Kommunikation verwirrte mich. Ich trippelte von einem Bein aufs andere.

»Äh, hallo?«, fragte ich, nachdem keiner von beiden etwas sagte oder tat. »Jens, willst du nicht langsam mal die Tür aufsperren?«

»Hast du es eilig?«

Er lehnte mit verschränkten Armen an der geschlossenen Tür und betrachtete mich schmunzelnd. Ich runzelte die Stirn. Was sollte das denn nun wieder werden? Die Atmosphäre veränderte sich. Die Luft flirrte und beschwerte sich mit tiefen Gefühlen. Die Grillen zirpten. Ich roch den schweren Blütenduft des Busches zu meiner Rechten. In der Ferne rauschte das Meer. Jens starrte mich an. Die Erregung in seinen Augen ließ mich einen Schritt zurückweichen.

Ich stieß gegen Roman, der hart wie eine Wand hinter mir aufragte. Langsam drehte ich mich zu ihm um und entdeckte im Zwielicht der Laterne das gleiche Glitzern in seinen Augen, das auch Jens' Blick verdunkelt hatte. Ich fühlte mich wie ein Tier, das in eine Falle geraten war. In eine durchaus angenehme Falle.

Oh ja! Mein Puls beschleunigte sich. Plötzlich war mein Mund staubtrocken. Meine Zunge stieß gegen meine Zähne, weil mir eine Frage auf den Lippen brannte. Leicht verunsichert blickte ich zwischen den beiden hin und her. Sie starrten mich an, als ob sie mich jeden Moment auffressen wollten. Meine Knie wurden weich, mein Unterleib sackte in sich zusammen. Ein Flächenbrand fegte über jeden Millimeter meiner Haut. Romans Hand fuhr ganz langsam unter mein Haar. Er neigte meinen Kopf zur Seite und küsste mich. Ein Schauer rieselte über meine Wirbelsäule, als er mich mit seinem Körper in Richtung der Tür drängte ... direkt in Jens' Arme hinein.

Ein leises Stöhnen entfesselte sich in meinem Brustkorb. Es endetet in Romans Mund, der mich ohne Unterbrechung weiterküsste. Seine Finger umrahmten mein Gesicht. Sein Becken trieb mich gegen Jens, der seine Hände auf meine Oberschenkel legte und sie bedächtig nach oben gleiten ließ. Ich stand wie elektrisiert zwischen diesen begnadeten, jungen Körpern und wusste nicht, wie mir geschah.

Oh mein Gott. Oh. Mein. Gott. Ja!

Meine Gedanken verwischten. Ich erwiderte Romans Küsse und konzentrierte mich auf Jens, der mein Kleid bis über meine Hüften nach oben schob, sodass es sich um meine Taille bauschte. Er hakte seine Finger in meinen Slip und zog ihn über meinen Hintern nach unten. Der Stoff rutschte an meinen Beinen hinab und landete auf dem Boden. Jens' Faust drängte hartnäckig zwischen Roman und mich. Roman wich einen Schritt zurück, damit er mehr Spielraum hatte. Ich stöhnte auf, als sich Jens' Finger auf meine pochende Mitte legten. Heißkalte Schauer jagten durch mich hindurch. Roman küsste mich. Jens' muskulöser Brustkorb drückte gegen meinen Rücken. Sein Herz schlug wie wild. Viel hektischer als meines, falls das überhaupt möglich war.

Plötzlich war seine Zunge an meinem Ohr. Er leckte über die Muschel, saugte das Ohrläppchen ein und liebkoste die dünne Haut an meinem Hals. Ich wand mich vor Verlangen. Ich zitterte, ich bebte. *Bitte. Weitermachen. Nicht aufhören.*

Roman ließ mich los und trat zurück. Sofort vermisste ich seine Wärme, auch wenn ich nun in Jens' Armen festhing, fehlte mir

Roman in diesem Gefüge. Prüfend musterte ich sein Gesicht. Er lächelte. Das Muttermal in seinem Mundwinkel zuckte amüsiert.

»Du kriegst jetzt, was du dir wünscht«, flüsterte er. »Genieße es, meine Schöne.«

Jens stöhnte, während sein Zeigefinger gierig in meine Mitte stieß. »Ich will dich«, keuchte er mir ins Ohr. »Ich bin so verrückt nach dir. Ich muss dich haben. Jetzt sofort.«

Geschmeidig wirbelte er uns beide herum. Ich hielt vor Spannung die Luft an. Was würde nun geschehen? Roman öffnete die Tür des Strandhauses und hielt sie für uns auf.

Mein Gott, ich fass es nicht, dachte ich. *Roman tritt mich an Jens ab. Er überlässt mich ihm. Oh. Mein. Gott.*

Ich war mitten in einem Spiel gelandet, das die Jungs für mich ausgeheckt hatten. Leider hatte ich keine Ahnung, wie die Spielregeln lauteten. Sie hatten mich nicht eingeweiht, also blieb mir nichts anderes übrig, als mich fallen zu lassen und ihnen zu vertrauen. Vor Aufregung überschlug sich mein Herz, während Jens mich unnachgiebig durch den dunklen Flur drängte. Ich verlor beinahe meine High Heels, weil er mich so grob vor sich her stieß. Die Tür fiel mit einem lauten Knall ins Schloss. Wo war Roman? Ich versuchte den Kopf zu drehen, um einen Blick auf ihn zu erhaschen. Jens ließ mir jedoch kaum Bewegungsfreiheit. Er pinnte mich mit seinem Körper gegen die Wand. Sein Finger kreiste in mir und stimulierte meinen sensiblen Punkt. In meinem Becken verflüssigte sich jegliches Unbehagen, das ich bis dahin noch verspürt hatte. Ich löste mich auf, zersetzte mich. Mein Innerstes zerfloss wie heißes Wachs und schmiegte sich nachgiebig und weich um Jens' Finger. Meine Erregung stieg an. Mein Widerstand zerbröselte unter der sengenden Hitze, die von seinem rauen Energiefeld auf mich überschwappte. Wie sehnsüchtig ich mir gewünscht hatte, von ihm genommen zu werden, wurde mir erst jetzt bewusst, als ich in seinem harten Griff schwebte. Ich wollte ihm gehören. Jetzt. Endlich.

»Hm«, brummte Jens zufrieden, als er spürte, wie ich feuchter wurde. »So ein Rapegame ist nach deinem Geschmack, hab ich recht?«

»Es ist genau das, was sie will«, sagte Roman neben uns. »Besorg es ihr endlich, bis sie schreit.«

Die Schärfe in seiner Stimme erschreckte mich. Vergeblich versuchte ich meinen Kopf zu neigen, um ihn anzusehen. Wollte er wirklich mitansehen, wie Jens über mich herfiel? Ich kam nicht dazu, mir darüber Gedanken zu machen. Jens packte meine Handgelenke und verschränkte sie an meinem unteren Rücken. Mit der freien Hand fasste er in mein Haar und dirigierte mich in die Küche. Dort angekommen fegte er mit dem Unterarm über die Arbeitsplatte der Kücheninsel. Laut polternd krachten das Holzbrett und der Obstkorb zu Boden. Er drückte mich bäuchlings über die Anrichte und schob das Kleid an meiner Hüfte hoch. Ich hörte den Stoff reißen.

Mit den Knien drängte er meine Beine auseinander. Ich hörte, wie er seinen Gürtel öffnete und aus den Schlaufen fädelte. Ehe ich bis drei zählen konnte, hatte er meine Handgelenke damit auf dem Rücken gefesselt. Seine Hände waren nun frei, das zu tun, was er am liebsten tun mochte und es dauerte auch nur eine Sekunde, bis seine Handfläche hart auf meinen Hintern traf.

Verflucht, war das fest. Ich schrie auf, drehte den Kopf und suchte nach Roman.

»Ja, schrei für mich«, knurrte Jens, packte meine Haare und zog meinen Kopf weit in den Nacken.

Ich hatte ihn noch nie so erlebt. Noch nie. Jens war unvergleichlich. Er war brillant und dunkel und gefährlich und männlich und sexy und ... Ich verlor mich in seiner Gewalt. Mein Blut erhitzte sich und ähnelte nach zehn Schlägen flüssiger Lava, die durch meine Adern toste und meinen ganzen Körper entflammte. Jens versohlte mir den Arsch, dass ich glaubte, es nicht zu überleben. Ich schrie meinen Schmerz hinaus. Ich stöhnte. Ich keuchte seinen Namen. Ich bettelte. Aber mittlerweile wollte ich nicht mehr, dass er aufhörte. Nie wieder. Er sollte nie wieder aufhören. Der Speichel tropfte über meine Lippen und landete auf der Arbeitsplatte. Tränen liefen über meine Wangen.

Endlich spürte ich seine pralle Eichel, die meine pulsierende Scham spaltete. Er versenkte seinen steinharten Schwanz mit einem einzigen Stoß und hielt dann inne. Die Dehnung war unglaublich intensiv. Ich wirbelte befreit um seine Männlichkeit.

Jens war so gut, so mächtig, so groß.

»Endlich«, stöhnte er. »Endlich, endlich, endlich gehörst du mir. Mir allein.«

Und dann legte er erst richtig los. Er fickte mich ziemlich brutal. Mein Innerstes zersplitterte unter der erregenden Wucht. Seine Finger gruben sich in meinen Arsch, sein Schwanz hämmerte in mich. Jeder Stoß zerschmetterte mich, trieb mich höher. Als er sich mit einem letzten heftigen Stoß in mir entlud, brüllte er meinen Namen und presste mein Gesicht auf die Arbeitsplatte. Er explodierte regelrecht in mir, während seine Faust unnachgiebig mein Haar raufte. Männliche Kraft strömte mit seinem Samen in meine Weiblichkeit. Meine Haut ging in Flammen auf. Jens hatte mich mit purem Kerosin übergossen. Und ich konnte nichts dagegen tun, ich war wehrlos. Ich verfiel ihm. Mit Haut und Haar. In diesem Augenblick.

Roman tauchte in meinem Gesichtsfeld auf, als ich gerade wieder meinen Atem fand. Schwitzend und mit offenen Lippen blickte ich zu ihm hoch. Ich schmeckte Blut auf meiner Zunge. Ich hatte mir in der Hitze des Gefechts in die Innenseite meiner Wange gebissen. In Romans Blick lagen Ehrfurcht und Bewunderung.

»Ihr seht unglaublich heiß zusammen aus«, sagte er heiser. Fast schien er sich die Worte aus der Kehle pressen zu müssen. Er neigte sich zu meinem Ohr hinab.

»Dein Safeword ist Tarifa«, flüsterte er. »Okay? Du sagst es einfach, wenn es dir zu heftig wird.«

Was? Hatte ich richtig gehört? Mein Safeword? Was hatten die beiden denn für die heutige Nacht geplant, wenn sie mir ein Safeword gaben? Bestimmt war der wilde Quickie mit Jens nur der Beginn einer langen Nacht gewesen.

Jens glitt aus mir heraus und gab mir einen Klaps auf den Po. »Das hab ich gebraucht«, sagte er überheblich. »Danke, Süße.«

Ich wollte protestieren, aber Roman packte mich am Ellbogen und bugsierte mich aus der Küche hinaus und in Jens' Zimmer. Er gab mir einen leichten Schubs und ich landete auf dem Doppelbett. Der Gürtel, der immer noch um meine Handgelenke geschlungen war, schnürte mir das Blut in den Armen ab.

Meine Muskeln krampften. Ich bekam Panik.

»Roman, meine Hände«, keuchte ich und warf ihm über die Schulter einen hilfesuchenden Blick zu.

»Ist der Gürtel zu fest?«

Ich nickte hektisch. »Ja, zu fest.«

Mach ihn ab, mach ihn ab, mach ihn ab, bettelte eine Stimme in mir. Er setzte sich neben mich, nestelte an dem Gürtel und befreite meine Arme. *Endlich! Gott sei Dank!*

Mit einem Scheppern landete das Teil auf dem Boden. Der Druck um meine Gelenke ließ nach und das Blut pumpte wieder in die befreiten Venen. Ich seufzte erleichtert auf und spürte dem Pochen nach. Und dann verlor ich plötzlich jegliches Gefühl in meinen Armen. Meine Haut löste sich auf wie in einem Säurebad. Sie brannte und prickelte an allen Stellen. Das erschreckte mich so sehr, dass ich die Luft anhielt und wie verrückt geworden über meine Arme wischte. Plötzlich spürte ich mich nicht mehr. Was war geschehen? Warum fühlte ich nichts. Nicht einmal ein Kribbeln. Wo waren die Grenzen meiner Haut? Ich hörte Jens' Stimme wie aus weiter Ferne. Er setzte sich auf die Kante des Bettes und rief meinen Namen, aber ich reagierte nicht darauf.

»Tu was«, fauchte Roman hinter mir. »Siehst du denn nicht, dass sie kippt.«

»Sie kippt nicht,« widersprach Jens gelassen.

»Doch.«

»Wo ist dein Vertrauen in mein Können geblieben?«, blaffte Jens. Er klang verärgert. »Ich gebe normalerweise die Richtung vor und du reagierst nur auf mein Zeichen.«

»Nicht bei ihr. Verstanden?«

»Okay, okay.«

Ich wagte einen zögerlichen Blick auf Jens. Er war wieder aufgesprungen und ragte nun vor mir auf. Sein Oberkörper war frei, er hatte sein Hemd ausgezogen und trug nur noch seine Hose, die ohne den Gürtel beinahe über seine Taille hinunterrutschte. Ich starrte auf das ausgeprägte V seiner Muskeln im Lendenbereich und dann auf seine Hände, in denen er ein Seil hielt.

Als er bemerkte, wie meine Augen ihn abtasteten, erschien ein Lächeln auf seinen Lippen.

»Hi«, sagte er, als wir Augenkontakt hergestellt hatten. »Alles ist gut, Sarah. Alles.« Er steckte sich einen Finger in den Mund, befeuchtete ihn, beugte sich zu mir hinab und wischte damit über meine Wange. »Zerlaufene Schminke. Sieht göttlich aus an dir.«

Roman begann indessen meinen Hals zu liebkosen und verteilte Küsse auf meiner Schulter. Ich suchte nach meinen sieben Sinnen, die sich allesamt davongemacht hatten.

»Ich spür mich nicht mehr«, krächzte ich an Jens gewandt.

»Ich weiß«, erwiderte der sanft. »Das eben war sehr intensiv. Auch für mich. Ich verspreche dir, ich werde dich zusammenhalten. Mit meinen Seilen. Du wirst es mögen. Es wird dir die Grenzen zurückgeben, die du verloren hast. Vertraust du mir? Darf ich dich fesseln?«

Ich schloss die Augen und schwieg. Ich war mir nicht sicher, ob ich gefesselt werden wollte.

Roman zippte langsam den Reißverschluss meines Kleides auf und streifte den schwarzen Stoff behutsam über meine Schultern. Ich hob mein Becken an, damit er es mir ausziehen konnte. Danach hakte er den Verschluss meines BHs auf und zog ihn vorne über meine Brüste weg. Jetzt trug ich nur noch meine rote Kette und meine Pumps. Ich wollte sie von meinen Füßen streifen, aber Roman legte eine Hand auf meinen Oberschenkel und hielt mich auf.

»Nicht«, raunte er. »Mir gefallen die Schuhe an dir.«

Er sprang aus dem Bett und bewegte sich in Richtung Tür. Ich warf ihm einen fragenden Blick zu. Seine Augen blickten warm und voller Liebe auf mich herab. Er lächelte und gab mir ohne Worte zu verstehen, dass nichts, rein gar nichts zwischen uns stand. Ein erleichtertes Seufzen rauschte durch meinen Brustkorb.

»Roman«, wisperte ich. »Bitte, geh nicht weg. Du darfst mich nicht loslassen.«

»Ich wollte nur Musik machen«, sagte er und deutete auf die Dockingstation.

»Halt mich fest, bitte geh nicht weg.«

Ohne zu zögern kam er zurück und zog mich in eine innige Umarmung. Seine weichen Lippen pressten sich auf meinen

Mund und wir küssten uns. Mit einer anmutigen Bewegung rollte er sich auf den Rücken und zog mich auf seinen Bauch. Sein zärtlicher Kuss brachte den Frieden zurück in mein aufgewühltes Herz. Während wir uns leidenschaftlich küssten, machte Jens Musik. Die Klänge waren elektrisch und melodiebetont. Schon die ersten sanften Töne beruhigten mich und hüllten mich in eine Art Kokon. Ich spürte Jens' Handfläche, die sich zwischen meine Schulterblätter legte und fest mein Rückgrat entlangstrich. Er fuhr ganz langsam nach unten, wie in Zeitlupe erspürte er jeden Wirbel. Seine Hand wanderte an meinen Beinen nach unten, zuerst am rechten, dann am linken. An meinen Fersen angekommen, begann er die harten Stränge zu massieren. Es war ergreifend, wie wichtig es ihm geworden war, mir Sicherheit zu geben. Jens war – ohne dass ich das je gewollt hatte – zu meinem ganz persönlichen Achilles geworden. Er machte mich verwundbar.

Ein wohliger Schauer durchlief mich, während eine Frauenstimme zu singen begann.

Zuerst zerschlag ich dich, dann bau ich dich zusammen, wie es mir gefällt. Ein unglaublicher Text. Und wie er in meine momentane Situation passte. Das konnte kein Zufall sein. Jens hatte ihn bestimmt bewusst ausgewählt. Stück für Stück kamen meine verlorenen Wesensanteile wieder zurück zu mir, während Jens die Richtung wechselte und seine Hand wieder nach oben gleiten ließ. Der Schock hatte mich in alle Himmelsrichtungen verteilt. Jens' Berührungen und Romans tiefe Küsse holten mich zurück. Roman heilte mich im Innen und Jens im Außen. Sie ergänzten sich perfekt, sie vervollständigten mich. Mit den Reizen, die sie setzten, gaben mir den Halt zurück, den ich verloren hatte.

Fließend wechselten sie die Position, ohne mich loszulassen. Ich hatte kaum bemerkt, dass Roman und ich nun auf dem Bett saßen. Er küsste mich weiter und hielt dabei mit beiden Händen mein Gesicht fest. Jens legte seine Hände auf meine Schultern und ließ sie zu meinen Handgelenken gleiten. Dann zog er meine Arme hinter dem Rücken zusammen und legte meine Unterarme übereinander.

»Nicht bewegen«, befahl er leise.

Ganz langsam wickelte er das Seil um meine Unterarme, bis sie aneinander fixiert waren und ich sie nicht mehr bewegen konnte. Ich spürte Romans Zähne, die an meiner Unterlippe knabberten, dann Jens' Mund, der eine feuchte und heiße Spur zwischen meinen Schulterblättern zog.

Mir schwirrte der Kopf. Ich wusste nicht, worauf ich mich zuerst konzentrieren sollte. Die Impulse schienen aus allen Richtungen zu kommen. Jens zog an dem Seil und straffte es. Dann streifte er es einmal um meinen Oberkörper, sodass sich das raue Garn direkt unter meinen Brüsten in die nackte Haut presste. Sein lauter, schwerer Atem streifte meinen Nacken. Es erregte ihn, wenn er mich fesselte. Und das wiederum erregte mich.

»Lass dich fallen«, instruierte er mich heiser.

Die Musik wechselte ins Mystische. Plötzlich ertönten Männerstimmen, die sich schwer nach einem Gregorianischen Chor anhörten. Eine Gänsehaut überzog meinen Körper. Meine Sinne wirbelten kreuz und quer durch meinen Körper. Ich vergaß Jens' Anweisung wieder. Was hatte er gesagt? Ich sollte was tun? Reglos verharrte ich in Romans Kuss, aber ich musste nicht lange nachgrübeln. Roman löste seine Lippen von mir, lächelte mich an und drückte mich gegen Jens' nackten Oberkörper, der hinter mir auf dem Bett kniete. Jens schlang einen Arm um meinen Bauch. Er leckte über meinen Hals und saugte an meinem Ohrläppchen. Ich stöhnte und lehnte mich vertrauensvoll an ihn.

»Entspann dich, ich weiß, was ich tue, du kannst mir bedingungslos vertrauen«, flüsterte er.

Ich nickte. *Ich vertraue dir*, wollte ich sagen, brachte aber keinen Ton heraus. Das Seil wanderte um meinen Bauch. Jens zog es durch eine Schlaufe hindurch und fädelte es wieder in dieselbe Richtung zurück. Roman rutschte inzwischen unter meinem Schoß weg und robbte ans vordere Ende des Bettes. Mit einer schwungvollen Bewegung zog er sich das Shirt über den Kopf. Er trug jetzt nur noch seine zerfetzten Bluejeans am Körper, nichts sonst. Das sah so betörend aus. Mir lief das Wasser im Mund zusammen. Am liebsten wollte ich meine Zunge über sein Sixpack nach unten gleiten lassen, ihn berühren, ihn verwöhnen. Wir hielten Augenkontakt. Seine Augen waren mein einziger Halt in dieser wilden Nacht am Meer. Ich wollte nicht, dass er mich mit Jens allein ließ. Nicht nach meiner kleinen Panikattacke von vorhin. In der Spiegelung von Romans blauen Augen hielt ich mich an mir selbst fest. Ich wollte mich nicht verlieren. Nicht noch einmal.

Roman packte ein Kissen und bauschte es hinter seinem Rücken auf, sodass er sich bequem gegen das Kopfende des Bettes lehnen konnte. Er betrachtete mich hungrig. Jens fummelte in meinen Haaren, drehte sie zu einem Zopf zusammen und legte sie über meine linke Schulter. Er wand das Seil um meine Brüste, spannte und quetschte sie zusammen. Das war unangenehm. Ich überlegte, ob ich ihm das sagen sollte, aber ehe ich den Mund öffnen konnte, verringerte er die Spannung wieder und justierte das Seil neu. Seine Hände glitten immer wieder unter das raue Garn, prüften, spannten, korrigierten. Ich musste an sein zeremonielles Tischdecken denken und lächelte in mich hinein. Wenn er in seinem Bondage ähnlich perfektionistisch tickte, dann konnte ich mich auf eine längere Sequenz einstellen. Die Musik veränderte sich und elektronische, langgezogene Klänge versetzten mich in Trance. Das Seil schabte über meine Haut. Das leichte Brennen, das diese Berührung hervorrief, gefiel mir. Meine Augen schlossen sich von selbst. Mein Kopf kippte nach vorne, bis mein Kinn auf meinem Brustbein ruhte. Ich lenkte jeden Gedanken, jedes Gefühl auf das Seil. Es fühlte sich wundervoll an, wie ich immer mehr verschnürt und fixiert wurde. Jens' Hände waren überall auf meinem Körper. Die Zeit drehte sich einmal um die eigene Achse und verlor sich wie Staub im Wind. Ich hatte keine Ahnung, wie lange es dauerte, bis Jens mit seinem Kunstwerk zufrieden war, aber irgendwann packte er mich und bugsierte mich auf den runden Teppich vor seinem Bett.

»Auf die Knie«, sagte er rau. »Kopf nach unten.«

Ich befolgte seine Anweisungen und atmete gegen die Verschnürung meines Brustkorbs an. Die fehlende Ausdehnung irritierte mich. Ich atmete flacher, aber davon wurde mir nur schwindelig.

»Atme in den Bauch hinein«, sagte Jens.

Woher hatte er gewusst, welche Gedanken mir eben durch den Kopf gegangen waren? Es war erstaunlich, wie sehr er dieses

Spiel beherrschte und sofort auf mein Unwohlsein reagierte. Er schien auf eine abgedrehte Art und Weise telepathisch mit mir verbunden zu sein. Ich atmete in den Bauch hinein und der Schwindel verging wieder. Und nun? Was kam als nächstes? Ich wagte einen zögerlichen Blick durch meine Haare, die mir in dicken Strähnen vor die Augen hingen. Roman und Jens fläzten nebeneinander auf dem Bett und betrachteten mich wie das Objekt einer Ausstellung.

»Sieht heißer aus, als ich das erwartet hatte«, sagte Roman mit belegter Stimme.

»Oh ja, sie ist unglaublich.«

»Was machen wir jetzt mit ihr?«

»Wir treiben sie in den Wahnsinn, was sonst?«

Diesen Punkt konnten sie getrost abhaken, das war bereits erledigt. Ich war nicht einmal mehr einen Hauch davon entfernt, wahnsinnig zu werden. Mein Schoß prickelte vor Erwartung und Spannung. Eine Minute verging, in der keiner von beiden etwas tat. Ich hob den Kopf und blickte von einem zum anderen.

Roman nahm das zum Anlass, um sich zu erheben. Er trat vor mich und hob mein Kinn mit seinen Fingern an.

»Gefällt dir das?«

»Ja, es gefällt mir.«

Oh Gott. War das wirklich meine Stimme gewesen?

»Ich will, dass du heute Nacht alles geschehen lässt. Du gibst dich völlig hin, überlässt uns die Kontrolle über deinen Körper. Du nimmst, was wir dir geben und gibst uns, was wir von dir verlangen. Verstanden?« *Und wie.*

»Ja.«

»Du kennst dein Safeword noch?«

»Ja, ich kenne es.«

»Gut.«

Jens erhob sich nun ebenfalls und schlenderte geschmeidig wie ein Panther um mich herum. Mit Schwung stellte er seine Sporttasche vor mir ab. Er ging in die Knie und kramte darin herum. Schließlich überreichte er Roman ein schwarzes Tuch, das dieser um meine Augen schlang und hinter meinem Kopf zusammenband. Ich biss mir auf die Lippen, um nichts zu sagen. Es wäre mir lieber gewesen, meinen Sehsinn zu behalten, aber andererseits machte es mich auch an, dass sie mich in meinen Wegen nach Außen beschnitten. Ich kniete mit verbundenen Augen auf dem Teppich und nichts geschah. Die Jungs gingen im Zimmer herum. Umkreisten sie mich? Die Musik stoppte. Dann setzte ein neuer Song ein, der deutlich härter war, als das mystische Gedudel von vorhin. Keiner der beiden machte Anstalten, mich zu berühren. Was sollte das? Ich konnte mir schon denken, was sie vorhatten. Bestimmt würde Jens einen seiner Überraschungsangriffe starten und mich überrumpeln. Ich versuchte mich innerlich gegen den Angriff zu wappnen und atmete tief und gleichmäßig gegen die Seile. Das Kitzeln von Federn lenkte meine Aufmerksamkeit auf meine Schulter. Ich lächelte und atmete erleichtert aus.

Ganz ruhig, Sarah. Sie führen dich in die Irre. Vielleicht wird die Session viel zärtlicher als du denkst. Du kannst ihnen vertrauen.

Einer der beiden packte plötzlich meinen Kopf und touchierte mit seinem Penis meine Lippen. Ich öffnete den Mund.

Hm, lecker, Roman.

Unter Milliarden Männern hätte ich ihn wiedererkannt. Da ich in meiner Position nicht viel ausrichten und schon gar nicht unterstützend eingreifen konnte, versuchte ich meinen Kiefer zu lockern und Romans Phallus so gut wie möglich aufzunehmen. Er ging human mit mir um, er war eben Roman. Da er es mochte, wenn ich seine Eichel verwöhnte, machte ich mich daran, genau das mit Hingabe zu tun. Ich umzüngelte und leckte sie, hörte ihn genießerisch stöhnen und spürte erste salzige Tropfen auf meiner Zunge. Als er sich zurückzog, war ich richtig enttäuscht. Mein Kopf schwebte für eine Sekunde in Freiheit, ehe Jens danach griff und mit seinem Schwanz meinen Mund eroberte. Wie nicht anders zu erwarten, ging er nicht so sanft mit mir um. Sein Schwanz war größer und dicker und schon nach den ersten zwei Stößen kam ich aus dem Würgen nicht mehr heraus. Tränen schossen in meine Augen. War das wirklich notwendig gewesen, mir das gute Stück bis in den Hals zu rammen? Was Männer nur an diesem »bis zum Anschlag« fanden? Das war reinste Schwerstarbeit. Als er mich endlich losließ, stieß ich ein erleichtertes Seufzen aus.

Jens lachte. *Reckskerl!* Ich spürte Finger auf meiner Schulter. Sie veränderten meine Position. Einer der beiden hob mich aufs Bett hinauf. Ich kniete auf der Matratze, während eine Faust meine Haare raufte und mein Gesicht in die Decke hineinpresste. Ich bekam kaum Luft. *Bestimmt Jens.* Mein Herz raste. Was kam jetzt? *Autsch! Genau! Das war zu erwarten gewesen.* Der erste Schlag auf meinen Hintern war erträglich. Ich stöhnte dennoch wie unter Schmerzen laut auf. *Okay, das ist keine Hand. Was dann? Ein Paddle?* Noch ein Schlag, noch einer, noch einer.

Hm, fühlt sich gut an.

Der Schmerz war auszuhalten. Er war so dosiert, dass meine Erregung anstieg. Ich spürte Finger an meinem Eingang. Einer der Jungs streichelte meine Schamlippen und drang mit zwei Fingern in mich ein. Ich genoss die Stimulation. Sie lenkte vom Brennen meiner Haut ab. An der Fingerfertigkeit erkannte ich, dass es Roman war, der mich verwöhnte. Ja, er war es. Ganz sicher. Er flüsterte mir etwas ins Ohr, das ich nicht verstehen konnte. Meine Erregung stieg an. Ich näherte mich einem wilden Höhepunkt. Die erste Welle streifte mich beinahe. Fast konnte ich nach ihr greifen. Nur zweimal noch diesen Punkt streifen, dann würde ich zerspringen. Roman stoppte und zog seine Hand weg. Ich brummte frustriert. Bestimmt würde das die ganze Nacht so weitergehen. Die Jungs hatten ja angedroht, mich in den Wahnsinn zu treiben. Der Irrsinn hatte schon begonnen. Etwas Kaltes tropfte auf meine Pobacken. Ich wimmerte überrascht auf und spürte kurz darauf einen kalten Gegenstand an meinem Anus. Hektisch drehte ich mein Becken zur Seite.

»Was ist das?«

Jens' Stimme zu meiner Rechten antwortete: »Nur ein süßer kleiner Plug für deinen Arsch.«

Seelenruhig verteilte er das Gleitgel zwischen meinen Backen. Ein Plug? Wollte ich das? Ich krampfte meine Muskeln zusammen. Ein Schlag traf meinen Po.

»Wirst du wohl locker lassen«, zischte er.

Ich konnte nicht einmal Luft holen, hatte er den kalten Gegenstand schon in meinen Hintern geschoben. Uff, das fühlte sich ... gar nicht so schlecht an.

»Gefällt dir doch, oder?«

»Hm.«

»Wann fängst du endlich an mir zu vertrauen?«

Nie, Jens, nie, beantwortete ich seine Frage im Stillen.

Einer der Jungs zwang meinen Kopf wieder auf die Matratze. Die Seile schnitten unangenehm in meine Haut. Meine Brüste schmerzten, weil sie so fest verschnürt waren. Plötzlich wurde mir alles zu viel. Meine Atmung veränderte sich, wurde hektischer. Ich versuchte meine Position zu verändern.

Oh Gott, ich halt es nicht mehr aus.

»Ruhig atmen«, instruierte Jens mich leise. Ich war erstaunt, wie sanft seine Stimme klingen konnte. Ihm entging nicht eine Millisekunde lang, wenn ich mich nicht wohlfühlte.

»Roman, heb sie an den Schultern an«, richtete er das Wort an seinen Freund.

Ich wurde angehoben und versank wenig später in einem Berg weicher Kissen.

»Ist es so besser?«, fragte Jens.

»Das Seil«, stöhnte ich. »Ich halte es nicht länger aus.«

Jens lockerte das Seil an einigen Stellen. Er erwischte genau die richtigen, denn meine Haut begann angenehm zu prickeln und zu pochen, als sie wieder besser durchblutet wurde. Der Druck ließ nach und mein Brustkorb konnte sich beim Atmen wieder ausdehnen.

Einer der Jungs streichelte zärtlich meine Haare. Hände tanzten über meine Pobacken.

»Ich will nicht länger warten«, murmelte Roman hinter meinem Rücken.

Die Matratze bewegte sich. Finger gruben sich in meine Taille. Ganz langsam bohrte er seinen Schwanz in mich. Zusammen mit dem Plug fühlte sich das ziemlich intensiv an. Es war viel enger als sonst und stimulierte Stellen in meinem Körper, die ich bisher nicht mal gekannt hatte. Ich stöhnte lustvoll auf. *Oh mein Gott, das ist unglaublich. Wundervoll. So kannst du gerne weitermachen.*

Während Roman mich tief und langsam vögelte, widmete sich Jens meinen Brüsten. Wenn ich es richtig deutete, hatte er sich vor mich hingesetzt, die Kissen auf seinen Schoß gelegt und meinen Kopf darauf gebettet. Er kniff in meine Brustwarzen, drückte und zwirbelte und sandte in regelmäßigen Abständen elektrische Impulse an meine Klitoris. Meine Erregung stieg unermesslich schnell an. Ich stöhnte bei jedem von Romans Stößen. Mein Unterleib zitterte und bebte. Plötzlich fühlte ich mich wie eine Königin. Umworben und getragen. Begehrt und geliebt. Es war wundervoll. Es war herrlich. Ich machte Romans Rhythmus zu meinem, drängte ihm mein Becken entgegen. Jede Nervenfaser in meinem Körper brannte lichterloh.

»Sie kommt gleich«, stieß Jens hervor.

Oh ja, wie recht du hast. Und wie ich gleich kommen werde! Ich werde explodieren.

»Lass sie ja nicht kommen!«

Ich war froh, dass Roman die Worte seines Freundes nicht zum Anlass nahm und damit aufhörte, mich zu ficken. *Bitte, Roman, nicht aufhören. Mach weiter!*

»Ich will nicht, dass du kommst«, raunte Jens mir zu und lachte leise. *Oh, dieses sadistische Arschloch!*

Er schob ein Knie unter meinen Oberkörper, hob ihn leicht an, krallte die Faust in mein Haar und dirigierte seinen Schwanz direkt in meinen Mund. Das lenkte mich so ab, dass mir mein Höhepunkt im Emporsteigen wieder entwischte. Spielerisch grub ich meine Zähne in seinen Penis, um ihm zu zeigen, was ich von dieser Unterbrechung hielt. Daraufhin riss er noch fester an meinen Haaren.

Dieser Arsch, dachte ich, *das hat er jetzt mit Absicht gemacht.*

Sie penetrierten mich jetzt von beiden Seiten. Ihr Gestöhne machte mich ganz wirr im Kopf. Ich würde am Ende zerspringen, wenn das noch länger so ging. Romans Stöße gegen meinen Hintern rammten mir Jens' Schwanz förmlich in den Rachen.

»Das sieht so geil aus«, stöhnte Jens heiser.

Er wurde immer härter und härter in meinem Mund. Irgendwie gefiel mir das, auch wenn mein Körper sich eher abmühen musste, um das auszuhalten. Wie sehr ihn die Situation scharfmachte, gab mir meine Macht zurück. Die beiden glaubten vielleicht, mich zu dominieren, aber in Wahrheit dominierte ich sie. Sie gehörten mir. Alle beide. Sie waren mir verfallen.

In meiner Hingabe machte ich sie mir zu eigen, ohne dass sie das bemerkten. Jens kam ziemlich schnell und heftig. Sein Sperma schoss regelrecht in meinen Mund.
Roman kam kurz darauf. Ich spürte ihn in mir zucken und hörte ihn laut aufstöhnen. Das Blut rauschte in meinen Ohren. Ich wollte den Kopf drehen, aber Jens ließ mich nicht aus seinen Fängen. Sie ließen mich beide nicht eine Sekunde lang los und genossen meine Wehrlosigkeit in vollen Zügen. Die Zeit verging, während sie langsam in mir erschlafften.

Ich atmete hektisch durch die Nase.

Diese dominanten Mistkerle! Bestimmt wechselten sie über meinen Rücken hinweg zufriedene Blicke und gaben sich Zeichen. So obskur die Situation auch war, sie schuf eine Verbindung zwischen uns. Wir verfielen in denselben Atemrhythmus, schwangen miteinander wie die Saiten eines Instruments. Es war unvergleichlich, was mit uns geschah. Einzigartig schön.

Die Musik stoppte, als ob sie es darauf angelegt hätte, unsere Session zu beenden. Die plötzlich einsetzende Stille zerschlug den Zauber unserer Verwandlung.

Die Jungs zogen sich gleichzeitig aus mir zurück und ließen mich los. Ich sank zur Seite und in die Kissen hinein. Meine Seele fiel wie ein Phönix ins Feuer, wurde zu Staub, zu Atem, zu Freiheit und Wind.

»Geht's dir gut, Sarah?«

Romans Stimme klang besorgt. Ich nickte und lächelte. Jens griff unter die Seile und befreite ruckelnd meine Arme. Die Musik setzte wieder ein. Diesmal waren es romantische und beruhigende Klänge, die den Raum mir ihrer Schwingung färbten.

»Ich bin gleich wieder da.«

Ich hörte, wie Roman das Zimmer verließ und nebenan ins Bad ging. Wasser rauschte durch die Leitungen in den Wänden.

»Alles okay?«, flüsterte Jens.

»Ja. Und bei dir?«

»Mir geht's gut, Süße.«

Es dauerte gefühlte Ewigkeiten, bis er die Fesseln gelöst hatte, aber ich genoss jede Sekunde und entspannte mich in seinen Händen. Meine Gedanken versickerten im Nirgendwo und verloren sich mit der sanften Musik. Als ich vollends von den Stricken befreit war, berührte ich mit den Fingerspitzen die tiefen Einkerbungen und Male auf meiner Haut.

Jens küsste mich auf die Wange. »Du siehst wirklich heiß mit meinen Ropemarks aus.« Die Bewunderung in seinen Worten wärmte mich. Ich lächelte glücklich.

»Du bist unglaublich«, sagte Roman, der in der Zwischenzeit wieder ins Zimmer zurückgekehrt war und sich neben mich aufs Bett gelegt hatte. Er drehte mein Gesicht zu sich heran und küsste mich ausgiebig. Seine Zunge tanzte mit meiner, neckte meine Lippen und meine Zungenspitze. »Ich liebe dich, Sarah. Ich liebe dich,« flüsterte er immer wieder. Ich wollte die Augenbinde abnehmen, um ihn anzusehen, aber er nahm mein Handgelenk und hielt es fest. »Nicht, wir sind noch nicht fertig mit dir.«

Nicht? Da bin ich aber froh.

Er half mir, mich aufzusetzen und drückte mir ein Glas in die Hände. »Geht's dir auch wirklich gut, meine Schöne?«

»Ja«, krächzte ich.

»Da, trink mal einen Schluck Wasser.«

Er half mir, das Glas an meine Lippen zu führen, aber ehe ich es zur Hälfte ausgetrunken hatte, kippte er es und leerte den Rest über meinen Busen. Seine Zunge machte sich sofort auf den Weg, um die Tropfen abzulecken. Jeden einzelnen. Ich sank nach hinten und streckte alle viere von mir. Was ich fühlte, war mit Worten nicht zu beschreiben. Die Leichtigkeit, die mich durchströmte, war so hell, so klar, so leuchtend, dass ich weit wurde und über mich hinausschwebte. Die Jungs legten los mit ihrem Verwöhnprogramm. Sie gaben alles. Ich spürte ihre Finger und Küsse überall ... auf meinen Beinen, Armen, Brüsten, zwischen meinen Schenkeln. Sie benutzten Federn, Tücher, Eiswürfel. Sie neckten und liebkosten mich mit allem, was sie fanden. Ich fühlte mich wie eine Königin in ihren Armen. Schließlich entschied Jens, dass meine Qual beendet werden durfte. Er zog die Augenbinde von meinem Gesicht und ich blinzelte verwirrt in den Schein der Nachttischlampe. Mit seinen kräftigen Armen zog er mich auf seinen Schoß. Während ich an seinen Oberkörper gelehnt, mit gespreizten Beinen auf ihm saß, kniete Roman auf dem Boden vor dem Bett zwischen meinen Schenkeln und leckte mich. Er schob zwei Finger in mich und stimulierte meinen G-Punkt. Seine Zunge kreiste um meine Klitoris. Ab und zu drehte und ruckelte er an dem Plug, der immer noch in meinem Hintern steckte. Die Blicke, die er mir dabei zuwarf, waren hocherotisch. Es war kaum auszuhalten, wie betörend sexy er aussah, wenn er mich mit dem Mund befriedigte.

Jens küsste und liebkoste indessen meinen Hals und massierte meine Brüste. Er zwirbelte meine Nippel und als ich aufbrach, um aus allen sieben Himmeln zu fallen, hielt er mich fest an seine Brust gedrückt. Der erste Orgasmus fühlte sich wie ein erleichtertes Beben an, er war ein notwendiges Zucken, eine Loslösung. Der zweite war erhebender und baute den Druck ab, der sich im Laufe der Nacht angesammelt hatte ... aber der dritte Orgasmus, der dritte ... er brachte mich zum Fliegen. Zuerst spannten sich meine Muskeln an, dann schaukelte ich auf einer Sinuskurve einem hellen Licht entgegen, das in winzigen Kristallen in meinem Kopf explodierte. Mein Schoß lief über.

Ich schrie, ich keuchte, ich stöhnte, ich ließ alles los. Ich war so unfassbar schwerelos und glücklich, wie ich es noch nie in meinem Leben gewesen war.

Jens und Roman streichelten mich weiter, während ich mich zuckend aufbäumte, meinen Rücken durchdrückte, mich wölbte und erhob. Als ich nach einer Ewigkeit wieder wie der Same einer Pusteblume zur Erde zurücksegelte, waren sie zur Stelle, um mich aufzufangen. Sie hielten mich fest.

Und ich weinte in ihren Armen.

Sie hielten mich fest.

Und das ganze Haus quoll über vor Liebe.

KAPITEL 31 – ROMAN

Ich konnte nicht schlafen. Es war längst Mittag. Die Hitze drückte zum Zerspringen gegen die Fensterscheiben. Ich schwitzte. Meine Haut klebte an Sarah fest. In der Ferne hörte ich das Gelächter von Kindern, das Rauschen der Wellen, das Flattern der Markise im Wind.

Ich spürte jede Faser meines Körpers, jeden Muskel, jeden Knochen. Mein Schwanz fühlte sich an wie zu Tode gefickt.

Ich brachte Abstand zwischen Sarah und mich, rückte ein wenig von ihr ab und betrachtete sie.

Wir lagen in ihrem Bett – zu dritt. Und waren so miteinander verwoben, dass man nicht ausmachen konnte, wo der Anfang und das Ende von mir, von ihr oder von ihm waren.

Verschlungene Gliedmaßen, verwischte Körperflüssigkeiten, Spuren auf der Oberfläche und weit darunter ... tief unter der Haut. Striemen, Bisse, eingebrannte Küsse. Wir hatten dreidimensionale Ekstase erfahren, in ihrer höchsten Form. Es war so abgefahren gewesen, was letzte Nacht zwischen uns geschehen war. Abgefahren.

Es war das Wildeste und Leidenschaftlichste gewesen, das ich je erlebt hatte. Das war kein Spiel mehr. Das war es nie gewesen. Was wir entfesselt hatten, diesen Sturm, diese Flutwelle, diesen Orkan ... keiner von uns würde das je wieder vergessen können. Keiner von uns würde dieses Nachbeben überleben, das über uns hereinbrechen würde. Irgendwann. Vielleicht heute. Vielleicht morgen. Vielleicht erst dann, wenn wir längst auseinandergegangen waren. Diese Nacht war schlichtweg überwältigend gewesen.

Ich lauschte auf die Atemzüge im Raum. Sarah und Jens schliefen schon seit Stunden. Im Gegensatz zu mir hatten sie nach unserer Orgie Ruhe gefunden.

Jens atmete gleichmäßig – rasselnd und schwer – aber von Sarah war kein Ton mehr zu hören. Am gleichmäßigen Heben und Senken ihres Brustkorbs erkannte ich aber, dass sie noch am Leben war. Sie lag mit dem Rücken zu mir, ihre Beine zwischen den meinen. Ihr Kopf ruhte auf Jens' Schulter, ihr Arm lag über seiner

Brust. Ich ließ meinen Blick an ihr hinunterwandern und begutachtete ihre Male. Ihr Arsch und ihr Kreuzbein waren von Jens' Schlaginstrumenten gezeichnet. Er hatte alle seine Lieblinge an ihr ausprobiert. Zwischendurch war ich besorgt gewesen, dass er Sarah damit überfordern würde. Ich hatte ihn noch nie so außer sich erlebt. Sarah hatte etwas geschafft, dass bisher noch keiner Frau gelungen war, sie hatte Jens aus seinem inneren Gefängnis herausgelockt und dazu gebracht, sich zu zeigen. Egal, was er mit ihr angestellt hatte, sie hatte mit Hingabe und Entzücken darauf reagiert. Wie sie den Schmerz für ihn ausgehalten hatte, um ihm Freude zu bereiten, es hatte mich fasziniert und erregt, abgestoßen und verletzt, alles zugleich. Ich hätte den beiden die ganze Nacht bei ihrem Spiel zusehen können.

Sie waren wunderschön zusammen.

Ich schloss die Augen und versuchte zu schlafen, aber wann immer ich die Lider zudrückte, projizierten sich die Bilder der Nacht auf deren Schwärze. Bilder von Sarah und mir, von Jens und Sarah. Wir hatten sie in seinem Zimmer gevögelt, in meinem Zimmer, in ihrem. Wir hatten das ganze Strandhaus mit unserer Lust durchzogen. Irgendwann hatte Sarah dann einen Schlussstrich gezogen. Sie war auf ihrem Bett zusammengebrochen und ich hatte sie in den Schlaf gewiegt. Das war ein unglaublich intensiver und vertrauensvoller Moment gewesen.

Leicht und schwer. Bitter und süß.

Ich dämmerte hinweg und träumte von wirren Begegnungen, träumte von orangenen Höhlen, in denen ich gefangen war. Ich träumte von meinem Vater und dann war ich plötzlich unter Wasser und schrie, ohne dass mich jemand hören konnte. Ich träumte vom Ertrinken. Wie so oft schon.

Leise Stimmen holten mich zurück in die Wirklichkeit. Ich hielt die Augen geschlossen und lauschte, bemüht meinen Atem gleichmäßig und ruhig strömen zu lassen.

»Du hast mich nicht geküsst«, wisperte Sarah. »Kein einziges Mal.«

»Ich habe dich geküsst«, sagte Jens, ohne seine Stimme zu senken.

»Nicht auf meinen Mund.«

»Es gibt Grenzen in diesem Spiel. Dich zu küssen ist eine.«
»Was ist die andere?«
»Dein Arschloch.«
»Hat Roman diese Grenzen definiert?«
»Jedes Spiel braucht Regeln, sonst funktioniert es nicht.«
»Ihr habt im Vorfeld Regeln besprochen?«
»Klar, so machen wir das immer. Deine Lippen und dein Arsch gehören ihm. Wir haben das so festgelegt.«
»Ich mag mich vielleicht irren, aber gehören meine Lippen und mein Arschloch nicht mir selbst?«, fragte sie.
Jens lachte leise. »Nicht, wenn du dich von uns ficken lässt. Dann gehören sie uns.«
»Verstehe.«
Sie schwiegen. Die Laken raschelten. Sarah bewegte sich. Ob sie sich gerade in die Augen sahen? Ich wagte einen Blick durch meine halbgeschlossenen Lider. Sarah streichelte zärtlich über Jens' Brust. Sie malte die Form eines seiner Tattoos nach. Er griff nach ihrer Hand und drückte einen Kuss auf die Innenseite ihres Handgelenkes.
»In Marseille hast du mich geküsst«, flüsterte sie.
»Das war etwas anderes.«
Sarah seufzte. »Es würde diese Nacht vervollkommnen, wenn du mich küsst. Du hast mich geschlagen und unterworfen, aber du hast mich nicht ein einziges Mal geküsst. In mir ist dadurch so eine Art Divergenz entstanden.«
»Sarah ... ich kann ... nicht.«
Jens' Blick flatterte über ihren Kopf hinweg zu mir herüber. Ich öffnete meine Augen, damit er sehen konnte, dass ich wach war. Ohne Worte gab ich ihm zu verstehen, dass es okay war, wenn er Sarah küsste. Warum auch nicht? Wenn es sie komplettierte. Ihre Argumente waren für mich nachvollziehbar.
Jens runzelte verwirrt die Stirn.
Sarah legte ihren Zeigefinger auf seine Lippen und fuhr mit der Spitze den Schwung seines Mundes nach.
»Bitte, Jens. Küss mich.«
Ich wartete gespannt, was nun passieren würde. Würde Jens ihrer Bitte nachkommen? Sein Blick traf wieder auf meinen.

Unendliche Qual lag darin. Ruckartig löste er sich von Sarah, setzte sich auf und drehte uns den Rücken zu. Er vergrub den Kopf zwischen seinen Händen und stöhnte.

»Es gibt nur eine Sache an mir, die Roman exklusiv gehört«, sagte Sarah leise.

»Welche ist das?«, murmelte er in seine Hände.

»Mein Herz.«

Jens drehte den Kopf und sah mich an. Ich konnte nicht anders, ich antwortete ihm mit einem breiten Grinsen.

»Und das ist auch richtig so«, sagte er, sprang auf und verließ mit langen Schritten das Zimmer.

Sarah wollte ihm nacheilen, aber ich hielt sie am Arm zurück.

»Lass ihn gehen!«

»Oh, du bist ja wach«, sagte sie und errötete leicht.

»Bin ich.«

Sie schmiegte sich in meine Arme.

»Dann hast du das mit dem Kuss mitbekommen?«

»Hab ich. Ja. Aber es ist okay für mich, wenn du Jens küsst. Warum auch nicht, Sarah? Nach dem, was wir die ganze Nacht getrieben haben, gehört es – denk ich mal – mit zum Programm.« Sarah gluckste. »Zum Programm? Gerade von dir hätte ich poetischere Worte für diese unglaubliche Nacht erwartet. Ich bin enttäuscht.«

»Oh, das musst du nicht sein«, raunte ich schmunzelnd. »Ich kann gerne ein paar Verse zum Besten geben, während ich mich in dir versenke. Wie in alten Zeiten.«

Sarah drückte sich von meiner Brust ab und lachte noch lauter. Sie sah so glücklich und gelöst aus. Bestimmt war sie noch nie so durchgevögelt worden.

»Hab Erbarmen mit mir. Mir tut unten rum alles weh. Ihr zwei habt mich für immer ruiniert.«

»Geschieht dir recht«, murmelte ich, küsste ihren Hals und dann ihre Lippen. Sarah zu küssen war einfach wundervoll und ich tat es ausgiebig und aus vollstem Herzen. Jens war selbst schuld, wenn er sich diesen Genuss verwehrte.

»Bleib im Bett«, raunte ich ihr zu, als sie seufzend in meinen Armen lag. »Ich mach Frühstück für uns und rede mal mit ihm.

Okay?« Sarah lächelte ein entrücktes und glückliches Lächeln. »Okay.«

Als ich auf den Flur trat, stand Jens in seinen Klamotten vor mir. Eine seiner Sporttaschen hing gepackt um seine Schultern.

»Wo gehst du hin?«, stieß ich verblüfft hervor.

»Das weiß ich noch nicht. Irgendwohin«, sagte er. »Heute ist euer letzter Tag und eure letzte Nacht zusammen. Ich finde, ihr solltet diese Zeit ohne mich verbringen.«

Ich fuhr mir mit den Händen durchs Haar. »Du musst nicht gehen«, protestierte ich, aber meine Worte klangen selbst in meinen Ohren schwach.

Wie hätten sie ihn da überzeugen sollen?

Jens zuckte mit den Achseln und bewegte sich in Richtung Eingangstüre. Ich folgte ihm und überlegte, mit welchen Argumenten ich ihn zum Bleiben überreden könnte. Jens konnte so stur sein und ich hatte da schon eine Ahnung, warum er so überstürzt die Flucht ergriff. Während er in seine Sneakers schlüpfte und in der Schublade nach seinem Autoschlüssel kramte, versperrte ich ihm den Weg zur Tür.

»Du musst nicht gehen«, wiederholte ich.

Er starrte an mir vorbei auf die Tür. »Ich will es aber.«

»Es ist auch *unser* letzter Tag und *unsere* letzte Nacht zusammen in Tarifa«, warf ich ein. »Wer weiß, wann wir uns wiedersehen.«

Der Gedanken ans Abschiednehmen raubte mir plötzlich alle Sinne. Ich schnappte nach Luft. Jens zerstörte etwas mit seiner Flucht. Er eliminierte die Symbiose der vergangenen Nacht, wenn er Sarah und mich jetzt verließ. Sein Fortgehen würde ein Loch in alles schlagen.

»Bitte, Jens. Bleib hier. Iss wenigstens mit uns. Lass uns die Nacht mit einem gemeinsamen Frühstück vollenden.«

»Ich kann nicht«, würgte er hervor. Seine Stimme brach.

»Bitte.«

»Nein, Mann, es geht nicht.«

»Warum?«

Jens schwieg.

Ich näherte mich seinem Gesicht. »Es sind die unterdrückten Gefühle, die dich immer wieder und wieder um den halben Erdball treiben. Wie lange willst du noch vor ihnen weglaufen?«

»In diesem speziellen Fall ... für immer«, erwiderte er mit angespanntem Kiefer.

Er griff nach der Klinke und riss die Tür auf. Die Schwüle sickerte von Außen ins kühle Haus. Ich packte seinen Arm, den er energisch abschüttelte.

»Jens, jetzt mach doch mal langsam ...«

»Lass mich«, fauchte er wütend. »Du verstehst das nicht. Ich brauch Abstand. Abstand von ihr. Ich dreh sonst durch.«

»Du kannst doch nicht immer weglaufen.«

»Roman, du kapierst nicht, wie gravierend ernst die Lage ist.«

»Dann sag es mir.«

Er schüttelte den Kopf.

»Sag es mir.«

Aggression legte sich in seinen Blick. Er hasste es, wenn ihn jemand in die Enge trieb, hasste es, über seine Gefühle zu reden.

»Ich gehe«, blaffte er mir entgegen. Zornig stapfte er davon.

»*Der Phantast leugnet die Wahrheit vor sich, der Lügner nur vor den anderen*!*«, schrie ich ihm hinterher.

Das wirkte. Jens kam zurück. Er würde nie ein Zitat seines Lieblingsphilosophen unbeantwortet lassen.

»Verdammt, Roman!«, brüllte er. »Warum kannst du es nicht gut sein lassen? Du willst wissen, warum ich gehe? Warum ich Abstand brauche? Ich verliebe mich in sie. Ich verliebe mich in Sarah und es gibt nichts, was ich dagegen tun kann.«

Tränen stiegen in seine Augen, die er mit aller Kraft niederkämpfte. Mir klappte der Mund auf und wortlos wieder zu.
Es war das erste Mal, dass ich diese Worte aus dem Mund meines besten Freundes vernommen hatte.

Er sprach von Liebe. Es war eine Premiere.

»Und jetzt mach mit dieser Wahrheit, was du willst«, stieß er zwischen den Zähnen hervor, wirbelte herum und ging davon. »Ich bin morgen früh wieder zurück, um euch abzuholen«, warf er über die Schulter zurück.

Ich blickte ihm nach, bis er hinter der nächsten Kurve verschwunden war und ging zurück ins Haus.
Sarah lag immer noch im Bett und das war mir fürs Erste ganz

recht so. Ich brauchte einen Augenblick, um Jens' Geständnis zu verarbeiten. Verwirrt machte ich Kaffee und deckte den Tisch. Ich warf ein paar Croissants in den Backofen und trug Marmelade und Butter auf die Terrasse. Als ich Sarahs Zimmer betrat, sah ich, dass sie wieder eingeschlafen war. Nach unserer zügellosen Nacht wunderte mich das nicht. Ich ließ sie schlafen, setzte mich an den gedeckten Tisch und starrte ins Leere. Mein Gott, Jens hatte sich in Sarah verliebt. Wie würde er in Zukunft mit diesen unbekannten Gefühlen umgehen? Wo er doch so große Angst vor der Liebe hatte. Würde er um Sarah kämpfen? Oder sich vor lauter Furcht zurückziehen? Ich konnte ihn in dieser Sache schwer einschätzen. Um mich von meiner Verwirrung abzulenken, ging ich ans Meer hinunter, um zu schwimmen.

Sarah tauchte am Strand auf, als ich gerade bei meiner hundertsten Wende war. Ich bemerkte sie beim Auftauchen im Augenwinkel. Sie breitete die Decke auf dem Sand aus und legte sich auf den Bauch. Ich stürmte aus dem Meer und zu ihr hinüber. Mit einem Lachen schüttelte ich meine nassen Haare über ihr aus und bespritzte ihre Kehrseite mit Wasser. Sie kreischte auf und rollte sich protestierend auf den Rücken. Ihr Gesicht verzog sich dabei vor Schmerzen.

Ich sank auf alle viere und blickte in ihre schönen goldbraunen Augen. Wie sehr wollte ich in diesem Anblick ertrinken, mich auflösen in ihren Armen. Ich liebte sie.

»Hast du Schmerzen?«, fragte ich.

Sie nickte. »Ja, aber die kann ich aushalten.«

»Wo tut es denn weh?«

»Überall.«

»Die Striemen?«

»Zum Teil, ja«

»Bist du wund?«

»Mein Innerstes brennt wie Feuer. Vorne, hinten, innen, außen. Einfach alles. Ihr habt mich komplett verwüstet.«

Ich beugte mich hinab und küsste sie. »Dann fällt das gemeinsame Schwimmen für heute leider aus. Das Meerwasser würde dir den Rest geben.«

»Ich denke, dass nicht nur das Schwimmen ausfallen muss«,

sagte sie mit Bedauern in der Stimme.

Ich lächelte. »Das macht nichts«, erwiderte ich ruhig. »Ich finde es viel schöner, wenn wir die letzte Nacht, die wir zusammen haben, küssend und kuschelnd verbringen.«

Ihre Mimik gefror. Traurigkeit sickerte in ihren Blick. »Ist es unsere letzte Nacht?«, fragte sie.

Ich küsste sie. »Das ist sie. Leider«, flüsterte ich an ihren Lippen.

»Für wie lange?«

»Ich weiß es nicht, Sarah. Ich weiß es noch nicht.«

»Ist es wegen Julia?«

»Es liegt an ihr, ja.«

»Ich denke, es ist an der Zeit, dass wir darüber reden. Was bindet dich an sie? Du sagtest, Liebe sei es nicht. Was ist es dann? Ist es ihre kranke Mutter?«

Ich nickte zur Bestätigung, saugte meine Unterlippe zwischen die Zähne ein und starrte angestrengt in die Ferne. Der Zeitpunkt war gekommen, wir mussten über Julias Schwangerschaft reden, aber ich war noch nicht bereit für dieses Gespräch. Nicht jetzt. Nicht an unserem letzten Tag. Nicht vor unserer letzten Nacht. Ich würde Sarah morgen beim Frühstück von dem Baby erzählen. Morgen früh war gut. Kurz bevor wir nach Nerja aufbrachen.

»Magst du spazieren gehen?«, fragte ich. »Meinst du, du schaffst ein paar hundert Meter? Ich kenne einen entlegenen Platz in den Dünen, der herrlich ist, aber wir müssen ein Stück laufen.«
Sie stützte sich auf den Ellbogen ab und lächelte zu mir hoch. Ich vergrub meinen Blick in ihren Augen. Sie war so wunderschön. Ich wurde nie müde, sie zu betrachten.

»Das schaff ich schon«, erwiderte sie leichthin. »Ich würde den Ort gerne sehen, wenn er dir so gut gefällt und mit dir dort unsere letzten Stunden genießen.«
Unsere letzten Stunden.
Das klang tödlicher als ein Schuss ins Herz.

*

Wir hatten uns ein gemütliches Lager gebaut, mit Strandmatten, Kissen, Handtüchern und einem Sonnenschirm. Die Sonne brannte gnadenlos vom wolkenlos blauen Himmel. Der Schaum der auslaufenden Wellen trieb über den Strand, auf dem Äste und Seetang lose verteilt lagen. Der Sturm blies uns heftig um die Ohren. In diesem unberührten Naturschutzgebiet gab es keine künstlichen Barrieren, die ihn aufhalten konnten. Wir hatten uns soweit verschanzt, dass die Dünen uns Schutz boten. Ab und zu peitschte feiner Sand über unsere Haut, den eine Windböe herantrug. Sarah lehnte mit dem Rücken an meiner Brust und hatte die Knie aufgestellt. Auf ihren Oberschenkeln lag ein Zeichenblock, in dem sie ihre Skizzen sammelte. Unter ihrem Hintern hatte sie ein weiches Kissen drapiert, damit sie bequem sitzen konnte und ihre Schmerzen ein wenig gemildert wurden. Wir sprachen nicht miteinander, blickten nur aufs tiefblaue Meer und genossen die traute Zweisamkeit. Sarah hielt einen Bleistift in ihren Händen und skizzierte eines der großen Passagierschiffe, das in weiter Ferne durch die Wellen pflügte. Ich betrachte fasziniert, wie aus anfänglichen Schraffierungen und Linien ein vollkommen perfektes Abbild des Schiffes entstand.

»Du solltest deine Werke ausstellen und verkaufen«, murmelte ich an ihrem Ohr. »Du besitzt unglaubliches Talent.«

Eine ihrer langen Haarsträhnen tanzte um mein Gesicht und verfing sich zwischen meinen Lippen. Ich zog sie mit dem Finger aus meinem Mund.

»Hm«, brummte sie. »Vielleicht mach ich das mal. Ist eine schöne Idee. Frau Calvari drängt auch darauf, dass ich mein Werk der Öffentlichkeit präsentiere.«

»Du bist gut. Du könntest sehr erfolgreich werden, wenn du das möchtest.«

»Glaubst du das wirklich?«

»Aber ja«, wisperte ich und drückte einen zärtlichen Kuss auf ihren Hals. »Sarah Bachmann, Malerin, Künstlerin, Muse.«

»Kommst du dann zu meiner Vernissage?«, fragte sie.

»Selbstverständlich. Wenn du mich einlädst.«

Sie kicherte. »Ich nehme dich beim Wort und wehe du kommst dann nicht. Ich lasse keine Ausrede gelten.«

»Wirst du Jens auch einladen?«, fragte ich.

»Klar, warum nicht? Apropos, wohin ist er eigentlich verschwunden?«

»Ich weiß es nicht.«

»Wann kommt er wieder?«

»Er sagte, morgen früh, bevor wir abreisen.«

»Weißt du, warum er gegangen ist?«

»Er brauchte Abstand.«

»Von uns?«

»Es wurde ihm zu intensiv. Jens braucht sehr viel Raum und Zeit für sich alleine. Die Nähe der vergangenen Nacht hat ihn aus seiner Mitte geworfen.«

»Hm, okay«, flüsterte sie.

»Vermisst du ihn?« Sarah schwieg. Der Bleistift, der eben noch über das Papier geruckelt war, hielt inne. »Du kannst es ruhig zugeben. Das macht mir nichts aus. Ich vermisse ihn auch.«

»Er hätte nicht einfach so gehen dürfen. Nach allem, was wir in den letzten Stunden miteinander erlebt haben, hat seine Flucht irgendetwas in mir zerbrochen. Der Tag fühlt sich leer an ohne ihn.«

»Er ist ein Meister der Zerstörung.«

»Nein, das ist er nicht«, widersprach Sarah. »Er hat mich immer zusammengehalten und dich auch, wenn du ehrlich zu dir selbst bist.«

Ein eifersüchtiges Ziehen entstand in meiner Brust. Wie sie für ihn in die Presche sprang, tat weh.

»Was fühlst du für ihn?«, fragte ich düster.

»Ich kann das nicht erklären ...«

»Bist du in ihn verliebt?«

Sarah schüttelte den Kopf. »Nein, das ist es nicht. Oder vielleicht doch? Keine Ahnung. Es ist eher ... ach, ich weiß auch nicht, wie ich dir das erklären soll. Es ist eine Art Kongruenz. Ich bin in ständiger Resonanz mit seiner männlichen Schwingung. Macht das Sinn für dich?« Sie seufzte schwer. »Ich bin nicht so gut im Finden von Worten. Die Bildsprache ist mein Zuhause.«

»Okay, dann zeichne es auf«, schlug ich vor.

»Ich soll aufzeichnen, was Jens und mich verbindet?«

Ich nickte. »Und wenn du schon dabei bist, dann kannst du mir auch zeigen, was uns miteinander verbindet.«

Sarah sinnierte eine Weile schweigend vor sich hin. Ich schloss die Augen und saugte ihren Geruch ein. Ich atmete sie, atmete Sarah. Mein Körper, mein Wesen, meine Seele umschlossen sie, inhalierten den Moment. Mein Herz wurde tonnenschwer. Worte strömten auf mich ein. Ich hätte ein Gedicht schreiben wollen, in diesem Augenblick. Mein Verlangen war so groß, diesen Moment festzuhalten. Sarah würde malen und ich dichten. Zusammen würde uns das Unmögliche gelingen.

Der unendliche Moment. Wir konnten ihn erschaffen.

Zusammen.

Nur Kunst hatte die Macht, die Uhren gegen das Zerfließen der Zeit anzuhalten. Nur sie.

Sarah setzte den Stift an. Ich hörte das Kratzen der Mine auf dem Papier. Ich hielt die Augen geschlossen und dichtete in meinem Kopf. Mit dem Rauschen der Wellen umspülten mich die Buchstaben. Die Wucht meines Inneren drängte nach außen.

Es ist der Augenblick in Perfektion,
in dem wir verweilen dürfen für
einen tiefen Moment in Liebe
der Pfeil, der uns in den
Bogen der Zeit schießt
um uns zu treffen
für immer
mitten ins
Herz.

»Du sagst nichts dazu?« Sarahs Stimme holte mich aus meiner Versunkenheit zurück.

Ich blinzelte. »Ist das Bild schon fertig?«

»Es ist nur eine Skizze, aber ich denke, sie beschreibt die Situation aus meiner Sicht sehr treffend.«

Ich starrte auf das Papier. Sarah hatte ein Yin-Yang-Symbol gemalt. Im weißen Yang-Teil stand *Jens*, im schwarzen Yin-Teil

Sarah. Daneben hatte sie ein Herz skizziert, in dem unsere Namen in verschnörkelten Buchstaben festgehalten waren.
Roman & Sarah.

Darunter hatte sie eine liegende Acht, das Symbol für Unendlichkeit, gezeichnet.

Beide Darstellungen wurden von zwei Kreisen umschlossen, in deren Zwischenraum sie *Roman Jens Sarah* geschrieben hatte.

Ich schmunzelte. »Okay«, sagte ich leise. »Ich denke, ich habe es verstanden.«

*

Wir dösten im Schatten des Schirms vor uns hin.
Ich hielt Sarah fest in meinen Armen. Der Rhythmus unseres Atems hatte sich synchronisiert. Wir lagen nur so da ... in einer Wolke aus tiefen, unendlichen Gefühlen. Ich hatte keine Ahnung, wie spät es geworden war. Die Sonne stand tief.
Der Abend rückte näher.

»Bist du wach?«, flüsterte ich.

»Mehr oder weniger«, murmelte sie müde.

»Erzähl mir mal. Wie hast du es dir so vorgestellt, unser Zusammensein?«

Sie richtete sich auf und blickte verwirrt auf mich herab. Ihre Haare waren zerrauft und Sand klebte an ihrer Wange fest. Sie sah zum Anbeißen aus.

»Ich hab mir gar nichts vorgestellt.«

»Aber du bist doch den weiten Weg gefahren, um mir zu sagen, dass du einen zweiten Anlauf mit mir wagen willst. Du musst doch eine Vorstellung davon haben, wie unser gemeinsames Leben in Deutschland aussehen soll.«

»Um ehrlich zu sein, habe ich mir darüber keine großen Gedanken gemacht. Ich wusste doch nicht, wie du zu mir stehst.«

»Jetzt weißt du es.«

»Aber du bleibst doch hier in Spanien, oder etwa nicht?«

»Ja, ich bleibe vorerst hier. Dennoch möchte ich erfahren, wie du dir ein gemeinsames Leben vorstellst. Vielleicht überzeugen mich deine Schilderungen und ich lasse alles zurück und breche sofort mit dir auf.«

Sarah legte eine Hand in ihren Nacken. Sie blickte aufs Meer hinaus und überlegte. »Zuerst würde ich wollen, dass du meine Kinder kennenlernst. Ich würde dich einladen, mit uns Dinge zu unternehmen.«

»Dinge? Welche Dinge?«

»Keine Ahnung. Ausflüge eben. Auf den Spielplatz fahren, in den Zirkus gehen, zum Puppentheater. Solche Dinge.«

»Stellst du mich ihnen als deinen Freund vor?«

»Ich stelle dich als Roman vor.«

»Okay und weiter.«

»An den Abenden, wenn sie schlafen, können wir zusammen in meinem Haus abhängen.«

»Du meinst in dem schicken Haus, das dein Mann für dich in diese elitäre Siedlung gebaut hat.«

»Mein Ex-Mann«, korrigierte sie mich.

»Noch bist du nicht geschieden.«

»Noch nicht, aber bald. Das Haus gehört dann offiziell mir.«

»Soll ich dich dann auf deiner Couch vögeln oder lieber in deinem Ehebett?«

»Du kannst mich vögeln, wo du willst.«

»Ich will dich nicht in dem Bett vögeln, in dem du es mit deinem Mann getrieben hast.«

Sie lachte und zuckte mit den Schultern. »Dann kaufen wir eben ein neues Bett.«

»Soll ich dann bei dir einziehen?«

»Irgendwann ja.«

»Irgendwann? Nicht gleich von Beginn an?«

»Ein bisschen Zeit musst du den Kindern schon geben, damit sie sich an dich gewöhnen und dich besser kennenlernen.«

»Okay, aber wo soll ich in der Zwischenzeit wohnen?«

»Du könntest dir ja etwas Eigenes suchen.«

Ich schüttelte den Kopf. »Wenigstens hast du nicht vorgeschlagen, dass ich bei meiner Mutter einziehen soll.«

»Und warum wäre das schlecht? Ihr habt eine Menge aufzuarbeiten. Bestimmt wäre sie außer sich vor Freude, wenn du wieder in ihrer Nähe wärst.«

Ich schüttelte mich und rieb mit meiner Handfläche über meine bartstoppeligen Wangen. »Bitte nicht bei meiner Mutter«, murmelte ich aufstöhnend. »Dann noch eher bei Jens.«

»Jens wohnt seit seiner Rückkehr in München«, warf sie ein. »Wäre das nicht eine gute Gelegenheit, um wieder auf die Uni zu gehen? Was wurde denn eigentlich aus deinen Plänen, Lehrer zu werden?«

»Die sind mit mir gestorben«, sagte ich leise.

Sarah streckte ihren Arm aus und schlang ihn um meinen Hals. »Schade«, sagte sie. »Du wärst ein wundervoller Lehrer geworden. Das war doch dein großer Traum.«

»Träume sind Schäume«, erwiderte ich. »Aber lass uns den Gedanken von vorhin noch mal aufgreifen. Wo soll ich wohnen? Wenn ich bei Jens wohne, kommst du dann an deinen kinderfreien Wochenenden zu *uns* in die Wohnung, um *uns* zu besuchen?« Ich betonte das *uns* und beobachtete ihre Reaktion.

Sie biss sich auf die Lippe. »Ein schöner Gedanke«, wisperte sie verlegen.

»Wirst du Jens wiedersehen, wenn ihr zurück in Deutschland seid?«

»Doch nicht ohne dich«, stieß sie hervor.

»Wie reagierst du, wenn er dich treffen will?«

Sie sagte nichts. Ich wollte aber eine Antwort.

»Wirst du ihn wiedersehen?«, insistierte ich.

»Vielleicht. Ich weiß es nicht. Wenn, dann nur als Freund. Es wird alles rein platonisch ablaufen.«

»Sarah, mach dir und mir nichts vor. Das haltet ihr zwei nicht durch.«

»Dann werde ich ihn *nicht* wiedersehen«, sagte sie bestimmt und schob energisch ihr Kinn vor. »Es sei denn, du kommst nach Deutschland zurück. Dann können wir uns zu dritt treffen.«

»Das gefällt dir wohl?«

»Was?«

»Die Idee mit der Ménage-à-trois. Ist es das, was du gern in deinem Alltag leben würdest?«

Sie errötete leicht und fächelte sich mit einem verlegenen Lächeln Luft zu. »Ja, die Idee gefällt mir«, gab sie zu.

»Du willst es noch einmal mit uns beiden aufnehmen?«

»Nicht nur einmal«, nuschelte sie.

Ich lachte laut auf. »Betörend, wie du dich verschämt windest, wo du uns noch vor wenigen Stunden deine Körperöffnungen entgegengestreckt hast und darum gebettelt hast, dass wir dich nehmen.«

Sie holte mit der Hand aus und schlug mir auf den Arm. »*Ihr* macht das aus mir. Ihr beide. Ihr seid zu heiß im Doppelpack. Keine Frau wird euch je widerstehen können. Ihr habt mich für immer verdorben. Wie soll ich je wieder mit einem anderen Mann schlafen?«

Ich atmete zischend aus. »Willst du das denn? Mit einem anderen Mann schlafen?«

Sie schwieg. Ich schloss angestrengt die Augen. Vor meinen geschlossenen Lidern tanzte das ausgesperrte Sonnenlicht.

»Ich ertrage den Gedanken nicht«, flüsterte ich.

Sarah seufzte. »Roman, ich bitte dich, leg mir nicht die Fesseln eines Treueschwures um die Arme. Ich habe mich gerade im Kampf meines Lebens aus dem Strudel der Moral und dem meines schlechten Gewissens befreit. Ich will frei sein. Frei. Ich halte eine Durststrecke von Monaten nicht mehr aus. Nicht noch einmal. Bitte, gib mich frei.«

Ich schlang meine Arme noch fester um sie. Um nichts in der Welt wollte ich sie einsperren oder ihrer Freiheit berauben. Der Gedanke tat nur so weh. Sarah in den Armen eines anderen. Aber das musste ich ausblenden. Sie hatte mich zu sich holen wollen und ich hatte entschieden, nicht mitzugehen. Ich konnte bei Gott keine Forderungen an sie stellen.

»Du bist frei. Ich lege dir keine Fesseln an. Höchstens im Bett,« sagte ich.

»Du wirst Julia doch auch weiter beglücken oder Elena, nicht wahr?«

Meine Hand legte sich um ihre Brust. Ich spürte ihr Herz darunter pochen.

»Du kannst Jens ruhig ohne mich treffen, wenn du das möchtest«, murmelte ich heiser. »Aber ich will Bescheid wissen, wenn ihr euch trefft. Du musst mir eine Nachricht schreiben oder mich anrufen. Ich will nicht dumm und unwissend sterben. Lieber Jens, als irgendein anderer Kerl.«

»Ich finde es nicht richtig, Jens zu treffen, wenn du nicht dabei bist«, protestierte sie. »Ich werde mich bestimmt nicht bei ihm melden, wenn wir wieder zurück in Deutschland sind. Das kann ich nicht. Niemals.«

Ich presste die Lippen aufeinander, um ihr nicht zu widersprechen. Sarah unterschätzte die Anziehungskraft, die Jens auf Frauen ausübte. Ein paar Wochen ohne ihn und die Sehnsucht ihres Körpers würde sie alle Schwüre vergessen lassen. Ich hatte genügend hörige Subs beschwichtigt, die sich im Treppenhaus sitzend vor unserer Wohnung die Augen nach Jens ausgeheult hatten, nachdem er sie knallhart abserviert hatte. Plötzlich kam mir eine Idee, wie ich verhindern konnte, dass sich die beiden verabredeten. Ich musste Jens' Loyalität auf den Plan rufen. Es war ungemein wichtig, einen Keil zwischen die beiden zu treiben. Ich hatte keine Ahnung, wie mein Leben in Nerja weiter verlaufen würde, aber wenn es etwas gab, dass ich auf keinen Fall erleben wollte, dann wie aus Sarah und Jens ein Paar wurde, während ich in Spanien festsaß, Julias Mutter beim Sterben zusah und Windeln wechselte.

*

Beim gemeinsamen Kochen kamen wir wieder auf Jens zu sprechen. Sarah rührte in dem Topf, in dem die Nudeln kochten und ich kramte im Schrank nach zwei Tellern.

»Wollen wir ihn nicht anrufen und zum Abendessen ins Strandhaus locken?«, fragte sie.

Ich lächelte, während ich ein drittes Gedeck aus der Schublade nahm. »Da hast du es schon, du hältst es nicht einmal einen Tag ohne ihn aus«, neckte ich sie.

»Das ist doch etwas völlig anderes«, widersprach sie.

Ich wusste, was sie meinte. In den Dünen war Jens' Fehlen noch erträglich gewesen, aber hier im Strandhaus war die Leere so groß, dass unsere Stimmung von Minute zu Minute melancholischer wurde. Sarah hatte recht, Jens hätte nicht einfach gehen

dürfen. Mit seiner Flucht hatte er die tiefe Verbindung, die während unseres Spiels zu dritt entstanden war, gecuttet.
Etwas war mit uns geschehen in dieser Nacht.
Etwas unfassbar Großes.
Jens spürte das. Bestimmt fühlte er es genauso stark wie Sarah und ich. Wir waren, ohne es zu wollen, eine Verbindung eingegangen. Deswegen hatte er es vorgezogen, zu gehen.

»Ruf ihn an«, sagte ich. »Wenn *du* ihn darum bittest, wird er zurückkommen.«

Ein Strahlen überzog ihr Gesicht. »Ich versuch es. Er kann ja nicht weit weg sein.«

Sie verschwand in ihrem Zimmer und kam mit einem enttäuschten Gesichtsausdruck wieder zurück.

»Was ist los?«

»Er hebt nicht ab. Ich hab es drei Mal hintereinander versucht.«

»Keine Überraschung«, meinte ich achselzuckend.

»Dann schreib ich ihm eben«, sagte sie entschlossen.

Sie tippte auf ihrem Handy eine Nachricht ein und schickte sie ab. Kurze Zeit später zeigte mir das Piepen, dass sie eine Antwort bekommen hatte.

Sie las sie mit gerunzelter Stirn und tippte wieder. Das ging eine Weile so hin und her, ohne dass Sarah etwas zu mir sagte. Schließlich ging sie wortlos auf die Terrasse hinaus.

»Was schreibt er denn?«, rief ich ihr hinterher.

Sarah antwortete nicht. Ich sah sie durch die Glasscheibe draußen stehen und tippen.

Ich seihte inzwischen die Nudeln ab und schaufelte sie auf zwei Teller. Konzentriert verteilte ich die Tomatensoße mit einem Löffel und streute geriebenen Parmesan über jede Portion. Auf der Suche nach dem Essig vergingen ein paar Minuten. Als ich ihn endlich gefunden und den Salat fertig zubereitet hatte, schnappte ich mir die zwei Teller und trug sie ins Freie hinaus. Ich erstarrte mitten im Gehen. Sarah war fort. Sie war einfach gegangen.

KAPITEL 32 – JENS

Ich verließ Tarifa, als wäre der Teufel hinter mir her. Ich holte aus dem Mercedes raus, was ging, drückte das Gaspedal bis zum Anschlag durch und jagte in jede Kurve. Die Landstraßen waren schmal und der Asphalt an manchen Stellen aufgebrochen. Mich kümmerte das nicht. Die Angst vorm Sterben war mir schon als Zehnjähriger abhandengekommen, als mein Vater mich mit beiden Händen in unserem Schwimmteich unter die Oberfläche gedrückt und mich beinahe ersäuft hatte, weil er mich beim Klauen erwischt hatte. Zwei Mal musste ich eine Vollbremsung einlegen, um nicht mit dem entgegenkommenden Fahrzeug zu kollidieren. Fluchend riss ich das Lenkrad herum, als mir ein alter Kastenwagen mit geladenen Getränkekisten entgegenkam. Der Schweiß sammelte sich unter meinen Achseln. Ich fluchte gegen den Fahrtwind an und wünschte mir meine Ducati unter den Arsch. Ein Motorrad hätte mich dem Rausch der Geschwindigkeit nähergebracht, als das sperrige Cabrio und ich hätte leichter vergessen können.

Als ich die Stadt hinter mir gelassen und freie Sicht auf die weite Ebene hatte, stockte mir angesichts der gigantischen Windenergieanlagen der Atem. Ob ich wollte oder nicht, ich musste meinen Wagen an den Fahrbahnrand lenken und anhalten.

Hunderte von Windrädern säumten die umliegenden Hänge von Tarifa. Der Anblick jagte heißkalte Schauer über meine Arme. Ich fühlte mich augenblicklich in einen dieser düsteren Science-Fiction-Schocker katapultiert, die diese unheimliche Endzeitstimmung im Zuschauer erzeugten. Mit offenem Mund stieg ich aus, knallte die Wagentür zu und lehnte mich gegen die Motorhaube. Ich tastete nach meinem Handy und schoss ein paar Bilder. Das Surren der mächtigen Rotorblätter ließ die Erde rund um mich vibrieren und erbeben. Zusätzlich flirrte die Luft in der erbarmungslosen Hitze, die über dem ausgedörrten Land lag. Eine Gänsehaut rieselte über mein Rückgrat. Plötzlich wünschte ich mir Roman und Sarah herbei.

Das mussten sie gesehen haben.

So einen spektakulären Anblick hatte man nicht alle Tage.

In der Ferne glitzerte das tiefe Blau des Atlantiks.
Trockener Staub wirbelte in Böen um mich herum und presste sich in jede meiner Poren. Ich rieb meine brennenden Augen und fühlte mich plötzlich wie der einsamste Mensch auf Gottes Erde. Das Loch in meiner Brust vergrößerte sich, bis ich das Gefühl hatte auseinanderzuklaffen wie eine eiternde Wunde. Ich presste eine Faust gegen mein Herz. Was zur Hölle war heute Nacht mit mir geschehen? Was nur?

Entschlossen, meine Gefühle zu einem späteren Zeitpunkt zu ergründen oder – noch besser – einfach zu verdrängen, stieg ich wieder in den Mercedes und raste weiter in Richtung Cadiz.

Während ich fuhr, geisterte Sarah unentwegt durch meine Gedanken. Heute Morgen neben ihr zu erwachen, hatte mich tief berührt. Ihr Wunsch nach einem Kuss hatte dazu geführt, dass in meinem Gehirn nur noch ein Wunsch war ...

ich wollte sie küssen.

Durch die fehlende Zärtlichkeit war ein Ungleichgewicht zwischen uns entstanden, das ich ausgleichen musste. Warum hatte mich ihr Wunsch überhaupt so schockiert?
Ich hätte sie einfach küssen sollen.
Warum hatte ich es nicht getan?
War es wegen Roman gewesen? Ja, war es.
Aber was nützten all die Fragen?
Es war zu spät.
Roman und ich hatten außerdem eine Vereinbarung getroffen.
Er war der Mann fürs Sanfte. Ich der Mann fürs Grobe.
Das war unser Deal gewesen.
Während ich Sarah mit Genuss bestraft hatte, war Roman als verwöhnender und auffangender Part zur Stelle gewesen. Wir hatten das untertags so besprochen und auch in vergangenen Sessions so praktiziert. Sehr zum Entzücken aller Frauen. Diese Rollenaufteilung hatte noch jeder Frau gefallen. Sie kassierten von mir ihre verdienten Schläge und bekamen von Roman die heißen Orgasmen, wenn er sie in den Himmel vögelte und leckte und jeden Quadratzentimeter ihrer Haut verwöhnte.
Ich dachte an Sarah, wie sie unter Romans geschickter Zunge gekommen war. Sie hatte atemberaubend ausgesehen.

Entrückt und frei. Hingebungsvoll und hemmungslos.
Voller Leben.
Sie hatte mich völlig in ihren Bann gezogen.
Ich ertappte mich bei dem verbotenen Gedanken, sie noch einmal besitzen zu dürfen.
Nur sie und ich. 24 Stunden am Stück.
Ich stöhnte verzweifelt auf und beschleunigte. Der Wagen schoss über die Kuppe der Küstenstraße und fast wäre mir die Kontrolle entglitten. Mir war, als würde ich ins Meer stürzen.
Sarah! Diese Frau war mein Verderben.
Ich durfte nicht zulassen, dass ich mich noch stärker in sie verliebte. Ihr Herz gehörte Roman. Und seines gehörte ihr.
Das würde für immer so sein. Für immer.

*

Meine überhastete Flucht führte mich ins Zentrum von Cadiz. Ich hatte mir die Stadt schon immer mal ansehen wollen, es aber nie geschafft. Wahllos checkte ich im nächstbesten Hotel ein und begab mich hungrig ins gegenüberliegende Restaurant. Ich ließ mich an einem der Tische nieder und verschlang ein üppiges Frühstück. Nach zwei Tassen Kaffee fühlte ich mich bereit für einen Rundgang durch die Stadt. Ich bezahlte die Rechnung und machte mich auf den Weg in Richtung Hafen. Während ich durch die Straßen schlenderte, scrollte ich ohne Blick für meine Umgebung im Adressbuch meines Telefonbuches. Gegen meine emotionale Verwirrung gab es nur ein einziges Allheilmittel. Sex. Je härter, umso besser.

Meine aktuelle Sub stand gerade nicht zur Verfügung, weil sie mit ihrem Ehemann auf einem idiotischen Kreuzfahrtschiff durchs Mittelmeer tingelte.

Ich musste mich also um Ersatz kümmern.

Laura? Ich schüttelte den Kopf. Sie brauchte hinterher zu viel Zärtlichkeit. Danach stand mir im Moment nicht der Sinn. Mein Finger scrollte weiter über die lange Liste an Frauennamen.
Loreena? Nein, sie war noch Anfängerin. Wir hatten uns erst einmal getroffen und mir war aktuell nicht nach einer Novizin.

Sandra? Ja, warum nicht. Sie war ausdauernd und extrem versaut. Leider erschwerten ihre beruflichen Auslandsaufenthalte das Finden eines Termins, der uns beiden passte.
Als ich den Hafen erreicht hatte, lehnte ich mich über das Geländer, blickte auf die schweren Schiffe und wählte Sandras Nummer. Erstaunlicherweise hob sie nach dem ersten Freizeichen ab.

»Aber hallo«, säuselte sie in den Hörer. »Das war aber Gedankenübertragung. Ich habe vor Kurzem an dich gedacht und den Wunsch ins Universum geschickt, du mögest dich endlich wieder bei mir melden.«

Ich grinste zufrieden. Sandra war eine der wenigen Subs, die sich an meine Vorgabe hielt, dass ich sie kontaktierte, wenn mir danach war und nicht umgekehrt.

»Du weißt, ich halte mich nicht gern mit Floskeln auf, also komme ich gleich zum Punkt ...«

»Oh ja, komm zum Punkt«, unterbrach sie mich und lachte.

»Ich bin aktuell in Spanien, komme aber in zwei Tagen wieder nach München zurück.«

»Montagabend?«, schlug sie vor

»Klingt gut.«

»Welches Hotel?«, fragte sie.

»Diesmal treffen wir uns nicht im Hotel. Ich hab seit Kurzem eine Wohnung in der Innenstadt. Und ich hab mir ein hübsches Zimmer eingerichtet, das ich dir gerne zeigen möchte.«

»Wundervoll«, gurrte sie. »Schickst du mir deine Adresse und deine bevorzugte Uhrzeit?«

»Mach ich. Und Sandra?«

»Ja?«

»Du solltest die Tage danach keine Termine einplanen, bei denen du Haut zeigen musst, falls du verstehst, was ich meine.«

»Ich verstehe dich vollkommen, Jens. Ich werde es mir einrichten. Ich freu mich schon auf dich.«

»Gut«, sagte ich und legte auf.

Vergeblich wartete ich darauf, mich besser zu fühlen. Eine Nacht mit Sandra hatte mich seit jeher mit Euphorie erfüllt. Was stimmte nicht mir?
Ich starrte aufs Meer und kämpfte gegen meine Erschöpfung an.

Die Hitze und der fehlende Schlaf sorgten dafür, dass ich kaum noch stehen konnte. Ich kehrte den Sehenswürdigkeiten den Rücken und schleppte mich in mein Hotelzimmer zurück.
Gähnend schälte ich mich aus meinen Klamotten, schloss alle Vorhänge und legte mich nackt aufs Bett. Es dauerte nicht lange, bis ich eingeschlafen war. Ich erwachte vom Klingeln meines Telefons. Im ersten Moment wusste ich nicht, wo ich mich befand. Mit einem Stöhnen lugte ich unter meinen geschwollenen Lidern in das Zwielicht des Zimmers. Ach ja, ich war in Cadiz. Meine Hand tastete verschlafen über den Nachttisch. Das Handy polterte mit einem dumpfen Ton auf den Teppichboden. Ich beschloss es einfach liegen zu lassen. Mein Arm baumelte über den Rand des Bettes und ich schnaufte erschöpft in die Kissen. Das Telefon schrillte und schrillte. Mir platzte beinahe der Schädel von dem penetranten Klingelton. Ächzend rutschte ich mit dem Oberkörper über die Kante und hob es auf.
Sarahs Name stand auf dem Display. Mein Herz stolperte.
Ich drückte sie weg.
Wie spät war es überhaupt? Sieben Uhr abends. Ich hatte sechs Stunden am Stück geschlafen.
Eine SMS trudelte ein. Mit gerunzelter Stirn las ich den Text.

»Roman und ich haben gekocht. Kommst du und isst mit uns?«

»Nein.«

»Wo bist du?«

»In Cadiz.«

»Wann kommst du wieder?«

»Morgen früh.«

»Ich will dich heute Nacht hier haben.«

»Es ist Romans letzte Nacht mit dir.«

»Du fehlst uns.«

Ich schloss meine Faust um das Telefon. In meinem Innersten entfesselte sich ein widersprüchlicher Kampf. Was sollte ich Sarah antworten? Was sollte ich tun?

Ich lag mit weit geöffneten Augen auf dem Bett und starrte an die Decke. Eine Fliege surrte um den altmodischen Lampenschirm. Vor den Fenstern tutete ein Frachter. Auf dem Flur waren Schritte zu hören. Eine Frau lachte.

Meine Sehnsucht nach Roman und Sarah wurde größer und größer, wurde übermächtig. Wieso machte ich mir das Leben so schwer? Ich könnte in einer Stunde bei ihnen sein. Jetzt zusammen mit ihnen im Strandhaus zu sein, war alles, was ich wollte.
Das Handy vibrierte zwischen meinen Fingern.

»*Bitte Jens, komm zurück*«, schrieb sie. »*Ich weiß, dass du Angst vor dieser Nähe hast, die heute Nacht zwischen uns entstanden ist. Spring über deinen Schatten.*«

»*Was weißt du schon über meinen Schatten?*«

»*Mehr als du denkst.*«

»*Hat Roman schon mit dir geredet? Hat er es dir gesagt?*«

»*Was gesagt?*«

»*Okay, er hat es dir nicht gesagt.*«

»*Was gesagt?*«

»*Es hat einen guten Grund, warum er in Spanien bleibt. Frag ihn danach.*«

»*Das hab ich schon.*«

»*Und?*«

»*Julia und ihre kranke Mutter.*«

»*Das ist nicht der Grund.*«

»*Was ist es?*«

Ich fluchte und schleuderte das Handy zur Seite. »Gottverdammt, Roman!«, brüllte ich.

Er war so ein Feigling. Wie lange wollte er das Unvermeidliche noch hinauszögern? Je länger er damit wartete, umso schlimmer würde Sarah die Wahrheit treffen. Sie musste von Julias Schwangerschaft erfahren. Aber nicht von mir. Ich durfte mich nicht einmischen. Das war nicht meine Aufgabe. Ich würde sein Vertrauen missbrauchen.

Er musste es ihr selbst sagen. Er musste den richtigen Zeitpunkt bestimmen. Das war sein Recht, sein Thema, seine verfluchte Scheiße, in die er hineingeraten war ... und dennoch. Alles in mir drängte darauf, den beiden zu helfen. Die Katastrophe abzuwenden. Sarah durfte keinen Rückzug antreten. Nicht jetzt, wo ich mir so viel Mühe gegeben hatte, die beiden wieder zueinander zu führen.

Ich sprang auf und stürmte ins Badezimmer. Während ich unter der Dusche stand und meinen Körper mit eiskaltem Wasser zu neuem Leben erweckte, ratterten die Gedanken wie der Schall eines Presslufthammers durch mein Gehirn.

Ich konnte es ihr nicht sagen. Nein! Sie durfte es nicht von mir erfahren. Roman vertraute mir.

Andererseits würde die Information aus meinem Mund Sarah auf die Wahrheit vorbereiten und ihre Spontanreaktion beeinflussen. Roman fürchtete nichts mehr, als Sarahs Rückzug, im Innen und im Außen. Er hatte panische Angst, dass er noch einmal mitansehen musste, wie sie sich gegen ihn entschied. Vielleicht würde mein Eingreifen genau das verhindern. Sarah könnte sich sammeln und würde Roman vorbereitet gegenübertreten. Vielleicht würde meine Einmischung den beiden helfen. Andererseits könnte es auch zu einer Katastrophe führen. Ich verdarb ihnen vielleicht ihre letzte gemeinsame Nacht, wenn ich mich einmischte.

Zähneknirschend trat ich aus der Dusche und wickelte ein Handtuch um meine Hüften. Ich trat zu meinem Bett und griff nach dem Handy.

Sarah hatte noch einmal angerufen. Kurzentschlossen rief ich sie zurück.

»Hallo«, sagte sie und es klang erleichtert.

»Wo ist er?«, fragte ich. »Wo ist Roman im Augenblick?«

»In der Küche, wieso?«

»Wo bist du?«

»Auf der Terrasse.«

»Geh auf den Strand hinunter.«

»Jens, ich versteh nicht, was ...«

»Mach, was ich sage. Geh auf den Strand, ohne ihm Bescheid zu geben.«

»Aber wir wollen gleich essen.«

»Geh!«, brüllte ich.

Ich hörte sie hektisch atmen. An den Geräuschen machte ich aus, dass sie gerade über die Treppe lief.

»Bist du am Strand?«

»Ja.«

»Geh ein Stück. Atme tief ein ... so ist es gut und jetzt atme wieder aus.«

»Jens, ich finde das ziemlich beunruhigend ...«

»Ich sage dir, warum Roman in Nerja bleibt, aber ich will, dass du nicht in seiner Nähe bist, wenn du es erfährst.«

Im Hintergrund hörte ich sie gleichmäßig atmen, das Meer rauschte

»Bleib stehen«, sagte ich nach einer Weile.

»Okay, ich stehe.«

»Atme ruhig. Schließ deine Augen. Bereit?«

»Ja«, fauchte sie ungeduldig. »Jetzt sag schon!«

»Julia ist schwanger«, sagte ich den Hörer.

Stille.

»Sarah, hast du mich verstanden? Bist du noch da?«

Stille.

»Sarah?«

»Ja«, krächzte sie. »Ich hab's gehört.«

»Roman wird Vater«, sagte ich.

KAPITEL 33 – SARAH

Unbewusst musste ich es wohl geahnt haben, denn die Nachricht war weniger ein Schock, sondern mehr ein diffuses Erkennen der Wahrheit.

»Julia ist also schwanger«, wiederholte ich leise.

»Ja«, sagte Jens. »Den Rest soll er dir selbst erklären. Ich möchte nur, dass du verstehst, warum er es dir nicht erzählt hat.«

»Warum?«

»Er fürchtet deine Reaktion. Roman ist felsenfest davon überzeugt, dass du deine innere Abwehr hochfährst und dich von ihm entfernst, sobald du weißt, dass er ein Kind mit einer anderen bekommt.«

Was ich auch tun werde, dachte ich bitter.

»Wie kommt er darauf, dass ich das mache?«

Jens lachte rau in den Hörer. »Weil *du* eben du bist«, sagte er.

»Ich hab mich verändert«, protestierte ich schwach.

»Dann beweis es ihm. Komm ihm entgegen und weiche nicht zurück. Schaffst du das? Wenn du ihn für dich gewinnen willst, musst du ihm zeigen, dass nichts zwischen euch stehen kann. Keine schwangere Freundin, keine sterbende Schwiegermutter, kein Club, den er führen muss, kein Ex-Mann ... die Liste ist lang. Wenn du Roman helfen willst, dann muss es dir gelingen, ihn aufzufangen. Das erscheint dir jetzt wie ein Kraftakt des Unmöglichen, aber ich versichere dir, es ist entscheidend, was du ihm in dieser Situation sagst, wie du ihm begegnest. Du schaffst das schon. Du musst nur deine Moral über Bord werfen und dir deiner Gefühle für ihn zu hundert Prozent sicher sein.«

Ich seufzte und bohrte meine nackten Füße in den Sand, der immer noch warm war. Jens hatte gut reden. Ich sollte meine Moral über Bord werfen, wenn es um Kinder ging? Er hatte keine Ahnung, was es bedeutete, wenn ein Kind unterwegs war. Welche inneren Prozesse in einem Mann ausgelöst wurden, der in naher Zukunft Vater wurde.

Das Freizeichen verriet mir, dass er ohne Gruß aufgelegt hatte. Ja, das war wieder mal typisch für Jens. Erst knallte er mir die Wahrheit vor die Füße und nun ließ er mich allein damit.

Hoffentlich ging er als Psychologe mit seinen Klienten ein wenig rücksichtsvoller um. Ich ließ die Hand mit dem Telefon sinken. Paralysiert starrte ich auf das schwarze Wasser, in dem sich der Mond spiegelte. Meine Gedanken überschlugen sich, rasten einmal in den Himmel und wieder zurück. Ich legte den Kopf in den Nacken, blickte in die Sterne und suchte nach einem Ventil für meinen unsagbaren Schmerz, der mein Herz langsam auseinanderbrechen ließ. Roman wurde Vater. Er bekam ein Baby. Mit seiner Freundin. Die Zukunft, die ich mir mit ihm ausgemalt hatte, zerbröckelte. Stück für Stück brachen die Steine aus dem Gebilde und begruben mich in meiner eigenen Höhle.

Romans Stimme erschreckte mich zu Tode. Er war wie aus dem Nichts hinter mir aufgetaucht.

»Jens hat es dir erzählt«, sagte er matt.

Ich wirbelte herum und versuchte in der Dunkelheit in seinem Gesicht zu lesen. Mein Herz klopfte zum Zerspringen. Jens' Anweisungen steuerten von nun an meine Reaktionen. Was hatte er gesagt? *Komm ihm entgegen und weiche nicht zurück.*

Ich zwang mich zu einer Handlung, nach der mir nicht der Sinn stand. Ich steuerte auf Roman zu und schlang ihm beide Arme um den Hals. Er versteifte sich unter meiner Berührung, aber schließlich erwiderte er meine Umarmung mit einem tiefen Seufzen. Um seinen Körper flirrte die Panik in hektischen Molekülen, fast greifbar lag seine Angst wie ein Mantel aus Metall über seiner Haut. Das Meer warf tosend seine Wellen an Land. Es schien das letzte Geräusch auf dieser Erde zu sein. Ich hielt Roman ganz fest, ich hielt ihn zusammen. Mein schockgefrorenes Herz taute langsam wieder auf. Ich streichelte seinen Nacken, ließ ihn meine Liebe spüren, visualisierte eine goldene Schnur, die sich um unsere verschlungenen Körper spannte. Sein Herz hämmerte nervös und hektisch gegen seinen Brustkorb. Ich regulierte meine Atemzüge herunter und passte seinen Atemrhythmus an meinen an. Ich hielt ihn fest, bis wir beide ganz ruhig wurden.

Was änderte ein Kind schon an unserer Liebe?

Es wird alles ändern und das weißt du, wisperte die Stimme der Realität in meinem Kopf.

Ich hielt den sehnlichen Wunsch meiner Seele dagegen. In dieser Nacht würde nur mein Herz sprechen.

Denn es war unsere letzte.

Wo Liebe ist, da ist auch ein Weg, flüsterte es. *Halt ihn fest. Lass ihn nicht los. Diesmal wird eure Liebe alle Hindernisse überwinden. Diesmal gibst du ihn nicht für eine Entscheidung der Vernunft auf. Diesmal nicht.*

»Du hättest es mir von Beginn an erzählen können«, murmelte ich an seinem Hals. »Diese Nachricht hätte nichts an meinen Gefühlen oder an meinem Vorhaben geändert. Hörst du? Für mich ändert sich nichts.«

Roman ließ mich los. Er fuhr sich mit beiden Händen durchs Haar. »Aber für mich ändert sich alles«, sagte er heiser.

Ich schluckte, zwang mich, zu schweigen. Die Worte stolperten beinahe aus meinem Mund, aber ich hielt sie zurück, stopfte sie in meine Kehle. Mit meiner Besserwisserei war ihm nun auch nicht gedient. Ich war so viel älter als er und ich war Mutter. Ich kannte das ganze Ausmaß der Veränderung, die ein Kind mit sich brachte. Roman konnte sich in seiner Gedankenwelt nicht einmal ansatzweise ausmalen, wie sehr ein Kind einen Menschen veränderte.

»Ich weiß es selbst erst seit zwei Wochen«, sagte er heiser. »Dass ich nicht sehr begeistert über diese Nachricht war, kannst du dir bestimmt ausmalen.«

»Dann war es ein Unfall?«, bohrte ich nach.

»Jens denkt, dass sie es mir angehängt hat.«

Ich machte eine Wegwerfbewegung mit der Hand. »Jens weiß nicht alles. Was denkst du? Du kennst Julia am besten.«

»Ich glaube ihr. Julia ist der grundehrlichste Mensch, den ich kenne. In der Hektik um die Cluberöffnung hat sie ein, zwei Mal die Pille vergessen.«

»Will sie das Kind bekommen?« Roman nickte. »Und du? Was willst du?«

»Ich habe mir Bedenkzeit erbeten. Julia wollte ihre Entscheidung von meiner abhängig machen. Ich möchte ihr morgen sagen, wie ich mich entschieden habe.«

Ich hielt den Atem an. Wir näherten uns einem Thema, das zu meinen wunden Punkten gehörte. Ich verlor jegliches Verständnis, wenn es darum ging, eine Schwangerschaft abzubrechen.

»Roman«, sagte ich zittrig, weil er keine Anstalten machte, etwas zu sagen. »Wie hast du dich entschieden?«

Er starrte aufs Meer und sagte nichts.

Grauen durchzog meinen Magen. Mein Gott, er würde dieses Kind doch nicht abtreiben wollen.

»Roman«, würgte ich hervor. »Sag mir bitte nicht, dass du ...«

»Ich kann es nicht töten«, stieß er hervor. »Nicht mit meiner Vorgeschichte. Du weißt doch, dass meine Mutter mich wegmachen wollte. Um jeden Preis. Ich habe lange und intensiv über meine Entscheidung nachgedacht und komme immer zu demselben Schluss. Dieses Kind hat ein Recht zu leben. So wie ich ein Recht hatte, auf diese Welt zu kommen. Ich versuche mir ein Leben vorzustellen, in dem es mich nie gegeben hat und scheitere an diesem Nichts, das beim Denken an eine Welt ohne mich immer wieder auftaucht. Das lähmt mich. Ich kann es nicht, Sarah. Es tut mir so leid, aber ich kann es nicht umbringen. Ich werde dieses Baby bekommen. Und ich werde Julia, so gut ich kann, dabei unterstützen. Ich kann sie nicht allein in Nerja sitzen lassen. So ein Typ war ich vielleicht früher, aber ich habe mich verändert. Du hast mich verändert. Meine Liebe zu dir hat einen tieferen Menschen aus mir gemacht. Und so sehr ich dich will, Sarah – und du weißt, wie sehr ich dich liebe und mit dir zusammen sein will – ich kann nicht einfach aus meinem Leben aussteigen und mit dir ein neues beginnen. Noch nicht.«

Ich stieß laut den Atem aus, den ich unbewusst angehalten hatte. »Es ist die richtige Entscheidung!«, rief ich aus. »Die einzig richtige. Es hätte mich zerstört, wenn du dich jetzt für einen Abbruch ausgesprochen hättest. Du weißt doch, dass ich keine Kinder bekommen kann. Du kennst die schwere Geschichte meiner Unfruchtbarkeit. Wir haben oft genug darüber geredet. Niemals hätte ich akzeptiert, dass du dieses Geschenk wegwirfst. Ein Kind ist ein Geschenk, ein Mensch, ein kleines Wesen, ein Geschenk, das nicht jedem vergönnt ist ...«

Ich hatte gar nicht bemerkt, dass mir Tränen über die Wangen liefen. Mir wurde erst bewusst, dass ich mich in Rage geredet hatte, als ich Romans entsetzten Gesichtsausdruck sah.

Er zog mich an sich.

»Mein Gott, Sarah, beruhige dich. Ich hatte ganz vergessen, wie nah dir dieses Thema geht. Entschuldige, natürlich werde ich das Kind am Leben lassen. Du hast recht, es ist ein Geschenk des Himmels. Du musst mir nur ein bisschen Zeit geben, es nicht als Bürde zu betrachten. Ich muss mich erst an den Gedanken gewöhnen, dass ich Vater werde. Wer weiß, vielleicht gefällt es mir ja sogar.«

Er nahm mein Gesicht zwischen seine Hände und küsste meine Tränen fort. Jede einzelne.

Ich mühte mir ein Lächeln ab. »Na ja, eine Bürde ist es schon auch, aber das wirst du noch früh genug erkennen«, flüsterte ich. »Aber ein Kind ist auch unglaubliche Liebe. Das wirst du spüren, wenn du es das erste Mal in deinen Armen hältst. Wie sehr man so ein kleines Wesen lieben kann, das wird dich überwältigen. Es ist bedingungslose Liebe. Viel größer, als du es mit Worten sagen kannst.«

»Bedingungslose Liebe, hm?«, wiederholte er.

Er nahm meine Hand und zog mich über den Strand.

»Komm, lass uns auf der Terrasse weiterreden«, sagte er. »Auch wenn unsere Pasta längst kalt geworden ist. Du musst was essen. Du siehst aus, als würdest du jeden Moment zusammenbrechen.«

Ich folgte ihm schweigend.

Er irrt sich, dachte ich. *Ich breche nicht zusammen. Ich halte alles aus. Solange ich mich nicht verliere, halte ich es aus.*

*

Wir mieden das Thema. Die Traurigkeit, die dahinter lauerte, machte es uns zu schwer, darüber zu sprechen. Unser Abschied schwebte wie ein Damoklesschwert über unseren Köpfen. Nachdem wir unsere kalten Nudeln aufgegessen hatten, krochen wir in mein Bett, ohne die Küche aufzuräumen. Wir zogen uns nackt aus und schmiegten uns nah aneinander. Roman streichelte meinen Körper, seine Fingerspitzen tanzten über meine Haut. Wir stellten einen neuen Rekord im Küssen auf. So wie damals in der

Sternwarte, an unserem herrlichen Tag in München. In jener Nacht kamen wir uns nahe. Näher als je zuvor.

*

Fragmente einer Nacht

Wir lagen einander zugedreht, im Dunkeln, unsere Gesichter nur eine Atemlänge voneinander entfernt.

»Wie ist sie denn so?«, fragte ich. »Erzähl mir von ihr.«

»Sprichst du von Julia?«

»Ja.«

»Sie ist ein netter Mensch. Der netteste, den ich je kennengelernt habe. Sie ist so unbeschwert, verträumt, ein wenig naiv und romantisch. Sie hat Witz und ist immer gut gelaunt ... nun ja ... das war sie, bevor sie eine Beziehung mit mir einging.«

»Was ist passiert?«

»Ich habe sie zerstört.«

»Ist das nicht reichlich dramatisch?«

»Was?«

»Sich für die Zerstörung eines Menschen in die Rolle des Schuldigen zu begeben.«

»Ich weiß nicht. Ist es das?«

»Letztendlich zerstören wir uns selbst, Roman. Wir sind für unsere Stimmungen, unsere Gedanken, unser Wohlbefinden selbst verantwortlich. Wir allein.«

»Das sehe ich anders.«

»Wie ist deine Sicht?«

»Hätte sie mich nie kennengelernt, dann wäre sie das heitere, unbeschwerte Mädchen geblieben und würde nicht mit vierundzwanzig ein Kind von einem Filou erwarten, der unsterblich in eine andere Frau verliebt ist.«

»Aber die Pille hat doch *sie* vergessen, nicht du.«

»Hm ...«

»Mach dich frei von diesem Schuldgefühl. Du trägst einen Teil der Verantwortung, das stimmt schon, aber du bist nicht verantwortlich dafür, wie Julia ihr Leben führt oder ihr Schicksal trägt. Glück ist eine Entscheidung. Julia hat sich für die Passivität entschieden und das wird sie eines Tages bereuen. Bedürftigkeit hat noch keiner Frau gutgetan.«

Roman lachte leise. »Worte wie diese aus deinem Munde gleichen immer noch einer Farce. Ich kann dir nicht recht glauben, was du sagst. Tut mir leid, Sarah.«

»Ich habe aus meinen Fehlern gelernt.«

»Und welcher Fehler hat dich das Meiste gelehrt?«

»Dass Entscheidungen, die gegen das eigene Herz getroffen werden, niemanden glücklich machen. Am wenigsten mich selbst.«

»Würdest du dich heute anders entscheiden?«

»Ja.«

»Was würdest du anders machen?«

»Ich würde mich für ein Leben entscheiden, das mir im tiefsten Inneren entspricht.«

»Komme ich darin vor?«

»Ja.«

Er seufzte. »Verurteilst du meine Entscheidung, in Nerja zu bleiben?«

»Nein. Ich verstehe und respektiere sie. Du willst deine Familie nicht zurücklassen. Sie ist in Not. Das zeigt mir, dass du erwachsen geworden bist. Du übernimmst Verantwortung für Menschen, die dir wichtig sind.«

»Eines Tages werde ich sie zurücklassen, wenn ich mich für ein Leben entscheide, das mir im tiefsten Inneren entspricht. Wirst du dann noch da sein und auf mich warten?«

»Ich werde immer da sein und auf dich warten.«

»Gott, ich hoffe es so sehr«, murmelte er. »Die Gefahr ist groß, dass Jens dich in der Zwischenzeit in sein neues Spielzimmer verschleppt und du für immer darin verschwindest.«

Ich küsste ihn sanft auf die Lippen. »Du bist süß, wenn du eifersüchtig bist.«

»Ich bin nicht eifersüchtig. Nicht auf Jens. Er steht mir zu nahe, als dass ich ihm nicht eine Frau wie dich an seiner Seite wünschen würde. Ich beneide ihn. Er wird dir so nahe sein, während zwischen uns halb Europa liegt.«

»Du kannst mich ja besuchen kommen. Jederzeit.«

»Sei dir sicher, dass ich von deinem Angebot Gebrauch machen werde. Eines Tages.«

»Darauf hoffe ich. Ich werde dich unglaublich vermissen. Jeden Tag. Und meine Sehnsucht wird noch intensiver sein als letztes Jahr.«

»Warum wirst du mich noch mehr vermissen als letztes Jahr?«

»Weil du und ich ein Bild sind, das mir im tiefsten Inneren entspricht. Das wusste ich schon vorher, aber zu hundert Prozent weiß ich es erst seit Tarifa.«

*

»Sarah, schläfst du schon?«

»Nein.«

»Du hast so ruhig geatmet, ich dachte, du seist eingeschlafen.«

»Ich kann nicht schlafen. So viele Gedanken kreisen in meinem Kopf.«

»Ich komme auch nicht zur Ruhe.«

»Woran denkst du?«

»Ich habe mich gefragt, ob du Sam noch liebst. Ihr seid achtzehn Jahre zusammen gewesen. Das ist eine lange Zeit. Die Liebe von fast zwei Jahrzehnten, die hört doch nicht einfach auf.«

»Sie hört nicht auf, sie verändert sich. Sie verliert an Kraft und driftet ab ins Freundschaftliche.«

»Dann seid ihr Freunde?«

»Noch nicht, aber ich hoffe, dass wir es eines Tages sein werden.«

»Wie war eure endgültige Trennung?«

»Sie war schrecklich und sehr, sehr schmerzhaft. Es fällt mir immer noch schwer an diese Zeit zurückzudenken.«

»Willst du mich an deinem Schmerz teilhaben lassen?«

»Nein, Roman. Ich habe im letzten Jahr sehr viel durchgemacht und ich wünsche mir, das endlich vergessen zu können. Ich will ein neues Leben beginnen.«

»Versuch es mir mit Worten zu erklären. Es ist mir wichtig, deinen Schmerz zu verstehen.«

»Na gut. Vielleicht bringe ich dir ein Beispiel und erzähle dir, was mir am meisten an der Trennung von Sam wehgetan hat. Ich ... ich musste ... Linda ... ich musste ... zuhören, wie sie sich in den Schlaf weint. Eine Stunde lang saß ich zusammengekauert vor ihrer geschlossenen Tür und wartete darauf, dass sie mich in ihr Zimmer lässt. Ich wollte sie trösten, sie in den Arm nehmen, sie halten, aber ich durfte nicht zu ihr hineinkommen. Sie hat jedes Mal geschrien wie eine Irre.«

»Das klingt traurig.«

»Es war der Abend, an dem ihr Vater für immer auszog.«

Schweigen legte sich über den Raum.

»Ich hab sie ein Stück weit verloren ... an diesem Tag«, sprach ich weiter. »Mich selbst hab ich gefunden, aber meine Tochter verloren. In unserer innigen Beziehung ist seit der Trennung von Sam eine Distanz zu spüren, die einfach nicht weichen will. Egal, was ich tue. Egal, wie sehr ich mich um sie bemühe, Linda lässt mich nicht mehr an sich heran. Das tut mehr weh, als ich mit Worten ausdrücken kann. Sie hat mir schon ein paar Mal gesagt, dass sie mich hasst und zu ihrem Vater ziehen will.«

Roman zog mich mit dem Rücken an seine Brust, schlang seine Arme um mich und küsste meinen Nacken.

»Ihr werdet euch wiederfinden«, flüsterte er. »Gib ihr mehr Zeit. Und dir auch.«

*

»Roman, schläfst du schon?«

»Nein.«

»Ich kann nicht schlafen«, wisperte ich.

»Ich auch nicht«, flüsterte er zurück. Er rollte sich über mich und küsste mich. Sein Gewicht auf mir beruhigte mein Herz.

Ich wünschte mir in diesem Augenblick, wir müssten nie wieder aus diesem Bett aufstehen und in die Welt hinausgehen. Ich wünschte mir das Stillstehen der Zeit.

»Wenn wir einschlafen, dann bricht der Morgen schneller heran, als uns lieb ist. Ich hätte dir noch so viel zu sagen«, murmelte ich.

»Die Zeit war noch nie unsere Verbündete«, erwiderte er. »Wir haben uns die wenigen Stunden unserer Zweisamkeit immer abringen müssen in einem Kampf auf Gedeih und Verderb.«

»Was können wir tun, um in Kontakt zu bleiben?«, fragte ich. Meine Stimme zitterte. Ich schluckte meine Tränen hinunter. Was hätte ich für eine weitere Woche in Tarifa gegeben.

Und noch eine Woche und noch eine. Endlose Wochen in Freiheit und Liebe.

»Darf ich dich anrufen?«, fragte ich.

»Jederzeit. Ich freue mich über jedes Lebenszeichen von dir. Warum fragst du?«

»Ich frage wegen Julia. Erzählst du ihr von mir?«

»Ja«, sagte Roman. »Ich habe gestern einen Entschluss gefasst. Ich kann nicht in einem Konstrukt aus Lügen ein Kind in diese Welt setzen. Es ist einfach nicht richtig und ich habe an deinem Beispiel gesehen, wohin dieser Weg führt. In eine Sackgasse. Das ist nichts für mich. Ich spiele nicht länger den treu liebenden Freund, während ich mich nach einer anderen verzehre. Ich sage Julia noch morgen, dass ich dich noch liebe und wir uns getroffen haben. Ich erzähle ihr auch von Elena ...«

»Schlaf mit mir«, unterbrach ich ihn. Ich wollte seine Realität nicht in unseren heiligen Kosmos hereinlassen. Nicht in dieser Nacht.

»Du hast Schmerzen.«

»Ich halte sie für dich aus. Liebe mich.«

»Sarah, du bist total wund.«

»Bitte, ich flehe dich an. Ich brauche noch einmal diese intensive Nähe zu dir. Ich will mit dir verschmelzen«

»Wie könnte ich deinem Flehen je entsagen, schöne Frau. Ich werde ganz zärtlich sein, versprochen.«

*

»Sarah? Schläfst du?«

»Nein.«

»Woran denkst du?«

»An dich. An uns. Und ein wenig an Jens. Ich frage mich, wo er gerade ist.«

»Ich schätze in irgendeinem Hotel in der Nähe.«

Ich rollte mich herum und legte mein Gesicht an Romans Schulter ab. »Meinst du, es geht ihm gut?«

»Ich glaube nicht«, erwiderte er. »Aber bestimmt ist er zu stolz, um es sich selbst oder uns einzugestehen.«

Mit dieser Einschätzung lag er bestimmt richtig. Ich kicherte und er stimmte mit ein. Nach einer Weile legte er seine Finger auf meinen Schamhügel. »Tut es sehr weh?«

»Es ist auszuhalten.«

»Ich will nur betonen, dass du den harten Rhythmus vorgegeben hast. Ich wollte mich zurückhalten.«

Ich boxte ihn in den Bauch. »Jetzt spiel hier nicht den Unschuldigen, Loverboy.«

»Ich bin also dein Loverboy?«

»Ja, mein ganz persönlicher Toyboy.«

»Dann bist du die alte Lady, die mich aushält.«

»Das können wir gerne so handhaben.«

»Na warte, ich zeige dir gleich, was ich als Toyboy alles draufhabe.«

Mit einem Knurren stürzte er sich auf mich und kitzelte mich. Wir lachten, obwohl uns eigentlich nach Weinen zumute war.

*

»Bist du noch da?«

»Ja, klar«, murmelte Roman und gähnte. »Ich hab mich damit abgefunden, dass ich heute Nacht wach bleibe und dir beim Schlafen zusehe.«

»Hast du keine Angst, was die Wahrheit mit Julia anrichten wird?«

»Doch, um ehrlich zu sein, mache ich mir Sorgen um sie. Sie wird erfahren, dass die Krankheit ihrer Mutter zurückgekehrt ist und sie wird gleichzeitig mit der Wahrheit konfrontiert, dass ich nicht der bin, der ich vorgegeben habe, zu sein. Das wird sie hart treffen.«

»Du musst dir gut überlegen, ob du ihr das alles zumuten kannst. Sie ist schwanger, das darfst du nicht vergessen. Was tust du, wenn der Schock euer Kind gefährdet?«

»Mach mir keine Angst, Sarah. Ich kann nicht länger lügen. Das zerreißt mich.«

»Nicht immer ist die Wahrheit der richtige Weg.«

»Darin bist du ja Expertin«, entgegnete er zynisch.

»Manchmal ist es besser, die Wahrheit zu verschweigen, damit jene, die wir lieben, nicht noch schwerer verletzt werden. In einem Akt des Verschweigens kann auch Respekt stecken und der Wille, den anderen zu beschützen.«

»Hm, ich weiß nicht«, brummte er unzufrieden. »Wenn ich für alle anderen das Beste will, wo bleibe dann ich?«

»Entscheide im Moment, ob die Wahrheit angebracht ist«, riet ich ihm. »Hör auf deinen Bauch. Er sagt dir, was du tun musst.«

*

»Sarah?«

»Hm?«

»Ich hab Angst vor dem Vater-Sein.«

»Das musst du nicht. Du wirst ein toller Vater sein. Es passt zu dir. Bestimmt bekommt ihr ein Mädchen mit blauen Augen und blonden Haaren. Eine zuckersüße Prinzessin.«

»Denkst du?«

»Ja.«

»Wie ist das, wenn plötzlich ein Kind da ist?«, wollte er wissen.

»Es ist überwältigend. Du wirst erstaunt sein, wie viel Liebe du für so ein kleines Wesen empfinden kannst. Es wird dich von einer Sekunde auf die andere verändern. Und genau das macht mein Herz schwer.«

»Was macht dein Herz schwer?«

»Dass du dir nicht im Mindesten vorstellen kannst, wie unglaublich intensiv Elternschaft ist. Du wirst in der Nähe deines Kindes sein wollen. Das kleine Wesen wird plötzlich alles sein, was für dich zählt. Du wirst niemals wieder nach Deutschland zurückkehren.«

»Du bist alles, was für mich zählt«, sagte er inbrünstig.

Ich schüttelte den Kopf.

»Du wirst sehen, dass sich dies verändert, wenn das Baby erst mal auf der Welt ist. Kinder sind ein Wunder der Natur. Sie verändern alles. Vor allem unsere Herzen.«

*

»Roman? Schläfst du schon?«

Keine Antwort.

»Roman?«

Stille. Nur sein gleichmäßiger Atem.

Ich kuschelte mich lächelnd in seine Armbeuge. Dann schloss ich die Augen und zählte seine Atemzüge. Eins. Zwei. Drei. Vier. Fünf. Sechs. Sieben ... Wie die Sekunden, in denen unser Leben verging und wir älter wurden, verlor sich sein Atem in der Nacht. Und meiner.

»Ich liebe dich«, flüsterte ich. »Ich liebe dich für immer.«

*

Irgendwann schlief ich ein und träumte von Babys und von Familien, die sich zusammenschlossen und miteinander glücklich wurden. Als ich am Morgen die Augen aufschlug, blickte ich direkt in Romans eisblaue Tiefe.

»Hi«, flüsterte er. »Ich hab schon gepackt. Ich wollte dich nicht wecken. Du hast so tief und fest geschlafen.«

»Wie spät ist es? Müssen wir schon los?«, murmelte ich verwirrt.

»Es ist schon Mittag. Jens hat mir geschrieben. Er wird jeden Augenblick im Strandhaus eintreffen und möchte so schnell wie möglich weiterfahren. Ich würde aber gern noch eine Runde im Meer schwimmen, bevor wir nach Nerja aufbrechen. Um mich zu sammeln.«

Er drückte einen Kuss auf meine Lippen und sprang auf.

»Pass auf dich auf!«, rief ich ihm hinterher.

Roman blieb wie angewurzelt stehen. »Das hast du noch nie zu mir gesagt«, sagte er, ohne sich zu mir umzudrehen. »Wieso sagst du es ausgerechnet heute?«

»Weil ich will, dass dir nichts passiert?«

»Warum sorgst du dich plötzlich um mich, wenn ich im Meer schwimme? Hör auf damit, es macht mich abergläubisch. Am Ende ertrinke ich noch. Es würde zu unserer Geschichte passen. Ein dramatisches Ende, Romeo stirbt.«

»Unsere Geschichte wird weitergehen, Romeo. Wir schreiben diesen todtraurigen Shakespeare neu.«

Er drehte sich zu mir um und lächelte ein wunderschönes Lächeln, das mich blendete, mich umwarf, mich heilte.

»Hör ja nicht auf, davon zu träumen«, sagte er. »Versprichst du mir das? Hör nicht auf damit, dir unsere Geschichte weiter auszumalen. Ich tue es auch nicht. Niemals.«

Ich erwiderte sein Lächeln und legte eine Hand auf mein Herz. »Ich verspreche es dir.«

Ich huschte ins Bad, stellte mich unter die Dusche, putzte mir die Zähne, schminkte mich und räumte alle meine Kosmetikprodukte in meine Kulturtasche. Dabei würde mir das Herz schwer. Auch wenn wir nur fünf Tage hier gewesen waren, das himmelblaue Strandhaus war mir ans Herz gewachsen.

Ich ging – in Melancholie gefangen – noch einmal durch alle Räume, hielt in jedem inne, schloss die Augen und versank im Moment. In meinem Zimmer nahm ich die Kleidungsstücke aus dem Schrank und schichtete sie in meinen Koffer. Dabei fiel mein Blick auf das Einmachglas, das ich am Vortag mit Sand gefüllt hatte, und das noch auf meinem Nachttisch stand. Ich wickelte es in ein Badetuch und verstaute es behutsam in einer Ecke meines Koffers. Mit diesem Sand würde ich ein Gemälde gestalten, wenn ich wieder in meinem Atelier war. Ich wollte so viele Erinnerungen wie möglich festhalten und eine ganze Bilderserie zu Tarifa erschaffen.

Ein Geräusch ließ mich herumfahren. Jens lehnte mit verschränkten Armen im Türrahmen und beobachtete mich beim Packen. Seine Mimik war unergründlich, sein Blick dunkel wie immer.

»Und?«, fragte er. »Habt ihr über alles geredet?«

Ich schnaubte durch die Nase. »Ja, haben wir. Dank dir mussten wir das Gespräch zu einem Zeitpunkt führen, der uns beiden nicht gepasst hat.«

»Hättest du es lieber nicht gewusst?«, fragte er.

Die schneidende Kälte in seiner Stimme verletzte mich.

Er hatte seine Schotten erfolgreich dicht gemacht. Darin war er ein Meister.

»Bist du nie auf die Idee gekommen, dass Roman selbst entscheiden wollte, wann er mit mir über das Baby spricht?«

Jens zuckte mit den Achseln. »Wozu das Thema aufschieben? Das macht doch keinen Sinn.«

Plötzlich wurde ich unermesslich wütend auf ihn. Der Zorn verschleierte meinen Blick und ließ mich rotsehen.

»Verschwinde!«, schrie ich. »Das kannst du doch besser als jeder andere. Hau ab!«

Jens runzelte irritiert die Stirn. »Hey, mach mich nicht zum Prellbock für deine Wut auf die Realität. Was kann ich dafür, wenn Roman zu dämlich ist, um zu verhüten?«

Das brachte das Fass zum Überlaufen. Tränen schossen aus meinen Augen. »Verschwinde!«, fauchte ich. »Hau ab! Lass mich allein. Ich will hier in aller Stille Abschied nehmen und du störst mich dabei.«

»Das ist noch lange kein Grund, mich anzuschreien«, erwiderte Jens bedrohlich leise. »Ich hasse es, wenn mich jemand anschreit.«

Ich knallte den Deckel von meinem Koffer zu. »Da haben wir es schon. Wie immer geht es nur um dich«, feuerte ich ihm entgegen. »Weißt du, was *ich* hasse, Jens? *Ich* hasse es, dass du so ein verfluchter Egomane bist. Du agierst ohne Rücksicht auf die Gefühle anderer. Wie konntest du gestern abhauen? Ich verstehe dich nicht. Wie konntest du ausblenden, was zwischen uns geschehen ist? Wie konntest du mir erzählen, dass Roman Vater wird. Ich wünschte, ich hätte es nicht von dir erfahren. Du bist so ein sadistisches Arschloch.«

»Und das habe ich nie bestritten«, sagte er kalt. »Wo ist Roman überhaupt? Schwimmt er wieder im Wasser, um sich zu beruhigen. Wo ist er, hm? Er sollte jetzt hier stehen und sich deine hysterischen Gefühlsausbrüche anhören, denn er ist es auch, der sie verursacht hat.«

Plötzlich war mir sein Anblick unerträglich. Alles an seinem arroganten Gehabe machte mich rasend. Roman und ich näherten uns unserem zweiten großen Abschied und Jens tat, als würde ihn das alles nichts angehen. Ich stürmte an ihm vorbei. Er packte mich am Arm und hielt mich zurück.

»Lass mich!«, keifte ich und riss mich los.

Ich stürmte in Richtung Badezimmer, weil es mir der einzige Ort erschien, an dem ich ihn aussperren konnte. Ich hatte kaum meine Hand nach der Klinke ausgestreckt, wirbelte er mich auch schon herum. Seine Finger krallten sich in meine Oberarme und er knallte mich mit Schwung gegen die Wand.

»Verdammt, Sarah«, knurrte er. »Du machst mich wahnsinnig.«

Ungezähmte Wut blitzte aus seinen Augen auf mich nieder. Ich hielt seinem dunklen Blick stand, erhob mich mutig auf die Zehenspitzen und schob mein Kinn vor. Er würde mich nicht einschüchtern. Das würde ich nicht zulassen. Sein Gesicht näherte sich meinem Mund. Ehe ich einmal Luft holen konnte, presste er seine Lippen auf meine und küsste mich. Ich war völlig perplex. Heiße Wellen schossen durch meinen Körper und elektrisierten die Enden meiner Nervenbahnen. Jens' Zunge teilte meinen Mund, sein Bart kratzte über meine Haut. Er küsste so viel grober und wilder als Roman und brachte mich damit so viel mehr um den Verstand. Aufstöhnend schlang ich meine Arme um seinen Hals, drückte mein Becken gegen seine Hüften und erwiderte seine Küsse. Seine Hand wühlte in meinem Haar. Er benutzte sie, um meinem Kopf seine Führung aufzuzwingen. Mit Kraft schob er mich an der Wand hoch. Ich schlang meine Beine um seine Taille und ein Stöhnen entriss sich meiner Kehle. Jens' Zunge fickte meinen Mund. Eine andere Beschreibung fiel mir zu seinem Kuss nicht ein, der so animalisch und leidenschaftlich war, dass sich alle meine Sinne gleichzeitig entzündeten. Die Welt drehte sich in einem Strudel aus Gefühlen, während wir uns küssten, als gäbe es kein Morgen. Als wir zu einer Einheit verschmolzen und in eine Schwingung geraten waren, die sich unglaublich fließend anfühlte, machte er plötzlich einen Rückzieher. Ich rutschte in seinen Armen an der Wand hinab. Obwohl meine Fußsohlen wieder festen Boden berührten, konnte ich kaum stehen. Meine Beine wackelten wie Pudding. Jens sah mich an.

Verwirrung schimmerte in seinen Augen. Wir atmeten beide hektisch und unsere Lippen bebten rot und geschwollen. Ich umfasste sein Gesicht mit meinen Händen, legte meine Stirn auf seiner ab und schloss für einen Moment die Augen. Ich war so dankbar, dass er mich nicht losließ, sondern weiter in seinen starken Armen hielt.

»Jetzt fühlt es sich wieder richtig an«, sagte er heiser. »Ich musste das Gleichmaß zwischen uns wieder herstellen.«

»Ja«, erwiderte ich mit belegter Stimme. »Dieser Kuss hat uns gefehlt.«

»Ich lass dich jetzt los, okay?«

»Okay«, hauchte ich.

Er trat einen Schritt zurück und musterte mich aus schmalen Augen.

»Mach dich fertig«, sagte er. »Ich geh inzwischen an den Strand und sehe nach, wo Roman bleibt.«

Ich nickte mechanisch. Als er um die Ecke verschwunden war, fasste ich an meinen pochenden Mund. Wie eine Schlafwandlerin wankte ich in mein Zimmer und sank auf die Kante meines Bettes hinab. Ich starrte auf das Gemälde an der Wand, das ein Segelschiff auf hoher See zeigte. Verwirrt versuchte ich mich wieder zu sammeln. Das Herz trommelte in meiner Brust. Meine Hände zitterten. Mein Gott, wie sollte ich diesen atemberaubenden Kuss je wieder vergessen können?

KAPITEL 34 – ROMAN

Ich durchstieg die Wellen und stapfte an den Strand zurück. Jens wartete auf mich. Er hielt mir ein Handtuch unter die Nase, das ich ihm mit einem gemurmelten *Danke* abnahm.

»Wie fühlst du dich?«, fragte er.

Ich rubbelte über meine Haare und schlang das Handtuch um meine Schultern. »Beschissen, danke der Nachfrage und wie geht's dir?«

»Keine Ahnung«, erwiderte er ehrlich.

»Ist Sarah schon abreisebereit?«

»Noch nicht.«

Er wich meinen Augen aus und starrte angestrengt aufs Meer hinaus.

»Hast du sie geküsst?«, fragte ich überrascht. Jens fuhr wie vom Blitz getroffen zu mir herum. »Ich frag nur, weil du hast da Lippenstift am Mundwinkel kleben.«

Hektisch wischte er mit dem Handrücken über seine Lippen. »Äh, ja ... ich ... ich hab sie geküsst«, stammelte er. »Das war etwas, das ich tun musste. Es hat etwas gefehlt... nach unserer ... Nacht ... zu dritt.«

Ich runzelte die Stirn. Jens sah tatsächlich verlegen aus und er stotterte. Das hatte es noch nie gegeben. Jens und Scham, das war ein echtes Novum. Sarah schaffte es wirklich, die Palette seiner Gefühle zu erweitern.

»Bestimmt hast du ihr damit geholfen, sich nicht so zerrissen zu fühlen. Sie hat sich so nach einem Kuss von dir verzehrt. Und du dich auch nach ihrem, oder irre ich mich?«

»Hm«, grummelte er.

Wir blickten auf den Horizont, auf die schmale Linie, die den Himmel und das Meer voneinander trennte. Es dauerte eine Weile, bis die Atmosphäre zwischen uns entspannter wurde und wir wieder ganz in der Frequenz unserer tiefen Freundschaft schwangen.

»Ich verstehe deine Entscheidung nicht, aber ich respektiere sie«, murmelte er. »Du bleibst hier in Spanien bei Julia und ihrer Familie. Sag mir nur, was du von mir erwartest, wenn ich wieder zurück in Deutschland bin.«

»Du meinst in Bezug auf Sarah?«

»Ja. Wie soll ich mich verhalten?«

»Willst du sie wiedersehen?«

»Roman, du weißt, dass ich das möchte. Die Frage ist vielmehr, willst du es? Ich habe keinen blassen Schimmer, wie ich mich in Zukunft verhalten soll. Die Situation überfordert mich.«

»Halt dich von ihr fern«, erwiderte ich hart.

Er starrte mich überrascht an. Ich legte Entschlossenheit in meinen Blick. Mit mehr Kraft in der Stimme sagte ich: »Sarah ist eine geschiedene, berufstätige Mutter, die allein mit zwei Kindern lebt. Sie hat genug um die Ohren und braucht nicht noch mehr Verwirrungen in ihrem Leben. Ich will, dass sie glücklich wird und du, Jens, du hast noch nie eine Frau glücklich gemacht. Seit ich dich kenne, stürzt du sie alle ins Verderben.«

»Okay«, sagte er leise. »Du hast recht. Ich halte mich aus ihrem Leben raus.«

»Es gibt eine Ausnahme, eine einzige.«

»Und die wäre?«

»Wenn sie dich kontaktiert und dich treffen will, dann kannst du ihrem Wunsch gerne nachkommen. Die Initiative muss aber von ihr ausgehen.«

»Wieso?«, fragte er mit gerunzelter Stirn.

»Sie soll ihre wiedergefundene Freiheit genießen und nicht wieder in den Fesseln irgendwelcher Schwüre und Verpflichtungen festhängen. Sie soll tun, wonach ihr der Sinn steht. Wenn sie dich sehen will, dann soll sie das ruhig tun.«

»Okay, ich hab's kapiert«, sagte er knapp.

»Gut, dann lass uns aufbrechen, auch wenn es mir so schwerfällt, das alles hier zurückzulassen.«

»Mir fällt es auch schwer«, erwiderte er rau.

Ich seufzte. »Wie können wir Tarifa zurücklassen, wo es uns doch so glücklich gemacht hat?«

»Wir werden wiederkommen«, erwiderte Jens. »Du erinnerst dich ... die Pläne, die wir vor einem Jahr geschmiedet haben. Wir wollten uns hier niederlassen. Eines Tages. Zusammen.«

»Ich erinnere mich«, murmelte ich. »Ich erinnere mich.«

*

Die Autofahrt verlief schweigsam. Sarah hatte sich auf der schmalen Rückbank in meine Arme geschmiegt und wir klammerten uns aneinander fest wie Ertrinkende. Ohne Unterbrechung küssten wir uns. Mein Surfbrett und mein Gepäck hatten wir auf den Beifahrersitz geschnallt, ohne Jens groß um Erlaubnis zu fragen. Es war eine Art Statement ihm gegenüber, der durch diese Konstruktion wie unser Chauffeur wirkte. Mit versteinerter Miene lenkte er den Wagen, ohne uns zu beachten. Das geschah ihm recht. Er hatte von sich aus entschieden, aus unserem Dreiergefüge auszusteigen.

Diese Restriktion musste er nun ausbaden.

Die Musik wummerte aus den Lautsprechern. Jens hatte sie auf vollste Lautstärke aufgedreht, um den Straßenlärm zu übertönen. Er spielte ein einziges Lied in der Endlosschleife. *Stoned in Love* von *Chicane.* Das wiederum war sein Statement an uns.

Als wir nur noch zehn Minuten von Nerja entfernt waren, fischte ich mein Handy aus der Tasche und schrieb Julia eine Nachricht. Sie antwortete sofort, dass sie zu ihren Eltern gegangen war und dort auf mich warten würde. Eine eiserne Faust schloss sich um mein Herz, als ich ihr zurückschrieb, dass ich in Kürze dort eintreffen würde. *Die Stunde der Wahrheit.* Ich beugte mich vor und legte Jens die Hand auf die Schulter. Er nickte mit zusammengepresstem Kiefer, als ich ihm erklärte, dass er mich direkt beim Haus von Marie und Walter absetzen sollte.

Ich sank zurück in den Sitz und blickte Sarah ins Gesicht. Tränen schimmerten in ihren braunen Augen.

»Ich bin nicht gut im Abschiednehmen«, sagte ich mit einem Knoten im Hals. »Lass es uns mit einem Ruck machen.«

»Du meinst kurz und schmerzlos?«

»Ja, kurz und schmerzvoll«, korrigierte ich sie.

Sie nickte und presste die Lippen aufeinander. Der Fahrtwind verwirbelte ihre Haare und unterstrich ihre Zerrissenheit, gleichzeitig betonte das Wilde ihre unvergleichliche Schönheit.

Ich liebte sie. Ich liebte diese Frau. Hatte ich es ihr oft genug gesagt? Sollte ich es ihr noch mal sagen? Unsere Liebe war in den vergangenen Tagen gereift und gewachsen. Würden wir diese starke Verbindung über die Entfernung hin aufrechterhalten können? Ich fuhr mit einer Hand unter ihr Haar und zog ihr Gesicht zu mir heran.
Und ich küsste sie.
Ich küsste sie.
Immer wieder.
Ich küsste sie.
Ich küsste sie, bis der Wagen endgültig zum Stehen kam.
Und selbst dann küsste ich sie noch weiter.

Jens räusperte sich neben uns. »Roman, ich hab deine Sachen auf den Straßenrand gestellt«, meinte er und fuchtelte mit seinen Armen in der Luft herum.

»Ja, danke«, murmelte ich an Sarahs Hals, die weinend in meinen Armen lag.

Tränen verwässerten meinen Blick. Ich schluckte sie hinunter. Alle, bis auf den letzten Tropfen. Ich wollte stark sein. Ich musste gehen. Es war ein Abschied, aber er war nicht für immer. Es war Zeit, ich musste gehen, ehe Julia oder ihre Eltern auf der Straße auftauchten, um nachzusehen, wo ich blieb.

»Mach's gut«, flüsterte ich an Sarahs Ohr. »Und tu, was immer dich glücklich macht. Sei grenzenlos.«

Sie schluchzte verhalten auf. »Ich schwör dir, dass unsere Trennung diesmal nicht so lange andauern wird wie beim letzten Mal. Ich werde dich bald besuchen kommen. Okay? Ich brauch nur ein wenig Zeit, um hier alles zu regeln.«
Sie nickte und über ihre Wangen liefen Tränen.
Dieser Anblick zerfetzte mich.

»*Weil ich niemals dich anhielt, halt ich dich fest**«, wisperte ich.

Sie seufzte. »Auf Wiedersehen, Roman«, presste sie hervor.

»Auf Wiedersehen, Sarah.«

Ich riss mich los und sprang behände aus dem Wagen, ohne die Tür zu öffnen. Mein Magen krampfte. Das Blut in meinen Adern pumpte sich zu Tode ... vor Angst, vor Panik, vor Schmerz.
Ich drehte mich nicht um.

Jens schlang einen Arm um meinen Hals. Ich konnte sehen, dass in seinen Augen ebenso zurückgehaltene Tränen schimmerten. »Hoffentlich sehen wir uns bald wieder«, murmelte er und klopfte mit der Faust auf meinen Rücken.

»Ich vermisse dich jetzt schon, Roman. Ich vermisse dich.«

Ich schluckte. »Ich vermisse dich auch, Jens. Jeden Tag.«

Schwungvoll bückte ich mich nach meiner Tasche. Beim Aufrichten wurde mir schwarz vor Augen. Es war mein tiefstes Innerstes, das mich blockierte. Es brach in sich zusammen, als hätte jemand Beton über mich gegossen, der mich unter seinem tonnenschweren Gewicht begrub. Ich schlang den breiten Träger der Tasche über meine Schulter und klemmte mir das Board unter den Arm. Tapfer ging ich los.

Ich machte den ersten Schritt ... noch einen ... noch einen.

Aber dann hielt ich inne und wandte mich um.

Sarah war aus dem Wagen geklettert und stand nun neben Jens auf dem Gehweg. Die beiden so dicht nebeneinander zu sehen und zu wissen, dass wir in wenigen Sekunden getrennt voneinander sein würden, ließ mich wie vom Donner gerührt erstarren. Ich versuchte mit der reinen Kraft meines Willens meine Augen von diesem Bild loszureißen. Ich schaffte es nicht. Sarahs Anblick war so atemberaubend schön und so unfassbar traurig.

Ich konnte es kaum ertragen. Meine Beine zitterten.

Ich atmete kaum noch.

Verzweifelt schnappte ich nach einem letzten Rest Luft und saugte gleichzeitig Sarahs Abbild in mich hinein. Hinter ihrem Rücken wich der letzte Rest von Farbe aus dem stahlblauen Himmel. Was war das? Zogen da Gewitterwolken von Osten heran? Würde es endlich, endlich Regen geben?

Nach zwei Monaten gnadenloser Dürre?

Ich zwang ein Lächeln auf mein Gesicht, das Sarah zögerlich erwiderte. Wir lächelten uns zu. Die Liebe in unserem Blick war so stark. Sie war endlos. Ich warf Sarah eine letzte Kusshand zu, tippte mir an die Stirn und wirbelte herum. Mit langen Schritten ging ich auf und davon.

*

Als ich das schmiedeeiserne Gartentor hinter mir zugedrückt hatte und den kleinen Weg zum Haus entlanglief, frischte der Wind deutlich auf. Es war eine Metapher der Natur, dass gerade jetzt, in diesem bizarren Moment des Abschieds, der Himmel einstürzte. Wollte der Sturm mich aufhalten? Mich bremsen? Sein Flüstern beschwor mich umzukehren. Ich ignorierte seine mahnende Stimme und lehnte mich gegen die Naturgewalt an. Ich kämpfte mich bis zum Haus von Julias Eltern vor.

Ich bin stärker. Ich bin stark. Ich tue das Richtige.

Ein erster Donner krachte in der Ferne. Meine Nackenhaare stellten sich bei den bedrohlichen Vibrationen, die über den Himmel liefen, einzeln auf. Das seltsame Zwielicht, das über der Landschaft lag und die explodierende Luft verbreiteten Unbehagen. Die Schwüle verzog sich mit den Windböen, die alles rund um mich klappern, zittern und klirren ließen und plötzlich war es so kühl wie schon seit Wochen nicht mehr.

Mit einem Hechtsprung rettete ich mich ins Haus, ließ meine Sachen auf den Boden fallen und schloss die Eingangstür. Keuchend lehnte ich mich dagegen und lauschte. Es war so verdächtig still, in einem Haus, in dem sonst immer fröhliches Treiben herrschte. Kein Laut war zu hören.

»Hallo?«, rief ich. »Ich bin's!«

Ich streifte durch die Gänge und landete schließlich im geräumigen Wohnzimmer. Der Wind pfiff ums Haus. Das nahende Gewitter rüttelte an den Fensterläden. Staub und Dreck klatschten an die breite Glasfront, die zur Terrasse hinausführte. Eine Uhr tickte.

Es brauchte nur einen einzigen Blick auf Julias Familie und ich wusste, was es gespielt hatte. Julia und ihre Mutter saßen auf der Couch und lagen sich weinend in den Armen. Walter hockte auf einem der Barhocker an der Kücheninsel und hatte den Kopf in seinen Händen vergraben.

Mit grauem Gesicht sah er zu mir hoch, als ich mich näherte.

»Hallo, Roman«, sagte er matt. »Gut, dass du da bist. Wir haben dich ganz schön vermisst.«

»Hallo, Walter«, erwiderte ich und legte ihm eine Hand auf den

Arm. Julia blickte von der Schulter ihrer Mutter auf und fixierte mich. Sie sah fürchterlich aus. Ihre Wangen und ihre Augen waren vom Weinen aufgequollen und rot. Ich ging zur Couch hinüber und setzte mich neben die beiden Frauen. Julia warf sich mit einem schweren Seufzen in meine Arme. Während ich ihren Rücken streichelte und sie festhielt, stellte ich Augenkontakt mit ihrer Mutter her. Was ich in den Tiefen ihrer Pupillen sah, erschütterte mich. Ihr Wille zu Leben war gänzlich daraus verschwunden. Da war nicht einmal mehr die Spur des Kampfgeistes, den sie früher einmal besessen hatte. Wie ein trüber Teich verschleierte die Hoffnungslosigkeit in einer nebeligen Schicht ihre Iriden. Mein Gott! Marie hatte sich aufgegeben.
Sie schüttelte den Kopf, während Tränen über ihre Wangen liefen. Ich traute mich nicht zu fragen, aber die Worte verließen meine Lippen, ehe ich sie aufhalten konnte.

»Wie lange noch?«, fragte ich.

Julia schluchzte auf in meinen Armen.

Ihre Mutter antwortete nicht.

»Marie?«, bohrte ich nach. »Was sagen die Ärzte denn?«

»Es ist nicht ganz hoffnungslos«, sagte sie heiser. »Aber es wird eine extrem aggressive Behandlung notwendig sein und mindestens zwei Operationen, wenn nicht drei.«

Ich schluckte, schloss die Augen und kämpfte gegen meine Verzweiflung an. Warum traf es immer die Guten? Wer bestimmte unser Schicksal da oben und warum wurden uns immer, immer Steine in den Weg gelegt, obwohl wir doch nur leben und lieben wollten?

Marie erhob sich schwerfällig vom Sofa und schleppte sich zur Küche hinüber. Walter sprang sofort auf, um ihr ein Glas Wasser an der Spüle einzuschenken. Als ich dieses einst so unbeschwerte und liebenswürdige Ehepaar dabei beobachtete, wie sie mit gesenkten Köpfen und gebeugtem Rückgrat durch den Raum schlurften, wusste ich plötzlich, dass ich ihnen etwas geben musste, dass ihnen neue Hoffnung schenken konnte. Sie hatten mich einst aufgefangen, nun war die Zeit gekommen, mich bei ihnen zu revanchieren.

Julia legte den Kopf in den Nacken und sah zu mir hoch.

»Du warst ganz schön lange weg«, murmelte sie.
»Es waren nur ein paar Tage, Jules.«
»Mir kamen die wie Jahrzehnte vor.«
Mir auch, dachte ich. *Mir auch.*
»Ich hatte ständig das Gefühl, du würdest nicht mehr wiederkommen.«
»Aber ich bin hier«, murmelte ich. »Oder etwa nicht?«
»Und trotzdem bist du es nicht, nicht wahr?«
Ich senkte meine Lider und schluckte.
»Konntest du nachdenken?«, flüsterte sie mir ins Ohr. »Hast du dich entschieden?«
»Ja, hab ich«, flüsterte ich zurück. »Verzeih mir, es war furchtbar, dass ich dich mit meiner Entscheidung so lange hab hängen lassen. Selbstverständlich bekommen wir das Baby und ich werde dich unterstützen so gut ich kann. Ein Abbruch kommt nicht in Frage.«
Ein zögerliches Lächeln malte sich auf ihr Gesicht und erhellte ihre traurigen Züge. Ich wartete auf den altbekannten Druck auf meinem Brustkorb, aber er blieb aus, als ich das Glück in Julias Mimik zurückkehren sah.
Mit einem Herzen schwer wie Blei dachte ich an Sarah. Ich dachte an unsere letzte gemeinsame Nacht und die vielen innigen Gespräche, die wir geführt hatten. Ihre Worte hallten durch meinen Kopf. Wie die Wellen des Meeres schlugen sie Schneisen in meine Gedanken.

Ich musste Sarah loslassen, wenn ich das hier schaffen wollte.

Ich musste sie loslassen.

Schon wieder.

Immer wieder und wieder und wieder.

Ich musste sie loslassen.

Die Erinnerung stellte sich schützend vor Tarifa und hüllte all die schönen Erlebnisse in einen Mantel aus Gold. Gekonnt sperrte ich dieses Gold in mir weg, versperrte Sarah tief in meinem Herzen.

So wie ich das schon immer gemacht hatte.

Tief.

Tief.

Tiefer.

Sie sank in mich hinein.

»Erzähl es ihnen«, raunte ich Julia zu und deutete mit dem Kinn auf ihre Eltern, die sich an der Küchenzeile stehend in den Armen lagen. »Sie brauchen einen Anker, der sie hält und ihnen Hoffnung gibt. Deine Mutter braucht etwas, wofür es sich zu kämpfen lohnt.«

Julia nickte mit zusammengepressten Lippen. Sie beugte sich vor und küsste mich auf den Mund.

»Danke«, flüsterte sie. »Danke, dass du zurückgekommen bist. Im Grunde deines Herzens wolltest du ein anderes Leben und ich weiß das.«

Ich versuchte mein Erstaunen zu verbergen. War Julia am Ende intuitiver, als ich gedacht hatte? Hatte sie mich durchschaut? Was wusste sie über mich, ohne dass ich es ihr verraten hatte?

»Roman, du willst etwas anderes, als dieses Leben mit mir, hab ich recht?«

Es war der schlechteste und zugleich beste Zeitpunkt, ihr von Sarah und mir zu erzählen. Aber dann fielen mir Sarahs Worte ein und ich entschied mich gegen die brutale Wahrheit. *Manchmal ist es besser, die Wahrheit zu verschweigen, damit jene, die wir lieben, nicht noch schwerer verletzt werden. In einem Akt des Verschweigens kann auch Respekt stecken und der Wille, den anderen zu beschützen. Entscheide im Moment, ob die Wahrheit angebracht ist. Hör auf deinen Bauch. Er sagt dir, was du tun musst.*

»Was ich will, steht heute irgendwie nicht zur Debatte«, erwiderte ich.

Julia nickte ergeben. Sie wusste, sie würde nicht mehr aus mir rauskriegen, also ließ sie von mir ab und kam auf die Beine.

»Mama, Papa, ich muss euch etwas erzählen. Es ist ausnahmsweise Mal eine schöne Nachricht, sehr überraschend, aber trotzdem schön. Ich hoffe, ihr freut euch.«

Während sie ihren Eltern von dem Baby berichtete, behielt ich Julias Mutter fest im Blick. Das kleine Licht in ihren Augen, dieses winzige Leuchten, in dem sich mir der Keim einer neuen Hoffnung zeigte, bestärkte mich darin, dass ich das Richtige getan hatte. Nicht für mich, aber für die Menschen, die ich liebte.

*

Walter und ich fuhren in seinem Wagen an den Strand hinunter. Erste schwere Regentropfen klatschten auf die Windschutzscheibe. Der Sturm fegte über das Land und beugte die Stämme der Palmen. Die Menschen in den Gassen flüchteten vor dem herannahenden Unwetter. Kreuz und quer hasteten sie über die Straße. Der Himmel war schwarz wie die Nacht.

»Das kam ja ganz schön überraschend mit dem Baby«, sagte Walter zu mir.

»Ja, für uns auch.«

»Ein Kind ist eine große Verantwortung. Fühlt ihr euch der überhaupt gewachsen? Ihr seid noch so jung.«

Ich blickte aus dem Fenster. »Diese Frage ist sinnlos. Es bleibt uns im Grunde nichts anderes übrig, als dass wir uns der Verantwortung stellen.«

Walter brummte zustimmend vor sich hin. »Auch wieder wahr.«

»Was gibt es Neues im Club?«, fragte ich, um das Thema zu wechseln.

Julias Vater schilderte mir die Ereignisse. Elena hatte überraschend gekündigt und Javier hatte wieder mal Streit mit unserem Getränkelieferanten angefangen. Eines der Baldachinbetten war eingebrochen und in der Küche war einer der Kühlschränke kaputtgegangen. Irgendwelche Betrunkenen hatten Barhocker entwendet und die Buddha Statue im Flur war mit schwarzen Lackstiften verunstaltet worden. Die Liste wurde immer länger. Während Walter redete, tippte ich die Punkte in meine Notiz-App ein und überlegte mir, wie ich jedes der Probleme lösen könnte.

»Marie und ich reisen nächste Woche nach Hamburg. Ich lege die Führung des Clubs dann in deine Hände«, sagte Walter. »Zuerst interimistisch, aber wenn es gut läuft, dann ...«

»Es wird gut laufen, ich schaffe das«, unterbrach ich ihn, damit er nicht weitersprach.

Ich wollte in diesem Moment nicht hören, dass er mir den Club überschreiben wollte.

Die Pläne für meine Zukunft hatten sich geändert. Der Beachclub

war nicht mehr die Endstation meiner Sehnsucht.
Am nächsten Kreisverkehr dirigierte ich Walter nach rechts und bat ihn, mich an den *Cuevas* abzusetzen.

»Ich muss Alfredo den Schlüssel für das Strandhaus zurückgeben.«

»Okay, ich warte im Wagen auf dich.«

»Das musst du nicht. Ich muss noch was erledigen.«

»Und wie kommst du an den Strand runter?«

»Zu Fuß«, beeilte ich mich zu sagen.

Walter blickte skeptisch in den Himmel. »Bei dem Wetter?«

»Es macht mir nichts aus, wenn ich nass werde. Du kennst mich ja.«

»Na gut, wie du meinst.«

Er setzte mich an den Höhlen ab und brauste davon. Ich arbeitete mich gegen den Sturm vor und hämmerte an die Tür der Angestelltenräume.

Alfredo riss die Tür weit auf und der Sturm wütete in den Raum und fegte einen Papierstapel von einem der Schreibtische. Hinter meinem Rücken erschütterte ein gewaltiger Donner die Welt. Wir zuckten erschrocken zusammen.

»*It's the end of the world as we know it**«, sagte ich auf Englisch.

Alfredo starrte stirnrunzelnd aus dem Fenster.

»No end«, erwiderte er. »It's only water for the world.«

Ich legte den Schlüsselbund auf dem Schreibtisch ab.

»Sag deinem Sohn noch mal danke für das Haus. Wir hatten eine großartige Zeit in Tarifa.«

Meine Stimme brach. Tränen stiegen mir in die Augen. Mir entglitt ganz langsam aber sicher die Kontrolle. *Eine großartige Zeit war noch untertrieben. Es war meine beste Zeit gewesen.*
Alfredo musterte mich eindringlich.

»Warum bist du nicht bei deiner Lady geblieben?«, fragte er.

Gute Frage. Warum? Warum? Warum? Ja, warum zum Teufel war ich nicht bei meiner Lady geblieben?

»Lässt du mich in die Höhlen?«, krächzte ich, ohne auf seine Frage einzugehen. »Bitte. Es ist wichtig.«

Er nickte. »Gut«, meinte er. »Aber ich wollte in zwanzig Minuten nach Hause gehen. Ich besuche heute meine Tochter und mein Enkelkind.«

»Zwanzig Minuten reichen mir«, würgte ich hervor.

Alfredo begleitete mich zur Schranke. Als ich an ihm vorbeischlüpfen wollte, legte er mir seine Hand auf die Schulter und hielt mich auf. Fest und schwer ruhte sie auf meiner Haut.

»*Mañana otro gallo cantará**«, sagte er.

Ich verstand die spanischen Worte nicht, nahm aber an, dass sie mich trösten sollten.

»Gracias«, murmelte ich. »Gracias.«

Dann stolperte ich davon, hastete die Treppe hinunter und tauchte in den *Saal des Wasserfalls* ein. Mein Ziel war jene verborgene Höhle, in der ich Sarah das erste Mal nach unserem Wiedersehen geküsst hatte. Genau an diesem Ort wollte ich mich meinem Schmerz und meiner Trauer stellen. Mit großen Schritten durchquerte ich die erhabenen Räume aus Gestein. Mit jeder Bewegung verlor ich meinen schützenden Panzer.

Wie eine Zwiebel schälte ich mich und als ich in der kleinen dunklen Höhle angekommen war, war ich restlos freigelegt. Ich war am Kern. Ich war ich.

Atemlos legte ich meine Handflächen auf der rauen Wand ab, an die ich Sarahs Körper vor Tagen gedrückt hatte. Mein Kinn sank hinab. Ich streckte die Arme durch und begann zu weinen.

Der erste verzweifelte Schluchzer, der sich aus meiner Brust befreite, brachte die Stalaktiten zum Schwingen, der zweite ließ die Stalagmiten erzittern, der dritte schickte ein Beben durch die Höhlenwände.

Aber es war mein schmerzhafter Schrei, der einen Riss durch den unverwüstlichen Stein meines Herzens schickte.

KAPITEL 35 – SARAH

Jens und ich hatten schon hundert Kilometer zurückgelegt und ich weinte noch immer. Mein Kopf lehnte an der Scheibe seines Cabrios und die Tränen flossen lautlos über meine Wangen und tropften auf mein schwarzes Kleid.

Wir fuhren mit geschlossenem Verdeck direkt in eine gewaltige Gewitterfront hinein. In der Ferne zeigte mir die gestrichelte schwarze Wand, dass dort ein Sturzregen auf uns wartete. Jens sprach nicht mit mir. Ein Seitenblick verriet mir, dass er gegen seine Emotionen ankämpfte. Seine Kieferknochen mahlten und er umklammerte das Lenkrad so fest, dass seine Fingerknöchel weiß hervortraten. Der Sturm rüttelte an dem Wagen und Jens hatte Mühe ihn auf Spur zu halten. Ab und zu hörte ich ihn leise fluchen. Er hatte die Musik leiser gedreht und die Klimaanlage ausgeschaltet. Mir war trotzdem kalt.

Es fühlte sich so schrecklich an, dass wir Roman in Nerja zurückgelassen hatten.

So falsch. Falsch. Falsch. Falsch.

Am liebsten wollte ich Jens zur Umkehr auffordern und Roman zurück in unsere Arme holen.

»Sarah, bitte, jetzt beruhig dich langsam mal«, blaffte er, als ich mich lautstark in ein Taschentuch schnäuzte. Die Schärfe in seiner Stimme versetzte mir einen schmerzhaften Stich. Ich hielt erschrocken die Luft an.

»Dein Heulen bringt uns auch nicht weiter.«

»Was stört dich denn daran?«, fragte ich mit nasaler Stimme.

Jens maulte vor sich hin, ohne dass ich seine Antwort verstehen konnte.

»Wie willst du ein guter Psychologe werden, wenn dich das Weinen einer Frau aggressiv macht?«

»Das hat nichts mit meinem Beruf zu tun.«

»Auch gut. Ich geb's sowieso auf, dich verstehen zu wollen.«

Er stöhnte enerviert auf. »Ich brauch nur einen Moment in Stille. Ist das so schwer zu verstehen? Dein Geflenne macht mich nervös. Ich bin aber derjenige, der sich auf dieser Scheißfahrt konzentrieren muss, ich bin der Fahrer.«

Ich verschränkte die Arme vor der Brust. »Und ich brauch einen Moment der Trauer, in dem ich meinen Gefühlen freien Lauf lassen kann. Ist *das* so schwer zu verstehen? Es würde dir übrigens auch nicht schaden, wenn du deine Gefühle herauslässt, anstatt sie wieder zu verdrängen. Der Abschied von Roman war für dich doch genauso schmerzhaft, oder etwa nicht?«

Jens warf mir einen düsteren Blick zu. Er betonte die Vokale beim Sprechen. »Sa-ra-h, ich brauch Ruhe. Das heißt, ich will nicht reden. Verdammt, was kapierst du daran nicht?«

Er stieg aufs Gas und überholte in einem waghalsigen Manöver einen Lastwagen. Ich kreischte auf, als ich den herannahenden Gegenverkehr bemerkte. Jens beschleunigte und zog den Wagen in letzter Sekunde wieder nach rechts. Der LKW hupte uns empört hinterher.

»Willst du uns umbringen?«, schrie ich erstickt.

Das Herz schlug mir bis zum Hals hinauf. Das war verflucht knapp gewesen. Jens raste weiter und direkt in die Mauer des Platzregens hinein. Aufstöhnend ruckelte er an dem Lenkrad. Auf den trockenen Straßen staute sich das Wasser und der Wagen geriet ins Aquaplaning. Wir schlitterten von links nach rechts, aber Jens hatte den Mercedes schnell wieder unter Kontrolle. Ich stieß zischend den Atem aus. Vor uns war kaum noch freie Sicht. Der Himmel hatte seine Schleusen geöffnet und der Regen trommelte dicht und schwer auf uns nieder. Die Scheibenwischer mühten sich durch die Fontänen aus Wasser, schafften es aber nicht, die Massen zu bewältigen. Jens stieg aufs Gas und der Wagen schoss aufs Geratewohl in die Regenfront hinein.

»Halt an!«, schrie ich. »Halt an!«

Er demonstrierte mir mit einem Knurren, dass er von meinen Einwänden nicht viel hielt. Also boxte ich ihn in die Rippen. Nur ganz leicht, aber ich wusste, es würde ihn zu einer Reaktion verleiten. Hoffentlich zu einer, die mein Überleben sicherte.

Wie zu erwarten, explodierte er. Mit einem zornigen Aufschrei und einem obszönen Fluch lenkte er das Cabrio auf einen Parkplatz und stieg dort so hart in die Bremsen, dass ich in den Gurt geschleudert wurde. Mit funkelnden Augen wandte er sich mir zu. Ich erwiderte seinen Blick mutiger, als ich mich fühlte.

»Was soll das?«, blaffte er. »Du weißt, ich hasse es so, wenn mich ...«

»Es macht keinen Sinn weiterzufahren«, unterbrach ich ihn. Ich versuchte meiner Stimme einen selbstsicheren Klang zu geben.

»Du riskierst unser Leben.«

»Ich will aber so schnell wie möglich an unserem Ziel ankommen«, stieß er zwischen den Zähnen hervor.

Mein Blick fiel auf das Display des Navis, in das er meine Heimatadresse eingegeben hatte.

»Machen wir diesmal keinen Zwischenstopp?«

Er würde doch nicht allen Ernstes vierundzwanzig Stunden durchfahren wollen?

Jens Gesichtsausdruck veränderte sich. Die Wut verschwand aus seinen Augen und wich einem gefährlichen Flackern.

»Willst du denn einen Zwischenstopp einlegen?«, fragte er rau. Ich biss mir auf die Lippen und starrte aus dem Fenster. Das Trommeln des Regens war ohrenbetäubend laut. »Wir können in Marseille halten, wenn *du* das möchtest«, sagte er.

Er betonte das *du* auf eine Art und Weise, die mir etwas verriet, das ich nicht zuordnen konnte.

»Äh ... ich ... also ... ich dachte bei einem Stopp nicht zwingend an Marseille«, erwiderte ich leise. »Wie willst du die weite Strecke schaffen, ohne dich auszuruhen oder zu schlafen?«

»Lass das ruhig meine Sorge sein«, entgegnete er arrogant. »Ich bin schon weitere Strecken in einem Rutsch durchgefahren.«

Wir schwiegen. Plötzlich lag Jens' Hand auf meiner Wange. Ich drehte mein Gesicht in seine Berührung hinein.

Elektrische Impulse jagten über meine Haut. Die Spannung im Wagen wuchs und wuchs. Jens wischte andächtig mit seinem Daumen die letzte Spur meiner Tränen weg.

»Nicht weinen, Sarah«, raunte er mir zu. »Es zermürbt mich, wenn ich nichts tun kann, damit du dich besser fühlst.«

Ich schloss die Augen und spürte dem Prickeln nach, das seine Finger auf meiner Haut hinterließen. »Der Abschied von Roman hat mich so hart getroffen. Härter, als ich dachte. Ich halte es kaum aus«, wisperte ich.

»Roman wird einen Weg finden, um mit dir zusammen zu sein. Ich kenne ihn. Er wird sein Leben in Ordnung bringen und dann zu dir zurückkommen. Bald schon. Du musst darauf vertrauen.«

»Ich finde keine Gewissheit in mir, keine Hoffnung. Wie soll ich darauf vertrauen? Unsere Situation erscheint mir so hoffnungslos.«

»Das ist sie nur in deinem Kopf«, erwiderte er. Seine Stimmlage wurde eindringlicher. Er ließ mich los. »Sarah, du hast ein schönes Leben und mit diesem musst du weitermachen. Es führt zu nichts, sich in einem Gefühlstaumel zu verlieren. Ich bin kein Nostalgiker. Das liegt mir nicht. Ich schreite voran, ohne auf die Vergangenheit Gewicht zu legen. Und das würde ich dir auch empfehlen.«

Ich blickte ihn an. »Fühlst du denn überhaupt nichts?«

Jens stützte seine Arme auf dem Lenkrad ab und beugte seinen Oberkörper nach vorne. Finster starrte er in das Gewitter hinaus. Zwei Blitze erhellten den Himmel, kurz darauf erfolgte ein lauter Donnerschlag. Ich erschauerte.

»Fühlst du denn gar nichts?«, wiederholte ich meine Frage.

»Ich will nicht darüber sprechen.«

»Es würde mir aber helfen und ich würde mich nicht so einsam fühlen ... mit meinem Schmerz.«

»Sarah, ich kann nicht.«

»Versuch es. Für mich.«

»Jetzt treib mich nicht so in die Enge«, schnauzte er.

»Ich will es wissen ...«

»Scheiße«, stieß er hervor und ich konnte plötzlich den tiefen Schmerz in seiner Stimme erahnen. »Du willst wissen, was ich fühle? Ich hab verdammt noch mal das Gefühl, irgendetwas zerreißt gerade in mir, weil ich weiß, dass ich nicht nur ihn verliere, sondern auch dich«, sagte er gequält. Ich starrte ihn mit offenem Mund an. »Ich will dich küssen«, sagte er heiser. »Jetzt. Hier. In meinem Wagen. Dich einfach nur küssen. Ich will dich an mich ziehen und küssen. Und ich will einen Zwischenstopp in Marseille einlegen. Ich will, dass du dich auf meine Dunkelheit einlässt. Ich will dir meine Welt zeigen. Alles in ihr. Selbst jene Dinge, die mir selbst Angst machen, weil sie so gewaltvoll und düster sind.«

Ich sagte nichts darauf, rückte aber zur Sicherheit ein Stück weit von ihm ab. Wenn er mich jetzt küsste, dann würde es um mich geschehen sein. Jens' Küsse waren tödlich, sie waren Dynamit, sie waren Eruptionen, die alles aufrissen, das nicht aus Granit gemacht war. Heiß und animalisch und gut. Ich würde mich in ihnen verlieren. Für immer.

Jens bemerkte mein Zurückweichen und legte die Stirn auf seinen Unterarmen ab. In diesem Moment sah er so verletzlich und einsam aus, dass ich mich beherrschen musste, um ihn nicht zu berühren.

»Bitte, ich kann nicht«, sagte ich mit belegter Stimme. »Ich kann dich nicht küssen und ich kann nicht noch einmal in Marseille anhalten. Es geht nicht, Jens. Nicht ohne Roman. Bitte bring mich nach Hause. Ich will nur nach Hause ... zu meinen Kindern.«

Wieder liefen Tränen aus meinen Augen. Ich konnte sie nicht zurückhalten. Sie waren wie der Regen, auf den die Welt so lange gewartet hatte.

Ein Ruck ging durch Jens' Körper. Er richtete sich auf, fuhr sich mit beiden Händen durch die Haare und legte sie auf dem Lenkrad ab. Es war faszinierend, wie er sein Innerstes binnen Sekunden in seinem Schatten verstecken konnte.

»Okay, dann lass uns weiterfahren«, sagte er mit einem kalten Blick auf mich. »Ich verspreche dir, ich fahre langsam und vorsichtig. Wenn wir hier stehen, verlieren wir wertvolle Zeit. Da hinten sieht es außerdem so aus, als würde der Himmel wieder heller werden. Das Gewitter zieht weiter.«

»Tut mir leid, wenn ich dir mit meiner Entscheidung wehgetan habe,« murmelte ich. »Hab ich es? Dir wehgetan?«

Jens startete den Motor und warf mir einen letzten intensiven Blick zu, bevor er den ersten Gang einlegte.

»Im Schmerz ist so viel Weisheit wie in der Lust«, sagte er kühl und trat ins Gaspedal. Der Wagen schoss nach vorne. *»Dass er wehtut ist kein Argument gegen ihn, es ist sein Wesen.*«*

Ich lehnte meinen Kopf gegen die Nackenstütze und betrachtete die Wassertropfen, die über der Scheibe zerliefen.

Wie schnell der Sommer zu einem Ende gekommen war.

Es war faszinierend.
Die Hitze. Die Glut.
So sehr man sich in den heißen, unendlichen Wochen der Dürre nach einer Abkühlung gesehnt hatte, wenn sie dann da war, verlor man sich dennoch in einer Wehmut, die kein Ende kannte.
Diese Zeit in Spanien.
Sie würde unvergessen bleiben. Sie war mein gewesen.
Das Telefon in meiner Tasche gab einen Ton von sich. Ich kramte es heraus und warf einen Blick auf das Display.

Roman hatte mir getextet.

Ich las das Gedicht, das er für mich geschrieben hatte, und presste das Handy mit der Faust gegen mein Herz. Ich konnte förmlich seine Stimme hören. Er hatte mir so viele Gedichte in diesem Urlaub vorgelesen. So viele.

Lächelnd schloss ich die Augen und verlor mich in der Beständigkeit meiner Erinnerung. In Gedanken war ich bei Roman, während wir die Grenze zu Frankreich passierten und das Land verließen, in dem er lebte.

In das Gestein
der Zeiten
mauer ich dich ein,
still verborgen
mein Geheimnis
wirst du am Tage sein.
Erst wenn die Nacht
gekommen,
lass ich dich wieder frei.
Damit die Welt
der Träume
der Ort
für unsere Liebe sei.

(für S.B. von R.S.)

Sarahs Skizze

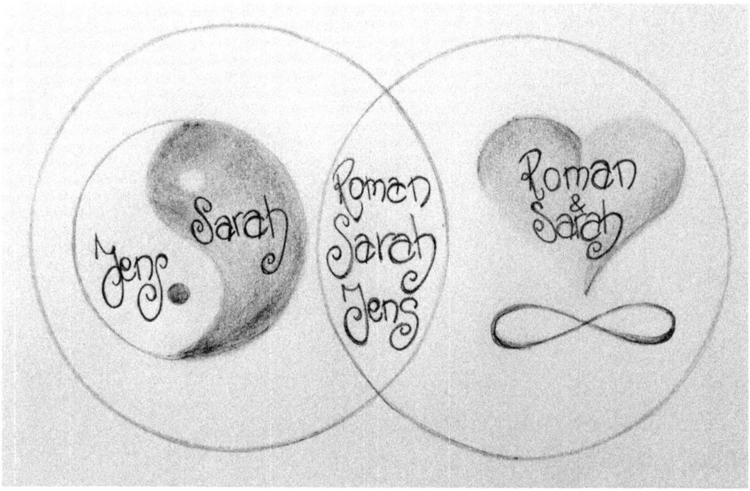

Liebe ist Grenzenlos.

QUELLENANGABEN

Die von Roman, Sarah und Jens zitierten Texte sind im Roman durch Kursiv-Setzung gekennzeichnet.

Seite 7 – Zitat aus: **William Shakespeare, Romeo und Julia**. Übersetzt von Erich Fried. Zweiter Akt, 2. Szene.

Seite 32 – Zitat aus: **Friedrich Nietzsche, Werke in drei Bänden.** Hrsg. v. Karl Schlechta 1954-56. Menschliches, Allzumenschliches. Zweiter Band. Absatz 348.

Seite 37 – Zitat aus: **Friedrich Nietzsche, Werke in drei Bänden.** Hrsg. v. Karl Schlechta 1954-56. Menschliches, Allzumenschliches. Zweiter Band. Absatz 240.

Seite 122 – frei zitiert nach **Rainer Maria Rilke, Lied.** Aus: Rainer Maria Rilke, Letzte Gedichte und Fragmentarisches.

Seite 143 – Anspielung an **Robert Musil, Der Mann ohne Eigenschaften.**

Seite 149 – Anspielung an den französischen Philosophen **Albert Camus**, der in seinen Schriften über die Absurdität des menschlichen Daseins philosophiert.

Seite 228 – Anspielung an den Film **Rückkehr zur blauen Lagune** aus dem Jahr 1991.

Seite 250 – Zitat aus: **Friedrich Nietzsche, Werke in drei Bänden.** Hrsg. v. Karl Schlechta 1954-56. Menschliches, Allzumenschliches. Erster Band. Absatz 523.

Seite 251 – Zitat aus: **Friedrich Nietzsche, Werke in drei Bänden.** Hrsg. v. Karl Schlechta 1954-56. Die fröhliche Wissenschaft. Absatz 62.

Seite 242/243 – Zitat aus: **Stefan Zweig, Schachnovelle.** Ungekürzte Ausgabe 1974. S. 58 und 59.

Seite 297 – Zitat aus: **William Shakespeare, Romeo und Julia.** Übersetzt von Erich Fried. Zweiter Akt, 2. Szene.

Seite 297 – Zitat aus: **William Shakespeare, Romeo und Julia.** Übersetzt von Erich Fried. Zweiter Akt, 2. Szene.

Seite 297 – Zitat aus: **William Shakespeare, Romeo und Julia.** Übersetzt von Erich Fried. Erster Akt, 5. Szene.

Seite 297/298 – **Nadine Eberle, Sehnsucht** (unveröffentlichtes Gedicht)

Seite 346 – Zitat aus: **Friedrich Nietzsche, Werke in drei Bänden.** Hrsg. v. Karl Schlechta 1954-56. Menschliches, Allzumenschliches. Zweiter Band. Absatz 6.

Seite 386 – Zitat aus: **Rainer Maria Rilke, Lied.** Letzte Gedichte und Fragmentarisches.

Seite 393 – Anspielung an den Song **It's the end of the world** von **R.E.M.**

Seite 394 – **Mañana otro gallo cantará.** Übersetzung aus dem Spanischen ... Morgen ist ein neuer Tag.

Seite 399 – Zitat aus: **Friedrich Nietzsche, Werke in drei Bänden.** Hrsg. v. Karl Schlechta 1954-56. Die fröhliche Wissenschaft. Absatz 318.